호남한시의 전통

호남한시의 전통과 정체성

박 명 희

景仁文化社

　필자는 '지방'이라는 말을 가급적 쓰지 않으려고 한다. '지방'이라는 말
은 어느 한 지점을 중심으로 정해두고, 그 외의 다른 지점은 변두리로 생
각한 말인 듯해서이다. 그 대신 '지역'이라는 말을 쓰려고 한다. '지역'이
라는 말은 어느 한 지점을 다른 지점과 동등한 입장에서 독자적이며, 다른
곳과 차별화시키는 의미가 내재되어 있다는 생각에서이다. 때문에 우리나
라의 수도요, 전 인구의 25% 이상이 살고 있는 서울도, 서울이라는 나름
의 색깔을 지닌 한 지역인 것이고, 강원도·경상도·충청도·전라도도 마
찬가지로 독특한 개성을 가지고 있는 한 지역인 것이다.

　본 저자는 박사학위를 받은 이후 현재까지 호남으로 통칭되는 전라도
지역의 한문학, 구체적으로는 호남문인의 한시를 줄곧 연구해왔다. 그래서
그 첫 번째 성과로 2006년에 『호남한시의 공간과 형상』이라는 책을 출간
한 바가 있고, 이번에는 『호남한시의 전통과 정체성』이라는 제목으로 두
번째 출간을 앞두고 있다. 이러한 두 번째 성과물의 출발은 2004년으로 거
슬러 올라간다. 필자는 일찍이 한국연구재단[구 한국학술진흥재단]의 지
원을 받아 2004년도부터 2007년까지 전북대학교 전라문화연구소 소속 학
술연구교수로서 '18세기 湖南實學派의 한문학 연구'라는 논제로 旅菴 申
景濬, 存齋 魏伯珪, 頤齋 黃胤錫 등의 한시를 집중 연구하였다. 박사학위

논문을 쓸 때 관심을 가지고 보았던 시기가 18세기였기 때문에 그 시기에 대한 미련을 버리지 못하고 있었고, 또한 흔히 호남 지역의 실학 문인으로 지목을 받고 있는 주요 문인들은 문예 기질을 어떻게 표출했을까? 하는 호기심도 있었다. 이러한 생각을 가지고 신경준, 위백규, 황윤석의 문학 작품을 접근했을 때 우선 기본적으로 어려웠던 점은 한문 원문에 대한 풀이가 거의 전혀 이루어지지 않아 이에 대한 해독이었다. 어설픈 실력으로 더듬더듬 시 한 구절 한 구절을 번역하는 것을 시작으로 세 문인의 시에 대한 연구를 해나갔다. 지금 생각해보니 "참, 여러 가지 면에서 무모했구나."하는 느낌도 든다. 한편, 어떤 계기로 인하여 이들 세 문인들보다는 약간 늦은 시기에 태어났지만, 역시 호남의 실학문인으로 지목받고 있는 圭南 河百源의 시에 대해서도 관심을 가지고 논문을 집필하였다. 이리하여 소위 '호남의 4대 실학문인'의 시에 대한 연구 성과물을 도출할 수 있었다. 또한 아울러 '4대 실학문인'보다는 늦은 시기의 문인인 石亭 李定稷도 관심을 가져 전 시기 실학문인들과 同軌에 배열하였다. 이정직은 20세기 초엽까지 생존했던 문인으로서 또 다른 형태의 근대적 성향을 보였다고 생각했기 때문이다.

이러한 연구 성과물 이후에 시기를 앞당겨 18세기 이전의 호남문인의 한시에 대한 관심을 가졌다. 사실 16세기 이후의 비평 뿐 아니라 현재 학계에서 주목한 호남문인들은 16세기 전후에 포진해있다고 해도 과언이 아닌데, 왜, 이 무렵에 관심을 가질 수밖에 없는가? 하는 의문을 해소해보고 싶었다. 그러나 당초 지녔던 생각과는 다르게 아직까지의 연구 성과는 극히 미미하다고 할 수 있어서 앞으로의 숙제로 남기려고 한다.

필자는 이러한 모든 연구를 진행하면서 "과연 호남의 한시를 역사적으로 관통할 수는 없을까?" 하는 생각을 하게 되었다. 그러나 이러한 성과야말로 단시간 내에 이루어질 수도 없는 것이어서 늘 생각만 할 뿐 실행해 옮길 수는 없었다. 이런 상황에서 한 번 시도해보자는 의미에서 우선 이른 시기 호남문인의 문예 활동은 없었던가를 살폈다. 이리하여 나온 성과물이 景濂亭 卓光茂에 대한 한시 연구였다. 탁광무는 光州 태생으로 고려 말과 조선 초까지 살았던 문인으로 많은 작품 수는 아니지만, 당시 활동 상황으로 보면 연구 대상으로 삼기에 충분하였다.

이렇듯 지금까지의 진행된 연구 상황을 보면, 거꾸로 시기를 거슬러 올라갔다고 할 수 있다. 전체 논문을 모아놓고서 내용과 부합할 적당한 말을 찾기가 그리 쉽지 않아 책의 제목을 무엇으로 할 것인가를 두고 조금은 고민을 하였다. 그러면서 미미하지만 '호남의 한시를 관통하고 있다'는 점과 나름대로 '호남의 한시는 어떻다'라는 점에 주안점을 두었다고 생각하여 '전통[tradition]'과 '정체성[identity]'이라는 두 어휘를 넣었다. 그러나 이번 성과물은 끝이 아니라 시작이라고 말하고 싶다. 본 연구자는 앞으로도 호남 한시의 본질을 지속적으로 탐구해갈 것이기 때문이다.

지금의 연구자는 많은 분들로부터 도움을 받았다. 南耕 朴焌圭 선생님을 비롯하여 弦齋 金永雄 선생님, 그리고 전남대학교 국어국문학과와 국어교육과의 선생님, 조선대학교 한문학과 선생님들의 보살핌은 잊지 않고 늘 간직하고 있다. 이와 함께 기쁠 때나 슬플 때나 늘 함께 하는 남편과 두 아들은 나에게 무엇과도 바꿀 수 없는 커다란 힘이다. 마지막으로 기꺼이 출판에 응해주신 경인문화사의 신학태 부장님과 편집을 맡아준 문영주 선생님에게도 고맙다는 말씀을 전한다.

2013년 가을 어느 날
저자 박명희 씀.

| 목 차 |

|附 論|

제1부

고려 말,
호남 문인의 처세와 시적 구현

景濂亭 卓光茂의 삶과 시적 具顯

1. 머리말

14~5세기 고려 사회는 대내외적으로 수많은 변화를 예고하였다. 우선 외적으로는 중국에서 元·明 교체가 이루어져가고 있었고, 그 여파를 틈타 紅巾賊이 고려를 침략해 왔으며, 북쪽의 女眞과 남쪽의 倭寇의 준동이 해마다 그치질 않았다. 내적으로도 이러한 대외적인 변동에 민감하게 대처할 수밖에 없었기에 대륙의 원과 명 중에서 누구를 선택할지 등과 같은 문제를 두고 갈등을 겪어야만 했다. 뿐만 아니라 官制·田制 등 정치제도의 붕괴와 경제체제의 해이, 사원과 승려의 타락, 사회 기강의 문란, 권문세족과 신흥사대부의 대립, 신분 제도의 변동, 사상적으로 성리학의 수용 등등 격동 그 자체라고 할 수 있다.[1]

---

1) 이러한 고려 말의 상황은 朴天圭(「三隱과 麗末 漢文學」, 『동양학』 9집, 단국대 동양학연구소, 1979, 179쪽)와 李泰鎭(「高麗末·朝鮮初의 社會變化」, 『진단학보』 55집, 진단학회, 1983, 1쪽)의 논문을 참조함.

이러한 분위기 속에서 고려 말 한문학의 흐름은 어떻게 흘러갔는가? 당시 한문학을 담당한 주체들이 여러 요직에 두루 있었던 까닭에 격동의 대내외적인 상황을 비켜갈 수 없었고, 직·간접적으로 작품을 통하여 당시의 상황을 그려 나갔다. 특히, 신흥사대부로 지칭되는 인사들의 학문적인 수준과 문학적 성과는 고려 말의 문단 상황을 대변한다고 할 수 있는데, 그 대표적인 인물로는 李齊賢, 李穀, 李穡, 鄭夢周, 李崇仁, 鄭道傳 등등을 들 수 있다. 이중 이제현은 패설류와 시화류를 묶은 작품집인 『櫟翁稗說』을 지었고, 이곡은 가전체문학인 「竹夫人傳」을 남겼으며, 이색과 정몽주 등은 성리학적인 뚜렷한 성과를 남겼다. 따라서 지금까지의 고려 말 한문학 연구는 이러한 문인들의 문학적 성과와 학문적 수준을 감안한 것으로서 정리되었다고 해도 과언이 아니다. 문학사의 흐름은 결국 큰 물줄기를 따라 정리된다는 점에서는 동의하는 바가 있지만, 그럼에도 불구하고 그 큰 물줄기에 가려져 드러나지 않는 작은 물줄기들은 도외시할 것인가도 한 번쯤 생각해보아야 한다. 당대에는 저명한 학자요, 문인이었음에도 불구하고, 후대에 잘 드러나지 않는다면, 결국 여러 이유를 해명한다고 해도 放棄했음에 분명하다. 본 논고에서 주목한 景濂亭 卓光茂(1330~1410)도 우리 문학사에서 큰 물줄기는 되지 못한 작은 물줄기에 불과하지만, 여러 이유로 주목을 필요로 한다. 첫째, 당시 그의 정치적인 입장과 활동 정도 때문이다. 탁광무는 恭愍王 초에 문과에 합격한 후 內書舍人, 左司議大夫 등 요직을 거치며 상당한 위치를 점하고 있었다. 둘째, 당대 주요 문인들과 교유함으로서 고려 말 문단 상황을 가늠할 수 있도록 하고 있다는 점이다. 교유했던 주요 문인들을 열거하면, 정몽주, 이제현, 이숭인, 이곡, 이색, 文益漸, 禹倬, 吉再 등인데, 이들이 당대를 대표할만한 문인들임은 자타가 공인하는 바이다. 셋째, 『東文選』에 무려 시문 4편이 수록됨으로서 명실공히 고려 말의 주요 문인임이 확인되었다. 그럼에도 불구하고, 다른 문인들에 비해서 드러나지 않았는데, 관직에 오르기는 했지만 오랫동안 활동하지 않았고, 특히 기록 자료를 당대에 정리한 것이 아니라 후대에 정리하다보니, 많은 자료가 누락되면서 연구의 기본적인 요소인 자료의 풍부성을 지니지 못했기 때문이라고 생각한다.

본 논고는 탁광무에 대한 기본적인 관심으로부터 출발하였다. 지금까지 구체적인 연구가 한 번도 이루어지지 않았기 때문에 가장 기본적으로 그의 삶은 어떠했는가?에서 출발하여 최대 문학적 성과라고 할 수 있는 시문에 주목하여 시적 구현 양상은 어떠했는가? 등을 구명해보고자 한다.[2] 저본으로 삼은 책은 한국고전번역원에서 발간한 한국문집총간6의 『景濂亭集』이다. 이 책은 2권 1책으로 이루어져 있는데, 여러 문헌의 기록을 후손들이 모아서 엮은 것으로 1827년에 초간되었고, 1850년에 다시 간행되어 현재에 이르고 있다. 권1에는 탁광무의 시를 비롯한 다른 문인들이 탁광무와 관련하여 읊은 시들이 주로 모아져 있고, 권2는 부록으로서 저자의 행적과 제문, 奉安文 등이 실려 있다. 본 논고에서 대상으로 삼은 시는 총 26제 28수이다. 사실 『경렴정집』에는 24제 26수가 전해오는데, 『冶隱續集』 하권에 「別冶隱入金烏山」과 「贈冶隱」 등의 시문이 전하고 있어서 이들까지 포함하여 28수가 된 것이다. 이러한 탁광무에 대한 연구 성과는 결국 고려 말 한문학의 한 단면을 보여줌과 동시에 호남한시사의 초기 모습을 엿볼 수 있을 것으로 예상된다.

2. 卓光茂의 삶과 處世

탁광무에 대한 기록은 『고려사』, 『동문선』, 『三峯集』, 『朝鮮王朝實錄』,

---

2) 탁광무의 문학적 성과와 관련된 언급으로는 閔丙秀(『한국한시사』, 태학사, 1996, 188쪽 ; 『한국한문학개론』, 태학사, 1997, 315쪽)의 것이 유일하다. 이들 문헌에서는 단순히 이름만 나열하는 정도로 그쳤다.

『新增東國輿地勝覽』, 그리고 문집 『경렴정집』 등에 나와 있다. 먼저 『고려
사』에서는 탁광무가 벼슬에 오른 시기와 어떤 벼슬에 올랐다는 내용을 적
었고, 『동문선』에서는 탁광무의 시문 4편을 소개하였다. 鄭道傳의 문집인
『삼봉집』에서는 탁광무가 退仕 후 고향 光州에 내려와 경렴정이라는 누정
을 지은 후 지낸 내용을 적었고, 『조선왕조실록』 세종조에서는 탁광무의
아들 卓愼의 卒記를 적었는데, 신의 효행을 언급하던 중에 아울러 말하였
다. 마지막으로 『신증동국여지승람』에서는 全羅道 光山縣의 인물로서 간
단히 소개하였다. 이들 기록을 종합해 볼 때 탁광무는 1330년 고려 忠肅王
17년에 태어났으며, 탄생지가 불분명하기는 하지만 世居地가 당시 광주였
던 것으로 미루어 광주 모처에서 출생한 것으로 추측할 수 있다. 또한 본
관은 광주(광산이라고도 함)요, 자는 謙夫, 호는 경렴정 혹은 拙隱 등이 있
었으며, 死後 내려진 시호는 文正이다. 그리고 시조는 學圃 卓之葉이요, 탁
광무는 그의 8세손으로서 부친 泉谷 卓文位는 당시 集賢殿大提學까지 지
냈으니, 부친의 직위를 보면, 탄탄한 가문을 형성했음을 알 수 있다.

　『고려사』권74의 기록에 따르면, 탁광무는 복위한 忠惠王 원년(1340)에
司馬試에 합격하는데, 이때의 나이가 11세였다. 그후의 기록이 전무하여
자세하지는 않은데, 추측하건대 1351년 恭愍王이 즉위한 초에 文科에 합
격하여 벼슬에 나아간 것으로 보인다. 그리고 공민왕 14년(1365)에는 내서
사인이 되었고, 그 이듬해에는 좌사간대부에 올랐으며, 그후 右司諫大夫,
進賢館提學, 知製敎, 禮儀判書 등을 거친 후 낙향하여 '경렴정'이라는 누정
을 짓고 유유자적하게 여생을 살았다. 이러한 내용을 『경렴정집』 서문과
발문에서는 다음과 같이 적었다.

　① 경렴은 고려 공민왕 때에 벼슬을 하여 바른 말을 하여 아첨하지 아니하였고, 배척함
　에 후회하지 아니하였다. 임금의 직책을 돕고 조정의 기강을 바르게 하는 데에 마음
　을 다하였으나 어떻게 할 도리가 없음을 안 연후에 몸을 받들어 벼슬에서 물러나와
　늙어 죽도록 산중에 있으면서 自靖의 지조를 본받으니 그 충심이 지극하였다.3)

② 경렴공의 經學 忠勳 같은 데에 이르러서는 전세에 빛남이 있었다. 공민왕 초기에 월등한 실력으로 뽑혀서 간의로 배알하고 14년 을사년에 내서사인으로 옮겼다가 이듬해에 또 좌사의대부로 옮겨 마침내 봉익대부 예의판서, 진현관제학에 이르렀으니 『고려사』에 나온다. 대저 어찌 중간에 일로 인하여 유배를 갔겠는가? 그 후에 몸을 굽혀 늙어 물러나 정자를 광주 별서에 짓고서 땅을 파고 연꽃을 심어 연못 가운데에다가 섬을 만들어 한 번 읊조려 소요하면서 자득하였다. 益齋 李齊賢 文忠公이 그 편액에 제목을 붙이기를 '景濂亭'이라고 하니 대체로 周敦頤의 愛蓮의 뜻을 취하여 우러러 사모하고자 하는 뜻이었다.[4]

①에서는 탁광무가 공민왕 때에 벼슬을 하였으며, 바른 말을 하여 권력에 아첨하지 않았음을 적어 성격을 나타내었다. 그리고 여러 직책을 두루 거친 후에 관직에서 물러났음을 적으며, 나라에 대한 충성심이 지극했음을 말하였다. ②에서는 탁광무의 19세손 雲翰이 적은 발문으로 주로 광주탁씨 가문의 주요 인물을 적는 가운데 탁광무에 대해 많은 부분을 할애하면서 적었다. 먼저 탁광무의 경학과 충훈이 빛났음을 들면서 공민왕 때 지낸 벼슬을 열거하였다. 그러면서 일로 인하여 유배 등을 가지 않았음을 강조하였다. 벼슬에서 물러난 후에는 누정을 광주 별서에 지었는데, 그곳에 연꽃 등을 심는가 하면, 시문을 읊조리면서 유유자적한 생활을 즐겼음을 적었다. 그러면서 당대 주요 當路者인 이제현이 '경렴정'이라는 이름을 지어주었다고 하였는데, 이는 중국 송 때의 유학자인 주돈이의 「愛蓮說」과 깊은 관련이 있음을 드러내었다.

---

3) 卓光茂, 『景濂亭集』, 「景濂亭集序(柳圭)」, 景濂 仕高麗恭愍朝 直言不佞 擯斥無悔 盡心於補袞職整朝綱 而知無可如何 然後奉身引退 終老山中 以效自靖之操 其忠至矣.

4) 卓光茂, 『景濂亭集』, 「景濂亭集跋」, 而至若景濂公之經學忠勳 于有光於前世焉 恭愍初擢高第 拜諫議 十四年乙巳 遷內舍人 越明年 又遷左司議大夫 竟至奉翊大夫 禮儀判書, 進賢館提學焉 出麗史 夫何中間因事被謫矣 其後 乞身退老 作亭于光州別墅 鑿地種蓮 築島池中 一嘯一詠 自得逍遙焉 李益齋齊賢文忠公 題其扁曰景濂亭 蓋取濂溪愛蓮之義 而欲其景慕之志也.

이들 둘의 기록 내용에서 특히 주목되는 부분은 관직 생활 중 드러난 處世와 퇴사 후의 삶의 자세 등이라고 할 수 있다. 분명한 점은 탁광무는 불의를 보면, 쉽게 넘어가는 성격이 아니었다는 것이다. 이와 관련하여 『고려사』권105에 다음과 같은 기록이 나온다.

우사의대부 탁광무가 "洪永通이 별군을 사촉하여 간관들을 능욕하였으니 이런 일을 차마 한다면 무슨 일인들 못하겠는가?"하였다. 그리고 그의 관직을 파면하여 평민으로 만들 것과 그의 재산 몰수를 요청하였으나 辛旽이 힘써 구원해 주었기 때문에 처벌을 모면할 수 있었으며, 도리어 좌사의대부 申德隣 등이 왕이 준 임무를 수행하지 못하였다 하여 파면 당하였다. 신돈이 처형되자 사헌부에서는 그를 신돈의 일당이라고 하여 죽이자고 요청하였으나 왕은 그 요청을 따르지 아니하고 다만 관직만을 파면시켰다가 얼마 후에 귀양을 보냈다.5)

홍영통은 당시 繕工副令 洪承演의 아들로 공민왕 때 蔭補로 벼슬에 나와 判典客寺事, 감찰대부, 밀직부사 등을 역임하였는데, 당시 권력의 실세로 부각한 신돈에게 아부하여 벼슬을 구걸하였다. 한 번은 이러한 사건이 있었다. 팔관회 행사로 인하여 都僉議使司의 마당에서 단을 쌓고 제사를 지냈는데, 홍영통이 그만 別軍들이 차려놓은 제물을 훔쳐갔다. 省吏가 큰소리로 욕하면서 말리었더니 홍영통이 별군을 풀어 놓아 省官들을 함부로 치게 하였다. 때문에 당시 좌사의대부로 있던 신덕린 등이 부상당하여 피가 병풍과 요를 더럽혔다. 위 문장의 내용은 그 다음 상황을 적은 것으로 탁광무가 홍영통의 행위를 준엄하게 꾸짖고 있다. 홍영통의 뒤에는 신돈이 있었기 때문에 어느 누구도 함부로 다루지를 못했는데, 탁광무는 그런 것에 전혀 개의치 않고 잘못된 상황을 바로 고치려고 노력하였다. 탁광무의 불의에 과감히 맞서는 모습을 엿볼 수 있는 기록 내용으로서 관직 생활 중에 자신의 소임을 다하려는 모습을 자세를 살필 수 있다.

---

5) 『高麗史』卷105.

다음은 벼슬에서 물러난 후 탁광무의 행적을 적은 정도전의 「景濂亭銘
後說」로 앞부분을 싣는다.

> 겸부 탁선생이 광주 별장에 못을 파서 연꽃을 심고, 못 가운데에 흙을 쌓아 작은 섬을
> 만들어 그 위에 정자를 짓고 날마다 오르는 것으로 즐거움을 삼았다. 익재 이문충공이
> 그 정자를 '경렴'이라고 이름하였는데, 이는 대개 염계의 연꽃을 사랑하는 뜻을 취하
> 여 그를 景仰하고 사모하고자 한 것이리라. 대저 그 물건을 보면 그 사람을 생각하고,
> 그 사람을 생각하면 반드시 그 물건에 마음을 쓰게 된다. 이것은 느낌이 깊고 후하기
> 가 지극한 것이다.6)

위 글은 제목을 통해서 보자면, '경렴정'이라는 누정의 이름이 정해진
후에 지은 것으로 그 이름이 어떻게 해서 지어졌으며, 무슨 의미를 지니는
지 등을 주로 적었다.

먼저 탁광무가 광주 별장에 연못을 파서 연꽃을 심고, 못 가운데에 흙을
쌓아 작은 섬을 만들고 그 위에 누정를 지은 사실을 적었다. 이제현이 이
런 모습을 보고서 누정의 이름을 '경렴정'이라고 지어주었는데, 이는 주돈
이의 호인 '濂溪'를 들어 '주돈이를 우러르다'는 의미를 담고 있다. 일찍이
주돈이는 「애련설」을 통해서 화려하지는 않지만, 마치 군자의 쇄락함을
닮은 연꽃을 애찬했음은 주지하는 바이다. 이제현은 탁광무가 연못가에 연
꽃을 심은 것을 주시하면서 주돈이를 존경했기 때문에 그러한 것이 아닌

---

6) 鄭道傳, 『三峯集』卷4, 「景濂亭銘後說」, 謙夫卓先生 於光州別墅 鑿池種蓮 築土池
   中爲小島 構亭其上 日登以樂 益齋李文忠公 命其亭 曰景濂 盖取濂溪愛蓮之義
   欲其景慕之也 夫見其物 則思其人 思其人 則必於其物致意焉 感之深 而厚之至也.
   같은 글이 『동문선』권97에도 실려 있다. 정도전이 이 글을 지은 시기가 언제
   인지 정확히 알 수는 없다. 그러나 우왕 1년(1375년)에 排元意識에 의거해 원
   나라 사신이 국경에 이르자 그들을 맞이하는 것은 불가하다라는 주장을 펴다
   가 全南 羅州 會津縣으로 유배를 가게 되었는데, 이 무렵에 지었을 것으로 추
   측된다. 정도전은 탁광무와 관련하여 「鶯峯寺樓上賦得一絶奉寄卓先生」(『삼봉
   집』권2)이라는 시도 남겼다.

가 하고 생각하였다. 따라서 누정의 이름도 그와 관련하여 '경렴'이라고
지었는데, 정도전은 이러한 점을 놓치지 않았다. 이제현이 '경렴'이라고 이
름을 지어준 것이나 정도전이 주돈이와 연결하여 풀이한 것을 통해서 탁
광무를 바라보는 시각이 드러나는데, 대체로 혼탁한 세상에 쉽게 물들지
않으면서 쇄락함을 겸비한 유학자적 면모를 지닌 것으로 인식했다고 하겠
다. 이는 당시 중국 송의 신유학을 수용하는 과정에서 탁광무는 분명 유학
자로서의 면모를 갖추려고 노력했다는 말이기도 하다.

　　탁광무는 결국 벼슬에 있을 때는 불의에 쉽게 용납하지 않았으며, 벼슬
에서 물러난 후에는 유학자적인 면모를 견지하면서 소극적인 절의를 표방
하였다. 고려가 망하고 새로운 왕조가 들어설 때 자신의 목숨까지 내놓으
며 절의를 지킨 인사들은 후대인들의 인구에 회자되거나 추앙받았으나 동
시대를 살다간 탁광무는 여기에서 다소 동떨어져 있는 듯하다. 사실 자연
에 은거하면서 세상에 뜻을 두지 않는 태도는 소극적이지만 같은 상황을
겪은 유학자들이 보통 보여주는 모습이기도 하다. 즉, 소극적인 듯하지만,
그 안에는 적극적인 저항 의식이 담겨져 있기 때문이다. 탁광무도 소극적
인 모습을 보였을 뿐이지 다른 사람 못지않게 절의를 중요하게 생각하였
다. 이러한 삶의 모습과 처세 등은 그가 읊은 시문에서 좀더 구체적으로
드러난다.

3. 시적 具顯 양상

1) 儒學의 習得과 이해

　　고려 무신집권기가 끝난 후 사상계도 유학을 중시하는 분위기로 재편되
어 갔는데, 고려 초기가 기본유교적인 성격을 띠었다면, 중기로 접어들면
서 문학유교적인 경향을 보이다가 忠烈王 때에는 程朱學이 전래되면서 정

주학의 성격을 띠게 되었다.[7] 그리고 이러한 학문의 전파에 선구적 역할을 담당한 사람이 安珦과 白頤正임은 널리 알려진 바로 이는 다음과 같은 『고려사』의 기록에서 그 근거를 찾을 수 있다.

① 만년에 늘 朱子의 眞像을 걸어두고 景慕하여 드디어 자신의 호를 '晦軒'이라고 하였다.[8]

② 그때 정주학이 중국에 처음으로 행했으나 동방에 미치지 못했다. 백이정이 원나라에 있으면서 그것을 배워 동쪽으로 돌아오니 李齊賢, 朴忠佐가 제일 먼저 가르침을 받았다.[9]

안향과 백이정은 모두 왕을 扈從하여 원나라에 다녀온 이력이 있는데, 당시 중국의 학문적 영향을 받은 것으로 추정된다. 그런데 안향과 백이정 둘 중에서 과연 누가 먼저 송의 유학을 전했을 것인가? 하는 점에 대해서는 그동안 논란이 있었다. 위 ① 안향에 대한 기록에 의하면, 단지 주자를 존경했다는 언급만 나올 뿐 학문을 직접 전수받았다고는 하지 않았다. 그러나 ② 백이정과 관련된 기록에서는 '백이정이 원나라에 있으면서 정주학을 직접 배웠다'고 하였다. 기록상으로 보자면, 고려에 송의 유학을 직접 전해준 사람은 백이정인데, 그렇다고 안향의 공을 전혀 무시할 수도 없다. 따라서 안향에 의해 송의 유학이 전래되기 시작하였고, 본격적인 전래와 학맥 형성은 백이정에 의해서 가능해졌다라고 할 수 있다. 여기에서 백이정의 제자로 이제현과 박충좌가 나온다. 이 가운데 특히, 이제현은 일생 동안 총 네 차례의 入元한 경력도 있으면서 공민왕 초기 여러 관직을 두루

---

7) 李炳赫, 「程朱學 傳來와 麗末 漢文學」, 『동방문학비교연구총서』1, 한국동방문학비교연구회, 1985, 662쪽 참조.

8) 『高麗史』列傳18, 「安珦」, 晚年 常掛晦菴先生眞 以致景慕 遂號晦軒.

9) 『高麗史』列傳19, 「白頤正」, 時程朱之學 始行中國 未及東方 頤正在元 得而學之 東還 李齊賢朴忠佐首先師受. 이에 대한 기록은 『東史綱目』第13上에도 나온다.

거치며 개혁을 주도했던 문인으로 알려져 있다. 뿐만 아니라 과거시험관인
知貢擧를 두 번이나 역임하며,[10] 제자 문인들을 많이 배출하였다.

　탁광무의 학문을 이해하는 첫 번째 단서는 이러한 이제현과의 관련성이
라고 할 수 있다. 2장에서 이미 언급한 바대로 이제현은 탁광무가 지은 누
정에 '경렴'이라는 이름을 붙여주었는데, 어떤 경위에서건 둘이 서로 잘
모르는 사이라면 하기 힘든 일이기 때문이다. 그렇다고 둘의 관계를 알 수
있는 뚜렷한 자료가 있는 것도 아니다. 한 가지 이제현이 공민왕 초기 주
요 요직을 거칠 때 탁광무가 본격적으로 관직에 나아갔다는 점을 추측할
수 있는데, 이 무렵에 서로 만나지 않았을까 하고 추측해본다. 그리고 당
시 이제현을 따르던 문인들이 많았던 점을 미루어 보면, 탁광무도 그중 한
사람이라고 할 수 있다.[11] 이로써 탁광무가 유학을 習得할 때 이제현이 어
느 정도 일조했을 것으로 보이는데, 그 실마리는 다음의 화답시에서 찾을
수 있다.

① 人遐國步危　　사람들 나라의 운세 멀리하니 위급해지고
　世遠聖門衰　　세상은 성인의 뜻과 멀어지니 쇠해지네
　此理如虛影　　이러한 이치 빈 그림자와도 같은데
　執盈孰有知[12]　벼슬을 잡은들 누가 알아주리요

② 處世獨持危　　세상에 처해선 위급함 홀로 가지시더니

---

10) 이제현은 忠肅王 7년(1320)과 恭愍王 2년(1353) 두 번의 지공거를 역임하였다.
　　여기에서 배출된 제자들로는 李穀·尹澤·安輔·白文寶·李穡·朴尙衷·鄭樞 등이
　　있다. 이에 대한 연구는 李淑京(「李齊賢勢力의 形成과 그 役割-恭愍王 前期
　　(1351~1365) 改革政治의 推進과 관련하여-」, 『한국사연구』64, 한국사연구회,
　　1989)의 논문을 참조할 것.
11) 정옥자는 이제현과 탁광무를 선후배 사이로 규정하였다. 이에 대해서는 「麗末
　　朱子性理學의 導入에 대한 試考-李齊賢을 中心으로-」, 『진단학보』51집, 진단
　　학회, 1981, 50쪽 참조.
12) 卓光茂, 『景濂亭集』卷1 附原韻, 「贈景濂亭」

在家自慰衰	집에 계실 땐 쇠해짐 스스로 위로하는군요
聖門傳一貫	성인의 뜻 일관되게 전하시니
吾道學而知[13]	나의 도는 배워서 안 것입니다

①은 이제현이 탁광무에게 준 시이고, ②는 ①의 시를 받고서 탁광무가 화답한 작품이다. ① 시의 내용에 따르면, 이제현은 당시 國運과 학문적 상황을 위급한 것으로 인식하고 있었고, ②에서는 이러한 이제현의 근심을 조금 풀어주고자 하는 탁광무의 마음을 읽어낼 수 있다. 특히, ②의 전·결구를 주목할 필요가 있다. 전구의 '聖門傳一貫'의 '傳'의 주체는 이제현이고, 결구의 '學而知'의 주체는 탁광무이다. 그러고 보면, '吾道' 즉, 유학의 도를 전해준 사람은 이제현이요, 그것을 받은 사람은 탁광무임을 알 수 있다. 이러한 인연으로 탁광무가 관직 생활을 그만 두고 광주에 누정을 세우게 되었을 때 학문적 분위기를 누구보다도 잘 안 사람이 이제현이었기 때문에 그 사람에 걸맞은 누정명을 지어주었을 것으로 생각한다. 즉, 탁광무는 이제현의 제자군으로 알려지지는 않았지만, 둘의 관계를 사제지간으로 생각해도 무방하다는 것이다. 때문에 이제현이 세상을 떠나자 탁광무가 그를 위로하는 輓詩를 남겼는데, 경·미련에서 '만 리에 퍼진 총명 강산의 달이요, 천 년의 기상 우주의 봄이라네. 정령과 혼백은 바람에도 죽지 않으니, 인간 세상에 어찌 이런 사람이 다시 있으리오.'[14]라고 하여 예찬해 마지 않았다.

탁광무의 유학에 대한 관심과 이해는 지대했는데, 다음 두 시는 이를 간접적으로나마 알려준다.

① 有儒鄭可宗 유학자 정가종은

---

13) 卓光茂, 『景濂亭集』卷1, 「和益齋李齊賢」
14) 卓光茂, 『景濂亭集』卷1, 「輓李文忠公益齋」, 聰明萬里江山月, 氣像千年宇宙春. 精魄靈魂風不死, 人間那復有斯人.

性理得中庸   성리학을 『중용』에서 얻었네
言必稱吾道   말만 하면 儒道를 일컬으며
優遊牧隱從[15]   한가로이 목은을 뒤 따르네

② 丹陽城北丹田里   단양성의 북쪽 단전리
中有斯翁卽主人   그 안에 이 노인이 곧 주인이로다
一點天眞忘寵辱   한 점의 천진함은 모든 욕됨 잊으니
易東歸自泗洙濱[16]   易東이 泗洙 물가에서 돌아오셨네

①의 시제는 '함께 노닐던 이숭인에게 보이다'로 주로 鄭可宗과 이색이 함께 유학의 도를 쌓아가는 모습을 전하고 있다. '가종'은 鄭子因의 字로 이색이 제자요, 친구처럼 생각했던 사람이다.[17] 탁광무는 평소 이 둘이 서로 이끌고 따르는 모습을 보아왔던 모양인데, 시문 ①은 이러한 상황을 알려주고 있다. 먼저 기·승구에서는 정자인이 주로 『中庸』을 열심히 공부했음을 전하고 있으며, 이어서 항상 유학의 도를 말하였다고 덧붙이면서 이색을 따랐다고 하였다. 즉, ①은 이숭인에게 학계의 분위기와 유학의 도가 어떻게 전해지고 있는지를 알려주고자 쓴 시인데, 이숭인은 이에 대하여 '강한이 조정에 조회하니, 바닷물의 한 이치 『중용』으로 통하네. 진정한 근원은 모두 나에게 있어, 스승과 벗들 더불어 따르네'[18]라는 화답시를 남긴다. 기구의 '江漢見朝宗'은 상징적인 어구들의 집합으로 '朝宗'은 제후와 백관이 帝王을 찾아가서 朝會하는 것을 말하고, '江漢'은 온갖 물줄기의 대명사로서 마치 온갖 물줄기가 조회하듯이 바다로 모여든다는 의미이다.

---

15) 卓光茂, 『景濂亭集』卷1, 「示同遊陶隱李崇仁」
16) 卓光茂, 『景濂亭集』卷1, 「過易東舊居禹倬祭酒丹陽人」
17) 이색과 정자인과의 관계에 대해서는 『牧隱文藁』卷10, 「子因說」에 나와 있는데, 이는 『東文選』卷96에도 기록되어 있다.
18) 卓光茂, 『景濂亭集』卷1 附原韻, 「和景濂亭」, 江漢見朝宗, 海通一理庸. 眞源都在我, 師友與俱從.

다시 말하여, 당시 유학이 상당히 흥성하게 일어나고 있음을 말한 것이다.

②는 禹倬의 옛집을 지나다가 지은 작품으로 창작 시기를 알 수는 없지만, 우탁이 1342년에 세상을 떴기 때문에 사후에 舊居를 지나다가 지었을 것으로 추정된다. 우탁은 송나라 유학이 우리나라에 들어오던 초기의 학자로 본관은 丹陽이요, 자는 天章 또는 卓甫이며, 호는 白雲·丹巖인데, 世人들은 『易經』에 정통했다고 하여 흔히 '易東先生'이라고 일컬었다. 시문 ②의 기·승구에서는 우탁의 호와 관련된 지명을 써서 사는 곳의 위치를 정확히 알려주고 있다. 그리고 전구에서는 우탁이 '天眞'하다라고 하며, 본래 타고난 품성이 어떠했음을 말하였고, 결구에서는 세상 사람들이 흔히 일컫는 호를 써서 유학서 중에서도 특히 『역경』의 내용을 터득하였음을 간접적으로 언급하였다. ①과 마찬가지로 탁광무의 유학에 대한 관심도와 이해를 느끼게 하는 작품이다. 하지만 유학과 관련된 작품에서 아직은 깊이 있는 사상을 드러내지 못한 점은 한계로 지적할 수 있는데, 학문적인 성숙함이 이루어지지 않았기 때문이라고 할 수 있다.

2) 時局 인식과 節義의 강조

앞 서두에서 이미 언급한 대로 14~5세기는 대내외적인 격동의 시기였다. 특히, 고려가 망할 징조는 여러 곳에서 포착되었는데, 당시 학문적으로 철저하게 무장한 신흥사대부 계층은 事案이 생길 때 어떻게 처신해야 할지 고민이었다. 당시는 신흥사대부 계층과 권문세족이 정치적으로 대립하고 있었고, 중국은 원·명 교체기로서 그 여파가 국내에까지 미쳐 어지러운 나날의 연속이었다. 때문에 어떤 사건에 연루되다보면 유배가는 것은 茶飯事였는데, 많은 문인들의 행력에서 이를 엿볼 수 있다. 앞에서 이미 언급한대로 탁광무와 교유했던 주요 인사들로는 정몽주, 이제현, 이숭인, 徐甄, 李仁復, 이곡, 이색·李種學 부자, 문익점, 尹紹宗 등인데, 이들 중 많은 사람이 고려 말에 어떤 사연으로든지 유배를 다녀왔던지, 심지어 조선 개

국 무렵에 절의를 표방하며 자신의 목숨조차도 쉽게 저버렸다. 먼저 어지
러운 시기에 나라를 걱정하는 탁광무의 마음이 담긴 시로 다음의 작품을
들 수 있는데, 바로 時局 인식이 담겼다고 하겠다.

客舍風煙古錦州	객사 바람과 연기 자욱한 옛날의 錦州에
遙知憲叔獨登樓	憲叔만이 누대에 오름을 멀리서도 알겠네
登樓何日無憂國	어느 때나 나라 걱정 않고 누대에 오를까
進亦憂時退亦憂[19]	벼슬에 나아가도 물러서서도 걱정이로다

尹紹宗은 생년으로 보면, 탁광무보다 15년이 늦다. 이색의 문인으로서
총민하고 학문을 좋아해 20세 이전에 시문에 능했는데, 이와 관련하여 '무
송의 글은 상대가 없네.'[20]라는 권근의 시 내용은 시사하는 바가 있다. 한
편, 1388년 李成桂가 威化島에서 回軍했을 때 동문 밖에까지 나가 「霍光
傳」을 지어 바친 일은 잘 알려져 있는데, 이때 이미 고려를 배반하고 조선
의 개국을 도울 뜻을 가지고 있었던 것으로 보인다. 따라서 정도전과 뜻을
함께 하여 조선 태조 때의 명신으로 그 이름이 올라가기도 하였는데, 반대
로 조선중·후기 문인인 申欽은 윤소종이 고려 말 辛·禑 때에 諫官으로서
우왕의 잘못을 낱낱이 들춰낸 것은 잘못이라고 하면서 이는 마치 임금의
허물을 들어 장난한 것에 불과하다[21]라고 하며 비판을 하였다. 위 시문은
윤소종이 일찍이 고려의 마지막 왕인 恭讓王 때 남을 비방하다가 錦州(현
錦山)로 유배를 간 적이 있는데, 그때 지어서 준 작품이다. 승구의 '憲叔'
은 윤소종의 자로 금주로 유배가 외롭게 홀로 있는 모습을 상상하여 그렸
다. 전·결구에서는 탁광무의 憂國 정신이 엿보이는데, 현실적으로 나라가

---

19) 卓光茂, 『景濂亭集』卷1, 「寄桐軒尹紹宗」
20) 權近, 『陽村集』卷8, 「追憶三峴舊遊 又成 一首」, 茂松文無敵.
21) 申欽, 『象村集』卷45 外集5 「彙言」5, 辛禑, 時尹紹宗爲諫官 言禑所失 直斥無遺
蘊 有若數罪者 此豈眞直言者哉 不過谷永之專攻上身爾 彰君之惡 弄之掌股之間
不然則何以革面於二君也.

어지러운 상황에 놓여있음을 알려주고 있다. 바로 탁광무가 시국을 어떻게 인식하고 있었는가를 알 수 있는 부분이기도 하다.22) 어떤 한 개인이 유배를 떠난다는 것은 어떤 이유에서건 좋은 상황이 아님을 말하는 것으로 여러 가지 고충을 감내해야 한다. 때문에 만일 유배를 떠나는 사람에게 위로의 시문을 전한다면, 심한 경우 마치 피눈물을 토하는 심정으로 슬픔을 나타낼 수도 있다. 그런데 위 시는 같은 유배의 상황임에도 불구하고 감정은 상당히 완화되어 있어서 격정적이지 않다. 대신 시국을 걱정하는 내용이 그 자리를 차지하고 있으며, 감정이 잘 드러나지 않은 것이 위 시의 특징이다. 그러나 다음의 시는 유배라는 거의 비슷한 상황에서 지은 화답시인데, 앞의 시와는 달리 감정이 들어가 있으면서 절의를 강조하고 있음을 볼 수 있다.

　　탁광무는 문익점과 관련하여 총 세 편의 작품을 남겼는데, 「淚和三憂堂文益漸」, 「次三憂堂」, 「和三憂堂」 등이 그것이다. 첫 번째 작품은 처음 유배를 가서 문익점이 「謫南荒 贈景濂亭」이라는 시를 지어 주니까 화답한 것이고, 두 번째 작품은 유배지에 있는 문익점을 생각하면서 지은 것이다. 그리고 세 번째 작품은 유배가 풀려 문익점이 한양으로 돌아올 때 지은 시에 화답한 것이다. 먼저 첫 번째 작품을 들어보면 다음과 같다.

咫尺當頭萬里顔	머리를 맞대듯 지적인 듯하나 만리의 얼굴
堂堂此去重於山	당당히 떠나가니 산보다도 무겁습니다
楚囚日久南冠繫	감옥에 갇힌 초나라 사람 오래도록 관을 매고 있다가
漢節風生北海還23)	한나라의 절개 바람 일으키며 북해에서 돌아왔지요

---

22) 탁광무의 시에 대한 윤소종의 화답시로 「尹桐軒和韻」(『景濂亭集』卷1 附原韻)이 있는데, 다음과 같다. '조정에서 일 보다가 錦州의 손님이 되어, 州中에서 때로 고향의 누정을 바라봅니다. 구름을 보고 달 아래를 거닐며 집 생각에 눈물 나고, 물에 임하고 산에 오르니 도성을 떠나온 것이 걱정입니다.[事在朝廷客錦州, 州中時有望鄉樓. 看雲步月思家淚, 臨水登山去國憂]'

23) 卓光茂, 『景濂亭集』卷1, 「淚和三憂堂文益漸」

어떤 시든지 내용을 정확히 이해하기 위해서는 지어지게 된 상황을 알아야 하는데, 이 작품은 더욱더 그렇다. 먼저 문익점이 탁광무에게 지어서 준 「적남황 증경렴정」의 시제를 이해해야 한다. 시제에 나오는 '南荒'은 '남쪽 변방'을 뜻한다. 즉, 시제를 풀어보면, 문익점이 남쪽 변방으로 유배를 떠나면서 탁광무에게 자신의 느낌을 적어서 준 작품임을 알 수 있다. 여기서의 '남쪽 변방'은 구체적으로 중국의 劍南이라는 지역을 가리키는데, 그렇다면 문익점은 어떤 사연으로 머나먼 중국의 남쪽 변방까지 유배를 가게 되었을까? 여기에서 역사적 사건에 대한 이해가 필요하다. 李德懋가 지은 『靑莊館全書』에 그와 관련된 기록이 자세히 나와 있다. 그 요점을 정리하면, 공민왕 9년(1360)에 정몽주와 함께 과거시험에 급제한 문익점이 4년 후에 左司議大夫로 명을 받고 원나라에 들어가게 되었는데, 그때 마침 崔濡가 공민왕을 중국 황제 順帝에게 참소하는가 하면, 충선왕의 셋째 아들인 德興君을 왕에 세우고 자기는 정승이 되고자 하였다. 그러면서 문익점의 강직한 성격을 들어 황제의 말을 잘 듣지 않을 것이라고 참소한다. 그래서 순제가 직접 불러 덕흥군을 왕으로 세우려 한다는 뜻을 말하며, 문익점의 의향을 물었다. 이에 대해 문익점은 "임금과 신하의 의는 천지 사이에 피할 곳이 없습니다. 신이 비록 無狀한 사람이오나 감히 조서를 받들지 못하겠습니다."라고 대답하니, 순제의 노여움이 극에 달하였고, 사형에 처하라고 명한다. 그러자 중국 조정의 여러 신하들이 그를 구제하여 死罪에서 풀려나, 마침내 남쪽 변방으로 유배가게 되었고, 문익점이 고려로 오는 장사꾼을 통해 몰래 최유의 사건을 공민왕에게 통고하여 약 3년 만인 공민왕 15년에 赦宥되어 우리나라로 돌아오게 되었다. 이때 문익점이 남방 지역에서 재배되고 있던 목화씨를 붓뚜껑에 몰래 숨겨 들여오게 된다.24) 이를 보면, 문익점은 공민왕에 대한 절개를 다하기 위하여 결국 목

---

24) 李德懋, 『靑莊館全書』卷68, 「寒竹堂涉筆」上 富民侯, 文益漸字日新 小名益瞻 晉州江城縣人也 高麗恭愍王九年元順帝至正二十年庚子 擢第 與鄭夢周同榜 見麗季儒學廢而釋敎行 慨然以繼絶學 爲己任 倡明正道 詆斥異端 敎人 必以忠孝之行 性

숨까지도 불사하였고, 탁광무 또한 이러한 상황 이해를 잘 하고 있었기 때문에 위의 시문을 지어 위로하였던 것이다.

지척에 가까이 있는 듯이 느껴지지만, 머나먼 곳에 있기에 얼굴은 직접 볼 수 없다는 내용으로부터 시작하여 승구에서는 문익점이 불의에 굴하지 않는 모습을 '산보다도 무겁다'라고 하여 의지가 강렬함을 나타내었다. 전·결구에서는 晉나라에 포로로 잡혀갔던 楚人 鍾儀와 흉노에 사신으로 갔다가 그곳에서 19년 동안 억류되었던 漢人 蘇武에 대한 고사를 들어 이들이 어떤 상황에서도 역경을 딛고 자신의 나라로 돌아왔듯이 문익점도 반드시 그렇게 되리라는 점을 강조하였다. 종의와 소무는 절의의 대명사처럼 나오는 인물인데, 이들을 등장시켜 문익점의 절의를 높이 샀다고 하겠다. 그리고 또한 「차삼우당」의 결구 '수양산에 지는 해도 백이·숙제에 부끄럽구나'25)에서도 중국 고대 은나라 말에 절의를 지켰던 백이·숙제를 들어 문익점이 지킨 절개를 예찬하였다.

다음 시는 이숭인에게 화답한 두 수 중의 두 번째 작품으로 간접적으로 절의를 강조하고 있다.

> 一孤忠別一孤城   외로운 충신 외로운 성과 이별하니
> 此世興亡任此行   이 세상의 흥망을 이 행차에 맡기네
> 難死難生心自決   죽기도 살기도 어려워 스스로 결단하니
> 不求不保命猶榮26)   목숨 구함과 보존 바라지 않음이 영광스럽네

理之學 二十四年甲辰 以左司議大夫 奉使入元 會崔濡譖恭愍王于順帝 欲立德興君而自爲相 蓋德興君時爲上使 濡又譖益漸曰 副使文益漸 素稱剛直 必不從命 願陛下抑之也 順帝召益漸 謂之曰 麗王荒淫 朕欲廢王立德興君 爾元爲何如 益漸對曰 君臣之義 無所逃於天地 臣雖無狀 不敢奉詔 順帝怒曰 朕志已定 陪臣違命 罪當死 中朝諸臣爲救解 遂竄于南荒 益漸因商人之來東者 密通崔濡事于恭愍王 二十六年 丙午九月 宥還 見途旁田中 有草白花如氄 使從者金龍摘取而看 守田老媼曰 此草綿也 外國人移種 有厲禁 愼勿摘也 益漸遂潛藏三花于筆管來.

25) 卓光茂,『景濂亭集』卷1,「次三憂堂」
26) 卓光茂,『景濂亭集』卷1,「淚和陶隱二首」

이숭인은 탁광무보다 17년 연하이면서 고려 말의 문인으로 흔히 '三隱' 중 한 사람으로 알려져 있다. 또한 그는 46년의 일생동안 무려 네 차례나 유배를 다녀왔고, 끝내 유배지인 영남에서 정도전이 보낸 孫興宗·黃居正 등에게 杖殺되어 생을 마감하였다. 위 시가 지어진 시기는 명시되지 않아 자세하지는 않다. 하지만, 이숭인이 탁광무에게 준 「杖流時 贈景濂亭」시제의 '杖流'의 의미에 초점을 맞추어보면, 이숭인의 나이는 42세(1388년)요, 탁광무의 나이는 59세가 된다. 당시 친원파인 李仁任이 우왕을 왕으로 추대하고 친명파를 추방하는가 하면, 林堅味·廉興邦 등의 충복을 요직에 앉히고 전횡을 일삼았다. 그런데 그의 횡포에 격노한 崔瑩·이성계 등에 의해 京山府(현 경북 성주군)에 安置되고, 얼마 되지 않아 생을 마감하니, 이숭인은 이때 이인임과 척족이라는 이유로 通州(현 평북 선천)로 장류되었던 것이다. 장류되어 가는 중에 이숭인이 먼저 탁광무에게 「장류시 증경렴정」이라는 두 수의 작품을 지어서 주었는데,[27] 위 작품은 그 두 번째 작품의 운에 맞춘 것이다.

시 기구에서의 충신은 물론 이숭인을 말할 것이고, 이 세상의 흥망은 곧 이숭인이 가는 행차에 달렸다고 하며, 그 중요성을 강조하였다. 또한 이숭인이 비록 억울하지만, 삶보다는 의연한 자세로 죽음을 선택했다고 하며, 구차하게 목숨을 보존하려고 하지 않은 모습을 '오히려 영광스럽다'고 하였다. 즉, 구차하게 목숨을 보존하는 것보다는 절의를 지킴이 오히려 나음을 강조하였다.

탁광무의 절의 강조는 또 다른 시에서도 엿볼 수 있다. 탁광무는 정몽주

---

27) 이숭인의 「杖流時 贈景濂亭」두 수는 다음과 같다. ① '청산의 이별 길 흰 구름이 일어나. 이에 망망히 떠나니 살기가 엉켜있군요. 만일 남아가 만 리를 간다면, 살아 돌아오는 어느 날에 닦은 도 넓힐까요.[青山別路白雲興, 此去茫茫殺氣凝. 若使男兒行萬里, 生還何日道修弘]' ② '뉘 알까 오늘의 이 개성을, 떠남에 이별은 쉽고 만남은 어려울 것입니다. 나 당당히 내 일만을 생각할지니, 사는 것이 비록 위대하나 죽는 것도 영광됩니다.[誰知今日是開城, 易別難逢有此行. 思我堂堂惟我事, 生之雖大死猶榮]'

가 1392년 56세의 나이로 개성 善竹橋에서 擊殺당한 후 그를 애도하는 시
를 남겼는데 다음과 같다.

鼎重生離大	솥처럼 무거운 삶 크게 이별하니
羽輕死亦榮	새털처럼 가벼운 죽음도 영광되네
橋留千古血	다리에는 천고의 혈흔 남아있고
水帶萬年聲	물에는 만년의 명성 띠 둘렀구나
節氣風霜凜	절개는 풍상처럼 늠름하고
忠心日月明	충성스런 마음 해달처럼 밝네
孤魂猶未恨	외로운 혼은 오히려 한이 없으니
天地獨芳名28)	천지에 홀로 꽃다운 이름 남으리라

정몽주는 고려 말의 충신으로서 난세에 정승 자리에 올라 여러 가지 善
政을 베풀었으며, 유학자로서 배운 것을 몸소 실천해 옮기려고 하였다. 때
문에 당시 이성계를 趙浚·정도전 등이 추대하여 易姓의 움직임이 있음을
포착하고, 먼저 제거하려고 하였지만, 오히려 역습당해 李芳遠의 문객 趙
英圭에 의해 선죽교에서 격살당한다. 이는 잘 알려진 역사적인 사건으로
정몽주의 고려를 향한 절의 정신은 먼 후대에까지 회자되고 있다.

위 시는 이러한 역사적인 사건을 바탕으로 하고 있다. 수련 1구에서는
정몽주의 당시 정치적인 위치와 역할 등을 은유적으로 묘사하였는데, 마치
'솥과 같이 무겁다'라고 하였다. 그러나 정몽주는 자신의 목숨도 아까워하
지 않으니 죽음을 '새털처럼 가볍게 여겼다'라고 하여 소신을 지키기 위
해 죽음도 불사한 정신을 드러내었다. 함련에서의 '다리'는 물론 선죽교를
뜻하는데, 오랜 시간이 흘러도 그 흔적은 영원할 것이라고 하며, 정몽주
절의의 영원성을 간접적으로 나타내었다. 그리고 경련에서는 정몽주의 절
의와 충심의 깊이를 가늠할 수 있도록 하였고, 마지막 미련에서는 정몽주

---

28) 卓光茂, 『景濂亭集』卷1, 「哀圃隱」

가 비록 비운의 죽음을 맞이했지만, 정의로운 것이기에 한은 없을 것이라고 하며, 그 이름이 영원히 후대에까지 남으리라고 하였다. 탁광무는 당시 정몽주와 뜻을 함께했던 徐甄에게 드린 輓詞도 지었는데, 함련에서 '소나무에 높은 절개 기운 남겨두었고, 꽃에는 태평의 흔적 둘렀구나'29)라고 하여 절의 정신을 들어 예찬하였다.

　이상 탁광무의 시에 나타난 시국 인식과 절의 정신을 살폈다. 탁광무는 당시 고려가 쇠해지는 상황을 난세로 규정하였고, 많은 지인들이 절의를 지키려다가 유배를 가거나 죽음에까지 이르는 상황을 목격하였다. 그러면서 난세를 어떻게 살아야 하는가?에 대한 진지한 고민도 했을 것이다. 절의는 정신적인 무장이 없으면 지키기 어려운 것이다. 탁광무 또한 직접 피해를 입어가며 절의 정신을 표방하지는 않았지만, 적어도 조선이 건국될 당시 적극적인 참여 의사를 나타내지 않았고, 한양과 멀리 떨어진 광주에서 누정을 짓고 유유자적하며 隱者의 삶을 살았기 때문에 '表隱'했다고 할 수 있다. 이는 평소 유학의 도를 깨우치지 않았다면 어려운 것으로 곧, 정신적인 무장을 간접적으로 표방했다고 하겠다.

3) 脫俗的인 삶과 濂洛風의 시

　탁광무가 벼슬하다가 물러나와 광주 별서에 '경렴정'이라는 누정을 짓고 여생을 한적하게 지냈음은 앞 2장에서 이미 말하였다. 이제 바야흐로 脫俗의 공간에서 지내게 되었는데, 그 속에서 추구한 것은 과연 무엇이었을까? 이는 몇 편의 시에서 그 단서를 찾을 수 있는데, 먼저 柳圭가 지은 「景濂亭集序」의 일부분을 인용하면 다음과 같다.

　　하물며 경렴의 시는 高古하고 閒遠하여 여유로운 理趣가 있다. '수정에서 온종일 청산만 바라보네'의 읊조림을 보면, 사람으로 하여금 그 숭상하는 뜻의 정대함과 가슴

---

29) 卓光茂, 『景濂亭集』卷1, 「次權楊村近 贈徐蕃村輓甄」, 松舍孤節氣, 花帶太平痕.

속의 灑落함을 그리워하게 하나니 俗學 勢利의 절구질에 물들지 아니함이 있다. 마땅히 덕을 감추고 빛을 그윽이 하여 현자의 학행을 계발하여 울연히 국초의 명가가 되었으니 어찌 위대하지 아니한가.30)

먼저 탁광무 시문의 風貌를 '高古', '閒遠'이라고 하였다. 이는 탈속성을 지녔음을 말하는 것으로 모든 작품이 그렇다는 것은 아니고, 예시로서 「退老詩」를 들었다. 「퇴로시」를 읽으면 사람으로 하여금 '숭상하는 뜻의 정대함과 가슴 속의 쇄락함을 그리워하게 한다'라고 하여 속세에서 벗어난 기운을 느끼게 함을 말하였다. '胸襟之灑落'에서 '쇄락'은 인품이 깨끗하고 속태가 없음을 말하는 것으로 흔히 중국 송 때의 학자 주돈이를 연상한다. 일찍이 주돈이의 친구 黃庭堅이 「濂溪詩序」를 썼는데, 여기에서 주돈이의 인품을 기리는 의미에서 '용릉 땅의 주무숙은 인품이 매우 고결해서, 가슴 속이 쇄락한 것이 마치 비 갠 뒤의 바람과 달 같았다.[舂陵周茂叔 人品甚高 胸中灑落如光風霽月]'라고 하였다. '용릉'은 주돈이가 살던 곳이고, '무숙'은 주돈이의 자이다. 즉, 인품이 고고하고 깨끗했기에 俗態를 느낄 수 없음을 표현한 말로 이로 인하여 주돈이가 한층 고매한 사람으로 인식하기에 이르렀다. 그리고 후대인들은 주돈이를 비롯한 程顥·程頤 형제, 張載, 朱熹 등이 지은 시문을 함께 아울러 '염락시'라고 하였다. '濂洛'이란 '濂洛關閩'의 준말이니 송대에 성리학을 제창한 주돈이와 정호·정이 형제, 장재, 주희의 고향인 '濂溪'·'洛陽'·'關中'·'閩中'의 맨 앞 글자를 한 자씩 따서 만든 용어로 이로부터 송대의 程朱學, 곧 성리학을 '濂洛(關閩)之學'이라고 부르게 되었다. 이들은 역시 당대의 성리학자인 邵雍이 제창하여 이름바 '邵康節體'라고 불리는 시를 많이 썼는데 송나라 말에 金履祥이 이들 성리학자인 48인의 시 및 箋, 銘, 誡, 制, 贊 등의 문을 모아 『濂洛風雅』

---

30) 卓光茂, 『景濂亭集』, 「景濂亭集序(柳圭)」, 況景濂詩 高古閒遠 綽有理趣 觀於水亭 終日對靑山之詠 使人想慕其志尙之正大 胸襟之灑落 有不染於俗學勢利之曰 宜其 潛德幽光 啓發賢子之學行 蔚然爲國初名家也 詎不偉歟.

라는 책을 편찬하면서 이들이 지은 일련의 시들을 '염락풍', '염락체', 혹은 '염락시'라고 일컫게 되었다.[31] 쇄락한 기상이야 본디 '늦봄에 봄옷이 다 만들어지면 그것을 입고 여러 사람들과 함께 沂水에서 목욕하고 舞雩 壇에서 바람 쐬고 한 곡조 읊고서 돌아오겠다.'[32]고 답한 曾點에게서 나온 것인데, 주돈이를 비롯한 송 때의 유학자들은 증점의 이러한 기상을 이어 받았던 것이다. 앞에서 이미 말한 대로 이제현이 탁광무의 누정 이름을 '주돈이를 경모한다'는 의미에서 '경렴정'이라고 지었는데, 탁광무의 시문을 평가하는 가운데 나온 '가슴 속의 쇄락함을 그리워하게 한다'는 말이 우연히 나온 것이 아님을 볼 수 있다. 탁광무는 장편의 고체시인 「遺悶三十四韻」 첫머리에서 '내가 이 세상에 살면서부터, 세상과는 맞지 않았네.[我生於此世, 與世不相當]'[33]라고 하였듯이 벼슬에만 연연하는 세속적인 삶에서 벗어나고자 노력하였다. 그리고 드디어 벼슬에서 물러나와 낙향하여 누정을 지었는데, 그곳에 편액한 시를 다음과 같이 지었다.

海東形勝擅湖南	해동의 빼어난 승경 호남에서 차지하니
上有濂亭下有潭	위로는 경렴정이 있고 아래로는 못이 있어라
弄月吟風多靜味	달을 보고 바람을 읊조리니 고요한 맛이 많고
觀魚聽鳥足閒談	물고기 보고 새소리 들으니 한담을 나눌만하네
島頭松葉合雲飽	바닷가 솔잎 구름 가득 머금기 합당하고
池面蓮花帶雨酣	못가의 연꽃 빗물을 달게 띠 둘렀네
幽趣溪山眞釀得	그윽한 취미의 계산에서 진한 술 얻었으니
詠而歸日飲而甘[34]	읊조리며 돌아오는 날 마시면 달겠구나

---

31) 홍학희, 「한국 道學詩 연구에 있어서의 몇 가지 문제」, 『한국고전연구』10집, 한국고전연구학회, 2004, 197쪽.
32) 『論語』「先進」, 暮春者 春服旣成 冠者五六人童子六七人 浴乎沂 風乎舞雩 詠而歸.
33) 卓光茂, 『景濂亭集』卷1, 「遺悶三十四韻」
34) 卓光茂, 『景濂亭集』卷1, 「景濂亭扁額」

수련에서는 먼저 호남 승경의 빼어남을 적고서 거기에 경렴정이 있음을 말하였다. 그리고 함련에서는 주로 경렴정 주변의 승경을 나타내었는데, 음풍농월하기 적당하고, 새소리와 물고기를 보면서 유유자적하게 한가로운 이야기를 나눌 만하다라고 하였다. 경련에서는 바닷가의 솔잎이 구름을 가득 머금고, 못가의 연꽃이 빗물을 달게 띠 둘렀다고 하며, 이를 다음의 '眞釀'과 연결짓게 하였다. '진양'은 솔잎이 머금은 구름이요, 연꽃에 둘러진 빗물로 마치 雨露와도 같은 것이다. 작자는 이의 맛을 달다라고 하여 자연에 同化된 화자의 모습을 보여주고 있다.

다음 작품은 이곡에게 써서 준 것인데, 자연에 묻혀 살며 自足해 하는 모습을 보여주고 있다.

江海任遨遊	강해에서 재미있고 즐겁게 노니
解吾進退憂	내 진퇴의 근심을 풀어줍니다
罇成三影月	달빛 아래의 술잔 세 그림자를 이루고
笛送一聲秋	가을의 피리 한 소리를 보내는군요
風穩棲鴉背	평온한 바람 까마귀 등에 깃들고
煙凝睡鴨頭	엉긴 연기 오리 머리에 드리웁니다
早知難處事	일찍이 일 처리하기 어려움 알아
宅近五湖舟[35]	집 가까이 五湖舟를 두었지요

처음 수련에서부터 자연에서 노니니 그동안의 진퇴 고민이 사라졌다고 하며, 만족스러운 인상을 주고 있다. 함련의 시어 '三影'은 밝은 달 아래에서 獨酌을 하는 것을 말하는데, 이 비슷한 것이 李白의 시 「月下獨酌」에도 나온다. 그 시문 가운데 '잔 들어 밝은 달 맞으니, 그림자를 대하매 세 사람이 되었네.[擧杯邀明月 對影成三人]'라는 내용의 세 사람은 잔 속에 비치는 모습과 달에 비치는 그림자, 그리고 자신 등을 말하는 것으로 자연에

---

35) 卓光茂, 『景濂亭集』 卷1, 「偶題稼亭李穀文孝公」

동화된 모습을 잘 묘사했을 뿐 아니라 상황을 낭만적으로 그려서 그동안 많은 사람들의 입에 오르고 내렸다. 달을 배경삼아 독작을 하고 있는데, 어디에서 들리는지는 모르지만 가을의 피리 소리가 들린다고 하며 시·청각의 이미지를 한데 어우르고 있다. 경련에서는 '風穩'과 '煙凝', '鴉背'와 '鴨頭' 등을 댓구어로 만들어 평온한 이미지를 한층 부각시켰고, 미련에서는 시적 화자 자신은 일찍이 속세의 일 처리함의 어려움을 알았기에 집 가까이에 五湖舟를 두었다고 하였다. 오호주는 중국 춘추시대에 越나라의 신하 范蠡가 吳나라를 멸망시키고 자신의 나라로 돌아오던 길에 五湖에 이르러 월왕 句踐과 작별하고 일엽편주를 타고 종적을 감추었다는 고사에서 나온 것으로 언제든지 미련없이 속세를 떠날 준비가 되어 있음을 말한 것이다.

다음 시는 『동문선』권16에 실린 작품으로 「景濂亭」이라는 시제로도 알려진 것으로 보아 경렴정을 대상으로 지었음을 알 수 있다. 탁광무의 대표작으로서 속세를 떠나 추구한 진정한 삶의 모습을 그렸다.

懶向人前强作顏	남들 앞에서 억지웃음 짓기 싫어
水亭終日對靑山	수정에서 온종일 청산만 바라보네
吾家嗜好與時異	우리 집의 기호는 시속과는 다르고
此地淸幽非世間	이곳은 그윽하여 세상 것이 아니로세
風月無私隨處足	풍월은 사사로움이 없어 가는 곳마다 푸짐하고
乾坤大度放予閑	천지는 도량이 커서 한가한 나를 내버려두네
逍遙自適忘機裏	만사를 다 잊고서 소요 자적하다가
臥看長空倦鳥還36)	누워서 공중에 돌아오는 지친 새를 보노라

남들 앞에 서면 아무래도 내키지 않은 웃음을 보여야 할 때가 있다. 작자는 그러는 자신의 모습이 싫었던 것이다. 때문에 사람들이 아닌 자연을

---

36) 卓光茂, 『景濂亭集』卷1, 「退老詩」

벗삼았노라며, 하루 종일 청산만 대할 수밖에 없는 자신의 심정을 변명하고 있다. 함련에서는 작자 자신의 집은 보통 사람들과는 다른 취향을 가지고 있고, 지금 작자가 있는 경렴정은 그윽하여 세상과 동떨어져 있다라고 하며, 탈속성을 강조하였다. 그리고 경렴정에 있다 보면, 이런 저런 자연을 대하게 되는데, '風月'과 '乾坤'은 바로 자연을 나타내는 상징적인 것이다. 사사로움이 없다는 것은 공적이라는 말이기도 한데, 너와 내가 없이 모두에게 골고루 나누어진다는 뜻이기도 하다. 또한 천지는 모든 것을 함유할 정도로 도량이 커서 유유자적하게 노니는 자신조차도 용납하고 있다고 하였다. 자연과 분리되지 않은 合自然의 모습을 보여주고 있다.

이상 시문을 통해서 탁광무의 탈속적인 삶의 모습과 함께 쇄락한 기운을 담은 염락풍의 시문을 살폈다. 일찍이 孔子는 '현자는 천하에 도가 없으면 피하고, 그 다음은 나라가 다스려지지 않았으면 피하고, 그 다음은 예모가 쇠하였으면 피하고, 그 다음은 말을 어기는 것을 보면 피한다.'[37]라고 하였고, '은둔하여 살면서 그 뜻을 추구하고, 의리를 실천하여 그 도리를 실현한다.'[38]고 하였다. 이러한 공자의 실천관은 후대 유학자들의 표본이 되어 나라가 어지러울 때는 잠시 은둔의 생활을 하는 것이 옳은 자세라고 여겼다. 탁광무가 추구한 탈속적인 삶도 결국 공자의 이러한 실천관에서 기인했다고 할 수 있는데, 고려 말이라는 난세를 당하여 유학의 도를 배운 사람으로서 어떻게 처신해야 할 것이지를 깊이 생각했을 것이다. 결국 탁광무의 고민은 실천으로 옮겨졌을 것이고, 낙향하여 누정을 짓고서 탈속적인 삶을 즐겼던 것이다. 그러나 여기서의 탈속성은 완전히 세상과 멀어진 道敎的인 것이 아닌 언제나 세상을 향해 귀를 열어 두는 유교적인 것으로서 이해해야 할 것이다.

---

37) 『論語』「憲問」, 賢者辟世 其次辟地 其次辟色 其次辟言.
38) 『論語』「季氏」, 隱居以求其志 行義以達其道.

4. 호남 한시사의 위치와 가치

지금까지 탁광무의 삶의 궤적을 더듬어보고, 28수 시문을 대상으로 어떻게 구현되었는지를 살폈다. 탁광무는 14~5세기를 살다간 인물로 벼슬 후의 흔적만 남아있어 탄생지가 어디인지조차 알 수는 없지만, 분명한 것은 벼슬을 그만둔 후 광주로 와서 별서에 경렴정을 지은 것으로 보면, 호남과 인연이 있는 것은 확실하다. 선대부터 광주에 터를 잡고 살았기 때문에 탁광무는 생애 마지막도 자연스럽게 광주에 머무르고자 했을 것이다. 따라서 마지막으로 탁광무가 차지하는 호남한시사의 위치를 밝히고, 가치 등을 구명하고자 한다.

사실 고려시대 때는 개인 문집을 만드는 것이 쉬운 일은 아니었으며, 오랜 세월 지나오면서 그것을 고스란히 보존하기란 또한 어려운 일이었을 것이다. 따라서 이름만 남아있고, 실존하지 않은 문집들이 많은데, 많은 양은 아니지만 현재까지 남아있는 것도 다행으로 생각해야 한다. 사실 문집은 어떤 문인이 죽은 다음에 후손이나 제자들에 의해서 간행되기에 이르는데, 상황이 여의치 못할 때는 오랜 세월이 흐른 다음에 사라진 파편 조각을 찾아 맞추듯이 여기저기 흩어진 글들을 모아서 책으로 엮어내기도 한다. 조선후기에 이러한 작업들이 이루어진 경우가 많은데, 자신의 뿌리를 찾으려는 후손들의 노력의 결실이라고 하겠다. 탁광무의 문집『경렴정집』도 마찬가지로 조선후기에 이르러서야 엮어질 수 있었다. 남긴 글과 시문, 당시 유명 인사들과의 교유 정도를 보면, 적지 않은 시문이 지어졌을 것인데, 오랜 세월이 흘러오면서 散逸된 부분도 충분히 감안해야 할 일이다. 그럼에도 불구하고『경렴정집』이 흔히 볼 수 없는 14~5세기 문인의 문집이라는 측면에서부터 벌써 그 가치는 있다. 따라서 이러한 측면에서 보면, 초기 호남한시사의 한 부분을 차지한다는 점에서 결코 그냥 넘길 수만은 없다.

  주지하다시피 호남의 한문학은 조선조 15~6세기 무렵에 가장 흥성하였
는데, 수많은 문인들이 중앙 문단에서 그 이름을 빛냈다. 따라서 이제까지
많은 연구자들은 이러한 중요성을 감안하여 이때를 집중적으로 연구하여
적지 않은 연구 성과물도 냈다. 그러면서도 15~6세기를 기점으로 그 전
시대와 그 다음 시대의 호남한문학의 흐름에 대한 연구는 미진한 형편이
다. 이런 시점에서 탁광무에 대한 관심은 의미있는 작업임에 분명하다. 한
국고전번역원에서 발간한 문집총간을 보면, 13~4세기 문인의 문집으로는
전남·북을 합해 총 5종이 있음을 알 수 있다. 이는 조선시대 이전의 호남
한문학 또는 학문적 분위기를 구명하는 소중한 자료들이다. 그중 탁광무는
당시 유력한 유학자로서 시문을 통해 자신의 가치관을 나타내 보여주었는
데, 이는 결국 호남 정신의 초기 모습을 나타냈다는 점에서 주목을 요한
다. 특히, 유학자로서 실천적인 측면이 강하여 절의를 중요시했음은 조선
의 건국과 맞물리면서 논의의 대상이 되기에 충분하다. 비록 한시문에서
미학적인 가치는 추적할 여건이 못되었지만, 그 전하고 있는 내용 속에서
작자 정신을 읽을 수 있었기 때문에 그 가치는 있다고 하겠다. 결국 탁광
무는 많지 않은 고려후기 호남문인으로서 호남한문학 또는 한시사의 출발
을 알리고 있기 때문에 그 위치를 중요하게 인식해야 하며, 가치 또한 높
다고 하겠다.

5. 맺음말

  본 논고는 탁광무의 삶과 그의 시문을 26제 28수를 연구 대상으로 하여
시적 구현 양상은 어떠했는가? 등을 구명해보고자 하였다.
  탁광무는 공민왕 초기에 벼슬을 하기 시작하여 예의판서를 끝으로 낙향
하여 '경렴정'이라는 누정을 짓고 유유자적하게 여생을 살았다. 경렴정은

이제현이 지어준 이름인데, 주돈이의 호인 '염계'를 들어 '주돈이를 우러르다'는 의미를 담고 있다. 이제현은 탁광무를 혼탁한 세상에 쉽게 물들지 않으면서 쇄락함을 겸비한 유학자적 면모를 지닌 것으로 인식했다고 하겠다.

시적 구현 양상은 크게 세 부분으로 나눌 수 있었다. 첫째는 儒學의 習得과 이해요, 둘째는 時局 인식과 節義의 강조, 셋째는 脫俗的인 삶과 濂洛風의 시 등이 그것이다.

첫째의 내용에서는 주로 탁광무가 유학을 습득하는 과정과 어느 정도의 이해를 하고 있었는가 등을 다루었다. 탁광무를 직접 가르친 스승에 대한 기록은 없다. 그러나 이제현과 관련된 시문에서 이제현으로부터 유학을 전수받은 것처럼 적고 있어서 기본적으로는 선·후배 사이이지만 사제지간으로도 볼 수 있다고 하였다. 또한 탁광무는 유학이 어떻게 알려지고 있는가 등에 대한 내용을 시문에 담기도 했는데, 유학과 관련된 작품에서 아직은 깊이 있는 사상을 드러내지 못한 것을 한계점으로 지적하였다.

둘째 내용에서는 탁광무의 시국 인식 정도와 어지러운 상황 속에서 절의를 강조하는 모습을 주로 언급하였다. 탁광무와 교유했던 주요 인사들로는 정몽주, 이제현, 이숭인, 서견, 이인복, 이곡, 이색·이종학 부자, 문익점, 윤소종 등인데, 이들은 격동기를 맞이하여 유배를 가거나 죽음에 이르는 등 희생을 당해야만 하였다. 그런데 이들 대부분이 고려의 신하로서 조선의 건국에 별로 동조하지 않았다. 때문에 심한 고초를 겪어야만 했는데, 그러면서도 절의만은 꺾지를 않았다. 탁광무는 이점을 높이 샀던 것이다.

셋째 내용에서는 탁광무가 벼슬에서 물러난 후 탈속적인 삶을 살아갔다는 것에 초점을 맞추고 아울러 그러는 가운데 창작된 염락풍의 시문에 주목하였다. 유규는 문집 서문에서 탁광무를 시문을 평하기를 '읽으면 가슴속이 쇄락해진다'라고 하였다. 이는 속된 기운이 없는 것을 말하는 것으로 마치 주돈이의 인품과 비견된다고도 할 수 있다. 그리고 실질적으로 그러한 시문을 남기고 있어서 염락풍으로 규정하였다.

탁광무는 고려 말 문인으로서 초기 호남한시사의 주요 인물이기 때문에 연구의 대상이 됨은 당연하고, 비록 문학사에서 작은 물줄기에 불과한 위치에 있다고는 하더라도 큰 물줄기도 결국 작은 물줄기들이 모여야만 한다고 할 때 가볍게 넘길 수 없는 위치에 있다고 하겠다.

제2부

조선 중기,
호남한시의 유형과 평가

16세기 호남한시의 여성화자 유형과 의의

1. 머리말

16세기는 사상적으로는 도학적 사유가 강화되어가는 때이기도 하면서 문학적으로 보자면, 다양한 층위의 유파가 공존한 시기이기도 하다. 또한 前代와 비교할 수 없을 정도의 많은 작가들이 출현하여 문단을 살찌웠을 뿐 아니라 질적으로도 문학성과 예술성이 드러난 작품들이 양산되었다. 한시사에서 또한 이때를 기점으로 주목해야 할 것은 詩風의 변모로 이전의 江西詩派가 중심이 된 주지적인 송시풍이 한 순간 주정적인 당시풍으로 이행되었다는 점이다. 당시풍으로의 변모는 결국 낭만적이면서도 爛漫한 시문 창작으로 이어져 이전의 송시풍이 유행했던 때와는 사뭇 다른 양상을 보여주었다. 또한 주지하다시피 중앙문단에서 호남문인의 활약상이 두드러진 때도 이 즈음으로 許筠과 李睟光을 위시한 후대의 비평가들의 지적은 벌써 이를 증명하고도 남는다.

본 논고는 이러한 후대 비평가들의 시각을 적극적으로 수용하면서 16세

기 호남한시의 표현상의 특징으로 지적할 수 있는 남성작가의 여성화자시
에 주목하고자 한다.1) 한 작가가 시적 화자를 선택하는 일은 한편으로 전
통과 같은 제도에 영향을 받으면서 한편으로는 작가 자신의 고유한 창작
방법에 의해 결정되는데,2) 남성작가가 여성의 목소리를 통해서 자신의 사
고를 직·간접적으로 전달함은 의도된 문학의 한 장치라고 할 수 있다. 이
는 대체로 남성의 입장에서 볼 때 자신의 처지를 직접 드러낼 수 없는 상
황이거나 애조를 띤 여성성을 빌어 상대방에게 구원을 하는 경우에 쓰일
수 있는 것으로 중국 뿐 아니라 우리나라 문학의 전통을 추적해 가다보면
사적인 맥락까지도 가능하다 하겠다. 이러한 맥락 속에서 16세기에 출현
한 남성작가 여성화자시를 창작한 작가들을 면면히 살펴보면 호남문인들
이 거의 차지하고 있음은 누구도 부인할 수 없을 것이다. 따라서 지금까지
16세기 호남문학의 특징을 논하는 자리에서 '여성화자'에 대한 논의가 끊
임없이 이어졌는데,3) 아쉽게도 16세기 호남한시 전체를 두고 본격적으로

---

1) 본 논고에서 말하는 '호남한시'란 '호남 작가가 지은 한시'이다. 호남 작가는
   지역적인 연고를 따져서 호남에서 출생한 문인을 우선 순위로 하면서 좀더 포
   괄적으로 호남에서 출생하지 않았지만, 호남과 간접적으로 연고를 맺은 문인
   들까지를 포함하였다. 만일 간접적인 연고를 배제한다면, 松江 鄭澈은 호남 출
   신이 아니기 때문에 '호남문인'이 될 수 없는데, 이는 지금까지의 관습적인 용
   례와는 거리감이 있다.
2) 조세형, 「송강가사에 나타난 여성화자와 송강의 세계관」, 『고전문학과 여성화
   자 그 글쓰기의 전략』, 월인, 2003, 79쪽.
3) 호남한시에 나타난 '여성화자'에 대한 연구의 시작은 이혜순(「15·16세기 한국
   여성화자 시가의 의의」, 『한국문화』19집, 서울대 한국문화연구소, 1997)에 의
   해서였다. 이의 연구는 「사미인곡」·「속미인곡」·「妾薄命」을 중심으로 이루어
   졌다. 이를 뒤이어 鄭珉은 「16,17세기 당시풍에 있어서 낭만성의 문제」(『한국
   시가연구』5집, 한국시가학회, 1999)에서 Ⅲ장 1절 '염정시의 여성 정감'을 논
   하면서 주로 호남한시를 예시로 들어보았다. 그 뒤로도 이에 대한 논의가 끊임
   없이 이어졌는데, 金大鉉은 「靑蓮 李後白 漢詩에 나타난 두 가지 새로운 경향」
   (『한국언어문학』제53집, 한국언어문학회, 2004)이라는 논제 하에 이후백의 시
   에서 여성화자시를 한 특징으로 들었다. 또한 김종서는 16세기 호남 시문을
   연구한 논문인 「16세기 湖南 詩의 美的 特徵」(『한국한문학연구』39집, 한국한

논의하지는 않았다. 이러한 시점에서 본 논고는 16세기 호남한시 가운데 남성작가 여성화자시를 선별하여 유형화해보고, 그 의의를 정리해보고자 한다. 똑같은 여성의 목소리를 통해 말해지는 듯한 시문을 자세히 살펴보면, 미미한 차이가 감지되는데 이를 유형화해보고, 그 속에서 찾아지는 작가의 여성상, 그리고 문학사적인 의의를 추출해보고자 한다. 이러한 연구 결과는 기본적으로 지금까지 16세기 호남한시의 한 특징으로 부각된 남성작가들의 여성화자시를 체계화하여 호남한시에 대한 이해의 폭을 넓힐 것으로 생각한다.

2. 호남한시와 여성화자

그러면 16세기 호남한시에서 여성화자가 출현한 배경은 어디에서 찾아야 하는가? 우리나라에서 남성작 여성화자의 작품은 고려조 鄭緒의 「鄭瓜亭曲」을 비롯하여 조선조 鄭澈의 「思美人曲」·「續美人曲」 등이 있고, 한시의 경우 고악부에서 주로 찾을 수 있다. 중국의 경우도 악부시의 전통을 계승한 의고악부시 계열의 작품들과 李白의 「妾薄命」, 「怨歌行」, 「上之回」, 「子夜歌」, 李賀의 「有所思」, 「夜坐吟」, 「大堤曲」 등이 있고, 송대 이후의 詞曲 등 많은 작품들에서 여성화자의 등장을 볼 수 있다.[4] 이렇듯 몇몇 작품을 통해 알 수 있는 것은 여성화자의 등장은 결국 理智的인 것보다는 주정적인 면과 가깝다는 것이다. 남성이지만 자신의 소회를 간절히 전달할 목적이 있을 때나 情的인 호소를 필요로 하는 경우에 주로 여성의 목소리를 빌어 왔다. 이러한 근거는 16세기 호남한시에서 여성화자가 빈

문학회, 2007)에서 여성화자를 활용한 점을 간단히 언급하여 호남한시의 한 특징으로 자리매김하였다.

4) 沈成鎬, 「男性作 女性話者詩의 유래」, 『중국어문학』50집, 영남중국어문학회, 2007, 191쪽 참조.

번히 등장하는 배경과 관련지어도 무리는 없을 것이다. 즉, 호남한시의 특성상 여성화자를 활용할 수 있는 충분한 基底가 있었다는 말이기도 하다.

16세기는 비평가들이 지칭하는 '穆陵盛世期'와 거의 일치한다. 당시는 다른 어느 때보다도 文運이 성하였고, 특히 호남문인들의 중앙에서의 활약상이 그 어느 때보다도 융성하였다. 16세기와 17세기를 대표하는 비평가인 이수광과 허균은 16세기 호남문인과 관련하여 각각 '근래의 시인은 호남에서 많이 나왔다. 朴祥·林億齡·林亨秀·金麟厚·梁應鼎·朴淳·崔慶昌·白光勳·林悌·高敬命 등이 표표히 드러난 자들이다.'5), '중종조 때에 호남 출신으로서 드러난 자가 매우 많았다. 박상·김인후·임형수·임억령·양응정·박순은 물론이고 朴祐·崔山斗·希春 형제·梁彭孫·羅世纘·宋純·吳謙·李恒·奇大升 등이 혹은 학문으로 혹은 문장으로 세상에 드러났다.'6)라고 하였는데, 16세기 중앙 문단에서의 호남문인들의 활약상을 명료하게 드러낸 언급이다. 곧, 이수광과 허균은 당대를 대표하는 비평가들로 어느 누구보다도 예리한 비평가적 안목으로 16세기 문단을 지켜보았기 때문에 사실과 크게 어긋나지 않을 것으로 판단된다. 뿐만 아니라 이수광과 허균은 『芝峰類說』「文章部」와 「鶴山樵談」·「惺叟詩話」 등에서 호남문인에 대한 실제 비평을 하였는데, 비평 대상이 된 주요 문인으로는 최경창·백광훈·임억령·박순·임제·박상·김인후·임형수·고경명·유성춘·白光弘·李後白·鄭澈·梁大樸·梁廷楫7)

---

5) 李睟光, 『芝峰類說』卷14, 「文章部7 詩藝」, 頃世詩人多出於湖南 如朴訥齋祥 林石川億齡 林錦湖亨秀 金河西麟厚 梁松川應鼎 朴思菴淳 崔孤竹慶昌 白玉峯光勳 林白湖悌 高苔軒敬命 皆表表者也.

6) 許筠, 『惺所覆瓿藁』卷23, 「說部2 惺翁識小錄中」, 在靖陵朝 湖南人才之顯于時者甚多 如朴訥齋昆季 崔舍人山斗 眉菴昆季 梁校理彭孫 羅提學世纘 林牧使亨秀 金河西 林石川 宋三宰純 吳贊成謙 最著 其後 朴思菴 李一齋 梁松川 奇高峰 高霽峰 或以學問 或以文章 顯於世…….

7) 이수광과 허균이 나열한 문인에 포함되지 않은 사람으로는 白光弘·李後白·鄭澈·梁大樸·梁廷楫 등을 들 수 있다. 백광홍은 백광훈의 아우이면서 가사작품 「關西別曲」의 저자로 전남 장흥 출신이고, 이후백은 그의 연보에 따르면, 원래 경상도 함양에서 태어나 玉溪 盧禛과 함께 表寅에게 배웠으며, 15세에 금릉(현

등이다. 또한 이들에 대한 비평 내용은 문학 작품을 대상으로 한 경우와 주변 閑談的인 것을 대상으로 한 경우로 대별할 수 있는데, 문학 작품을 비평한 경우도 작품 나열에 그친 경우와 시풍을 겸한 풍격까지 논한 경우 등으로 나눌 수 있다. 시풍의 경우, 사실 당시 이수광과 허균이 당풍에 경도된 입장에서 문단을 주도했기 때문에 당풍을 기준으로 작가와 작품을 선별하여 비평하였는데, 이는 호남문인이 다수 선별되는 주요한 요인이 되었다. 이는 곧, 다시 말해 호남문인과 당풍과는 밀접한 관련성이 있고, 다음의 비평 내용을 들여다보면 이러한 정황을 어렵지 않게 발견할 수 있다.

① 우리나라의 시인들은 蘇黃을 높이 여기는 이가 많아서 2백 년 동안에 모두 하나의 격식만 도습하여 오더니 근세에 이르러 최경창·백광훈이 비로소 당나라의 시를 배워서 힘써 맑고 괴로운 시사를 지으니, 최·백이라고 불리어 한때 매우 본받는 이가 많아서 거의 종래의 버릇을 변경하게 되었다. 그러나 그들이 숭상하는 것은 晚唐의 시풍이고, 盛唐의 경지에는 진입하지 못하였다. 혹시나 그들의 詩才에 한계가 있었던 것일까.[8]

② 임제의 자는 子順이니 羅州人이다. (중략) 그의 評事 李瑩을 보내는 시는 다음과

───────────

전남 강진)으로 이사하였다. 그리고 줄곧 호남에서 살았는데, 이러한 연고로 후대 金昌協은 '호남의 시는 이후백으로부터 비로소 唐詩를 배우기 시작하였다.'[湖南之詩 自李靑蓮始學唐(「苔川集序」, 『農巖集』卷22)]라고 하여 호남문인으로 간주하였다. 정철은 16세 때 부친을 따라 창평(현 전남 담양)에 온 이후로 10년 정도를 머물러 있었고, 후에 정계에 입문해서도 가끔 창평을 들러 주옥 같은 가사 작품을 남겨 명실공히 호남문인으로 인식되어 왔다. 전북 남원에서 태어난 양대박은 당시 庶擘禁錮에 묶여 벼슬에 나아가지는 못했으나 문장력이 뛰어났을 뿐 아니라 특히, 임진란 때는 직접 의병에 가담하여 결국 생을 마감한 문인으로 주로 허균이 주목하였다. 양정즙은 무명의 작가로 허균이 「鶴山樵談」에서 호남인이라고 명시하였다.

8) 李睟光, 『芝峰類說』卷9 「文章部2 詩」, 我東詩人 多尙蘇黃 二百年間 皆襲一套 至近世崔慶昌白光勳 始學唐 務爲淸苦之詞 號爲崔白 一時頗效之 殆變向來之習 然其所尙者 晚唐耳 不能進於盛唐 豈才有所局耶.

같다. (중략) 詩格이 당의 楊盈川과 매우 비슷하다.9)

③ 崔孤竹의 시는 悍勁하며, 白玉峯의 시는 枯淡하다. 모두 唐詩의 노선을 잃지 않
았으니 참으로 천 년의 드문 가락이다. 李益之는 이들보다 조금 크다. 그러므로
최·백을 함께 뭉쳐 나름대로 대가를 이루었다.10)

　①은 이수광이 최경창과 백광훈을 평한 것이다. 요점은 우리나라는 오
랜 기간 송시풍을 숭상하여 소식과 황정견을 본뜨는 이가 많았는데, 최경
창과 백광훈이 당풍을 구사하여 송시풍의 분위기를 일신하니 이번에는
최·백을 본받는 이가 많아지게 되었으나 다만, 성당풍이 아닌 만당풍이어
서 아쉽다는 속내를 드러내었다. ②는 허균이 「학산초담」에서 언급한 내
용으로 임제의 평사 이영을 보내는 시를 소개하며 중국 초당 때의 시인인
楊炯과 흡사하다라고 평하였다. 이는 임제가 당풍을 구사했다는 말의 다름
아니다. ③은 최경창과 백광훈의 시의 풍격을 축약해 나타내면서 마찬가
지로 당시의 노선을 잃지 않았다라고 하여 앞선 기록들과 크게 다르지 않
게 최·백의 시를 평하였다. 이와 같이 16세기 호남문인의 시는 당풍과 밀
접히 연관되어 있는데, 이런 분위기 속에서 여성화자 시문이 대거 출현했
음은 당풍과 여성화자 시문이 주정적인 結節点에 의해 만날 수 있었다고
하겠다.
　그러면 16세기 호남한시 가운데 여성화자 시문의 실태는 어떠한가? 여
성화자 시문은 결국 여성정감 시문 속에 포함될 문제이지만, 본 논고에서
는 특별히 화자 측면에만 국한하여 작가와 함께 작품을 나열해본다.11)

---

9) 許筠, 『惺所覆瓿藁』附錄, 「鶴山樵談」, 林悌字子順 羅州人 (中略) 其送李評事瑩詩
　　曰 (中略) 絶似梁盈川.
10) 許筠, 『惺所覆瓿藁』卷25, 「惺叟詩話」, 崔詩悍勁 白詩枯淡 俱不失李唐跬逕 誠亦
　　千年希調也 李益之較大 故苞崔孕白 而自成大家也.
11) 여성화자 시문으로 판단할 때, 화자가 1인칭으로서 현상적으로 드러날 때는
　　쉽게 알 수 있지만, 함축되어서 잘 드러나지 않을 때는 시어를 세밀히 살피거

작가명	작품명(출처)
박상 (1474~1530)	「妾薄命 奉寄靈川 求和」(『訥齋續集』卷2)
김인후 (1510~1560)	「次韻陳無己妾薄命(二首)」(『河西全集』卷2), 「有所思」(『河西全集』卷3)
이후백 (1520~1578)	「閨怨四時詞」(四首)(『青蓮集』卷1)
백광훈 (1537~1582)	「採菱曲」, 「代人有贈」, 「代琴娥別鄭明府」(『玉峯詩集』上), 「龍江詞」(『玉峯詩集』下)
최경창 (1539~1583)	「白苧辭」, 「昭君怨」, 「宮怨」, 「閨思」, 「無題」, 「甑方曲」, 「銅雀妓詞」, 「李少婦詞」(이상『孤竹遺稿』)
임제 (1549~1587)	「挽陳提學女」, 「代人作」, 「妓挽」, 「三浦倩作蕩槳曲」, 「浿江泛碧」, 「代人作」, 「代箕城娼贈王孫 三五七言」(이상『林白湖集』卷1), 「奩體」, 「錦城曲」羅州, 「鰲山曲」長城, 「又贈香奩一絶」, 「贈玉井」(이상『林白湖集』卷2), 「迎郎曲」入耽羅時所詠, 「送郎曲」, 「奩體 贈景綏」, 「無題」, 「代箕城娼贈王孫」, 「夢仙謠」(이상『林白湖集』卷3)

위 표에서와 같이 16세기 호남한시 중 여성화자 시문은 대략 총 34제 38수정도로 파악되었다. 이중에서 박상은 15세기와 16세기에 걸쳐서 살았던 문인으로 비록 다수의 작품은 남기지 않았지만, 초기 여성화자라는 점에서 의미가 있다. 가장 많은 작품 수를 남긴 문인으로는 임제를 손꼽을 수 있는데, 낭만적인 삶과 무관치 않으리라는 생각을 한다. 이러한 작품을 접근하는 방법은 다양할 수 있으나 본 논고에서는 우선 화자를 유형화하여 살피려고 한다. 유형화가 가능한 것은 같은 여성화자의 시문이지만, 작가의 삶의 양태와 시풍 등의 영향을 받아 특징적인 여성화자를 만들어내고 있기 때문이다.

_____

나 전체적인 문맥을 파악하는 일이 관건이라고 하겠다.

3. 여성화자의 유형

1) 여성화자의 자기 동일시

남성 작가가 어떤 작품에서 자신, 즉 남성의 목소리를 내지 못하고 이성 화자를 빌어 자신의 소회를 밝히는 근본적인 이유와 목적은 무엇일까? 특히, 그 남성 작가의 신분이 일반 백성이 아닌 양반 사대부라면 여성화자를 활용하는 목적은 분명하다고 할 수 있다. 이는 곧 시문의 내용을 직접 전달할 수 있느냐? 아니면 직접 전달할 수 없느냐?라는 문제와 결부되기도 하지만, 조선조와 같은 신분과 유교적인 굴레에 싸인 사회에서의 작가 자신의 직접적인 감정의 토로는 쉽지 않았을 것은 자명하다. 따라서 남성 작가는 여성이라는 '가면'을 쓴 채 자신이 생각하고 있는 것을 나타내 보이려고 하였고, 그럴 때 문학의 표현적 성취를 얻을 수도 있었다. 그러나 여성의 모습이고자 했던 그 '가면'이 어떤 標識에 의해 한순간 벗겨지게 되면, 독자들의 작품을 보는 시각이 달라진다. 즉, 독자들은 이제 '가면'을 쓴 뒤의 사람이 아닌 '가면' 속에 감추어져 있었던 사람을 작품의 진짜 화자로 인식하게 된다는 말이다.

16세기 호남한시 가운데에도 이렇듯 남성 작가가 여성이라는 화자를 통해 작품을 완성하고 나서 훗날 그 작품과 관련된 표지로 인하여 결국 작품 속 여성이 곧 작가임이 밝혀진 경우가 있는데, 김인후의 「유소사」가 그렇다. 김인후에게서 「유소사」를 짓게 된 배경은 어떤 작품과 비교하지 못할 정도로 중요한데, 이는 곧 평생지기로 생각하며 모시려 했던 仁宗의 죽음과 관련되어 있기 때문이다. 김인후는 34세에 인종을 처음으로 만나 輔導의 책임을 맡았고, 인종으로부터 「墨竹圖」를 하사받은 은혜까지 입는다. 그리고 인종은 36세에 왕에 올랐으나 같은 해 7월에 그만 생을 마쳤으니 김인후의 입장에서는 이런 갑작스런 죽음 앞에서 할 말이 없었다. 사람은 말로 표현할 수 없을 때 다른 표현 수단을 찾거나 방법 등을 찾기 마련인데, 김인후는 그래도 유학자다운 면모를 잃지 않고 정제된 언어인 시문을 통해 자신의 소회를 토로했던 것이다. 「유소사」의 내용과 당시 독자들의 반응을 『하서전집』의 「행장」에서는 다음과 같이 적었다.

> 일찍이 「有所思篇」과 「弔申生辭」를 지었는데 정성과 사랑이 지극하고 말한 내용이 격렬하니 이른바 더욱 憤懣하고 지극히 悲哀하다는 것으로서 사람들이 읽으면 자신도 모르게 머리카락이 솟고 심장이 찢어지는 듯하였다. 그러나 끝내 무슨 뜻인지를 헤아리지 못하였다.[12]

「유소사」 외에 「조신생사」가 나오는데, 여기서의 '申生'은 중국 晋나라 獻公의 태자 신생을 말한다. 헌공이 驪戎을 정벌하고 驪姬를 얻었는데, 여희와의 사이에서 奚齊를 낳았고, 여희는 욕심을 부려 태자 신생을 폐하고 자신의 아들 해제를 태자로 세우고자 신생을 모함하여 결국 죽음에 이르게 한다. 역대 중국에는 헤아릴 수 없을 정도의 수많은 역사적 인물이 있었는데, 김인후는 왜 하필 신생을 택하여 그의 죽음을 위로하고자 했던가? 이는 필시 당시 인종의 죽음과 관련지어 하고 싶은 말이 많으나 직설적으로 할 수 없음에 유사한 상황에 죽음에 이른 신생을 택하여 인종 죽음의 억울함을 호소하고자 했던 것은 아닐까 하고 생각해 본다. 「유소사」와 「조신생사」는 인종의 죽음 이후 얼마 지나지 않아 지었기 때문에 이성적으로 정신을 가다듬을 겨를이 좀처럼 없었을 수도 있다. 때문에 내용이 격렬하고 분에 가득차 있으며, 슬픈 감정이 많아서 사람들이 읽고 나서 자신도 모르게 머리카락이 솟고 심장이 찢어지는 듯한 아픔을 느꼈다고 하였다. 그러면서도 시문이 전달하고자 하는 진정한 의미를 헤아릴 수 없었다고 하여 작가 김인후가 왜 이러한 작품을 지었는지에 대한 내막을 완전히 파악하지 못한 모습을 보였다. 이처럼 「조신생사」는 역사적인 인물을 빌어

---

12) 金麟厚, 『河西全集』附錄 卷1, 「行狀」, 嘗作有所思篇弔申生辭 誠愛惻怛 辭氣激烈 所謂尤憤懣 而極悲哀者 使人讀之 不覺髮竪而心烈 然竟莫測其何意也.

와 간접적으로 자신의 생각을 읊었고, 「유소사」는 여성화자라는 문학적
장치를 활용하여 마찬가지로 자신의 소회를 드러내었다. 다음은 「유소사」
작품 전문이다.

君年方向立	그대 나이 삼십이 되어 가는데
我年欲三紀	내 나이는 서른이라 여섯이로세
新歡未渠央	새 즐거움 반도 다 못 누렸는데
一別如絃矢	한 번 이별 활줄에 화살 같아라
我心不可轉	내 마음은 굴러갈 수가 없고
世事東流水	세상일은 동으로 흘러가는 물
盛年失偕老	한창 때 해로할 이 잃어버리고
目昏衰髮齒	눈 어둡고 이 빠지고 머리 희었네
泯泯幾春秋	묻혀 사니 봄가을 몇 번이더냐
至今猶未死	오늘에도 오히려 죽지 못했소
柏舟在中河	柏舟는 황하의 중류에 있고
南山薇作止	南山엔 고사리가 돋아나누나
却羨周王妃	도리어 부럽구려 周王의 비는
生離歌卷耳13)	생이별로 卷耳를 노래했으니

맨 마지막 구절 '却羨周王妃, 生離歌卷耳'가 없었다면, 여성화자에 의해
읊어지고 있음을 인식하지 못할 수도 있다. 그만큼 처음부터 여성화자의
등장이 확실하지 않은 상태에서 시문의 내용이 전개되고 있기 때문이다.
그러나 위 작품은 여성화자가 살아 남겨진 상태에서 자신의 입장을 읊은
것으로 홀로 남겨진 입장에서 그리움 이상의 화자의 처절한 처경과 회포
가 그려지고 있다.14) 그리고 그 여성화자는 김인후 자신이라는 것을 거의

---

13) 金麟厚, 『河西全集』卷3, 「有所思」
14) 이혜순, 「河西 金麟厚의 여성관」, 『한국고전여성문학연구』4집, 한국고전여성
　　문학회, 2002, 208쪽.

의심하지 않고 받아들이게 된다. 처음 시작 부분의 여성화자 자신이 명확히 밝힌 서른여섯의 나이는 인종이 승하할 당시 김인후의 나이와 같기 때문에 독자는 의심을 남기지 않고 여성화자와 김인후를 동격으로 파악한다는 말이다. 따라서 「유소사」는 「행장」 등의 표지가 없었더라면 작품 자체만 두고 무한한 상상을 할 수도 있었겠지만, 상상을 제한한 대신 정확한 배경을 알게 함으로써 작품에 대한 객관적인 풀이를 가능하게 하였다.

위 시의 여성화자가 '그대'와 헤어진 때는 만나서 즐거움을 채 만끽하기도 전이었다. 그러나 한 번 이별을 하니 활줄을 떠난 화살처럼 세월이 빨리 흘러가 눈은 어두워지고 이는 빠졌으며, 머리는 희어지게 되었다라고 하였다. 그리고 묻혀 살기 때문에 계절이 어떻게 지났는지 알 수 없음도 말하였다. 그러나 모진 세월이지만 죽지 못해서 살고 있노라고 하며, 그 삶의 의미가 헛되지 않도록 한다는 뜻에서 『詩經』鄘風의 「柏舟」시와 召南의 「草蟲」시를 들어 보이고 있다. 「백주」시는 그 小序에 따르면, 衛나라 태자 共伯의 처 共姜이 남편 사후 再嫁하지 않고 절조를 지킨 내용을 읊은 것이고, 「초충」은 들에서 사랑하는 사람을 기다리다가 마침내 만나게 된 기쁨을 노래한 것으로 알려져 있다. 즉, 이들 『시경』 시문을 내보임으로써 비록 지금 사랑하는 '그대'와 이별을 하고 있지만, 마지막까지 지고지순함을 지켜보겠노라는 의지를 내보이고 있다. 이는 곧 여성화자를 통해 절의를 다짐한 것이기도 하면서 작가 김인후의 생각이 고스란히 묻어나왔다고도 할 수 있다. 그리고 마지막 구절에서 생이별한 부부 사이의 이별 노래마저 부러워하는 마음을 통해 그의 죽은 자에 대한 그리움이 얼마나 큰가를 보여준다.[15]

김인후는 우리나라 18현인 속에 포함될 정도의 대표 유학자이기도 하면서 尤庵 宋時烈이 일찍이 김인후를 기리는 「신도비명」에서 '도학·절의·문장'을 모두 겸비했다고 하며, 높이 예찬하였다. 그만큼 김인후의 학문과

---

15) 이혜순, 앞 논문, 2002, 208쪽.

인격이 높았음을 말한 것인데, 훗날 正祖가 이러한 그의 인격을 높여 '文靖'이라는 시호를 '文正'으로 고쳐주었다고 전한다. 즉, 생애 오십년 동안 학문을 게을리 하지 않았고, 인종에 대한 절의를 지켜 인간으로서의 도리를 다하려는 모습을 견지하였다. 이렇듯 유학자의 본모습을 잃지 않으려고 했기에 시문을 읊을 때조차도 감정을 절제하는 中庸의 모습을 보여 '청고하면서도 과격하지 않고, 곧으면서도 박절하지 아니하여 즐거우면서 조용하고, 和毅한 풍도가 있으며, 근심하면서 원망하는 뜻이 적었다.'[16]라는 평을 받았다. 이러한 중용의 자세는 「행장」에 비록 '사람들이 읽으면 자신도 모르게 머리카락이 솟고 심장이 찢어지는 듯하였다.'라는 말이 있기는 하지만, 「유소사」와 같은 여성화자를 활용한 시문에서도 그대로 나타나 실제 시문을 읽어보면, 감정을 격하게 일으켜 읽는 이로 하여금 심하게 격동시키지는 않는다. 이보다는 전체 시문에서 전달하고자 하는 주된 요점은 여성의 목소리를 통한 절의라고 할 수 있다.

이러한 여성화자를 통한 절의 강조는 「차운진무기첩박명」 두 수에서도 고스란히 나타난다. 「유소사」는 詩作의 배경이 밝혀져 있기에 자연스럽게 인종과 연결지어 여성화자를 곧바로 김인후와 동격으로 볼 수 있었는데, 「차운진무기첩박명」은 그러한 장치가 없기 때문에 작품 자체만 두고 해석할 수밖에 없다. 그러나 「차운진무기첩박명」의 전체 내용을 살펴보면, 「유소사」와 같이 작가가 여성화자의 목소리를 통해 자신의 소회를 밝혔을 개연성은 충분히 있다. 전체 내용을 보면, '삼 년 전에 버림받은 어떤 여인이 임을 그리워하는 것으로 시작하여 이제는 비녀 뒤 검은 머리가 희어지고, 거울 가 붉은 얼굴 향이 가서서 젊음이 다했지만, 처음부터 외길을 걸으려고 맹세했기 때문에 처량하지만 어쩔 수 없다.'[17]라고 하여 체념적인 모습

---

16) 金麟厚, 『河西全集』附錄 卷1, 「行狀」, 淸而不激 貞而不迫 樂而有從容 和毅之風 憂而少尤怨…….

17) 金麟厚, 『河西全集』卷2에 실린 「次韻陳無己妾薄命」 두 수는 다음과 같다. 其一 離居隔山海, 迢遞路逾千. 始言暫相別, 屈指成三年. 一去竟不返, 綠草生春阡. 宛

을 보이면서 마지막에 자신을 '시름에 찬 가을벌레'라고 하여 비록 사랑하
는 임에게 버림받은 몸이지만, 결코 절의를 저버리지는 않겠노라고 한다.
약속하고 떠난 사람이 '한 번 간 후 끝내 다시 돌아오지 않는다'는 것은
임의 배약이다. 그러나 「차운진무기첩박명」시의 여성화자는 배약한 임을
원망하지 않는다. 단지 그의 한이 천지는 다해도 끝나지 않을 것 같다는
암시로 마음의 슬픔을 드러낼 뿐 아니라 '선비는 지기 위해 죽는 거라면,
계집은 애인 위해 모양낸다네.'라고 하여 절의의 각오를 고백할 뿐이다.[18)]

앞에서 이미 밝힌 대로 김인후는 생을 마감하는 날까지도 인종에 대한
절의를 지켰다. 당시 명종이 즉위한 후 여러 차례 불러서 벼슬을 주려고
했으나 모두 사양하고 고향 전남 장성에서 생을 마감한 것이다. 따라서 이
러한 그의 인생 여정을 안다면 많지 않은 작품 수이지만, 여성화자를 활용
한 작품에서 왜 그다지도 절의를 내세우려 했는가를 알 수 있다. 그러면서
여기서 김인후의 여성상을 읽어낼 수 있다. 김인후는 여성화자를 통해 절
의를 강조하면서 한편으로는 남성에 비해 여성이 절의가 있음을 강조한
것이기도 하다. 이는 유학자라면 일반적으로 여성의 절의만 강조한 데에서
그칠 수 있는데, 여성의 목소리를 냄으로써 여성도 곧 절의를 소유한 한
인격체로 여겼다는 말이기도 하다. 이것이 곧 김인후가 생각하는 여성관일
수 있기에 쉽게 넘길 수 없는 점이기도 하다.

2) 상상공간의 模擬 화자

앞에서 이미 언급한대로 당풍은 송풍에 대비할 때 주정적이다. 따라서
시적 공간은 시인 자신의 감정이나 기분에 의해 얼마든지 확대될 소지가
다분하다. 때문에 소재면에서도 규모가 크고, 시·공간적 영역이 비교적 넓

轉遠山眉, 凝愁非舊妍. 撫琴不成調, 幽咽氷下泉. 人亡絃亦斷, 已矣復誰憐. / 其二
雪侵叙後綠, 香歇鏡邊紅. 一恨幾時已, 乾坤會有終. 悽悽矢靡他, 慘慘哀命窮. 士
向知己死, 女爲悅己容. 春風一夕起, 百鳥鳴相從. 獨妾生不辰, 掩抑作秋蛩.
18) 이혜순, 앞 논문, 1997, 80쪽 참조.

다고 할 수 있다.[19]

이와 관련하여 16세기 호남한시의 여성화자 유형에는 당풍의 영향을 받은 것으로 확인되는 의고악부체의 시문이 몇 작품 있다. 의고악부체는 중국의 고악부를 모방했기 때문에 우선 화자가 존재하는 곳은 작가의 현실과 동떨어진 비현실계 아니면 상상의 공간이기가 쉽다. 즉, 중국의 고악부에서 이미 만든 공간을 작가는 잠시 빌어다 쓰고 있는 것이요, 화자 또한 작가와 함께 존재하는 현실계의 인물이 아닌 模擬한 것이다. 따라서 본 논고는 이에 해당하는 작품들을 '상상공간의 모의화자' 유형으로 명명한다. 앞 2장 표를 통해 소개한 작품 가운데 이에 해당하는 작품들로는 「閨怨四時詞」(이후백), 「採菱曲」(백광훈), 「白苧辭」, 「昭君怨」, 「宮怨」, 「閨思」(이상 최경창) 등이 있다. 먼저 이후백의 「규원사시사」는 이수광이 『지봉유설』을 통해 '閨情詩'라고 하여 두 구 정도 소개하면서부터 알려지게 되었는데,[20] '규원류'는 중국 고악부에서 흔히 접할 수 있는 관습화된 작품군이라고 하겠다. 따라서 작가의 고유한 생각을 간파해내기가 어려운데, 이는 곧 공간과 화자 모두 만들어진 것을 빌어쓰고 있기 때문이다. 먼저 백광훈의 「채릉곡」을 들어본다.

> 相邀渡口採菱去　　나루터 어귀에 서로 만나 마름 따러 가니
> 菱葉初生荇葉靑　　마름 잎을 처음 나고 행엽은 푸르러라
> 晩來風急船難進　　늦을 녘 바람 급해 배 띄우지 못하니
> 愁倚蘭橈望遠汀[21]　시름으로 蘭橈에 기대 먼 물가 바라보네

「채릉곡」은 「採蓮曲」과 함께 악부의 淸商曲에 해당한다. 청상곡이란 악

19) 卞鍾鉉, 「孤竹 崔慶昌 漢詩의 唐風的 性格」, 『한문교육연구』4집, 한국한문교육학회, 1990, 208쪽 참조.
20) 李睟光, 『芝峰類說』下, 「文章部」,
21) 白光勳, 『玉峯詩集』上, 「採菱曲」

부의 가곡 이름으로 가을에 속하는 商聲의 맑고도 슬픈 노래를 말한다. 그 곡조가 얼마나 슬프던지 『新增東國輿地勝覽』제3권, 「漢城府」에 李承召의 시를 소개하면서 '미인은 비파를 타서 청상곡을 연주하니, 좌중이 침울하여 창자까지 수심일세.'[22)]라는 시문이 전한다. 위 백광훈의 「채릉곡」의 공간은 1구에 나온 '나루터 어귀'이다. 그리고 화자는 함축되어 있지만, 1구부터 마지막 4구까지 1인칭 화자의 움직임과 감정 등이 포착된다. 옛부터 마름이나 연밥 등을 따는 행위는 아름다운 여인들이 하는 노동의 일종이라고 볼 때 함축되어 있는 1인칭 화자는 바로 여성이라고 할 수 있다. 마치 카메라의 앵글이 움직이듯이 화자가 이끄는 대로 따라가다 보면, 마지막에 화자의 감정 상태가 어떠한가?까지 알 수 있게 된다. 시문 속 여성화자는 홀로 마름을 따러 가려던 것이 아니라 나루터 어귀에서 누군가와 만나 함께 가기로 한 것으로 읽힌다. 그리고 마침 마름 잎이 이제 막 나오고 행엽 또한 푸르기 때문에 마름을 딸 수 있을 것으로 생각하였다. 그런데 3구에서 상황은 급반전되는데, 강가에 부는 '급한 바람'은 결국 여성화자의 감정을 바꾸어놓아 바람으로 인해 배를 띄우지 못하고 배를 띄우지 못하면 마름도 딸 수 없을 것이기 때문이다. 마지막 4구의 '愁'는 여성화자의 감정이 시름에 잠겨 있음을 알리는 것으로 처음의 모습과는 사뭇 다르다고 하겠다.

최경창은 '상상공간의 모의화자' 유형을 가장 많이 남긴 작가인데, 시문 「백저사」는 다음과 같다.

憶在長安日	장안에 있었을 때를 생각하니
新裁白紵裙	흰 모시 치마를 새로 지었었지
別來那忍着	이별한 뒤 어찌 차마 입어보리오
歌舞不同君[23)]	임과 함께 노래하며 춤추지 못하는데

22) 『新增東國輿地勝覽』卷3, 「漢城府」
23) 崔慶昌, 『孤竹遺稿』, 「白苧辭」

「백저사」를 풀이하면 '흰모시의 노래' 정도 되고, 내용을 읽어보면 이별을 한 여인이 옛 연인을 못 잊어하며 과거를 회상한 뒤에 현재의 상황을 직시하는 것으로 되어 있다. 마찬가지로 시문 속 공간은 현실계와는 무관하며, 다만 중국 당 때의 수도였던 '長安'을 내세우고 있는데, 이는 곧 지금의 '서울' 정도로 이해할 수 있다. 다시 말해서 시문 속 이야기를 이끌어가는 1인칭 화자가 원래 살았던 곳은 '장안'이었고, 그때는 사랑하는 연인을 위해 '흰 모시 치마'를 입었었다. 그런데 연인과 이별한 현재는 '흰 모시 치마'를 차마 입어볼 수가 없다. '흰 모시 치마'는 나를 사랑하는 사람에게 아름답게 보이기 위한 객관적상관물인데, 지금은 이별을 했기 때문에 필요치 않게 된 것이다. 시문 속의 '忍'은 절대적으로 할 수 없다는 뜻으로 풀이할 수 있는데, 여성화자는 사랑하지 않는 사람을 위해서는 '절대로' 아름답게 보이고 싶은 생각이 없기 때문이다. 여성화자는 이별의 아쉬움을 드러내면서 내면으로는 사랑하는 사람을 향한 절의를 다짐하고 있기도 하다.

다음은 漢 元帝 때의 궁녀였던 王昭君의 이야기를 연상하면서 쓴 작품이다.

昨夜單于戰白龍	어젯밤엔 單于가 白龍에서 싸우더니
朝來先隊已沙中	아침 되자 선발대가 사막에 모였구나
强携粧鏡臨前殿	억지로 화장 거울 들고 궁 앞에 이르니
自是愁眉畫不工[24]	이로부터 시름 눈썹 화공이 잘못 그렸네

시제가 「소군원」이기 때문에 왕소군이 1인칭 화자가 되어 시문의 내용을 이끌어가고 있다고 할 수 있다. 왕소군은 중국 역대 미인 중에서도 아름답기로 잘 알려진 여인인데, 아름다움에 비례하여 비련의 여인으로도 알려져 있다. 한 원제는 후궁이 매우 많아서 일일이 접할 기회가 없었다. 때

---

24) 崔慶昌, 『孤竹遺稿』, 「昭君怨」

문에 한 가지 묘책을 냈는데, 화공 毛延壽를 시켜 궁녀의 용모를 그려오게
하여 평가를 하였다. 이런 이유로 많은 궁녀들이 앞을 다투어 모연수에게
뇌물을 주면서 자신의 모습을 잘 그려달라고 부탁을 했는데, 유독 왕소군
만은 뇌물을 주지 않아 모연수는 왕소군을 일부러 밉상으로 그렸고, 그리
하니 원제가 왕소군을 접할 기회는 없었다. 훗날 마침 흉노족의 군장인 呼
韓邪單于가 미인을 요구하니, 원제가 밉상인 왕소군을 보내라고 명하였다.
그런데 떠나는 날 왕소군을 처음 접한 원제는 그녀의 아름다움에 놀라 후
회를 하였고, 그렇지만 때는 이미 늦었기에 왕소군은 戎服 차림으로 말에
올라 비파를 타면서 원한의 정을 시로 읊었다고 한다. 이로 인하여 그녀의
미색만큼 원한도 깊어 비련의 여인으로서 중국을 비롯한 우리나라의 문인
들이 작품 소재로 자주 활용하였는데, 최경창의 위 작품 배경도 이런 맥락
에서 이해할 수 있다.

「소군원」 시문의 전체적인 흐름은 흉노족 군장인 선우가 白龍堆에서 싸
우는 것으로부터 시작하여 흉노족에게 가기 싫어하는 왕소군의 심리 등을
입체적으로 그렸다. 백룡퇴는 옛날 西域의 沙丘 이름으로, 流沙가 끝나는
곳으로 알려져 있다. 이러한 백룡퇴에서 어젯밤에 싸우더니 아침이 되어
선발대가 고비사막에 모였다고 했으니, 싸움이 급박하게 진행되고 있음을
알게 한다. 그리고 3~4구는 함축된 화자인 왕소군이 억지로 예쁘게 화장
하고 대궐 앞에 이르니 수심에 가득찬 얼굴이기에 결코 아름다울 수 없다
라고 하여 흉노족에게 어쩔 수 없이 가야만 하는 안타까운 심리를 묘사하
였다. 여기서 왕소군은 자발적으로 어떤 일을 할 수 있는 인물이 아닌 수
동적인 인물인 것이다. 마찬가지로 시문의 공간은 작가가 상상해서 만들었
고, 왕소군 인물 또한 알려진 스토리를 중심으로 빌어썼다고 하겠다.

다음의 두 작품은 의고악부제에서 흔히 보는 소재인 규중심처에 묻힌 채
평생을 폐쇄적으로 살아가야만 했던 아녀자들의 모습을 그린 시문들이다.

① 櫻桃花落玉階空   앵도꽃은 다 떨어지고 옥섬돌 비었는데

淚濕羅巾襯線紅　눈물 젖은 비단 수건 속 옷 엷게 붉어라
愁倚繡床無戲伴　시름에 繡床에 기대니 장난칠 짝이 없어
喚回鸚鵡出金籠25)　다시 앵무를 불러 금롱에서 나오게 하네

② 簾幕深沉隱曉光　주렴 장막 깊숙한 곳 새벽빛 은은한데
五更殘夢到遼陽　오경의 남은 꿈이 遼陽까지 이르렀네
孤鸚却喚淸愁去　외론 앵무 다시 불러 맑게 시름 보냈는데
輕霧霏霏濕海棠26)　옅은 안개 자욱히 내려 해당화를 적시네

　이 두 작품은 여러 가지 면에서 공통점이 많다. 둘 다 깊숙이 감추어진
공간을 배경으로 하면서 내용을 이끄는 주체인 여성화자의 분위기가 결코
밝지 않기 때문이다. 먼저 ① 시문의 계절은 앵도꽃이 다 떨어졌다는 것으
로 보아서 늦은 봄 정도라고 할 수 있다. 봄을 알려주는 전령사인 앵도꽃
도 지고, 게다가 옥섬돌까지 비었으니 적막함을 자아내기에 알맞다. 때문
에 쓸쓸한데, 그러한 쓸쓸함이야 말로 다하기 어려워 비단 수건에 눈물 자
욱만 남길 뿐이다. 그리고 울다가 시름을 달래려고 무늬가 아로새겨진 상
에 기대어보나 함께 장난칠 상대조차 없기에 외롭기 그지없다. 다만 조롱
속에 있는 앵무새가 이야기할 유일한 상대요, 시름을 달래줄 유일한 돌출
구로서 역할을 하고 있는데, 수동적인 시적 화자의 모습을 보게 된다. 작
품 ②도 유사하게 읽혀진다. 다만 ①과 다른 점은 계절이라는 시간보다는
새벽이라는 시간을 알려주고 있는 것이다. 그리고 '簾幕深沉'이라는 어구
를 통해 지금 화자가 있는 공간이 극히 폐쇄적임을 알게 해준다. 그런데
이런 폐쇄적인 곳에서 탈출하여 멀리 요양까지 가고픈 욕망을 새벽꿈에서
나마 꾸어 보지만, 이것은 단지 꿈일 뿐 현실이 될 수는 없는 것이다. 그래
서 현실은 늘 외로울 수밖에 없기에 자신의 신세와 비슷한 '외로운 앵무

---

25) 崔慶昌, 『孤竹遺稿』, 「宮怨」
26) 崔慶昌, 『孤竹遺稿』, 「閨思」

새'를 불러 동병상련을 느껴보려고 한다. 작품 ①에서도 '앵무새'가 나오
는데, ②에서도 '앵무새'를 등장시켜 여성화자의 외로움을 달래주는 매체로
활용하였다. 또한 ①에서와 마찬가지로 ②의 여성화자도 결코 능동적이지
못하고, 수동적인 자세에서 외로움만 달래려는 모습을 보여주고 있다.

　이상 '상상공간의 모의 화자' 유형에 속하는 작품들을 살폈다. 이런 유
형들은 흔히 의고악부제에서 발견되었는데, 16세기 호남시단이 당풍을 주
도했다는 점과 관련성이 깊다고 하겠다. 또한 어느 작가보다도 최경창의
작품에서 많이 발견되었는데, 이는 주목을 해볼 만한 대목이다. 이는 작품
의 성격은 결국 한 작가의 생활 태도 등과 무관치 않다고 볼 때 작가를
알면 작품에 대한 이해도를 높일 수 있기 때문이기도 하다. 현재 최경창의
인생 이력을 자세히 알려주는 자료는 없지만, 朴世采가 지은 「崔孤竹詩集
後叙」에 '공은 이미 재주가 높고 기상이 호방하여 공명에 마음을 두지 않
았고, 더욱이 청렴결백하여 대범함으로써 스스로를 연마하였다. 세상과 더
불어 영합함이 드물었고, 세속에 아첨하고 권세와 부귀를 다투는 사람을
보면 자기만을 더럽힐 뿐이 아닌 듯이 여기었다.'[27]라는 내용이 있는 것으
로 보아서 청렴결백의 소유자요, 세상과 쉽게 타협하지 않는 절조있는 인
격을 갖추었음을 알 수 있다. 즉, 쉽게 時勢와 타협하지 못했다고 할 수
있는데, 이러한 그의 삶은 결국 시문에도 그대로 드러나 시에서 일관되게
흐르는 정조는 맑으면서도 쓸쓸한 인상을 주고 있다. 쓸쓸한 내면을 나타
낸 시, 가을과 같은 심경이 시 내면에 통합되어 있는데 이는 최경창이 형
성한 고도의 인격성을 일관되게 담고 있기 때문이다.[28] 2장 인용문에서
보았듯이 이수광은 최경창의 시를 '만당풍에 가깝다.'라고 평가했는데, 애
수와 쓸쓸함의 정조를 담은 시문을 두고 말했음에 분명하다. 이는 여성화

---

27) 崔慶昌, 『孤竹遺稿』, 「崔孤竹詩集後叙」, 公旣才高氣豪 不屑屑於功名 益以廉白蘭
　　貴自厲 與世寡合 其視脂韋躁競者 不啻若浼己也.
28) 金鍾西, 「孤竹 崔慶昌 詩의 風格-淸寒·悍勁을 중심으로」, 『한국한시연구』12집,
　　한국한시학회, 2004, 236쪽 참조.

자 시문에서도 그대로 이어져 이별, 원망, 외로움 등의 감정과 수동적인
자세를 드러냈는데, 곧 최경창이 바라본 여성상일 가능성이 높다.

3) 현실공간의 實在 화자

2장에서 소개된 여성화자 시문 중에는 시제를 보면, 의고악부제와는 달
리 작가가 살고 있는 현실 속 실재 화자가 있음을 알 수 있는데, 본 논고
에서는 이를 '현실공간의 실재 화자'라고 명명한다. 이에는 「代琴娥 別鄭
明府」, 「龍江詞」(이상 백광훈), 「飜方曲」, 「銅雀妓詞」, 「李少婦詞」(이상 최
경창), 「挽陳提學女」, 「妓挽」, 「三浦倛作蕩槳曲」, 「代箕城娼贈王孫 三五七
言」, 「錦城曲」羅州, 「鰲山曲」長城, 「贈玉井」, 「迎郎曲」入耽羅時所詠, 「奩
體 贈景綏」, 「代箕城娼贈王孫」(이상 임제) 등의 작품이 있는 것으로 확인
되었다. 이를 통해서 보면 임제의 작품 수가 가장 많은데, 앞 절의 '상상공
간의 모의 화자'에서 최경창의 작품 수가 많았던 것과 대조를 이룬다. 먼
저 최경창의 「번방곡」을 들어서 2절 시문들과 대비하여 여성상이 어떻게
그려졌는지 살피겠다.

折楊柳寄與千里人 　 천 리 먼 곳 떠나는 님께 버들 꺾어 주오니
爲我試向庭前種 　 나를 위해 시험삼아 뜰 앞에 심으소서
須知一夜新生葉 　 하룻밤 새 새 잎이 돋아나거든
憔悴愁眉是妾身[29] 　 초췌한 시름의 눈썹 첩인 줄 아소서

이 작품은 시제만 보아서는 악부시로 보아야 한다. 하지만, 작품의 주변
적인 배경을 살피게 되면 악부시가 아님을 알 수 있는데, 바로 최경창의
연인이었던 洪娘의 시조를 한시로 번역한 것이기 때문이다. 작품을 살필
때 때로는 지어지게 된 배경을 반드시 알아야 올바른 풀이가 되는 경우가

---

29) 崔慶昌, 『孤竹遺稿』, 「飜方曲」

있는데, 위 작품이 그렇다고 할 수 있다. 홍랑은 생몰년도 자세치 않은 당시 기녀였다. 그런데 어떻게 최경창과 만나서 시문을 주고받기까지 했을까?[30] 당시 기녀라면 양반 사대부와 서슴없이 가까이 하다가 금방 헤어지는 사이요, 뛰어난 文才를 갖춘 이도 몇 있기에 그런 의미에서 이해할 수도 있다. 그렇지만, 최경창과 홍랑의 인연은 그리 쉽게 볼 수만도 없는, 감동까지 구비하여 지금까지 인구에 회자되고 있다. 최경창과 홍랑은 최경창이 36세에 北道評事로 부임했을 때 처음 만나 막중에서 함께 겨울을 난다. 그리고 이듬해 봄에 최경창이 서울로 돌아가자 雙城까지 따라와 작별하고, 돌아가다가 咸關嶺에 이르러 '묏버들 골히 것거 보내노라 님의손디 / 자시는 窓(창) 밧긔 심거 두고 보쇼셔 / 밤비예 새닙곳 나거든 날인가도 너기쇼셔.'라는 시조 1수를 지어 최경창에게 보냈고, 최경창은 이에 감동받아 한시문으로 飜案하였는데, 위 「번방곡」은 그렇게 해서 나온 작품이다. 이런 배경 지식이 없다면, 남녀가 이별을 앞에 두고 아쉬움을 달래기 위하여 지은 단순한 別離歌 정도로 이해할 수도 있다. 그러나 이 작품은 분명한 배경을 가지고 있기에 극히 현실적이고 시문 속의 여성화자 또한 '홍랑'임을 금방 알 수 있다.[31] 또한 「번방곡」을 보면, 최경창의 여성상이 2절에서 보았던 작품들과 별반 차이가 없는데, 맨 마지막 4구의 '憔悴愁眉'라는 시어로 인하여 이별을 앞 둔 여인네의 심사가 착잡하게 얽혀있음을 알 수 있다. 물론 이별이 앞에 놓여있기에 그럴 수밖에 없을 것으로 이해하면서도 체념하고 마는 여인상을 다시 한 번 확인하게 된다.

'현실공간의 실재 화자' 유형에 속한 작품 가운데는 장편 고시의 형식을 띤 시문이 셋 있는데, 최경창의 「동작기사」·「이소부사」와 백광훈의 「용강

---

30) 최경창과 홍랑에 대한 연구는 권순열의 두 편의 논문을 참조할 것(「孤竹 崔慶昌 硏究」, 『古詩歌硏究』9집, 한국고시가문학회, 2002, 164~171쪽 ; 「최경창과 홍랑 연구」, 『古詩歌硏究』16집, 한국고시가문학회, 2005)

31) 그러나 작품을 이해할 때 배경 지식을 지나치게 활용하다보면, 작품 자체에 대한 해석을 좁힐 수도 있다는 점이 있기는 하다.

사」가 그것이다. 「동작기사」·「이소부사」·「용강사」는 각각 7언 22구, 7언
40구, 7언 26구 등으로 이루어져 있으며, 공통적인 것은 스토리를 갖추고
있어서 장편 악부시의 영향 관계도 생각해볼 수 있으나 내용 자체가 사실
적이고 현실적이면서 실재 화자가 등장하고 있기 때문에 반드시 영향 관
계로만 파악할 문제도 아니다. 「동작기사」는 양반집 소년과 기생과의 사
랑을 주 내용으로 하고 있고, 「이소부사」는 남편과 이별 당한 아낙네가 태
아와 함께 죽음을 선택하게 되었다는 스토리며, 「용강사」는 타향으로
떠난 후 돌아올 줄 모르는 남편을 그리는 아녀자의 노래이다.[32] 이 가운데
에서 최경창의 「이소부사」를 들어보면 다음과 같다.[33]

相公之孫鐵城李	철성이씨 상공의 자식으로서
養得幽閨天質美	깊은 규방에서 길러진 빼어난 자질
幽閨不出十七年	열일곱 해 깊은 규방 지키고 있다가
一朝嫁與梁氏子	하루아침 양씨집 도령에게 시집을 갔네
梁氏之子鳳鸞雛	양씨집 도령도 봉과 난새 새끼로서
珊瑚玉樹交枝株	산호와 옥수처럼 가지를 나누었네
池上鴛鴦本作雙	연못 위의 원앙도 본래 짝이 있거니
園中蛺蝶何曾孤	동산의 나비 어이하여 홀로인가

---

32) 「이소부사」와 「용강사」에 대한 언급은 정민이 앞 논문(1999, 86~91쪽)에서
   일찍이 언급한 바 있다. 또한 정민은 그의 논문 「寄內詩의 맥락에서 본 백광훈
   의 「龍江詞」」(『한국고전여성문학연구』5집, 한국고전여성문학회, 2002)에서
   「용강사」를 '백광훈이 생계의 방도를 마련하기 위하여 한양에 머물던 시기 고
   향의 아내를 그리며 지은 思婦歌'로 보았다. 이보다 앞서 이혜순은 그의 논문
   (「여성화자 시의 한시 전통」, 『한국한문학연구』특집호, 1996, 27쪽)에서 「용강
   사」를 '「첩박명」과 마찬가지로 여성화자가 버려진 자신의 신세를 독백체로 자
   탄하는 것으로 되어 있다.'고 하였다.
33) 사실 「이소부사」는 여성화자가 말한 것인가에 대한 의문을 가질 정도로 화
   자가 현상적으로 드러나지 않은 작품이다. 그런데 39구의 '此身'으로 인하여
   여성화자가 함축되어 있음을 알 수 있어서 여성화자 유형에 포함시킬 수 있
   었다.

梁家嚴君仕遠方	양씨 집안 엄군께서 멀리 벼슬 나가시매
千里將行拜高堂	천 리를 떠나려 함에 고당에 절 드렸네
出門恩愛從此辭	문 나서니 은애하심 이로부터 없어지고
山川阻絶道路長	산천은 막히고 끊겨 갈 길이 아득해라
不是征戍向邊州	변방 고을로 떠나 수자리 함도 아니며
不是歌舞宿娼樓	기생집에서 잠 자며 가무 즐김 아니시니
心知此去唯爲親	이 떠남은 오로지 아버님 위하여
好着斑衣膝下遊	자식의 도리 다하려고 함인 줄 알면서도
兒女私情不忍別	아녀자의 사사로운 정 차마 헤어지지 못해
別來幾時腸斷絶	헤어진 뒤 얼마나 애간장 끊어졌던고
秋梧葉落黃菊香	가을이라 오동잎 지고 황국 피어 향기로운데
忽驚今朝是九日	오늘 아침은 중구날이라 홀연 놀래네
佳辰依舊人不在	좋은 날은 옛 그대로인데 우리 님은 있지 않아
滿園茱萸誰共採	동산 가득한 수유를 뉘와 함께 따리오
獨上高樓望北天	홀로 고루에 올라 북녘 하늘을 바라보니
天涯極目空雲海	아득한 하늘가에 구름바다 떠 있구나
不向傍人道心事	옆 사람에게도 심사를 말 못하고
回身暗裡潛下淚	몸을 돌려 남 몰래 눈물을 흘린다네
牛羊歸盡山日夕	소와 양 다 돌아오고 산에 해 지는 저녁
門外終無北來使	문 밖엔 마침내 북에서 오는 사람 없네
此身願得歸泉土	이 몸은 원하건대 황천길로 돌아가리니
死後那知別離苦	죽은 뒤에 이별의 괴로움을 어찌 알리오
一聲長吁掩玉顔	한 소리 긴 탄식에 옥 같은 얼굴을 가리고는
芳魂已逐郎行處	꽃다운 혼 이미 낭군 간 곳 따라갔네
當時未生在腹兒	당시에 낳지 않은 아이가 뱃속에 있어
母兒同死最堪悲	어미와 아이 함께 죽어 너무도 슬프도다
魂兮不作武昌石	혼이여! 무창의 망부석은 되지 말고
定化湘江斑竹枝	소상강의 반죽으로 변하소서
斑竹枝頭杜鵑血	반죽 가지에서 두견이 피울음 울면

血點淚痕俱不滅　　핏방울 눈물 자국 없어지지 않으리라
千秋萬古何終極　　천추만고가 어찌 다함 있으리오
一片靑山墳上月[34)]　청산 무덤 위에 조각달만 비추리니

　전체 내용을 1구~4구, 5구~8구, 9구~16구, 17구~30구, 31구~40구 등과 같이 다섯 부분으로 나눌 수 있다. 먼저 1구~4구까지의 내용은 '이소부'의 집안은 鐵城李氏로 깊은 규방에만 있다가 열일곱이 되어 양씨집 도령과 혼인을 하게 되었다고 하며, 간단한 약력을 밝히는가 하면 '一朝'라는 말을 통하여 '이소부'의 뜻과는 별로 상관없이 갑자기 혼인이 이루어졌음을 알리고 있다. 5구~8구까지는 '이소부'도 양가집 규수로서 귀한 몸이지만, 양씨집 도령도 마찬가지로 봉과 난새의 새끼처럼 귀하게 자랐다고 하며, 자신과 거의 비슷한 신분의 위치에 있음을 말하면서 짝을 지은 못 위의 원앙과 동산의 나비를 살짝 부러워하는 모습을 보인다. 이는 자신의 위치가 현재 짝을 지은 못 위의 원앙과 동산의 나비만도 못함을 말하기 위한 것으로 뒤이어 어떻게 해서 '이소부'가 남편과 이별을 해야만 했는지를 말한다. 9구~16구까지는 '이소부'가 남편과 헤어지게 된 배경은 적었는데, 내용은 이렇다. '이소부'의 시아버지가 멀리 벼슬을 하러 가는데, 아들인 '이소부'의 남편을 함께 데리고 가게 되었고, 이때 시아버지의 뜻을 거역할 수 없어서 어쩔 수 없이 헤어지게 되었노라는 것이다. '산천은 막히고 끊겨 갈 길이 아득해라'는 표현을 통해 남편과 떨어진 거리가 멀다는 것을 알려주고 있는데, 그러면서도 한편으로는 남편이 수자리를 살러 간 것도, 그리고 기생집에 머무는 것이 아니라 오직 아버님을 위한 일로 간 것이라고 하며 애써 위로하는 모습을 보인다. 17구~30구까지는 남편을 애타게 기다리다가 그만 결국 자결을 하고 마는 '이소부'의 모습을 그렸다. '이소부'는 먼저 아녀자의 사사로운 정에 이끌려 애간장이 끊어질 정

────────────────

34) 崔慶昌, 『孤竹遺稿』, 「李少婦詞」

도로 남편이 그립다고 한다. 남편에 대한 그리움 때문에 시간 개념도 없이 살았는데, 어느 덧 시간을 흘러 황국이 만발한 가을이 되고, 중구일이 되어도 자연은 항상 그대로인데, 남편은 없는 현실이 안타까울 뿐인 것이다. 그렇다고 양가집 규수의 몸으로 사사로운 자신의 심사를 옆 사람에게 모두 밝힐 수도 없는 일이어서 남몰래 하염없이 눈물만 흘릴 뿐이다. 그래서 결국은 극단적인 생각을 하기에 이르는데, 죽음에 이르러서 '죽은 뒤에 이별의 괴로움을 어찌 알리오'라는 말을 통해서 '이소부'가 느낀 이별 후의 고통이 얼마나 심했는가를 가늠하게 한다.

마지막에 해당하는 31구~40구까지는 화자가 갑자기 바뀌는 모습을 보이는데, 이는 '이소부'의 자결로 인하여 이제 더 이상 '이소부'가 목소리를 낼 수가 없기 때문이 아닌가 생각한다. 그런데 독자로 하여금 더 큰 비장함을 안겨주는 것은 '당시에 낳지 않은 아이가 뱃속에 있어'라는 부분으로 인해서이다. 자결을 한 '이소부'는 홀몸이 아닌 뱃속에 아이를 잉태하고 있었던 것이다. 객관적인 화자가 특히 이 부분을 드러내어 말한 것은 '이소부'의 죽음을 더욱더 의미심장하게 알리기 위함일 것이다. 생명까지 잉태한 사람이 결국 스스로 생을 마감하려고 했던 데에는 그 안에 얼마나 큰 슬픔이 자리하고 있었겠는가를 다시 한번 생각하게 하는 부분이다. 객관적 화자는 34구에서 '이소부'의 죽음이 '너무도 슬프다[最堪悲]'라고 하였다. 이는 객관적 화자의 목소리이기도 하지만, 작가 최경창의 목소리이기도 하다. 최경창은 앞의 작품을 통해 보았다시피 여성은 거의 슬픔과 외로움, 기다림 등의 정조를 띠면서 수동적인 존재임을 나타내었다. 이러한 흐름은 「이소부사」에도 그대로 옮겨지는데, 이번에는 죽음과 관련되어 있어서 더욱더 중요하게 받아들여진다. 여성에게는 항상 슬픔, 외로움, 헤어짐, 기다림 등의 수식어가 따라다니지만, 이러한 것들이 죽음과 연관된다면 결국 객관적 화자에게 '너무도 슬픈 감정'을 안겨주듯이 개인의 문제로 끝날 수만은 없다는 것을 알려주고 있는 것이기도 하다.

앞에서 이미 언급한대로 '현실공간의 실재 화자' 유형을 가장 많이 남긴 작가는 임제이다. 임제에 대한 연구는 작가론부터 시작하여 작품에 대한 논의까지 다각도로 이루어졌다. 임제에 대한 작가론에서 지금까지 연구된 결과를 토대로 해서 정리하자면, 그는 조선 봉건의식이 강력했던 때에 다른 어떤 사람과 비교할 수 없을 정도의 개성 강한 독특한 사고를 지니고 있었고, 유교적인 얽매임이 강한 사회 속에서도 대체로 자유분방한 삶을 영유했다고 할 수 있다. 주지하다시피 임제가 살았을 당시는 사회 곳곳 뿐 아니라 개인들도 유교적인 굴레에서 헤어나오지 못하고 있었다. 그럼에도 불구하고 임제의 자유분방함은 여러 정황에서 포착되는데, 특히 그가 교유한 인물들의 면면에서 드러난다. 그의 문집『林白湖集』을 통해서 보면, 수많은 사람들과 교유한 흔적이 보이는데, 이때 교유한 인사들을 들여다보면, 당시에 사회적으로 용납하기 힘들었던 승려, 서얼, 기녀 등등이 대거 등장한다. 특히, 기녀와의 교유는 그를 '낭만주의자이면서 풍류주의자'로 규정하게 만든 요인이 되었는데, 香奩體의 작품 생산과 여성화자를 활용한 시문이 이루어지기까지 일정 정도는 관련되어 있다고 할 수 있다. 또한 주목할 것은 임제가 활용한 여성화자는 대체로 현실 속에 존재하는 경우가 많다는 점이다. 벼슬에 있는 사람이라면 '드러내놓고' 기녀와 가까이 하는 것을 금기시한 사회에서 오히려 '감추지 않고' 시문을 통해 드러냈다는 것은 많은 사람들로부터 비판받아야 마땅하지만, 이것도 임제이니까 가능했던 것이 아닌가 생각한다. 먼저 현실 속 기녀가 여성화자로 등장하는 두 작품을 들어본다.

① 花易落　　　꽃일랑 지기 쉽고요
　月盈虧　　　달일랑 차면 기울어
　莫將花月意　꽃이랑 달이랑 가져다가
　枉比妾心期　이내 마음 견주들 마오
　郞君還似浿江水　임의 정이 도리어 大同江 물 같은지

不爲芳華住少時35) 꽃피어 향기로운데 멈추질 않소

② 莫把瑤琴奏別鶴 거문고를 앞에 놓고 別鶴調를 타지 마오
  江南芳草年年愁 강남의 꽃다운 풀 해마다 시름인걸
  妾心未變浿江在 변치 않는 제 마음 大同江이 증명하리니
  何日共登浮碧樓36) 어느 날 임과 함께 浮碧樓를 오를거나

①의 제목 「대기성창증왕손」을 풀어보면, '평양성 기생을 대신하여 왕
손에게 드리다'이다. 즉, 이 작품은 임제가 평양 기생을 시문의 화자로 하
여 작품을 전개하고 있는 것이다. 형식도 3·5·7언의 형식을 빌어와 마치
노래를 부르는 듯한 인상을 주고 있는데, 이는 당풍을 구사했던 당시 문인
들이 적극적으로 수용한 것이기도 하다. 여성화자는 먼저 자신과 대비하기
위하여 '꽃'과 '달'을 끌어오는데, 마치 '花無十日紅'이요, '滿月虧'를 연상
하게 만든다. 곧, 꽃은 영원히 붉을 수 없고, 달도 영원히 보름달일 수는
없듯이 이 세상살이는 변화무상하여 영원한 것이 없는데, 자신만은 영원할
수 있다는 자신감을 드러내 보이고 있다. 그러면서 자신보다는 오히려 낭
군의 마음이 흔들리지 않을까 걱정이라고 하며, 한 곳에 멈추지 않고 도도
히 흘러가 버리는 대동강 물에다가 낭군의 마음을 빗대고 있다. 시제에서
'평양성'이 나오는데, 거기에 걸맞게 시문 속에서 '대동강'이 나옴으로써
현실감을 느끼게 하며, 여성화자도 이국적이지 않아서 친근감이 든다. 시
문 ②의 제목을 풀어보면, '옥정에게 주다'이다. '옥정'이 누구인지는 확실
하지 않지만, 이름의 어감상 기녀일 가능성이 높으며, 이는 시문을 읽어보
면, 더 확실해진다. 1구의 '별학조'는 남편과 이별한 아내의 슬픈 노래로
어차피 해야 할 이별이라면 일부러 이별가까지 부를 것이 있느냐?라고 한
다. 아마 여성화자의 말을 들어주는 청자인 남성이 이제 이별을 하고 가려

---

35) 林悌, 『林白湖集』卷1, 「代箕城娼贈王孫 三五七言」
36) 林悌, 『林白湖集』卷2, 「贈玉井」

는 곳은 남쪽임에 분명한데, 바로 2구로 인해서이다. 그리고 3~4구에서 여성화자는 임을 향한 변함없는 자신의 마음은 마치 대동강 물과 같다고 하며, 언젠가는 임과 함께 부벽루에 오르리라는 희망을 보여준다. 여기서 특이한 점은 ①과 ②에 나오는 '대동강'에 대한 이미지의 상반성이다. ①에서는 언제든지 시시때때로 변화가능하다는 것으로 읽혀지는데, ②에서는 변치 않는 마음을 상징하고 있기 때문이다. 이러한 점을 제외하고는 작품 ②도 ①과 같은 맥락으로 이해할 수 있는데, 현실적인 공간을 배경으로 하면서 실존한 여성화자를 등장시킴으로써 친밀도를 높이고 있기 때문이다.

또한 두 작품에서 임제의 여성상을 읽어낼 수 있다. 두 작품의 여성들은 지금 이별에 직면하고 있다. 하지만, 이들 여성은 떠나는 임을 향해 어떤 원망도 늘어놓지 않는다. 이는 앞에서 본 최경창의 경우와 다르다는 생각이다. 최경창의 경우, 이별에 임하는 여성들은 거의 기다림과 애원조로 떠나는 임을 조금이라도 붙잡고 싶어하는 마음이 우러나오는데, 임제의 시에서는 그러한 애원조를 느끼기가 힘들다. 임제 시에 나오는 여성화자는 오히려 청유형과 같은 어투로 언젠가는 다시 만날 수 있다는 희망을 버리지 않는다. 이러한 여성에 대한 이미지는 임제에게만 느낄 수 있는 독특한 것으로 평소 관습적인 것을 그대로 따르려고 하지 않는 성격과도 일맥상통한다.[37] 여성이라면 무조건적으로 남성에게 복종하면서 종속적이어야 한다는 생각을 가지고 있었다면, 이별에 앞서서 회한의 눈물이라도 지으면서

---

37) 임제가 관습에 젖지 않았음을 알려주는 일화가 허균이 지은 「학산초담」에 전한다. 임제가 한 번은 駕鶴樓라는 누정을 지나가고 있었는데, 板詩가 무려 만여 개나 되므로 관리들을 불러 "이 현판들은 官命으로 만든 것이냐? 아니면 안 만들면 벌을 주었느냐?"고 물어왔다고 한다. 그러자 관리가 말하기를 "만들고 싶으면 만들고 말고 싶으면 안 만들지요. 어찌 관명이나 처벌이 있겠습니까."라고 하니, 임제가 곧바로 "그렇다면 난 짓지 않겠다."라고 했다 한다. 이는 남이 한다고 해서 무조건 따라서 하지는 않겠다는 임제의 의지를 드러낸 일화로 헛된 관습을 따르지 않은 그의 면모를 볼 수 있다.

절망스러워 해야 한다. 그런데 임제의 위의 두 작품의 여성화자들은 그렇지가 않다. 관습에 그대로 따르지 않으면서 희망을 버리지 않는 여성들로 그려지고 있기 때문이다.

임제는 이렇듯이 시제 뿐 아니라 시문 속에서 직접 우리의 지명을 넣어 현실감을 높였을 뿐 아니라, 실재 여성화자를 등장시켜 친근감을 주고 있는데, 다음 두 작품은 어떤 작품보다도 강도가 높다고 할 수 있다.

① 錦城兒女鶴橋畔　　금성의 아녀자들 학다리 가에서
　　柳枝折贈金羈郎　　버들나무 손수 꺾어 임에게 드린다오
　　年年春草傷離別　　해마다 봄풀은 이별의 아픔인가
　　月井峯高錦水長38)　월정봉 높은데 금수의 물 멀어요

② 金鰲山下黃龍川　　금오산 아래로 황룡천 흐르는데
　　綠柳依依千戶煙　　일천호 연기 속에 푸른 버들 늘어졌네
　　折花官道送君去　　한길의 꽃을 꺾어 가는 임께 보내노라
　　荻嶺重關孤鳥邊39)　새 홀로 나는 옆에 갈재가 높다랗네

위 두 작품의 공간은 지금의 전남 나주와 장성이다. 화자는 두 작품 모두 함축되어 있어서 여성이라고 하기는 힘들어도 ①의 2구 '郎'과 ②의 3구 '君'으로 인하여 여성화자라고 단언할 수 있다. 즉, 이 두 작품도 '현실 공간의 실재 화자' 유형에 두는 이유가 여기에 있다. 우선 두 작품의 시제에서 '錦城'과 '鰲山'이 나오는데, 현 전남의 나주와 장성의 옛이름이다. 따라서 이러한 지명에 대한 기본적인 이해가 앞서지 않는다면, 시문의 내용을 파악할 때도 어려움이 뒤따를 수 있다. 가령, ①의 '鶴橋'와 '月井峯' 등과 ②의 '金鰲山', '黃龍川', '荻嶺'를 한자 그대로 풀어버린다면 잘못된

---

38) 林悌, 『林白湖集』卷2, 「錦城曲」羅州.
39) 林悌, 『林白湖集』卷2, 「鰲山曲」長城.

해석이 될 수 있다는 말이다. 이처럼 임제의 시문 속에는 우리의 지명을 활용한 경우를 적지않이 볼 수 있는데, 이는 곧 임제 시의 한 특징이라고 볼 수 있다. 또한 위 두 작품에 나오는 여성들은 남성에 대한 원망보다는 적극적인 자세로 일관하는데, ①의 2구와 ②의 3구는 우연히도 거의 비슷한 내용을 담고 있다. '버드나무'는 남녀가 정을 표현할 때 주는 정표 정도로 이해할 수 있는데, '꺾어서 임에게 서슴없이 드린다'는 말은 적극적인 구애의 상징이기도 해서 여성들이 거의 수동적인 자세로 일관해 있던 당시의 상황에 비추어본다면 이색적이라고 할 수 있다. 그리고 그것을 낭만적인 민가풍으로 읊은 임제의 자세 또한 주목받기에 충분한데, 이는 곧 앞에서 보았던 「대기성창중왕손 삼오칠언」과 「증옥정」의 여성상과 별반 차이가 없기에 그의 일관된 자세를 읽어낼 수 있다.

4. 성과와 의의

16세기 호남한시에서 여성화자 시문이 다수 출현했다는 것은 한문학사적인 의미로 볼 때 중요하게 평가받기에 충분하다. 16세기는 이제 바야흐로 조선이 개국한 이래 국가의 체계를 갖추어가는 시기이고, 또한 유교적인 이념이 서서히 자리를 잡아가는 때여서 이러한 분위기와 어울리지 않는 남녀간의 애정 문제를 내놓고 다루기가 좀처럼 쉬운 일은 아니었다. 그런데 이때 양반 사대부가 주축이 되어 시문을 통해 여성의 목소리를 낸다는 것은 당연히 많은 이들로부터 지탄받기에 충분하였고, 때문에 그리 간단한 문제는 아니었을 것이다. 그러나 다행히도 이러한 분위기에 휘둘리지 않고 여성의 목소리를 내며 소위 말하는 '여성정감'의 시문을 산출해 낸 一群의 문인들이 있었으니 거기에 호남문인들이 주축이 되었음은 시사하는 바가 자못 크다. 그럴 수 있었던 시대적 소명을 여러 각도로 조명할 수 있겠으나 분명한 것은 당시 성행한 당풍의 영향이 가장 큰 요인으로 지목되고 있다. 그러면서 지금까지의 많은 연구자들이 16세기 여성화자 시문을 한 가지로 묶어 沒個性的인 것으로 생각하는 경향이 있는데, 사실은 그렇지 않다. 16세기 호남한시의 여성화자 시문을 보더라도 작가별로 나타낸 시문의 양태와 여성상 등이 각각 다름을 알 수 있다.

먼저 김인후의 경우, 그는 당대를 대표하는 유학자였다. 때문에 남녀간의 애정을 다룬 시문을 쓰는 자체를 스스로 용납하지 못했을 것이다. 따라서 그가 남긴 「유소사」를 비롯한 두 편의 여성화자 시문은 특이하게 인식되기에 충분하다.[40] 그러나 사실 작품의 내면을 들여다보면, 자신이 평소 추구한 여성에 대한 이데올로기가 잠재되어 있어서 새로운 표현을 시도한 것까지는 좋았는데, 뚜렷한 목적의식으로 인하여 문학적 성과가 다소 감쇄되지는 않을까 하는 염려가 있다. 사실 「유소사」는 김인후의 인종에 대한 애틋함을 그린 戀主詩類로 보는 것이 타당하다. 중국을 비롯한 우리나라의 경우, 충신이 황제나 왕을 위하여 자신의 절의를 다짐한 시문류가 다수 있었는데, 김인후의 작품이 바로 그러한 류라고 할 수 있다. 때문에 여성의 목소리를 통해 절의를 강조했고, 이는 바로 자신의 목소리이기도 하다. 이것이 바로 김인후가 여성의 목소리를 빌어 이룩한 문학적 성과라고 하겠다.

이후백과 백광훈·최경창 등은 스승과 제자 사이로 이후백이 둘에게 안겨준 문학적 反響은 결코 작지 않았을 것이다. 이후백은 여성화자 시문을 1제 4수를 남겨 양으로 보자면, 그리 많지는 않다. 그렇지만, 당시 유행하던 의고악부풍을 그대로 살려 지은 작품이기 때문에 時流를 반영했다고 할 수 있는데, 아쉬운 점은 작품에서 이후백의 개성이 드러나지 않았다는 점이다. 이러한 作風은 백광훈과 최경창에게 일부분 이어지는데, 백광훈의

---

40) 김인후는 여성화자 시문과는 별도로 여성정감류의 작품을 남겼는데, 「斑竹詞」, 「書班姬棄扇」, 「潘妃步蓮圖」 등이 이에 해당한다.

「채릉곡」과 최경창의 「백저사」, 「소군원」, 「궁원」, 「규사」 등이 이에 해당한다고 하겠다. 그리고 이들의 공통점은 현실 공간이 아니요, 여성화자도 중국의 역사적 인물에서 빌어오거나 이미 다른 작가가 그린 인물을 차용하는 수준이어서 개성이 드러나지 않는다. 또한 작품 속에 등장하는 여성화자는 수동적이고, 나약하기만 해서 슬픔, 우울, 기다림 등에 휩싸여 다른 부분에 눈을 돌릴 겨를이 거의 없다. 그렇다고 이러한 작품들을 과소평가해서는 안된다. 이것이 또한 우리 문학사의 한 부분을 차지하며, 나름대로 시대적 소명을 다했기 때문에 자연스럽게 문학사의 한 특징으로 인정하는 것이 옳다. 이것이 이후백을 비롯한 백광훈·최경창이 시문에서 여성화자를 활용하여 이룩한 문학적 성과라고 할 수 있다. 또한 이들이 이룩한 더 큰 성과는 당시 소외된 여성의 삶을 여성화자의 목소리를 통해 현실감있게 그렸다는 점이다. 백광훈의 「용강사」와 최경창의 「동작기사」, 「이소부사」 등의 작품이 이에 해당하는데, 「용강사」와 「이소부사」는 남편과 이별한 아녀자가 남편을 그리면서 부른 노래라고 할 수 있고, 「동작기사」는 당시 또 다른 소외계층인 기녀의 외로운 사랑을 내용으로 담았다. 이들 작품에 나오는 여성들의 行態 또한 의고악부시와 별반 큰 차이를 보이고 있지는 않지만, 중요한 것은 당시 여성들의 삶의 한 단면을 보여주고 있다는 점이다. 이것이 백광훈과 최경창이 이룩한 두 번째 문학적 성과라고 하겠다.

임제는 어느 작가보다도 여성화자 시문에 있어서만은 선구적인 업적을 이룩하였다. 그가 남긴 많은 작품이 당시 현실을 바탕으로 하면서 지역적인 색까지 살리려는 노력을 기울였기 때문이다. 여성화자 시문과 관련하여 그의 작품들을 보면, 백광훈과 최경창이 보여준 것과 같은 소외된 여성의 삶을 담으려고는 하지 않았지만, 작품들마다 넘쳐나는 재기발랄함과 토속적이고 지역적인 색을 잃지 않으려는 노력을 작품 곳곳에서 엿볼 수 있다. 또한 여성화자의 모습도 그전에 의고풍에서 볼 수 없었던 적극성이 돋보인다. 이는 당시의 시대적인 상황에 비추어보면 맞지 않은 부분일 수도 있는데, 그렇기 때문에 더욱더 큰 의미를 지닌다고 하겠다. 만일 시대상과 맞지 않은 여성이라면, 임제 내면 깊숙이 바라는 여성상이 될 수도 있기 때문이다.

한국 한시사에서 여성이 화자로 등장한 작품은 적잖이 전하고 있다. 가장 많이 나왔던 시기는 18세기로 근대화로 가는 길목에 참신한 소재의 작품이 다수 출현하였다.[41] 따라서 시사적인 측면에서 당연히 중요하게 부각되어야 하고, 많은 연구가 이루어져야 한다. 그러면서 그 전시대인 16세기를 다시 볼 필요도 있다. 16세기 여성화자 시를 두고 '복고의 형식을 취함으로써 많은 여성화자가 고전적 내용을 벗어나지 못하고, 구식의 사랑타령이다가 감상의 내면 토로에 머무는, 식상한 작품의 재생산에서 탈피하지 못하는 부작용을 낳기도 하였다.'[42]는 평가를 하기도 하는데, 일부분 인정을 하면서도 전체 작품에 적용되는 내용은 아니라고 생각한다. 지금까지 논의한 것처럼 16세기 여성이 화자인 호남한시는 단선적이지 않고, 작가마다 드러낸 특징들이 있었다. 그 가운데에서도 임제가 이룩한 성과는 작지 않은데, 현실과 관련하여 대사회적인 비판의식을 담았다거나 한 것은 아니지만, 여성을 적극적인 시선으로 바라보면서 벌써 다음 시대를 준비하고 있었기 때문이다. 그렇기 때문에 16세기 호남한시 속의 여성화자 시문을 가벼이 넘길 수만은 없다.

---

41) 18세기 여성화자 시문에 대한 연구는 안대회의 논문(「18세기 여성화자시 창작의 활성화와 그 문학사적 의의」, 『고전문학과 여성화자 그 글쓰기의 전략』, 월인, 2003)을 참조할 것.
42) 안대회, 위 논문, 2003, 111쪽.

5. 맺음말

본 논고는 16세기 호남한시의 표현상의 특징으로 지적할 수 있는 남성 작가의 여성화자시에 주목하였다. 이에 대한 근본적인 출발의 이유는 지금까지 16세기 호남문학의 특징을 논하는 자리에서 '여성화자'에 대한 논의가 끊임없이 있었지만, 전체 작품을 두고 체계화가 이루어지지 않았다는 점에서이다. 그리고 논문의 궁극적인 목적을 호남한시에 대한 이해의 폭을 넓히자는 데에 두었다.

16세기는 소위 많은 이들이 지칭하듯이 '목릉성세기'였다. 이때 중앙 문단에서는 호남문인들이 대거 활약하는 모습을 보이는데, 이수광과 허균이 남긴 비평문에서 이를 읽어낼 수 있었다. 그리고 이때는 당풍이 유행하던 때로 주정적인 측면이 강한 여성화자 시문이 나올 수 있는 기저는 이미 형성되어 있었다고 할 수 있다. 본 논고에서 파악한 16세기 호남한시 중 여성화자 시문은 대략 총 34제 38수정도인데, 이 중 다수의 작품이 당풍다운 면모를 보여주고 있다는 사실에서 당풍과의 관련성을 배제할 수는 없었다.

본 논고는 16세기 호남한시 여성화자의 유형을 '여성화자의 자기 동일시', '상상공간의 모의 화자', '현실공간의 실재 화자' 등으로 나누었다. 이렇게 나눈 기준은 작품의 배경을 알려주는 표지 유무를 따진 후 그 배경을 적극 존중하여 작품을 바라보았고, 둘째 작품의 공간적 배경과 여성화자의 현실성 여부 등을 따졌다.

지금까지의 많은 연구자들이 16세기 여성화자 시문을 한 가지로 묶어 몰개성적인 것으로 생각하는 경향이 있는데, 사실은 그렇지 않다. 16세기 호남한시의 여성화자 시문을 보더라도 작가별로 나타낸 시문의 양태와 여성상 등이 각각 다름을 알 수 있는데, 시사적인 측면에서 간과할 문제가 아니라고 판단된다.

제2장

許筠의 비평자료에 나타난 호남문인의 實狀

1. 머리말

　　본 논고는 蛟山 許筠(1569~1618)의 『鶴山樵談』, 『惺叟詩話』, 기타 序·跋文 가운데 나타난 호남문인의 實狀을 정리한 후 비평자료의 지역문학적 가치를 되새겨봄을 목표로 두었다.[1]

　　주지하다시피 허균은 16세기 말과 17세기 초를 살다간 대표적인 문인이요, 사상가였다. 이 무렵의 특징은 성리학적 思辨期를 지나오며 국가적으로는 왜란이라는 큰 사건을 맞이하여 많은 사람들이 어려움을 겪었다. 이

---

[1] 여기서 논란이 일 수 있는 것은 호남문인의 범위이다. 허균은 그의 글 「惺翁識小錄」에서 중·명종조의 문단 상황을 언급하다가 '湖南人才'라는 말을 사용한다. 허균이 여기에서 거론한 문인으로는 朴祥, 崔山斗, 柳希春·成春 형제, 梁彭孫, 羅世纘, 林亨秀, 金麟厚, 林億齡, 宋純, 吳謙, 朴淳, 李恒, 梁應鼎, 奇大升, 高敬命 등이다. 따라서 본 논고는 이러한 문인들은 당연히 '호남문인'으로 포함시킴을 원칙으로 하고, 그 외에 호남 출신으로 비평서에서 논의한 경우, 마찬가지로 '호남문인'으로 간주하였다.

러한 가운데 허균은 남부럽지 않은 가정을 자랑하고 있었지만, 부친 許曄
의 이른 죽음과 누님 楚姬의 夭折 등을 겪으며 남다른 심리적 충격을 받는
다. 그러면서도 당대인들과 다른 면모의 사상을 형성하는가 하면, 문장 실
력 또한 월등하여 명성이 중국에까지 널리 알려졌었다. 이러한 외에도 허
균은 시적 감식안이 뛰어나 후대인들부터 知詩를 하는 문인으로서 아낌없
는 기림을 받았다.2) 따라서 『홍길동전』을 중심으로 행해진 초반 허균의
문학 연구는 그 영역의 폭을 넓혀 비평문에 관심을 두면서 현재는 적지 않
은 연구물이 축적된 상황이다.3) 그럼에도 불구하고 비평과 관련된 연구에
서 아쉬움이 남는다. 특히, 허균이 尊唐意識을 가지고 문인들을 선택, 비평
하는 과정에서 호남문인들을 대거 언급하고 있다는 점에 주목을 할 필요
가 있다고 본다. 그동안 허균의 비평 연구는 시론, 문학론, 문학관 등에 치
중해 있었다. 이는 그만큼 이러한 연구를 통해야 허균의 비평 연구의 폭과
깊이를 더한다고 생각해서였다. 그러나 이제는 좀더 시각을 달리하여 허균
이 특정한 한 지역의 문인들을 비평서를 통해 대거 거론한 부분에 관심을
가지는 것 또한 연구의 폭을 넓히는 계기가 될 것이기 때문에 의미있는 일
이라고 생각한다. 때문에 본 논고는 허균의 비평 자료를 중심으로 호남문
인들의 면모와 각 저서마다 나타나는 특징을 구명해봄으로써 그 실상을
정리한 후 지역문학적인 면에서의 가치를 논해봄을 목표로 두었다. 본격적
인 논의에 앞서 허균의 비평가적 기질을 살펴 비평적 자료를 남기게 된 연
유를 간단히 언급할 필요가 있을 것이다.

---

2) 金萬重, 『西浦漫筆』下, 筠之爲詩 有慧性而定力不足 故雜出唐宋元明之謂 不能東
   岳石洲之深造乎道也 然其識鑑 當爲近代第一 每稱許筠爲知詩云.
3) 허균의 문학 연구는 1959년 鄭鈗東의 논문이 발표된 이후 기본적으로 작자에
   대한 연구부터 시작하여 소설, 시문학, 전, 시론 및 비평에 대하여 다각도로
   이루어졌다. 이중 시론 및 비평에 대한 논의는 그전에도 간헐적으로 언급되기
   는 했지만, 본격적인 연구는 趙鍾業(1971)에 의해서 이루어졌다. 이후 허균 비
   평문의 중요도가 제고되면서 지속적인 연구가 이루어져 현재에 이르고 있다.

2. 허균의 비평가적 기질

老兄의 시는 매우 盛唐의 시에 가깝습니다. 다만 너무 거세니 조금 평탄한 길로 들어
온다면 沈佺期나 宋之問 같은 시인과 어찌 멀겠습니까. 칠언고시는 『黃庭經』과 흡사
한데 조금 시간이 더 지나면 盧照隣과 駱賓王을 응당 내려다 볼 것입니다. 아우의 말
이 너무 지나치다고 의아하게 여기지 마십시오.[4]

위는 허균이 그의 나이 39세 때 재종형 許禘에게 보낸 편지글이다. 간단
한 편지인 듯하지만, 그 속에서 허균의 시를 보는 탁월한 감식안이 눈에
띤다. 먼저 허균은 허체의 시를 성당시에 가깝다라고 하였다. 그렇지만, 너
무 거세다고도 하여 단점까지 지적하며, 그 단점을 보완한다면 중국 초당·
중당의 시인들인 심전기와 송지문 같은 문인이 될 것이라고 하였다. 또한
특히, 칠언고시는 마치 도교 수련서 중에 최상급에 꼽히는 『황정경』과도
거의 같다고도 하며, 만일 시간이 좀더 지나게 되면, 초당의 四傑에 속
하는 노조린과 낙빈왕과도 견주게 될 것이라는 말도 덧붙인다. 그리고 마
지막으로 자신의 비평문을 보고 너무 지나치다고 생각하지 말기를 당부드
리며 글을 마쳤다.

허균은 이와 같이 남의 시를 두고 평가하기를 즐겨했다. 따라서 앞에서
이미 언급한 대로 그를 시인으로서보다는 시를 아는 비평가로서 높이 평
가하였다. 그리고 이러한 그의 비평가적 기질은 단순히 개인의 시를 평가
하는 수준에서 그친 것이 아니라 어느 일정한 당대를 수평적으로 통틀어
보거나 수식적으로 통찰하는 데까지 나아가 정리해보기도 하였다. 가령,
중국 명대 四家의 詩選集 서문을 쓴 「明四家詩選序」의 처음 부분을 보면,
허균이 명대 전체에 만연되어 있던 擬古主義를 꼬집은 다음의 내용이 나
오는데, 시대를 관망할 줄 아는 자세에서 나온 식견이라고 볼 수 있다.

---

4) 許筠, 『惺所覆瓿稿』卷21, 「與許兄子賀」丁未十月, 老兄詩 殊逼盛唐 但太悍 稍入
夷塗 沈宋去人 奚遠 七言古詩 似黃庭經 少遲之 則當俯視盧駱矣 毋訝弟言之太過.

명나라 사람으로 시를 짓는 자들은 문득, "나는 盛唐이다, 나는 李·杜다, 나는 六朝
다, 나는 漢魏다."라고 스스로 표방하여 모두가 문단의 맹주가 될 수 있다고 여기나,
내가 보건대 혹은 그 말을 표절하고 혹은 그 뜻을 답습하여 모두가 집 아래 집을 얽음
을 면하지 못하면서도 과장되게 스스로를 크게 여기는 것이니, 이는 거의 夜郞王이
아니겠는가.5)

중국 명대는 시사의 흐름에서 보자면 자기 색을 드러내지 못한 채 옛
것을 무조건 따라 가기에 바빴던 때였다. 따라서 보통 이를 '의고주의'라
는 말로 통칭해 그 다음의 反擬古主義를 주장하는 문인들에게 비판의 빌
미를 제공해주기도 했는데, 허균도 마찬가지의 시각에서 명대의 시단 분위
기를 바라보고 있다. 지붕 아래에 또 다른 지붕을 만드는 행위를 '屋下架
屋'이라고 하는데, 허균이 바라볼 때 명대 문인들이 하는 작시라는 것이
독창성이 전혀 없는 그저 전 시대의 것을 모방하고 베끼는 데에 머물면서
도 잘난 체하는 이는 마치 오랑캐인 야랑왕이 자기 나라가 가장 큰 것처럼
행세하는 것과 뭐가 다르겠는가라고 하여 반문한다.

허균의 이러한 한 시대를 관망하는 듯한 비평 논조는 그의 문집『성소
부부고』의 서문 글에서 어렵지 않게 찾아 볼 수 있는데, 이러한 것이 가능
할 수 있었던 것은 우선 남다른 시문에 대한 애착에서 비롯되었다고 판단
된다. 그리고 이러한 통찰할 줄 아는 비평가적 기질은 우리나라 조선 초기
문단을 정리할 때도 여실히 드러난다.

삼가 생각건대 우리나라는 文運이 아름답고 밝아서 학사 대부가 시로써 울린 자가 거
의 수십·백가로, 모두가 스스로 靈蛇의 寶珠를 쥐었다 이르니 많기도 하고 성하기도
하구나. 대개 헤아려 보면 길이 셋이 있었으니 그 화평 담아하고 원만하고 적의한 것

---

5) 許筠,『惺所覆瓿稿』卷4,「明四家詩選序」, 明人作詩者 輒曰 吾盛唐也 吾李杜也
吾六朝也 吾漢魏也 自相標榜 皆以爲可主文盟 以余觀之 或剽其語 或襲其意 俱不
免屋下架屋 而誇以自大 其不幾於夜郞王耶.

이 고루 맞아서 혼연히 일가의 말을 이룬 것으로는 容齋 정승을 추대하는데 駱峯 및 永嘉 부자는 그 화려함을 차지하였고, 그 다음은 昌大하고 망망하고 정축이 풍부하고 재료가 엄박하여 한 시대의 大方家가 된 이는 四佳·佔畢·虛白 같은 무리로 그 웅대함을 치달렸고, 또 그 다음은 뾰족하고 우뚝하여 생각이 치밀하고 기교가 섬세하며 瓌埠와 險絶로써 귀함을 삼은 이는 訥齋·湖陰·蘇相·芝川 같은 여러 거공인데 모두 그 걸출함을 자랑하였으니 위대하다. 그러나 그 부드럽고 너그럽고 도탑고 후하며 響이 바르고 格이 높아 開元·天寶·大歷에 법을 정할 수 있는 자는, 세상에 그럴 만한 사람이 적으니, 아는 사람은 오히려 서운해 하는 바가 있다.6)

위 글은 스승의 문집인 『蓀谷集』 서문에 쓴 내용의 처음 부분으로 결국 성당풍을 구사할 줄 아는 이달이 나오기까지 문단은 어떤 과정을 거쳤는가를 보여주려는데 목적이 있다. 허균은 여기에서 조선 중기 성당풍이 있기까지 문단을 주도했던 문인군단으로서 세 분류가 있었음을 지목하는데, 그 첫째는 이행·신광한 등을 비롯한 문인군단이고, 둘째는 서거정·김종직·성현 등과 같은 문인군단이며, 그리고 셋째 마지막으로 박상·정사룡·노수신·황정욱과 같은 江西詩派가 있었다고 한다. 그렇지만, 중국 당의 현·대종 때가 중심이 된 성당풍을 구사할 줄 아는 문인은 적다고 하여 안타까운 심정을 드러내었다. 그리 긴 문장이 아님에도 불구하고 조선 초기 문단 사정을 명료하게 보여주는 글로써 허균의 문단을 꿰뚫어볼 줄 아는 능력을 다시 한 번 확인할 수 있다.

그러면서도 허균은 이러한 자신이 가지고 있는 비평적 기질을 최대한 발휘하여 조선의 문단을 전체 정리하고 싶은 마음이 있었던 모양이다. 이

---

6) 許筠, 『惺所覆瓿稿』卷5, 「蓀谷集序」, 恭惟我國家 文運休明 學士大夫 以詩鳴者 殆數十百家 咸自謂人握靈蛇之寶 林然盛哉 擬而揆之 則途有三焉 其和平淡雅 圓適均稱 渾然成一家言者 推容齋相 而駱峯及永嘉父子擅其華 其次 則昌大莽莽 富蓄博材 爲一代大方家者 如四佳佔畢虛白輩 騁其雄 又其次 則嶙峯峻峭 締思緻巧 以瑰瑋險絶 爲貴者 如訥齋湖陰蘇相芝川諸鉅公 衒其杰 玆俱韙矣 然其優游敦厚 響正格高 定軌於開天大歷者 世尟其人 識者猶有所憾云.

로써 나온 비평서가 그의 나이 25세 때 지은『학산초담』과 43세 咸山(咸悅이라고도 함, 현 전북 익산)에 유배 가서 지은『성수시화』이다. 뿐만 아니라『성수시화』가 나오기 바로 전에『國朝詩刪』이라는 당시로서는 보기 드문 우리나라 유·무명 문인들의 시를 刪定하는 작업을 수행하며 간단하게라도 평을 곁들이는 일을 병행했으니 비평가적 기질이 다시 한 번 발휘된 경우라고 할 수 있다. 허균은 이러한 본격적인 비평서를 통해서 자신의 비평적 소신을 매듭지었을 뿐 아니라 비평가로서 문단이 가야 할 방향을 제시하기도 하였다. 그러기 위하여 여러 문인들을 시화 속에 등장시켜 나름대로의 비평을 가하는데, 그 중심에 호남문인들이 자리잡고 있다. 즉, 허균은 비평서를 작성하면서 자연스럽게 호남문인들을 거론하게 되었고, 그러는 가운데 16세기 무렵 호남문인의 문단에서의 역할론이 형성될 수 있었다고 생각한다.

3. 비평자료에 나타난 실상

1)『鶴山樵談』의 경우

『鶴山樵談』은 1593년 허균이 그의 나이 25세에 강릉으로 피난하여 지은 시화서로 총 108칙의 내용이 수록되어 있다. 허균은 어려서부터 둘째 형님인 허봉과 스승 이달에게서 문학 수업을 받으며 이런 저런 일화들을 많이 들었을 것인데,『학산초담』은 바로 그전까지 들었던 이야기들을 정리하는 의미도 있었다. 이는 즉, 기사를 시작하는 처음 부분에서 '仲氏'라는 말을 자주 사용하고 있음을 통해서도 알 수 있는데, 주지하다시피 이때의 '중씨'는 허균의 둘째 형님인 허봉을 가리킨다. 다시 말하여 허균은 평소 형님인 허봉으로부터 우리나라 뿐 아니라 중국의 시인들에 대한 이야기를 자주 들었던 것으로 보이며, 이러한 것이 배경이 되어 결국『학산초담』을 엮게 되었다고 할 수 있다.

　따라서 『학산초담』에서 거론한 호남문인들도 허봉, 이달과 따로 떼어서
볼 수는 없을 것이고, 상당한 연관성 속에서 기사가 작성되었다고 할 수
있다. 다음은 『학산초담』에서 거론한 호남문인을 기사 내용과 함께 보인
것이다.

연번	칙번호	관련 호남문인	기사 내용	비고
1	3	최경창, 백광훈	우리나라 시학의 흐름을 언급하던 중에 삼당시인의 역할을 말함	
2	4	최경창, 백광훈	최경창, 백광훈, 이달 시의 풍격을 각각 淸勁, 枯淡, 富艶하다라고 함. 그러면서 이달은 나이 들어서야 平實하게 되었다고 함	
3	6	최경창	최경창의 여러 시를 열거한 후 唐人의 수준에 못지않다고 함	
4	7	백광훈	백광훈을 소개하며, 아울러 최경창·백광훈을 대상으로 읊은 허초희의 「感遇詩」를 언급	
5	8	임제	임제의 성격과 그의 시 「送李評事瑩詩」를 소개	
6	9	임제, 최경창	허봉의 「慶興狃胡亭」 시에 대한 임제의 평과 최경창의 차운	
7	10	임제	임제가 駕鶴樓를 지나다 겪었던 일화	
8	11	임형수	임형수의 현관시에 대한 평가	
9	46	지리산의 어느 노인	지리산 늙은이의 「梳頭詩」 소개	『성수시화』 에도 수록
10	51	최경창	최경창에게서 비단값을 받은 이달의 시	이달이 주인공
11	54	임제	허봉의 책에 붙여준 임제의 시와 그의 소설 「愁城志」 언급	
12	61	고경명	고경명의 「橘詩」와 심언광의 「杜鵑詩」를 소개한 후 이를 평가함	
13	73	최부	최부의 『漂海錄』과 그의 「讀宋史詩」 소개	

14	76	이언세	장흥 사람 이언세의 표해 이야기	
15	79	양대박	양대박의 시 구절 소개	
16	80	임제	鄭之升의 작시 능력을 두고 임제가 칭찬함	정지승이 주인공
17	85	양정즙	양정즙의 「贈僧詩」를 소개함	
18	91	김인후	吳世億의 꿈에 나타나 시를 지어준 김인후	『성수시화』에도 수록

위 표에서 보듯이 『학산초담』 전체 108칙 가운데 18칙이 직·간접적으로 호남문인과 관련됨을 알 수 있다. 그리고 거론한 문인들로는 최경창, 백광훈, 임제, 임형수, 고경명, 최부, 이언세, 양대박, 양정즙, 김인후 등인데, 생몰연대가 仔詳한 인물을 중심으로 두고 볼 때 최부가 허균과 가장 멀리 떨어져 있다고 하겠다. 18칙을 다시 문인별로 나눠보면, 최경창과 임제가 각각 5칙, 백광훈이 3칙, 임형수·고경명·최부·이언세·양대박·양정즙·김인후·지리산의 어느 노인이 각각 1칙 등에서 등장하고 있다. 최경창, 백광훈, 임제 등이 자주 거론되고 있음은 허균의 의식 속에 이들에 대한 기억과 관심이 다른 문인들에 비해 상대적으로 많다는 의미로 받아들일 수 있다.

먼저 최경창, 백광훈을 이달과 함께 언급한 내용을 열거하면 다음과 같다.

> ① 융경·만력 연간에 최가운·백창경·이익지 등이 비로소 개원 시대의 공부를 전공하여 精華를 이루기에 힘써서 고인에게 미치고자 하였으나, 骨格이 온전치 못하고 너무 아름답기만 하였다. 당의 許渾·李嶠의 사이에 놓더라도 바로 촌뜨기의 꼴을 깨닫게 되는데, 도리어 李白·王維의 위치를 앗으려고 한단 말인가. 비록 그러나 이로 말미암아 학자는 당풍이 있음을 알게 되었으니 세 사람의 공을 또한 덮어버릴 수는 없다.[7]

---

7) 許筠, 『鶴山樵談』, 隆慶萬曆間 崔嘉運白彰卿李益之輩 始攻開元之學 黽勉精華 欲逮古人 然骨格不完 綺靡太甚 置諸許李間 便覺傖夫目 乃欲使之奪李白摩詰位邪 雖然由是學者 知有唐風 則三人之功 亦不可掩矣.

② 최경창·백광훈·이달 3인의 시는 모두 正始의 법을 본받았는데, 최씨의 淸勁과 백
씨의 枯淡은 귀히 여길 만하나, 氣力이 미치지 못하여 다소 후한 결점이 있었다.
이달의 富艶함은 그 두 사람에 비하면 범위가 약간 크긴 하나, 모두 孟郊와 賈島
의 테두리를 벗어나지는 못했다.8)

　허균은 두 글을 통하여 소위 '삼당시인'이라 불리우던 최경창·백광훈·이
달 시에 대한 생각을 정리하였다. ①에서는 삼당시인이 중국의 성당풍을
공부하여 고인에 이르고자 하였으나 그렇게 되지 못했다고 하며, 이들을
만일 중국의 만당풍을 구가했던 허혼과 초당풍을 구가했던 이교 사이에
놓더라도 촌뜨기는 면치 못할 터인데, 성당풍을 보여준 시인들과 견준다는
것은 말이 되지 않는다고 하였다. 그러면서도 마지막에서는 세 사람으로
인하여 당풍이 있음을 알게 되었으니 그 공만은 없앨 수 없다하여 폄하했
던 태도를 다소 누그러뜨리고 있다. ②에서는 우선 삼당시인이 正始, 즉
성당풍을 본받았다고 전제하고서 최·백·이의 시풍으로서 각각 '청경', '고
담', '부염' 등을 말하였다. 그러면서 '청경'과 '고담'은 기력이 미치지 못
하니 결점이 있다 하였고, '부염'함은 '청경', '고담'에 비하면, 범위가 약
간 넓기는 하지만, 역시 맹교와 가도의 범위를 벗어나지는 못했다고 하였
다. 맹교와 가도는 중당의 시인들로 이는 곧, 성당풍에 완전히 이르지는
못했음을 간접적으로 나타낸 것이다. 이달은 스승이기 때문에 높이 평가하
여 드러내 보일 수도 있는데, 그렇게 하지 않은 점이 주목된다고 하겠다.
　한편, 허균은 임제를 소개하기를 '임제의 자는 子順이니 羅州人이다. 萬
曆 정축년에 진사가 되었다. 본성이 의협심이 있고 얽매이질 않아서 세속
과 맞질 않았으므로 불우했고 일찍 죽었다.'9)라고 하며, 駕鶴樓라는 누대

---

8) 許筠, 『鶴山樵談』, 崔白李三人詩 皆法正音 崔之淸勁 白之枯淡 皆可貴重 然氣力
　不逮稍失事厚 李則富艶 比二氏家 數頗大 皆不出郊島之藩籬.
9) 許筠, 『鶴山樵談』, 林悌字子順羅州人 萬曆丁丑進士 性偶儻不羈 與世齟齬 因此不
　遇早卒.

에서 있었던 일화를 들려준다.

> 내 생각에 누대 현판은 모조리 케케묵은 시들이라, 비록 청신한 구절이 있다 하더라도
> 가려내기 쉽지 않으니, 지을 필요가 없다. 임자순이 언젠가 가학루를 지나갔는데, 板
> 詩가 많아 만여 개나 되므로, 그 되지 않은 잡소리를 싫어하여 館吏를 불러 말하기를,
> "이 현판들은 官命으로 만든 것이냐? 아니면 안 만들면 벌을 주었느냐?"하니, 그의
> 말이, "만들고 싶으면 만들고, 말고 싶으면 안 만들지요. 어찌 관명이나 처벌이 있겠
> 습니까."하자, 자순이, "그렇다면 난 짓지 않겠다."하였다. 그 말을 들은 이들이 다 웃
> 었다. 임진왜란에 적이 관사를 불살라 남은 게 없었으며, 불사르지 않은 곳은 현판을
> 철거하여 불 속에 던져버렸다. 아마 하늘도 시가 높은 벽에 걸려 있는 것을 싫어했으
> 리라.10)

처음 부분에서 누대시를 부정적으로 언급한 것으로 보아 허균은 분명
위 글을 통하여 누대시의 無實論을 주장하고 있다. 즉, 허균은 문학성이
평가되지 않은 작품을 함부로 내다 거는 세태를 비난하고 작품의 진정한
우열 평가가 매우 중요한 일임을 말하고자 한 것11)은 사실이나 裏面을 통
해서는 하기 싫은 일은 결코 하지 않았던 임제의 성격을 드러내려고도 하
였다. 사실 임제와 허균의 성격은 여러 가지 면에서 통하는 부분이 있다.
둘 다 세속의 짜여진 틀에 얽매이는 것을 싫어하여 당대인들로부터 배척
당하기 일쑤였다. 때문에 허균은 많은 부분에서 임제의 행동에 동조했을
것인데, 위의 일화를 『학산초담』에 실은 사연도 이와 무관치 않다고 할 수
있다. 이 외에도 임제는 형님인 허봉과 관련하여 언급하였는데(연번 6,11),

---

10) 許筠, 『鶴山樵談』, 余謂樓題懸板 叢雜陳腐之詩 雖淸新之句 未易辨出 不必作也
   林子順 嘗過駕鶴樓 板詩多至萬餘 苦其啾雜 招館史語之 曰此懸板官命爲之乎 抑
   不作 則有罰乎 吏曰 欲作則作 否則已 何有官命與罰乎 子順曰 然則吾其不題也
   聞者 軒渠 壬辰之變 賊燒官舍無餘 否則撤其板投火 抑亦天公之嫌惡詩在高壁乎.
11) 朴守川, 「허균의 시화비평 연구-학산초담과 성수시화의 비교-」, 『한국한시연구』
   3집, 1995, 237쪽 참조.

주로 임제의 시적인 안목과 작시 능력을 부각시켰다.

이상 『학산초담』에 실린 호남문인에 대한 기사 내용의 주요한 점을 살폈다. 청년기 문학 수련을 하는 입장에서 나온 비평서이기 때문에 허봉과 이달의 영향이 지대했음을 알 수 있었고, 때문에 이와 관련하여 호남문인이 거론되었음도 확인하였다.

2) 『惺叟詩話』의 경우

『성수시화』는 이미 밝힌대로 허균이 그의 나이 43세 때 咸山으로 유배를 가 지은 시 비평서이다. 이는 현재 『성소부부고』 권25 說部에 수록되어 전하고 있는데, 저작동기 및 작성 연월일은 서문 역할을 하고 있는 引에 밝혀 두었다. 허균은 먼저 우리나라 문인의 수가 수천 명을 헤아릴 것이나 인몰되어 전하지 못하는 자가 반이 넘으니 남긴 자취를 살필 수 없음이 안타까울 뿐이라고 하였다. 그러면서 자신은 문사로 자임한 지가 벌써 30년인지라 기억하고 본 것이 적지 않으며, 청탁을 구분할 수 있는 능력도 지니고 있다고 하였다.[12] 그리고 다음과 같은 말을 잇는다.

> 정미년에 東詩의 刪定을 마치고 또 詩評을 지었는데, 그 東人으로서 자못 시로써 傳記에 나타난 자와 일찍이 귀로 듣고 눈으로 본 자들을 다 함께 널리 채택하고 아울러 망라해서 모두 시비를 가리고 평론을 가한 것으로 무릇 두 권이었다. 그 골라 놓은 시구가 혹 大雅에 어그러질지는 모르나 찾아 본 자료의 풍부함은 충분히 한 시대의 문헌을 갖추었다 할 만하였다. (중략) 신해년에 咸山에 귀양 가게 되자 한가하여 일이 없으므로 일찍이 談話하던 것을 기술하여 종이에 옮겨 쓰고 나서 보니 또한 절로 마음에 들어 이를 詩話라 이름하니 무릇 96款이었다. 그 상하 8백 년 사이에 뽑은 것이

---

12) 許筠, 『惺所覆瓿稿』 卷25, 「惺叟詩話引」, 我國自唐末以至今日 操觚爲詩者殆數千家 而世遠代邈 堙沒不傳者 亦過其半 況經兵燹 載籍略盡 爲後學者 何從考其遺跡乎 深可慨已 不佞少習聞兄師之言 稍長 任以文事 于今三十年矣 其所記覽 不可謂不富 而亦嘗妄有涇渭乎.

다만 이에 그치니 너무 간략한 것도 같지만 요컨대 또한 마음을 다 썼을 뿐이니 보는
자는 짐작이 있을 것이다. 이해 4월 20일 蛟山은 쓰노라.13)

정미년은 1607년 허균의 나이 39세 때로 위 글에서는 東詩의 刪定을 마
치고 시평 두 권을 지었다고 하며, '大雅의 안목에 어그러질지 모르겠다'
고 하였다. 그러다가 1611년에 함산으로 유배를 가 한가한 틈을 타 담화를
종이에 옮겨 적어 이를 시화라 이름하니 총 96관 정도 되었으며,14) 그 이
전부터 자신이 살고 있는 당대까지 총 800년 동안의 시를 뽑아보았다라고
하였다. 허균이 정미년에 우리나라의 시를 산정한 것은 바로 『국조시산』
을 가리키며, 시평 두 권을 지었다라고 하였는데, 안타깝게도 이는 현재
전하고 있지는 않다. 그리고 허균은 자신의 산정이 혹시 대아의 안목에 어
그러질지 모름을 염려하였다. 이때의 대아는 『詩經』 六義 가운데 하나로
서정성과는 조금 거리가 있는 잔치 연회 등과 관련된 시라고 할 수 있다.
그런데 자신이 산정한 시들이 대아의 안목에서 볼 때 어긋날지도 모르겠
다고 했으니 이는 謙辭로 받아들일 수도 있지만, 형식이나 격시과는 거리
가 있음을 간접적으로 알려주었다. 그리고 4년 후 함산으로 유배를 가 우
리나라 800년의 시 역사를 꿰뚫어 정리해 보니 모두 96관이 되었다고 하
였다. 앞에서 본대로 허균은 일찍이 『학산초담』을 지어 당대의 문단을 나
름대로 정리한 바 있는데, 수년의 시간이 흐른 뒤에 다시 우리나라의 시를

---

13) 許筠, 『惺所覆瓿稿』卷25, 「惺叟詩話引」, 中丁未歲 刪東詩訖 又著詩評 其於東人
    稱以詩見於傳記者 及所嘗耳聞目見者 悉博採幷羅 無不雌黃而評騭之 凡二卷 其
    所品藻 或乖大雅 而搜訪之殷 足備一代文獻也 (中略) 辛亥歲 俟罪咸山 閑無事 因
    述所嘗談話者 著之于牘 旣而看之 亦自可意 命之曰詩話 凡九十六款 其上下八百
    餘年之間所蒐出者只此 似涉太簡 而要之亦盡之已 觀者詳焉 是歲四月之念日 蛟
    山題.
14) 현재 『성수시화』는 다양한 이본들이 존재한다. 그리고 허균은 인에서 96관이
    라고 했지만, 어떤 이본도 96관인 것은 없다. 본고는 여러 이본 가운데 국립중
    앙도서관의 것을 저본으로 삼은 한국고전번역원의 한국문집총간 74권을 저본
    으로 하였다. 여기에는 총 81관이 존재함을 확인하였다.

뽑아 산정하게 되었고, 뒤 이어 두 권의 시평을 지었으며, 또 다시 96관의
詩史를 대신한 시화서를 엮게 된 것이다. 이러한 일련의 작업들은 기본적
으로는 우리 시에 대한 애착에서 비롯된 것으로『성수시화』는 허균의 매
우 응축된 비평적 안목에 의해 만들어진 시화집임을 알 수 있다.[15]

　　허균은『성수시화』에서도『학산초담』과 마찬가지로 호남문인을 자주
거론하였다. 이러한 실상을 표를 통하여 보여주면 다음과 같다.

연번	관 번호	관련 호남문인	기사 내용	비고
1	3	최경창	정지상의 「西京詩」에 화답한 최경창과 이달	정지상이 주인공
2	34	박상, 최경창, 백광훈	조선조 중종·선조 때의 文興을 정리하던 중에 박상, 최경창, 백광훈 등을 언급	
3	35	박상	鄭士龍이 박상의 시를 추앙함	정사룡이 주인공
4	44	임억령	임억령의 인간 됨됨이와 시 구절 소개	
5	45	임형수	임형수의 시 구절을 소개한 후 그가 죽은 후 이황이 그리워했다는 내용	
6	46	김인후, 양응정	김인후의 인품과 양응정이 김인후의 「登吹臺詩」를 극찬했다는 내용	김인후가 주인공
7	47	김인후	김인후가 오세억의 꿈속에 나타나 지어준 시 소개	『학산초담』에도 수록
8	54	최경창	노수신이 최경창과 이달의 시를 보고 지은 작품 소개	이달이 주인공
9	56	박순	박순의 시문 소개	
10	58	양경우	양경우와 허균의 우리나라 시문에 대한 질의와 문답	
11	60	최경창	황정욱의 시에 대하여 최경창 등이 높이 받듦	황정욱이 주인공

15) 朴守川, 앞 논문, 1995, 240쪽.

12	61	박순	박순이 죽은 후에 지은 만시 중에서 成渾의 것이 가장 나음	성혼이 주인공
13	62	고경명	어려움을 겪으며 나아진 이산해와 고경명의 시	
14	63	최경창, 백광훈	삼당시인의 시풍을 언급함	
15	64	최경창, 백광훈	최경창, 백광훈의 시를 『國朝詩刪』에 뽑아 넣은 내용	
16	65	최경창	여러 문인의 시를 모아 시집을 엮었다는 내용 중에 최경창 언급	
17	70	고경명	허봉이 탄복한 고경명의 시	
18	71	호남의 어느 노인	尹勉이 호남에 사신으로 갔다가 호남 노인이 읊은 「梳頭詩」를 들음	『학산초담』에도 수록
19	72	임제	임제의 시를 소개한 후 임제를 알아주지 않는 세태를 비난	
20	73	임제	임제와 허봉이 서로의 시를 칭찬함	
21	78	계생	계생을 노래한 李元亨의 시	이원형이 주인공

표를 통해 보자면, 『성수시화』는 호남문인을 비평함에 『학산초담』과 여러 가지 면에서 차별화되는데, 그 가장 큰 원인은 둘의 시간적인 간격 때문이다. 앞에서 본 대로 『학산초담』은 허균이 그의 나이 25세 때 지었고, 『성수시화』는 43세 때 지었으니 둘은 시간적으로 18년의 차이가 있다. 허균의 나이 25세 때는 그동안 시문 수업을 연마하고 나름대로의 시학을 정리하는 시기였고, 43세 때는 어느 정도 인생의 연륜이 쌓여가며 시적인 안목도 그 전과 비교할 수 없을 정도로 커진 시기였다고 할 수 있다. 뿐만 아니라 당시 문단의 흐름이 변모되었을 것임은 자명하고, 문인들의 세대교체 또한 이루어졌을 것이니 여러 가지 측면에서 둘은 차이가 날 수밖에 없다. 따라서 둘을 비교함은 자연스러우며 그 속에서 『성수시화』의 호남문인에 대한 비평 태도를 추출해보고자 한다.

첫째, 『학산초담』에는 없는데, 『성수시화』에는 있는 호남문인이 있다. 앞에서 이미 본 대로 허균은 『학산초담』에서 최경창·백광훈·임제 등을 집

중적으로 거론하였다. 그런데 『성수시화』에서는 이 외에도 박상·임억령·
양응정·박순·양경우·계생 등을 새로운 문인으로 거론하였다. 이렇게 문인
의 폭이 넓어지게 된 것은 『성수시화』가 시사적인 비평서로서 문인의 안
배를 고루하려는 마음도 있었을 것이며, 시간의 흐름에 따라서 세대 교체
또한 이루어졌고, 그동안 새롭게 알게 된 사람도 나타난 때문이 아닌가 생
각한다. 박순과 양경우를 거론한 시화를 예시하면 다음과 같다.

① 思庵 朴淳의 시에 '은파에 오래 젖어 이 마음 쉴 새 없이, 새벽 닭 울자마자 朝服
을 챙기누나. 강남의 들 집이 봄풀에 파묻히니, 도리어 산승 시켜 대숲을 지키라
네.'라 했으니 아, 사대부로서 그 누군들 은퇴하고 싶은 마음이 없겠는가마는 한
치의 녹봉에 끌리어 고개를 숙이고 이 마음을 저버리는 자가 많을 것이다. 이 시
를 읽으면 한 번 탄식의 소리를 내게 하기에 족할 것이다.16)

② 梁慶遇가 일찍이 나에게 "우리나라에서는 칠언고시를 누가 잘한다고 할 수 있습
니까?"하고 물은 적이 있는데, "글쎄 어떠할지 잘 모르겠소."하고 대답하였다. 경
우가 朴·李의 蠶頭는 어떤지 차례로 물어 왔다. 내가 대답하기를, "韓退之에서 나
왔으되 한 사람은 억세고 한 사람은 번거로우니 그 지극한 것은 아니다."고 하니,
訥齋의 「晉陽兄弟圖」와 충암의 「牛島歌」는 어떤지 물었다. 대답하기를 "「진양
형제도」는 宏然하나 막힘이 있고 「우도가」는 기이하나 음침하다."고 하였다. 그
렇다면 결국 누구에게 돌아가겠느냐 하니 대답하기를, "魚潛夫의 「流民歎」과 이
익지의 「漫浪舞歌」일 것이오."하고 인하여 말하기를, "시로써 보건대 奇才가 그
대들 가운데서 많이 나왔소."하니, 그 역시 크게 웃었다.17)

---

16) 許筠, 『惺所覆瓿稿』卷25, 「惺叟詩話」, 朴思庵詩 久沐恩波役此心 曉鷄聲裏載朝
簪 江南野屋春蕪沒 却倩山僧護竹林 嗚呼 士大夫孰無欲退之志 而低回寸祿 負此
心者 多矣 讀此詩 足一興噦.

17) 許筠, 『惺所覆瓿稿』卷25, 「惺叟詩話」, 梁慶遇嘗問於余曰 我國七言古詩孰優 曰
未知何如 慶遇歷問朴李蠶頭如何 曰出韓而或悍或穠 非其至也 問訥齋晉陽兄弟圖
冲庵牛島歌如何 曰晉陽傑而滯 牛島奇而晦 然則屬誰 曰魚潛夫流民歎 李益之漫
浪舞歌也 因曰以詩觀之 則奇才多出於君輩也 渠亦大笑.

박순은 徐敬德의 문인으로 대제학, 이조 판서, 우의정, 좌의정 등을 두루 거친 다음 영의정에까지 올라 약 15년간 재직하였고, 한때 대사간이 되어 대사헌 李鐸과 함께 윤원형을 탄핵하기도 하였으며, 李珥가 탄핵되었을 때 그를 옹호하다가 도리어 兩司의 탄핵을 받고 스스로 관직에서 물러났었다. 즉, 정치적으로는 서인의 위치에 있었기 때문에 허균과는 서로 대립적일 수 있었다. 그럼에도 허균은 『성수시화』 61관에서 '사암 정승이 돌아가자 輓歌가 거의 수백 편이나 되었다.'라고 하여 그의 인덕을 기렸으며, 위 ① 의 시화를 통하여 박순의 처지를 한탄하기도 하였다. ①에서 예시한 시의 제목은 「贈堅上人」으로 허균은 이를 『국조시산』에서도 산정하여 평하기를, '오호라! 사대부 중 그 누가 쉬 물러나기를 원하지 않으랴? 필경에는 마음먹은 대로 이룰 수 없어 부끄러움이 많다.'[18]라고 하여 나름대로 인상적인 시임을 보여주었다. 이렇듯 『성수시화』에서 허균은 박순을 두 번이나 거론하는데, 이는 박순이 스승 이달에게 당시를 배우도록 종용한 장본인으로서[19] 그만큼 당대 문단에서는 중요한 위치를 점한 것과 무관치 않다고 본다.

② 시화는 양경우가 우리나라 시에 대해서 묻고, 허균이 답하는 형식을 갖추고 있다. 양경우가 질문한 것은 두 가지이다. 첫 번째의 질문은 일찍이 서울 마포구 合井洞 楊花津 동쪽 언덕에 있는 산인 蠶頭峯 주위에서 南袞, 朴誾, 李荇 등이 뱃놀이를 하면서 지은 시를 모아 기록한 책 뒤에 동일한 시제인 「題蠶頭錄後」를 지었는데,[20] 박은과 이행의 시 중에서 어느 작품이 더 나은가?하고 물었다. 이에 대하여 허균은 '둘 다 韓退之에서 나왔

---

18) 許筠, 『國朝詩刪』, 「贈堅上人」批, 嗚呼 士大夫孰不欲易退耶 畢竟不得如志願 負愧多矣.

19) 許筠, 『惺所覆瓿稿』卷8, 「蓀谷山人傳」, 一日 思庵相謂達 曰詩道當以爲唐爲正 子瞻雖豪放 已落第二義也 遂抽架上太白樂府歌吟 王孟近體以示之 達矍然知正法之在是.

20) 박은의 시는 『挹翠軒遺稿』卷2에, 이행의 시는 『容齋先生集』卷4에 수록되어 전하고 있다.

으되 한 사람은 억세고 한 사람은 번거로워 지극하지는 않다'고 대답하였
다. 즉, 박은의 시는 억세고, 이행의 시는 번거롭다는 것으로 평가한 것이
다. 양경우는 두 번째로 박상의 「晉陽兄弟圖」와 김정의 「牛島歌」는 어떠
한가를 물었다. 이에 대하여 허균은 '「진양형제도」는 宏然하나 막힘이 있
고 「우도가」는 기이하나 음침하다.'라고 대답하였다. '굉휴하다'라고 함
은 '크면서도 아름답다'라는 의미이니 허균은 박상의 「진양형제도」는 크
면서 아름다우나 막힘이 있고, 김정의 「우도가」는 기이하면서도 어둡다
라고 대답한 것이다. 『稗官雜記』의 기록에 의하면, '김충암이 제주로 귀
양 가서 方生이 牛島를 이야기한 노래를 지었는데, 꼭 귀신과 신선의 말
같았다.'[21]라는 내용이 나오는데, 허균이 「우도가」를 두고 '기이하면서
도 어둡다'라고 한 것과 일맥상통한 측면이 있다.

이렇듯이 두 번의 질문을 하고서도 우열을 가르지 못하자 양경우가 마
지막으로 '그렇다면 누가 시를 잘 짓는가?'라고 묻는다. 이에 대하여 허균
은 엉뚱하게도 어무적의 「유민탄」과 이달의 「만랑무가」를 들어 이들의 시
가 좋다라고 하며,[22] 덧붙이기를 '시로 본다면 奇才가 그대들 가운데서 많
이 나왔소.'라고 한다. 「유민탄」은 官奴 출신인 어무적이 연산군 때 도탄
에 빠진 백성들의 고통을 시로 읊은 것이고, 「만랑무가」는 이달이 신선의
세계를 향해서 칼춤을 추는 만랑옹을 노래한 작품이다. 허균은 이 두 작품
을 극찬하며, 이러한 시의 기재는 '그대들' 가운데에서 많이 나왔다라고
하였다. 양경우에게 특별히 '그대들'이라고 한 것은 그의 신분적 처지를
두고 한 말이기도 하다. 양경우는 庶出 양대박의 아들로 허균과는 일찍이 인
연이 깊었다. 양경우의 부탁으로 부친 양대박의 문집인 『淸溪集』 서문을

---

21) 魚叔權, 『稗官雜記』권3, 金沖庵竄濟州 作方生談牛島歌 正如鬼仙之語.
22) 『惺所覆瓿稿』卷18의 「丙午紀行」에 당시 중국의 사신들이 와서 잔치를 베풀며
    우리나라 시인들의 시를 읊었는데, 朱之蕃이 어무적의 「유민탄」과 이달의 「만
    랑무가」를 극찬하는 대목이 나온다. 許筠, 『惺所覆瓿稿』卷18, 「丙午紀行」, 上
    使招余評本國人詩曰 (中略) 魚無跡流民歎最好 (中略) 因高詠李達漫浪歌.

써 주는가 하면,[23] 시문을 지어 주었고,[24] 편지를 써서 보내주기도 하였
다.[25] 양경우가 허균에게 우리나라 시문에 대해서 스스럼없이 물을 수 있
었던 연유도 이전부터 가져온 인연 덕분이라고 할 수 있다. 허균은 비록
신분은 낮지만, 좋은 시문을 남긴 이들을 '그대들'이라고 지칭하며, 양경우
의 시작 능력을 북돋아주는 자세를 보여주었다.

둘째, 같은 문인에 대한 시화인데,『학산초담』과『성수시화』의 내용이
약간 변용이 된 경우가 있다. 이는 최경창·백광훈의 시풍을 소개한 두 시
화의 비교를 통해 알 수 있다. ①의 경우 앞 절에서 이미 인용했으나 내용
전개상 다시 한번 예시한다.

① 최경창·백광훈·이달 3인의 시는 모두 正始의 법을 본받았는데, 최씨의 淸勁과 백
   씨의 枯淡은 귀히 여길 만하나, 氣力이 미치지 못하여 다소 후한 결점이 있었다.
   이달의 富艶함은 그 두 사람에 비하면 범위가 약간 크긴 하나, 모두 孟郊와 賈島
   의 테두리를 벗어나지는 못했다.[26]

② 최경창의 시는 悍勁하며 백광훈의 시는 枯淡하다. 모두 唐詩의 노선을 잃지 않았
   으니 진실로 천년의 드문 가락이다. 이달은 이들보다 조금 크다. 그러므로 최·백을
   함께 뭉쳐 나름대로 대가를 이루었다.[27]

---

23)「淸溪集序」는『惺所覆瓿稿』卷4에 있음.
24) 양경우가 찾아와 지은 허균의 시문「梁子漸來訪」은『惺所覆瓿稿』卷2, 大官稿
    에 수록되어 있는데, 그 전문은 다음과 같다. 僻巷無輪鞅 蕭然却掃時 歲寒霜覆
    地 夜久月當墀 沈約非多病 梁鴻自五噫 相逢且高詠 世事正堪悲. 이 시의 소주에
    서 허균은 양경우를 '慶遇文科能文章'이라고 하였다.
25) 허균이 양경우에게 써준 두 편의 편지는『惺所覆瓿稿』卷21에 있다.
26) 許筠,『鶴山樵談』, 崔白李三人詩 皆法正音 崔之淸勁 白之枯淡 皆可貴重 然氣力
    不逮稍失事厚 李則富豔 比二氏家 數頗大 皆不出郊島之藩籬.
27) 許筠,『惺所覆瓿稿』卷25,「惺叟詩話」, 崔詩悍勁 白詩枯淡 俱不失李唐踕逕 誠亦
    千年希調也 李益之較大 故苞崔孕白而自成大家也.

앞에서 본대로 ①은 삼당시인 시풍으로서 각각 '청경', '고담', '부염' 등을 말했다고 함이 주요 내용이다. 그런데 허균은 시간이 흐른 후 쓴 『성수시화』에서는 최·백의 시풍을 각각 '悍勁'·'枯淡'이라고 하며, 모두 당시의 노선을 잃지 않았다고 하였다. 또한 여기서는 비록 이달의 시풍을 말하지 않았지만, 최·백보다 조금 낫다라고 하여 여전히 스승의 시가 우월함을 보여주었다. ①과 ②의 시풍에서 달라진 것은 최경창의 시를 '한경'하다고 한 부분이다. '청경'은 '맑고 굳세다'는 뜻이고, '한경'은 '세차고 굳세다'는 의미로 시풍을 다르게 나타내었다. 다르게 나타낸 원인은 자세히 알 수 없지만, 시간의 경과에 따라 시문 평가를 달리한 때문이 아닌가 생각한다.

셋째, 『학산초담』에 비해 『성수시화』에서 문학적으로 평가한 호남문인이 있다. 그 대표적인 문인은 김인후로 다음은 그 내용을 담고 있는 시화이다.

> 河西 金麟厚는 高曠하고 夷粹한데 시 역시 그와 같았다. 松川 梁應鼎은 그의 「登吹臺詩」를 극찬하여 高適·岑參의 높은 운이라 했다고 한다. 그 시에 '양왕이 노래하고 춤추던 곳에, 오늘은 나그네가 올라왔노라.……그 시절의 번화한 일들을 이제, 아득하니 어디에서 찾아보리오.'라 한 것은 침착하고 俊偉하여 가늘고 약한 태를 일시에 씻어버렸으니 참으로 귀중히 여길 만하다.[28]

김인후는 16세기 문인으로서 문장·도학·절의 등 세 가지를 두루 갖춘 사람으로 알려져 있는데, 허균은 위 글에서 먼저 그의 인품을 운운하였다. '고광'하다고 함은 마음 등이 높고도 넓다는 뜻이고, '이수'는 온화하면서 순수하다는 의미이다. 곧, 허균은 김인후의 인품을 '마음이 높고 순수하다'고 평한 것이다.[29] 그리고 뒤이어 양응정이 「등취대시」를 중국 성당 때의

---

28) 許筠, 『惺所覆瓿稿』卷25, 「惺叟詩話」, 金河西麟厚高曠夷粹 詩亦如之 梁松川極贊其登吹臺詩 以爲高岑高韻云 其詩曰 梁王歌舞地 此日客登臨 (中略) 當代繁華事 茫茫何處尋 沈着俊偉 一洗纖靡 寔可貴重也.

대표적인 邊塞詩의 대가들인 고적과 잠참에 비긴 내용을 싣고서 마지막으로 시가 '침착하고 준위하여 가늘고 약한 태를 일시에 씻어버렸다'고 하며 극찬을 아끼지 않는다. 허균은 『학산초담』과 달리 『성수시화』에서는 많은 문인들의 시를 두 글자의 시풍으로 나타내 보여주었는데, 위 글의 '침착'·'준위'도 김인후 시의 風貌를 나타낸 시풍 용어라고 할 수 있다. 허균은 『학산초담』에서는 김인후를 오세억과 관련해서만 거론하였는데, 『성수시화』에서는 이 뿐만이 아니라 구체적인 시문을 제시하며 시풍까지 말하여 문학적으로 평가하려는 태도를 보여주었다.

이상 『학산초담』과 비교하여 『성수시화』에서 비평한 호남문인에 대하여 살폈다. 둘을 비교해 결과 『학산초담』에 비해 『성수시화』에서는 최경창·백광훈·임제 등의 기사 내용은 줄어든 대신 다른 문인들을 다수 거론하여 문인의 선택 폭을 넓혔다. 또한 시풍 등을 가미하여 문학 외적인 것보다는 문학적으로 부각시키려는 노력을 하였다. 이러한 것은 허균이 전체 『성수시화』를 통해서 보여주려고 한 것과 일맥상통한 것으로 우리나라 시의 역사를 정리한다는 차원에서 주요한 문인들을 누락시키지 않을 뿐 아니라 그동안 제대로 된 평가를 받지 못했던 문인을 찾아 재평가해보려는 의도가 있었다고 하겠다.

3) 기타 序·跋文의 경우

보통의 문집에는 서문과 발문이 있다. 그런데 이러한 서·발문에서 자신의 문학관 등을 밝히는 경우도 있어 비평 연구의 좋은 자료가 됨은 널리 알려진 사실이다. 허균도 물론 다른 사람의 문집이나 그림 등에 서·발문을

---

29) 허균은 김인후의 인품에 대하여 「惺翁識小錄」에서도 실었다. 그 전문은 다음과 같다. 許筠, 『惺所覆瓿稿』卷23, 「惺翁識小錄中」, 金河西麟厚 人品甚高 問學文章 皆超然自得 早退朴 仁廟在東宮嘗器之 及陞大位 首召之 旣至上晏駕 因歸家 屢徵不起 鄕里薰其德而善良者甚多 梁松川應鼎 氣蓋一世 見公則不覺屈服 敬承其謦欬 莫敢出一言 旣退 必歎嗟彌日 曰厚之 今之顏子也.

써주었는데, 그의 문집『성소부부고』에 서문21편, 발문 16편이 있음을 확인할 수 있다.

먼저 서문을 보면, 知人과 전송하는 서문으로부터 시작하여 자신이 엮은 시선집 등에 쓴 서문 등이 있고, 그리고 다른 사람의 문집에 써준 서문 등이 또한 있다. 발문으로는 다른 사람의 화첩 뒤에 쓴 것, 중국 시문을 산정한 후 쓴 것, 여행 후기로써 쓴 것 등등이 있다.

이러한 서·발문 가운데 호남문인을 위해 써준 것으로는『성소부부고』권4의 「淸溪集序」와 권5의 「歸田錄序」등이다. 「청계집서」는 梁大樸의 문집에 써준 것이고, 「귀전록서」는 金公喜의 문집에 써 준 것인데, 후자의 문집 서문을 쓴 계기를 허균은 다음과 같이 적고 있다.

> 내가 어렸을 때 두 형을 모시고 글짓기를 배우면서 비로소 호남의 金公을 알게 되었다. (중략) 신축년 봄에 명을 받들어 호남의 선비들을 綾陽에서 考選하게 되어 길이 和順縣을 경유하게 되었으므로 공의 당에 올라 공의 얼굴을 뵈었는데, 공은 노인이었다. 서로 보고 기꺼워하며 너무 늦게 알게 된 것을 한탄하고 머무르면서 약간의 술잔을 주고받았는데, 지은 시문 수십 편을 꺼내어 보여주기에 눈에 접하게 되었다. 그 문장은 兩京으로부터 돌아온 듯하였고, 시는 韋應物과 柳儀曹의 사이에 있는 듯하여, 그 말에 매우 맛이 있었다. 그런 연후에야 더욱 공의 문장이 옛사람과 짝할 만함을 알았다.[30]

위 글을 통해서 보자면, 허균은 김공희를 어려서부터 알고 있었다. 그러다가 그의 나이 33세 11월에 綾陽(현 전남 화순)에 가서 선비들을 考選한 적이 있었는데, 화순현을 지나다가 이미 나이가 지긋해진 김공희를 만나게 되었다는 것이다. 그 때 이미 허균은 문장가로서 이름을 얻었던지라 김공

---

30) 許筠, 『惺所覆瓿稿』卷5, 「歸田錄序」, 蓋余髫髮時 陪二兄學爲文 始知湖南有金公云 (中略) 稍歲辛丑春 奉命校湖南士于綾陽 道由和順縣 得升公之堂 拜公之顔 公垂老矣 相見驩然 恨相知晚 留與小酌 出所著詩文數十篇以示 則不佞獲寓目焉 文猶兩京以還 詩揗韋柳之間 有味乎其言之也 然後益知公文章可配於古人矣.

희는 그동안 자신이 써왔던 시문들을 허균에게 보여주며, 평가받기를 원했던 듯하다. 허균은 이에 대하여 김공희의 문장과 시문의 특징을 '중국의 것과 비교해도 손색이 없다'라고 할 뿐만 아니라 중국 당 때의 자연파시인인 위응물과 유의조 등에 견주기까지 한다. 이러한 인연이 계기가 되어 훗날 허균은 김공희의 문집인『귀전록』에 서문을 써주었던 것이다.

한편,「청계집서」는 그 쓴 계기가 남다르다. 허균이 14세가 된 어느 날 형님 허봉과 함께 있었는데, 그때 마침 이달이『龍城唱酬集』한 질을 가지고 와서 보여주었다. 그러면서 이달이 허봉에게 이르기를 "지난번 南原에 갔을 때 백광훈·임제·양대박과 함께 기거하면서 시를 창화하고서 문집을 엮었다."라고 하며, "누구의 시가 가장 높고 나은지요?"라고 묻는다. 이에 대하여 허봉은 "다른 작품들도 모두 좋으나 그래도 가장 좋은 시는 양대박의 것이다."라고 하며, 평가를 마친다.[31] 그때 당시 한창 시문 수련에 열중하고 있던 허균인지라 형님과 이달간의 대화 내용을 자세히 음미하며 들었을 것인데, 비록 간접적이기는 하지만 양대박과 처음 만나는 순간이었다. 그러다가 8년 후 和仲 許洽의 처소에서 양대박을 직접 만나게 되었는데, 그 생김새가 인상적이었던지 '異人'이라고 적었다. 그 구체적인 내용은 다음과 같다.

경인년 가을에 和仲의 처소에서 梁君을 보게 되었는데, 고운 그 용모는 옥이 맑고 봄이 온화하듯 하였고, 맑은 그 움직임은 노을이 오르듯 구름이 퍼지듯 하였으며, 급기야 그 고금의 성패와 현인 호걸의 출처를 이야기하는 데 있어서는 줄줄 막힘없어 마치 구슬을 꿴 것 같고 河水를 쳐서 바다로 쏟는 듯하였다. 아, 역시 기이한 사람이었다. 나는 이리하여 그와 사귐을 맺고 자주 찾아다녀, 날마다 듣지 못하던 것을 듣고

---

31) 許筠,『惺所覆瓿稿』卷4,「淸溪集序」, 不佞往在壬午歲 尙少矣 從亡兄荷谷先生坐 適蓀谷李益之袖所謂龍城唱酬集者一帙 來質曰 達頃歲客帶方 與白彰卿林自順梁 士眞同遊處 是集乃其時賡唱之什也 四人之作 孰爲高爲下耶 先生吟諷久之曰 諸 詩俱淸新 但務勝而詞碩 終不若梁之圓轉純熟也.

그 시 지은 것을 보았는데, 필치가 도도하여 가는 것은 냇물이 흐르듯, 그친 것은 산이 우뚝하듯, 재료를 선택하는 것은 唐을 법 받았고 江西派에 넘나들어 천고 詞人의 우아한 운치를 다하였다. 나는 속으로 존경하고 감복하여 마지않았다.32)

허흡의 처소에서 처음으로 만났을 때 허균은 22세, 양대박은 48세로 당시 둘은 26년의 나이 차이가 있었다. 그동안 말로만 들었던 양대박을 처음 보게 된 허균은 그의 외모를 인상적으로 그려놓았다. '용모는 옥이 맑고 봄이 온화한 듯하였고, 움직임은 노을이 오르듯 구름이 퍼지 듯하다'라고 하여 깨끗하면서도 온화한 낯빛과 조용한 움직임을 묘사하였고, 말을 함에 '마치 구슬을 꿴 것 같기도 하고 하수를 쳐서 바다로 쏟는 듯하다'라고 하여 거침없는 언변의 소유자임을 드러내보였다. 처음의 만남이었지만, 허균은 대화의 상대가 된다고 생각했던지 스스로 자주 찾아다녀 말씀을 들었고, 양대박 또한 자신보다 비록 나이는 어리지만 시적 감식안이 뛰어나다고 생각했던지 자신이 지은 시를 스스럼없이 보여주었다. 허균은 양대박의 시를 평하기를 '필치가 도도하여 가는 것은 냇물이 흐르듯, 그친 것은 산이 우뚝하듯, 재료를 선택하는 것은 唐을 법 받았고 江西派에 넘나들어 천고 詞人의 우아한 운치를 다하였다.'라고 하였다. 필치가 마치 냇물이 흐르는 듯, 산이 우뚝이 서 있는 듯하며, 소재는 당시를 본받았고, 그러면서도 송시의 한 흐름인 강서파의 영향도 받았다고 하여, 양대박의 시문 특징을 비유적인 수법을 빌려 언급하였다. 현재 양대박의 문집 『청계집』에는 320수의 시가 전하고 있는데, 원래는 1,000여수를 상회했던 것으로 알려져 있다. 이를 보면, 양대박이 시인으로서의 기질을 가지고 있었음을 알 수

---

32) 許筠, 『惺所覆瓿稿』卷4, 「淸溪集序」, 庚寅秋 獲觀梁君於和仲許 嬁乎其顔容 若玉粹而春和也 朗乎其動止 若霞擧而雲舒也 及聆其談古今成敗賢豪出處 瀏灂乎若貫珠而決河注之海也 噫亦異人也哉 不佞因締之交 數嘗過從 日聞未所聞 觀其作詩 下筆滔滔然 行者川流 止者嶽峙 材選法唐 泛濫江西 極千古詞人之雅致 不佞竊推服不置焉.

있다.

그런데 2년 후 임진란이 발발하자 양대박은 私財를 내어 의병을 소집하고, 의병 3천을 이끌고 潭陽에서 고경명과 회합하여 고경명을 上將軍으로 삼고 자신은 副將이 되어 군대를 합하여 講武하는가 하면, 雲巖에서 왜적을 만나 대파시키는 큰 공을 세우나 그해에 그만 과로로 죽음에 이른다. 이러한 양대박의 殉國 소식은 많은 이들의 입에 오르고 내렸던 모양인데, 허균도 이에 대하여 '나는 그 소리를 듣고 나도 모르게 옷소매를 떨치고 일어서서 그 절개와 의협이 國士의 풍모가 있어 한낱 구구한 선비가 아님을 더욱 감탄하였다.'33)고 하여 안타까운 마음을 드러내었다.

이로써 허균과 양대박과의 인연은 끝날 줄 알았다. 그런데 허균의 29세 때 양대박의 아들 양경우가 찾아와 또다시 인연의 끈이 이어지는데, 허균은 이때 양경우의 인상을 '온화하고 우아하며 문장이 풍부하여 그 집안의 명성을 능히 떨칠 사람이다.'34)라고 한다. 그리고 시간이 조금 흐른 뒤 양경우는 부친의 원고를 가지고 와서 허균에게 서문을 써줄 것을 부탁한다. 이에 대하여 허균은 다음과 같은 말을 하며, 양경우의 청을 받아들인다.

"그대의 선친께선 포부가 남달랐으나 국법에 구속되어 끝내 그 포부를 펴지 못하고 뜻만 간직한 채 죽고 말았으니, 이는 志士들이 모두 탄식하는 바이다. 다만 등북해는 해내의 선비로되 그를 讚했고, 하곡은 한 세상에 안중에 찬 인물이 없었는데 그를 자주 칭찬하였고, 서애 상공은 밝고 지혜로운 군자였는데 그 행적을 전하였으니, 글 못하는 나 같은 사람이 어찌 그 本末을 논란할 수 있겠는가. 그러나 그대의 집안에 있어서는 父子 2대에 걸쳐 모두에게 知音이라 일컬음을 받은 자로는 나보다 더할 사람이 없을 것이니, 어찌 감히 문장이 거칠고 졸렬하다 하여 사양하겠는가."35)

---

33) 許筠, 『惺所覆瓿稿』卷4, 「淸溪集序」, 不佞聞之 不覺投袂起立 愈嘆其節俠有國士風 不徒作區區文儒也.

34) 許筠, 『惺所覆瓿稿』卷4, 「淸溪集序」, 雍如穆如 富有文章 能振其家聲者.

35) 許筠, 『惺所覆瓿稿』卷4, 「淸溪集序」, 君先子抱負超軼 而拘於國憲 終不能展布其蘊 齎志沒地 是志士所共嘆也 第北海 海內士也而讚之 荷谷 眼空一世也而亟稱之

　허균은 먼저 양대박이 포부가 컸으나 신분적인 제약으로 인해 그 포부를 채 펴보지도 못했다고 하며, 뜻있는 선비라면 이를 모두 안타까워한다고 이른다. 당시는 서얼 禁錮가 심했던 때로 양대박이 이로 인해 자신의 뜻을 제대로 펴지 못했음을 언급한 대목이다. 그러면서 滕達과 허봉, 柳成龍 등이 얼마나 양대박을 칭찬했는지를 들면서 자신과 같은 사람은 본말을 논할 자격조차 없는 사람이라고 이르면서, 한편으로 2대에 걸쳐 지음이라 일컬을 수 있는 자는 자신뿐이라고 하며 결국 서문 쓰는 일을 수락하기에 이른다. 허균은 이리하여 『청계집』의 서문을 쓰는데, 서문을 쓰고 나서 양경우에게 '돌아가신 자네 아버지는 문장이 매우 좋아서 참으로 작가였네. 나는 글을 못하는데 어떻게 그분을 빛나게 하겠는가. 더구나 바쁘게 짓느라 하고 싶은 말을 다 하지도 못했으니 부처님의 머리를 더럽히지나 않았는지 모르겠네. 버리거나 취하는 것은 오직 자네에게 달려 있네.'[36]라는 편지를 써서 보내기까지 한다.

　이와 같이 허균은 양대박-양경우로 이어지는 2대에 걸쳐 교유하여 『학산초담』에는 양대박의 시를, 『성수시화』에서는 양경우와 했던 시적인 대화 내용을 실었는데, 이는 신분적 상황을 넘어선 인간 대 인간의 만남이요, 문인 대 문인의 만남이었다고 할 수 있다.[37] 주지하시피 허균은 서출일지라도 자신과 뜻이 맞으면 만남을 지속적으로 이어갔는데, 양대박-양경우도 그러한 경우라고 할 수 있다.

　이상 허균의 서·발문에 나타난 호남문인에 대한 비평을 살폈다. 허균은

　　西崖相 明智君子也 而傳其行 不文如余 烏足以訟其槪也 然於君家父子二世 俱得
　　稱知音者 則其毋過於不佞 豈敢以蕪拙辭.

36)　許筠, 『惺所覆瓿稿』卷21, 「與梁子漸」丁未十月, 尊先公文章甚好 誠作家也 僕不
　　文 何以賁之 恩結 撰不能盡欲言 其汚佛首乎 去就之 亦唯君也.

37)　허균은 『惺所覆瓿稿』卷5, 「適菴遺稿序」에서 우리나라에서 서출로서 이름이 난
　　자로 양대박을 들었는데, 그의 양대박에 대한 인식 정도를 알 수 있는 글이기
　　도 하다. 그 원문은 다음과 같다. 我朝以庶出名於世者 魚無赤李孝則魚叔權權應
　　仁李達梁大樸最著 而伸尤用於世 詔使之來 必典筆札.

두 호남문인의 문집에 서문을 써 주었는데, 시적인 능력만 보았지 그 두 문인의 주변적인 상황은 크게 고려하지 않았다. 특히, 양대박은 당시 사회적인 분위기에서 보자면, 밖으로 드러내놓을 수 없는 신분적 한계를 지니고 있었다. 그럼에도 불구하고 허균은 당시 보수적인 문인들과는 다르게 양대박을 받아들이고, 그의 시적인 능력과 인간 됨됨이까지 살피며 문집의 서문을 써 줌으로써 시인으로서 알릴 수 있는 계기를 만들어 주었다.

4. 비평자료의 가치와 의미

문학 작품과 비평은 서로를 피드백하면서 앞으로 전진해간다. 따라서 둘은 떼려야 뗄 수 없는 관계로, 때로는 서로 보완하면서 때로는 서로 비판하면서 또 다른 모습의 문학 세계를 펼쳐 나간다. 이러한 의미에서 볼 때 허균은 문학 작품에 있어서 비평의 역할, 필요성 등을 어느 누구보다도 깊이 있게 고민했다고 하겠다. 이전의 비평문들과는 다르게 시대를 꿰뚫는 통찰력을 바탕에 두고 전 시대 조선의 문단을 정리하려는 노력을 기울였기 때문이다. 따라서 그의 비평인 『학산초담』과 『성수시화』가 중요하게 인식될 수밖에 없는 이유가 여기에 있다.

본 논고는 기본적으로 허균이 두 비평서를 비롯한 기타 비평자료에서 선택한 문인군에 주목하고 논의를 전개해 나가고자 하였다. 허균은 비평서에서 다른 어떤 것보다도 문예적인 측면에 기준을 두고 선택하였다. 당시는 붕당기로서 문단 내에서도 자신과 다른 정치색을 띠고 있으면 배척하기 일쑤였을 것인데, 허균은 그러한 협소한 시각을 버렸다. 이는 다음의 인용문을 통해서도 알 수 있다.

松江 鄭澈은 우리말 노래를 잘 지었으니, 思美人曲 및 勸酒辭는 모두 그 곡조가 맑

고 씩씩하여 들을 만하다. 비록 異論하는 자들은 이를 배척하여 陰邪하다고는 하지만 문채와 풍류는 또한 엄폐할 수 없는 것이다. 그리하여 그를 아까워하는 사람들이 연달아 있어 왔다.38)

주지하다시피 허균과 정철은 다른 정치색을 띠었다. 그런데도 허균은 정철의 작품을 두고 볼 때 그러한 입장을 버린 상태에서 작품 그 자체만 두고 보는 태도를 견지하고 있다. '비록 異論하는 자들'이란 정철과 정치적으로 반대편에 선 이들로 허균 자신도 그 '이론하는 자'들일 수도 있었지만, 그렇다고 드러나는 문채와 풍류까지 감출 수는 없다고 한다. 허균이 비평서에서 문인을 선택할 때의 정치색은 중요도에서 볼 때 두 번째나 세 번째였지, 첫째는 될 수가 없었다. 또한 허균은 비평서에서 문인을 선택함에 정치색 뿐 아니라 신분적인 상황도 배제하였다. 비평서에서 보이는 문인들 중에는 어떠한 재능을 가지고 있더라도 당대에 사회적으로 용납이 안되는 경우가 더러 있음을 확인할 수 있는데, 이는 의식의 혁명성이 문학 비평으로까지 이어진 결과라고 하겠다.

더군다나 허균은 어느 누구보다도 당풍을 중요하게 생각했으며, 『시경』에서 포방된 질박한 정감주의적 문학을 좋아했고, 또 그것을 스스로의 문학 태도로 삼았다.

일찍이 이르기를 '시의 도는 三百篇에 크게 구비되어 있다.' 했거니와 그 화하고 부드럽고 인정 도타워서 족히 선심을 감발시키고 악을 징계할 만한 것은 國風이 가장 훌륭하고, 雅와 頌은 理路에 관계되어 성정의 거리가 좀 멀어졌다. 그리고 漢·魏 이후로는 시를 한 사람이 많지 않은 것도 아니요, 또 아름답지 않은 것도 아니지만, 너무도 상세하고 세밀한 데로 잘못 빠져들었다. 이는 특히 아·송의 流가 범람한 것이니, 어찌 성정의 도에 허여할 수 있겠는가.39)

---

38) 許筠, 『惺所覆瓿稿』卷25, 「惺叟詩話」, 鄭松江善作俗謳 其思美人曲及勸酒辭 俱
   淸壯可聽 雖異論者斥之爲邪 而文采風流 亦不可掩 比比有惜之者.

국풍은 민요이고, 아송은 궁중음악이라고 할 수 있다. 허균은 이러한 국풍과 아송의 차이를 확연히 구분하고, 가장 좋은 시는 국풍과 같은 종류이지 형식의 틀에 맞춘 아송은 인간의 감정과는 거리감이 있기에 좋은 시가 되지 못한다는 논리이다.

이러한 문학론은 비평서의 문인군을 선택할 때 그대로 실천한다. 만일 아무런 기준을 두지 않고 문인군을 선택했다면, 정치적으로 아니면 학문적으로 중요한 문인을 선택했을 수도 있다. 허균의 전 시대는 이미 학문적으로 성리학이 만연해 있었고, 거기의 중심에 退·栗이 있었기 때문이다. 그러나 허균은 그의 비평서에서 이들을 부수적으로 거론하기는 했지만, 주인공으로 삼아 이야기 하지는 않았다. 허균이 생각하기에 퇴·율 같은 이들은 학자이지 시문을 주로 창작하는 시인은 아니었다. 허균은 기본적으로 '시란 別趣가 있는 것이니 理와는 관계치 아니하며, 시란 別材가 있는 것이니 글과도 관계가 없다.'[40]고 본 것이다. 따라서 허균이 비평서에서 호남문인을 다수 선택하여 거론한 이유도 이 같은 맥락에서 찾아야 할 것이며, 순수 문예를 지향한 본격 비평이라는 차원에서 그 특수성을 논해야 할 것이다. 또한 허균과 같은 비평적 안목이 없었다면, 조선중기 호남문인의 활약상이 제대로 드러나지 않았을 가능성이 높다. 이는 현재까지도 조선조 문예의 최고 중흥기라고 일컬어지는 목릉성세 시기 호남문인들의 문학 실체를 알기 위한 최고의 자료로써 허균의 비평 글들이 유용하게 쓰이는 것만 보아도 알 수 있는데, 비평사적인 1차적인 의미를 여기에서 찾아야 하리라고 본다.

---

39) 許筠, 『惺所覆瓿稿』卷5, 「題唐絶選刪序」, 嘗謂詩道大備於三百篇 而其優游敦厚 足以感發懲創者 國風爲最盛 雅頌則涉於理路 去性情爲稍遠矣 漢魏以下爲詩者 非不盛且美矣 失之於詳至宛縟 是特雅頌之流濫耳 何足與於情性之道歟.

40) 許筠, 『惺所覆瓿稿』卷4, 「石洲小稿序」, 詩有別趣 非關理也 詩有別材 非關書也.

5. 맺음말

본 논고는 허균의 비평 자료를 중심으로 호남문인들의 면모와 각 자료에 나타나는 특징을 구명해봄으로써 그 가치를 다시 한 번 되새겨봄을 목적으로 두었다.

허균은 자신이 가지고 있는 비평적 기질을 최대한 발휘하여 조선의 문단을 종횡으로 정리하였다. 이로써 나온 비평서가 『학산초담』과 『성수시화』이다. 허균은 이러한 본격적인 비평서를 통해서 자신의 비평적 소신을 매듭지었을 뿐 아니라 비평가로서 문단이 가야 할 방향을 제시하기도 하였다. 그러기 위하여 여러 문인들을 시화 속에 등장시켜 나름대로의 비평을 가하는데, 그 중심에 호남문인들이 자리 잡고 있었다.

『학산초담』에 실린 호남문인에 대한 기사 내용의 주요한 점은 청년기 문학 수련을 하는 입장에서 나온 비평서이기 때문에 허봉과 이달의 영향이 지대했음을 알 수 있었고, 때문에 이와 관련하여 호남문인이 거론되었음도 확인하였다.

『성수시화』는 『학산초담』과 비교하는 가운데 호남문인에 대한 시화 내용을 살폈다. 둘을 비교해 결과 『학산초담』에 비해 『성수시화』에서는 문인의 선택 폭을 넓혔을 뿐 아니라 또한 시풍 등을 가미하여 문학 외적인 것보다는 문학적으로 부각시키려는 노력을 했음을 알 수 있었다. 이러한 것은 허균이 전체 『성수시화』를 통해서 보여주려고 한 것과 일맥상통한 것으로 우리나라의 시의 역사를 정리한다는 차원에서 주요한 문인들을 누락시키지 않을 뿐 아니라 그동안 제대로 된 평가를 받지 못했던 문인을 찾아 재평가해보려는 의도가 있었다고 하겠다.

그리고 마지막으로 서·발문에 나타난 호남문인에 대한 비평을 살폈다. 허균은 김공희와 양대박의 문집에 서문을 써 주었는데, 시적인 능력만 보았지 그 두 문인의 주변적인 상황은 크게 고려하지 않았다. 특히, 양대박은 당시 사회적인 분위기에서 보자면, 밖으로 드러내놓을 수 없는 신분적 한계를 지니고 있었다. 그럼에도 불구하고 허균은 당시 보수적인 문인들과는 다르게 양대박을 받아들이고, 그의 시적인 능력과 인간 됨됨이까지 살피며 문집의 서문을 써 줌으로써 시인으로서 알릴 수 있는 계기를 만들어 주었다.

　허균은 정감과 인간의 성정 등을 중요하게 여긴 순수 문예론자라고 할 수 있다. 따라서 그 입장에서 이루어진 비평 또한 문예지향적일 수밖에 없었다. 그러던 중에 다수의 호남문인을 자연스럽게 거론하면서 호남문인의 문예취향을 다시 한 번 확인시켜 주는 계기를 만들었다고 하겠다.

제3장

靑溪 梁大樸의 산수 遊覽과 시적 표현

1. 머리말

靑溪 梁大樸(1543~1592)은 주로 임란 때 의병을 주도했던 의병장으로 알려져 있다. 그도 그럴 것이 그가 세상에 알려지게 된 결정적 계기는 바로 임란이었으며, 그로 인하여 정조 10년에 그의 충의를 기리는 의미에서 신도비와 정려가 세워지고, 정조 20년에 병조판서에 추증되는가 하면, '忠壯'이라는 시호까지 내려졌기 때문이다. 이렇듯이 임금의 은혜를 입어 비로소 세상에 알려지기는 했지만, 사실 양대박이 처음 세상에 알려지게 된 것은 그의 詩才로 인한 許筠과의 만남 덕분이라고 할 수 있다. 허균은 14세 때 스승 李達이 가지고 온 『龍城唱酬集』을 통하여 양대박을 처음 접한다. 『용성창수집』은 이달·白光勳·林悌·양대박 등이 남원에서 詩會를 열고 수창한 시를 모은 시집이었던 모양인데, 누구의 시가 더 나은지를 허균의 형님인 許篈에게 평가해 달라고 가지고 왔었다. 이때 허균은 시적으로 성숙된 단계가 아니었기에 스승과 형님의 대화 내용만 잠자코 듣고 있을 뿐

대화에 낄 수 있는 형편도 되지 못하였다.[1] 그러다가 8년 후 허균은 和仲 許冶의 처소에서 양대박을 직접 만나게 되는데, 그동안 말로만 들었던 양대박인지라 허균에게는 인상적으로 다가왔다. 심지어 '異人'이라고 적으며, 양대박이 지은 시를 평하기를 '필치가 도도하여 가는 것은 냇물이 흐르듯, 그친 것은 산이 우뚝하듯, 재료를 선택하는 것은 唐을 법 받았고 江西派에 넘나들어 천고 詞人의 우아한 운치를 다하였다.'[2]라고 하며, 극찬과 아울러 나름대로의 평가를 더한다. 이러한 허균의 서문은 1618년 長城에서 간행한 『靑溪遺稿』에 수록되어 있는데, 이로써 보면 양대박의 시적인 능력이 벌써 이미 인정받고 있었음을 알 수 있다.

본 논고는 양대박에 대한 이러한 사정을 감안하여 그의 시적인 재능을 드러냄을 1차적인 목표로 정함과 아울러 특히 산수 유람과 관련된 작품을 통해 시적으로 어떻게 표현하였으며, 어떻게 평가할 수 있을 것인가 등을 논의해 보고자 한다.[3]

鄭琢은 일찍이 「梁大樸傳」 서두에서 양대박을 언급하기를 '전라도 남원인으로 시로 세상에 알려져 당대의 재사로 존경받았으며, 담론하는 언사가

---

1) 許筠, 『惺所覆瓿稿』卷4, 「淸溪集序」, 不佞往在壬午歲 尙少矣 從亡兄荷谷先生坐 謫蓀谷李益之袖所謂龍城唱酬集者一帙 來質曰 達頃歲客帶方 與白彰卿林自順梁 士眞同遊處 是集乃其時膚唱之什也 四人之作 孰爲高爲下耶 先生吟諷久之曰 諸詩俱淸新 但務勝而詞碩 終不若梁之圓轉純熟也.

2) 許筠, 『惺所覆瓿稿』卷4, 「淸溪集序」, 庚寅秋 獲覩梁君於和仲許 嬹乎其顔容 若玉粹而春和也 朗乎其動止 若霞擧而雲舒也 及聆其談古今成敗賢豪出處 灟灟乎若貫珠而決河注之海也 噫亦異人也哉 不佞因締之交 數嘗過從 日聞未所聞 觀其作詩 下筆滔滔然 行者川流 止者嶽峙 材選法唐 泛濫江西 極千古詞人之雅致,

3) 그동안 양대박의 문학 연구는 梁太淳(2001)과 안장리(2007)에 의해 이루어졌는데, 이중 후자는 16세기 팔경시를 연구하던 중 양대박을 비롯한 김인후, 고경명, 임억령, 박순, 송순 등의 「俛仰亭」 시문을 분석한 논문이기 때문에 순수한 양대박의 문학 연구라고는 할 수 없다. 본 논고에서는 서울대학교 규장각 소장본인 『한국문집총간』53, 『靑溪集』을 저본으로 삼았다. 양대박의 시문집은 모두 다섯 차례 간행되었는데, 이에 대한 자세한 설명은 양태순의 논문(2001) 각주 11)을 참조할 것.

유창하고 위대하여 그 당시 사람들이 추앙하였다.'[4]라고 하여 시적인 재
능이 남다름을 드러내 보였는데, 양대박은 서얼 출신으로 당시 국법에 묶
여 재능이 있다고 해도 그러한 재능을 마음껏 펼 수 있는 기회조차도 얻지
를 못하였다.[5] 이렇듯 비록 국법에는 구속되어 있었으나 이 때문에 오히
려 자유의 몸이 되어 두류산, 가야산, 천마산, 삼각산, 만리재, 운문산, 금
강산 등등 다니지 않은 곳이 없을 정도였다고 토로하고 있는데,[6] 그러면
서 산수 유람을 나름의 생활의 한 방편으로 삼았음을 알 수 있다. 그러면
서 단순히 산수를 유람한 것에서 머무르지 않고 유람기와 시문 등을 남겨
산수 유람의 자료로써 그 가치를 다시 한번 되돌아보게 한다. 또한 이러한
자료들은 당대 여타의 유학자들이 산수를 유람하면서 지은 시문들과 구분
되는 차이점이 포착되는데, 이러한 점이 바로 양대박 산수 유람시의 특이
점이라고도 할 수 있다.

2. 靑溪의 산수 遊覽

　앞에서 이미 언급한 것처럼 양대박은 전국 곳곳의 산수를 두루 유람하
였다. 그러면서 많은 것을 보고, 경험했을 것으로 생각되는데, 특히, 금강
산과 두류산(현 지리산. 이하 지리산으로 지칭)을 유람하고서 「金剛山紀行

---

4) 梁大樸, 『靑溪集』附錄, 「梁公傳」, 梁公 全羅道南原人 以詩鳴於世 負才自豪 談議
　偉然 一時皆慕. 이와 같은 내용은 『國朝人物考』14집과 『梁大司馬實記』권1 등
　에도 수록되어 있다.
5) 양대박의 생애에 대해서는 양태순이 그의 논문(2001)에서 이미 정리하였다. 따
　라서 본 논고에서는 그의 생애에 대한 구체적인 논의는 하지 않을 생각이다.
　그 대신 논의의 과정에서 필요한 경우 가끔 언급될 수 있음을 밝힌다.
6) 梁大樸, 『靑溪集』卷4, 「金剛山紀行錄」, 余早結烟霞之約 尙貪方外之遊 海東名區
　收拾已盡 賞頭流 遊伽倻 略天磨 尋覆鼎 飛筇載岳 掉臂雲門 羣仙之所會 龍象之
　所居 無不窮搜縱探.

錄」과「頭流山紀行錄」을 각각 남기고 있어 여행의 실질적인 기록물로서의 의미를 지니고 있다. 기행록이 기록된 순서상 금강산의 산수 유람에 대한 개괄적인 내용을 먼저 살핀 후 그 다음 지리산의 산수 유람에 대한 내용을 볼 것이다

양대박이 금강산을 유람했을 때는 그의 나이 30세였다. 부친 梁艤가 양대박의 나이 29세 때 관동지방의 목민관으로 부임받자 인사차 들르면서 금강산에 오르려 하였으나 일이 성사되지 못하여 1년을 허송세월 보냈는데, 이듬해 부친이 다시 경상도로 승차하여 가시게 되면서 금강산을 유람하신다는 소식을 접하자 따라 나섰던 것이다. 이에 대한 자세한 내용은 다음과 같다.

> 나는 두류산 아래에서 자라나서 어렸을 적부터 物外의 뜻을 갖고 있었으므로 평생의 사업을 모두 산수에 노니는 일에 붙여버렸었다. 그런데도 이른바 금강은 오히려 능히 구경하지 못했으니, 어찌 신선과 보통 사람은 길이 다르니 속세의 인연이 빌미가 된 것이 아니겠는가. 때로 혹 중을 만나 산을 이야기하면 금강에 대한 말이 입에서 떠나지 않았으니, 고개를 쭉 빼고 동쪽을 바라보며 훌쩍 날아오르고 싶었던 것이 몇 해나 되었었다. 마침 신미년 봄에 家君께서 北原(현 강원도 원주)의 군수로 나가시게 되었으니, 북원은 바로 관동의 속읍이다. 아버지를 모시는 겨를에 잠시 우산과 미투리를 매만져서 한 번 仙境에 이르면 내 오랜 소원을 보상받을 수 있을 것이므로 적이 혼자 기쁘고 다행스럽게 여겼다. 그런데 이 몸이 적은 녹에 매여 출입하는데 한정이 있고, 세 번 고향에 다녀오는 사이에 어느덧 1년이 훌쩍 지나가 버렸으니 세상 일이 사람을 얽어매는 것이 감옥과도 같다고 할 만하다. 그리하여 매번 蓀谷 李益之와 이것에 대해 이야기할 때마다 일찍이 가슴 속이 답답하지 않은 적이 없었다. 임신년 여름 사월에 (중략) 갑자기 가군께서 嶺邑의 벼슬을 옮기시면서 금강산을 가신다는 말을 듣고 휴가를 얻어서 쉴 새 없이 말을 달려 가군을 모시고 떠나게 되었다. 이때 익지는 호남지방을 돌아다니느라 고달프기도 했고, 더욱 아직 돌아오지 못했으므로 우리의 절실했던 지난 약속이 마침내 공교롭게 어그러지게 되었다. 그리하여 나의 시 벗을 잃게 되었으니, 어찌 이번 여행의 한 가지 아쉬운 점이 아니겠는가.[7]

「금강산기행록」의 서두 부분으로 유람을 하게 된 동기와 동행자들에 대한 설명을 하였다. 양대박은 먼저 자신이 탈세속의 뜻을 갖고 있으며, 때문에 평생의 사업으로 산수를 노니는 일에 몰두했다고 하였다. 그러면서도 금강산은 한 번도 다녀가 본 적이 없어 항상 아쉬워하고 있었는데, 마침 부친께서 관동의 속읍인 북원의 군수가 되어 나가게 되어 기회가 되면 반드시 가보리라고 했다 하였다. 그런데도 여러 가지 일 때문에 벌써 1년의 세월이 지나고 금강산에 가는 일이 至難한 일처럼 되어가고 있던 찰라에 홀연히 부친이 경상도로 벼슬자리를 옮기면서 잠시 틈을 내어 유람을 하게 되었다는 전갈을 받고 빠른 속도로 말을 달려 결국 부친을 모시고 금강산을 갈 수 있는 기회를 얻었다고 하였다. 그러면서 평소 친한 벗인 李達과 금강산에 대해 여러 차례 이야기한 적이 있었기에 함께 할 수 없게 된 것이 못내 아쉽다고도 하였다. 이달은 당대를 풍미하던 시인으로 양대박과는 처지나 지향하는 바가 여러 가지로 통했기 때문에 꼭 함께 하고 싶었으나 그렇게 되지 못하여 그 아쉬움이 컸을 것으로 생각된다.

이렇게 하여 시작된 금강산 여행은 1572년 4월 4일부터 20일까지 대략 16일 정도 계속되는데, 여행 일지를 간단히 적어보면 다음과 같다.

4/4 : 횡성현에 투숙 → **4/5** : 창봉역, 삼마현을 지남. 홍천현에 투숙 → **4/6** : 원창역에서 말에 먹임. 춘천부 관아에 들름 → **4/7** : 청평산으로 향함. 소양강을 건넘. 우두사를 지남. 환희현을 지나 완폭대에 앉음. 운수교를 건넘. 청평사에 도착. 청평사의 주지 一珠와 함께 경운동에 이름. 청평사의 일주 스님과 작별 후 고량협을 뚫고 남진

---

7) 梁大樸,『靑溪集』卷4,「金剛山紀行錄」, 余生長頭流之下 少有物外之志 平生事業 都付杖策之功 而所謂金剛 猶未能探討 豈非仙凡異路 俗緣爲崇者乎 時或逢僧說 山 語金剛不離口 矯首東望 思欲奮飛者 積有年矣 適辛未春 家君出守北原 原乃關 東隸邑 定省之暇 覉理登屬 一至仙境 則可以償宿願 竊自喜幸 然而身縻斗粟 出入 有程 三度歸寧 虛負一年 世故之縛人 可謂牢矣 每與蓀谷李益之語此 未嘗不介介 于懷也 壬申夏四月 (中略) 忽聞家君承差嶺邑 要討金剛 請告星馳 得陪杖屨 此天 也 益之倦遊湖南 猶作未歸人 丁寧夙約 竟致巧違 失我詩伴 豈非玆行之一缺耶.

강을 건너 낭천현에서 투숙 → **4/8** : 낭천현을 떠난 산양역에서 조반을 먹음. 서운역에서 말을 먹이고 금화현을 거쳐 창도의 郵舍에서 묵음 → **4/9** : 우사를 출발하여 풍천진을 건너 통구현에서 쉼. 단발령에 도착함. 단발령에서 내려와 풍원에서 잠시 쉬다가 장안사 동구에 이름. 영풍교를 건너 장안사에 들어감. 장안사에서 道和上人을 만나고 장안사에서 묵음 → **4/10** : 장안사에서 출발하여 명담으로 떠남. 도화상인은 부친을 모시고 표훈사로 향하고, 양대박은 안양암을 지나 삼일봉에 이름. 점심을 마친 후 정진봉에 도착함. 석안봉에 올라서 망고봉을 바라봄. 구암을 거쳐 송라암으로 말을 몰아 분옥계에 이름. 일석교를 건너 표훈사로 들어가 동쪽 곁방에서 묵음 → **4/11** : 만폭동으로 떠남. 세건암을 거쳐 금강담을 구경함. 선유담을 지나 보덕굴에 다다름. 일석교를 건너 관음대에서 쉼. 성적암에서 갓끈을 썼고 첨선굴을 돌아봄. 표훈사에 이르러 점심을 먹은 후 정양사로 떠남. 친친암을 지나 무등암에서 잠시 휴식함. 표훈사에 들어가 진헐대에 앉음 → **4/12** : 아침 식사 후 방광봉을 오름. 보현점을 지나 개심암에 이름. 내려와서 천덕암에서 쉼. 저녁 무렵 원통사에 이름 → **4/13** : 새벽에 원통사에서 출발하여 백운점을 지나 사자암에서 쉼. 화룡담과 珠淵, 구담 등을 둘러봄. 거빈봉을 지나 주영암에서 술을 마심. 저녁 무렵 묘길상암에 들어감 → **4/14** : 불정암을 가기 위해 안문령을 지남. 진술암을 지나가다 갑자기 嵐翠를 만남. 해질 무렵에 불정암에 이르러 숙박함 → **4/15** : 조식 후 성불암을 내려와서 소현산을 넘어 유점사에 당도함. 개복대를 거쳐 단풍교를 건너 獐項을 지남. 구점을 넘고 사자천에 다다름. 저녁 무렵에 유점사의 경서를 수장한 곳인 經庫에 들어감. 고성 태수의 대접을 받음 → **4/16** : 조식 후 구곡계를 건너 삼준령을 넘어 명파역에 도착함. 간성의 속읍인 열산현이 이르러 간성군 태수의 저녁 만찬을 대접 받음 → **4/17** : 조식을 먹은 후 영월루에 오름. 진부원에서 말을 먹임. 이수정에서 밥을 해 먹음. 남교역에 들어감 → **4/18** : 조식을 먹은 후 한계산을 지나감. 원통역을 지나 인제현에 들어가 태수의 대접을 받음. 마노역에서 점심을 먹고, 저녁에 泉甘의 傳舍에서 잠을 잠 → **4/19** : 사미정에서 노님. 정오에 삼마현을 넘어서 창봉역에서 잠시 쉰 후 횡성현에서 묵음 → **4/20** : 횡성에서 원주의 경계에 들어감.

기행록의 많은 부분을 생략하고 행선지 위주로 간단히 적어보았으나 크고 작은 여러 사찰은 물론이거니와 다수의 스님들과 관청 관계자들의 도움을 받아 여행을 무사히 마친 것으로 보인다. 금강산은 험한 곳도 많지만, 가는 곳마다 신비로움을 자아내기에 충분하여 양대박은 곳곳을 仙境으로 묘사하는데 주저하지 않았다.

다음은 지리산 유람이다. 양대박이 크고 작게 지리산을 유람한 것은 총 네 차례이다. 1차는 18세 때로 순천에 가서 부친을 뵙고 돌아오는 길에 유람을 하였고, 2차는 23세 때로 申深遠과 천황봉에까지 올랐다. 3차는 38세 때로 李純仁과 함께 동행하여 연곡사 등을 들렀으며, 4차는 44세 때로 吳積 등과 함께 지리산의 곳곳을 유람한 후 「두류사기행록」을 남겼다. 금강산 유람은 단 한 차례 이루어진 것에 비할 때 지리산 유람은 대체로 자주 실행한 것으로 보이는데, 사는 곳과 지리산의 거리가 멀리 떨어지지 않았기 때문에 가능했다고 할 수 있다. 이러한 네 차례의 유람 가운데 논의의 대상으로 삼을 수 있는 유람은 4차라고 할 수 있는데, 구체적인 기록을 통해 남기고 있기 때문이다.

먼저 양대박은 4차 지리산을 유람하게 된 배경을 다음과 같이 적고 있다.

마침 병술년 가을, 春澗 吳勳仲이 ……(이하 11자 결)하고, 분연히 탄식하기를, "인간 세상에 30년 동안이나 살면서 천상의 세계에 날아오르지 못했네. 번뇌 많은 이 세상에 살다가 鬢婦가 되고 말았으니, 애석하도다. 그대는 어떻게 나로 하여금 이 속세에서 벗어나 허공에서 손을 흔들며, 뜬구름을 밟고 천지 사방을 아득히 바라보면서 조물주와 더불어 넓고 넓은 곳을 유람하게 할 수 있겠는가?"라고 하였다. 내가 답하기를 "좋은 날 깨끗한 유람을 하는 것도 靑溪에서 덕을 넓히는 것에 지나지 않으이. 산수가 빼어난 곳에서도 가슴 속의 티끌을 씻고 세속의 근심을 없앨 수 있네."라고 하였다. 오춘간이 말하기를 "아닐세. 나는 그런 시시한 유람은 싫네."라고 하였다. 내가 말하기를 "기필코 큰 구경을 하려면 두류산 정상에 올라야 할 걸세."라고 하였다. 마침내 서로 마음이 통했다. 그리하여 나란히 말을 타고 나서 淸虛亭 주인 楊吉甫를 찾아갔다. 그는 곧 오춘간의 외삼촌이다. 본디 어질고 지혜로운 성품을 지니고 있었는데, 우리들의 말을 듣고서 곧바로 마음이 맞아 행장을 꾸려 나섰다. 이날이 9월 2일이다.8)

병술년(1586년) 양대박의 나이 44세 9월 초입에 오훈중(이름은 적)과 대화를 나누는 내용으로 4차 지리산 유람을 결행하게 된 배경을 담고 있다. 오적이 먼저 탄식하는 어투로 30년 동안 살면서 천상의 세계에 오르지 못했음을 안타까워하며, 속세를 벗어나 허공에서 손을 흔들며 천지 사방을 아득히 바라보는 유람을 할 수 있겠는가?라고 묻는다. 평소 여러 산수지간을 드나들었던 양대박인지라 오적도 저간의 사정을 알고 이러한 물음을 했을 것으로 생각한다. 이에 대해 양대박은 처음에는 자신이 현재 살고 있는 청계에서 지내는 것과 유람이 별반 크게 차이가 없다는 논리를 펼치나 오적은 멀리 유람하고픈 자신의 의지를 쉽게 꺾지를 않는다. 따라서 양대박이 큰 구경을 하려거든 지리산 정상 정도에 올라야 한다며, 드디어 산수 유람을 실행할 계획에 돌입하고, 또 다른 한 사람인 양길보 등과 함께 드디어 지리산 유람을 결행하기에 이르렀다. 앞에서와 마찬가지로 여행 일지를 행선지 중심으로 간단히 적어보면 다음과 같다.

9/2 : 날이 저물 무렵 嶺院에 모여 쉬다가 雲峯縣에 도착하여 저녁을 먹음 → **9/3** : 황산의 碑殿에서 쉼. 引月驛에 도착하여 웅담수 가에 이르러 북쪽을 향해 산을 오름. 백장사에 이르러 현묘당에서 숙박 → **9/4** : 梁光祖 합류. 邊士貞의 은거지를 찾음. 실상사 옛터를 찾음. 頭毛潭에 당도 군자사로 들어가 저녁을 먹음 → **9/5** : 용유담에 도착하여 구경 후 군자사로 다시 돌아옴 → **9/6** : 이른 아침 의촌을 거쳐 초정동으로 들어감. 백문당에 도착. 정오에 哭巖에 이름. 제석당 터에 당도함. 저물녘에 제석신당에 오름. 穴巖에 도착 → **9/7** : 천황봉에 이르러 오춘간과 여러 이야기를 나

---

8) 梁大樸,『靑溪集』卷4,「頭流山紀行錄」, 適丙戌秋 春澗吳君勳仲名積□□□□ □□□□□□因奮然嗟咄曰 處人間三十年 無羽翼超上界 身居火宅 坐成鬖婦 惜哉 子安能使我抽身塵網 揮手寥廓 足亂浮雲 杳視六合 與造物者遊於泆瀁之域乎 余應曰 逢佳辰辦淸遊 不過廣德淸溪乎 山水之勝 足以盪塵胸而除俗想矣 春澗曰 未也 吾惡其小 余曰 必也大觀 則其頭流絶頂乎 遂相視莫逆 因竝馬以出 往尋淸虛亭主人楊君吉甫 楊君卽春澗之舅氏也 素有仁智之性 聞言卽合 相與理屐而行 是九月二日也.

눈 후 하산함. 하산 도중에 하동바위에서 쉼. 군자사에서 묵음 → 9/8 : 용유담에 당
도. 이모가 계시는 목동에 들러 묵음 → 9/9 : 이모의 집 근처의 시냇가에서 주연을
베풂 → 9/10 : 禹仲平의 집에서 술자리를 마련 → 9/11 : 조식 후 이모에게 작별
인사를 하고 사기현을 넘어 팔량원에서 점심을 먹고, 저녁에 비전으로 들어가 묵음
→ 9/12 : 정오쯤에 안신원 뒷고개를 넘어 대나무 숲이 우거진 길을 걸어 집으로 돌
아옴.

   10일 정도의 유람인데다가 다녀온 행선지도 금강산에 비해 단순하여 그
리 번잡스럽지 않은 모습을 보이고 있다. 그렇지만, 금강산 유람 때와 마
찬가지로 보고 듣고 느낀 것들을 빠뜨리지 않고 기록으로 남겼음을 알 수
있다.
   양대박은 이와 같이 두 편의 기행록을 통하여 유람 과정을 상세히 적었
는데, 여기에 시문까지 제작하여 유람의 묘미를 더하였다. 기행록은 시간
적인 순서를 지켜가며 써 내려가는 것이고, 시문은 그러한 시간의 질서를
지키지 않아도 되는 것으로 둘은 차이를 보일 수밖에 없는데, 실제 시문을
통하여 서로의 同異点을 엿볼 수 있다. 시제에서 유람지의 이름이 드러나
는데, 기행록의 내용과 대비해서 볼 수 있기 때문이다.

3. 산수 遊覽의 시적 표현

   양대박은 산수를 유람한 후 모두 50편의 시문을 남겼는데, 속리산 유람
시 3편, 금강산 유람시 30편, 지리산 유람시 17편 등이 그것들이다. 이중
속리산 유람시 3편은 논의의 대상에서 제외하고, 금강산과 지리산 유람시
만을 대상으로 시적 표현의 특징을 논해 보고자 하는데, 시제를 나열해 보
면 다음과 같다.

금강산 유람시	지리산 유람시
將遊楓嶽 入淸平寺壬申夏, 西川 贈高僧玄默, 登斷髮嶺, 入長安寺, 次表訓寺東廂室韻, 萬瀑洞, 普德窟, 次慧能詩軸韻, 眞歇臺玩月, 開心庵, 獅子菴 飮甘露水, 火龍潭, 摩訶衍, 歷盡內山 宿妙吉祥菴十四韻, 次楡店山暎樓韻 贈慧禪, 茂松臺觀海, 鳴沙, 次蒼峯驛板上韻, 將遊金剛 次橫城板上韻, 次洪川板上韻, 謹用家大人韻, 昭陽亭, 淸平瀑布, 松蘿菴, 登望高臺, 正陽寺, 圓通寺玩月, 次一見大禪詩, 登佛頂臺, 佛頂庵 觀日出	燕谷東庵 憶觀師, 雙溪石門, 翫瀑臺, 百丈寺, 金臺, 見星庵贈僧, 千人窟, 引月途中此下九首遊巖流作, 百丈寺南臺 贈巖師, 次春澗頭毛潭韻吳勲仲積時同遊, 君子寺圓通殿, 次春澗龍遊潭韻, 邊山人隱居邊士貞居桃灘 召爲參奉, 實相寺廢基, 宿天王峯 曉起候日出, 下山遇雨, 題雪峯頭流錄後雙疊元士宗

금강산 유람시의 경우, 『청계집』에 나와 있는 순서대로 배열한 것으로 유람의 행선지와는 관계가 없다. 다녀간 행선지에 맞추어 시제를 재배열한다면, 「차횡성판상운」 → 「차홍천판상운」 → 「소양정」 → 「장유풍악 입청평사임신하」 → 「청평폭포」 → 「등단발령」 → 「입장안사」 → 「송라암」 → 「차표훈사동상실운」 → 「만폭동」 → 「등망고대」 → 「보덕굴」 → 「정양사」 → 「진헐대완월」 → 「차혜능시축운」 → 「개심암」 → 「원통사완월」 → 「사자암 음감로수」 → 「화룡담」 → 「마하연」 → 「역진내산 숙묘길상암십사운」 → 「불정암 관일출」 → 「등불정대」 → 「차유점산영루운 증혜선」 → 「무송대관해」 → 「명사」 → 「차창봉역판상운」으로 할 수 있다. 한편, 지리산 유람시는 적어도 두 차례 이상의 유람시가 섞여 있는데, 44세 때 다녀온 4차와 관련된 유람시는 「인월도중」부터 시작하여 총 10수이다. 따라서 본 논고에서는 지리산 유람시의 경우, 4차 유람시만을 연구 대상으로 삼으려고 하는데, 4차 때 기행록을 남겨 금강산 유람시와 비등한 위치에서 논의할 수 있기 때문이다.

양대박의 금강산 유람은 횡성으로부터 시작하였다.[9] 다음은 이제 막 금

---

9) 梁大樸, 『靑溪集』卷4, 「頭流山紀行錄」, 初四日己未晴 胡琴手李誠自京來謁 因與之俱 促裝發行 陪家君飮餞于雙花岸上 淸川抱樹 亂山圍野 溪邊有巖 可坐數十人

강산으로 진입하려는 순간 횡성에서 지은 작품으로 금강산 유람의 첫 작품으로서의 의미 때문에 들어본다.

橫巒直北水流東 산은 북으로 가로 놓이고 물은 동으로 흐르니
摸寫令人更着功 사람으로서 모사하려면 공력을 다해야지
庭樹晚風宜晝夢 정원의 나무는 늦바람에 낮잠 자기 마땅하고
不妨高臥聽黃公[10] 높이 누워서 듣는 꾀꼬리 소리 싫지는 않네

산지로 둘러싸인 횡성의 지형적 구조와 그 지형을 어떻게 그려내야 하는지에 대한 내용을 기·승구에서 담았고, 전·결구에서는 자신이 행할 수 있는 소소한 일과 현재 일어나고 있는 주변의 상황에 대한 느낌 등을 담았다.

이렇게 횡성으로부터 시작된 금강산 유람은 이후 소양정, 청평사, 단발령, 장안사 등등 유무명의 유적지를 둘러보는데, 시적 표현의 면에서 寫景 중심의 작품이 많다는 특징을 포착할 수 있다.

다음은 「소양정」이라는 시제의 작품으로 작자 자신의 생각은 거의 들어가지 않은 순수한 敍景만을 보여주어 시문만으로도 소양정 주변의 승경을 대강은 알 수 있을 정도이다.

遠客惜芳草 먼 곳에서 온 손님 꽃다운 풀 아껴
昭陽江上行 소양강의 위를 걸어가고 있네
高亭臨古渡 높은 정자는 옛 나루터에 임하였고
喬木夾飛甍 높은 고목는 기와지붕을 이웃하였네
列岫天邊淡 먼 산봉우리는 하늘가에 둘러있고
晴波檻外明 맑은 냇물은 난간 저쪽에 밝아있네

景物瀟洒 鄕人數三 先設別筵 開尊以待之 停驂少憩 向夕投宿橫城縣.
10) 梁大樸, 『靑溪集』卷2, 「將遊金剛 次橫城板上韻」

風流堪畫處   좋은 경치는 그림 그릴만 하니
漁艇帶烟橫[11] 고기잡이배에 띠 두른 내 비껴있네

李裕元은 『林下筆記』에서 소양정을 설명하기를 '소양정은 춘천부 동쪽 6리의 소양강 기슭에 있다. 전해 오는 말에 의하면 三韓 때에 창건한 것이라고 하는데 중간에 二樂樓라고 고쳐 부르다가 뒤에 지금의 이름으로 복구하였다. 그리고 선조 을사년(1605)에 큰물이 져서 떠내려갔는데 광해군 경술년(1610)에 부사 李希聃이 지었으며 정종 정유년(1777)에 다시 물에 떠내려간 것을 경자년(1780)에 부사 李東馨이 중건하고 그 기문을 지었다.'[12]라고 하였다. 즉, 소양정은 소양강가에 있는 정자로 양대박은 「금강산기행록」에서 소양정에 이르렀을 때의 주변 상황을 다음과 같이 적고 있다.

늦어서 소양강을 건너니 강가에는 정자가 날아갈 듯이 서 있고 정자 주변에는 키 큰 나무들이 즐비하며 난간 밖에는 깨끗한 모래가 펼쳐 있어 경치 좋은 곳이라고 할만했다. 나루지기가 나와 맞이하여 배를 끌고서 호위하며 강을 건넜다.[13]

양대박은 금강산 유람 나흘째 되는 날 소양강에 이르러 강을 건너게 되었는데, 주변에 정자가 하나 있었다고 하였다. 양대박은 이 정자를 '날아갈 듯하다'라고 하여 강가에 아스라이 서 있는 광경을 그리고 있다. 그리고 정자 주변으로는 큰 나무가 즐비하게 있고, 모래가 펼쳐져 있어 아름다운 풍광을 지녔음을 다시 한번 알려주며 마지막으로 배를 타고 강을 건너는 모습까지 언급하였다. 이러한 기행 내용을 시문과 대비해보면, 크게 다

---

11) 梁大樸, 『靑溪集』卷2, 「昭陽亭」
12) 李裕元, 『林下筆記』卷13, 「文獻指掌編」昭陽亭, 亭在春川府東六里昭陽江崑 諺傳 三韓時所創 中間改稱二樂樓 後復今名 宣祖乙巳 大水漂去 光海庚戌 府使李希聃 建 正宗丁酉 又水漂 庚子 府使李東馨 重建撰記.
13) 梁大樸, 『靑溪集』卷4, 「金剛山紀行錄」, 晚渡昭陽江 江上有亭翼然 亭邊喬木 檻外 晴沙 足云勝地 津吏迎拜 拏舟護涉.

르지 않음을 알 수 있다. 먼저 시문의 수련에서 자신이 지금 소양강을 건
너는 모습을 보여주고 있고, 함련에서부터 경련까지는 소양정 주변의 승경
을 사실 그대로 模寫해가고 있는데, 옛 나루터에 임한 높은 정자, 기와지
붕에 이웃한 고목나무, 하늘가에 둘러있는 산봉우리, 난간 저쪽의 맑은 냇
물 등등 마치 카메라의 앵글을 순서에 맞추어 가듯이 곳곳을 그대로 보여
주려는 자세를 버리지 않고 있는 것이다. 그리고 마지막 미련에서는 이러
한 아름다운 풍광을 자랑하는 소양정 주변의 승경은 그림으로도 그릴만하
다고 하며 마치 자신이 시에서 寫景化한 것이 잘못되지 않았음을 강조하
였다.

다음은 「만폭동」이라는 시제의 작품으로 마찬가지로 사경이 중심이 되
었음을 알 수 있다.

蒼崖斷斷洞門開	푸른 산비탈에 둘러선 동문이 열렸으니
一逕高低間綠苔	한 산길 높고 낮아 푸른 이끼 끼어있네
山勢拄天明似戟	산봉우리 하늘에 솟아 밝아서 창과 같고
泉流激石響成雷	흐르는 물 돌에 부딪쳐 뇌성소리인 듯해라
逍遙轉撥烟霞興	먼 곳에 굴러 와서 내와 안개 일어나니
摸寫慚非賦咏才	이 경치 모사하자니 시재 없음이 부끄러워
玉局他生曾有債	옥국의 다른 인생들 일찍 빚이 있었구나
石橋今日踏天台[14]	돌다리로 오늘에야 천태산을 밟았네

이유원은 『三才圖會續集』의 말을 인용하여 만폭동을 설명하기를 '『삼
재도회속집』에 이르기를 만폭동은 금강산 속에 있다. 수많은 飛泉이 골짜
기에서 쏟아져 나오는데, 그 형태가 한결같지 않고 다양하기 때문에 이름
을 만폭동이라 한다.'[15]라고 하였고, 丁若鏞은 그의 글 「汕水尋源記」에서

---

14) 梁大樸, 『靑溪集』卷1, 「萬瀑洞」
15) 李裕元, 『林下筆記』卷37, 「蓬萊秘書」, 三才圖會續集 曰萬瀑洞 在金剛山中 百道

'만폭동은 회양부 동남쪽 1백 30리의 금강산 중에 있는데, 그 안의 모든
산골짜기의 물이 모두 鳴淵으로 들어와, 서쪽으로 百川洞의 물과 더불어
長安寺 남쪽에서 합류, 남쪽으로 흘러 新院에 이르러 우측으로 長北川을
거치고, 또 長楊 옛 고을에 이르러 우측으로 沙川의 물을 거친다.'16)라고
하였다. 이러한 만폭동을 양대박은 금강산 유람 11일째 되던 날 가게 되었
는데, 그곳의 광경을 다음과 같이 적었다. 마치 이유원과 정약용의 만폭동
에 대한 설명을 듣고 나서 묘사한 듯한 느낌을 주는 글이다.

> 표훈사에서 5리쯤 떨어져 銀城과 粉壁이 좌우에 층층이 서 있고, 백 갈래 길의 나는
> 듯한 샘물이 하늘 밖까지 천둥치듯 흘러내려 깊은 것은 못이 되고 얕은 것은 여울을
> 이루며, 흐르다가는 소용돌이가 되고 떨어지면 폭포가 되니, 마음이 놀라서 능히 한
> 곳에 눈을 머물 수가 없었으니, 조화의 교묘함이 여기에서 그 극진함을 보이고 있
> 다.17)

먼저 만폭동과 표훈사와의 거리를 언급한 후 만폭동 주변의 자연 형세
를 말하고 있다. 나는 듯한 물줄기가 여기저기서 흘러나오는 형세를 '천둥
치듯'이라고 하여 그 장관을 형용해주었다. 또한 이러한 장관은 흔히 볼
수 있는 것이 아님에 양대박은 '마음이 놀라서 능히 한 곳에 눈을 머물 수
가 없었다.'라고 하며, 떨어지는 물줄기의 위세가 어느 정도인지를 나타내
보여주었다.
　이러한 기행록의 내용을 알고 다시 「만폭동」의 시문 내용을 살피면, 마

飛泉 瀉出谷中 其然非一 故名.
16) 丁若鏞, 『茶山詩文集』卷22,「汕水尋源記」, 萬瀑洞在淮陽府東南一百三十里金剛
　　山中 其內山諸谷之水 盡注于鳴淵 西與百川洞之水 合于長安寺之南 南流至新院
　　右過長北川 又至長楊古縣 右過沙川之水.
17) 梁大樸, 『靑溪集』卷4,「金剛山紀行錄」, 距表訓五里許 銀城粉壁 左右層立 百道飛
　　泉 雷轟天外 深者作潭 淺者成瀬 流而爲盤渦 落而爲懸瀑 心驚目駭 莫能注視 造
　　化之巧 於斯極矣.

치 기행록의 내용을 일부 옮겨놓은 듯한 부분이 많음을 알 수 있다. 특히, 「만폭동」 시문의 수·함련과 경련의 첫 구절은 서경을 중심으로 만폭동 주변의 승경을 여과 없이 그대로 담아내려 한 흔적이 역력하다. 푸른 산비탈에 열려진 洞門과 높고 낮은 산길에 낀 푸른 이끼, 그리고 하늘 높이 솟아 있는 산봉우리는 밝아 뾰족한 마치 창과도 같은데, 흐르는 물은 마치 뇌성과도 같다고 하였다. 시·청각의 감각을 어우르면서 만폭동의 장관을 뛰어난 詩才가 아니면 결코 모사해낼 수 없음을 나타내었다. 그리고 마지막 미련에서 '玉局'을 언급하며, 결국 만폭동이 현실과는 동떨어진 신선의 세계에서나 볼 수 있음을 보여주었다.

다음 작품은 「보덕굴」이라는 시제로 보덕굴은 만폭동 골짜기에 자리 잡은 암자로 고구려 때에 지어졌기 때문에 유서깊은 곳이라고 할 수 있다. 또한 만폭 8담의 하나인 '분설담'의 오른쪽 20m 벼랑에 매달리듯 서 있는데 그 모습이 기묘하여 보는 이로 하여금 탄성을 자아내는 곳으로도 알려져 있다. 이러한 보덕굴을 양대박은 앞에서 본 작품들과 마찬가지로 서경적인 측면에 치중해서 시문에 담아내었는데, 「금강산기행록」과 시문의 내용을 함께 나열하여 보이면 다음과 같다.

> … 인하여 선유담을 지나 보덕굴에 다다르니 층층한 언덕이 천 길이나 되는데 석벽에는 길이라고는 없었다. 그 아래에는 두 개의 구리 기둥을 세워놓고 공중에다 집을 걸터앉혔는데 아로새긴 난간과 그림 그린 기둥이 구름 끝으로 날아올라 있으니, 바라보매 마치 산신령이 살아 있는 그림을 바친 것이 아닌가! 바다 위에 있는 신기루가 찬란한 빛을 발산하는 것이 아닌가 싶을 정도여서 사람으로 하여금 경탄하여 저도 모르게 오래도록 우두커니 서 있게 하였다.[18]

---

18) 梁大樸, 『靑溪集』卷4, 「金剛山紀行錄」, 因過仙游潭 抵普德窟 層崖千仞 石壁無路 其下立兩箇銅柱 凌空架屋 雕欄畫棟 飛出雲末 望之疑若山靈呈活畫也 海蜃騰彩輝也 令人驚歎 不覺竚立久也.

鐵柱倚層巘	쇠기둥으로 층층이 괴어놨으니
瑤牕懸半空	구슬창이 허공중에 매달린 듯
人行圖畫裏	사람들 그림 속에서 걸어다니고
地入有無中	땅이 들어설 곳 그 속에 있을까 없을까
石帶千秋雪	돌은 오래된 흰눈을 두르고 있고
山鳴萬壑風	산엔 일만 골짝의 바람소리 울리네
飛車吾可馭	나는 수레를 내가 운전하여
直上廣寒宮[19]	바로 광한궁에 오르려네

「금강산기행록」의 내용을 통해서 보면, 보덕굴이 놓여진 위치가 위태롭기 짝이 없다. 층층한 언덕은 천 길이요, 석벽에는 길이라고는 없고, 그 아래에 구리 기둥을 세워놓고 공중에 집을 걸쳐 놓았으니 난간과 기둥 등이 하늘 멀리 구름 끝으로 날아오른 듯하다라고 하였다. 심지어 산신령이 살아있는 그림을 바친 것이 아닌가 하고 착각을 일으키는가 하면, 신기루가 빛을 발산하는 것이 아닌가 하고 의구심을 나타내 보여주고 있다. 이러하니 보는 이로 하여금 경탄을 자아내기에 충분하다라고 하였다. 이렇듯 보덕굴을 본 느낌과 소감은 시문으로 그대로 옮겨지는데, 감탄을 금치 못했던 광경인지라 충분한 감정의 이입이 시문의 내용을 채울 것도 같은데, 사실은 그렇지 않다. 보덕굴 주변의 승경을 중심으로 감정은 거의 절제된 상태에서 사경화하는데 치중하고 있다. 이러한 사경화는 수련부터 시작하여 경련까지 지속되다가 마지막 미련에서 겨우 화자 자신의 의지를 담는 모습을 보여주고 있다. 먼저 아스라하게 공중에 매달린 보덕굴의 모습을 수련에서 그린 후, 그런데도 그 가운데 사람들이 그림과 같이 걸어다닌다라고 하여 현실계와 동떨어져 있음을 간접적으로 나타내었다. 경련도 마찬가지로 서경을 묘사하는데 치중하면서 청각적인 이미지까지 가중시켜 시적인 감각을 배가시키고 있다. 한편, 마지막 미련에서는 경련까지와는 달리

19) 梁大樸, 『靑溪集』卷1, 「普德窟」

자신의 의지를 보여주고 있는데, 보덕굴이 허공에 매달려 있기 때문에 '飛
車'라는 표현을 쓰며 신선의 세계인 광한궁에 가는 통로로 삼고 싶다고 하
였다. 바로 보덕굴을 현상계와 신선계를 이어주는 징검다리 역할을 하는
존재로 인식했음을 알 수 있는 대목이다.

　이상 양대박의 금강산 유람시의 표현 방법을 중심으로 살폈는데, 다수
의 작품에서 서경을 중심으로 사경화한 경향이 있음을 엿보았다. 이렇게
된 이유는 여러 원인에서 찾아질 수 있는데, 첫째 기행록에서 금강산의 승
경을 완전히 담을 수 없다는 아쉬움이 시문에까지 옮겨져 사실을 그대로
옮기고만 것이 아닌가 생각한다. 둘째, 처음이자 마지막이 될지 모르는 금
강산 유람이기 때문에 시문을 통해서라도 최대한 승경을 담고 싶은 욕구
가 있었을 것으로 생각한다. 셋째, 기행록과 시문의 문학 장르의 차이를
고려한 결과가 아닌가 생각한다. 즉, 짧은 시문 양식 안에 많은 내용을 담
을 수 있다는 장점을 살려 승경을 寫實的으로 그려냈을 것으로 여겨진다.

　다음은 지리산 유람시를 살필 차례이다. 4차 지리산 유람 때에 지은 첫
작품을 들어보면 다음과 같다.

仙山隣太乙	신선의 산 태을성과 이웃했으니
蘭逕有無中	난초 우거진 길이 있다가도 없네
安谷雲霞古	안곡에는 구름과 안개 자욱하고
臺巖水石雄	대암 바위 아래 물과 돌 웅장하여라
亂峯高下碧	어지러운 산봉우리 위아래가 푸른데
寒葉淺深紅	차가운 잎사귀는 얕고 짙게 붉네
擬待王喬鳥	왕교가 신었던 신발 얻어 신고서
秋風望遠空[20]	가을바람에 먼 허공을 바라보네

　태을성은 도교 용어로 천제가 常居한다고 생각하는 세계로, 양대박은

---

20) 梁大樸, 『靑溪集』卷1, 「引月途中」

지리산을 '仙山'이라고 하며 도교적 산수 의식을 보여주는 것으로 시문의
내용을 시작하여 경련까지 사경화하는 데에 치중하고 있다. 즉, 주로 引月
驛 주변의 승경을 읊되 서경을 중심으로 하여 주변의 자연 풍광을 그리고
있기 때문이다. 난초가 우거진 길, 구름과 안개 자욱한 골짜기, 바위 아래
의 웅장한 물과 돌, 위와 아래가 모두 푸르른 산봉우리, 얕고 짙게 붉은
빛으로 물들 차가운 잎사귀 등등 사경화의 대상은 한두 가지가 아니다.
미련에 등장한 '王喬'는 '王子喬'로 중국 주나라 靈王의 태자 晉을 가리킨
다. 태자 시절에 왕에게 직간했다가 폐해져 庶人이 되었는데, 젓대를 잘
불어 봉황새 소리를 냈으며, 道士 浮丘公을 만나 흰 학을 타고 산꼭대기에
서 살았다고 한다.[21] 시적 화자 자신이 왕교의 신발을 신겠다는 뜻은 자신
이 직접 신선이 되겠노라는 의지를 담은 것이라고 할 수 있다.

그런데, 같은 유람시이지만 다른 지리산 유람시를 보면, 태반이 사경화
하는데 그치지 않고 자신의 感興을 담고 있다. 다음 작품은 군자사 안의
원통전에서 지은 시문이다.

君子知名寺	군자사는 꽤 알려진 사찰로
諸天古道場	예부터 불교를 수련하는 도량이었네
遠尋方丈路	멀리 신선이 살고 있는 곳 찾아
三宿贊公房	세 번이나 찬공의 방에 유숙하였지
桑下寧無戀	잠시 머물렀던 연정도 없지만
雲中久着狂	구름 속에서 미친 듯 오래 살고 싶네
他時來問法	훗날에 와서 불도 닦은 법을 물어
直欲上慈航[22]	곧 극락세계로 올라가고자 하네

양대박은 지리산을 유람하면서 군자사에서 세 번을 숙박한다. 위 시에

---

21) 『列仙傳』, 「王子喬」
22) 梁大樸, 『靑溪集』卷1, 「君子寺圓通殿」

서 '三宿'이라는 시어를 사용한 것으로 보아서 세 번째 유숙하게 되었을 때 지은 작품으로 추정된다. 먼저 수·함련에서는 군자사가 불교를 수련하는 도량으로서 옛날부터 이름이 있었음을 언급하고 있는데, 이러한 곳에서 화자 자신은 세 번씩이나 머물러 유숙하게 되었노라고 하였다. '贊公'은 중국 당 때의 고승으로 杜甫와 교의가 두터웠던 까닭에 두보가 여러 차례 그의 방에서 잠을 자고 시를 지었던 것으로 알려져 있는데, 화자는 지금 군자사의 주지스님을 '찬공'에, 그리고 자신을 두보에 비견하며, 친밀감을 보여주고 있다. 그러면서 한편으로는 오래 머무르면 시간의 흐름에 따라 애착이 생기기 쉬우므로 뽕나무 아래에서 잠시 머무르듯이 아무런 연정도 없이 구름 속에서 지내고 싶다고 한다. 즉, 자연과 벗하고자 하는 자신의 의지를 담은 내용이라고 할 수 있다. 그리고 마지막 미련에서 다음에 또다시 오겠노라는 기약을 의미하는 말을 하고 있다. 전체적인 시문을 표현 방법을 정리하자면, 결코 사경화에 치우친 것은 아니고 오히려 감흥을 최대한 드러내려는 의도를 보여준 작품으로 인식된다.

양대박은 지리산 유람 도중에 실상사의 옛터를 찾았는데, 「두류산기행록」을 통해 그때 보고 들은 것을 다음과 같이 적었다.

> 말을 타고 도탄 하류를 건너 실상사의 옛터를 찾았다. 절은 폐허가 된 지 1백 년이 지나 무너진 담과 주춧돌이 가시덤불 속에 묻혀 있었다. 오직 깨진 비석이 길 옆에 쓰러져 있고 철불이 石床 위에 우뚝 앉아 있을 뿐이었다. 한 승려가 말하기를 "이 절은 고려조에 창건한 대가람으로, 그 뒤 兵火로 소실되었습니다. 지난날 화려하게 단청했던 불전은 지금은 시골 사람들의 농경지가 되고 말았으니, 또한 山家의 불행입니다. 흥망성쇠는 석가여래라 하더라도 면할 수 없는 것이지요."라고 하였다. 나와 吳春澗은 말을 세우고 서성이다가 길을 떠났다.[23]

___

23) 梁大樸, 『靑溪集』卷4, 「頭流山紀行錄」, 遂策馬去 涉桃灘下流 尋實相寺舊址 寺廢已百年 頹垣破礎 埋沒荊榛間 唯殘碑橫臥路側 鐵佛巍然坐石床而已 僧云 此是麗朝所創大伽藍也 後爲兵火所蕩 昔時琳宮珠殿 今爲田翁野叟耕種之地 此亦山家之不幸 而盛衰興廢 雖金仙不能免也 余與春澗立馬躊躇而去.

실상사는 신라 홍덕왕 3년(828) 중각대사 洪陟이 당나라에 유학, 지장의 문하에서 禪法을 배운 뒤 귀국했다가 禪定處를 찾아 2년 동안 전국의 산을 다닌 끝에 실상사 자리에 발길을 멈추고 창건한 것으로 알려져 있는데, 그뒤 여러 차례의 수난을 겪었지만, 몇 번의 중수 작업을 통하여 복원된 상태로 현재에 이르고 있다.24) 이러한 실상사를 양대박이 찾았을 때는 폐허가 된 상태로 방치되어 복원이 전혀 안된 상태였던 것으로 나타난다. 폐허가 된지 1백년이 지났건만 담은 무너지고, 주춧돌은 가시덤불 속에 있으며, 비석만이 길옆에 쓰러져 있다고 하며, 폐허된 절터의 참혹상을 드러내었다. 그러면서 승려의 말을 빌어 또 다시 실상사 절터의 변화된 모습을 알려주고 있다.

이와 같이 실상사에 대한 인상적인 기록을 남긴 양대박은 감흥을 곁들인 다음과 같은 시문을 지었다. 懷古的이라는 특징을 가지고는 있지만, 표현의 방법적인 측면에서 앞의 「군자사원통전」과 같은 맥락에서 읽혀질 수 있는 작품이다.

興廢一彈指	흥하고 망함은 잠깐 한 순간 사이인데
光陰千劫塵	흐르는 세월은 수 천만 년 끝이 없네
龍天亦消歇	용궁과 극락세계는 흔적 다 감추었고
金地已荊榛	금지 옛터에는 가시덩굴이 우거졌구나
石爛碑無字	돌난간에 오래된 비석 글자가 사라지고
山空佛有身	빈산에는 부처의 알몸만 서있구나
溪流多意緒	저 흐르는 시냇물도 한이 많을 것인데
嗚咽送行人25)	목매인 소리로 가는 손님들을 보내네

먼저 수련에서는 홍망과 흐르는 세월을 대비하여 흥하고 망한 것은 일

---

24) 실상사의 인터넷 홈페이지(http://www.silsangsa.or.kr) 참조.
25) 梁大樸, 『靑溪集』卷1, 「實相寺廢基」

순간임을 강조하였다. 이는 결국 함련의 폐허가 된 실상사 절터의 모습을 말하고자 하는 포석으로 '龍天'과 '金地'와 같은 절과 관련된 곳들이 이제는 흔적을 감추고, 가시덩굴이 우거졌다고 하였다. 경련에서도 또한 같은 내용이 이어지며, 돌난간에 새겼던 비석의 글자가 사라지고, 사람들이 불공을 드렸을 불상은 내동댕이쳐진 상태로 산에 뒹굴고 있다고 하며 안타까운 감정을 드러내었다. 그러면서 미련에서 이러한 사실을 모두 알고 있는 자연 산천이야말로 한 맺힌 소리로 가는 손님들을 보내고 있을 뿐이라고 하여 아쉬운 감정의 상태를 마지막까지 보여주고 있다.

이상 지리산 유람과 관련된 시문의 표현 방법을 살폈다. 금강산 유람시에 대비해볼 때 지리산 유람시는 주변의 승경을 사경화하는 데에서 그치지 않고 자신의 감흥을 드러내려고 했음을 볼 수 있었다. 같은 유람시이지만, 이러한 차이가 발견되는 가장 큰 이유는 지리산 유람의 경우, 금강산 유람에 비할 때 여유가 있었기 때문이 아닌가 생각한다. 양대박이 사는 위치상으로 볼 때 금강산에 비할 바가 안될 정도로 지리산은 생각이 있으면 수시로 드나들 수 있는 승경지였다. 따라서 유람의 횟수를 거듭할수록 정신적인 여유를 찾았을 것은 자명한데, 이런 가운데 지어진 시문이기 때문에 그냥 사경화한 데에서 그치기보다는 자신이 느낀 감정을 스스럼없이 드러내보였을 것으로 생각한다.

4. 산수 遊覽詩의 평가와 의의

본 논고의 머리말에서 언급하기를 양대박은 자유의 몸이 되어 두류산, 가야산, 천마산, 삼각산, 만리재, 운문산, 금강산 등등 다니지 않은 곳이 없을 정도였다고 하였다. 이렇듯 양대박의 산수 편력은 유달리 심했다고 할 수 있다. 그러한 편력을 가지게 된 데에는 여러 이유가 있었겠지만, 다음과 같은 언급에서 그 힌트를 찾을 수 있을 것이다.

> 세상 밖에 멋지게 노닌 지 겨우 몇 십일밖에 되지 않았는데 도리어 가슴 속이 시원해
> 져서 더러운 찌꺼기가 하나도 남지 않았으니, 옥돌로 빚어 만든다면 다른 날에 가히
> 페르시아의 귀한 보배처럼 삼을 수 있을 것이다.26)

　금강산 유람을 무사히 마친 후 한 언급으로서 16일이라는 짧지 않은 유
람이었기 때문에 피곤함을 먼저 느꼈을 것인데, 그 보다는 유람 덕분에 가
슴 속이 시원해져서 더러운 찌꺼기가 남지 않아 그것을 기록으로 남긴다
면 마치 페르시아의 보배처럼 될 것이라고 하였다. 즉, 유람의 목적이 다
른 데 있는 것은 아니고, 자신의 정신을 수양하는 수단으로 생각했음을 알
수 있다. 이를 다른 이들의 산수관과 대비해서 볼 수도 있을 것이다.
　일찍이 李珥는 산수를 보는 유형으로서 첫째 目見而已, 둘째 深知山水
之趣, 셋째 知道體 등으로 나누었다.27) 즉, ‘목견이이’란 눈에 보이는 풍광
만 볼 뿐 다른 정취는 느끼지 못하는 것이고, ‘심지산수지취’란 산수의 정
취를 깊이 아는 것이고, ‘지도체’는 산수 자연이 지닌 도체까지 아는 것을
이르는 것으로 이이는 당연히 성리학자의 입장에서 ‘지도체’할 때라야 만
이 최고의 산수관을 지닌 것이라고 하였다. 이와 유사하게 조동일은 산수
시의 양상을 첫째, 경치를 그리는 데 충실하고 흥취나 주제를 드러내지 않
는 것, 둘째 경치에다 흥취를 보태기만 하고 주제는 드러내지 않는 것, 셋
째 경치나 흥취로 만족하지 않고 주제를 드러내는 것28) 등으로 삼분하였

---

26) 梁大樸, 『靑溪集』卷4, 「金剛山紀行錄」, 物外雲遊 纔涉數旬 而轉覺胸懷爽然 絶無
　　査滓 凝璧他年 可作波斯之寶矣.
27) 李珥, 『栗谷先生全書』卷13, 「洪恥齋仁祐遊楓嶽錄跋」, 士之遊金剛者 亦目見而已
　　不能深知山水之趣 則與百姓日用而不知者 無別矣 若洪丈可謂深知山水之趣者乎
　　雖然 但知山水之趣 而不知道體 則亦無貴乎知山水矣.
28) 조동일, 「산수시의 경치, 흥취, 주제」, 『국어국문학』98호, 국어국문학회, 1987,
　　98쪽 참조.

다. 이러한 견해들을 바탕으로 양대박의 산수관을 정리하자면, 이이의 경우 두 번째, 조동일의 경우는 첫 번째와 두 번째에 해당된다고 할 수 있다. 곧, 산수의 정취를 깊이 알고 있으면서 작품을 통해 표현해 낼 때 경치만을 그리는데 충실하거나(금강산 유람시의 경우), 경치에다 흥취를 보태기만 하고(지리산 유람시의 경우) 있기 때문이다. 다시 말하여, 양대박은 도체를 담아야 한다고 주장하는 성리학자도 아니고, 그렇다고 산수를 그저 눈으로만 보고 마는 것도 아닌 경치를 보고 감흥을 일으켜 시문으로 완성시키는 시인이라고 할 수 있다.

비평가로 더 잘 알려진 許筠이 양대박의 아들인 梁慶遇에게 편지를 보냈는데, 거기에서 언급하기를 '돌아가신 자네 아버지는 문장이 매우 좋아서 참으로 作家였네.'[29]라고 하였다. 이는 허균이 양대박의 문집 서문을 의뢰받아 써주면서 답장의 편지로 쓴 일부인데, 시사하는 바가 자못 크다고 할 수 있다. 허균은 문학과 사상을 분리해서 볼 줄 아는 문학비평가였다. 따라서 '진정한 작가'라는 표현은 성리학적 사고에 젖어 사상이 문학을 압도하는 이에게는 합당치 않다고 생각했을 것이다. 결국 양대박은 순수 문학 작품을 창작한 작가로서 16세기 성리학이 만연한 가운데에서도 그것에 매몰되지 않고 순수한 문예 정신을 견지했다는 점에서 산수시 창작의 의의를 찾아야 할 것으로 생각한다.

5. 맺음말

본 논고는 양대박의 산수 유람시를 통하여 그의 시적인 재능을 드러냄을 1차적인 목표로 정함과 아울러 특히 작품을 어떻게 표현하였으며, 어떻게 평가할 수 있을 것인가 등을 논의해 보고자 하였다.

---

29) 許筠, 『惺所覆瓿稿』卷21, 「與梁子漸」, 尊先公文章甚好 誠作家也.

양대박은 전국 곳곳의 산수를 두루 유람하였다. 그러면서 많은 것을 보고, 경험했을 것으로 생각되는데, 특히, 금강산과 지리산을 유람하고서 「금강산기행록」·「두류산기행록」 등의 산문 글과 시문 47편을 남겼음을 확인하였다. 본 논고에서는 이중 금강산 유람시 30편과 지리산 유람시 10편을 연구 대상으로 삼았는데, 둘의 유람시의 표현상 차이를 간파할 수 있었다.

먼저 금강산 유람시는 표현적인 측면에서 보자면 서경을 중심으로 사경화한 경향이 있음을 엿볼 수 있었다. 이렇게 된 이유를 본 논고에서는 세 가지로 추측했는데, 첫째 기행록에서 금강산의 승경을 완전히 담을 수 없다는 아쉬움이 시문에까지 옮겨져 사실을 그대로 옮기고만 것이 아닌가라고 생각하였고, 둘째, 처음이자 마지막이 될지 모르는 금강산 유람이기 때문에 시문을 통해서라도 최대한 승경을 담고 싶은 욕구가 있었을 것으로 생각하였다. 또한 마지막 세 번째로는 기행록과 시문의 문학 장르의 차이를 고려한 결과로서 짧은 시문 양식 안에 많은 내용을 담을 수 있다는 장점을 살려 승경을 사실적으로 그려냈을 것으로 여겼다.

한편, 지리산 유람과 관련된 시문의 표현 방법을 살폈는데, 금강산 유람시에 대비해볼 때 지리산 유람시는 주변의 승경을 사경화하는 데에서 그치지 않고 자신의 감흥을 드러내려고 했음을 볼 수 있었다. 같은 유람시이지만, 이러한 차이가 발견되는 가장 큰 이유는 지리산 유람의 경우, 금강산 유람에 비할 때 정신적인 여유가 있었기 때문이 아닌가 생각하였다. 양대박은 사는 위치상으로 볼 때 금강산과 비할 바가 안될 정도로 지리산과 가까웠다. 때문에 수시로 드나들었는데, 유람의 횟수를 거듭할수록 정신적인 여유를 찾았을 것으로 생각하였다. 이런 가운데 지어진 시문이기 때문에 그냥 사경화한 데에서 그치기보다는 자신이 느낀 감정을 스스럼없이 드러내보였을 것으로 판단하였다.

양대박은 평생 자유의 몸이 되어 전국 방방곡곡 다니지 않은 곳이 없을 정도로 산수 유람을 즐겼다. 그런데 그의 이러한 산수 편력은 다른 데에 목적이 있었던 것은 아니고, 자신의 정신 수양 차원에서 결행했다고 할 수 있다. 이는 당대 성리학이 무르익을 무렵의 성리학자들이 道體를 찾기 위하여 산수를 유람한 것과 대비되는 측면인데, 따라서 산수 유람시의 평가도 같은 맥락에서 이루어져야 할 것으로 보았다. 때문에 산수 유람시에서 풍광을 보게 되면 사경화하는 데에서 그치거나 감흥을 일으키고 마는 데에까지만 이를 뿐 더 이상 산수를 나름대로 해석해내는 데까지는 나아가지 않았다. 결국 이는 양대박이 순수 문예인으로서 도학을 주로 주장했던 성리학자들과 대비될 수 있는 측면으로 결론을 맺었다.

제3부

조선 후기,
호남한시에 표출된 실학 실천

제1장

旅菴 申景濬의 「詩則」에 나타난 詩論전개와 의식

1. 머리말

　旅菴 申景濬(1712~1781)은 전북 순창 태생으로 18세기의 대표적인 실학자이다. 실학적인 면모는 그가 남긴 저술에서 극명하게 드러나는데, 역사지리, 지리학, 기술학, 성음학 등등의 저서를 통하여 그 전의 고답적인 성리설을 위주로 한 학문 풍토와는 다른 모습을 보여주었다. 그래서 耳溪 洪良浩는 이러한 신경준을 일러 '雄才博識'[1]하다고 했을 뿐만 아니라 '九流二敎의 학설에 정통하고 天官, 職方, 聲律, 醫卜의 학문과 역대의 憲章, 해외의 기벽한 글도 깊고 요긴한 점을 이끌어내지 않은 것이 없었다'[2]라고 하였다. 홍량호는 신경준이 과거시험을 치를 때 시험 감독관이었는데, 그후 文友로 지내며 어느 누구보다도 신경준을 잘 알고 있었던 사람으로

---

1) 申景濬, 『旅菴遺稿』序, 惟旅菴申公 以雄才博識…….
2) 申景濬, 『旅菴遺稿』卷13, 墓碣名, 汎濫乎九流二敎 以至天官職方聲律醫卜之學 歷代憲章海外奇僻之書 靡不鉤其奧 而絜其要.

알려져 있다. 따라서 그의 신경준에 대한 평은 평소 학문하는 자세를 자세히 관찰한 후에 나온 것으로 시사하는 바 크다고 하겠다.

신경준의 각 분야의 전문화된 저술 활동은 결국 한 학문이 어느 특정한 학문을 예속하여 주종관계로 관련짓는 풍토를 일신한 것으로 볼 수 있는데, 본 논고의 연구 대상인 「詩則」도 이러한 맥락에서 나온 본격적인 시론이라고 할 수 있다. 「시칙」 서문에 의하면, 신경준이 23세(1734년) 때 溫陽에 머무른 적이 있었다고 한다. 그때 한 童子가 시에 대해서 질문을 하여 古書와 師友에게서 얻어들은 것을 한 권으로 엮게 되었고, 그러나 미묘한 깊은 뜻은 다하지 못하겠노라고 하며, 능력의 한계를 드러내기도 하였다.[3] 즉, 신경준은 평소 시를 '문장의 한 技藝'[4]로 알고 있었기에 시에 대한 특별한 식견을 지니고 있지 않아 독창적인 이론을 전개할 수는 없었다고 하며, 따라서 다른 사람이 이미 정리해 놓은 글을 인용하게 되었음을 적고 있다. 이는 「시칙」 내용을 전개하는 과정 중에 나오는 '世之人', '世之論詩者', '古人' 등과 같은 불특정한 사람과 '無心道人', '范氏', '疎齋', '楊仲弘' 등 특정 인물을 두고 이르는 말로 비록 독창적인 이론은 아닐지라도 출처를 분명히 하고자하는 의지를 엿볼 수 있다. 한편, 독창적이지 않은 부분이 많기는 하지만, 시론을 나름대로 체계화시키며 自得하려고 한 노력이 담겨있을 뿐 아니라 의식의 단면을 보여주고 있어서 논의의 대상으로 삼기에 충분하다고 생각한다.

따라서 그동안 「시칙」에 대한 연구는 끊임없이 이어졌다. 필자 또한 이미 한 편의 논고를 발표했으나 표현론과 풍격론에 주로 치중하다 보니 단편적인 논의에 치중할 수밖에 없었고, 따라서 재론하게 되었다. 그동안에 이루어진 「시칙」 연구를 보면, 시의 3요소로 언급한 '聲(소리)'을 특이한

---

3) 申景濬, 『旅菴遺稿』卷8, 雜著2, 「詩則」, 歲在甲寅 余旅居溫水之陽 有童子問詩者 遂以得於古書及聞於師友者 輯爲一卷以與之 然其微妙之奧 非余之所能究 亦非圖書之所可盡也.

4) 申景濬, 『旅菴遺稿』卷8, 雜著2, 「詩則」, 夫詩者 秪一文章之藝也.

것으로 인식하고서 거기에 주로 치중했다는 인상을 지울 수 없다. 물론 시론을 말하는 가운데 나온 '성'에 대한 언급은 특이한 것으로 받아들일 수 있는 문제이기는 하지만, 「시칙」 연구를 함에 있어 거기에만 매달리는 것 또한 생각해 볼 일이다. 앞으로는 이러한 지금까지 이루어진 연구를 바탕으로 또 다른 각도에서 연구를 진행할 필요가 있다고 본다. 가령, 「시칙」과 신경준의 학문적인 특성을 연관지어 볼 수도 있을 것이다. 「시칙」이 비록 20대 초반에 정리된 시론이기는 하지만, 어느 정도 학문적 특성이 엿보이고 있기 때문이다. 따라서 본 논고는 신경준의 전체적인 학문 틀 속에서 「시칙」을 바라보며, 크게 세 부분으로 나누어 논의하게 될 것이다. 첫째, 「시칙」 구성의 체계성을 학문적인 특성으로 인식하고 논의할 것이며, 둘째 「시칙」 내용의 핵심이라고 할 수 있는 창작론을 통해 지향하고자 했던 의식은 무엇이었는가를 정리하였다. 그리고 마지막 세 번째로 「시칙」에 산발적으로 엿보이는 의식에 주목하고 그것의 의미를 따져보았다.

2. 구성의 체계화와 학문적 해석

「시칙」의 가장 큰 특징은 구성이 체계적으로 되어 있다는 점이다. 시의 綱領에서부터 시작하여 시의 소재와 표현 방법을 제시하였고, 詩中筆例와 詩作法總, 風格論, 시의 요체인 大要, 그리고 시의 형체 순서로 되어 있다.

시의 강령은 시를 구성하는 기본 요인으로 보이는데 體·意·聲 세 가지를 언급한다. 體는 양식상의 특성으로 인식되는데, 五言과 七言으로 나누고 다시 하위 분류한 辭·歌·行·歌行·操·曲·吟·難·怨·引·謠·詠·篇·律詩·絶句 등의 간단한 설명을 덧붙이고 나서 30格을 나열해 놓고 있다. 意는 主意와 運意로 나누고 다시 이들을 正과 邪, 工과 拙로 분류하였다. 主意의 正에는 頌美와 譏刺를 邪에는 憂哀와 喜樂을 포함시킨 것으로 보아 마음을 바르게 할 수 있는 것이면 正으로 보았음을 알 수 있다. 또한 運意에서는 占排와 取舍를 工에 闊魔과 構結을 拙로 분류하였다. 聲은 五言과 七言으로 나누고서 다시 辭·歌·行·曲·吟·歎·怨·引·謠 등을 풍격까지 곁들여 나열한 뒤 5音인 宮·商·角·徵·羽와 12律인 黃鍾·大呂·大簇·夾鍾·姑洗·中呂·蔡賓·林鍾·夷則·南呂·無射·應鍾 등을 제시하고 있다.

그리고 뒤이어서 시의 意象을 형성할 수 있는 요인과 함께 표현기법에 대한 설명이 나오며, 詩中筆例에서는 시 창작의 기법 14가지를 제시하고 있는데, 攻原之例, 連類之例, 揚敵之例, 假道之例, 重複之例, 續斷之例, 外揚內誅之例, 外抑內扶之例, 張小揜大之例, 過情爲譏之例, 一辭奪前之例, 切紋緩結之例, 言斷援物之例, 物來斷語之例 등이 그것들이다.

詩作法總에서는 작시법상의 기준 6가지를 언급하고 있는데, 地界必闊, 斷決必簡, 鋪紋有法, 轉摺有神, 語意無俗, 構結無痕 등이 이에 해당한다.

다음 풍격에 대한 견해와 氣色味響, 그리고 大要로써 '思無邪'의 시정신을 제시하고 있다.

마지막으로 시의 형체로서 起 承 紋 轉 息 宿 結 卒 등을, 그리고 이를 다시 宜와 母로 나누어 宜에는 平穩·從容·整齊·變化·靜全·穩合·堅固·淵永 등을 母에는 陡頓·迫促·落魄·着力·低絶·驚危·著跡·匱竭 등을 말하고 있는데, 앞에서 보았던 意의 正·邪와 마찬가지로 性情을 바르게 하고 균형이 잡혀 있으면 宜에 포함시키고 그렇지 못하면 母에 넣어 분류하였음을 알 수 있다.

이상과 같은 시 창작에 대한 체계적인 내용은 전문적인 소양이 부족하다면 불가능했을 것으로 생각된다. 그러나 신경준은 20대 초반에 이미 시에 있어서 중요한 것은 무엇이며, 어떻게 지어야 하는지를 고민했던 것이다. 어떤 학문을 체계적으로 이론화시켰다고 함은 실용성과 연관시킬 수도 있는데, 생활에 유용하게 쓰일 수 있는 자료가 되기 위해서는 체계화의 노력이 선행되었을 때 효과도 뚜렷하게 드러날 것이기 때문이다. 실용성과

연관짓는 또 다른 이유는 「시칙」이 다른 문학론과는 달리 '보여주기'를 목적으로 지어졌다는 데에 있다. 앞 머리말에서 이미 언급했듯이 「시칙」은 그 서문에 의하면, 한 동자가 시 창작에 대해 질문을 해오자 답하는 형식으로 되어있는데, 이러한 것과 관련성이 깊다. 곧 「시칙」은 시를 이제 배우려고 하는 이들을 위한 지침서로써 公的인 역할을 다해야하기 때문에 체계적일 수밖에 없었다. 이는 많은 시론들이 주로 시인 한 개인의 소양과 관련지어 논의한 것과는 대비되는 것으로 신경준의 실학적 학문 자세가 시론까지 미쳤다고 할 수 있다.

신경준은 43세에 비로소 관직에 나아가 벼슬을 하는 중에도 저작 활동을 끊임없이 하였다. 여러 문헌에 나타나는 그의 저작으로는 「疆界誌」, 「四沿考」, 「伽藍考」, 「道路考」, 「車制策」, 「水車圖說」, 「論兵船火車諸備禦之具」, 「訓民正音韻解」, 「平仄韻互擧要」, 「證正日本韻」, 「諺書音解」, 「儀表圖」, 「頰仰圖」, 「素沙問答」, 「稷書」, 「莊子辨解」 등이 있다. 이들은 대개 민족주의적 입장에서 지어진 것들이 많은데, 특별히 역사지리, 지리학, 기술학, 성음학, 철학적 논변 등으로 대별할 수 있다. 그런데 특이하게 인식되는 것은 이러한 저작들을 표현해내는 방법에 있다. 바로 圖解를 통한 시각적인 방법을 사용하고 있기 때문이다. 특히 「논병선화거제비어지구」의 경우, 우리나라 병선의 모양, 구조, 속력, 편제 등의 결함에 대해 세부 치수를 측정하고 도해하여 설명한 글인데, 병선의 도면 모습까지 세세히 그려넣어 전문적인 지식이 바탕에 깔려 있음을 알게 한다.[5] 「시칙」의 도해도 같은 맥락으로 볼 수가 있다. 「시칙」에는 모두 다섯 개의 도해가 있는데, 공통점은 서술적으로 설명하기에 앞서 그림으로 그려 나타내 보여주었다는 사실이다. 즉, 먼저 도해를 한 다음에 서술적으로 설명하는 형식을 취하고 있는데, 시각적인 효과를 극대화하여 수용 가능성을 높이려는 방법적

---

5) 「논병선화거제비어지구」에 대한 논의는 金在瑾, 「旅菴의 兵船改革論」, 『여암 신경준선생의 학문과 사상』, 옥천향토문화연구소, 1994, 55~67쪽 참조할 것.

인 장치라고 하겠다. 이러한 방법적 고려도 결국 실용성을 전제로 했을 때 가능하다고 생각한다.

3. 시론의 전개와 지향의식

신경준은 먼저 시의 강령으로서 체·의·성 세 가지를 언급한 후에 이에 대한 설명을 덧붙이고 있다. 가령, 체에서 처음으로 나오는 '辭'의 경우, '그 세워진 말로 인한 것을 사라고 이른다(因其立辭 謂之辭)'라고 한다거나, 의에 해당하는 主意와 運意를 각각 '문의 골격이고, 문을 엮는 것이다 (主意 謂體文也 運意 謂綴文也)'라고 하는 등과 같은 것이다. 그러나 체 아래에 나열된 30격에 대해서는 설명이 없어 어떤 근거에 의해 세워지게 된 것인지는 알 수가 없다. 뿐만 아니라 의를 주의와 운의로 大分하고서 주의의 하위로 송미, 기자, 우애, 희락 등으로 나열하고서 송미와 기자를 正에, 그리고 우애와 희락을 邪에 포함시키고, 운의의 하위로 점배, 취사, 활축, 구결등으로 나열하고서 점배와 취사를 工에, 그리고 활축과 구결을 拙에 포함시킨 이유에 대해서는 아무런 언급이 없어 이 또한 자세히 알 수가 없다. 이러한 미진한 점은 성의 도해에서도 마찬가지이다. 성의 경우 먼저 오언과 칠언으로 나눈 후 각각 平淡과 雄渾이라는 評語를 적었는가 하면, 그 하위에 사, 가, 행, 곡, 음, 탄, 원, 인, 요 등 시의 체를 나열하고서 또한 각각에 해당하는 평어를 적고 있는데, 거기에 대한 설명이 전혀 없어서 어떤 기준에 의한 것인지를 파악하기는 힘들다. 다만, 성에 대한 설명은 체와 의에 비할 때 양적으로 많은 부분을 할애하고 있어 상대적으로 중요하게 인식했음을 알 수 있다.

　① 商은 빛나는 것이니, 사물이 성숙하면 규칙을 삼을 만하다. 그 소리는 무리를 떠난

양과 같아서 펼쳐지는 것이 주가 된다. / 角은 받는 것이니, 사물을 들이받고 나오는 것은 뾰족한 뿔을 얹어서이다. 그 소리는 마치 닭이 나무에서 우는 것과 같아서 용솟음치는 것이 주가 된다. / 徵는 福이니, 사물이 성대하여 번성하는 것이 복이다. 그 소리는 마치 돼지의 놀랜 소리와 같아서 갈라지는 것이 주가 된다. / 羽는 집이니 사물을 모아 저장하고 집으로 덮는 것이다. 그 소리는 마치 새가 들에서 우는 것과 같아서 토하는 것이 주가 된다. / 宮은 중앙이다. 중앙에 있으면서 사방에 통하여 최초를 주장하고 태어나게 하는 것이다. 그 소리는 마치 소가 움 속에서 우는 것과 같아서 합함이 주가 된다.6)

② 무릇 시의 성은 모두 제일 첫 글자로 本宮을 삼는다. 본궁을 정하려면 모름지기 먼저 한 편의 뜻을 보아야 한다. 그 뜻이 화평하면 그 성조도 반드시 화평한 까닭에 宮徵으로 정하고, 그 뜻이 슬프고 원망스러우면 그 소리가 반드시 슬프고 원망스런 까닭에 商羽로 정하는 것이다.7)

③ 궁은 완전한 濁聲이고, 상은 다음 탁성이며, 각은 淸聲과 탁성의 중간이다. 치는 다음 청성이며 우는 완전한 청성이다. 이를 마음 속으로 깨달아 내쉬고 들이쉬는 사이에 분별하면, 시를 지을 적에 五音이 절로 조화되어 서로 산란하지 않는다.8)

①의 내용은 無心道人 尹春年이 각각의 오음을 풀이한 것을 이어서 신경준이 나름대로 비유의 방법을 통해 또다시 오음을 정리한 것이다. 윤춘

6) 申景濬, 『旅菴遺稿』卷8, 雜著2, 「詩則」, 商 章也 物成熟 可章度也 其聲 若羊之離群而主張 / 角 觸也 物觸而出 戴芒角也 其聲 若雞之鳴木而主湧 / 徵 祉也 物盛大而繁祉也 其聲 若豕之負駭而主分 / 羽 羽也 物聚藏宇覆之也 其聲 若鳥之鳴野而主吐 / 宮 中也 居中央暢四方 唱始施生 其聲 若牛之鳴竆而主合.
7) 申景濬, 『旅菴遺稿』卷8, 雜著2, 「詩則」, 聲, 凡詩聲 皆以第一字 爲本宮矣 欲定本宮 則須先觀一篇之意 其意和平 則其聲必和平 故定之以宮徵 其意哀怨 則其聲必哀怨 故定之以商羽矣.
8) 申景濬, 『旅菴遺稿』卷8, 雜著2, 「詩則」, 聲, 宮爲全濁 商爲次濁 角爲淸濁中 徵爲次淸 羽爲全淸 悟之於方寸之內 而辨之於呼吸之間 則作詩之際 五音自當和諧 而不相散亂矣.

년이 오음을 주로 음양의 원리에 의해서 해석한 것과는 다르게 신경준은 동물의 행동하는 모습을 관찰한 후 이것을 음과 연결짓고 있는 점이 특이하게 인식된다.

그리고 ②는 윤춘년의 견해를 전적으로 수용한 것으로 시에 있어서 소리는 첫 글자에 의해 좌우될 뿐만 아니라 시의 전체적인 뜻에 따라서 오음을 정해야 함도 함께 언급하였다. 그래서 시 전체의 뜻이 화평하면 궁치의 오음을 정하고, 그 반대로 슬프거나 원망스러우면 상우로 정해야 함을 상세히 제시해주고 있다. ③도 또한 윤춘년의 견해인데, 오음을 소리의 청탁과 연계시키고서 결국 한 편의 시가 조화를 이루고 산란하지 않으려면 오음의 역할이 중요함을 피력하였다.

이상과 같이 신경준은 시의 강령으로서 체·의·성을 제시하고서, 각각에 대한 설명을 덧붙이고 있어 그 실상을 어느 정도 파악할 수 있게 하였다. 물론 신경준도 그 출처를 분명히 하고 있듯이 이러한 체·의·성은 독창적인 견해가 아니라 중국 원대 양재가 지은『詩法原流』와, 그리고 윤춘년의『詩法原流體意聲三字註解』등을 저본으로 했음을 그 동안의 연구에 의해 밝혀지기도 하였다.[9] 이렇듯이 비록 다른 사람의 의견을 적극 받아들이기는 했지만, 시에서의 소리가 중요하다는 인식이 크게 작용한 것만은 인정해야 할 것이다.

신경준은 또한 이러한 체·의·성을 시 표현의 두 방법인 鋪陳과 影描를 언급하는 가운데에서도 다음과 같이 간략하게 제시한다.

> 이른바 체는 이 두 가지의 제도이고, 의는 이 두 가지를 주장하는 것이며, 성은 이 두 가지에 붙여진 것이다.[10]

---

9) 「시칙」이 윤춘년의『詩法原流體意聲三字註解』와 중국 元代 楊載의 소작인『詩法原流』를 영향 받았음은 정대림(2001)에 의해 논의되었다. 참고로 윤춘년의 성률론에 대한 연구는 안대회의 논문(1995)을 참조할 것.

10) 申景濬,『旅菴遺稿』卷8, 雜著2,「詩則」, 所謂體者 此二者之制度也 意者 主張乎

이에 따르면, 체는 제도이고, 의는 주장이며, 성은 붙여진 것이라고 하였다. 이를 다시 정리하면, 체는 포진과 영묘의 법도가 되고, 의는 시의 주된 내용이 되며, 성은 시가 이루어진 다음에 뒤따르는 것으로 볼 수도 있다. 이런 이유로 체는 형식적인 틀로 인식되고, 의는 시 속에 담긴 의미를, 그리고 성은 오음의 체계로 본 시에 흐르는 소리로서 情調와도 어느 정도 관련있는 것으로 파악된다.

체·의·성 3강령 다음에 논의한 것은 시의 재료를 비롯한 표현방법에 대해서이다. 먼저 시의 재료로 情·物·事를 나열하고서, 표현방법으로서 鋪陳과 影描를 제시하였는데, '포진은 그 사실을 곧바로 서술하는 것이고, 영묘는 그 그림자를 그림으로 그려내는 것이다'라고 정의하고서 韓愈의 「南山詩」와 白樂天의 「琵琶行」은 포진에 해당되고, 李白의 「蜀道難」과 賈島의 「擊甌歌」는 영묘에 속한다라고 하며, 둘을 구분짓고 있다. 뿐만 아니라 포진과 영묘를 통하여 다음과 같이 당시와 송시를 구분짓기도 하는데, 이러한 언급에서 두 표현방법이 구체적으로 무엇을 말하는지 알 수 있다.

> 당나라 사람은 光景을 기술하기 좋아하는 까닭에 그 시에는 영묘가 많고, 송나라 사람은 議論을 세우기 좋아하는 까닭에 그 시에는 포진이 많다.[11]

당시는 운치가 뛰어나고 기풍이 온화하며, 신령한 기상을 중시한 반면, 송시는 철학적 깨우침을 내포하고 있어서 理趣가 풍부한 것으로 알려져 왔다. 따라서 이와 관련하여 그 표현해 내는 방법도 달랐을 것인데, 신경준은 이를 영묘와 포진으로 정리하고 있는 것이다. 그러면서 다음과 같이 당시 문단에서 논의되고 있던 당·송시의 구분에 대한 입장과 함께 영묘나 포진 모두 나름대로의 의미있는 표현방법임을 주장한다.

此二者也 聲者 寓於此二者也.
11) 申景濬, 『旅菴遺稿』卷8, 雜著2, 「詩則」, 唐人喜述光景 故其詩多影描 宋人喜立議論 故其詩多鋪陳.

세상 사람들은 모두 '당나라 사람은 시로써 시를 하고 송나라 사람은 문으로써 시를 하기에 진실로 당나라가 송나라보다 낫고 송나라가 당나라보다 떨어진다'고 생각한다. 이는 당시는 영묘가 많고, 송시는 포진이 많은 까닭에서이다. 그러나 송시가 당시보다 못한 것은 氣와 格이 모두 떨어지는 소치이지 포진이 본디 영묘보다 못한 것에 연유한 것은 아니다.12)

송시를 폄하하고, 당시를 우위에 두는 시각은 조선조 당풍이 유행하던 시기부터 지속적으로 있어왔다. 비평가들 또한 여기에 가세하여 당·시풍을 포폄하기에 이르렀는데, 그 대표적인 인물로 許筠과 李晬光을 손꼽을 수 있다. 허균은 일찍이 '시는 송에 이르러서 망했다고 할 수 있다. 시의 말이 망했다는 것이 아니라 시의 원리가 망했다는 것이다. 시의 원리는 詳盡·婉曲한데 있는 것이 아니라 말은 다 하더라도 뜻은 계속되는 데 있다.'13)라고 하였고, 이수광은 '당인이 시를 쓸 때는 오로지 意와 興趣에 힘써서 用事가 많지 않았고, 송인이 시를 쓸 때는 오로지 용사만을 숭상하여 의와 흥취가 적었다.'14)라고 하여 온전한 시의 형태는 당시였음을 보여주었다. 이 두 사람은 당대를 풍미하던 비평가들로 이들의 시각이 보편적이었다고도 할 수 있다. 따라서 신경준이 인용한 '진실로 당나라가 송나라보다 낫고 송나라가 당나라보다 떨어진다.'는 평은 바로 허균·이수광 같은 비평가들이 했던 말이라고 할 수 있다.

포진과 영묘의 표현방법에 이어서 體와 用, 主와 賓, 靜과 動, 上·下·前·後·左·右와 長短·廣狹·重輕, 賦·比·興에 대해 例詩를 들어가며 설명한 후

---

12) 申景濬, 『旅菴遺稿』卷8, 雜著2, 「詩則」, 世之人 皆以爲唐人以詩爲詩 宋人以文爲詩 唐固勝於宋 宋固遜於唐 此以唐詩多影描 宋詩多鋪陳故也 然而宋之不如唐 是因氣格俱下之致也 非由於鋪陳素不如影描而然也.

13) 許筠, 『惺所覆瓿藁』文部一 宋五家詩鈔序, 詩至於宋 可謂亡矣 所謂亡者 非其言之亡也 其理之亡也 詩之理不在於詳盡婉曲 而在於辭絶意續.

14) 李晬光, 『芝峰類說』卷九 文章部二. 詩, 唐人作詩 專主意興 故用事不多. 宋人作詩 專尙用事 而意興則少.

48격을 나열하여 알려준다. 다음은 이들에 대한 개념 정리이다.

    ① 한 편 가운데에 本은 체가 되고, 末은 용이 되며, 始는 체가 되고 終은 용이 된다.
    ② 한 편 가운데에 主意는 주가 되고, 대립한 것은 빈이 된다.
    ③ 한 편 가운데에 承·轉인 곳은 동이고, 息·結인 곳은 정이다.
    ④ 지위로써 말한 것이다.
    ⑤ 體度로써 말하는 것으로 상·하·전·후·좌·우에서 나온다.
    ⑥ 비와 흥은 모두 사물을 끌어다가 말하는 것이다. 그러나 위에 저러한 따위의 말이
       있는 데에다 아래에 이러이러한 따위의 말로써 대응을 하면, 그 뜻은 비인 듯하나
       곧 흥이 되고, 위에는 저러한 따위의 말이 있어도 아래에 대응하는 말이 없으면
       그 체는 흥인 듯하나 곧 비가 된다.

  ①은 체와 용을, ②는 주와 빈을 개념 정의한 것이고, ③은 동과 정을, ④는 상·하·전·후·좌·우를, ⑤는 장단·광협·중경 등을, 그리고 ⑥은 부·비·흥에 한 내용이다. 한 가지 주목할 것은 ①의 체용과 ②의 주빈, 그리고 ③의 동정이 모두 철학적 논쟁을 하던 중에 나왔던 개념이라는 사실이다. 이를 보면, 신경준은 문학을 설명함에 철학을 원용하여 둘의 상관성을 논해보고자 했던 것으로 생각된다. 이렇듯 부·비·흥까지 설명을 하고 난 뒤에 48격을 나열하였는데, 말미에 '이상의 48격에서 제목을 보고 그 뜻을 알 수 있는 것은 괜히 덧붙여 주해할 필요가 없다.'[右四十八格 見目可諦其義者 不必漫贅註解]라고 했듯이 자세한 부연이 필요없는 경우는 격의 제목만 적어놓았다. 눈여겨볼 점은 격의 개념을 설명할 때에 비유적인 방법을 사용하고 있다는 사실이다. 그 중에서 한 예를 들어보면 다음과 같다.

    페르샤의 큰 상인처럼 소매 속에 진기한 보물을 감추고서 큰 소리로 떠벌리고는 즉시 내어 보이지 않으면, 곁의 사람들은 이것이 금인지 옥인지 火齊인지 木難인지 알지 못하여 모두 의심스러워 수군댄다. 보고 싶으면서 보지 못했을 적에 갑자기 꺼내게 되면 과연 천하의 진기한 것이기에 그 심신이 황홀해 지는 것을 깨닫지 못하게 된다.15)

48격 중에서 '波商衒寶格'에 대한 설명이다. 내용을 통해서 보면, 시인을 페르샤 상인으로 대체하여 설명하고 있는 듯하다. 만약에 시인이 한 편의 시를 짓고 나서 그 시에 대한 이야기는 많이 하면서 바로 내어 보이지 않으면, 그만큼 많은 이들에게 궁금증을 자아내게 할 것이고, 그때에 이르러 결국 시를 보여주게 된다면 좋은 시로 호평을 받을 수 있다라는 내용으로 이해된다. 이처럼 신경준은 48격을 설명함에 있어 비유의 방법을 사용하고 있는데, 때로는 싸움터의 상황을 연상하게 하는 비유 방법도 사용하고 있다. 이러한 비유 방법을 사용한 것은 순전히 수용자의 이해를 돕기 위한 인위적인 장치라고 할 수 있다. 「시칙」을 주로 어린 學童들이 읽는다라고 했을 때 좀더 이해를 돕기 위한 방법적 고려이기도 하다.

그 다음은 <시중필례>라고 하여 실질적인 시 창작의 예 14가지를 들고 있다. 그 중에서 맨 처음에 자리한 '攻原之例'에 대한 설명을 적어보면 다음과 같다.

> 이를테면 남이 주는 옷이나 음식을 받을 적에 먼저 추워서 떠는 모습과 굶주리는 괴로움을 충분히 말한 뒤에 그 받은 것을 말하면 굳이 감사하다는 글자를 쓰지 않아도 감사하다는 뜻이 절로 다 나타나게 된다.16)

이는 시에서 '감사하다'라는 말을 표현해 내는 방법에는 어떤 것이 있을까?에 대한 답이기도 하다. 산문이라면, 감사하다라는 말을 직설적으로 해도 되지만, 시의 경우라면 이것을 상징적으로 보여주어야 한다는 것이다. 결국 이는 시에서의 상징의 중요함을 인식한 결과라고 하겠다. 그리고 이

---

15) 申景濬, 『旅菴遺稿』卷8, 雜著2, 「詩則」, 波商衒寶格, 如波斯大商 袖藏異寶 侈辭 誇衒 左右人 不知金耶玉耶 火齊耶木難耶 皆自疑議 欲覩未覩之際 忽已出袖 果是 天下奇珍矣 不覺心神怳惚.

16) 申景濬, 『旅菴遺稿』卷8, 雜著2, 「詩則」, 詩中筆例, 攻原之例, 如受人服饌之賜 先 言凍慄之狀 飢餒之苦 到十分而後 乃言受賜 則不下感謝字 而感謝之意 自已盡矣.

어서 '공원지례'가 구체적으로 무엇인지를 이백의 시 「公無渡河」를 통해
서 알려주고 있다.

> 예컨대 古樂府인 「公無渡河」를 들어 말하겠다. 하수를 건너기 어려움을 극도로 말한
> 것이 攻原인 것이다. 옛부터 작가가 한 둘이 아니지만 오직 이백이 그 예를 알았다.
> 그 첫머리에 '서쪽으로 흐르는 황하수 곤륜산을 터뜨렸네'라고 하였다. 곤륜산은 천하
> 의 가장 큰 산인데 이를 터뜨렸다 하였으니, 황하의 발원이 멀고도 웅장한 것이 된다.
> (중략) 다음에 '그 해가 제거되자 모래 벌 아득하여라' 하였다. 이는 대개 上面의 여
> 섯 구에서 벌써 옛 성인이 황하를 어렵게 여겼던 설을 높이 외치고 극도로 말하였는
> 데, 이에 이르러 갑자기 낮아진 소리로 목이 메어 슬픈 느낌과 아득한 뜻을 나타내었
> 으니 참으로 천고에 뛰어난 공원의 絶調이다.17)

위에서 인용한 이백의 「공무도하」는 崔豹의 『古今注』에 원가는 전하지
않고 설화만 전하는 내용을 저본삼아 지은 작품이다. 그런데 이백은 원작
과는 거리가 있게 「공무도하」 작품의 배경을 황하로 삼고 있다. 원작인
「공무도하가」에는 황하가 나오지 않는데, 이백은 마치 황하가 작품의 배
격인 것처럼 하여 그 곳이 깊기 때문에 물 속에 빠진 남편이 다시는 돌아
오지 못하게 되었음을 실감나게 보여주었다고 한다. 특히, 이백은 곤륜산
을 황하와 함께 등장시켜 황하가 깊음을 상징적으로 보여주었다고 하면서
공원의 묘의 극치라는 찬사를 아끼지 않는다. 이백 시에 대한 찬사는 이것
만이 아니라 「시칙」의 여러 곳에서 어렵지 않게 발견할 수 있다. 「시칙」에
서 인용한 시의 작가와 작품명을 일별하면 다음과 같은데, 이백의 시를 다
수 인용했음을 알 수 있다.

---

17) 申景濬, 『旅菴遺稿』卷8, 雜著2, 「詩則」, 詩中筆例, 攻原之例, 以古樂府公無渡河
言之 極道河之難渡 是爲攻原 古來作者非一 獨李白能得此例 其首云黃河西來決
崑崙 夫崑崙 天下之大山 而決之云 則其出之遠而壯也. (中略) 次云其害乃去茫然
風沙 此蓋上面六句 旣高唱極道 古神聖難於河之說 而至此却低聲噓唏 而寓其感
嗟茫蒼之意 此誠千古攻原之絶調也.

작가	작품명
韓愈	南山詩
白樂天	琵琶行
賈島	擊甌歌
李白	蜀道難, 梁甫吟, 上留田行, 行行遊獵篇, 公無渡河, 箜篌謠, 胡無人篇, 山人勸酒篇, 行路難, 遠別離詩
王維	鳥鳴磵
韋應物	秋齋獨宿
高適	春酒歌
岑參	蓋將軍歌
崔瑞林	垂楊
鄭道傳	錦江樓

이 도표를 통해서 신경준이 이백의 시를 압도적으로 인용했음을 알 수 있는데, 다음의 내용을 보면 의도적이었음이 드러난다.

시를 논하는 사람은 반드시 이백과 두보를 대가의 대열로 아울러 일컫는데, 나는 언젠가 다음과 같이 결론지었다. 두보의 임금을 걱정하고 나라를 사랑하며 의리를 부지한 것은 經이 되고 史가 될 만하기에 世敎에 관계가 될만한 처지에 있어서는 이백이 그의 출중함을 양보하는 것이 진실로 당연하다. 그러나 맑고 깨끗하며 평탄하고 정당하여 아주 옛날의 풍미에 가까운 데에 이르러서는 오직 이백이 있다. (중략) 杜詩는 단지 卷首의 楊仲弘이 얻은 여러 格의 詳解 뿐 아니라 예부터 註와 箋이 많다. 李詩에 있어서는 이해하기 어려운 점이 두시와 차이가 없는데도 논한 것이 몹시 적은 까닭에 내가 이 글에서 많이 인용하여 말하였다.[18]

---

18) 申景濬, 『旅菴遺稿』卷8, 雜著2, 「詩則」, 論者 必以李杜 併稱大家數 而余嘗斷之 以爲杜甫之憂愛君國 扶持義理 可以爲經 可以爲史 可以爲有關於世敎處 則李白 固當遜其矯矯之牛耳矣 至於沖淡坦正 旣近邃古之風味者 則惟李白有之 (中略) 然 而杜詩 非徒卷首楊仲弘所得諸格之詳解 古來註箋亦多矣 若李詩難會 與杜無殊 而所論甚尟 故余於此書 多引而言之.

이백과 두보는 모두 盛唐 때의 시인들로 모두 대가라 일컬어져 왔다. 이 중에서 두보는 조선조 문인들 사이에 가장 본받을만한 시인으로 인식되어 오면서 많은 이들이 그의 시를 표본삼기도 하였다. 그러면서도 둘 사이의 우열은 쉽게 가려지지 않아 많은 논의가 있기도 하였는데, 둘의 성격은 다른 점이 많아 어느 한 사람을 우위에 두는 것은 온당하지 않은 듯한데, 다음의 인용문을 통해 각각 가지고 있는 시의 특징을 알 수가 있다.

> 이백은 천재에서 나온 것으로 애써서 다지지 않고 붓을 대자마자 천 마디를 거침없이 훑어내려 썼으나 두보의 시는 경험과 학문에서 끌어낸 것으로 일일이 애를 써서 읊어 내고 다지고 만져 심각하게 파고 들어간 작품이다. (중략) [이백은] 시를 지을 때 격률이나 수식에 주의를 하지 않을 뿐 아니라 옛 사람들의 지식이나 시풍도 그의 안중에 없었다. 그는 오로지 자기의 재기만에 의지해서 창조했고 칼을 휘두르며 혼자 유행했고 그의 의지가 九霄를 능가하는 정신을 가졌다.19)

이 글에서는 이백의 경우 천재성이 있어서 시를 지을 때 거침없이 써 내려가지만, 두보는 경험과 학문이 바탕이 되어 애를 쓸 뿐만이 아니라 깊이있게 파고들어가 자연스러움과는 거리가 있는 것처럼 서술하였다. 뿐만 아니라 이백은 옛날 그대로를 따르지 않고 자기만의 독창성을 발휘했다고도 하였다. 이는 간단하지만, 이백과 두보 시의 차이를 알게 해주는 명료한 내용으로 신경준의 말과도 견주어서 볼 수 있겠다. 신경준은 먼저 두보의 시를 들어 말하기를 '세교에 보탬이 된다'라고 하였다. 그러나 뒤이어서는 이백의 시가 '옛날의 풍미에 가깝다'라고 하며, 당대인들이 모두 두보의 시를 우위에 두고 있지만, 자신만은 그것을 따르지 않겠노라고 한다. 이는 신경준이 무조건적인 추종을 하지 않았음을 말해주는 것으로 의식의 단면을 엿볼 수가 있다.

<시중필례>에 이어서 <詩作法總>여섯 조목을 나열하였는데, 이 중에

---

19) 胡雲翼, 『중국문학사』, 문교부, 1974, 168~172쪽 참조.

서 네 조목은 范氏의 말이라고 하여 그 출처를 밝히고 있다. 그러나 어떤
것이 그 네 조목인지는 알려주고 있지 않아 알 수는 없다. 그 여섯 가지
조목은 첫째, 地界必闊, 둘째 斷結必簡, 셋째 鋪敍有法, 넷째 轉摺有神, 다
섯째 語意無俗, 여섯째 構結無痕 등이다. 이중 첫째는 시의 意境을 말하는
것으로 파악되고, 둘째는 시의 함축성을, 그리고 셋째는 시를 서술하는데
도 일정한 법도가 있음을 언급한 것이라고 할 수 있다. 넷째는 중간에 변
화를 보이는 경우에 억지로 하는 모습을 보이지 않아야 함을 적었고, 다섯
째는 시어는 일상적 언어와 차별화되어야 하며, 그리고 마지막 여섯째에서
는 마치 칼을 댄 듯한 흔적이 남아있어서는 안되는 것을 말하였다. 이러한
여섯 가지 조목은 결국 시에 있어서 진정한 서정성을 확보하기 위한 것으
로 문학의 고유한 모습을 찾기 위한 노력이라고도 볼 수 있다.

그리고 <시작법총>에 뒤이어 10가지의 시품을 나열한 후 이러한 시품
은 '습속의 차이에 연유한 것이나 대개 기품이 그렇게 만드는 것이어서 억
지로 이룰 수 없는 것이다.'[20]라고 하여 개인적으로 裁斷하여 우열을 가리
는 것을 배격한다.

> 세간의 시를 논하는 이들이 平淡을 주장하는 이는 奇工은 자연스럽지 않다고 하고,
> 기공을 주장하는 이는 평담은 맛이 없다고 한다. 대개 평담의 결점은 맛이 없는 데
> 쉽게 흐르고, 기공의 결점은 자연스럽지 못한 데 쉽게 이른다. 그러나 진실로 그 극치
> 에 이르면 참으로 어찌 저것과 이것에서 우열을 가리겠는가.[21]

사실 중국과 우리나라 논시자들 중 풍격의 우열을 가렸던 경우가 있었
다. 그 대표적인 예로 晉나라 鍾嶸의 상·중·하의 시품 구별과 고려말 崔滋

---

20) 申景濬, 『旅菴遺稿』卷8, 雜著2, 「詩則」, 此十者 雖由於習尙之異 而盖亦氣稟之所
使 非强可到矣.
21) 申景濬, 『旅菴遺稿』卷8, 雜著2, 「詩則」, 世之論詩者 主平淡者 謂奇工非天然 主
奇工者 謂平淡爲無味 蓋平淡之失 易至於無味 奇工之失 易至於非天然 然苟到其
極 固何優劣於彼此哉.

가 34품을 상·중·하로 나누었던 것을 들 수 있다. 물론 전자는 전 시대의 시인들을 품평하여 등위를 나눈 것이고, 후자는 시 풍격 그 자체만을 놓고 3등급한 것이지만, 이들은 모두 개인적인 선입견과 주관성에 의해서 등급화시켰다는 공통점이 있다. 종영은 당시 개인의 소외 의식에서 시인을 평한다거나 시를 품평했고, 최자는 시를 평하는데 있어 우선적으로 생각한 것이 氣骨과 意格이었기 때문에 여기에 맞으면 上品이 되고, 그렇지 못하면 下品으로 취급하였다.[22] 신경준의 위 언급은 이러한 시품에 인위적인 우열을 나누어 포폄하는 태도를 경계한 것으로 상대주의적 사고의 일단을 엿볼 수 있다. 시품에 대한 논의를 끝낸 후 '氣·色·味·響'에 대한 언급과 '思無邪'에 대한 견해를 적고 있고, 마지막으로 시의 형체로서 起·承·敍·轉·息·宿·結·卒 등 8가지를 들고서 이를 절구와 율시, 고시와 장률 등에 어떻게 적용할 수 있는지를 보여주었다.

　　이상 지금까지 「시칙」에 담긴 시론 내용을 전체적으로 개괄하였다. 그러면 신경준은 「시칙」을 통해서 무엇을 말하려고 한 것일까? 여러 가지에 대해 언급했지만, 그 중에서 가장 중요하게 생각하고 있는 것은 시가 문학의 한 영역으로서 독자성을 지녀야 한다는 생각과 함께 서정성을 확보해야 함을 강조한 것으로 보인다. 이는 문학을 다른 것에 연결시켜 논의한 것과는 다른 입장으로 조선조 시론사에서 극히 드문 것으로 인식할 수 있다. 또한 시를 창작함에 있어 중요한 것으로 其必하지 않는 자연스러움을 들고 있는데,[23] 이는 두보보다는 이백을 더 나은 시인으로 보는 시각과 일맥상통하는 부분이다. 앞에서도 이미 말했던 부분이지만, 이백은 시를 창작함에 인위성을 배격하는 시인으로 알려져 있다. 그는 천재성을 바탕으로 생각하고 있는 것을 시로 쏟아냈으나 그러한 시가 모두 명시로서 남아 있기 때문이다. 그러나 신경준은 이러한 시를 짓기 위한 학시의 방법으로

---

22) 박명희, 『18세기 문학비평론』, 경인문화사, 2002, 305쪽.
23) 申景濬, 『旅菴遺稿』卷8, 雜著2, 「詩則」, 詩者 不可以有意 不可以有必 必以冥會 爲貴焉.

'반드시 古人이 보여 준 법을 먼저 구하여 그 법도를 다하고, 다음에 고인이 이미 지은 시편을 보아서 그 인증을 만들어야 한다.'라는 말을 제시하고 있는데, 이를 보면 고인들이 남겨 놓은 시를 통해 그 방법을 터득해야 해야 기필하지 않는 경지에 다다를 수 있을 것으로 보았다고 하겠다. 그러면 고인이 남겨놓은 시편이란 구체적으로 무엇을 의미하는가? 단적으로 말해 근체시보다는 고체시를 말한다라고 할 수 있다. 그 이유는 「시칙」에서 언급한 시의 3강령에서 강령을 정함에 근체시보다는 고체시를 염두해 두고 있기 때문이다. 특히, 체와 성에서 각각 하류를 오언과 칠언으로 나누고 여기에서 또 다시 사·가·행·가행·조·곡·음·난·원·인·요·영·편·율시·절구 등을 포함시켰는데, 이중에서 율시와 절구는 근체시의 시형이지만 기타 다른 시형들은 고체시와 가깝기 때문이다. 물론 이러한 세 가지 강령은 윤춘년의 견해를 적극 수용한 것이기는 하지만, 「시칙」이 지어지기 몇 해 전에 지은 「農謳」라는 작품의 서문에 '내 나이 열일곱 여덟 살에는 고체시를 즐겨 지었다.'[24]라고 기록한 것을 보면 신경준은 10대 후반 이후에 벌써 고체시에 기울어져 있었음을 알 수 있다. 이러한 고체시에 대한 관심이 결국 몇 년 후에 나온 「시칙」을 엮는 데까지 영향이 미쳐서 근체시보다는 고체시 위주의 내용이 되었을 것으로 보인다. 한시는 형식을 중요하게 생각한다. 그러나 근체시에 비하면, 고체시는 형식보다는 의미 전달을 중요하게 생각하여 짜여진 틀에서 좀더 자유롭다고 할 수 있다. 이를 보면, 신경준은 고체시를 지향하며 「시칙」을 엮었으며, 그러는 가운데 나름대로의 思惟를 표출한 것으로 보인다.

---

24) 申景濬, 『旅菴遺稿』卷1, 「農謳」, 余年十七八 喜作古體詩…….

4. 思惟의 표출과 그 의미

홍량호는 일찍이 『여암유고』 서문에서 신경준을 다음과 같이 평하였다.

그 드러낸 말이 왕왕 궁색하지 아니하고, 선명하게 은미함이 있었다. 그것을 문장으로
나타냄에 앞사람의 입에서 나온 것을 답습하지 않고서 스스로 가슴 속에 있는 것을
드러내고, 구차하게 일정한 규칙에 얽매이지 않았으나 스스로 법규에 맞아서 탁연히
일가의 말을 이루었으니 보기 드문 宏才요, 희세의 通儒라고 할만하다.[25]

홍량호는 신경준보다 12세 더 어리다. 그러나 신경준이 43세에 과거시
험을 치를 때 만나 그런 인연으로 둘은 어느 누구보다도 막연한 사이가 된
다. 처음에는 비록 홍량호의 지위가 신경준보다도 더 높아 신경준이 도움
을 받는 입장이었으나 나중에는 홍량호가 신경준의 학문 영향을 받았던
것으로 알려져 있다.

위 글에 의하면, 홍량호는 신경준이 말을 함에 궁색하지 아니했으며 은
미함이 있었다라고 하였다. 또한 문장으로 말을 나타낼 때에 앞사람이 했
던 것을 그대로 따라서 한다거나 이미 만들어진 법식에 얽매이지 않으면
서도 나름대로 법규에 들어맞아 일가를 이루었다라고 하며, 굉재요 통유라
는 칭호를 붙여준다. 다시 말해 이는 신경준이 구습에 얽매인 학문을 하기
보다는 나름대로 자득의 경지를 이루어 남들과 다른 모습을 보여주었음을
말하는 것이라고 할 수 있다.

조선조 다른 시기도 마찬가지였지만, 신경준이 살았던 당시도 유교적
교조주의는 유효했다. 따라서 생산성 없는 탁상공론에 얽매여 미래 지향적
인 모습을 보이기보다는 기득권을 지키려는 태도를 견지하고 있었다. 한

---

25) 申景濬, 『旅菴遺稿』序, 其發之言也 汪汪乎不窮 鑿鑿乎有微 其形於文也 不襲前人
之口 而自出吾肺腑 不拘攣於繩尺 而自中蒙會 卓然成一家之言 可謂絶類之宏才
稀世之通儒也.

편, 이러한 유교적 교조주의에 맞서서 생활에 유용한 학문을 이루려는 움직임이 일게 된 시기도 이때부터라고 할 수 있는데, 이것을 근대성과 연결지으며 통상 '실학'이라고 부른다. 그동안 신경준도 이러한 무리에 포함되어 실학자라 불리웠다. 그러나 그동안 신경준에게 실학자라는 칭호를 붙여준 것을 보면, 그의 저작들로 인해서였다는 인상이 짙다. 물론 저작물이란 나타난 현상적인 것이기에 완전한 평가 기준이 될 수도 있을 것이다. 그러나 저작물들이 나오기까지는 그것을 뒷받침해주는 사유 체계가 있었기에 가능했다고 생각한다. 그러므로 이러한 사유를 '근대적 사유'라는 말로 부르고자 한다.

이미 밝힌 바이지만, 「시칙」은 신경준이 23세 때 엮은 것이다. 비록 20대 초반의 나이에 불과했지만, 「시칙」 내용을 통해서보면, '근대적 사유'가 드러나고 있음을 엿볼 수 있다. 홍량호가 신경준을 평할 때 전인의 의견을 그대로 답습하지 않았다라고 했는데, 이는 바로 사물을 바라볼 때 선입견을 배제한 채 나름대로의 기준을 정했음을 의미하는 말이기도 하다. 「시칙」에서도 이러한 의식은 어렵지 않게 발견할 수 있다.

첫째, 신경준은 당시와 송시의 평가하는 기준을 氣와 格에 둔다. 즉, 당시가 송시에 비해서 기와 격이 높기 때문에 더 나은 시로 평가받는다라고 한다. 오랜 시기부터 비평가들이 당시와 송시를 평하기를 '당시는 시로써 시를 하고, 송시는 문으로써 시를 하기에 당시가 송시에 비해 더 낫다.'라고 하였다. 이는 창작되어지는 과정을 두고 한 언급으로 신경준도 송시에 비해 당시가 더 낫다라는 입장은 견지하면서 그 기준을 창작하는 과정에 두지 않고 기와 격을 보고서 평해야 함을 강조했던 것이다.

둘째, 이미 살펴보았듯이 신경준은 시품의 우열은 가릴 수 없다라고 하였다. 그리고 시품은 다름대로의 특성을 지니고 있다라고 하며, 다음과 같이 언급한다.

지금 大羹과 玄酒는 소금과 양념의 조화가 없고 향기로운 기운이 없으나 郊祀와 宗

廟祭를 올리면 그래도 신명이 감응하고 큰복을 부르기에 충분하므로 진정 豹胎·熊掌·
鳳炙·龍魚에 비길 바가 아닌 것이다. 이것을 맛이 없다 하여 버리겠는가? 그러므로
平淡에는 평담의 맛이 있고, 奇工에는 자연히 기공의 맛이 있는 것이다.26)

　대갱은 양념을 전혀 하지 않은 국을 말하고, 현주는 물을 이른다. 그러
나 이러한 것은 신성한 제사에 반드시 필요한 것으로 갖가지 동물의 맛있
는 요리와 견줄 바가 아니라고 한다. 그리고 시품과 연결짓고 있는데, 많
은 음식이 나름대로 하는 역할이 있듯이 시품도 마찬가지라는 입장이다.
이렇듯 시품의 개별적인 인정을 주장하면서 '만약 자신이 숭상하는 것으
로써 서로 낫다라고 한다면, 그것은 몹시 私情에 얽매인 것이다.'27)라고
하며, 어느 한 시품에 얽매이는 태도를 배격한다. 뿐만 아니라 겉으로 드
러나는 문자만을 보고서 시품을 정하는 모습은 바람직하지 않다라고 하며,
'이는 그 말은 알면서 그 마음은 모르며, 그 얼굴은 논하면서 그 정신은
논하지 않는 것이니 어찌 옳겠는가.'28)라고 말한다. 다시 말해 신경준은
시품의 우열을 가르는 태도뿐 아니라 현상적인 모습만 보고서 시품을 정
하는 모습 또한 비판하고 있는 것이다.
　셋째, 신경준은 인물을 평함에 선입견을 두고 보지 않았다. 이는 「시칙」
에 인용한 사람을 통해서 알 수 있다. 신경준은 「시칙」에서 무심도인이라
는 윤춘년의 호를 사용하여 그의 견해를 적극 수용하는 태도를 보였다. 윤
춘년은 조선 명종 대의 학자요 정치가였는데, 조선중기 사림파와 권신간에
갈등을 일으킬 때 권신의 편에 서서 사림파를 억압하였다. 그러나 음률에
밝아 시에서의 음악미를 주장하여 시는 음악적 和聲을 완벽하게 추구해야

---

26) 申景濬, 『旅菴遺稿』卷8, 雜著2, 「詩則」, 今夫大羹玄酒 無鹽梅之調 無芬芯之氣
　　而薦諸郊廟 猶足以感神明 招崇嘏 固非豹胎熊掌鳳炙龍魚之所可比也 其將以是爲
　　無味而棄之乎 故平淡自有平淡之味 奇工自有奇工之味.
27) 申景濬, 『旅菴遺稿』卷8, 雜著2, 「詩則」, 若以己尙相勝焉 其拘於私酷矣.
28) 申景濬, 『旅菴遺稿』卷8, 雜著2, 「詩則」, 是知其語而未知其心 論其形而未論其神
　　可乎.

한다는 입장을 가지고 있었던 사람이다. 따라서 비록 음악에는 조예가 깊었으나 사림들을 억압한 까닭에 사림파들로부터 비난을 받으며 생을 마감하였다.29) 사림들의 비판을 받은 인물이기에 분명히 배격 대상이었을 것인데, 신경준은 사람을 평가함에 무조건적인 배격은 일단 하지 않았다. 이는 실질적으로 사람을 보기 때문에 이것이 가능했다고 하겠다. 또한 신경준은 「시칙」에서 이백의 시를 의도적으로 자주 인용하고 있음을 보는데, 이것도 무조건적으로 다른 사람을 따르지 않는 태도의 한 단면이라고 할 수 있다. 이러한 사람에 대한 태도는 현실에서도 그대로 나타나는데, 신경준 자신이 소북계 남인에 속해 있으면서도 소론에 속해 있었던 홍량호와 절친한 사이를 유지했기 때문이다. 여기에서 알 수 있는 점은 사람과 교유함에 또한 실질을 따르고, 당색에 연연하지 않았다는 사실이다.

　이상과 같이 신경준은 여러 방면에서 전인의 태도를 답습하지 않고, 실질을 좇고자하는 태도를 보이는데, 이러한 사유를 지니게 된 계기는 언제부터였을까? 그동안 남아있는 기록이 없어 신경준의 사승관계는 명확히 밝혀지지 않았었다. 그러나 그의 생애를 통해서 완벽하지는 않지만, 유추해볼 수는 있다. 신경준은 8세에 상경하여 공부하러 갔으나 그 다음 해 9세(1721년)에 강화도로 옮겨 그곳에서 3년 정도 머물러 있다가 12세(1724년)가 된 해에 다시 고향인 순창으로 온 이력을 지니고 있다. 바로 이 3년이라는 시기가 신경준의 일생에서 중요한 전환점이었을 것으로 생각한다. 강화도는 1709년에 霞谷 鄭齊斗가 서울을 등지고 온 이후로 양명학을 부흥시켜 양명학에 관심이 있는 이들이라면 잠시 머물러 있다가 가거나 가솔들을 이끌고 완전히 들어가 살기까지 한 곳이다. 9세의 나이에 강화도로 들어갔다라고 함은 반드시 동행하는 사람이 있었을 것이며, 또한 다른 사람의 권유를 따랐다고 봄이 옳을 것이다. 거기에서 3년 동안 머무르며 구체적으로 어떤 행적을 남겼는지는 전혀 알 수는 없지만, 추정해보건대 정

---

29) 윤춘년의 생애에 대해서는 안대회의 저서(2001) 11～18쪽 참조.

제두에게서 수학하며 양명학을 익히지 않았을까 한다. 그동안 조선후기 실학을 논의할 때 양명학의 영향이 있었음을 전혀 배제하지 않았는데,[30] 신경준의 실학 정신도 같은 맥락에서 이루어진 것이라고 하겠다. 그러나 신경준의 실학이 양명학에서 배태되었다라는 입장은 아직까지 한 번도 논의된 적이 없었다. 따라서 이는 앞으로 더 심층적으로 다루어야 할 것으로 생각한다.

5. 맺음말

본 논고는 신경준의 「시칙」을 크게 세 부분으로 나누어 논의하였다.

첫째, 「시칙」 구성의 체계성을 학문적인 특성으로 인식하고 논의하였다. 「시칙」의 가장 큰 특징은 구성이 체계적으로 되어 있다는 점이다. 어떤 학문을 체계적으로 이론화시켰다고 함은 실용성과 연관시킬 수도 있는데, 생활에 유용하게 쓰일 수 있는 자료가 되기 위해서는 체계화의 노력이 선행되었을 때 효과도 뚜렷하게 드러날 것이기 때문이다. 또한 「시칙」에는 모두 다섯 개의 도해가 있는데, 공통점은 서술적으로 설명하기에 앞서 나타내 보여주었다는 사실이다. 즉, 먼저 도해를 한 다음에 서술적으로 설명하는 형식을 취하고 있는데, 시각적인 효과를 극대화하여 수용 가능성을 높이려는 방법적인 장치라고 하겠다. 이러한 방법적 고려도 결국 실용성을 전제로 했을 때 가능하다고 생각하였다.

둘째, 「시칙」 내용의 핵심이라고 할 수 있는 창작론을 통해 지향하고자 했던 의식은 무엇이었는가를 정리하였다. 신경준은 시가 문학의 한 영역으

---

30) 金吉洛, 「조선후기 양명학에 있어서의 근대정신」, 『동양학』 24집, 단국대 동양학연구소, 1994. 鄭次根, 「조선왕조의 양명학에 관한 연구-특히 정치사상적 측면을 중심으로-」, 『논문집』 22집, 건국대, 1986.

로서 독자성을 지녀야 한다는 생각과 함께 서정성을 확보해야 함을 강조한 것으로 보았다. 또한 시를 창작함에 있어 중요한 것으로 其必하지 않는 자연스러움을 들었음도 살폈다. 결국 고인들이 남겨 놓은 시를 통해 그 방법을 터득해야 해야 기필하지 않는 경지에 다다를 수 있을 것으로 보았다라고 결론지었다. 그리고 여기서 고인이 남겨놓은 시편을 고체시로 파악하였다. 그 이유는 「시칙」에서 언급한 시의 3강령에서 강령을 정함에 근체시보다는 고체시를 염두해 두고 있기 때문이며, 「시칙」이 지어지기 몇 해 전에 지은 「農謳」라는 작품의 서문에 '내 나이 열일곱 여덟 살에는 고체시를 즐겨 지었다.'라는 기록을 통해서이다. 이러한 고체시에 대한 관심이 결국 몇 년 후에 나온 「시칙」을 엮는 데까지 영향이 미쳐서 근체시보다는 고체시 위주의 내용이 되었을 것으로 보았다.

셋째, 「시칙」에 산발적으로 엿보이는 의식에 주목하고 그것의 의미를 따져보았다. 신경준은 여러 방면에서 전인의 태도를 답습하지 않고, 실질을 좇고자하는 태도를 보여주었다. 이러한 태도는 결국 근대적 사유가 밑바탕되었을 때 가능하다고 결론지었다. 한편, 그러한 사유가 형성될 수 있었던 계기를 9세 때 강화도로 건너간 때로부터 보았는데, 이는 앞으로 더 깊은 논의가 있어야 할 것으로 생각한다.

제2장

旅菴 申景濬의 古體詩에 나타난 眞情性

1. 머리말

조선후기 실학파의 학문 경향은 관념성과 피상성에서 탈피한 현실에 바탕을 두고 있다. 그래서 때로는 비천하고 천박한 것조차도 관심의 대상이 되어 학문의 한 내용을 채우기까지 하였다. 이러한 경우, 이전의 관념성이 팽배해 있던 시대적 분위기라면 특이한 현상일 것이고, 심지어 비판의 여지를 남길 수도 있었겠지만, 시대적 추이는 이미 그러한 경계를 넘어서고 있었다. 물론 실학파의 반대편에 서 있던 이들에게는 異意를 제기할 빌미를 제공할 수도 있었겠지만, 현실성 있는 학문 추구는 보다 나은 미래를 위한 것이었기에 그 여파는 거세어져만 갔다. 현재 이러한 실학이 조선후기 상황에서 역사성을 얻게 된 것도 일시적이지 않았기에 가능할 수 있었다.

문학은 학문 경향과 밀접히 연관되어 있다. 즉, 사고 표출의 완결이 학문이요, 이러한 학문은 문학적 형식을 빌어 결국은 외부로 나타내 보여지기 때문이다. 보통 실학의 학문적 특징을 한 마디로 '博學'이라고 규정짓

는다. 이는 文·史·哲은 물론이요, 문인들이 도외시할 수 있는 기타 학문까
지 아우른 것으로 이럴 경우 더더욱 학문과 문학을 연관지을 수밖에 없다.
이러한 뜻에서 그동안 행한 실학적 학문이 문학으로 어떻게 나타났는지를
연구한 성과는 의미있는 작업이었다고 할 수 있다.

　본 논고는 일찍이 실학파로 분류된 旅菴 申景濬(1712∼1781)의 학문적
특성과 함께 古體詩의 실상, 그리고 고체시의 성격과 그 의미에 대한 추적
을 목적으로 하였다. 신경준에 대한 연구는 그의 학문적 업적이 多岐했듯
이 다방면에서 이루어졌다. 이들 중 문학적 연구는 주로「시칙」을 중심으
로 행하였는데,1) 이는 기본적으로「시칙」이 시의 이론을 전문적으로 다룬
내용으로 특이하게 인식한 결과라고 할 수 있다. 반면, 문학의 가장 중심
이라고 할 수 있는 시문에 대한 연구는 一淺한데, 중요 요인으로 손꼽을
수 있는 것은 신경준 개인에 대한 인식이라고 할 수 있다. 신경준은 그 동
안 국토 지리와 국어학 등에 밝은 실학자로 알려져 있었지 시를 창작한 문
인적 이미지는 강하지 않았기 때문이다. 물론 그렇게 볼 수밖에 없는 중요
한 단서 하나는 신경준 또한 62題 145首의 시문만을 남기었다는 점이다.
이러한 시문의 창작은 조선시대 문인의 입장에서 보자면, 극히 이례적인
것으로 이것이 빌미가 되어 자연히 연구 대상에서 제외될 수밖에 없었다.
그러나 편수의 많고 적음을 따지기에 앞서서 신경준 자신이 내용을 전달
함에 있어서 거기에 맞는 여러 가지 시적 형식을 수용했다는 점에서 주목

---

1) 지금까지 이루어진 신경준의 문학 연구를 정리하면 다음과 같다. 金賢珠,「譯
　註 旅菴詩」, 경성대 석사학위논문, 2003 ; 박명희,「旅菴 申景濬의 詩論考」,『한
　국언어문학』35집, 301∼318쪽 ; 박명희,「旅菴 申景濬의 詩則 再論」,『한국언
　어문학』54집, 157∼180쪽 ; 李圭椿,「여암 신경준의 畵舫齋辭 연구」,『한국시
　가연구』4집, 한국시가학회, 1998, 287∼309쪽 ; 이용숙,「申景濬의 <畵舫齋
　辭>분석」,『전주교육대학교 초등교육연구』9집, 1998, 491∼507쪽 ; 정대림,
　『한국고전비평사;조선후기 편-신경준』, 태학사, 2001, 385∼421쪽 ; 趙柔珍,
　「旅菴 申景濬의 思惟樣式과 詩文學世界」, 경북대 교육대학원 석사학위논문,
　1996 ; 崔信浩,「申景濬의 詩則에 대하여」,『한국한문학』2집, 한국한문학회,
　1977, 5∼13쪽.

을 요한다. 이는 실학을 몸소 문학을 통해 실천한 것으로 이해할 수도 있겠는데, 신경준의 시문 연구는 결국 조선후기 실학과 문학의 한 실체를 드러냄과 동시에 좁게는 18세기 호남실학파 문학의 단면을 보여준다고도 할 수 있다.

2. 實得的 사고의 학문적 전개

신경준은 高靈申氏로 전라북도 淳昌 南山坊가 태생지이다. 고령신씨가 순창과 인연을 맺게 된 시초는 10대조 歸來亭 申末舟가 세조의 왕위 찬탈을 보고 절의를 지켜 모든 관직을 버리고 落南하면서부터이다.[2] 그후부터 순창은 고령신씨의 세거지가 되었는데, 신경준은 부친 洙와 모친 한산이씨 사이에서 태어난다. 많은 문인들이 그러하듯이 신경준도 어려서부터 明敏함을 보여주었는데, '태어난 후 8,9개월 후에 벽 위에 써진 문자를 알았고, 4세에는 周興嗣의 『천자문』을 읽고 문득 문자의 뜻을 깨달아 글을 지었으며, 5세에는 『시경』을 받아들였다.'[3]라고 하는 기록은 이를 말해준다. 그러나 본격적인 수학은 8세 때 서울로 올라가면서부터 이루어지는데, 그때부터 33세까지의 행적은 다음 내용에서 간명하게 알 수 있다.

내 나이 8세 된 己亥年에 서울로 학문의 길을 나섰고, 다음해인 庚子年에 강화도 海中에 들어가니 어버이와 7백여 리나 멀리 떨어지게 되었다. 마음이 울적하여 「悲思曲」3장을 지어 산에 올라 노래하니 듣는 사람들이 가련히 여기었다. 癸卯年 12살 때에 다시 고향으로 돌아오고, 壬子年 이후에 과업을 익히기 위하여 호서지방을 주류

---

2) 신경준의 가계에 대한 대략적인 소개는 고동환, 「여암 신경준의 학문과 사상」, 『지방사와 지방문화』6권 2호, 역사문화학회, 2003, 181~182쪽 참조.
3) 申景濬, 『旅菴遺稿』卷13 附錄, 行狀, 生纔八九月 能知壁上之有文字者 而指示於人 四歲讀周興嗣千字文 輒隨其字 能會意而作字 五歲受詩經.

하고, 丁巳年에 아버님께서 돌아가시니 어머님을 모시고 경기도 素沙로 이사하였으나 이웃집 화재로 집이 소실되고, 辛酉年에 稷山으로 옮겼으나 상처하고, 끝 누이와 함께 어머님을 봉양하기 위하여 외가로 옮겨 함께 의탁하였으나 외할머니와 외숙 내외분이 모두 돌아가시니 甲子年에 다시 고향으로 돌아왔다. 사방을 헤매고 나니 편치 않고 질병과 상사와 혼사 등 길흉이 엉키어 끝내 집안은 빈궁하게 되었다.4)

이 글은 신경준이 말년인 68세에 젊어서 살았던 옛 집터로 돌아와 옛일을 회상하며 정리한 것으로 때로는 학업을 위해, 그리고 정사년 26세 때 부친이 세상을 뜬 이후로는 가난 때문에 여러 곳을 전전했음을 적고 있다. 이렇듯 사방을 周遊했음은 「除夕懷親」이라는 시문에서도 '내 나이 자라 7세 때부터, 사방을 돌며 멀리서 배웠지, 끊임없이 타향을 돌아다니느라, 몇 번이나 폭죽소리에 놀랐던가.'5)라고 하여 읊기도 하였다. 폭죽은 설이나 추석 명절에나 터트리는 것으로 고향을 떠나 여기저기 돌아다닌 것이 한 해 두 해가 아니었음을 알게 해준다.

이와 같이 한 곳에 정착을 하지 못하여 마음의 안정을 찾지 못했을 것도 같은데, 부친이 돌아가신 그 다음 해인 27세부터 30세까지 소사에 있을 동안에는 「素沙問答」을 쓰고, 30세부터 33세까지 지냈던 직산에서는 「稷書」 등의 글까지 남긴다. 이 두 글에 대하여 知音인 耳溪 洪良浩는 '모두 관물하고 이치를 깨달은 말로써 깊고 독자적인 견해가 많다.'6)라고 평가하기도 하였다. 이중 「소사문답」은 특히, 신경준이 젊어서 가졌던 철학적

---

4) 申景濬, 『旅菴遺稿』卷4,「南山舊廬記」, 始余八歲己亥 北學于洛 庚子 西入于江都 海中 離親闊七百餘里 作悲思曲三闋 登山而謠 聞者憐之 癸卯復于鄕 壬子以後 爲 肄業 周流洛下湖西 丁巳 先君子棄子孫 奉太夫人 移家于畿甸之素沙野 鄰火煬屋 辛酉 遷于蛇山 哭伉儷 與季妹爲太夫人奉 渭陽家來共宅 外王母叔叔母皆喪逝 甲 子 又復于鄕 織路南北 不康其居 疾病喪窆嫁娶 吉凶之故相仍 家遂以寠.

5) 申景濬, 『旅菴遺稿』卷1,「除夕懷親」, (前略) 自從七歲强 遠學事周邏 連延旅殊方 幾驚爆竹火 (省略).

6) 申景濬, 『旅菴遺稿』卷13 附錄,「墓碣銘」, 皆觀物悟理之言 而多深造獨見者.

사고의 깊이를 알 수 있는 내용으로 二敎九流의 회통 사상이 드러난 문장으로 알려져 있다. 따라서 후대 문인들인 南羲采와 閔泰勳은 각각 「소사문답」에 대하여 언급하기를 '「秋水」보다도 奇奇하며, 「太玄經」보다도 簡簡하며, 「漁樵問答」보다도 古古하니 韻과 格이 뛰어나고 더욱 높다.'[7]라고 했는가 하면, '「소사문답」 한 편은 莊子와 楊朱를 다시 살려낸다고 하여도 반드시 자기들보다 여암이 낫다고 할 것이다.'[8]라고 하여 극찬을 아끼지 않았다. 「추수」는 『장자』 외편에 수록된 글이며, 「태현경」은 양웅의 문장이고, 「어초문답」은 邵雍이 남긴 명문으로 알려져 있다. 이처럼 남희채와 민태훈 등은 신경준의 「소사문답」을 중국의 역대 명문에 비견하는 것을 서슴치 않았던 것이다.[9] 신경준은 자신의 회고기인 「南山舊廬記」에서 이렇듯 가난한 삶에서도 그에 굴하지 않고, 학문을 계속할 수 있었던 노고를 어머니께 돌리고 있는데,[10] 事親의 정이 남달랐음을 알 수 있는 대목이기도 하다.

학문에만 전념하던 신경준은 그의 나이 43세에 증광시 을과에 급제하게 되는데, 홍량호와 인연을 맺게된 계기이기도 하였다. 홍량호는 신경준의 명성을 미리 들었던지라 당시 시험 감독관의 위치에서 이름은 보지 않고 답안 내용만 보고서도 신경준이 제출한 것임을 알았다는 이야기는 회자되는 내용이기도 하다. 그후 홍량호는 자신보다 12세 정도 나이가 많은 신경준이지만, '남보다 뛰어나고 기이한 선비임을 알고 더불어 사귈 것을 결정

---

7) 申景濬, 『旅菴全書』卷2, 「素沙跋」, 奇奇於秋水 簡簡於太玄 古古於漁樵問答 韻與格益勝益高.

8) 申景濬, 『旅菴全書』卷2, 「素沙跋」, 而但素沙一篇 雖復起莊楊諸子來 必許與爲伯.

9) 신경준의 「소사문답」에 대한 연구는 이강오(「여암의 소사문답」, 『여암 신경준 선생의 학문과 사상』, 옥천향토문화연구소, 1994, 69~104쪽)와 오병무(「여암 신경준의 '소사문답'에 대한 존재론적 조명」, 『건지철학』4집, 한국건지철학회, 1996, 204~233쪽)의 논문을 참조할 것.

10) 申景濬, 『旅菴遺稿』卷4, 「南山舊廬記」, 太夫人嘗謂余曰 家貧非病也 學貧是恥也 家雖貧 汝不負米於百里而日再食 勿以我爲憂 憂汝之憂 凡孝貴養其志也.

했다.'11)는 말을 적기도 하였다. 정치적으로 보자면, 홍량호는 소론이요, 신경준은 소북 계열에 속해 있었기 때문에 이질감을 느꼈을 것인데, 학문적으로 통하는 점이 있었기에 교유할 뜻을 가졌던 것으로 보인다. 과거에 급제한 신경준은 承文院 記注官을 시작으로 내·외직을 두루하는데, 「남산구려기」에서 '갑술년에 벼슬을 시작하여 26년 간 계속하고, 봉록은 24년 간 받았으며, 품계는 3품에 오르고, 다섯 번의 큰 고을을 맡았다.'12)라고 평생 지냈던 벼슬에 대하여 회고하기도 하였다.

하지만, 신경준은 관직에 있으면서도 거기에 안주하지 않고 저술 활동을 지속적으로 해나가는데, 『여암유고』와 『여암전서』 등에 전해지고 있는 논저로는 「日本證韻」, 「諺書音解」, 「平仄韻互擧」, 「車制策」, 「水車圖說」, 「論船車備禦」, 「儀表圖」, 「頻仰圖」, 「疆界志」, 『東國文獻備考』 「輿地考」, 「山水考」, 「道路考」, 「四沿考」, 「伽藍考」 등등이 있다. 여기에 관직에 오르기 전에 저술하였던 「시칙」과 「소사문답」, 「직서」, 「訓民正音韻解」 등까지 합하면, 흔히 볼 수 없는 많은 논설적인 글을 남겼다고 할 수 있다.

이중에서 「훈민정음운해」는 신경준이 관직에 나아가기 전인 39세 때에 지은 저작으로 소옹의 「皇極經世音圖」를 본보기로 삼고 작성한 韻圖로 훈민정음 창제 이후 깊이 있는 문자론을 저술한 것으로 알려져 있다. 「거제책」은 중국에서 발달한 여러 가지 수레인 路車, 戎車, 乘車 등의 유래와 그 효용성을 논하고서 우리나라에서도 이용하기를 주장하는 글이다. 「수차도설」은 관개용 수차의 개발을 도설한 글이고, 「논선거비어」는 우리나라 병선의 모양과 구조, 속력, 편제 등의 결함에 대해 도해하여 설명하고서 국방에 대비하는 방안을 제시하였다. 「강계지」는 우리나라의 고대부터 역사상에 나타난 각 국가의 지역 및 도시들에 관한 연혁, 강역 및 위치 등을 고증하고 우리나라 별호를 처음으로 언급한 역사지리서이다. 「도로고」는

---

11) 申景濬, 『旅菴遺稿』卷13, 「墓碣銘」, 余就見于邸 信魁奇士也 遂與定交.

12) 申景濬, 『旅菴遺稿』卷4, 「南山舊廬記」, 甲戌始仕 仕二十六年 受祿二十四年 位躋三品 五典大府州.

중국 주나라의 「職分圖」를 인용하여 도로의 관리, 개념, 里程 등에 관하여
서술한 글로 알려져 있다. 「산수고」는 우리나라의 산과 강줄기를 상세히
추적하는 한편, 군현별로 소재하는 산천을 설명하였고, 「사연고」는 우리나
라 연해의 지리를 상세히 서술하는가 하면, 중국과의 해로·일본과의 수육
로 등을 상술하였다. 그리고 「가람고」는 전국의 사찰에 관하여 그 위치와
연혁을 고찰하였다.[13)]

이상 신경준이 저술한 주요 글에 대하여 개관하여 살펴보았는데, 거의
모두가 空論에 그치는 학문이 아닌 일상에 도움이 되기를 바라고 쓴 것임
을 알 수 있다. 가령, 「거제책」에서 중국의 수레 제도가 우리나라에서 행
해지지 못하는 이유에 대하여 '능히 모방하여 우리나라에 옮겨오지 못한
것은 적용의 사물에 뜻을 두지 않았을 뿐 아니라 비록 알고자 하여도 마침
내 상세하지 못하기 때문이다.'[14)]라고 하여 적용력의 부재를 들고 있는데,
학문을 실용적인 것으로 파악하지 않았다면 불가능한 일로서 바로 實得의
정신과도 상통한다고 하겠다.

신경준이 학문을 함에 實을 중요하게 생각했음은 다음과 같은 홍량호의
「묘갈명」을 통해서도 직접 알 수 있다.

> 대개 학문을 넓히는 것은 요체를 알고 뜻을 높여 實에 힘쓰고, 많은 고인의 글을 망라
> 하여 나의 도를 절충하여 만일 이치를 분석하고 의심을 푸는 데까지 이른다면, 바로
> 깊고 현묘한 이치에 직결할 것이다. 이는 모두 옛 사람이 이르지 못한 바요, 이제 사
> 람도 능히 말하지 못하는 바라고 하니 내 일찍이 옷깃을 여미고, 경복하지 않을 수가
> 없었다.[15)]

---

13) 尹在豊, 「旅菴先生의 生涯와 學問的 業績」, 『旅菴 申景濬 先生의 學問과 思想』,
   옥천향토문화연구소, 1994, 13~14쪽 참조.
14) 申景濬, 『旅菴遺稿』卷8, 「車製策」, 而不能摸得移來我國者 非但不能致意於適用
   之物 而雖欲地之 卒無以詳也.
15) 申景濬, 『旅菴遺稿』卷13 附錄, 「墓碣銘」, 盖其學博而知要 志高而務實 旁羅百氏
   而折衷於吾道 至若析理辨疑 則直抉幽眇 皆前人所未道 今人所不能言者 余未嘗

신경준이 한 말을 듣고서 홍량호가 감탄해마지 않는 내용이다. 결국 신경준은 학문의 궁극적인 목표를 실질에 두어야함을 강조하고 있고, 고인의 글과 나의 도를 절충하여 이치를 분석해야 함도 언급하고 있는데, 바로 고인의 글을 통해 自得해야함을 말한 것이다.

이렇듯 실질을 중요하게 생각한 신경준은 당대 士人들이 名物度數보다는 詞章에 힘쓰는 행태를 다음과 같이 비판한다.

> 우리나라의 선비는 詞章의 功力으로 과거하기에 心力을 허비하여 일생을 허무하게 마쳐서 사물에 밝고 기술에 통하는 데는 진실로 힘쓰지 않고 산림에 은거하여 수업하는 자가 간간이 그 뜻을 높이고 그 말을 크게 하며 名物度數를 末務로 삼아 뜻을 두지 않는다. 그 뜻과 말이 그 근본을 알지 못하는 것은 아니지만, 本末을 구비하고 德藝가 다 진취한다면 그 아름다움이 더욱 어떠하겠습니까? 『서경』에 正德과 利用과 厚生으로 三事를 삼았으니 성인이 偏廢하지 않음을 알 수 있습니다.[16]

신경준은 평생 과거 공부에 매달려 몸과 마음을 모두 허비하는 선비들의 모습이 안타까울 뿐이며, 이와 함께 일상에 실질적으로 도움을 주는 명물도수를 중요하게 생각하지 않는 현실의 모습을 개탄하고 있다. 물론 신경준도 학문에 있어 본과 말을 구분짓고는 있지만, 궁극적으로 둘 모두 구비하기를 바라는 뜻을 보이고 있다. 그 근거를 『서경』의 정덕, 이용, 후생세 가지를 삼고 있는 데에서 찾고 있기까지 하다. 이는 결국 성인도 학문의 실질을 강조했음을 보여 실의 중요성을 드러낸 것으로 이해할 수 있다.

不斂衽而驚服.
16) 申景濬, 『旅菴遺稿』卷8 雜著二「車制策」, 我東之爲士者 以詞章之功 爲決科之計者 枉費心力 壞了一生 其於明庶物通衆藝之道 固無足責 而山林之隱居修業者 往往高其志大其言 以名物度數爲末務 不肯致意 是其志與言 非不知其本 而本末俱擧 德藝皆進 則其美尤如何哉 書以正德利用厚生爲三事 聖人之不爲偏廢者可知矣.

3. 시 형식의 典範 탈피

한시는 운율에 따라 古體詩와 近體詩로 나뉜다. 고체와 근체로 분류한 것은 근체라는 개념이 확립된 盛唐 말기 초기부터로, 이렇게 분류된 초기에는 근체시는 당시에 새롭게 확립되어 유행하게 된 새로운 양식의 시였고, 고체시는 과거부터 이어져온 구 양식의 시를 지칭하였으나 후대에는 시대에 따른 분류가 아니라 양식의 차이를 기준으로 한 분류로 바뀌었으므로 근체시보다 늦게 지어진 고체시도 있게 된 것이다. 이러한 근체시와 고체시는 양자가 가진 정형성의 강약의 차이를 기준으로 하여 구분한 것으로 근체시는 정형성이 강하고 고체시는 약한 편이다.[17] 따라서 고체시는 格律이 비교적 자유로우며 對句나 平仄에 얽매이지 않았다. 압운도 느슨해서 7언으로 된 柏梁體가 구마다 압운을 하는 경우를 제외하고 일반적으로 한 구를 건너서 압운을 했으며, 換韻도 허용하였다. 작품의 길이 역시 길고 짧은 제한이 없었다. 句法은 어느 정도 정제되어 있어 4언부터 7언체까지 다양한데, 경우에 따라 長短句를 뒤섞어 변화를 주는 雜言體도 있었다. 잡언의 경우에는 1자부터 10자 이상이 되는 구절도 있었지만, 주로 3·4·5·7언이 서로 잡용되었다.[18]

이와 같은 기준에 의해 신경준의 시 62제 145수의 시를 고체시와 근체시로 분류하고, 각각을 자수에 따라 좀더 세밀히 나누어 도표로 그리면 다음과 같은 결과가 나온다.

詩型			詩題
古體詩	齊言	四言古詩	「民隱詩」 10수, 「離合詩」, 「月歎」(12수)
		五言古詩	「遊子吟」의 「逍遙」・「白鹿洞」, 「除夕懷親」, 「野蟲」,

---

17) 申用浩, 『漢詩形式論』, 전통문화연구회, 2001, 120~122쪽 참조.
18) 임종욱, 『동양문학비평용어사전-중국편』, 범우사, 1997, 119쪽.

			「記夢」,「菜圃引」,「素沙感懷十首」,「除夕感懷」(17수)
		七言古詩	「遊子吟」의「崑崙宮」・「闍梨窟」,「渾沌酒歌」,「奉別李則優」,「挽崔斯文智」,「來家」,「漫步」,「看鳥」(8수)
雜言		雜言古詩	「農謳」12수,「二十二相字歌寄李友」,「示宗上人」,「寄李戚兄則優」,「古石磬」,「龍門琴」,「鷹谷山居八咏 分賦各二首」,「畵竹屛吟」8수,「送趙秀才還山」(28수)
近體詩	絕句	五言絕句	「別友人」,「瞻鶴亭十景」20수(21수)
		七言絕句	「望故郷」,「次畵屛韻」7수,「蘊眞亭八景」8수,「小蟲十章」10수,「謝韓上舍致明韻」(27수)
	律詩	五言律詩	없음
		七言律詩	「次王元美登代山韻」2수,「次徐子興送莫廷尉之任南都」,「次王元美題李于鱗白雪樓」,「次鄒山人齋謝茂秦書來謁作此以贈」,「次解郡後寄懷李于鱗 時先余乞歸七年矣」,「次丘宗伯邀余 雪後登赤壁作」,「次王元美兵滿山東」,「次悼隋離宮」,「次答王元美吳門邂逅見贈之作」,「次送客遊洞庭湖」,「次賦飛來雙白鶴」,「次吳明卿守樵川 貽詩見訊 兼有卜居吳興之約」,「次王元美起家按察河南寄促之官」,「失題」,「弘陵齋所夜坐」,「水州謫中」,「看史」,「舊年」,「風雨晚泊」,「鸚鵡洲」,「白菊一叢呈一二知己」,「黃陵廟」,「靜坐聞松聲」,「寄山中友」2수,「過籌鼎原」,「禿山城懷古」,「謝府大夫」,「簫史携弄玉上昇」,「聞曉雞」,「初夏懷二上人」(32수)
	排律		없음

　고체시는 제언과 잡언을 합하여 65수이고, 근체시는 절구와 율시를 합하여 80수로 집계되었다. 고체시의 경우, 제언이 37수이고, 잡언이 28수이며, 근체시는 절구보다는 율시의 수가 더 많은 것으로 나타났다.[19]

---

19) 『여암유고』의 편집 체제는 전적으로 근체시보다 고체시를 더 중요하게 생각했음을 알 수 있다. 그 이유는 작품의 순서가 고체시를 나열한 뒤에 근체시를 배열하고 있기 때문이다. 문집에서 흔히 볼 수 있는 작품의 배열 순서는 창작된 연대순인데, 『여암유고』는 예외로 편집하였다. 또한 신경준은 관직에 나아가기 전에는 주로 고체시를 지었고, 그 후에는 근체시를 더 많이 창작한 것으로 나타났다. 그것은 연대 표기가 된 작품을 순서대로 나열해보면 알 수 있다. 가령, 「농구」(1729년), 「유자음」(1730년), 「기몽」(1730년), 「채포인」(1740년),

먼저 근체시의 특이한 사항은 율시의 모든 작품이 칠언에 포함되어 있다는 사실이다. 뿐만 아니라 칠언의 거의 모든 작품이 중국문인들의 작품을 차운했다는 점인데, 눈에 띄는 작가로는 王世貞과 李攀龍, 그리고 陸游 등이다. 육유는 시제에 그의 호나 자가 드러나지 않아 차운의 여부를 한눈에 알아볼 수는 없다. 그렇지만, 「수중적중」 시제 다음에 '此下 多次放翁詩'가 병기되어 있어서 「수중적중」 이후의 작품 중 많은 수가 육유의 시에서 차운했음을 알 수 있다.

왕세정과 이반룡은 중국 명 말기 後七子로서 前七子의 복고주의 성향을 본받아 '文必秦漢 詩必盛唐'의 기치를 내걸었던 이들로 유명하다. 즉, 이들은 전시대 '江西詩派'의 논리를 반박하면서 문은 先秦兩漢을, 그리고 시는 성당을 모범으로 하여 본받을 것을 주장했던 것이다. 이러한 이들의 주장은 조선중기 우리나라 문인들에게 많은 호응을 얻어 결국 추종하는 무리들이 늘어나게 되었고, 三唐詩人의 출현까지 있었던 것은 주지하는 바이다. 하지만, 왕·이를 추종하던 많은 문인들이 과거형식을 그대로 답습한다든가 모방과 擬古을 일삼는 데까지 이르러 金昌協·昌翕 형제 등 시에 있어서 독창성을 최우선으로 생각하는 문인들에 의해 비판을 받기에 이른

「소사감회10수」(1740년), 「차왕원미등대산음」(1758년), 「첩학정10경」(1760년), 「민은시」(1765년), 「수주적중」(1770년), 「온진정8경」(1779년), 「소충10장」(1780년) 등의 작품에 연대 표기가 되어 있다. 여기에서 「농구」, 「유자음」, 「기몽」, 「채포인」, 「소사감회10수」, 「민은시」 등이 고체시이고, 나머지 시는 근체시에 속한다. 즉, 1758년 신경준의 나이 46세 이전까지는 고체시가 많은 반면, 그 후는 「민은시」만 제외하고, 모두 근체시임을 알 수 있다. 「민은시」는 임금의 명을 받고 지은 시로 목적성을 띠고 있기 때문에 고체시로 분류는 되지만, 그 전시대 고체시와는 성격을 달리한다고 할 수 있다. 이처럼 신경준에게 있어서 고체시와 근체시의 구분은 단순히 형식상의 구분이 아닌 삶의 궤적과도 비견될 수 있는 것으로 판단된다. 다시 말해, 행동과 사고를 자유롭게 할 수 있었던 수학기에는 그에 걸맞게 형식적 파격이 가능한 고체시를 많이 창작하였고, 관직에 나아가면서부터는 정해진 형식을 지켜야하는 처지에 놓여있다 보니 시도 근체시 위주로 창작했을 것으로 생각된다.

다.[20] 한편, 육유는 중국 송 때의 시인으로 방옹은 그의 호이다. 그는 침략자인 金에 철저한 항쟁을 주장했던 애국시인으로 알려져 있는데, 자신의 시를 통해서 일편단심 포부를 노래하며, 죽는 순간까지 국토회복에 대한 희망을 버리지 않았다고 한다.

그런데 신경준이 왜 이들의 시 작품을 차운했는지는 알 수가 없다. 그의 문집 어떤 글에서도 이론적으로 왕·이와 육유 등을 드러내어 찬양하고 있지 않기 때문이다. 단순히 왕·이와 육유의 작품을 읽고서 느낌이 일어 차운했다고 할 수도 있는데, 후칠자의 시문 등을 애독했다는 한 증좌가 되기에 충분하다.[21]

이상 신경준 시의 근체시에 대해서 논의하였는데, 이미 말한 대로 신경준은 145수 중 65수의 작품을 고체시로 나타낼 정도로 고체시에 대해서 남다른 特長을 보이고 있었다. 즉, 고체시에 傾度되었다고도 할 수 있는데, 다음의 「농구」 서문은 그에 대한 단서를 알려준다.

　　내 나이 17,8세에 고체시 짓기를 좋아하였는데, 대부분 당나라 孫某와 盧某를 본받은 것이었다. 임자년 이후 喪이 연이었고, 경신년간엔 떠돌아다니는데 분주하여 다시는 시를 읊지 못하였다. 올 겨울에 우연히 낡은 文匣을 정리하다가 어지러이 쓴 원고 한 권을 찾았다. 비록 거두어 보관해 둘 정도는 아니지만 젊을 때 유회했던 것을 보자니 감회가 있었다. 이에 모아 기록해두되 지나치게 거칠고 괴이한 것은 모두 없애고 나니 몇 편으로 엮어졌다. 갑자년 11월 소한절에 쓴다.[22]

---

20) 박명희, 『18세기 문학비평론』, 경인문화사, 2002, 42~44쪽 참조.

21) 신경준이 왕·이와 육유 등의 시를 차운한 것은 앞으로 검토해야할 내용이다. 특히, 후칠자의 시문을 애독했다고 함은 신경준이 지향한 시 성격과 맞물려 있기 때문이다. 이는 학문적인 성향과도 연관지어 논의해야 할 것으로 보인다.

22) 申景濬, 『旅菴遺稿』卷1, 「農謳」小序, 余年十七八 喜作古體詩 多效唐孫盧 壬子以後 喪禍連仍 庚申之間 流離奔走 遂不復有所吟咏矣 是歲冬 偶閱古笥 得亂藁一卷 雖不足收置 而觀少時之所游戲者 亦有感焉 乃輯以錄之 而其過於險怪者 皆删之 總若干篇 甲子十一月小寒節.

위 서문의 임자년은 신경준의 나이 20세를 이르고, 경신년은 28세를, 그리고 갑자년은 32세를 말한다. 「농구」 작품에 기유년(1729)으로 간지가 표기되어 있는데, 이때는 신경준의 나이 17세로 서문 冒頭에 적힌 나이와 같음을 알 수 있다. 서문의 내용에 의하면, 신경준은 당시 고체시를 배우는 대상으로 당나라 시인의 작품을 모범 삼았다고 하였다. 손모와 노모라고만 했기 때문에 이들이 누구를 말하는지는 명확히 알 수 없지만, 평소 강조했던 자득 정신이 시문 학습에서도 그대로 보이고 있다고 하겠다.

그런데 위 글에서 중요한 사실은 '지나치게 거칠고 괴이한 것은 모두 없앴다.'는 점이다. 앞에서도 이미 언급했듯이 고체시는 근체시에 비할 때 형식적으로 큰 제약을 받지 않기 때문에 때로는 틀을 지나치게 깰 수도 있다는 사실을 신경준은 이와 같이 언급했다고 할 수 있다. 신경준도 처음에는 남을 의식하지 않은 상태에서 시를 지었겠지만, 시를 짓는 궁극적 이유 중 하나가 남에게 보여주는 것이기도 한 점을 인식했음을 알 수 있다.

이처럼 신경준이 어려서부터 경도되었던 고체시의 형식적 실체는 앞 도표에서도 이미 살펴보았듯이 4언은 12수, 5언은 17수, 7언은 8수, 그리고 잡언이 28수 등으로 나타났다.

4언은 매 시구가 네 자 또는 네 자를 위주로 꾸려진 시 형식을 일컫는데, 다른 시 형식에 비할 때 역사적으로 오래되었으며, 『시경』을 그 원조로 보고 있다. 신경준은 「민은시」 서문에서 '갑신년 겨울 임금께서 『시경』의 唐風篇을 강의하시고 느낌이 있어 팔도의 관찰사 및 문신으로서 수령된 자들에게 명령하여 각기 그 지방의 민요와 백성들의 사정을 진술하여 바치게 하였는데, 그것을 「민은시」라고 이름하였다.'[23]라고 적고 있다. 이에 의하면, 4언으로 시를 지은 것은 순전히 『시경』을 의식한 것이었다고도 할 수 있다. 「이합시」는 원래 잡체시의 일종으로 시구 가운데 몇몇 글

---

23) 申景濬, 『旅菴遺稿』卷1 詩, 「民隱詩」, 甲申冬 上講唐風有感 命八道方伯及文臣爲
守宰者 各賦其地之謠俗民瘼以進 名之曰民隱詩.

자를 먼저 잘라내어(離) 그 반을 취한 뒤 다른 한 글자의 나머지 반을 합쳐
서(合) 새로운 글자를 만들어 내는 식으로 먼저 떼고 나중에 붙여서 만들
어진 글자로 숨겨진 의미를 표현한다.[24) 신경준이 지은 「이합시」는 14구
로 이루어져 있는데, 두 구씩 이합해보면 '高靈申景濬舜民'이라는 글자가
이루어진다. 문자를 이합시켜 관향과 이름, 자등을 나타내 보여준 것이다.
「월탄」은 모두 10구로 이루어져 있는데, 특이한 점은 '天地昏黲 / 淸明自
守 / 嗚呼'와 같이 두 구가 끝날 때마다 '오호'라는 후렴구가 있다는 점이
다. 시가 마치 노래처럼 인식되는 부분이다.

　고체시 중 5언과 7언은 비형식적이면서도 근체시와 일정 부분 닮은 면
이 있어서 정형성에서 크게 벗어나지 않는 느낌을 준다. 따라서 근체시를
즐겨서 짓는 문인들도 많은 내용을 격의없이 나타내 보이고 싶을 때 한 번
쯤 지어보는 시체 유형이라고 할 수 있다. 먼저 모두 네 작품으로 구성된
「유자음」은 경술년(1730년) 18세 때 지은 것으로 되어 있는데, 5언과 7언
이 각각 두 작품씩이다. 또한 같은 5언일지라도 구수의 길이가 서로 다른
데, 「소요」가 12구인 반면, 「백록동」은 36구이다. 물론 이 「유자음」시의
압운은 換韻을 한다거나 거의 지켜지고 있지 않아 고체시의 전형성인 형
식의 파괴를 그대로 보여주고 있다고 할 수 있다. 「제석회친」과 「야충」,
「채포인」 등은 장편으로 자신의 느낌이나 관찰한 내용을 상세히 나타내
보이고 있다. 「소사감회십수」 또한 다양한 구수를 보여주는데, 6구부터 16
구까지 일정하지가 않다. 「제석감회」와 「來家」·「만보」 등은 각각 5언과 7
언이면서 6구의 형태를 띠고 있으며, 7언인 「간조」의 경우는 3구로 이루
어져 있는데, 흔히 볼 수 없는 형식적 파괴임은 분명하다.

　잡언고시는 작품의 길이는 길고 짧은 데 개의치 않으며, 한 구절의 자수
또한 길이가 다양하다. 이 고체시는 형식이 비교적 자유로워서 구애받지
않고, 자신의 감정과 생각을 토로할 수 있다는 데에 장점이 있다.[25) 즉, 고

---

24) 임종욱, 앞의 책, 743쪽 참조.

체시의 정체성을 그대로 띠고 있는 시 형식이라고도 할 수 있다. 신경준의
작품 중 한 경우를 예로 들어보면 다음과 같다.

占年豊	풍년을 점쳐보니
十日五日一雨風	오, 십일에 한 번 비바람 분다네
蒲葉日以長	부들 잎은 날로 자라고
薍葉日以盛	익모초는 날로 무성하네
今時若孰如	지금은 어느 때와 같은가?
今時若我王聖	지금은 우리 임금 성스러운 때인 듯
堯田九年墊	요임금 땐 구년 홍수 들었고
湯田七年熬	탕 임금 땐 칠년 가뭄 들었네
我王聖	우리 임금은 성군인지라
十月前郊三番雪26)	시월 들녘에 세 번 눈 내렸네

「농구」첫 번째 작품으로 3·7·5·5·5·6·5·5·3·7언의 형태를 보이고 있어
서 율동미와 생동성이 있다. 다시 말해, 시에 율동미를 가미함으로써 형식
을 통해서 내용의 입체성을 기하고자 한 것으로 판단된다.

이와 같이 신경준은 다양한 형식의 고체시를 창작하였다. 이는 신경준
자신이 많은 이들이 典範으로 여기는 시 형식을 그대로 따르지 않고 탈피
했을 뿐 아니라 나름대로 또 다른 모습을 보여주었다고 생각한다.

그런데, 조선후기 문단 상황에서 단지 신경준만이 고시에 경도된 것은
아니었다. 신경준과 지음인 홍량호는 '蘭社'에서 여러 문인들과 詩會를 열
었는데, '倡爲古詩'했다고 한다. '난사'에 모인 시인들이 고체시를 통해서
자신의 솔직한 심정을 나타내 보이기를 바랬던 것으로 판단된다.27) 홍량
호는 그의 문집에서 근체시만을 숭상하는 현실을 비판하고 있는데,28) 평

---

25) 임종욱, 앞의 책, 760쪽 참조.
26) 申景濬, 『旅菴遺稿』卷1 詩, 「農謳」雨暘若.
27) 陳在敎, 『耳溪 洪良浩 文學 硏究』, 성균관대 대동문화연구원, 1999, 75쪽 참조.

소 지니고 있던 그러한 비판 의식을 시회를 통해서 실천해 옮겼다고 할 수 있다. 심지어 淵泉 洪奭周는 율시에는 좋은 시가 없고, 오히려 '巷謳街謠'에서 볼만한 시를 구할 수 있을 것이라고 하였다.[29] 이러한 사실들을 통해서 볼 때, 신경준은 당시 문단에서 주창되고 있던 시의 형식적 파괴를 몸소 실천에 옮김으로써 자율 정신을 드러내보였다고 하겠다.

4. 眞情性의 추구와 의미

신경준은 다수의 시에서 형식의 전범을 탈피함으로서 결국 실득적 사고를 표출하였다. 즉, 형식에 얽매여 내용이 이루어지는 것이 아니라 내용을 위주로 하면서 거기에 형식이 맞추어져 뒤따라오는 형상을 하고 있기 때문이다. 따라서 설명적이고 서술적인 부분에서는 근체시의 형식을 어느 정도 고수하면서 장편 고체시의 형태를 띠고 있지만, 그렇지 않은 상황에서는 근체시의 기본적인 형식조차도 깨뜨리고 있는 것이다. 이는 바로 眞情性을 추구하고자 하는 의도의 또 다른 모습이라고 할 수 있다.

먼저 7언이지만 3구에서 그친 「간조」라는 작품을 들어보면 다음과 같다.

擧頭遙看孤鳥過　　머리 들어 먼 곳 보니 외로운 새 날아가고
島沒雲端也竚看　　섬 잠긴 구름 끝을 우두커니 바라보니
不知身在竹欄干[30]　　이내 몸이 대 난간에 있는 줄을 몰랐네

---

28) 洪良浩, 『耳溪集』卷10, 「芝溪集序」, 東人之詩 專尙近體 雖稱名家大手 率不過較短長於聲律 鬪巧拙於態色 古人冲和悠永之音 漠然難見可勝惜哉.

29) 洪奭周, 『淵泉集』卷24 雜著, 原詩·中, 知詩者出 雖或求之今日之巷謳街謠 而決不求之 今日之律詩也.

30) 申景濬, 『旅菴遺稿』卷1 詩, 「看鳥」

절구는 체제가 융통성이 있고 다루기가 수월해 생활 속에서 순간적으로 스쳐 지나가는 생각이나 느낌을 표현하기에 적합한 것으로 알려져 있다. 따라서 많은 시인들이 즐겨서 사용하는 시체 중 하나라고 할 수 있다. 위 작품은 한 구만 더 있었더라면 7언 절구로 분류될 수도 있었을 것인데, 내용을 형식에 반드시 맞출 필요를 느끼지 못해서인지 3구에서 그치고 말았다. 그러나 내용에 있어서는 시 한 편의 모습을 하고 있기에 미완성으로 느껴지지는 않는다.

다음은 잡언 4구의 형태를 띠고 있는 작품으로 시제는 「寄李戚兄則優」이다.

日在寅參在申	태양은 동북쪽에서 뜨고 參星은 서남쪽으로 지니
白露下中庭	흰 이슬이 마당 가운데로 내리네
沾我華彩衣	화려한 나의 옷을 적시니
我思悠悠無已時31)	나의 그리움 아득히 그칠 때가 없구려

시 전체의 내용은 외척형인 이척우를 그리워하는 것으로 되어 있다. 1구에서는 하루해가 뜨고 지는 모습을 방위를 통해 말하였고, 2구는 해가 서쪽으로 져서 한밤중에 이슬이 내리고 있음을 보여주고 있다. 또한 3·4구에서는 그리움이 그치질 않아 밖에서 배회하다보니 옷이 적시어졌음을 토로하였다. 이러한 내용을 전달하는 가운데 시의 율격이나 압운 등은 전혀 고려하지 않았다. 심지어 1구의 '在'처럼 같은 한자를 한 구에서조차 반복해서 나타내 보이고 있는가 하면, 같은 구는 아니지만 3·4구에서 '我'를 두 번 사용함으로서 절구가 지켜야할 경제성까지 상실하고 있다. 이는 형식보다 내용을 위주로 생각한 작자의 의도적인 장치라고 할 수 있다.

다음 시는 잡언의 형태를 하고 있으면서 5구로 이루어져 있는 작품이다.

---

31) 申景濬, 『旅菴遺稿』卷1 詩, 「寄李戚兄則優」

鍾嶺多檟木	우뚝 솟은 고개엔 오동나무 많고
上谷多枯杈	높은 골짜기엔 마른나무 많다네
折枯以手	마른나무 가지는 손으로 꺾고
伐檟以斧	오동나무 가지는 도끼로 베는데
莫傷老松柯32)	늙은 소나무 가지는 손대지 마소

　시제에 의하면, 응곡산에서 지내며 8영을 지었는데, 그것을 나누어 각 두 작품에 붙인 것으로 되어 있다. 위 작품은 그 중 첫 번째로 구체적인 시제는 '땔감 줍기'이다. 한시에 있어서 5구의 형태는 고체시에서도 그리 흔한 것은 아니다. 먼저 1·2구에서는 '오동나무'와 '마른나무'를 대칭화시켜서 '우뚝 솟은 고개'와 '높은 골짜기'에 각각 대응시키고 있다. 그리고 3·4구를 통해서 땔감 나무를 하는 광경을 구체적으로 보여주고 있으며, 마지막 5구에서는 많은 나무 중에서도 늙은 소나무만은 손대지 말라고 하였다. 마찬가지로 1·2구와 3·4에서 '多'와 '以'를 각각 두 번 사용하였을 뿐만 아니라 시 전체적으로 '檟'와 '枯'가 또한 두 번 나오는데, 다분히 의도적이라고 할 수 있다. 특히, '以'자는 虛辭이기 때문에 시에서는 잘 쓰지 않는데, 두 번이나 사용을 함으로서 한시의 고유한 형식을 완전히 깨뜨리고 있다. 그러나 비록 그러한 형식은 지키지 못했지만, 그 자리에 운율미가 내재됨으로서 음악성을 느끼게 하는 작품이다.

　다음 시는 신경준이 17세에 지은 것으로 알려진 「農謳」의 네 번째 작품이다.

提鋤去	호미 메고 가노라
靑山白水稻田	청산의 맑은 물 흐르는 벼논으로
提鋤歸	호미 들고 돌아오노라
月明前邨翠烟	밝은 달 아래 푸른 연기 감도는 마을로

---

32) 申景濬, 『旅菴遺稿』卷1 詩, 「鷹谷山居八咏 分賦各二首」搬柴.

白木柄强三咫	백목 자루 세 치 남짓
一歲三百六十日	일 년 삼백육십일을
我命托子33)	내 목숨 그대에게 맡겼노라

「농구」시는 조선전기 문인인 私淑齋 姜希孟으로부터 시작되었다. 강희맹은 관각문인이었지만, 남다르게 손수 농사일까지 경험하였는데, 이것이 계기가 되어 「농구」14장을 창작하기에 이른다.34) 그후 조선후기에 이르러 瓶窩 李衡祥이 강희맹의 「농구」14장을 차운하여 나름대로 또 다른 「농구」14장을 만든다. 따라서 신경준의 「농구」시는 강희맹→이형상을 이어 차운했다고 할 수 있다. 그러나 강희맹·이형상과 다른 점은 작품의 순서와 장의 수이다.35) 그렇지만 해가 뜨면서 농사일을 시작하여 하루 일과를 마칠 때까지 시간의 흐름에 따라 순차적으로 나열된 점은 세 작가의 작품 모두 공통점으로 드러나고 있다.36)

위 작품은 농부가 호미를 메기 위하여 논으로 갔다가 논을 모두 메고 다시 집으로 돌아오는 광경을 시 전반부에서 담고 있으며, 후반부 5구부터 7구 마지막까지는 호미에 대한 작중 화자의 감회를 서술하였다. 작중화자는 물론 농부인데, 농사를 지음에 있어서 호미라는 농기구가 얼마나 중요한지를 간접적인 화술로 말하고 있다. 따라서 1구에서 4구까지가 동적이라면, 5구에서 7구까지는 정적이라고 할 수 있다. 더군다나 1구와 3구에서 '提鋤'를 반복하고, 서로 상대적인 뜻을 가지고 있는 '去'와 '歸'자를 사용

---

33) 申景濬, 『旅菴遺稿』卷1 詩, 「農謳」提鋤.
34) 강희맹의 <농구」에 대한 연구는 신연우의 논문(「朝鮮前期 官人 農村詩의 構圖」, 『한국문학사의 전개과정과 문학담당층』, 국학자료원, 2002, 59~87쪽)과 柳在日의 논문(「私淑齋의 「農謳十四章」에 대한 작품 연구, 『한국한시의 탐구』, 이회, 2003, 250~278쪽)을 참고할 것.
35) 강희맹, 이형상, 신경준의 「농구」시의 작품 순서에 대해서는 趙柔珍의 앞 논문, 48쪽을 참고할 것.
36) 鄭容秀, 『姜希孟 한시의 문학적 성격』, 국학자료원, 1993, 127쪽 참조.

함으로서 운율미를 갖추었다. 즉, 신경준은 「농구」가 농부들 사이에서 부르는 노래라는 사실을 알기에 시를 창작할 때에 운율적인 측면을 크게 고려했다고 하겠다.

다음은 「농구」시 일곱 번째 작품으로 시제를 풀어보면, '긴 밭일을 마치며'라는 의미를 가지고 있다.

東畝大兒理	동쪽 밭은 큰아들이 다스리고
西畝小兒理	서쪽 밭은 작은아들이 다스리네
阿爺笑道大兒與小兒	그 아비 웃으며 두 아들에게 말하길
大兒小兒孰倍徙	"큰 애 작은애야 누가 더 열심히 했더냐?
北里張嫗家	북리 장씨 노파 집에
有酒新熟竹葉似	새로 익은 술이 죽엽주 같거늘
倍徙三匜	열심히 일한 애는 세 주전자 사 줄테고
當未者秖一匜	그렇지 못한 애는 한 주전자만
大兒小兒孰倍徙[37]	큰애 작은애야 누가 더 열심히 일 했더냐?"

이 작품은 전체적으로 이야기 구조를 갖추고 있다. 어느 농부 집에 두 아들이 있었다. 아버지는 큰 아들에게는 동쪽 밭을 짓게 하고, 작은 아들에게는 서쪽 밭을 짓게 하였다. 그러면서 그 아버지가 웃으며 말하기를 "열심히 일한 사람에게는 북리 장씨 노파집의 죽엽주를 세 주전자 사줄 것이고, 그렇지 못한 아이에게는 한 주전자만 사 줄 것이다"라고 한다. 아버지의 말 속에서 농부의 여유로움까지 느껴지는데, 7·8구에서는 특히 동요적 요소도 감지된다. 뿐만 아니라 잡언의 형태를 띠고 있기에 운율미는 물론이거니와 대화체를 가미하여 입체적인 효과까지도 보여주고 있다.

이상은 거의 잡언의 형태를 띠고 있는 작품들이었으나, 다음 시는 4언의 형태를 띤 정형의 고체시이다. 시제는 「민은시」로서 그 중요성으로 인

---

37) 申景濬, 『旅菴遺稿』卷1 詩, 「農謳」竟長畝.

하여 『여암유고』권1 시부분에서 가장 먼저 나온 작품이기도 하다. 모두 10장으로 이루어져 있는데, 그 중 첫 번째 장인 '總敍'이다.

逖矣淵土	아득한 장연 땅은
西海之潚	서해의 바닷가라
唐价攸舘	당나라 사신도 머물렀고
元帝來賓	원 순제도 왔던 곳
黑齒紅帕	검은 이빨 붉은 두건
狂猘怨瞷	광분하여 성내며 노려보네
奧在麗季	지나간 고려말엔
荊杞蓁蓁	잡초들만 무성터니
昭代作邑	밝은 시대라 고을로 일구어
乃遷南民	남쪽 백성 이주했네
厥土塗泥	토질은 진흙이라
雨淤旱龜	비오면 진흙탕 가물면 거북등
厥穀黍稷	곡식이란 피와 기장이요
下下其畇	그 밭은 하중의 하로다
厥菽維馨	그래도 나물만은 향기로와
沙芽冰蓴	황두채와 얼음순채
厥民驍勁	사람들은 날래고 굳세어
隴蜀氣偏	농서와 파촉의 기상도 어림없다네
厥戶五千	호수는 오천이요
厥兵七千[38]	군사는 칠천이로다

「민은시」는 신경준의 다른 고체시와는 다르게 뚜렷한 목적을 가진 '보여주기 위한 시'라고 할 수 있다. 이는 다음의 서문 내용을 통해서도 알 수 있다.

---

38) 申景濬, 『旅菴遺稿』卷1 詩, 「民隱詩」

갑신년 겨울 임금께서 『시경』의 唐風篇을 강의하시고 느낌이 있어 팔도의 관찰사 및
문신으로서 수령된 자들에게 명령하여 각기 그 지방의 민요와 백성들의 사정을 진술
하여 바치게 하였는데, 그것을 「민은시」라고 이름 하였다. 이해 겨울에 나도 황해도
장연현감으로 발령받아 정월에 부임했으므로 2월에 시를 지어 바쳤다.[39)

　갑신년은 1764년(영조40)을 가리킨다. 그해 겨울에 영조가 『시경』의 「국
풍」에 있는 당풍시를 강의하다가 느낀 바가 있어서 팔도에 파견된 관리자
들에게 그 지방의 風謠를 지어서 바치게 했다고 한다. 이때 마침 신경준은
황해도 장연현감으로 발령을 받아 가게 되어서 장연 지방의 인정과 세태
를 시로 지어 임금께 받쳤다고 한다. 그리고 그 시제를 「민은시」라고 한
것까지 밝히고 있다. 『시경』「국풍」은 옛날 중국의 각 제후들이 제후국의
민풍을 살펴 천자에게 바쳤던 것으로 알려져 있는데,[40) 영조는 『시경』「국
풍」과 같은 모습으로 각 지방을 알고자 했던 것이다.[41)

　모두 20구로 이루어진 「민은시」 첫 장 시는 감정을 나타낸 시라고 하기

---

39) 申景濬, 『旅菴遺稿』卷1 詩, 「民隱詩」, 甲申冬 上講唐風有感 命八道方伯及文臣爲
　　守宰者 各賦其地之謠俗民瘼以進 名之曰民隱詩 是冬 賤臣除長淵縣監 正月赴任
　　故二月製進.

40) 『詩經』卷1, 「國風」, 是以 諸侯采之 以貢於天子 天子受之 而列於樂官 於以考其
　　俗尙之美惡 而知其政治之得失焉.

41) 『英祖實錄』卷104, 40年 甲申 11月條에 의하면, '上因劉風七月章 命諸道採其民
　　風 察其民隱 倣毛詩例 爲詩而進之'라고 되어있다. 이에 의하면, 임금이 『시경』
　　「국풍」豳風의 七月詩로 인하여 각 도의 수령들에게 지방의 민풍을 채집하여
　　민은을 살피라고 했는가 하면, 또한 모시의 예에 따라서 시를 지어 바칠 것을
　　명했다고 한다. 즉, 임금은 민풍을 살펴 시를 지어 바치되 『시경』의 형식을
　　따를 것을 함께 주문하였다. 그런데, 신경준의 언급과 실록의 기록에서 다른
　　점은 『시경』시를 언급한 부분이다. 다시 말해, 신경준은 임금이 당풍을 강의
　　하다가 느낌이 일어 시를 짓도록 하였다고 말하였는데, 이는 실록의 내용과
　　相異하다. 홍량호도 당시 洪州牧使로 있다가 이때 신경준과 같은 상황에 놓여
　　「洪州風謠詩」10章을 지어 바치는데, 임금이 칠월장을 강의하다가 느낌이 일었
　　음을 적고 있다. 따라서 앞으로 이에 대한 면밀한 검토가 있어야 할 것으로
　　생각한다.

보다는 장연 지방을 알려주는 보고서의 성격을 띠고 있다. 장연이 어디에 위치해 있으며, 삼국시대 때부터 조선시대까지 어떤 역사를 거쳐 왔는지를 적고 있을 뿐만 아니라 토질과 토산물, 사람들의 성격, 인구수 등등을 적고 있다. 그러면서 사이사이에 시문의 내용을 이해할 수 있도록 註를 달아 보는 이의 입장을 최대한 고려해 주었다. 이런 이유로 목적성이 뚜렷한 '보여주기 위한 시'라고 한 것이다. 비록 임금의 명에 의하여 『시경』의 전형적인 형식인 4언으로 쓰인 시이기는 하지만, 장편 고체시의 장점을 최대한 살리려고 한 점은 인정해야 할 것이다.

다음은 「菜圃引」이라는 시제를 가진 246구의 장편 중 일부분이다.

(前略)
胥土畵區宇	토지를 살펴 구역을 정하고
整如神禹疆	우임금의 강역처럼 반드시 정돈하라
平畇苗欲齊	밭고랑 골라야 싹이 가지런히 자라고
嫩土根易張	흙이 부드러워야 뿌리 쉽게 펴지리
樊柳戒瞿狂	버들 울타리는 난폭한 동물들을 경계하고
劃溝導舞鸎	구획의 도랑은 춤추는 외발새를 유인하네
見穢鋤梗亂	잡초를 보면 호미자루 요란히 놀리고
驗黃誅蟊蝗	누런 態가 보이거든 해충을 잡아야지
揀葉散精收	잎을 솎아내어 흩어진 정기를 거두고
冢本元氣强	뿌리를 덮어주어 원기를 보강하라
服餌白化紫	거름을 주면 하얀 순이 붉게 변하고
結媾愚爲良	가지를 묶어주면 몹쓸 것도 좋아지네
迭代課殿最	등급에 따라 번갈아 심어주고
排分整紀綱	알맞게 배분하여 기강을 정돈하리
甚密慮撕爭	너무 촘촘하면 서로 다툴까 염려스럽고
太疎悲踽凉	너무 성기면 고독할까 걱정이라
辣甛須異蒔	매운 것과 단 것은 반드시 다르게 심고

強弱毋並秧   강한 것과 약한 것을 나란히 심지 말라
隣居多咻嗔   서로 붙어 있으면 성질이 사나와져
甛柔卒頹痿42)   단 것과 부드러운 것이 결국 야위어간다네
(後略)

　신경준의 나이 28세 때 지은 작품으로 그 서문에 따르면, '친분이 있는
延州子와 만나기로 약속을 하였는데, 연주자가 시일이 오래되어도 오지 않
아 실망하였다. 그런데 그때 마침 어떤 이가 와서 연주자가 채소밭을 가꾸
고 있다고 한 말을 듣고서 장난삼아 짓게 되었다.'43)라고 하였다. 신경준
은 젊어서 한때 화훼와 같은 식물 등에 지대한 관심을 가지고 있을 뿐 아
니라 어느 정도의 식견도 지니고 있었다. 「채포인」을 지은 4년 후에 순창
의 舊齋를 둘러싼 화훼의 특징, 명칭, 前代 선인들의 인식 등을 담은 「淳園
花卉雜說」과 같은 저술을 남긴 것도 이와 같은 배경에서였다. 「채포인」의
내용은 채소에 대한 온갖 박물학적 지식을 담고 있는데, 장편 고체시를 통
해 자신의 채소에 대한 식견을 정리했다고도 할 수 있다.
　위의 인용 부분은 '채소밭 경영을 어떻게 하면 잘 할 수 있을까?'의 내
용으로 되어있다. 먼저 구역을 정하여 정돈하고, 밭고랑을 고르며, 울타리
를 쳐서 동물의 침입을 막을 것을 적었다. 또한 잡초를 보면 호미로 매주
고, 해충을 잡아야 한다는 등등 채소밭을 가꾸기 위해서는 온갖 노력을 쏟
아야 함을 나열하였다. 즉, 시를 통해 체계적인 지식을 설명적으로 전달하
고 있다. 다시 말해서, 시의 형식을 빌린 설명적인 글이라고도 할 수 있다.
이는 '느끼기 위한 시'라고 하기보다는 '보여주기 위한 시'의 성격이 강하
기 때문에 효용론적인 시의 기능을 나타내주고 있다고도 하겠다.
　이상과 같이 신경준은 여러 형태의 고체시를 통해서 내용을 전달하고

---

42) 申景濬, 『旅菴遺稿』卷1 詩, 「菜圃引」
43) 申景濬, 『旅菴遺稿』卷1 詩, 「菜圃引」, 余與延州子雅善 延州子嘗有約同做 久不來
　　悵甚 有人來傳方理菜圃云 戱作此以寄之.

있는데, 상황에 따라서 때로는 운율미를 가미하여 근체시의 정형화된 형식을 벗어나기도 하고, 반대로 정형적인 가운데 정보를 전달해주는 등 실득적인 자세를 보여주었다. 이는 그의 학문적 성격과 맞아떨어지는 것이기도 한데, 일정한 규칙에 얽매이지 않으면서도 나름대로의 영역을 구축했다고 할 수 있다. 이와 관련하여 홍량호는 일찍이 『여암유고』 서문에서 다음과 같은 언급을 하였다.

> 말로 드러내었을 때면 왕왕히 궁색하지 않고 드러냄이 있는 곳에서는 모두 꼭 맞으며, 글을 이룰 때엔 앞사람의 입에서 나온 말을 답습하지 않고, 스스로의 가슴 속에 있는 바를 드러내어 구차히 일정한 규칙에 얽매이지 않고, 탁연히 일가를 이루었으니 진실로 드문 굉재이며, 희세의 通儒라 할 수 있다.[44)

신경준의 학문적 성격 뿐 아니라 학문 외적인 측면까지 여과없이 잘 말해준 내용이라고 할 수 있다. 신경준은 무조건적으로 남을 따르는 태도를 지녔다기보다는 스스로 일가를 이루려는 노력을 아끼지 않았기 때문이다.

또한 당시 시단에서는 일부 문인이 중심이 되어 정형화된 시의 형식적 측면을 비판하는 목소리가 높았는데, 杜機 崔成大도 그 중 한 명이라고 할 수 있다. 특히, 최성대는 민요적 발상에 의해 시를 지은 것으로 알려져 있는데, 이러한 최성대에 대해 신경준은 '다행히 두기 최공의 작품이 홀로 天機를 운용하여 翩然히 멀리까지 거론하여 韻은 편안하며, 용모는 華하고, 감정은 온화한 듯하며, 興趣는 그윽하여 盛唐의 色으로 『시경』의 음을 지은 것이니, 천여 년의 우리나라에 이러한 운치를 얻은 이는 오직 공 한 사람뿐이다.'[45)라고 하여 극찬을 아끼지 않았다. 이는 평소 신경준 자신이

---

44) 申景濬, 『旅菴遺稿』序, 其發之言也 汪汪乎不窮 鑿鑿乎有徵 其形於文也 不襲前人之口 而自出吾肺腑 不拘攣於繩尺 而自中窾會 卓然成一家之言 可謂絶類之宏才 希世之通儒也.

45) 申景濬, 『旅菴遺稿』卷5 跋, 「杜機翁詩集敍」, 幸而杜機崔公作 獨運天機 翩然遠擧 其韻徐 其容華 其情藹如 其趣幽然 以盛唐之色 爲江沱汝漢之音 千載東土 能得此

가지고 있는 시에 대한 생각을 최성대를 통해서 언급했다고 할 수 있다. 최성대는 시에 있어서 법의 불필요성을 주장한 문인 중 한 사람이다. 자신의 생각을 최대한 보여주기 위해서는 법과 같은 형식이 필요하지 않았던 것이다. 신경준이 최성대를 극찬한 부분도 바로 이 때문이었다고 생각한다. 비록 체계적인 이론적 틀을 내세워 고체시를 옹호하지는 않았지만, 고체시의 최대 장점을 활용한 문인에 대해 최대의 찬사를 보냈던 것이다. 이는 결국 시의 '진정성'을 추구하는 가운데 제기된 것으로 시대적인 상황과 맞물려 시의 고답적인 측면이 점차 사라져가고 있음을 보여준다고 하겠다.

5. 맺음말

본 논고는 신경준의 학문적 특성과 고체시의 실상, 그리고 고체시의 성격과 그 의미에 대한 추적을 목적으로 하였다. 신경준은 모두 62제 145수의 시문을 남겼는데, 이러한 편수는 결코 많다고 할 수 없다. 그렇지만 그 편수의 많고 적음을 따지기에 앞서서 신경준 자신이 내용을 전달함에 있어서 거기에 맞는 여러 가지 시적 형식을 수용했다는 점에서 주목하게 되었다.

신경준이 남긴 저술은 거의 모두가 空論에 그치는 학문이 아닌 일상에 도움이 되기를 바라고 쓴 글이었다. 이는 학문을 실용적인 것으로 파악하지 않았다면 불가능한 일로서 바로 實得의 정신과도 상통한다고 결론지었다.

신경준의 시 62제 145수를 고체시와 근체시로 분류하고, 각각을 자수에 따라 좀더 세밀히 나누어 보면, 고체시는 제언과 잡언을 합하여 65수이고, 근체시는 절구와 율시를 합하여 80수로 집계되었다. 또한 고체시의 경우, 제언이 37수이고, 잡언이 28수이며, 근체시는 절구보다는 율시의 수가 더

調者 惟公一人.

많은 것으로 나타났다. 즉, 신경준은 145수 중 65수의 작품을 고체시로 나타낼 정도로 고체시에 대해서 남다른 特長을 보이고 있었다. 즉, 고체시에 傾度되었다고도 할 수 있다. 이는 신경준 자신이 많은 이들이 典範으로 여기는 시 형식을 그대로 따르지 않고 탈피했을 뿐 아니라 나름대로 또 다른 모습을 보여주었다고 생각하였다.

신경준은 이와 같이 다수의 시에서 형식의 전범을 탈피함으로서 결국 실득적 사고를 표출하였다. 즉, 형식에 얽매여 내용이 이루어지는 것이 아니라 내용을 위주로 하면서 거기에 형식이 맞추어져 뒤따라오는 형상을 하고 있기 때문이다. 따라서 설명적이고 서술적인 부분에서는 근체시의 형식을 어느 정도 고수하면서 장편 고체시의 형태를 띠고 있지만, 그렇지 않은 상황에서는 근체시의 기본적인 형식조차도 깨뜨리고 있는 것이다. 이는 바로 眞情性을 추구하고자 하는 의도의 또 다른 모습으로 판단하였다.

제3장

旅菴 申景濬의 詠物詩 연구

1. 머리말

한시의 體格 중 하나인 詠物詩는 자연물을 비롯한 구체적인 사물을 詩化한 것을 이른다. 즉, 자연을 대상으로 한 것이 아닌 자연물을 대상으로 한 것이기에 산수시 및 자연시와는 구별하여 왔다. 이러한 영물시 창작이 가능했던 것은 자연과 늘 가까이할 수밖에 없었던 생활 자세에서 연유하는데, 그 출현의 시초를 대체로 『詩經』에서 찾는다. 주지하다시피 『시경』은 흔한 자연물부터 시작하여 흔하지 않은 자연물까지 시로 읊어 자연물의 寶庫로 알려져 왔다. 이러한 이유로 일찍이 시의 효용성을 강조한 孔子는 『시경』을 읽으면 '鳥獸草木의 이름을 많이 알 수 있다.'[1]라고 하였다. 그 후로 자연물을 대상으로 한 영물시 창작은 끊임없이 이어져 그 수를 헤아리기는 至難하지만, 시인의 미의식과 시대적인 사상 조류, 경향 등과 맞

---

1) 『論語』「陽貨」篇, 多識於鳥獸草木之名.

물려 각기 다른 모습의 시적 형상화가 이루어져 왔다고 할 수 있다.

　본 논고는 18세기 인물인 旅菴 申景濬(1712~1781)의 영물시를 연구 대상으로 삼았다. 신경준은 그동안 시인이기보다는 국토지리학자, 언어학자 등으로 알려져 왔음이 사실이다. 그럴 수밖에 없었던 이유는 신경준에 대한 연구가 지리학과 언어학에서부터 시작되어 그 방면으로 우선 각인될 수밖에 없었고, 더군다나 그가 남긴 시가 전체 62題 145首에 불과하여 양적인 것을 따지다보니 시인으로서 연구 대상에서 제외될 수밖에 없었다. 조선조 문인만 두고 보더라도 무수히 많은 시인들이 있는데, 145수의 시 편수 정도는 과장되게 표현하자면 거의 시 창작에는 관심이 없었다고 해도 과언이 아닐 것이다. 그렇지만 필자가 145수를 자세히 살핀 결과 그 편수와 무관하게 나름대로 의미가 있음을 발견하였다. 먼저 신경준은 많은 작품에서 근체시의 정형화된 형식을 파괴한 대신에 내용 위주의 고체시를 창작하였다. 이러한 고체시는 한, 두 작품이 아닌 수 십수에 이르는데, 때문에 신경준 시의 特長으로 이해하고 그 내용과 의미를 구명하였다.[2] 본 논고의 연구 대상인 영물시도 이러한 고체시의 형식을 빌어 창작된 것이 있어서 서로 맞물린 감이 없지 않다.

　신경준이 영물시를 창작할 수 있었던 것은 기본적으로 자연물에 대한 관심이 있었기에 가능하였다. 그 중에서도 특히, 주변에서 흔히 볼 수 있는 微物에의 관심은 지대하였는데, 그와 관련된 내용을 담고 있는 문장으로는 「蓬塢記」와 「淳園花卉雜說」 등이 있다. 이중 「순원화훼잡설」은 각종 화훼에 대한 내용을 담고 있는데, 그동안 관습적으로 귀하게 여겨져온 것만 한정하여 내용을 엮지는 않았다. 즉, 이로써 신경준이 평소 어떤 자연물에 관심을 가지고 있었는지도 간파할 수 있는 대목이기도 하다. 신경준은 문장 뿐 아니라 자연물을 대상으로 한 시문을 남겼는데, 장편고체시의

---

2) 박명희, 「旅菴 申景濬의 古體詩에 나타난 眞情性」, 『고시가연구』16집, 한국고시가문학회, 2005.

형식을 빌은 「野蟲」과 잡언고체시인 「畵竹屛吟」 8수, 근체시인 「小蟲十章」10수 등이 그것이다. 이를 편수로 따지자면 19수 정도이기에 연구의 대상이 되지 않을 수도 있지만, 이러한 작품을 통해서 18세기 실학자로 명명되는 한 문인이 자연물을 어떻게 시적으로 그렸는지를 보여준다면 나름대로 의미를 찾을 수 있으리라고 본다.

2. 일상적 物의 사실관찰

신경준은 어린 나이 때부터 33세까지 한 곳에 정착을 하지 못하고 周遊하였는데, 그 구체적인 내용은 다음의 그의 글 「南山舊廬記」에서 적고 있다.

> 내 나이 8세 때 기해년(1719)에 서울로 학문의 길에 나섰고, 다음 해인 경자년에 강화도 해중에 들어가니 어버이와 7백여 리나 멀리 떨어지게 되었다. (중략) 계묘년 (1723) 열두 살 때 다시 고향으로 돌아오고, 임자년(1732) 이후 과업을 익히기 위해서 호서지방을 주유하였다. 정사년(1737)에 아버님께서 돌아가시니 어머님을 모시고 경기도 소사로 이사하였으나 이웃집 화재로 집이 소실되었다. 신유년(1741)에 직산에 옮겨 상처하고, 끝누이와 함께 어머님을 봉양하기 위하여 외가로 옮겨 함께 의탁하였으나 외할머니와 외숙 내외분이 모두 돌아가시니 갑자년(1744)에 다시 고향으로 돌아왔다.[3]

신경준은 歸來公 申末舟의 10세손이다. 신말주는 申叔舟의 동생으로 세

---

3) 申景濬, 『旅菴遺稿』卷4,「南山舊廬記」, 始余八歲己亥 北學于洛 庚子 西入于江都海中 離親闈七百餘里 (中略) 癸卯 復于鄕 壬子以後 爲肄業 周流洛下湖西 丁巳先君子棄子孫 奉太夫人 移家于畿甸之素沙野 鄰火燭屋 辛酉 遷于蛇山 哭伉儷 與季妹爲太夫人奉 渭陽家來共宅 外王母叔叔母皆喪逝 甲子 又復于鄕.

조가 단종을 쫓아내고 왕위에 오르자 이를 반대하며 전북 순창으로 내려
왔던 인물이다. 그후 신말주는 公濟와 公涉 두 손자를 두는데, 공제계열은
순창에서 계속 세거하지만, 공섭계열은 서울로 이거하여 살게 되었다. 신
경준은 공제계열로서 순창에서 태어났지만, 공섭계열의 도움을 받아 서울
로 공부하러 갔을 것으로 추정된다.4) 서울로 공부하러 간 때가 신경준의
나이 8세였다. 그리고 다시 1년 후에 강화도를 가게 되는데, 남겨진 글이
거의 없어서 그 곳에 가게 된 이유를 명확히 알 수는 없지만, 신경준의 나
이가 9세로 그리 많은 나이가 아니므로 뚜렷한 목적없이 육지와 떨어진
섬에 갔을 것으로 보이지는 않는다. 뿐만 아니라 당시 강화도는 우리나라
양명학의 본거지로 관련된 학자들이 다수 常住하고 있었던 사정을 감안해
볼 때 신경준이 한편으로 陽明學을 수학하지 않았을까? 하는 생각을 해 본
다. 기록에 의하면, 3년 정도 강화도에 머물렀던 것으로 나타나는데, 어린
나이이기는 하지만, 주변적 상황에 무관하게 생활하지 않았을 것으로 보인
다. 12세 때에 다시 고향으로 돌아온 신경준은 21세까지 고향에 머무르게
되지만, 9년 후에 또다시 과거 공부를 위하여 호서지방을 주유한다. 그리
고 또한 26세 때에는 부친의 사망으로 경기도 소사로 移居하게 되며, 30세
때는 직산으로 주거지를 다시 옮기어 생활하게 되는데, 한 곳에 정착하지
못하고 이리저리 주유했던 사정을 보면 살림이 그리 넉넉하지 못했음을
알 수 있다. 살림이 어려웠음은 외가에 의지해 산 것만 보더라도 추정할
수 있는데, 그것마저도 여의치 않자 33세 때에 다시 고향으로 돌아왔음을
위 글은 적고 있다. 21세 때부터 33세까지 12년의 세월동안 주유 생활을
하였던 신경준인지라 心身이 안정되지 못했을 것임은 자명하다. 또한 오랜
만에 돌아온 고향이지만, 10년 넘게 타향 생활을 하다보니 남과 쉽게 친해
질 수도 없었을 것이다. 따라서 관심 대상은 자연히 사람이 아닌 다른 무

---

4) 신경준의 가계에 대해서는 고동환, 「여암 신경준의 학문과 사상」, 『지방사와
   지방문화』6권2호, 역사문화학회, 2003, 181~182쪽 참조.

엇이었을 것인데, 다음은 이와 관련된 내용을 담고 있다.

> 순창군 남쪽 3리에 산이 있으니 산마루에 귀래정의 옛터가 있고, 귀래정의 남쪽 언덕
> 끝은 그윽하고 기이하여 사랑할 만하니 『여지승람』에 실어져 있다. 귀래 선생은 곧
> 나의 10대 조상이시다. 10대 이래로 서울에서 지낼 때가 많았더니 조부 진사공이 늙
> 으막에 이곳에서 지내며 정자를 동쪽 언덕의 꼭대기에 지어 정자 아래에 연못을 파고
> 연못 가운데에 세 섬을 설치하였다. 또 뭇 돌의 기이한 것들을 모아서 천연의 부족함
> 을 보완하니 상하좌우에 꽃과 풀이 푸르게 우거져 벌리어 나니 『이아』와 『초경』·『수
> 서』에서 칭하지 아니한 것도 많이 있게 되었다. 갑자년에 내가 경기도로부터 돌아와
> 물을 보고 옛을 느끼니 슬픈 마음이 그치질 않았다. 또 평상시에 휘파람을 부르며 웃
> 고 노래를 불러 그윽한 생각과 한가로운 흥을 눈에 붙이어 마음속에서 펴서 때로는
> 붓을 집고서 써 우선은 꽃을 먼저 말하였으나 꽃 또한 10분의 1만 이르렀을 뿐이다.[5]

귀래정은 신말주가 순창으로 내려와 지은 정자로 순창 南山臺에 위치해
있다. '귀래'라는 말의 어원은 중국 晉나라 陶淵明의 「歸去來辭」에서 유래
하였는데, 신말주가 도연명처럼 모든 관직을 버리고 자연에 은거해 살겠노
라는 의지를 보여준 이름이라고 할 수 있다. 「귀래정기」를 쓴 徐居正은 귀
래정의 위치에 대해 적기를 '일찍이 듣기로 순창 남쪽에 울퉁불퉁 아름다
운 산이 있으니 그 형세가 대단히 奇偉하여 꿈틀거리고 휘돌아 가는 모양
이 용이 뛰어오르는 것 같고 호랑이가 웅크리고 앉은 것 같기도 하며, 어
찌 보면 구부린 것 같고, 또는 일어난 것 같은데, 조금 내려와 동쪽에 봉우
리가 뭉쳐 이루어졌다. 그 봉우리 끝 평평한 땅에 3,4 기둥을 세워 정자를

---

5) 申景濬, 『旅菴遺稿』卷10, 「淳園花卉雜說」, 淳昌郡南三里有山 山之巓 有歸來亭
   舊址 亭南巖崖幽奇可玩 輿地勝覽載焉 歸來先生 卽我十世祖也 十世以來 居京時
   多 大父進士公 晩居于此 作亭于東巖之巓 亭下穿池 池中設三島 又集衆石之詭異
   者 以補天造之不足 上下左右 花卉葱蒨而羅生 爾雅草經樹書之所不稱者多有之
   歲甲子 余自畿夏焉 覽物感舊 愴懷無已 且居常嘯笑歌詠 幽思閒興之寓於目而發
   於中者 時拈筆以書 姑先花焉 而花亦十之一云爾.

지었다.'6)라고 하였다. 서거정이 말한 이 내용은 신경준의 위글 서두를 구체화시킨 것으로 초기 귀래정에 대한 정확한 정보를 제공해 주고 있다.

그런데, 귀래정 외에 또 다른 정자를 신경준의 조부가 지었던 것으로 나타난다. 조부가 만든 정자에는 연못도 있고, 연못 가운데에 세 섬을 설치했는가 하면, 제법 주변의 조경을 생각하여 자연에 부족한 것이 있으면 인공적으로 그 부족함을 메꾸었다고 위 글은 기록하였다. 뿐만 아니라 자연에 인공을 가미하여 주변 경관을 잘 가꾸다보니 푸른 숲이 우거져 유명한 화훼 책에도 없는 꽃과 풀들이 많이 있게 되었다고도 하였다. 33세에 여러 지역을 주유하다가 고향에 다시 와 조부가 지은 정자를 접한 신경준은 萬感이 교차했을 것이다. 이러한 자신의 심정을 글의 마지막에서 적었는데, 그러한 마음을 달래기 위하여 휘파람도 불고, 때로는 노래를 불렀다고 하였다. 그리고 또한 가끔씩은 정자 주변에 난 꽃에 대한 것을 말하였다고 언급하였다. 하지만, 전체 꽃 중의 10분의 1만 말했을 뿐이라고 하여 아쉬움을 보여주고 있다. 이렇게 하여 나온 글이 「순원화훼잡설」이다.

「순원화훼잡설」은 蓮, 蘭蕙, 木茄, 楑櫨, 菊, 梅, 桃, 禦霜, 躑躅, 楸, 芍藥, 櫻桃, 牧丹, 風牧丹, 槿, 眠來, 百合, 石榴, 葵, 映山紅, 玉簪, 衝天, 枳, 錦庭, 常山, 冬栢, 紫薇, 四季, 忘憂, 合歡, 菖蒲, 山茱萸, 無名, 竹 등등의 화훼에 대한 내용을 담은 글이다. 이러한 화훼들 중에는 그동안 사대부적 의식에서는 관심 밖에 있었던 것도 다수 있다. 그러나 신경준이 볼 때는 모두 같은 식물일 뿐이지 어느 것은 귀하기 때문에 드러내야 하고, 어느 것은 천하기 때문에 감추어야 한다는 의식이 없었다고 보아야 한다. 이러한 의식이 常存해 있었음은 다음의 글을 통해서도 자연스럽게 알 수 있다.

> 땅에서는 난초와 국화가 홀로 날 수가 없고, 쑥·콩과 함께 난다. 비와 이슬은 반드시 난초와 국화만을 적시지 않고 쑥과 콩을 함께 적신다. 오로지 아울러 자라지 않을 뿐

---

6) 徐居正, 『四佳集』卷2, 記 「歸來亭記」, 嘗聞淳之南 有山磅礴扶輿 勢甚奇偉 蜿蜒低回 若龍躍 若虎蹲 若屈若起 若下爲東峰 峰之頭 地甚坦夷 構亭三四楹.

아니라 난초와 국화는 작고, 쑥과 콩이 많은 것은 마치 사람에게서 현명한 자가 적고,
우매한 이가 많으며, 귀한 사람은 적고 천한 사람이 많은 것과 같으니 어찌 우매하고
천하다고 하여 아울러 버리겠는가.[7]

땅에는 난초도 있고, 국화도 있으며, 심지어 쑥과 콩 등도 있다라고 하
였으며, 비와 이슬은 이들에게 공평하게 내릴 뿐이지 어느 것을 구분짓지
않음도 말하였다. 그리고 이러한 식물의 세계를 인간에 비유하면서 인간들
중에는 우매하고 천한 사람이 현명하고 귀한 사람보다도 수적으로 더 많
은데, 그렇다고 하여 버릴 수 있겠느냐고 반문하였다. 이렇듯이 신경준은
식물을 대함에 귀천을 따지지 않았다. 식물을 대함에 있어서 신경준에게
중요한 것은 그 식물에 대한 정확한 정보를 알아내는 일이었다. 따라서
각종 식물에 대한 내용을 정리하면서 많은 有·無名의 서적을 들어 인용하
고 있는데, 정확한 정보를 전달하기 위한 하나의 방편이라고 생각할 수도
있다.

또한 식물에 대한 정보를 적어내는 또 다른 방법으로 실질적인 관찰을
시도하기도 한다. 다음은 난초인지 혜초인지 구분이 모호한 한 식물을 두
고서 면밀한 관찰 후에 난초도 아니고 혜초도 아니다라는 결론을 내린 내
용을 담은 글이다.

나의 집 남쪽 정원에 풀이 있어서 보는 사람이 혹 이르기를 "난초이다"라고 하기도
하고, 혹은 "혜초이다."라고도 하였다. 잎은 난초와 비슷하나 자주색 점이 없고, 꽃과
줄기는 혜초와 비슷하나 열매가 푸르렀다. 겨울과 봄에 잎이 푸르면서 무성하고, 여름
에는 잎이 시들면서도 줄기가 빼어났다. 가을에는 줄기 위에 꽃이 피고, 가을과 겨울
의 교체기에는 줄기는 시들고 잎은 나고 향기는 더욱 맑고 담박하니 대개 난초와 혜

---

7) 申景濬, 『旅菴遺稿』卷4, 「蓬塢記」, 地不得獨生蘭菊 而蓬藿並生焉 雨露不必獨霑
蘭菊 而蓬藿同霑焉 不惟並生 而蘭菊小蓬藿多 如人之賢者小而愚者多 貴者小而
賤者多也 豈可以愚賤而並棄之乎.

초의 무리인 듯 하나 진짜 난초와 혜초는 아니다. 슬프다! 지금 비록 난초와 혜초가
있으나 그것을 아는 자가 장차 누구이겠는가? 그것을 알고도 또 사랑할 수 있는 자가
또 장차 누구이겠는가?8)

위 글의 내용을 살펴보면, 한 식물이 난초인지 혜초인지 구분이 모호하
여 사계절을 관찰한 것으로 나타나는데, 결국 마지막으로 내린 결론은 난
초도 아니고 혜초도 아니다라고 하였다. 이는 신경준의 식물에 대한 집요
함을 보여준 것이기도 하지만, 더 확대하자면 사물을 보고서 의문이 생기
면 반드시 그 의문을 풀고야마는 명확성을 드러낸 것이기도 하다. 남들이
외형적인 모습만 보고서 난초와 혜초를 구분할 때에 비록 시간은 걸리더
라도 오랜 관찰을 한 연후에야 나름대로 결론을 내리는 모습은 실질을 중
시하는 신경준만의 독특한 자세로 볼 수 있다. 결국 사람들이 난초인지 혜
초인지를 구분하지 못하는 것은 면밀한 관찰을 하지 않았기 때문이라고
하며 마지막 부분에서 개탄해하고 있다.

신경준은 이처럼 대개의 사람들이 물을 볼 때에 현상적인 모습만 보고
서 판단함을 비판하고 있는데, 다음의 글 내용도 같은 맥락에서 읽을 수
있다.

대개 그림이란 실제와 서로 비슷해야 한다. 사람이 풀 한 포기, 꽃 한 송이, 새 한 마
리, 벌레 한 마리의 그림을 보고 감상하여 아끼기가 매우 깊으면, 혹 천금을 주고 바
꾸어 상자 속에 간직하여 대대로 전하는 보배로 삼는다. 그러나 진짜 풀 한 포기, 꽃
한 송이, 새 한 마리, 벌레 한 마리를 보고는 그렇게 귀하게 여기지 않고 보더라도
또한 눈여겨 관찰하지 않는다.9)

---

8) 申景濬, 『旅菴遺稿』卷10, 「淳園花卉雜說」蘭蕙, 余家南庭有草 見者或曰蘭也 或
   曰蕙也 葉似蘭而無紫點 花與莖似蕙而實靑 冬春葉靑而茂 夏葉枯而莖秀 秋莖上
   花發 秋冬之交 莖萎而葉生 香甚淸淡 盖蘭蕙之族 而非眞蘭蕙也 嗟乎 今雖有蘭與
   蕙 而知之者將誰也 知之且不能 愛之者又將誰也耶.
9) 申景濬, 『旅菴遺稿』卷1, 「畵竹屛吟」, 夫畵者 與眞相似而已 人見一草一卉一禽一

사람들이 어떤 사물의 실체를 보고서 그린 그림은 좋아하면서 실체를 보고서는 그리 귀하게 여기지 않을 뿐 아니라 눈여겨 관찰하지도 않는 모습을 은연 중에 비판하고 있다. 풀 한 포기, 꽃 한 송이, 새 한 마리, 벌레 한 마리 등등은 일상의 삶에서 흔히 접할 수 있는 것들로 신경준은 비록 하찮은 것으로 분류된 것일지라도 그냥 지나치지 말 것을 강조했다고도 할 수 있다.

이처럼 물에 대한 관찰을 강조한 신경준은 「순원화훼잡설」의 여러 곳에서 식물을 실질적으로 관찰하여 그 내용을 나름대로 적었는데, 그 몇몇을 나열하면 다음과 같다.

① 명로의 꽃과 열매는 모과나무와 혹사한 종류이나 열매는 약간 작고 붉은 점이 있다. 꼭지 사이에 거듭된 꼭지가 없이 우유와 같이 부드러운 것은 삶아서 먹을 수가 있고, 가래와 기침을 끊어 힘을 변화시킬 수 있으며, 상자에 넣어 벌레를 물리칠 수가 있다.10)

② 철쭉꽃은 담홍색으로 일찍 핀 것을 산철쭉이라고 이른다. 속칭 두견화라고 하는데, 꽃이 필 때 두견이 처음 올 때이기 때문이다. 심홍색 꽃으로 자주색 점이 있으면서 늦게 피는 것을 양철쭉이라고 이르는데, 양이 잘못 먹고 죽기 때문이다. 꽃의 여덟 잎이 서로 겹쳐 늘어진 버들이 없는 것을 팔첩철쭉이라고 하는데, 철쭉꽃의 아름다운 것이다.11)

③ 풍모란은 덩굴이 뻗으며 자라는 것이다. 꽃 모양은 뿔로 만든 아름다운 피리와 같

蟲之畵者 玩愛最深 或易之以千金 藏之以巾與笥 以爲傳世寶焉 及遇一草一卉一禽一蟲之眞者 則不甚奇貴之 見而亦未嘗寓目焉.

10) 申景濬, 『旅菴遺稿』卷10,「淳園花卉雜說」楔櫨, 楔櫨花與實 酷類木瓜 而實差小 有赤點 蒂間無重蒂如乳者 可以供蒸嘗 可以已痰咳轉筋 置箱笥 可以辟蟲魚.

11) 申景濬, 『旅菴遺稿』卷10,「淳園花卉雜說」躑躅, 躑躅之花 淡紅而早發者 謂之山躑躅 俗號杜鵑 以花之發 在杜鵑初來時也 花深紅有紫點而晚發者 謂之羊躑躅 以羊之誤食而死也 花之八葉相重而無垂絲者 謂之八疊躑躅 躑躅之佳者也.

고, 색은 주황으로 그 덩굴은 큰 소나무로 뻗어 돌고 돌아 얽히어 그 묶임이 매우 단단하다. 소나무도 풀어 벗어날 수가 없으며, 옹종과 오목한 곳으로 그 덩굴이 들어가기에 이른다.12)

④ 충천은 그 줄기와 잎이 야당과 같고, 그 꽃 홍백은 서로 물음으로서 핀다. 혹은 홑잎이기도 하고, 혹은 여러 옆이기도 한다. 그 가지는 간들간들하면서 자라나 나무에 의지하여 위로 올라간다. 나무가 다 하여도 그 올라감이 그치지 아니하니 하늘에 뿌리를 두고 위 사람과 친한 것이 아니겠는가. 아! 또한 기이하도다.13)

①은 명로, ②는 철쭉꽃, ③은 풍모란, ④는 충천이라는 식물을 두고서 평소 관찰한 내용을 적은 것이다. 이를 읽어보면, 식물을 실질적으로 관찰한 후에 나온 글이기 때문에 어느 정도의 寫實性이 내포되어 있다.

이와 같이 일상적인 물이지만 관찰을 중시한 신경준의 태도는 그의 학문하는 자세와 연관성이 깊다. 일찍이 耳溪 洪良浩는 신경준에 대하여 '九流二敎의 학설에 정통하고, 天官·職方·聲律·醫卜의 학문과 역대의 헌장, 해외의 기벽한 글도 깊고 요긴한 점을 이끌어 내지 않은 것이 없고, 나라의 산천과 도리에는 더욱 밝아 눈 가운데 있는 것처럼 해박하였다.'14)라고 말하였다. 또한 江華學을 이어받은 것으로 알려진 위당 정인보도 '깊은 이치에서부터 미미한 것에 이르기까지 모두 통달하였다.'15)라고 하여 짧은 문장이지만, 홍량호와 비슷하게 신경준을 평하였다. 즉, 신경준은 공리공론에 그치고 마는 성리학이 실생활에 별로 도움이 되지 않음을 알고 있었기

---

12) 申景濬, 『旅菴遺稿』卷10, 「淳園花卉雜說」風牧丹, 風牧丹蔓生者也 花形如畵角而色朱黃 其蔓施于巨松 回轉紆繚 束之甚固 松不能解脫 而癰腫凹陷 至沒其蔓焉.

13) 申景濬, 『旅菴遺稿』卷10, 「淳園花卉雜說」衝天, 衝天其枝葉類野棠 其花紅白相問以開 或單葉或千葉 其幹裊裊然長 依於樹以上 樹不盡則其上也無止 本乎天而親上者非耶 噫亦異哉.

14) 申景濬, 『旅菴遺稿』卷13, 墓碣銘, 汎濫乎九流二敎 以至天官職方聲律醫卜之學 歷代憲章海外奇僻之書 靡不鉤其奧而絜其要 於本國山川道里 尤瞭然如在目中.

15) 정인보, 「旅菴全書總敍」, 『旅菴全書』, 先生之才 達賾通微 深窮天人.

때문에 당시로서는 천하게 여길 수도 있는 학문에까지 눈을 돌렸던 것이다. 따라서 홍량호와 정인보는 이러한 신경준의 학문적 태도를 살핀 후에 위의 내용을 언급했던 것이다. 이는 신경준 자신이 평소에 '대장부가 이 세상에 태어나 천하의 일이 모두 나의 직분이니 한 가지 사물도 궁구하지 못하면 부끄러운 일이요, 한 가지 재주도 능히 익히지 못하면 병이다.'[16] 라는 말을 했다고 하는데, 이러한 내용을 몸소 실천해 옮겼다라고도 할 수 있다. 그리고 詞章에만 힘을 쏟고 名物度數는 末務로 삼는 많은 사람들의 행태를 꼬집어 비판하기도 했는데,[17] 명물도수에 대한 중시는 세상의 모든 것은 학문의 대상이 될 수 있다는 자세의 또 다른 표현이라고도 하겠다. 결국 신경준이 많은 이들의 관심 밖에 있던 식물에게조차 관심을 가질 수 있었던 것도 이상과 같은 학문하는 자세와 밀접히 관련된다고 생각한다.

3. 영물시, 사실관찰의 시적 轉移

梅·蘭·菊·竹 등 四君子는 많은 사람들이 선택하여 시문과 그림 등 예술 작품을 창작하는 제재로 사용하였다. 이들에게는 보편적으로 인식되는 고정된 이미지 틀이 있는데, 매화는 고고한 자태를 지닌 채 속된 時流와 압력에도 굴하지 않는 지조와 절개가 있으며, 난은 굳은 기상과 절개가 있다는 것이다. 또한 국화는 늦은 서리에도 홀로 傲霜孤節하는 이미지를 가지고 있다고 하며, 대나무는 사계절 동안 변치 않아 烈士·烈女의 절개가 있

---

16) 申景濬,『旅菴遺稿』卷13, 墓碣銘, 嘗曰 大丈夫生斯世 天下事皆吾職 一物未格恥也 一藝不能病也.

17) 申景濬,『旅菴遺稿』卷8 雜著二「車制策」, 我東之爲士者 以詞章之功 爲決科之計者 枉費心力 壞了一生 其於明庶物通衆藝之道 固無足事 而山林之隱居修業者 往往高其志大其言 以名物度數爲末務 不肯致意 是其志與言 非不知其本 而本末俱擧 德藝皆進 則其美尤如何哉.

다고 하는 생각을 은연중 지니게 되었다. 따라서 예술 작품을 창작할 때도 이러한 이미지에서 크게 벗어나지 못한 채 고정된 틀에 갇히고 마는 모습을 어렵지 않게 볼 수 있었다.

신경준도 사군자에 대해 관심을 가지고 있었다. 그렇지만, 사군자라고 하여 다른 초목과 별개로 생각한 것이 아니라 많은 초목 중의 몇 가지로 인식했음을 알 수 있다. 그것은 「순원화훼잡설」에서 사군자를 언급할 때 특별한 의식을 보이지 않고, 여타 다른 화훼와 동등한 입장에서 내용을 서술해가고 있기 때문이다. 심지어 많은 사람들이 국화가 오상고절하기 때문에 거만하다라고 하는 데에 대하여 자신은 많은 꽃들이 지고 난 후에 꽃을 피우기 때문에 겸손에 가깝다라고 하며,[18] 고정된 이미지 틀에서 벗어나고자 하는 노력도 기울인다. 한편, 이들 사군자 중에서 대나무에 대한 사랑은 남달랐던 것으로 나타나는데, 다음은 이에 대한 기록이다.

근죽을 우리나라 방언으로는 왕죽이라고 하고, 감죽을 방언으로는 신죽이라고 한다. 고죽은 검은 줄기가 있는 것이다. 분죽은 마디에 흰 가루가 있다. 불죽은 <사리가>의 '암전시방춘'이라고 한 것이니 모두 내 정원에 있다. 옛날에 왕자유는 대를 불러 '군'이라고 하였으니 (중략) 대나무를 사랑했다고 이를 만하다. 그러나 기르는 방법은 말하지 않았으니 이 사랑하고도 기를 줄을 알지 못하였으니 진실로 나의 사랑한 것과는 같지 않다. (중략) 내가 바야흐로 꽃을 기록했는데, 대나무는 꽃이 아니다. 그러나 내가 대나무를 사랑함은 꽃에 비할 수 있는 것이 아니다. 그러므로 이를 기록하였다.[19]

---

18) 申景濬, 『旅菴遺稿』卷10, 「淳園花卉雜說」菊, 古人云 菊介烈高潔 不與百卉同其盛衰 此以菊爲傲 而以余觀之 菊近於讓也 當春夏之時 百花奮英 紅紫相競 故春風謂之花妬者是也 菊舍嘿退殿 獨發於群芳盡意之後 不以風霜摧剝爲苦 其不幾於讓歟 武陵白雉山有木 以象木敷榮 乃方萌芽 故名之以交讓.

19) 申景濬, 『旅菴遺稿』卷10, 「淳園花卉雜說」竹, 筆竹東人方言王竹也 甘竹方言臣竹也 苦竹黑幹者也 粉竹節有白粉者也 佛竹闍梨之歌 岩前十方春者也 皆余園之有也 昔王子猷呼竹爲君 (中略) 可謂愛矣 然不言培植之道 是愛而不知養之者也 固不如余之所以愛矣 (中略) 余方記花而竹非花也 然而余之愛竹 非花可比 故記之此.

먼저 대나무의 종류로 근죽, 감죽, 고죽, 분죽, 불죽 등을 나열하고 나서 이들은 모두 자신의 정원에 있는 것들이라고 하였다. 또한 王子猷가 감히 대나무를 사랑한 줄은 알고 있지만, 자신처럼 직접 기르지는 않았기 때문에 자기만큼 사랑했다고는 할 수 없다라고도 하였다. 왕자유는 중국 東晉의 서예가인 王羲之의 다섯째 아들로 대나무를 너무도 사랑하여 "어찌 선비가 하루인들 대나무와 함께 하지 않을 수 있겠는가."라는 말과 함께 대나무를 의인화하여 '此君'이라는 호칭을 붙여 주었던 사람으로 알려져 있다. 신경준은 이렇듯 대나무를 사랑한 사람으로 널리 알려진 왕자유를 예로 들면서 결국 왕자유도 실질적으로는 자신만큼 대나무를 사랑하지는 않았을 것임을 말하고 있다. 그리고 마지막으로 「순원화훼잡설」이 거의 모두 화훼에 대한 내용을 담고 있지만, 대나무에 대한 사랑이 꽃보다도 오히려 지극하여 대나무에 대한 소견을 적을 수밖에 없었다라는 말과 함께 글을 끝맺고 있다.

이와 같이 신경준의 대나무에 대한 애정은 특별하였는데, 글에서 대나무에 대한 고정적인 이미지를 도출해내기보다는 여러 문헌에 나온 정보와 실질적인 경험을 들어가며 어떻게 하면 좋은 나무로 기를 수 있을 것인가? 하는 면에 초점을 맞추고 있는 점이 특이하다. 즉, 앞에서 이미 보았던 것처럼 대나무의 생태 과정을 직접 살펴 사실적인 관찰을 한 후에 나름대로 정리의 과정을 거쳤다고 할 수도 있다.

신경준은 대나무에 대한 사랑을 여기서 멈추지 않고 시문으로도 형상화하는데, 비록 그림 속 대나무를 보고서 읊은 것이지만, 대나무라는 물 자체를 대상으로 하였기 때문에 영물시로 포함하였다. 시제는 「화죽병음」으로 모두 8수로 구성되어 있는데, 각 편마다 독립적인 작품으로 인정하여 '筍竹', '雨竹', '叢竹', '風竹', '疎竹', '烟竹', '老竹', '雪竹' 등의 제목을 붙였다. 그리고 신경준 자신도 다른 작품과 달리 「화죽병음」에 대한 설명이 필요하리라고 생각했던지 서문을 남겼는데, 어떤 과정을 거쳐 시문을 짓게 되었는지를 말하고 있다.

> 내 성격은 대나무를 사랑하여 거처에서 항상 읊조리고, 졸고, 취하며, 바둑을 두며, 거
> 문고를 퉁길 때마다 대나무와 함께 하지 않은 적이 없었다. 몇 년 전에는 북쪽 경기도
> 에 머물렀었다. 경기도에는 대나무가 없어서 비록 대나무를 보려고 해도 볼 수가 없었
> 다. 우연히 어떤 친구 집에 보관하고 있는 그림을 보게 되었는데, 岫雲이 그린 대나무
> 팔 폭 그림이 매우 좋았다. 진짜 대나무와 조금도 차이가 없는 것이 은근히 내 몸이
> 깊숙한 언덕 대숲에 있는 듯하여 마치 근엄한 바람을 마주 쐬는 듯하였다. 드디어 기
> 뻐하며 큰 잔에 술 석 잔을 마시고 붓을 잡고 읊었다.[20]

「순원화훼잡설」의 글 내용처럼 신경준 자신이 어느 정도 대나무를 사랑
하고 있는지를 처음에 언급하였는데, 무슨 일을 하든지 항상 곁에는 대나
무가 있었다라고 하였다. 그리고 몇 년 전에 경기도에서 겪었던 일을 들기
를 평소 좋아하는 대나무를 보려고 해도 그렇게 할 수 없었는데, 그나마
친구 집에 보관되어 있던 대나무 병풍 그림을 보고 기쁨을 감추지 못했다
라고 한다. 그 병풍 그림은 岫雲 柳德章(1694~1774)이 그린 것으로 진짜
대나무와 조금의 차이도 나지 않아 마치 자신이 대숲에 들어가 바람을 쐬
는 듯한 기분을 맛보았음도 덧붙인다. 그리고 그러한 기분을 만끽한 것이
기뻐서 8수의 시를 읊게 되었다라고 하며, 시문을 짓게 된 경위를 말하였
다. 위의 언급대로라면 유덕장의 대나무 그림은 寫實性이 뛰어났을 것으로
추측되는데, 현실에 바탕을 둔 그림이기에 보는 이로 하여금 사실감을 느
낄 수 있게 했을 것이기 때문이다.

이렇게 하여 짓게 된 「화죽병음」8수는 모두 雜言古體詩의 형태를 띠고
있는데, 그중 첫 번째와 두 번째에 해당하는 '순죽'과 '우죽'을 시제로 한

---

20) 申景濬, 『旅菴遺稿』卷1 詩, 「畫竹屛吟」, 余性愛竹 居常吟哦睡醉 圍碁鳴琴 未嘗
不與竹謀也 數歲前 北宅于畿 畿無竹 雖欲見竹 未可得焉 偶閱友人某家藏 見岫雲
所寫竹八帖畫甚善 與眞無小殊 隱然身在幽塢上 如對穆如之風也 遂喜而引三大盃
把筆以吟

작품을 들어보면 다음과 같다.

　① 淸直傳庭訓　　　맑고 곧음은 집안의 가르침을 이은 것
　　斑衣兩孫兒　　　두 손자에게 얼룩진 옷 입혔네
　　莫以小少看　　　작다고 깔보지 마오
　　上拂雲穹也不遲21)　구름 낀 하늘 위로 솟을 날 멀지 않다네

　② 娟葉頹逾淨　　　고운 잎 씻기니 더욱 깨끗하고
　　香苞嫩漸絳　　　향기로운 고운 싹은 점점 짙어지네
　　寧計澤多小　　　은택이 많고 적음을 어찌 따지랴
　　穆穆垂頭聽天降22)　공손히 머리 숙여 하늘 말씀 들으리라

먼저 ①은 대나무의 어린 싹인 죽순을 읊은 작품이다. 죽순은 대나무의
땅 속 줄기에서 돋아나는 어린 싹을 이르는데, 4구 중에서 1·2구는 주로
죽순을 사실적으로 관찰한 모습을 시적으로 그리려고 노력하였고, 3·4구
는 죽순이 시적 화자가 되어 자신의 所懷를 말하듯 한 모습을 보여주었다.
서술문이 아닌 시적으로 형상화해야 하는 상황인지라 대나무를 묘사함에
있어서 의인화의 수법을 사용하였다. 다시 말해, 대나무의 외형인 '淸直'이
마치 집안의 가르침에서 온 것처럼 그리고 있을 뿐 아니라, 죽순에 난 얼
룩진 무늬를 보고서는 옷을 입었다라고 하여 죽순을 사실적으로 보여주려
고 하였다. 그리고 3구와 4구에서는 죽순 스스로를 화자로 만들어 작자의
목소리를 최대한 줄이려고 하였다. 즉, 작자의 목소리는 1·2구에서만 날
뿐 3·4구에서는 죽순이 주체가 되어 있다라고 할 수 있다.
　작품 ②는 비 맞은 대나무를 작품으로 형상화한 것이다. ①과 마찬가지
로 1·2구와 3·4구의 화자가 각각 다른데, 1·2구는 작자가 비 맞은 대나무

---

21) 申景濬, 『旅菴遺稿』卷1 詩, 「畵竹屛吟」 筍竹.
22) 申景濬, 『旅菴遺稿』卷1 詩, 「畵竹屛吟」 雨竹.

의 모습을 그린 것이라면, 3·4구는 비 맞은 대나무가 직접 목소리를 내고 있기 때문이다. 비 맞은 뒤끝인지라 고운 잎사귀는 더욱더 깨끗하게 될 것이고, 이제 막 돋아난 싹은 우후죽순의 말처럼 될 것임을 화자는 말하였다. 한편, 대나무 스스로는 하늘의 일이기에 은택의 多寡를 따질 수 없다라고 하며 다소 체념적인 모습을 비추기도 한다.

이와 같이 대나무의 두 가지 모습을 사실적으로 관찰한 후에 보여주려고 하였지만, 그림이라는 한계 때문에 구체화시키지 못한 점이 엿보인다.

그러나 다음 두 작품은 앞 작품들과는 달리 대나무가 처한 현실 상태를 보여주려고 하였는데, ①은 엉성한 대나무를, 그리고 ②는 안개 낀 대나무의 모습을 각각 묘사하였다.

① 榮悴渾似夢　　　무성타가 시드는 것이 온통 꿈만 같건만
　　癯瘦獨彌堅　　　여위고 수척할수록 홀로 더욱 굳세네
　　老龍潛在下　　　늙은 용 한 마리 땅 밑에 틀어 있다가
　　蜿蜒時自露在田23)　길게 뻗어 때가 되면 밭 가운데 드러나네

② 無心烟淡泊　　　무심한 안개는 희뿌옇고
　　無心竹參差　　　무심한 대나무는 들쑥날쑥 하여라
　　偶然相逢交　　　우연히 서로 만나 사귀게 되어
　　繞枝媛娟未肯離24)　가지에 서린 고운 자태 떠날 수 없어라

①은 잎사귀가 모두 져서 엉성해진 대나무를 사실적으로 그렸다. 엉성한 대나무도 언젠가는 무성했던 때가 있었다. 그러나 시간이 꿈처럼 흐르면서 그 모습은 간 데 없고, 여위고 수척한 모습만 남게 되었으나 뿌리는 더욱 굳어 마치 용이 땅 밑에 틀어있는 듯하다라고 하며, 대나무의 질긴

---

23) 申景濬, 『旅菴遺稿』卷1 詩, 「畵竹屛吟」, 疎竹.
24) 申景濬, 『旅菴遺稿』卷1 詩, 「畵竹屛吟」, 烟竹.

생명력을 은연중에 보여주려고 하였다.

②는 안개가 자욱한 가운데 대나무가 들쑥날쑥하게 난 모습을 그렸는
데, 안개와 대나무가 만나 엉켜있는 모습을 둘이 우연히 만나 사귀고 있다
라고 하여 그 형상을 의인화하였다.

이처럼 이 두 작품은 앞의 '순죽'과 '우죽'과는 달리 사실적인 모습을
나타내 보여주려고 하였는데, 사물에 대한 세세한 관찰력이 없었다면 불가
능한 일이라고 생각한다. 또한 이는 사물의 모든 상황을 낱낱이 살핀 결과
이며, 평소 신경준 자신이 대나무를 가까이하며 그 생태를 여러 방면에서
관찰했기에 가능했다고 할 수 있다.

이러한 물에 대한 사실관찰의 시적 轉移는 대나무를 제재로 한 것에서
그치지 않고, 벌레를 시로 읊은 작품에서도 엿보인다.

有蟲狀貌異	모양이 특이한 벌레가 있어
黎色細腰胖	검은 색에 가는 허리라
黨族於蟻近	종족은 개미에 가까우나
末宜同譜牒	족보가 같지는 않다네
爾雅不之記	『이아』에도 기록이 없으니
古聖識末及	옛 성인들도 몰랐던 것이라
大地亦云寬	대지는 또한 넓다고 이르면서
奚貪郊墟濕	어찌하여 들판 습지를 탐내는지
鑿地爲家舍	땅을 파서 집을 짓고
向天開戶牖	하늘 향해 창을 내네
逢雨尾以窒	비가 오면 꼬리로 습기를 막고
値晴嘴以押	갠 날을 만나면 주둥이로 다진다네
有時虫蠅過	벌레나 파리 지나갈 때면
吞捕如電輒	번개처럼 날렵하게 물어 잡아
携將入穴去	잡아서 구멍 안으로 끌고 들어가
賀作卯酉餚	아침저녁 식사로 즐겨 먹네

蟲蠅卒見困	벌레와 파리들 끝내 곤란 당하여
愴慌良可悒	졸지간에 당하니 참으로 가엽도다
小蟲力固微	작은 벌레의 힘은 미약하나
快如猺陽獵	노양산 사냥꾼 같이 날렵하게 잡고
大蟲雖肥豊	큰 벌레는 비록 살쪄 풍성해도
悵望將奈黽	멀 건이 바라볼 뿐 어찌 잡겠는가
一日較所得	하루에 잡는 벌레는
必且五與十	반드시 다섯에서 열 마리
爾有幾子女	너는 자녀가 몇이며
爾有幾妻妾	처첩은 몇이더냐?
苟爾一身口	진실로 네 한 몸 입이라면
日日胡謂乏	날마다 어찌 모자란다 이르느냐
靜伺長張哆	가만히 엿보다가 입을 크게 벌리니
爾吻應苦澁25)	네 입술도 분명 힘들겠구나

(생략)

'野蟲'이라는 제목을 한 작품으로 모두 74구로 이루어져 있는데, 위에서 인용한 부분은 처음 1구부터 30구까지이다. 시제에서도 알 수 있듯이 들에 있는 벌레를 제재로 하여 읊은 작품인데, 그 벌레의 이름이 무엇인지 명확히 알지 못한 상태에서 시가 지어졌다. 따라서 그 이름에 걸맞게 시의 내용이 전개되는 것이 아니라 벌레의 모습을 사실적으로 관찰한 결과를 전개해가는 형식을 띠고 있다.

먼저 벌레는 검은 색에 가는 허리를 하고 있어서 마치 개미와도 흡사하나 그렇다고 개미로 볼 수도 없다라고 하였다. 그리고 그 습성을 보건대 들판 습지를 좋아하며, 땅 파기를 즐겨할 뿐만 아니라 비가 오고 날이 갤 때면 습관대로 습기를 막거나 입으로 다져준다고도 하였다. 또한 그 벌레

---

25) 申景濬, 『旅菴遺稿』卷1 詩, 「野蟲」

가 먹이를 번개처럼 날렵하게 잡아 구멍 안으로 끌고 들어가 식사로 즐겨 먹는다라고 하며, 큰 벌레는 살이 쪄 있어도 잡지를 못하고, 힘없는 작은 벌레만 먹이의 대상이 된다고 하고서 하루에 잡는 벌레의 수를 헤아리며 그 입술 모습을 해학적으로 그렸다.

이상 30구까지의 내용을 보건대, 17∼18구의 '벌레와 파리들 끝내 곤란을 당하여 / 졸지간에 당하니 참으로 가엽도다'라는 부분을 제외한 거의 모든 내용이 들 벌레의 모습을 관찰한 것이라고 할 수 있다. 따라서 마치 스크린에 그려지는 벌레를 연상하게 하는 작용까지 한다. 또한 이러한 벌레에 대한 사실 관찰은 피상적으로 그려져 있지 않아 계획적이고, 의도적이라고도 할 수 있다. 그렇지만, 벌레의 모습을 사실 관찰한 후 그것을 시적으로 옮기려는 데 치중할 뿐 벌레에 대한 좋지 않은 편견을 대입하려는 의도는 전혀 엿보이지 않는다. 오히려 벌레가 먹이를 잡는 모습을 해학적으로 그려 하찮은 미물이지만, 그 나름대로 삶의 양태가 있음을 인정하는 태도를 견지하는 점이 눈에 띤다.

신경준의 이러한 미물에 대한 사실 관찰과 그에 대한 태도는 세상을 뜨기 한 해 전에 지은 것으로 알려진 「소충10장」에서 여실히 드러난다. 시제에서도 말하듯이 시 작품이 10장으로 이루어져 있기는 하지만, 마지막 시가 '總吟'으로 되어 있어서 개구리, 개똥벌레, 개미, 매미, 귀뚜라미, 거미, 나비, 파리, 모기 등 모두 9종류의 벌레를 시로 형상화하였다. 마지막 '총음'은 마치 서문과 같은 역할을 하고 있는데, 그 내용은 다음과 같다.

鯤鵬誰說漆園前	곤어와 대붕을 그 뉘 장자 앞에서 말하리
好大奇文載末年	위대한 기문은 말년에야 실리는 법
吾輩賦蟲何瑣細	나 같은 무리 벌레 노래함이 어찌 쓸모없을까
一吟一笑破春眠[26]	한 번 읊조리고 웃는 틈에 춘곤증 쫓으리라

---

26) 申景濬, 『旅菴遺稿』卷1 詩, 「小蟲十章」總吟.

곤어와 대붕은 큰 물고기와 큰 새의 대명사처럼 쓰이는데, 이 둘 모두 장자가 그의 책『장자』에서 언급한 것들이다. 따라서 곤어와 대붕에 대해서 잘 알고 있는 장자 앞에서 이것들을 말할 수는 없을 것이라고 하였다. 또한 「소충10장」은 신경준 자신이 세상을 뜨기 1년 전에 지은 것인데, 2구에서 이러한 사실을 말하며, 벌레를 시로 읊는다는 것이 결코 범상한 일이 아님을 '奇文'이라는 어구를 통해 나타내었다. 그리고 3구와 4구에서는 벌레를 노래하는 것을 어찌 쓸모없는 것으로 여길 수 있겠는가?라고 하며, 시문을 읊는 사이에 적어도 춘곤증을 없애준다라고 하여 효용론적인 가치까지 들고 있다. 이러한 '총음' 내용을 보면, 신경준 자신이 벌레를 미물이라고 하여 결코 가볍게 여기지 않았을 뿐 아니라, 그러한 벌레도 시문으로 읊어지면 작게는 생활 속 한 방편이 될 수도 있음을 밝혔다.

다음은 「소충」 중에서 '개똥벌레'와 '거미'를 읊은 작품인데, 작자가 어떤 입장을 견지하고 벌레를 시적으로 형상화했는지 눈여겨보아야 할 것이다.

① 初謂流星落屋東   처음엔 집 동쪽에 떨어지는 유성인가 하였고
　 更疑柳絮泛輕風   다시는 미풍에 떠가는 버들개지인가 했네
 ． 太陽杳杳西歸後   태양이 아스라이 서산으로 넘어간 후
　 欲補餘光起草中27) 사라진 빛 보충하려고 풀숲에서 일어난다네

② 腹裏經綸似爾稀   뱃속에 품은 경륜, 너 같은 이 드물리니
　 遊絲碧落勢如飛   창공에서 줄을 타는 형세 나는 듯하네
　 網羅處處彌山海   곳곳에 산해 가득 그물이 둘러 있으니
　 莫道微蟲喜設機28) 조그만 벌레 기쁘게 베틀 둔다 하지 말라

개똥벌레는 배 끝에 發光 기관이 있어서 일명 '반딧불'이라고도 하는데,

---

27) 申景濬,『旅菴遺稿』卷1 詩,「小蟲十章」螢.
28) 申景濬,『旅菴遺稿』卷1 詩,「小蟲十章」蛛.

주로 夜行性으로 밤에 날아다니지만, 낮에는 찾아볼 수 없는 속성을 지니고 있다. 작품 ①은 이러한 개똥벌레의 속성이 중심이 되어 내용이 이루어져 있다고 볼 수 있다. 따라서 1·2구에 나온 시구인 '유성'과 '버들개지'는 개똥벌레가 밤에 비행하는 속성을 드러내 보이기 위한 보조 장치로서의 역할만 할 뿐 특별한 의미를 지니고 있지는 않다. 즉, 1·2구는 3·4구에서 전개될 개똥벌레의 생태적 속성을 이끌어내기 위한 전제적인 역할로서 끝 맺음을 할 뿐 내용의 계속성을 지니고 있지 않다는 말이기도 하다. 이렇다고 할 때 작자가 이 작품에서 중요하게 생각한 부분은 3·4구가 되는데, 특히 개똥벌레가 야행성이라는 점을 부각시키고 있다. 태양이 서쪽으로 지고 나면, 지상에 있는 많은 빛들은 사라지게 되지만, 그때 개똥벌레만큼은 사라진 빛을 보충하기 위하여 풀숲에서 일어난다고 하여 개똥벌레의 속성을 최대한 부각시키려고 하였다. 시의 전체적인 내용을 보더라도 개똥벌레가 지니고 있는 사실적인 면을 중심으로 전개할 뿐 작자가 스스로의 소회를 대입시키지는 않았다.

작품 ②도 사물이 중심이 되어 있다는 측면에서는 작품 ①과 동격으로 볼 수 있다. 거미가 지닌 기본적인 생태적 속성은 공중에 줄을 치는 것인데, 작품의 내용이 이러한 속성이 중심이 되어 전개되어 있다. 1구의 시구인 '경'과 '륜'은 모두 실의 의미를 지니고 있는데, 이로써 거미가 밖으로 토해내기 이전에 뱃속에 이미 많은 실들이 있음을 말하였다. 그리고 2구에서는 실을 밖으로 토해내어 창공에 줄을 치고 그 줄을 자유롭게 타는 모습을 그려 거미의 생태적 속성을 오로지 보여주려고 노력하였다. 3구는 거미라는 벌레가 결코 멀리 떨어져있는 것이 아니라 일상적인 삶 속에 있음을 암시하여 친근감을 나타내었다. 그리고 마지막 구에서는 '베틀'을 등장시켜 거미가 줄을 치는 속성은 자연스러운 것이지 결코 인위적이지 않음을 강조하였다. 이와 같이 작품의 전체적인 면을 두고 볼 때, 작중 화자는 거미의 생태적인 속성을 관찰하여 그것을 중심으로 전개할 뿐 다른 의미를 파생시키고 있지는 않다.

다음은 일상생활에서 주로 害蟲으로 인식될 수 있는 곤충인 '파리'와 '모기'를 대상으로 읊은 작품이다.

    ① 愛爾人無憎爾多　　널 아끼는 사람 없고 널 미워하는 사람 많으니
       歐公仁厚亦云嗟　　어질고 인자한 구양수도 또한 탄식 했다네
       令人憎愛皆由我　　사람에게 미움과 사랑받기 모두 나로부터인데
       不改營營奈爾何29)　앵앵거리는 것 고치지 못하니 그대 어찌 하리

    ② 鐵嘴如錐鬧晚風　　송곳 같은 쇠 주둥이 늦바람 불면 시끄러워
       片時能得滿腔紅　　잠깐이면 빈 배에 붉은 색 얻을 수 있네
       可憐玉臂驚新濺　　가련한 고운 팔 핏자국에 놀라니
       一點丹痕似守宮30)　한 점 붉은 흔적 수궁과도 같구나

파리는 사람들이 대체로 싫어하는 곤충이다. 따라서 작품 ①의 1구에서는 그러한 많은 사람의 생각을 나타내어 파리가 결코 환영받지 못함을 부각시켰다. 그 구체적인 사람으로 중국 송 때의 문장가인 歐陽脩를 들었다. 구양수는 일찍이 「憎蒼蠅賦」라는 작품을 지어 쉬파리의 폐해를 세 가지 면에서 낱낱이 고발하였는데, 2구는 바로 이를 두고 말한 것이다. 즉, 작품 ①의 전체적인 내용을 보면, 파리를 많은 사람들이 미워함을 전제하고 전개하고 있는데, 그 미워함의 원인을 단순히 '앵앵거린다'는 속성에 두고 있다는 점에 주목해야 할 것이다. 이의 속성은 많은 사람들이 파리를 미워하는 직접적인 이유가 되지 않을 수도 있는데, 작자는 '앵앵거리는' 청각적인 요소에서 그 미움의 원인을 찾을 뿐 다른 것은 드러내지 않았다. 작자가 파리를 이렇게 나타낼 수 있었던 것은 미물이고, 해충으로서 사람들

---

29) 申景濬, 『旅菴遺稿』卷1 詩, 「小蟲十章」蠅.
30) 申景濬, 『旅菴遺稿』卷1 詩, 「小蟲十章」蚊.

에게 미움의 대상이 되어 있지만, 각자의 물에는 그 나름대로의 속성이 있어서 인위적으로 재단할 수 없다는 생각을 지니고 있었기 때문으로 판단된다.

작자의 미물에 대한 이러한 생각은 작품 ②에서 그대로 나타나 있는데, 해충인 모기는 사람을 물어 해를 입히지만, 그로 인하여 모기를 직접 미워하는 모습은 어디에서도 찾아볼 수 없다. 오히려 2구에서 모기가 생물에게서 피를 빨아 들여 모기 자신의 몸이 붉게 변함을 해학적으로 그리고 있을 뿐 아니라, 4구에서는 모기가 문 흔적을 '수궁과도 같다'라고 하여 다소 느긋함까지 엿보게 한다. 이 작품도 다른 여느 영물시와 마찬가지로 생활 속에서 체험하고 관찰한 후에 지었을 것으로 생각되는데, 모기의 활동을 중심으로 전개한 모습이 다른 여타의 시보다도 세밀하다. 즉, 사실적인 관찰 후에 세밀한 묘사만 보여줄 뿐 모기 자체에 대한 평가는 전혀 보이지 않는 태도를 지녔다. 이는 사물에 가치를 부여하는 모습과는 상반되는데, 아무리 미물이고 해충이지만 각기 그 나름대로 존중할 만한 가치를 지니고 있음을 보여준 것으로 판단된다.

4. 관찰적 시적 표현의 의미

이상 신경준의 영물시를 직접 작품을 통해 살폈다. 신경준은 기본적으로 사물에 대한 관심이 지대했었다. 그 직접적 근거로 제시할 수 있는 글이 「순원화훼잡설」인데, 주로 화훼를 중심으로 논한 글이기는 하지만, 물을 어떤 시각에서 바라보고자 했는지를 알려주는 내용으로 이루어져 있다.[31] 이 글을 통해서 보자면, 신경준은 일상적으로 항상 접하는 물일지라

---

31) 조선후기 문인들 중 화훼에 대해 관심을 가진 이로 茶山 丁若鏞이 눈에 띤다. 이러한 정약용의 화훼에 대한 관심과 화훼시에 대해서는 高蓮姬의 논문(「정약

도 도외시하거나 천하게 생각하지 않고, 오히려 그러한 물을 접할 때마다 사실을 관찰해보려는 노력을 기울인 점을 엿볼 수 있었다. 이러한 물에 대한 사실 관찰은 시적 영역으로까지 이어지는데, 이것이 신경준의 영물시를 보는 중요 관점이 될 수도 있다. 또한 사실을 관찰해가되 각 사물이 지닌 일정한 상징 패턴을 뛰어넘으려는 모습을 보이는가 하면, 미물일지라도 그 나름대로의 삶의 행태와 양식이 있음을 인정하여 그들의 속성을 중심으로 시적 형상화를 하였다. 따라서 물에 대한 가치 판단을 함부로 하지 않는 모습을 보여주는데, 이런 태도는 극히 철학적인 내용을 담고 있는 「소사문답」이라는 글에서도 보인다.

> 소가 말하기를 "맥은 철을 부드럽다 하고, 화서는 불이 차다고 하지만 형이 어찌 일정할 것인가. 올빼미는 낮을 매우 어둡다 하며 밤을 지극히 밝다고 하고, 닭은 밤을 지극히 어둡다 하고 낮을 심히 밝다고 할 것이니 색이 어찌 일정할 것인가. 사람이 모래를 봄에 굳다 할 것이고, 소를 보고서는 희다고 할 것이다. 천하의 시력을 가진 사람들이 모두 굳으면서 희다고 할지, 굳기는 하지만 희지 않다고 하고, 희되 굳지는 않다고 할 것인지, 아니면 굳지도 않고 희지도 않다고 할 것인지 나로서는 알 수가 없도다."[32]라고 하였다.

이 세상 삼라만상 모든 물은 그 나름대로의 모양과 성질을 가지고 있다. 그리고 그 모양과 성질은 대하는 사람에 따라서 각기 다르게 느껴지게 마련이다. 같은 물을 대하더라도 대하는 상대가 누구냐에 따라 물의 성질이 달라질 수도 있음을 이 글은 전제하고 있다. 이는 바로 절대적인 사고에

용의 花卉에 대한 관심과 花卉詩 고찰」,『동방학』7, 한서대 동양고전연구소, 2001)을 참조할 것.

32) 申景濬,『旅菴遺稿』卷7 雜著1,「素沙問答」, 素曰 惟貘以鐵脆 火洲之鼠以火寒 形惡乎定 鵂鶹以晝至黑也 以夜至白也 雞以夜至黑也 以晝至白也 色惡乎定 以人視沙以爲堅 視素以爲白 吾未知天下之有視者 咸以爲堅乎素乎 堅而弗素乎 素而弗堅乎 抑以爲弗素弗堅乎.

대한 원천적 봉쇄이자 상대주의적 사고의 강조라고 할 수 있다. 이러한 철학적 사고는 결국 물을 대할 때도 영향을 미쳐 사실을 관찰할 뿐 판단을 유보하는 태도로까지 이어지는데, 시로 표현할 때에도 이를 견지했다고 하겠다.

그러면 영물시의 표현이 관찰적으로 이루어졌다는 것은 무슨 의미를 지니는가? 이를 알아보기 위해서는 신경준 이전 시대 성리학적 문인들이 물을 어떤 시각으로 바라보았으며, 시적으로 어떻게 표현해내었는지를 살펴볼 필요가 있다.

고려 말 중국 송나라의 성리학이 유입된 이후 대개의 문인들은 유학적 사고에 젖어 물을 대하였다. 그 대표적인 것이 '格物'하여 '致知'하려는 태도라고 할 수 있는데, 이는 한 마디로 사물에 나아가서 그 이치를 궁구함을 이른다. 따라서 물을 볼 때에도 그 속에 구현된 理를 읽어내려고 노력하였고, 또 다시 이를 體法하여 인간의 삶과 견주어보려는 태도를 지녔었다. 이는 관물을 통해 자신에게 내재된 이를 확인하는 '觀物察己의 태도'로 나타날 수도 있고, 자연을 자연 그 자체로 보지 않고 이가 유통되지 않음이 없는 이의 상징물로 이해하는 '觀物察理의 태도'로 나타날 수도 있다.33) 이런 이유로 실제 물에서 느낀 소회를 표현하기 보다는 관념적이면서 교훈적인 면을 강조할 수밖에 없었다.

뿐만 아니라 '玩物'하면 '喪志'한다는 태도를 가지고 있어서 물을 가까이 하더라도 세세히 관찰하지는 않았다. 따라서 자연히 물을 시적으로 읊더라도 피상적이면서 관념적으로 그려질 수밖에 없었다. 이런 관념성은 현실과 멀리 떨어진 것으로 그 나름대로의 미적인 가치가 있기는 하지만, 寫實感과의 거리가 조금 있다.

그러나 조선후기에는 博物學的 관심을 가지고 蟲魚草木을 관찰하여 그

---

33) 조선중기 理學派의 관물찰기와 관물찰리의 태도에 대해서는 李鍾默의 논문(「韓國漢詩와 哲學」, 『한국한시연구』1, 한국한시학회, 1993)을 참조할 것.

것을 기록하는 데까지 나아간다. 다른 말로 하면, 사물을 시로 읊을 때 사물의 미적 측면에 대한 향수보다는 객관적 관찰과 작가의 체험이 강조되는 면이 두드러진다는 것이다. 인간의 눈에 의한 선택적, 주관적 관찰이 아닌 객관적이고 과학적 관찰을 중시하는 경향에 자극받아 사물에 관한 시를, 사물 자체에 대한 충실한 보고를 하려는 시작 경향이 우세해진다.[34] 이는 앞에서 보았던 성리학적 문인들의 물에 대한 태도와 대조적인 것으로 조선후기의 중요한 특징으로 인식할 수 있다. 따라서 신경준이 일상적으로 대하는 미물조차도 그냥 지나치지 않고 사실을 관찰하며, 이를 영물시로 읊은 것도 당시 팽배해 있던 학문적 분위기를 반영한 점에서 그 의미를 찾을 수 있을 것이다.

5. 맺음말

본 논고는 18세기 인물인 신경준의 영물시를 연구 대상으로 삼았다. 신경준은 평소 자연물에 대한 관심이 지대하여 그와 관련된 문장과 시문 19수를 남겼는데, 그 가운데에서 의미를 찾고자 하였다.

신경준이 일상적으로 대하는 물을 기록한 글은 「순원화훼잡설」이다. 이는 연, 난혜, 목가, 명로, 국, 매, 도, 어상, 척촉 등등 33종의 초목을 관찰한 후에 기록한 보고서라고도 할 수 있는데, 그 중에는 그동안 사대부적 의식에서 관심 밖에 있었던 물도 다수 포함된 점이 주목을 요한다. 이는 신경준 자신이 식물을 볼 때에 貴賤 의식을 지니고 보지 않았을 뿐 아니라, 적어도 물에 대해서는 선입견을 지니지 않았음을 의미한다. 무엇보다도 신경준은 물에 대한 관찰을 중요하게 생각하였는데, 명물도수에 대한 중요성

---

34) 안대회, 「한국 蟲魚草木花卉詩의 전개와 특징」, 『한국문학연구』2, 고려대 민족문화연구원 한국학연구소, 2001, 167쪽.

인식과 무관치 않다고 이해하였다.

　신경준이 영물시로서 남긴 작품으로는 「야충」1수, 「화죽병음」8수, 「소충10장」10수 등이다. 이러한 작품 수는 결코 많다고 할 수는 없지만, 물을 어떻게 시적으로 형상화했는가? 하는 점을 엿보기에는 충분한 편수이다. 한마디로 신경준의 영물시는 물에 대한 사실 관찰을 한 후 양식만 바꾸어 시로 형상화했다고 보았다. 따라서 시적 화자는 관찰자의 입장에 서서 물을 재단하거나 가치를 판단하는 일을 일삼지 않는 모습을 보였다. 이는 아무리 미물이지만, 그 나름대로 생태적인 속성을 지니고 있기 때문에 인간은 그것을 인정해주어야 함을 의미한 것이기도 하다.

　조선후기의 문인들 중에는 이전의 성리학적 관념론에서 벗어나고자 노력한 이들이 있었는데, 이들은 박물학적 사고를 바탕으로 사물에 대한 실질적 관찰을 중요하게 생각하였다. 신경준의 사물에 대한 인식과 기록을 통해서 보면, 분명 전 시대와 다른 의식을 지녔음을 알 수 있었다.

제4장

旅菴 申景濬의 務實 정신과 시적 실천

1. 들어가는 말

한국한시사상 18세기는 17세기 明의 擬古主義의 지속과 반발, 그리고 다음에 다가오는 근대기를 잇는 중간 다리 역할을 한 시기로 알려져 있다. 다시 말해, 18세기는 조선 사회가 근대로 이행하는 기로에 있던 시기요, 인간의 개성을 찾으려는 노력이 경주된 시기, 자유의 사상이 싹트던 시기[1] 등등으로 언급된다. 뿐만 아니라 당대 출현한 작가군들 또한 다양하다 할 수 있는데, 특히 소위 말하는 실학문인들은 浮華함보다는 博學과 實質을 중시하는 학문 태도를 견지하며, 나름대로의 특성을 드러내었다.

주지하다시피 旅菴 申景濬(1712~1781)은 18세기에 활동한 실학문인으로서 역사 지리, 지리학, 기술학, 성음학 등과 관련된 저술들을 남겼는데, 이러한 업적은 博通하지 않다면 불가능하며, 무엇보다도 학자로서 학문의

주요점을 실생활과 연관 짓지 않았다면 나올 수 없는 것들이라 하겠다. 따라서 지금까지 축적된 신경준 관련 연구물들도 이러한 부분에 초점을 맞추어 실행되었음을 알 수 있다.

그렇다면, 신경준의 시 문학의 실상은 어떠한가?『旅菴遺稿』권1에 소재한 시는 모두 62題 145首로 편수에 비하면, 다양한 실험적인 모습을 보여주고 있어 주목을 요한다.[2] 특히, 전반적인 작품 경향을 어렴풋하게나마 말해본다면, 전 시기 문인학자들이 흔히 보여주었던 性情을 吟詠한 류의 작품도 아니고, 그렇다고 문학성과 예술성만을 따진 그런 류의 작품도 아닌 나름의 개성을 보여주고 있다. 결국, 이러한 독특한 문학적 성과가 나올 수 있었던 배경에는 신경준 개인의 思惟와 학문적 지향 및 성과와 무관치 않은데, 필자는 이러한 것을 총칭하여 '博'과 '實'이라고 하려 한다. 즉, 신경준의 거의 많은 문학적 성과물도 박과 실의 학문적 특성과 연관 지을 수 있는 측면이 있기 때문이다. 특히, 신경준은 시를 통해 實質에 힘을 쓰는 모습을 여실히 드러내었는데, 본 논고에서는 이를 명명하여 '務實'이라고 하였다. 신경준의 이러한 務實的인 詩作 태도는 곧, 그의 학문적 지향과 일맥상통한다 하겠는데, 시에 나타난 구체적인 실천 양상을 살피기 이전에 학문의 특성을 박과 실이라는 부분에 주목하여 정리할 것이다. 그리고 무실의 시적 실천이 어떤 양상으로 나타났으며, 결국 이러한 시적 실천이 근대 지향의식과 무관치 않음을 구명하려 한다. 이러한 내용이 정리된다면, 18세기 문인 신경준이 시 작품에서 지향한 의식이 미래 지향적이었음을 발견할 수 있을 것이다.

---

2) 지금까지 나온 신경준의 시에 대한 연구 성과물을 연도순으로 나열하면 다음과 같다. 趙柔珍, 「旅菴 申景濬의 思惟樣式과 詩文學世界」, 경북대학교 교육대학원 석사학위논문, 1996 ; 金賢珠, 「譯註 旅菴詩」, 경성대학교 한국학과 석사학위논문, 2003 ; 박명희, 「旅菴 申景濬의 詠物詩 연구」,『한국언어문학』55집, 한국언어문학회, 2005 ; 박명희, 「旅菴 申景濬의 古體詩에 나타난 眞情性」,『고시가연구』16집, 한국고시가문학회, 2005 ; 李埈瑩, 「旅菴 申景濬의 學問傾向과 詩世界」, 서울대학교 석사학위논문, 2011.

2. 旅菴 학문의 博과 實

신경준의 본관은 高靈으로 전라북도 淳昌 南山坮에서 태어났다. 고령신씨가 순창과 인연을 맺은 시기는 10대조 歸來亭 申末舟가 세조의 왕위 찬탈을 보고 절의를 지켜 모든 관직을 버리고 落南하면서부터이다.[3] 이때부터 순창은 고령신씨의 세거지가 되었다.

신경준은 말년인 68세에 젊어서 살았던 옛 집터로 돌아와 옛일을 회상하며 「南山舊廬記」를 남겼는데, 본격적인 수학기에 접어든 8세 이후부터 여러 곳을 周遊했음을 밝혔다. 즉, 8세 때는 서울, 9세부터 12세까지는 강화도, 그후 호서 지방과 경기도 素沙, 稷山 등에서 살다가 귀향의 세월을 보냈다. 이러한 생활이 이어지다 보니 당연히 여유로운 생활이 될 수 없었는데, 당시의 모습을 「남산구려기」에서는 '사방을 헤매고 나니 편치 않고 질병과 상사와 혼사 등 길흉이 엉키어 끝내 집안은 빈궁하게 되었다.'[4]고 적었다.

이와 같이 한 곳에 정착을 하지 못하여 마음의 안정을 찾지 못했을 것도 같은데, 부친이 돌아가신 그 다음 해인 27세부터 30세까지 소사에 있을 동안에는 「素沙問答」을 쓰고, 30세부터 33세까지 지냈던 직산에서는 「稷書」 등의 글까지 남기는 등 어려운 처지에서도 이에 굴하지 않고 學究的인 모습을 견지하였다.

학문에 주로 전념하던 신경준은 그의 나이 43세에 湖南左道 增廣初試에 응시하여 당당히 1등으로 합격, 벼슬을 시작하여 63세 제주목사를 마지막으로 모든 관직에서 물러나왔다. 즉, 신경준은 과거시험에 합격한 후에 끊임없는 관직 생활을 이어가는데, 이런 와중에도 눈여겨보아야 할 부분은

---

3) 신경준의 가계에 대한 대략적인 소개는 고동환, 「여암 신경준의 학문과 사상」, 『지방사와 지방문화』 6권 2호, 역사문화학회, 2003, 181~182쪽 참조.

4) 申景濬, 『旅菴遺稿』卷4, 「南山舊廬記」, 織路南北 不康其居 疾病喪癸嫁娶 吉凶之故相仍 家遂以寠.

그의 학문에 대한 열정이다. 주로 역사지리나 지리와 관련된 학문에 주로 치중한 모습을 보이는데, 특히 45세 때에 지은 『疆界志』는 그의 학문의 방향이 실생활과 연결되어 있음을 알려주는 것이기도 하다. 『강계지』는 우리나라의 고대부터 역사상에 나타난 각 국가의 지역 및 도시들에 관한 연혁, 강역 및 위치 등을 고증하고 우리나라 별호를 처음으로 언급한 역사지리서로서 훗날 영의정 洪鳳漢의 눈에 띠어 '經濟之才'라는 칭호까지 받았으며, 비변사의 낭청으로 임명되어 『東國文獻備考』「輿地考」 편찬에 참여, 완성한 공로로 승진을 하게 된다.[5]

신경준은 이처럼 관직 생활에 안주하지 않고 지속적인 저술을 남기는데, 『강계지』와 『동국문헌비고』「여지고」를 제외하고도 『여암유고』와 『여암전서』등에 전해지고 있는 논저로는 「日本證韻」, 「諺書音解」, 「平仄韻互擧」, 「車制策」, 「水車圖說」, 「論船車備禦」, 「儀表圖」, 「頫仰圖」, 「山水考」, 「道路考」, 「四沿考」, 「伽藍考」 등이 있다.

이러한 저술들로 인하여 신경준은 여러 학문을 두루한 실학자로 자리매김을 했다고 할 수 있다. 그리고 사실 신경준이 성리학적 공리공론에 치우치지 않고 實理的인 학문을 펼 수 있었던 데에는 남다른 학문관에서 연유했다고 할 수 있는데, 다음 홍량호가 쓴 「묘갈명」에서 그러한 태도를 읽을 수 있다.

> 일찍이 말하였다. "대장부가 이 세상에 나매 천하의 일이 모두 나의 직분이니 하나의 사물이라도 그 원리를 궁구하지 못하면 부끄럽고 하나의 技藝라도 능하지 못하면 흠이 된다."라고 하였다. 마침내 성인의 책부터 잠심하여 깊이 탐구하여 그 大指를 터득하고 九流二敎를 두루 살펴서 天官·職方·聲律·醫卜의 학문과 歷代의 憲章·海外의 奇僻한 책에 이르기까지 그 깊은 이치를 탐색하고 요체를 헤아리지 않은 것이 없었다. 우리나라의 山川道里에 있어서는 더욱 밝게 관심 속에 두었고, "무릇 장수가 되려는 자는 반드시 地利를 먼저 알아야 한다." 하였다.[6]

---

5) 『朝鮮王朝實錄』英祖46年, 윤 5월 16일조.

홍량호는 신경준이 평소 언급한 내용으로부터 시작하여 학문의 폭이 넓었음을 말하였다.[7] 신경준은 평소 천하의 일이 자신의 직분인양 생각하였고, 때문에 비록 하나의 사물일지라도 궁구하려 했고, 기예에 능하고자 했다는 것이다. 이러한 사고의 바탕이 있었기에 성인의 책을 기본서로서 출발하여 九流二敎를 두루 살폈고, 天官·職方·聲律·醫卜의 학문과 기벽하다 여기는 책, 곧 보통 정통 유학자들이 경계 대상으로 삼았던 것까지 統攝하는 태도를 견지하였다. 또한 우리나라의 산천지리에 많은 관심을 두어 地利의 중요성을 강조했다고 하였다. 즉, 홍량호는 신경준의 학문 경향이 박학적이고, 실용에 치중해 있었음을 드러내려 했음을 알 수 있다. 이러한 학문적 특성은 조선후기 소위 실학자로 불리는 문인들에게서 공통적으로 나타나는 모습인데, 특히나 신경준은 지리에 대한 관심이 지대했다고 하겠다.

신경준이 실용에 치중했다는 말은 결국 학문이 空論에 그치지 않고 일상에 도움이 되기를 바랐다는 말이기도 하다. 신경준은 가령, 「거제책」에서 중국의 수레 제도가 우리나라에서 행해지지 못하는 이유에 대하여 '능히 모방하여 우리나라에 옮겨오지 못한 것은 적용의 사물에 뜻을 두지 않았을 뿐 아니라 비록 알고자 하여도 마침내 상세하지 못하기 때문이다.'[8] 라고 하여 적용력의 부재를 들고 있는데, 학문을 실용적인 것으로 파악하지 않았다면 불가능한 일로서 바로 實得의 정신과도 상통한다고 하겠다.[9]

---

6) 洪良浩, 『耳溪集』卷28, 「左承旨旅庵申公墓碣銘」, 嘗曰 大丈夫生斯世 天下事皆吾職 一物未格 恥也 一藝不能 病也 遂自聖人書 潛心探賾 得其大指 汎濫于九流二敎 以至天官職方聲律醫卜之學 歷代憲章海外奇僻之書 靡不鉤其奧而挈其要 於本國山川道里 尤瞭然如在目中曰 凡爲將者 須先識地利 其自任如此.

7) 신경준 학문의 박학성에 대해서 홍양호는 『여암유고』서문에서도 밝혔는데, 그 내용은 다음과 같다. 惟旅菴申公 以雄才博識 加之以探賾鉤深之功 遠而甘石之經 章亥之誌 近而州鳩之譜 司馬之法 無不搯其扃而抶其奧 旁羅百氏而折衷於吾道.

8) 申景濬, 『旅菴遺稿』卷8, 「車製策」, 而不能摸得移來我國者 非但不能致意於適用之物 而雖欲地之 卒無以詳也.

이와 같이 실질을 중요하게 생각한 신경준은 당대 士人들이 名物度數보다는 詞章에 힘쓰는 행태를 「거제책」을 통해 '우리나라의 선비는 사장의 功力으로 과거하기에 心力을 허비하여 일생을 허무하게 마쳐서 사물에 밝고 기술에 통하는 데는 진실로 힘쓰지 않고 산림에 은거하여 수업하는 자가 간간이 그 뜻을 높이고 그 말을 크게 하며 명물도수를 末務로 삼아 뜻을 두지 않는다.'[10]라고 하여 비판하기도 하였다. 신경준은 평생 과거시험 공부를 한다고 하면서 사장에만 치중하는 학문 행태를 비판하면서 반면, 생활에 크게 도움을 주는 명물도수에 대한 경시 태도에 경종을 울린 것이다.

지금까지 논의한 것을 바탕으로 신경준의 학문을 간략히 정리하자면, '博'과 '實'이라고 할 수 있다. 그렇다면, 시 작품에서는 이러한 학문 경향이 어떻게 나타났을까? 시 작품 또한 한 작가의 사유 및 정신과 떨어져 존재하지 않는다고 할 때, 이러한 물음은 어느 작가에게도 할 수 있는 것이라고 생각한다. 필자 나름대로 우선 답을 내린다면, 신경준의 시는 그의 '박'과 '실'의 학문적 태도가 고스란히 담겨져 있다 할 수 있다. 그런데 '박'은 상대적인 개념으로 이해할 수 있기에 결국, 신경준 문학을 이해하는 本領은 '실'에서 찾아야 하리라고 본다. 이렇게 '실'에 초점을 두고 신경준의 시를 바라보면, 첫째, 생활에 밀착되어 있거나, 둘째, 사물에 대한 사실 관찰을 바탕으로 했으며, 셋째, 한시 형식의 規範을 파괴하면서까지 실질을 추구하는 모습을 볼 수 있다. 따라서 다음 장에서는 이러한 세 가지 모습을 신경준의 무실 정신이 시적으로 실천된 양상으로 보고 논의해 보고자 한다.

---

9) 박명희, 「旅菴 申景濬의 古體詩에 나타난 眞情性」, 『고시가연구』 16집, 한국고시가문학회, 2005, 117쪽 참조.
10) 申景濬, 『旅菴遺稿』 卷8 雜著二 「車制策」, 我東之爲士者 以詞章之功 爲決科之計者 枉費心力 壞了一生 其於明庶物通衆藝之道 固無足責 而山林之隱居修業者 往往高其志大其言 以名物度數爲末務 不肯致意.

3. 務實의 시적 실천 양상

1) 관료 생활 중 民生 目睹와 시적 투영

신경준은 그의 나이 53세(1764년, 영조40) 겨울에 황해도 長淵縣監이 되었다. 이때 벼슬살이를 하면서 지은 작품이『여암유고』권1 맨 처음에 나오는「民隱詩」10장이다. '민은'의 의미는 '백성의 고통' 또는 '백성의 폐해'라는 뜻으로 '백성의 아픔을 어루만진다'는 뜻을 담고 있다. 그런데 이「민은시」는 신경준이 자발적으로 지은 것이 아니라 당시 영조의 명을 받고 지은 것으로 다분히 관료적인 색채를 띠고 있다. 때문에 이점이 신경준의 다른 작품들과 변별된다 할 수 있는데,『조선왕조실록』에 기록된「민은시」가 나오게 된 배경을 적어보면 다음과 같다.

> 임금이『시경』「豳風」의 <七月>장을 강하다가 여러 도로 하여금 그곳 백성의 풍속을 채집하고 백성의 고통을 살펴보게 한 다음 毛詩의 예를 모방하여 시를 지어 올리도록 명하였다.[11]

위의 기록에 따르면, 영조는 1764년 11월 9일 강의에서『시경』「빈풍」의 <칠월>시를 읽다가 느낌이 일어 여러 도의 우두머리에게 백성의 풍속을 채집하고, 백성의 고통이 무엇인지를 살펴본 다음에 마치『시경』의 시 형식을 본떠서 시를 지어 올리라고 명했다고 하였다.『시경』「빈풍」<칠월>시의 내용은 바로 중국 주나라의 어린 成王이 농사의 어려움을 전혀 모르므로, 당시에 성왕을 도와 섭정하던 周公이 옛날 주나라의 선조 后稷이 처음 빈 땅에 나라를 열고 백성들에게 농사를 장려하여 모두 잘 살게 했던 일을 죽 열거해서 성왕을 경계시킨 것이다. 영조는 이러한 <칠월>시를 읽고, 백성들이 어떤 풍토에서 어떻게 살고 있는지 궁금했던 것이다.

---

11)『朝鮮王朝實錄』영조 40년, 11월 9일조.

따라서 각 도의 관찰사나 목사, 현감 등은 「민은시」를 지어 바치는데, 그 작품 수로 보자면 적게는 1수에서부터 많게는 20수까지 다양했다.[12) 그리고 영조는 당시 「민은시」를 짓는 기간을 정했던 듯한데, 대체로 이듬해 윤 2월 중순쯤에 수합되었다. 당시의 상황을 『조선왕조실록』에서는 다음과 같이 적었다.

> 당시에 8도의 道臣과 수령들은 民隱詩를 지어 바치니, 임금이 제본하여 올리라 명하고, 친히 小序를 지어 帖의 첫머리에 실었는데, 곧 농사를 중히 여기고 영원한 天命을 기원하는 뜻이었다.[13)

　8도의 도신과 수령들이 지어서 올린 「민은시」를 보고, 영조는 무척 흐뭇했던 것으로 생각된다. 수합된 작품들을 제본하라 명했을 뿐 아니라 직접 서문까지 지었기 때문이다. 그 서문의 내용은 대체로 농사를 소중히 여기고 영원한 천명을 기원한 것으로 백성들의 삶에 대한 관심이 지대했음을 보였다. 따라서 훗날 『國朝寶鑑』에서는 이러한 영조 때의 「민은시」 제작을 두고 '과거 영묘조에 60여 년 동안 태평한 정치를 이룩하였던 것은 오로지 백성을 사랑하고 탐오한 관리를 징계하는 데에 있었는데, 수령에게 명하여 민은시를 지어 올리게 하고는 그 중에서 백성에게 절실한 폐단을 제거하셨다.'[14)라고 하여 칭송을 아끼지 않았다. 신경준의 「민은시」10장도 이러한 배경을 염두해 두고 살펴야 할 것이다.

　먼저 신경준은 본격적인 시 전개에 앞서서 「민은시」를 짓게 된 배경과 영조가 시를 보고서 흡족해 했다는 내용 등을 다음과 같이 실었다.

---

12) 당시 지은 「민은시」는 『兩都八道民隱詩』라는 冊題로 간행되어 현전하고 있는데, 작품의 수록 현황에 대해서는 어강석의 논문(「『兩都八道民隱詩』의 書誌와 조선후기 民隱의 양상」, 『장서각』 23집, 한국학중앙연구원, 2010, 66쪽)에 정리되어 있다.

13) 『朝鮮王朝實錄』 영조 41년, 윤 2월 16일조.

14) 『國朝寶鑑』卷77, 순조조 2, 9년.

갑신년 겨울 임금께서 『시경』의 唐風篇을 강의하시고 느낌이 있어 팔도의 관찰사 및 문신으로서 수령된 자들에게 명령하여 각기 그 지방의 민요와 백성들의 사정을 진술하여 바치게 하였는데, 그것을 「민은시」라 이름하였다. 이해 겨울에 나도 황해도 장연현감으로 발령받아 정월에 부임했으므로 2월에 시를 지어 바쳤다. 임금께서 보시고 말씀하시기를, "잘 지었다. 제2장의 '오색구름이 하늘에 아득하니'라는 구절은 뜻이 좋다. 제3장은 재능과 생각이 잘 나타나 있고, 제4장의 獻芹은 예삿말이지만 이곳에 사용하여 매우 맛이 있다. 제10장이 최고의 가작이다."하였다.15)

인용문 처음에 앞의 『조선왕조실록』에서처럼 「민은시」를 짓게 된 배경을 적고 난 후, 신경준 자신도 장연현감이 되어 임금이 명한 이듬해 2월에 시를 지어 바쳤다라고 하였다. 그리고 바친 시를 임금이 읽어보고는 칭찬했다라는 말도 빼놓지 않았다.

신경준이 지은 「민은시」10장의 詩題를 나열하면, <總敍>, <龍井>, <長山串>, <採鰒>, <鍛鐵>, <防戌唐船>, <長山曳木>, <撥機搬柴>, <拾橡>, <祭堂> 등이다. 이러한 시제의 내용을 각각 간략히 말하자면, 제1장 <총서>에서는 장연 땅의 위치와 옛날 중국과 관련된 역사적인 사실과 현이 어떻게 해서 이루어졌는가 하는 점, 토질의 성격과 농산물, 그리고 마지막으로 백성들의 습성과 인구수 등을 시 형식을 빌어 보여주었다. 그리고 시 작품 사이사이에 시 내용을 이해하기 편하도록 설명을 덧붙였는데, 이것은 훗날 임금이 읽을 것을 대비한 조치라고 생각한다. 2장 <용정>과 3장 <장산곶>에서는 장연 주변의 지형 가운데에서 특히, 용정과 장산곶을 들어 마찬가지로 시 형식을 빌어 설명하였다. 신경준은 일찍이 지리에 관심을 많이 가지고 있었고, 또한 그와 관련하여 풍부한 지식을 지니고 있었는데, 그러한 그의 소양이 잘 드러난 작품이라고 하겠다. 4

---

15) 申景濬, 『旅菴遺稿』卷1, 「民隱詩」 서문, 甲申冬 上講唐風有感 命八道方伯及文臣 爲守宰者 各賦其地之謠俗民瘼以進 名之曰民隱詩 是冬 賤臣除長淵縣監 正月赴 任 故二月製進 上覽後曰善作 第二章五雲溸蒼之句意矣 第三章極有才思 第四章 獻芹 是例語而用之於此 甚有味 第十章寂佳.

장 <채복>과 5장 <단철>은 장연 지방의 토산물을 소재로 한 작품이다. 실제『新增東國輿地勝覽』권43「장연현」의 토산물을 보면 여러 가지를 나열하였는데, 그 가운데 전복과 철이 있음을 볼 수 있다. 신경준은 장연 지방의 여러 토산물 중에서 특히, 두 가지를 선택하여 시를 지은 것이다. 6장 <방술당선>에서는 당시 해삼을 캐기 위하여 중국 어선이 서해안을 침범한 사실을 담아 당시 영역 침범이 심각함을 고발하였다. 그리고 7장 <장산예목>과 8장 <발기반시>, 9장 <습상>에서는 당시 장연 지역의 일반 백성의 살아가는 모습을 그렸는데, 대체로 辛苦했음을 나타내려 하였다. 마지막 10장 <제당>에서는 장연에 소재한 제당이 長山 북쪽에 있다고 하면서 소원을 비는 내용을 담았다.

이상 신경준의「민은시」10장의 내용을 각 작품마다 간추려 설명했는데, 시제의 배열을 보면, 질서 정연함을 알 수 있다. 제1장 <총서>는 마치 서문의 역할을 하며, 2장과 3장은 지형, 4장과 5장은 토산물, 6장은 당시의 주변 정세, 7장부터 9장까지는 일반 백성들의 삶의 모습, 그리고 마지막 10장에서 소원을 비는 것으로 끝을 맺고 있기 때문이다. 이렇다고 했을 때 신경준이 직접 민생 현장을 보고 지은 것은 7장부터 9장까지로 작자의 현실 감각을 느낄 수가 있다. 먼저 7장을 소개하면 다음과 같다.

虛邪虛邪, 長山之左　　어야 어야 어영차, 장산의 왼쪽 기슭에
萬章攢雲, 鬱鬱松檟　　만장같이 운집한, 울창한 소나무와 오동나무
邦家有需, 宮室舟舵　　나라에서 요구하니, 궁궐 짓고 배 만들려고
乃伐乃運, 役鉅人寡　　베어내고 운반하니, 일은 많고 사람은 적네
哀此嫠獨, 握粟以借　　애처롭다 과부와 고아들, 한줌 쌀 빌어먹으려
山峻谷邃, 石凝泥墮　　험한 산 깊은 골짝, 돌에 엉키고 진흙에 빠지며
肩頳趾胝, 劬勞其那　　어깨는 벌겋고 발바닥 벗겨지니, 이 고생 어이 하리
羡彼旁郡, 或坐或臥　　부럽네 이웃 고을은, 편안히 앉았거나 누워지내니
虛邪虛邪, 其勿或惰　　어야 어야 어영차, 그래도 게으름 피우지 마라

願以一柱, 支彼大廈[16] 이 기둥 하나로, 저 큰 집이 지탱할 것이니

　4언 20구로 이루어진 작품이다. 영조가 처음 「민은시」를 지으라고 할 때 『시경』의 형식을 모방하라고 했기 때문에 신경준도 이러한 요구를 그대로 따랐다. 전체적으로 보자면, 나라의 요구 때문에 장산 기슭의 나무를 베어서 운반하여 힘들게 살아가는 장연 사람들의 모습을 그렸다. 이러한 내용을 구체적으로 구분해 보자면, 1구부터 4구까지는 장산 왼쪽 기슭에 소나무와 오동나무가 울창히 숲을 이루고 있는 그대로의 모습을 나타내었고, 5구부터 8구까지는 나무를 베어서 운반해야 하는 이유를 말하면서 해야 할 일은 많은데 사람은 적다고 하여 노동력이 부족함을 표현하였다. 그리고 9구부터 14구까지는 나무를 운반하는 장연 사람들이 얼마나 고통스러운지를 사실적으로 나타내었다. 특히, 과부와 고아들을 들어 이들이 생계를 위해 얼마나 피나는 노력을 기울이고 있는지를 나타내면서 안타까운 감정을 드러내었다. 15구와 16구에서는 편히 지내고 있을 이웃 마을이 부럽다라고 하며, 마치 작자가 장연 사람이 되어 말하듯 하였다. 그리고 마지막 17구부터 20구까지는 비록 고생이 심하다 할지라도 게으름을 피우지 말지니 그 이유는 운반해간 나무가 큰 집을 지탱하기 때문이라고 하였다. 여기서의 큰집은 궁궐을 뜻한다고도 할 수 있다.
　이처럼 7장 <장산예목>은 장연 고을 사람들이 생계 수단으로 산에서 나무를 베어 운반하는 모습을 寫實的으로 나타내었는데, 특히 9구부터 14구까지의 내용 전개를 통하여 독자가 그 고통의 심각성을 느끼도록 하였다. '어깨가 벌겋게 되고, 발바닥이 벗겨질 정도다'라는 부분은 고통을 극적으로 표현한 것으로 <장산예목> 전체의 가장 긴요한 부분이라고 할 수 있다.
　다음 9장 <습상>을 인용하면 다음과 같다.

16) 申景濬, 『旅菴遺稿』卷1, 「民隱詩」 <長山曳木>

嗟嗟近歲, 雨暘不若　　아, 근래 몇 년간, 비와 볕이 고르지 않아

稑田其荒, 薏歉疇獲　　기장 밭 황폐해지니, 율문들 어찌 얻을까

同我婦子, 于山之曲　　나와 처자식은 함께, 산골짜기에서

有橡纍纍, 豊肥大斛　　도토리를 주워 모아, 큰 그릇에 가득 채우네

在昔管倉, 代米以糧　　옛날 관향창에선, 쌀 대신 환곡으로 받았다지

其背穹隆, 手拾的歷　　등을 활처럼 굽히고서, 손으로 좋은 것을 주워

飯之醬之, 何必精鑿　　밥 짓고 장 담그니, 어찌 꼭 도정한 쌀이어야 하나

相戒深入, 虎豹有迹　　숲속 깊이 들어갈까 경계하니, 범 자취 있어서라

豈今永今, 來歲可卜　　어찌 지금 같은 일 계속될까, 내년엔 좋아지겠지

積雪盈尺, 臘前三白[17]　　눈은 한 자 높이이니, 그믐 전에 눈이 세 번 내려서라네

　　앞 7장과 마찬가지로 <拾橡>도 총 20구로 되어 있다. '拾橡'이란 도토리를 줍는다는 뜻으로 전체적으로는 日氣 상태가 고르지 못해 몇 년간 흉년이 들자 급기야 생계를 위하여 온 식구가 산속으로 도토리를 주우러 갔다는 내용으로 되어 있다. 구체적인 내용을 살펴보면, 1구에서 4구까지는 몇 년간 고르지 못한 일기를 들면서 흉년이 들었음을 말하였다. 이러한 사연이 원인이 되어 시적 話者는 처자식과 함께 산골짜기에 들어가 도토리를 주을 수밖에 없었는데, 이러한 내용은 5구에서 8구까지 이어져 있다. 9,10구는 앞 5~8구와 자연스럽게 연결되지 않은 듯하지만, 그렇지 않다. 즉, 도토리를 줍는 이유가 단지 생계를 위한 것만이 아님을 간접적으로 나타내어 흉년이 든 해에 환곡에 대한 압박감이 어느 정도였지를 실감하도록 했기 때문이다. 신경준은 이 부분을 전개할 때 특히, '읍에 관향창이 있는데, 흉년이 들면 도토리 열매로 쌀 대신 환곡을 받았다.'[18]라는 설명을 덧붙여 시에 대한 이해를 돕고 있다. 다시 11,12구에서는 도토리를 줍는 모습을 사실적으로 묘사했는데, 특히, '등을 활처럼 굽혔다'고 하여 현장감

17) 申景濬, 『旅菴遺稿』권1, 「民隱詩」 <拾橡>
18) '邑有管餉倉 歲歉則以橡實代米捧糶.' 이와 관련하여 『신증동국여지승람』卷43의 長淵縣의 倉庫條에는 '관창이 大串에 있다.'라고 하였다.

을 더했다. 13,14구에서는 도토리를 주워다가 무엇을 할 것인지를 말했는
데, 결국 쌀 대신 먹는 주식으로 여기고 있음을 알도록 하였다. 그러면서
도 15,16구에서는 너무 깊은 숲속에 들어가지 말라 했는데, 그 이유로 虎
患을 들었다. 17,18구에서는 잠시 현실을 떠나 미래 희망적인 내용을 담았
는데, 마치 시적 화자의 넋두리 같지만, 작자 신경준의 생각이기도 할 것
이다. 마지막 19,20구에서는 지금까지의 일이 눈이 쌓인 겨울에 벌어졌음
을 알렸는데, 독자로 하여금 약간의 동정심을 일으킬 목적도 있다 하겠다.

  지금까지 신경준이 「민은시」 10장을 짓게 된 계기와 10장 각 작품의 개
괄적인 내용, 그리고 민생과 직접 관련된 세 작품 가운데 7장과 9장을 들
어 자세히 살폈다. 두 작품을 통해 보자면, 작자 신경준은 당시 장연 고을
사람들의 입장에서 삶이 순탄치 않음을 드러내려 하였다. 따라서 한 줌의
쌀을 빌어먹기 위하여 험한 산골짝에 들어가 나무를 베어 운반하는 모습
과 흉년이 들어 延命과 환곡을 위하여 도토리를 주으러 산으로 들어가는
모습 등을 부각시켜서 장연 고을 사람들의 民生苦가 심각함을 드러내었다.
그러면서도 한편, 신경준은 민생고를 완곡하게 나타내려고만 했지 그에 따
른 대안을 제시하지는 않아 이것을 한계로 지적할 수 있다. 이렇듯 한계를
드러낼 수밖에 없는 이유는 「민은시」의 본래 취지가 백성들의 삶을 스케
치하여 보고하자는 데에 있었기 때문으로 생각한다.

2) 微物에 대한 事實 관찰과 시적 표출

  신경준의 문집 『여암유고』를 보면, 자연물에 대한 관심이 지대했음을
알 수 있다. 특히, 생활 중 흔히 접할 수 있는 微物에 대한 관심이 대단했
다 하겠는데, 이러한 내용을 직접 담은 글이 「蓬塢記」와 「淳園花卉雜說」
등이다. 이 가운데 「순원화훼잡설」은 신경준의 조부 善泳이 조성한 조경
과 관련되는데, 다음의 글이 이를 알려주고 있다.

순창군 남쪽 3리에 산이 있으니 산마루에 귀래정의 옛터가 있고, 귀래정의 남쪽 언덕
끝은 그윽하고 기이하여 사랑할 만하니 『여지승람』에 실어져 있다. (중략) 조부 진사
공이 늘그막에 이곳에서 지내며 정자를 동쪽 언덕의 꼭대기에 지었으며, 정자 아래에
연못을 파고 연못 가운데에 세 섬을 설치하였다. 또 뭇 돌의 기이한 것들을 모아서
천연의 부족함을 보완하니 상하좌우에 꽃과 풀이 푸르게 우거져 벌리어 나니 『이아』
와 『초경』・『수서』에서 일컫지 않은 것도 많게 되었다. 갑자년에 내가 경기도로부터
돌아와 물을 보고 옛날을 느끼니 슬픈 마음이 그지없었다. 또 평상시에 휘파람을 부르
며 웃고 노래를 불러 그윽한 생각과 한가로운 흥을 눈에 붙이고 마음속에서 펼쳐서
때로는 붓을 잡고 써서 우선은 꽃을 말하였으나 꽃 또한 10분의 1만 말했을 뿐이
다.19)

귀래정은 신경준의 10대조 申末舟가 순창으로 내려와 지은 정자로 순창
남산대에 위치해 있다. 그런데 위 내용에 의거해 보자면, 신경준의 조부
선영은 귀래정 외에 또 다른 정자를 지었고, 정자 아래에 연못을 파고 연
못 가운데에 세 섬을 설치했다고 하였다. 또한 천연스러움을 최대한 살리
기 위하여 기이한 뭇 돌들을 모아 부족함을 보완하니 상하좌우에 초목이
우거져 여러 초목화훼 관련 책에도 없는 것들이 많아지게 되었다고 하였
다. 인용문에서 신경준이 갑자년에 경기도에서 고향으로 돌아왔다고 했는
데, 이때 신경준의 나이는 33세였다. 신경준은 일찍이 21세 무렵부터 객지
생활을 이어오다가 갑자년 33세 때에 귀향한 후 조부가 조성했던 조경을
보고 만감이 교차했을 것인데, 이러한 감정 상태는 거의 마지막 부분의
'물을 보고 옛날을 느끼니 슬픈 마음이 그치질 않았다.'라는 말을 통해 알

---

19) 申景濬, 『旅菴遺稿』卷10, 「淳園花卉雜說」, 淳昌郡南三里有山 山之巔 有歸來亭
舊址 亭南巖崖幽奇可玩 輿地勝覽載焉 (中略) 大父進士公 晚居于此 作亭于東巖
之巔 亭下穿池 池中設三島 又集衆石之詭異者 以補天造之不足 上下左右 花卉葱
蒨而羅生 爾雅草經樹書之所不稱者多有之 歲甲子 余自畿夏焉 覽物感舊 愴懷無
已 且居常嘯笑歌詠 幽思閒興之寓於目而發於中者 時拈筆以書 姑先花焉 而花亦
十之一云爾.

수 있다. 그리고 평소 조부의 조경지에서 유흥상경하면서 때로는 화훼에 대한 글을 지었는데, 수많은 화훼 종류에 대비해보았을 때 10분의 1정도 말했을 뿐이라고 하여 극히 일부만 기록했음을 밝혔다. 이러한 배경에서 나온 문장이 「순원화훼잡설」이다.

「순원화훼잡설」은 온갖 화훼에 대한 내용을 담고 있는데, 이중에는 생활 속에서 흔히 접하지 못하는 것들도 있는가 하면, 양반 사대부들이 그리 귀하게 여기지 않은 것들이 태반을 차지하고 있다. 화훼초목에 대한 기호에는 그가 소유한 인생관과 철학의 가치 개념이 깊숙하게 관여하며, 한 개인은 그를 둘러싼 문화의 분위기로부터 자유롭지 못하다고 할 때[20] 신경준이 유무명의 다양한 화훼에 대한 글을 남겼다는 것은 그의 사고 체계가 열려 있음을 알 수 있다. 그리하여 신경준은 개별적인 화훼에 대한 기록을 해 가는데, 이러한 기록 내용은 세밀한 관찰이 이루어진 다음에 가능하였다. 일찍이 신경준은 「畵竹屛吟」시 서문에서 '진짜 풀 한 포기, 꽃 한 송이, 새 한 마리, 벌레 한 마리를 보고는 그렇게 귀하게 여기지 않고 보더라도 또한 눈여겨 관찰하지 않는다.'[21]고 하여 많은 사람들이 일상적 사물에 대한 관찰을 등한시하는 풍조를 꼬집은 바 있는데, 「순원화훼잡설」의 화훼에 대한 관찰 기록도 같은 맥락에서 이해할 수 있다.

다음 인용문은 「순원화훼잡설」의 한 부분인데, 정원에 난 풀을 보고 난초인지 혜초인지 구분이 안 되어 논란이 일었을 때 신경준이 실제 관찰을 한 후에 결론을 내리는 내용이다.

> 나의 집 남쪽 정원에 풀이 있어서 보는 사람이 혹 이르기를 "난초다"라고 하기도 하고, 혹은 "혜초다"라고도 하였다. 잎사귀는 난초와 비슷하나 자주색 점이 없고, 꽃과

---

20) 안대회, 「한국 蟲魚草木花卉詩의 전개와 특징」, 『한국문학연구』 2집, 고려대 민족문화연구원 한국학연구소, 2001, 151쪽 참조.
21) 申景濬, 『旅菴遺稿』卷1, 「畵竹屛吟」, 夫及遇一草一卉一禽一蟲之眞者 則不甚奇貴之 見而亦未嘗寓目焉.

줄기는 혜초와 비슷하나 열매가 푸르렀다. 겨울과 봄에 잎이 푸르면서 무성하고, 여름
에는 잎이 시들면서도 줄기가 빼어났다. 가을에는 줄기 위에 꽃이 피고, 가을과 겨울
의 교체기에는 줄기는 시들고 잎은 나고 향기는 더욱 맑고 담박하니 대개 난초와 혜
초의 무리인 듯하나 진정 난초와 혜초는 아니다. 아, 지금 비록 난초와 혜초가 있으나
그것을 아는 사람이 누구일 것이며, 그것을 알고도 또 사랑할 수 있는 사람이 또한
누구이겠는가?[22]

　글의 내용을 읽어보면, 난초인지 혜초인지 구분이 모호한 상황에서 신
경준이 내린 결론은 난초도 혜초도 아니다라는 것이다. 사람들은 대개 表
象的이고, 일시적인 것만을 보고서 난초와 혜초를 운운했는데, 신경준은
이러한 사람들의 견해를 그대로 수용하기보다는 실제 사계절을 연이어 관
찰한 후에 결론을 내리는 모습을 보이고 있다. 이러한 사례를 통하여 신경
준이 어느 정도로 사물을 집요하게 관찰했는지를 알 수가 있다.
　그러면 이러한 사물에 대한 사실 관찰이 시에서는 어떤 모습으로 나타
나고 있는가. 이와 관련된 신경준의 시는 『여암유고』 권1에 수록된 장편
고체시 「野蟲」과 칠언절구 「小蟲十章」이다. 두 작품 모두 곤충을 소재로
한 점이 공통적인데, 비록 미물일지라도 시적 소재가 될 수 있다는 사실을
여실히 보여주었으며, 작자가 생활 속 사물을 관찰한 후 시에서는 어떻게
표출했는지를 알 수가 있다.
　우선 「야충」을 살펴보기로 한다. 「야충」은 전체 74구로 이루어져 있는
데, 그중 1~24구를 인용하면 다음과 같다.

　　　有蟲狀貌異　　　　　모습이 특이한 벌레가 있어
　　　黎色細腰胛　　　　　흑색에 허리와 어깨가 가느네

---

22) 申景濬, 『旅菴遺稿』卷10, 「淳園花卉雜說」, 蘭蕙, 余家南庭有草 見者或曰蘭也 或
　　曰蕙也 葉似蘭而無紫點 花與莖似蕙而實靑 冬春葉靑而茂 夏葉枯而莖秀 秋莖上
　　花發 秋冬之交 莖菱而葉生 香甚淸淡 盖蘭蕙之族 而非眞蘭蕙也 嗟乎 今雖有蘭與
　　蕙 而知之者將誰也 知之且不能 愛之者又將誰也耶.

黨族於蟻近	종족은 개미에 근접하나
末宜同譜牒	그 족보가 같지는 않다네
爾雅不之記	『이아』에도 기록되지 않았으니
古聖識末及	옛 성인의 지식도 미치지 않았네
大地亦云寬	대지는 넓다 말할 수 있는데
奚貪郊墟濕	어이해 교외 습지를 탐내는지
鑿地爲家舍	땅을 파서 집을 만들고
向天開戶篤	하늘 향해 문을 열었네
逢雨尾以窒	비 만나면 꼬리로 막고
値晴嘴以押	맑은 땐 주둥이로 다진다네
有時虫蠅過	벌레나 파리 지나갈 때면
吞捕如電輒	번개처럼 잽싸게 물어 잡아서
携將入穴去	구멍에 가지고 들어가
賀作卯酉饈	즐거이 아침저녁 밥으로 짓네
蟲蠅卒見困	벌레와 파리 끝내 곤경을 당하여
悄慌良可悒	당황해하니 참으로 가엾구나
小蟲力固微	작은 벌레의 힘은 진정 미약하니
快如獨陽獵	노산 남쪽에서 사냥하듯 호쾌하나
大蟲雖肥豊	큰 벌레는 살찌고 풍성하더라도
悵望將奈黽	멀건이 바라볼 뿐 어찌 잡겠나
一日較所得	하루에 잡은 것을 비교해보면
必且五與十[23]	반드시 다섯에서 열이리라

(생략)

詩題가 「야충」인 것으로 보아서 이름을 명확히 알 수 없는 벌레를 소재로 했음을 알 수 있다. 먼저 1~4구까지는 야충의 외형적인 모습을 그렸는데, 작자의 세밀한 관찰력이 엿보이는 대목이다. 작자는 야충의 모습이 특

---

23) 申景濬, 『旅菴遺稿』卷1, 「野蟲」

이하게 생겼다고 운을 뗀 후에 '색은 검고 허리와 어깨가 가늘다'라고 하면서 마치 개미와 비슷하나 개미 족속도 아닌 듯하다라고 하며 다소 의문을 가졌음을 나타내었다. 그리고 5~6구에서는 유교 13경 중의 하나로 초목을 설명한 『爾雅』를 통해 의문을 해결하려고 했지만, 그것도 여의롭지 못했음을 적었다. 7~8구에서는 야충이 교외 습지에 살고 있음을 밝혔고, 9~16구까지는 순전히 야충의 생태적인 측면을 관찰한 후에 적은 내용으로 작자의 세밀한 표현 능력이 나타난 부분이다. 야충이 땅을 파서 깃든 것으로부터 시작하여 비가 내렸을 때와 날씨가 맑았을 때, 그리고 벌레나 파리와 같은 먹이가 지나갈 때 행한 행동을 寫實的으로 그렸는데, 다소 해학적인 측면이 엿보인다. 17~24구까지는 주로 야충이 먹이를 잡는 것을 보고 정리한 내용으로 힘이 약한 작은 벌레만 잡을 뿐 살찐 큰 벌레는 잡지 못한다라고 하면서 앞 내용과 마찬가지로 해학적으로 표출하였다.

이상 「야충」 시의 1~24구까지의 내용을 살폈는데, 소재가 벌레이지만 작자는 선입견이나 거부감을 나타내기보다는 오히려 친근함을 드러내고 있음을 알 수 있다. 다시 말해, 야충의 모습을 사실 관찰한 후 그것을 시적으로 형상화 하는데 치중할 뿐 벌레에 대한 좋지 않은 편견을 대입하려는 의도는 전혀 엿보이지 않는다. 오히려 벌레가 먹이를 잡는 모습을 해학적으로 그려 하찮은 미물이지만, 그 나름대로 삶의 양태가 있음을 인정하는 태도를 견지하는 점이 눈에 띤다.[24]

다음 「소충 10장」을 보자. 이 작품은 시 제목에서 알려주듯이 총 10장으로 구성되어 있는데, 맨 마지막 10장이 총괄하는 의미의 <總吟>인 관계로 개구리, 개똥벌레, 개미, 매미, 귀뚜라미, 거미, 나비, 파리, 모기 등 모두 9종류의 벌레가 등장한다. 신경준은 <총음>에서 '그 누가 장자 앞에서 곤붕을 말하는가, 큰 공 세우기 좋아하는 기문은 말세의 것. 우리가

---

24) 박명희, 「旅菴 申景濬의 詠物詩 연구」, 『한국언어문학』 55집, 한국언어문학회, 2005, 236쪽 참조.

어찌 곤충 같은 사소한 것을 읊겠나, 한 번 읊고 한 번 웃어 봄잠을 깨려 하네.'25)라고 하여 소충을 읊어서 춘곤증을 없애보려고 했다 하였다. 즉, 「소충 10장」은 어떤 큰 목적에서 창작된 것이 아니라 일상적으로 흔히 접하는 작은 벌레들이지만, 충분히 시적 소재가 될 수 있음을 발견하고, 봄날 지루함을 달래기 위해 지었다고 하겠다.

「소충 10장」 중에서 마지막 <총음>을 뺀 1~9장까지의 시 내용을 간략히 정리하면 다음과 같다. 첫 번째 개구리를 소재로 한 <蛙>는 개구리가 못과 개울에서 밤을 새워 떼 지어 울다가 아침이면 일제히 소리를 멈춘다는 내용을 중심으로 엮어 청각적 이미지를 부각시켰고, 두 번째 개똥벌레를 소재로 한 <螢>에서는 개똥벌레를 '가벼운 바람에 떠가는 버들개지'라고 하면서 해가 지면 풀숲에서 나타나는 본연의 생태적 모습을 나타내었다. 세 번째 개미를 소재로 한 <蟻>에서는 느티나무 아래에 있는 개미집을 중심으로 내용을 구성하였고, 네 번째 매미를 소재로 한 <蟬>에서는 여름철 우는 매미 울음을 포착하여 읊었다. 다섯 번째 귀뚜라미를 소재로 한 <蛬>에서는 가을에 울음을 우는 귀뚜라미의 생태적 모습을 주로 하여 그 소리를 들음으로써 수심에 잠긴다고 하였고, 여섯 번째 거미를 소재로 한 <蛛>에서는 거미가 실을 품어서 허공에 줄을 치는 모습을 다소 戲謔的으로 말하였다. 일곱 번째 나비를 소재로 한 <蝶>에서는 봄에 주로 보이는 나비가 가보지 않은 곳이 없을 것임을 나타내었고, 여덟 번째 파리를 소재로 한 <蠅>에서는 파리를 사람들이 주로 싫어한다라는 측면에 초점을 맞추었으며, 마지막 모기를 소재로 한 <蚊>에서는 모기가 뾰족한 주둥이로 인간을 무는 과정을 사실적으로 그린 점이 특징이다.

이상의 작품 중에서 인간과 가장 가까이 있으면서 주로 별로 달갑지 않은 것으로 인식되는 '파리'를 읊은 시를 인용하면 다음과 같다.

---

25) 申景濬, 『旅菴遺稿』卷1, 「小蟲十章」 <總吟>, 鯤鵬誰說漆園前 好大奇文載末年 吾輩賦蟲何瑣細 一吟一笑破春眠.

愛爾人無憎爾多	너 사랑하는 이 없고 너 미워하는 이 많으니
歐公仁厚亦云嗟	어질고 인자한 구양수도 안타까워했다지
令人憎愛皆由我	사람에게서 받는 애증 모두 나로 말미암는데
不改營營奈爾何26)	앵앵거리는 것 고치지 않으니 그대 어쩌리오

1구에서는 파리를 사람들이 사랑하기보다는 미워한다라고 하여 보편적이고 객관적인 인식 상태를 드러내었다. 2구에서는「憎蒼蠅賦」로 인하여 파리를 미워하는 사람의 대명사처럼 인식되는 歐陽脩를 들어 아무리 어질고 인자한 사람도 어쩔 수 없이 파리를 미워함을 부각시켰다. 그리고 3~4구에서는 남에게서 사랑받고 미움을 받는 것은 결국 나로 말미암는다고 하면서 '앵앵거리는'는 속성을 고치지 않는 파리를 나무라고 있다. 여기서 중요한 점은 작자 신경준이 파리를 바라보는 입장이다. 신경준은 파리가 미움을 받는 이유를 단지 '앵앵거린다'는 점에서 찾을 뿐 다른 것은 드러내지 않았다. 이는 파리가 미물이요, 해충으로서 인간에 끼친 영향이 지대함을 중심으로 나타낼 법도 한데, 그러한 측면보다는 단지 소리를 시끄럽게 낸다는 것에 초점을 맞춘 데에서 그치고 있다.

지금까지 살핀 바에 따르면, 신경준은 주변 사물에 대한 관심이 지대했으며, 특히 아무리 미물일지라도 시적 소재가 될 수 있다는 점을 포착하여 관찰한 사실을 시로 표출했음을 알 수 있었다. 여기서 짚고 넘어갈 사항은 신경준의 사물에 대한 인식이다. 신경준은 사물을 바라볼 때 사실 관찰에 치중했을 뿐 사물에 자신의 관념을 이입하지는 않았다. 사물의 있는 그대로의 모습을 내보이려 했을 뿐 이미 형성된 관념에 맞추지 않았다는 뜻이기도 하다. 때문에 사물의 속성을 최대한 존중하면서 그 가치를 인정하고 있는데, 이는 성리학에 매몰된 문인들이 간혹 인간이 중심이 되어 사물을 바라봄으로써 사물의 진정한 가치를 인정하지 않는 태도와 구별되는 점이

---

26) 申景濬,『旅菴遺稿』卷1 詩,「小蟲十章」<蠅>

기도 하다. 따라서 신경준의 사물과 관련된 시에서 이러한 점이 특히 부각
되어야 할 것이다.

3) 古體詩의 다양한 실험과 實質의 추구

한시는 운율에 따라 古體詩와 近體詩로 나뉘는데, 이러한 구분은 양자
가 가진 정형성의 강약 차이를 기준으로 하여 구분한 것으로 전자는 후자
에 비해서 정형성이 약한 편이다. 또한 신경준의 시 62제 145수를 이러한
정형성의 강약 차이를 기준으로 구분해보면 다음 표와 같은 결론에 이른
다.[27)]

詩型 구분			詩題
古體詩 (총65수)	齊言 (총37수)	四言古詩 (총12수)	「民隱詩」 10수, 「離合詩」, 「月歎」
		五言古詩 (총17수)	「遊子吟」의 〈逍遙〉・〈白鹿洞〉, 「除夕懷親」, 「野蟲」, 「記夢」, 「菜圃引」, 「素沙感懷十首」, 「除夕感懷」
		七言古詩 (총8수)	「遊子吟」의 「崑崙宮」・「闍梨窟」, 「渾沌酒歌」, 「奉別李則優」, 「挽崔斯文暬」, 「來家」, 「漫步」, 「看鳥」
	雜言 (총28수)	雜言古詩 (총28수)	「農謳」 12수, 「二十二相字歌寄李友」, 「示宗上人」, 「寄李戚兄則優」, 「古石磬」, 「龍門琴」, 「鷹谷山居八咏 分賦各二首」, 「畫竹屛吟」 8수, 「送趙秀才還山」
近體詩 (총80수)	絶句 (총48수)	五言絶句 (총21수)	「別友人」, 「瞻鶴亭十景」 20수
		七言絶句 (총27수)	「望故鄕」, 「次畫屛韻」 7수, 「蘊眞亭八景」 8수, 「小蟲十章」 10수, 「謝韓上舍致明韻」
	律詩 (총32수)	五言律詩	없음
		七言律詩 (총32수)	「次王元美登代山韻」 2수, 「次徐子與送莫廷尉之任南都」, 「次王元美題李于鱗白雪樓」, 「次鄒山人齎謝茂秦書來謁 作此以贈」, 「次解郡後寄懷李于鱗 時先余乞歸

----

27) 표의 내용은 박명희, 「旅菴 申景濬의 古體詩에 나타난 眞情性」, 『고시가연구』
   16집, 한국고시가문학회, 2005, 119쪽 참조.

		七年矣」,「次丘宗伯邀余 雪後登赤壁作」,「次王元美 兵滿山東」,「次悼隋離宮」,「次答王元美吳門邂逅見贈 之作」,「次送客遊洞庭湖」,「次賦飛來雙白鶴」,「次吳 明卿守樵川 貽詩見訊 兼有卜居吳興之約」,「次王元美 起家按察河南寄促之官」,「失題」,「弘陵齋所夜坐」,「水 州謫中」,「看史」,「舊年」,「風雨晚泊」,「鸚鵡洲」,「白 菊一叢呈一二知己」,「黃陵廟」,「靜坐聞松聲」,「寄山 中友」2수,「過疇鼎原」,「禿山城懷古」,「謝府大夫」, 「簫史携弄玉上昇」,「聞曉雞」,「初夏懷二上人」
	排律	없음

　위 표에 근거해보자면, 전체 작품 수 중에서 고체시와 근체시가 차지하는 비율이 각각 45%, 55%임을 알 수 있다. 근체시 비율이 10% 더 많지만, 전통시대 많은 문인들이 근체시를 즐겨 창작했던 것과 비교해본다면, 신경준의 고체시 비율은 상대적으로 높다 할 수 있다. 신경준은 일찍이 그가 지은 시 「農謳」 서문에서 '내 나이 17,8세에 고체시 짓기를 좋아했다.'[28] 고 했는데, 이로써 어려서부터 고체시에 매력을 느끼고 있었음을 알 수 있고, 실험적 정신에 의해 다양한 형식을 구사했다고 하겠다.

　고체시는 다시 한 구의 글자 배열에 따라 齊言과 雜言으로 나뉘는데, 신경준의 고체시 65수 가운데에서 차지하는 비율이 각각 57%와 43%이다. 즉, 제언의 작품이 약간 많기는 하지만, 잡언도 상당한 것으로 나타났다.

　먼저 제언의 4언고시는 매 시구가 네 자 또는 네 자를 위주로 해서 지어진 시 형식을 일컫는데, 『시경』에서 그 전형을 찾을 수 있다. 「민은시」는 그 짓게 된 배경을 앞 3장 1절에서 벌써 살폈는데, 임금이 『시경』의 체를 본떠 지으라 명하여 4언의 형식을 따랐고, 「離合詩」와 「月歎」은 작자의 자율적인 의도가 있었다고 하겠다. 이합시는 고체시의 한 형식으로 시구 가운데 몇몇 글자를 먼저 잘라내어(離) 그 반을 취한 뒤 다른 한 글자의 나머지 반을 합쳐서(合) 새로운 글자를 만들어 내는 식으로 되어 있다.[29]

---

28) 申景濬, 『旅菴遺稿』卷1, 「農謳」小序, 余年十七八 喜作古體詩.

신경준이 지은 「이합시」는 총 14구로 이를 두 구씩 이합해보면, '高靈申景濬舜民'이라는 글자가 이루어지는데, 곧 문자를 이합시켜 관향과 이름, 자 등을 나타내 보인 것이다. 「월탄」은 사실 제언으로 볼 수도 있고, 잡언으로 볼 수도 있는 작품인데, 본 논고에서는 '嗚呼'라는 감탄사를 제외하면 4언으로 주로 이루어진 점을 감안하여 제언시로 분류했다. 이 작품은 '오호'라는 감탄사가 노래의 후렴구를 연상시킴으로써 운율이 있는 것처럼 생각된다.

제언의 5언고시에 해당하는 작품으로는 「遊子吟」의 <逍遙>와 <白鹿洞>, 「除夕懷親」, 「野蟲」, 「記夢」, 「菜圃引」, 「素沙感懷十首」, 「除夕感懷」 등이 있다. 「유자음」은 총 4수로 이루어져 있는데, 그중에서 두 수는 5언고시이고, 두 수는 7언고시의 형식을 띠고 있다. 그리고 같은 5언고시라도 <소요>는 12구이고, <백록동>은 36구로 일정하지 않은 모습을 보이고 있다. 또한 「제석회친」은 62구요, 「야충」은 앞에서 본 바대로 총 길이 74구이다. 「기몽」은 22구로 이루어져 있고, 「채포인」은 46종의 채소를 읊은 시로 平聲 陽韻을 122韻 사용하고 있으며, 긴 장편인데도 불구하고 一韻到底를 사용하였다. 또한 특이한 것은 작품 사이사이에 내용 이해를 돕기 위한 설명을 곁들이고 있다는 점이다. 이로써 「채포인」이 예술성을 갖춘 문학 작품이라기보다는 산문에 가깝다라는 생각이 드는데, 이는 작자가 시를 인식함에 있어 활용적 가치를 우선 생각한 때문이라고 할 수 있다. 「소사감회십수」는 각 수마다 구의 길이가 다른데, 6구가 1수, 8구가 2수, 10구가 2수, 14구가 4수, 16구가 1수 등이다. 한 작품 안에서 이렇듯 다양한 구의 길이를 가지고 있는 경우는 흔히 볼 수 없는 것으로 작자의 실험정신이 엿보이는 대목이기도 하다. 그리고 마지막 「제석감회」는 총 6구로 이루어진 작품으로 흔히 볼 수 없는 형식을 갖추고 있다.

제언의 7언고시에 해당하는 작품으로는 「遊子吟」의 <崑崙宮>과 <閶

---

29) 임종욱, 『동양문학비평용어사전-중국편』, 범우사, 1997, 743쪽 참조.

梨窟>, 「渾沌酒歌」, 「奉別李則優」, 「挽崔斯文翝」, 「來家」, 「漫步」, 「看鳥」
등이 있다. 「유자음」의 <곤륜궁>과 <사리굴>은 각각 12구씩 이루어져
있고, 「혼돈주가」는 총 50구의 장편이다. 「봉별이칙우」는 총 62구요, 「만
최사문습」은 12구이다. 「래가」와 「만보」는 각각 6구로서 구의 길이로 보
자면, 앞 5언고시의 「제석감회」와 같다. 그리고 마지막 「간조」는 총 3구로
이루어진 작품으로 마찬가지로 작자의 시 형식에 대한 실험정신을 볼 수
있다.

잡언고시는 작품의 길이는 길고 짧은 데 개의치 않으며, 한 구절의 자수
또한 길이가 다양하다. 이 고체시는 형식이 비교적 자유로워서 구애받지
않고, 자신의 감정과 생각을 토로할 수 있다는 데에 장점이 있다.[30] 따라
서 앞 제언 고체시에서도 작자의 실험정신이 엿보이는 작품이 있었지만,
잡언고시를 통해서는 시 형식에 대한 작자의 인식을 직접 알 수 있다.

신경준이 남긴 잡언고시는 총 28수로 「농구」 12수, 「二十二相字歌寄李
友」, 「示宗上人」, 「寄李戚兄則優」, 「古石磬」, 「龍門琴」, 「鷹谷山居八咏 分
賦各二首」, 「畫竹屛吟」 8수, 「送趙秀才還山」 등이다. 「농구」 12수는 각 편
수가 예측 불가능한 형식을 갖추었는데, 가령 첫 번째 작품인 <雨暘若>
은 총 10구의 길이로서 각 구가 3·7·5·5·8·3·5·5·3·7언으로 이루어져 있
고, 두 번째 <迎陽>은 총 6구의 길이로서 각 구가 5·5·5·5·5·7언으로 되
어 있기 때문이다. 「농구」는 농사와 관련된 작품으로 각 편수의 길이도 각
각이지만, 구의 글자 수도 일정하지 않아 그럼으로써 운율감을 느끼게 한
다. 즉, 마치 농부들이 논에서 일을 할 때 힘겨움을 덜기 위해 부르는 노동
요 또는 농부가라는 생각이 드는데, 각 구의 글자 수를 들쑥날쑥하게 함으
로써 노래와 무관치 않음을 시각적으로 나타내었다. 네 번째 작품인 <提
鋤>를 예로 들어본다.

---

30) 임종욱, 앞 책, 760쪽 참조.

提鋤去靑山	호미 들고 청산으로 가서
白水稻田	논밭에 맑은 물 대고
提鋤歸月明	호미 들고 밝은 달빛에 돌아오니
前邨翠烟	앞마을엔 푸른 안개 있어라
白木柄强三咫	흰 호미 자루는 겨우 세 자
一歲三百六十日	일 년 삼백육십오일 동안
我命托子31)	내 목숨 너에게 맡겼노라

시제를 풀어보면, '호미를 들고'이다. 1~4구까지는 호미를 들고 청산에 있는 논과 밭에 가서 일을 하다가 저물녘에 집으로 돌아오는 내용으로 노동과 관련되어 있다. 그리고 5~7구까지는 비록 호미가 그리 크진 않지만, 농사를 지음에 반드시 필요하다는 인식을 표현하였다. 이 작품은 노동 현장과 농기구의 소중함을 동시에 읊은 작품으로 각 구의 글자 수는 보는 이에 따라 달라질 수 있지만,32) 본 논고에서는 5·4·5·4·6·7·4언으로 구분하였다. 글자 수를 어떻게 나누든지 잡언임에 분명하고, 노래라는 생각에서 각 구를 들쑥날쑥하게 만들어 운율적 효과를 더했다.

「이십이상자가기이우」는 마지막 두 구가 두 글자씩 더 많은 형태를 띠고 있어서 잡언이 되었다. 제목을 풀어보면, '相字를 22번 사용하여 지은 노래를 李氏 벗에게 부치다'로 시 속에서 '相'자를 무려 22번 사용하여 만남과 이별이라는 내용에 맞추었다. 총 16구에서 같은 한자를 여러 차례 반복했다는 것은 장난스러운 측면도 있지만, '相', '別', '苦' 등의 글자를 자주 사용하여 '그리움'의 감정을 간절히 나타내었다. 「시종상인」은 총 7구로 5·5·5·5·7·7·6언의 형태를 띠었고, 「기이척형칙우」는 총 4구로 6·5·5·7언으로 되어 있다. 「고석경」은 총 6구로 5·5·5·5·7·7언으로 되어 있고, 「용

---

31) 申景濬, 『旅菴遺稿』卷1, 「農謳」네 번째 작품 <提鋤>
32) 가령, 李埈瑩은 그의 논문 「旅菴 申景濬의 學問傾向과 詩世界」(서울대학교 석사학위논문, 2011, 9) 74~75쪽에서 「농구」<제서>의 각 구의 글자 수 배열을 5·4·5·4·3·3·7·4로 했다.

문금」은 총 6구로 5·5·7·7·7·7언으로 되어 있다. 「웅곡산거팔영 분부각이
수」의 첫 번째 작품 <搬柴>는 총 5구로 5·5·4·4·5언의 형태이고, 두 번째
작품 <煎茶>는 총 4구로 5·6·6·7언으로 되어 있다. 「화죽병음」8수는 각
시가 모두 총 4구로 5·5·5·7언으로 되어 있고, 마지막 「송조수재환산」은
총 64구로 맨 처음 두 구만 3언이고, 나머지 62구는 모두 7언이다.

이상 신경준의 시를 운율에 따라 분류하고, 고체시를 중심으로 살폈는
데, 앞에서 여러 차례 언급했듯이 시 형식의 실험 정신을 엿볼 수 있었다.
제언에서도 남다른 실험 정신이 엿보였지만, 역시 잡언에서 그러한 면모는
두드러졌다고 할 수 있다. 그렇다면, 이러한 모습을 어떻게 바라보아야 하
는가. 앞 2장에서도 정리했듯이 신경준의 학문 요체의 한 부분은 바로 '實'
이라고 했을 때 이러한 측면과 무관하진 않다고 생각한다. 신경준은 시를
지을 때의 상황 같은 것을 중요시 하면서 그 상황에 따라 시 형식도 함께
따라와야 한다고 보았음에 분명하다. 즉, 형식에 내용을 무조건 맞추기 보
다는 현실적인 상황을 우선 존중하면서 그 속에서 시를 창작했다고 함이
맞다. 이는 신경준의 시 창작은 그가 추구한 '실'과 무관한 것이 아니라 서
로 연관되며, 결국 시 형식에서조차 實質을 추구했다는 반증이 된다.

4. 근대지향 의식과의 관련성

지금까지 신경준이 학문에서 '실'에 힘썼음을 주목하고, 시적 실천 양상
을 살폈다. 그 실천 양상은 세 가지로 나타났는데, 첫째 관료 생활 중에
목격한 백성들의 삶을 시에 투영한 경우, 둘째 주변 사물의 사실을 관찰한
후에 시로 표출한 경우, 셋째 시 형식에 대한 실험 정신을 구현한 경우 등
이었다.

그러면 이러한 시적 실천 양상이 근대지향 의식과 연결될 수 있는 측면

은 없을까? 물론 이러한 논의를 하려면 '근대' 아니면 '근대성', '근대지향' 등의 용어 풀이가 선행되어야 한다. 본 논고는 이러한 용어에 대한 본격적인 풀이의 장이 아니므로 본격적인 논의는 뒤로 하더라도 어설프게나마 이야기할 수 있는 것은 '전근대'의 상대어가 '근대'라고 할 때 전근대에 횡행된 모든 것들을 상정해 봄이 옳을 듯하다. 시각에 따라 차이가 있겠지만, 전근대 시절에는 사고 자체가 절대적이었고, 폐쇄적인 측면이 강했다고 할 수 있다. 이러한 모습들이 점차 사라져간 시기를 대체로 '근대기'라고 명명할 수 있을 텐데, 조선의 경우 이러한 근대기의 출발은 17세기부터였고, 본격화된 때는 18세기였다고 하는 데에는 異說이 없을 것이다. 그런데 18세기는 사실 미래 지향적으로 근대기에 본격적으로 진입한 시기이기도 했지만, 전근대의 모습이 완전히 일소된 것이 아니어서 두 양상이 혼재했다고도 할 수 있다. 신경준은 이러한 두 양상이 공존하는 18세기에 살면서 사고 자체는 다음 세기에 더 가까운 모습을 보이고 있는데, 때문에 본논고도 그러한 측면에 초점을 맞출 수 있었다. 신경준의 사고가 다음 세기에 더 가깝다는 단서는 다음의 인용문을 통해서 잡아낼 수 있다.

> 말로 드러낼 때면 왕왕히 궁색하지 않고, 드러냄이 있는 곳에서는 모두 꼭 맞으며, 글을 이룰 때엔 앞사람의 입에서 나온 말을 답습하지 않고, 스스로의 가슴 속에 있는 바를 드러내어 구차히 일정한 규칙에 얽매이지 않고, 탁연히 일가를 이루었으니 진실로 드문 宏才이며, 희세의 通儒라 할 수 있다.33)

신경준을 누구보다도 잘 알았던 홍량호가 쓴 『여암유고』 서문에 나온 내용이다. 홍량호는 먼저 신경준의 말이 궁색하지 않았고, 맞지 않음이 없었다고 하였다. 또한 글을 씀에 앞사람을 무조건 답습하지 않고, 가슴 속

---

33) 申景濬, 『旅菴遺稿』序, 其發之言也 汪汪乎不窮 鑿鑿乎有徵 其形於文也 不襲前人之口 而自出吾肺腑 不拘攣於繩尺 而自中彙會 卓然成一家之言 可謂絶類之宏才 希世之通儒也.

에 지니고 있는 생각을 드러내어 남들이 정해 놓은 典範에 맞추려고 하지 않았다고 하였다. 그러면서 마지막으로 '굉재'요, '통유'라고 하였다. 여기서 주목해야 할 사항은 '앞사람의 입에서 나온 말을 답습하지 않았다'는 것과 '구차히 일정한 규칙에 얽매이지 않았다'는 부분이다. 이들은 문장과 시를 지음에 전자는 전시대를 무조건 傳襲하지 않았다는 뜻일 것이고, 후자는 기존에 이미 정해진 규칙에 따르기 보다는 나름대로의 개성을 드러내었다는 의미일 것이다. 특히, 전자와 관련해서는 전시기 유행했던 擬古主義와 연결지을 수 있다. 의고주의는 16~17세기 문단의 대세였던지라 많은 문인들이 이에 의거해 문장과 시를 지었고, 무조건 따라서 하는 경향이 짙었다. 이러한 여파는 18세기에 완전히 사라진 것은 아니어서 신경준도 일정 부분 영향을 받은 측면이 있지만,[34] 홍양호의 관점으로는 신경준이 그래도 앞사람을 무조건 따라가지는 않았다고 본 것이다. 이러한 신경준의 면모는 詩作에서는 寫實的 표현과 연결된다 하겠다. 그리고 이러한 사실적 표현은 사물에 대한 세밀한 관찰이 선행되어야 하는데, 이러한 측면과 관련해서는 3장에서 이미 언급하였다. 가령, 「민은시」7~9장이나 「야충」, 「소충10장」 등의 작품은 현실에 바탕을 둔 것으로 현실에 대한 애정 어린 시선이 부족했다면 나올 수가 없다.

또한 신경준은 특히, 시 형식에서 기존에 정해둔 규칙을 그대로 따르기 보다는 나름대로의 개성적인 측면을 보여주었다. 사실 고체시는 근체시에 비하면 형식적 제약이 심하지 않다 할 수 있다. 그런다고 해도 고체시를 무조건 파격으로 창작한다는 것은 안될 말이었고, 어떤 작가가 고체시 형식의 파격을 시도할 경우, 몇 작품에 그치고 마는 정도였다. 그런데 신경준은 그렇지 않았다. 한두 작품이 아니고, 전체 시의 거의 절반에 가까운 작품이 고체시이고, 이러한 고체시의 형식적 틀을 파격적으로 깨트렸음을

---

34) 신경준이 王世貞과 李攀龍 같은 명대 전후칠자의 시를 차운한 것은 의고주의를 일소하지 못한 측면으로 이해할 수 있겠다.

볼 수 있었다. 이러한 모습은 앞의 사실적 표현과도 일정 부분 연결되기도 하는데, 무엇보다도 작자 스스로 개성을 드러내어 남과 다른 독특함을 표출했다고 할 수 있다.

본 논고는 시 작품에서의 신경준의 사실적이고 개성적인 측면이 근대지향과 맞닿아 있다고 판단하였다. 전시대를 무조건 따르기 보다는 현실을 존중하면서 자신만이 가진 개성적인 세계를 보여주었기 때문이다.

5. 나오는 말

본 논고는 『여암유고』권1에 실린 신경준의 시 62제 145수를 대상으로 무실의 학문적인 면이 시에서 어떤 양상으로 전개되었는지를 구명하였다. 신경준 학문의 요체는 '박'과 '실'이라고 할 수 있다. 신경준은 홍량호가 언급한 바대로 九流二敎의 학문에 두루 걸치고, 당대인들이 소위 말하는 雜學에 이르기까지 능통하여 '박'이라 하였고, 실생활에 유용한 학문에 주로 많은 관심을 가지고 있었기에 '실'이라고 하였다. 그런데 '박'은 소재적인 차원이 될 수 있고, '실'은 내용 및 방법과 연관될 수 있다고 보고서 신경준 문학을 이해하는 본령은 '실'에서 찾았다. 이렇게 '실'에 초점을 두고 신경준의 시를 바라보면, 첫째, 생활에 밀착되어 있거나, 둘째, 사물에 대한 사실 관찰을 바탕으로 했으며, 셋째, 한시 형식의 규범을 파괴하면서까지 실질을 추구하는 모습을 볼 수 있었다.

첫째, 생활에 밀착된 경우로는 53세 때 장연현감으로 부임했을 당시 그곳 백성들의 삶을 보고 지은 「민은시」10장에 주목하였다. 특히, 7~9장의 시에서 현지인들의 삶의 질곡을 고스란히 투영했음을 알 수 있었다. 그렇지만, 「민은시」 자체가 스스로 지은 것이 아닌 임금의 명에 따라 지은 것이기 때문에 현실을 완곡하게 그린 측면이 있어 이것을 한계로 지적하였다.

둘째, 사물에 대한 사실 관찰을 바탕으로 한 경우로는 「야충」과 「소충 10장」 등을 통해 살폈다. 신경준은 평소 주변 사물에 대한 지대한 관심을 가지고 있었고, 심지어 아무리 미물이지만 그냥 지나치지 않고 반드시 관찰하는 습관이 있었다. 이러한 평소 습관에서 지어진 작품이 「야충」과 「소충10장」이다. 이러한 영물시를 통해서는 신경준이 사물 자체의 모습을 존중하면서 사물의 진정한 가치를 인정했다고 결론지었다.

셋째, 한시 형식의 규범을 파괴하면서까지 실질을 추구했다고 보았는데, 특히 고체시에서 그러한 모습을 볼 수 있었다. 신경준의 전체 시 145수 가운데 고체시는 65수로 45%를 차지하고 있다. 이러한 작품 수는 다른 작가들에 비할 때 상대적으로 적지 않다고 할 수 있는데, 특히 여러 고체시를 구사함으로써 남다른 실험정신을 보이고 있는 점에 주목하였다. 그러면서 신경준은 시적 상황을 존중하여 상황에 따라 시 형식을 정했을 것이며, 결국 시 형식에서조차 실질을 추구했다고 결론지었다.

그리고 마지막으로 지금까지 살펴본 신경준의 무실 정신을 바탕으로 한 시적 실천은 전근대의 의고주의와 몰개성주의적인 사고의 틀에서 어느 정도 벗어났기 때문에 가능했다고 보고 근대지향 의식과의 관련성도 논의하였다.

제5장

存齋 魏伯珪의 현실인식과 시적 형상화

1. 머리말

　存齋 魏伯珪(1727~1798)는 조선후기 호남의 대표 실학자로서 중앙과 멀리 떨어진 僻村 長興의 在地 士族으로 일생을 보냈다. 그러나 비록 벽촌에서 일생을 보냈다고는 하나 위백규의 현실을 보는 예리하고 날카로운 안목과 현실을 구제하는 대안은 결국 조정에까지 알려져 많은 이들의 논란의 대상이 되기도 하였다. 이러한 현실에 대한 안목은 거의 동시대 호남 실학자로 지칭되는 旅庵 申景濬, 頤齋 黃胤錫, 圭南 河百源 등에 비할 때 넓고도 깊으며 체계적이기까지 하다. 이러한 사실은 「政絃新譜」(33세), 「封事」(50세), 「萬言封事」(70세) 등의 현실을 비판하고 진단한 저술 등이 말해 주고 있는데, 가령, 「정현신보」의 경우 時弊 13가지를 나열하여 서술하였고, 「봉사」에서는 마찬가지로 시폐 29가지를 정리하여 체계화시켰기 때문이다. 이러한 저술들의 내용은 실제 생활 속에서 보고 느낀 것을 가감없이 적은 것으로 당시 현실의 부조리한 모습을 극명히 보여준다는 점에서 주

목받기에 충분하다. 따라서 그동안 각 분야에서 이루어진 위백규의 연구도 이러한 면에 초점을 맞추어 그의 실학적 면모를 들추어내려고 하였다.

시조 「農歌」로부터 시작된 위백규의 문학에 대한 연구는 1990년대 초에 이르러서야 본격화되었다. 특히, 그동안에 이루어진 연구를 외적으로 넓혀 한문학에 대한 관심이 집중되었는데, 이로서 위백규 문학의 실체를 조금은 파악할 수 있게 되었다.[1] 그러나 400여 수에 이르는 한시 작품과 그 무수한 한문 자료가 아직도 완전 해독이 되지 않은 상태인지라 그 실체를 제대로 파악하기란 遙遠하다고 생각한다.

본 논고는 우선 위백규의 한시문 중에서 현실인식이 바탕이 된 작품을 분석해 보고, 이러한 작품들이 과연 어느 정도 시적 리얼리즘을 실천했는가? 하는 측면을 연구하였다. 여기에는 위백규 시문의 중심은 '현실시'이다라는 막연함이 은연중에 있다. 즉, 위백규는 30대 초반에 벌써 시폐를 논의할 정도로 대사회적인 문제의식을 지니고 있었다. 그리고 현실인식을 바탕에 둔 시문도 거의 동궤를 그리며 창작되었다. 따라서 이를 무수한 문인들과 대별되는 위백규 자신만의 시문 특징으로 간주할 수도 있겠는데, 이로써 연구의 당위성은 기본적으로 찾아진다. 구체적인 내용에 앞서서 위백규는 농촌 현실을 어떻게 인식하고 있었는지를 먼저 살피고자 한다.

---

1) 그동안 이루어진 위백규의 한문학적 주요 연구를 나열하면 다음과 같다. 김석회, 「존재 위백규의 생활시 연구」, 서울대 박사학위논문, 1992 ; 김석회, 『존재 위백규의 문학연구』, 이회문화사, 1995 ; 윤은혜, 「위백규 시 연구」, 카톨릭대 석사학위논문, 1996 ; 김준옥, 「존재 위백규의 문학적 기반」, 『고시가연구』 9집, 한국고시가문학회, 2002, 228~256쪽 ; 위홍환, 「존재 위백규의 시문학 연구」, 조선대 박사학위논문, 2005.

2. 농촌 현실에 대한 인식

위백규는 長興魏氏로 麗代에는 그런대로 著姓이었으나 조선초에 魏种이 金宗衍의 역모에 가담한 죄로 중앙 정계에서 점차 멀어져 관로가 점점 막히게 된다. 그러다가 임진란 때 의병에 가담하여 잠시 출사가 이루어진 듯 하였으나 그것도 오래 지속되지 못하고 향촌에서 머물며 사족으로서의 명맥을 유지할 수밖에 없었다.[2]

「연보」의 내용에 의하면, 위백규는 일찍이 명민함을 보였지만, 뚜렷한 스승을 찾지 않고 家學으로서 叔祖인 春潭公에게서 육갑과 천자문 등을 익히는가 하면, 스스로 독서하며 경학 뿐 아니라 여러 책을 두루 섭렵해나 갔던 것으로 나타난다. 그러나 스스로 하는 공부에 한계를 느껴 25세가 되던 해에는 드디어 충청도 德山의 屛溪 尹鳳九를 찾아가 束修禮를 행하고 『대학』과 『중용』등을 수학하면서 스승과 제자의 인연을 맺는다. 당시 윤봉구는 국중에 알려진 성리학자였는데, 위백규가 자신이 살고 있는 장흥과 덕산의 거리가 상당함에도 不遠千里하고 찾아갔던 것은 체계적인 공부를 하기 위함이었다고 할 수 있다. 윤봉구는 처음 만난 위백규에게 '三難字'라는 운을 주면서 자신의 시문을 잇게 한다. 위백규는 이에 부응하여 '사람이 헛되게 살지 않음은 자고로 어려우니, 참으로 알고 실천하는 것 이것이 어려운 것이네, 이제 선생을 뵙고 큰 도를 들었으니, 높은 데 오르고 먼 데 감을 어렵다 사양하리'[3]라는 시문을 짓는다. 이러한 차운에서 위백규가 윤봉구를 처음 만났을 때의 기쁨이 얼마나 컸으며, 스승에게서 많은 것을 수학하리라는 기대가 대단했음을 알 수 있다. 또한 위백규와 윤봉구는 만난 지 2년 후에 당시 성리학자들 사이에 논란이 되었던 人物性同異

---

2) 그동안 위백규의 생애에 대해서는 여러 논자가 정리하였다. 따라서 본 논고는 생애에 관한한 지금까지의 논고와 「연보」 등을 참조하였다.

3) 魏伯珪, 『存齋全書』卷1, 「辛未春 謁久菴先生於玉屛溪 歸途中敬次先生所贈三難字韻」, 人不虛生自古難 眞知實踐是爲難 今見先生聞大道 升高行遠肯辭難.

論에 대한 이야기와 시문을 주고받는다.

그러나 위백규는 경제적인 여건이 좋지 않아 스승 곁에 오래 체류하지 못하고 잠시 머무르다 고향 집으로 돌아가고는 하였다. 「연보」31세조에는 위백규가 가난한 살림 때문에 오래 머물며 강습할 수 없음을 윤봉구가 안타깝게 여기며 양식과 반찬을 주어 잠시나마 곁에 있게 하는가 하면, 『주자대전』을 얻어 볼 수 있도록 한 기록이 나와 있다.[4] 제자의 가난함을 누구보다도 잘 알고 있던 스승인지라 물심양면으로 도와주고픈 마음이 간절했음을 알 수 있다. 이렇게 비록 오랜 체류는 하지 못하였지만, 위백규는 윤봉구를 스승으로 모신 이후 여러 방면에 두루 관심을 보이기 시작하며 본격 저술 활동을 하게 된다. 그리하여 31세 때에는 「時弊 10條」를 지어 스승에게 바치는가 하면, 32세 때에는 세계지리서라고 할 수 있는 「寰瀛誌」를, 33세 때에는 경전 중에서 감명 받은 章節을 엮은 「古琴」과 그리고 시폐를 논한 「정현신보」등을 저술한다. 또한 윤봉구의 가르침을 받는 중에도 끊임없이 과거에 응시하여 입신양명의 뜻을 저버리지 않지만, 33세 때에 이미 「정현신보」를 통하여 '貢擧의 폐단' 등을 지적한 바가 있기에 '三僻(地僻·人僻·姓僻)'에 놓인 자신이 벼슬에 오를 수 있으리라고는 그리 확신하지 않았을 것으로 생각된다.

한편, 22세 때 이미 長川齋에서 학생들을 불러 모아 과정을 정하여 가르치기 시작한 위백규는 윤봉구에게 나아간 후에도 마찬가지로 친척 자제들을 가르치는 일에 매진하는데, 뿐만 아니라 養正塾이라는 학당을 설립하여 이전보다 더 체계적인 향촌 교화를 하기에 이른다. 위백규가 살았을 당시는 그 이전 16,17세기 때와 같이 향촌사회의 권력이 사족들에 의해 완전히 장악된 것은 아니었지만,[5] 점점 허물어져만 가는 향촌의 규율을 세우려는

---

4) 魏伯珪, 『存齋全書』 「年譜」, 丈席憫其家貧 不能久留講習 因給糧饌 使少淹旬日 且知無朱子大全 語胤子心緯 曰子華不能用工於朱子全書 可惜 盍謀於完營爲得一帙計乎.

5) 金仁杰, 「조선후기 향촌사회 권력구조 변동에 대한 시론」, 『한국사론』 19집,

노력을 나름대로 기울였음을 알 수 있다. 이렇듯 위백규는 덕산과 고향 傍村을 왔다갔다하며 배우고 가르치는 일을 병행하며 향촌을 교화하는 일까지 수행하지만, 아직은 생활 속 현장에 완전히 나아간 것은 아니라고 할수 있다. 즉, 자신이 사족의 위치에 있었기에 향촌 사람들을 이끌며 조금은 군림하는 자세를 취했다고도 할 수 있다. 하지만, 41세 스승 윤봉구가 세상을 뜨고, 덕산수학기가 끝나면서부터는 향촌에 머무르며 생활 속 현장에 뛰어들기 시작하는데, 躬耕讀書를 본격적으로 하기에 이른다. 다음은 생활 속 현장에 뛰어든 상황을 구체적으로 보여주는 연보 내용이다.

> 이 해에 社約으로 인하여 마침내 궁경독서의 규약을 정하였다. 비옷과 삿갓, 호미를 갖추고 또한 서책을 허리에 찼다. 직접 목화밭의 김을 매고 정오에 큰 나무 아래에서 쉬면서 각자에게 그날 공부할 내용을 가르쳤다. 매달 초하루와 보름이면 都講을 베풀고서 각자가 절구와 장률을 짓게 하고, 서기와 간찰에 이르기까지 그들의 재질에 따라 품평하였다. 향약과 『소학』의 글들을 가려 뽑아서 풀이하고 읽었다. 실행한지 수년 만에 효과가 나타나기 시작하였다.6)

사약이란 '社講會'의 규약을 의미하는데, 이는 30세 미만의 청년을 중심으로 학문을 닦으며 농경에 임하기 위하여 만든 모임 정도로 이해할 수 있다. 삿갓와 호미를 가지고 직접 농사를 짓다가 쉬는 틈을 이용하여 공부를 가르치는 등 전형적인 궁경독서의 모습을 엿볼 수 있는 대목이다. 뿐만 아니라 그동안 공부한 내용을 정리하는 차원에서 절구와 장구를 짓게 하는가 하면, 서기와 간찰 등을 통하여 재질을 품평하는 등의 과정을 통하여 자신의 공부 수준을 점검하니 수년 후에는 그 효과가 나타나 궁경독서의

서울대 국사학과, 1988, 318~319쪽 참조.
6) 魏伯珪, 『存齋全書』年譜 42歲, 是歲因社約 遂爲躬耕讀書之規 具簑笠荷鋤 兼帶書冊 自耘綿田 而亭午休大樹下 各授課讀 每朔望設都講 各制絶句長律 以至序記簡札 隨其材而第之 釋讀鄕約小學章抄 行之數年 著有成效.

의미가 나타났다고 적었다. 그러는 가운데 당시 위백규의 향촌 내에서의 이러한 활동을 嫉視하는 눈초리도 있었으나 '비록 시기 질투하는 사람들이 백방으로 훼방을 놓아도 오히려 그만두지 않았다.'[7]라고 하여 소신 있는 자세를 견지하기도 하였다. 위백규가 생존한 18세기는 그 이전의 향촌에서 사족이 누렸던 경제적인 부를 더 이상 누릴 수 없는 상황에 이른 경우가 많았다. 위백규도 예외는 아니어서 자신의 처지가 심각할 정도로 가난함을 여러 글에서 나타내 보이고 있는데, 그렇다면 자신이 사족이라는 신분을 버리고 남의 질시까지 받아가며 궁경을 하게 된 것은 순전히 어려운 상황을 타개하기 위한 어쩔 수 없는 한 방편이었다고 볼 수 있다. 이리하여 위백규는 농촌에서 현실적으로 농민과 직접 부대끼며 비참한 현장을 조금씩 발견하게 된다.

다음 두 글은 모두 '漕運의 폐단'을 논한 것 중의 일부분이다. ①은 33세 때에 지은 「정현신보」에 실린 내용이고, ②는 50세경에 지은 것으로 당시 장흥군수로 와 있던 黃幹의 「봉사」를 대신 써준 글이다. 이 두 글을 비교해 보면, 농민들이 비슷하게 어려운 상황에 처하게 되었을 때, 나타내 보여준 정도가 다름을 알 수 있다.

①　이를 보는 병든 백성과 쇠잔한 농민은 발을 구르며 바라다보고 머리를 긁적이면서 탄식하지만 감독관은 단지 구경만 하고 있을 뿐 백성의 고통은 아예 생각하지 않습니다.[8]

②　이윽고 창고에 도달하니 監官을 어린애로 여기고 농민을 버러지로 봐 버린 뒤 斛과 저울대를 마음대로 동독하여 호통을 쳐대며 濫捧케 하니 尸童 監色이 감히 누구냐고 대들지 못하고 애잔한 저 농민들은 발을 구르며 소리를 삼키고 맙니다. 고혈을 다 짜내고 傾甁倒軸의 지경인데 破船한 쌀이라 하여 다시 舂米네, 縮米네,

<hr>

7)『存齋全書』年譜 42歲, 雖猜忮者 百方嚇沮 猶不永廢.
8) 魏伯珪,「政絃新譜」漕運之弊, 其藥病民殘農 頓足旁觀掻首吞聲 其監色恝爾無憫.

加米네 하여 旋復하기를 여름 유월 보릿고개 한없이 참혹한 때를 당하여 벼락치고 불난 듯이 재촉해대니 大民은 그 家庄을 전매하고 小民은 그 族隣을 분탕질하여 사방의 들판에 '農歌'가 문득 끊겨져 버리고 열 집의 마을에 버려진 아이들이 다투어 울어 댑니다.9)

①과 ② 모두 지방에서 해운을 통하여 곡식을 운반한 후 서울에서 저울에 매달아 뜨는 광경을 나타낸 것으로 운반 도중 중간 관리자들이 부정을 저질러 정량이 되지 못한 상황을 알 수 있다. 중간 운반자들은 이미 감독관에게 뇌물을 준 상태이기 때문에 감독관들 또한 농민을 버려지 취급한다고도 하였다. 그러나 농민은 저항하지도 못하고 그저 당하고만 있을 뿐이라 하여 힘없는 계층의 서러움을 대변해주고 있다. '농가'는 농민들이 농사지을 때 흥겹게 부르는 노래일진대 더 이상 불리지 않고 끊겨졌다고 함은 흥의 대상과 명분 등이 사라졌음을 암시하는 것으로 농촌의 현실이 어느 정도인지를 알게 한다.

한 가지 더 위 두 글을 비교하여 알 수 있는 점은 ①에 비할 때 ②의 상황 설명이 자세하다는 점이다. 즉, ①은 극히 피상적인 반면 ②는 구체적이어서 바로 눈앞에서 벌어지고 있는 일처럼 나타냈다. 이는 위백규가 같은 상황을 두고서도 정도를 다르게 나타내 보여주었다는 반증인데, 위 두 글을 썼던 자신의 상황과 전혀 무관하다고 볼 수는 없다. ①의 내용을 썼을 당시는 윤봉구에게 수학하고 있었던 때로 위백규 자신이 농민의 삶과 다소 간격이 있었던 때라고 할 수 있다. 반면, ②의 내용을 썼을 당시는 농촌의 현실에 이미 뛰어들어 농민과 함께 부대끼며 그들의 고통을 조금이나마 目睹했던 때이다. 이렇게 본다면, 결국 농촌의 현실을 진정으로 이

9) 魏伯珪,「封事」, 漕運之弊, 旣到倉所 則兒視監官 蟲視農民 自董斛槩喝令濫捧 尸童監色 莫敢誰何 殘彼農民 頓足呑聲 輸膏納血 傾甁倒軸 而破船米 更舂米縮米加米 旋復星催火迫於夏六月麥窘孔慘之際 大民典賣其家庄 小民焚蕩其族隣 四郊之農歌頓絶 十室之孤孩競號.

해할 수 있었던 때는 궁경독서기에 접어들어서야 가능했다고 할 수 있다. 하지만, 두 글 모두 상소문인지라 상투적이고 관념성에 그칠 소지가 다분하다. 따라서 현실을 입체적으로 보여줄 보다 더 나은 글의 양식이 필요했을 것인데, 시문을 통한 '현실 보여주기'는 이리하여 가능할 수 있었다.

3. 시적 형상화의 양상

1) 궁핍한 삶의 觀照的 표현

위백규는 가난한 향촌 사족으로서 의도하지는 않았지만 晝耕夜讀해야만 하는 위치에 있었으며, 그러는 가운데 빈궁한 농촌의 삶의 양태를 볼 수 있게 된다. 다음은 이와 관련된 첫 번째 작품이다.

> 二月田家倒甁甖　　이월 맞은 시골집들 쌀독을 기울이고
> 不堪時事苦營營　　세시의 일 감당 못해 괴로움만 빈번하네
> 花開古峽鳥鳴磵　　꽃이 핀 옛 골짝과 새 지저귀는 시냇가엔
> 惟有春風非世情10)　오직 봄바람만 있어 세속의 정한과 다르네

위 시는 작자가 수학의 장소로 삼았던 天冠山의 長川齋로 들어가면서 지은 것으로 시기적으로는 2월에 해당한다. 2월의 농가는 지난해의 곡식이 거의 바닥이 난 상태이기 때문에 한 해 중에서 그 어느 때보다도 빈궁하기 이를 데가 없다. 그러한 사실은 바로 기구의 '쌀독을 기울인다'라는 표현을 통하여 간접적으로 전해주고 있다. 또한 가난은 인간이 인간으로서 누려야할 일조차도 감당하지 못하게 만드니 그 괴로움이야 비할 데가 없는 것이다. 승구까지는 이러한 가난하여 어려움에 처한 농촌의 현실을 전

---

10) 魏伯珪, 『存齋全書』卷1, 「二月入長川洞」.

해주고 있지만, 전구와 결구에서는 인간의 삶과는 다른 자연을 등장시켜 극명한 대조를 하였다. 지금 작자가 들어가는 장천재는 산 속에 있기에 주변에는 흐르는 물과 새, 꽃 등의 자연물들이 산재해 있고, 또한 때는 2월인지라 봄바람도 불어주고 있다. 그러나 이러한 여유로운 자연의 모습은 세속에 묻혀 사는 인간에게서는 볼 수 없음을 들어 고난의 연속에 쌓인 농촌의 삶을 부각시켰다.

그런데 여기서 눈여겨보아야 할 것은 작자가 어떤 태도로 농촌의 삶을 바라보고 있는가? 하는 점이다. 작자는 농촌의 삶이 어떻다는 것을 알고 있는 듯하지만, 사실은 그렇지 못한 입장에 놓여있다. 즉, 그저 멀리서 관조하면서 사실을 전해줄 뿐이지 어려움을 겪게 된 어떤 원인 제시도 없기 때문이다.

다음의 시는 가난의 원인으로 자연재해를 들고는 있지만, 농촌을 바라보는 관점은 앞 시와 그리 큰 차이를 보이지 않는다.

稱爲梅霖古或然	매림이라 일컫는 땐 옛적에도 혹 그랬는데
翻盆浹旬秪今年	만 열흘 동이 뒤집듯 한 것은 다만 금년뿐
農民愁死其如歲	농민들 시름에 죽을 맛이니 올해를 어이 하리
大陸橫侵莫問天	대륙이 마구 잠기니 하늘에 물을 수도 없네
賢聖有言吾自慰	성현의 말씀이 있어 내 스스로를 달래보나
爨炊無計婦堪憐	밥 지을 계책이 없으니 부인네 가련하네
化翁戲劇應靡已	조화옹의 장난은 아마도 그침이 없으리니
且喚家僮看防川[11]	우선 집안의 아이 불러 방천을 보게 하네

수련에서 말한 梅霖은 보통 매실이 익을 무렵에 오는 긴 장마로 알려져 있는데, 이는 언제나 겪는 자연 현상이기에 체념한 듯한 어조로 시문을 열었다. 그러나 다른 해와 유달리 장마가 길게 이어지면서 삶에 안겨주는 것

---

11) 魏伯珪, 『存齋全書』卷1, 「疊韻送河義瑞單道別懷」.

은 곤궁함뿐임을 '열흘 동안 동이를 뒤집듯이 한다'라는 표현을 통하여 제
시하였다. 그러니 이러한 농촌에서 사는 농민이 걱정될 수밖에 없다. 작자
의 愛民意識을 엿볼 수 있는 대목이기도 하지만, 그렇다고 그 이유를 하늘
에 물을 수도 없다라고 하여 인간으로서의 한계를 드러낸다. 여기까지가
함련의 내용이라고 할 수 있다. 경련에서는 '나'와 '부인'을 서로 대조시켜
'나'는 성현이 남긴 책을 읽으며 위로의 자료로 삼을 수 있으나 반대로
'부인'은 밥 지을 것조차 없으니 가련하기 이를 데 없다라고 하여 현실의
불행을 보고서도 어찌지 못하는 나약한 儒者의 모습을 보여주었다. 이런
나약함은 다음의 미련까지 이어지는데, 장맛비는 결국 조화옹의 소관이라
고 돌리며 단지 작품 속 화자가 할 수 있는 일이라고는 아이를 시켜 방천
을 보게 하는 것일 뿐이다. 결국 농촌에 닥친 불행은 다른 어떤 것도 아닌
자연 재해로 인한 것이기에 어찌할 수 없어서 작자는 나약한 자세로 세계
를 관조만하고 있다.

　　다음 시도 위의 시와 거의 흡사한 작품으로 농촌 삶의 어려움의 시작이
또한 자연 재해로부터임을 제시하였다.

僭陽纔去又陰霏	어그러진 양기 겨우 가고 또 음한 비가 오니
事事田家太半非	농촌은 일마다 절반 이상 잘못 되어가네
少暑過時秧已晚	적은 더위 지날 때는 모심는 일 이미 늦고
沴氛蒸處莠全肥	나쁜 기운 찌는 곳에 가라지 완전 살찌네
單婢愁爨無薪窘	한 여비 땔나무 없는 아궁이 불 때기 걱정이고
稚子輕沾未澣衣	어린 아이 빨지 아니한 옷 적시기 손쉽네
幽人計活都安分	그윽한 곳의 사람 다 편안히 살 계획만 세우니
收拾園梅且詠歸12)	정원의 매화 거두어 모아 또 읊조리며 돌아가네

　　농사를 주업으로 하여 먹고 사는 농민에게 있어서 자연 재해는 어느 무

---

12) 魏伯珪, 『存齋全書』卷1, 「晩霖」.

엇보다도 무서운 적이라고 할 수 있다. 특히, 수리 시설이 그리 발달되지 않은 상황에서의 계속된 비는 당연히 많은 일을 그르치게 할 수밖에 없다. 그렇다고 장마가 끝나고 더위가 닥칠 때 모를 심자니 때는 이미 늦어 이러지도 저러지도 못하는 심정을 함련에서 내비치었다. 그리고 경련에서는 '單婢'와 '稚子'를 대조시키며, 전자는 땔나무가 없기에 아궁이에 불을 땔 수가 없고, 후자는 옷을 굳이 빨지 않아도 비에 적시기 쉽다라고 하였다. '단비'와 '치자'를 대조한 것 같지만, 사실은 빈궁함의 극치를 보여준다는 점에서는 둘 다 공통적인 역할을 하고 있다. 특히, '단비'는 하나밖에 없는 여자 종이라는 뜻으로 작자는 현재 겨우 班家의 체면을 유지해 나갈 정도의 家勢임을 드러내주는 관용어라고 할 수 있다.[13] 사족에게 있어서 토지 외에 물적 기반의 중요한 하나는 奴婢였다. 노비는 사족 경제에는 없어서는 안될 중요한 부분을 점하는 것으로 士民들에게 있어서 생업의 기초가 되고 있었다.[14] 작자도 향촌 사족이 분명한데, 한 명의 여종만을 거느리고 있으니 스스로가 가난한 삶을 살고 있음이 증명된 셈이다. 그렇지만 그 뿐일 뿐 더 이상의 비관이나 비판으로 이어지지 않고, 그러면서도 '安分'을 꿈꾸며 정원의 매화를 시문으로 읊조릴 뿐임을 마지막 미련을 통하여 나타내었다. 비판 정신이 부재한 상태에서 가난한 삶을 관조하고 있기에 현실이 마치 만족스럽다는 의미로 받아들일 소지가 다분하다.

다음의 시문에서는 앞의 두 시와는 달리 농촌이 빈궁하게 된 원인이 단지 자연 재해 때문만이 아님을 말하였다.

飢火瘟褹又稅囚　　굶주린 불에 염병과 요기, 또 세금으로 가두고
旱兼風雨摠愁愁　　가문데다가 풍우를 만나니 모두가 근심이네
不知不覺年光去　　알지 못하고 깨닫지 못한 사이 세월이 흘러
碧稻黃粱已仲秋[15]　푸른 벼 누런 기장에 어느덧 가을 되었네

---

13) 김석회, 앞 책, 39쪽 참조.
14) 김인걸, 앞 논문, 325쪽 참조.

기구와 승구는 농촌을 가난으로 내몬 요인들이 모두 모여 있다. 굶주린 불과 염병, 요기와 세금, 그리고 가뭄과 풍우 등등이 그 구체적인 요인들로 여기에는 물론 자연 재해도 있지만, 인간으로 인한 것이 더 많다. 특히, '세금으로 가둔다'라는 언급은 더 이상 구체적이지 않아 무엇을 가리키는지는 몰라도 가혹한 세금으로 인하여 가난에 얽매일 수밖에 없는 현실을 대변하고 있음은 분명하다. 그러나 이뿐이다. 자연 재해든지 인위적으로 만든 재해든지 근심함에서 그칠 뿐으로 비판 정신을 더 이상 드러내지는 않는다. 단지 전구에서 '알지 못하고 깨닫지 못한 사이'라는 내용을 통하여 고통은 항상 있는 것들이기에 어떤 새로운 느낌을 안겨주지 못하고 있음을 알게 할 뿐이다. 현실을 관통하여 흐르는 고통의 요인이 무엇인지 다양하게 고민한 흔적은 보이나 거기에서 그칠 뿐 관조하는 모습은 앞 시들과 동격을 이룬다.

다음의 두 시는 빈궁한 농촌 현실을 官人과 연관짓고 있지만, 각기 다른 모습을 보이고 있다.

① 售田賣畜已春初　　전답 팔고 가축 판 것이 초봄이었는데
　一粒何曾度夏餘　　한 낱알로 어떻게 남은 여름 지낼까
　爲語門前索租吏　　문 앞의 세금 찾는 관리에게 말하노니
　姑紓民命待收畬16)　우선 백성 목숨 늦춰 논의 수확 기다려다오

② 枯苗抽芒纔覆阡　　마른 싹 까끄라기 내밀어 논두렁 덮었는데
　賊風螟雨日相連　　해로운 바람과 명충들 내려와 날로 이어지네
　只應肉食憂民食　　아마도 관리들이 백성들 식량 걱정하리니
　未必山人愁不眠17)　꼭 산인만 근심하여 잠 못 이루진 않으리라

15) 魏伯珪, 『存齋全書』卷1, 「遣悶」.
16) 魏伯珪, 『存齋全書』卷1, 「六月」.
17) 魏伯珪, 『存齋全書』卷1, 「苦旱二首壬午」.

　먼저 ①의 작품은 초봄에 전답과 가축을 팔았다는 내용부터 서술하였다. 그 이유가 구체적으로 나오지 않아 알 수는 없지만, 시의 뒤 내용까지 검토해본다면 아마도 무거운 세금으로 인한 것이 아닌가 생각하게 만든다. 초봄은 춘궁기이기 때문에 농가가 가장 어려운 시기라고 할 수 있다. 그러한 때에 만일 또한 세금까지 물어야 한다면, 관리의 독촉을 피하기 위하여 어쩔 수 없이 가지고 있는 전답이며 가축을 팔아야만 할 것이다. 이러한 것들을 모두 팔고 나면 이제 남는 것은 곡식 한 톨 뿐이니 다소 과장했다고 하더라도 빈궁함의 극치를 보여주며, 앞으로의 삶이 암담함을 알리고 있다. 그래서 하소연과 비슷한 어조로 논의 수확이 나는 그때까지라도 백성들을 살려달라고 전구와 결구에서 관리에게 말하고 있는 것이다.

　다음 ②의 시문은 정확한 창작 연대를 알 수 있는 몇 안 되는 작품 중 하나로 현실의 삶과 관리를 연관 짓고는 있지만, 그 관리를 보는 시각이 앞의 시와는 사뭇 다름을 알 수 있다. 즉, 관리를 농민에게서 수탈해가는 주체자로 인식하기보다는 오히려 그 반대로 백성의 아픔을 함께하는 동반자로 보고 있기 때문이다. 이제 막 싹이 돋아나는 논에는 '賊風'과 '霖雨'가 계속 이어져 앞 시에서 보지 못했던 또 다른 자연 재해가 있음을 말한 것으로 시작한 이 시는 이 일을 山人도 근심할 것이지만, 관리들도 함께 고민할 것이라 하며, 앞날에 대한 희망을 저버리지 않는다. 현실에 대한 비판은커녕 희망까지 섞여있기에 마치 작자는 관직에 있는 사람일 것이라는 착각을 일으킨다. 이 작품을 창작했던 시기는 작자가 덕산을 오고가며 입신양명에의 꿈을 저버리지 않았던 때이다. 따라서 작자 자신이 가난한 삶을 살았다고는 하지만, 아직도 현실이 희망적이었기에 시각이 銳角化될 수 없었다. 따라서 앞 시들과 비교해보더라도 관리에게 偏向되어 있음을 떨칠 수 없다.

　이상 현실을 빈궁한 삶으로 인식하기는 했지만, 현실을 주로 관조는 데에서 그친 시문들을 살폈다. 이러한 류의 현실시는 주로 관직에 있는 유학

자들의 작품에서 볼 수 있는 것으로 현실의 문제점이 무엇이라는 것까지
는 인식하지만, 대개 더 이상의 진전은 하지 못한다라는 특징을 지니고 있
다. 이는 마치 현실과 지나친 거리 조정을 한 결과이기도 한데, 그러면서
감정의 억제까지 했으니 관념적인 시가 되지 않았다고 하더라도 현실감
있는 감동을 안겨줄 수는 없다.18) 오히려 현실인식이 수반이 된 감동을 주
는 시적 형상화는 다른 작품들에서 엿볼 수 있다.

2) 빈궁한 현실의 迂廻的 표출

위백규는 삶을 관조한 데에서 그치지 않고, 다양한 문학적 장치를 통하
여 迂廻的으로 빈궁한 현실을 알리고자 하였다. 먼저 밀기울에 얽힌 사연
을 담은 시문을 들어본다.

麩糠團作餠	밀기울로 둥글게 떡을 만드니
飢食易爲香	굶주릴 때에 먹으면 쉬이 향기롭네
稚子强求飽	어린 자식이 억지로 배불리 먹고자
驕啼鬧室堂19)	버릇없이 울어 집안을 시끄럽게 하네

작자는 위 시문을 통하여 현실은 비록 가난하지만, 이를 해학적으로 형
상화함으로서 웃음을 자아내어 예술의 진정성을 획득하려는 모습을 보여
주었다. 제목 '假餠'은 여러 절차를 거치지 않은 쉽게 만든 떡으로 소재 자
체가 생활과 밀접히 연관되어 있다. 위 시는 먼저 떡을 만드는 과정에서부
터 시작하였다. 밀기울은 떡을 만드는 데에 쓰이는 재료인데, 떡 모양이
둥글다라고 하여 구체적 모습까지 보여주었다. 그리고 이것이 때로는 굶주
림을 삭혀주는 대용식으로도 쓰일 수 있기에 '향기롭다'라는 표현을 써서
맛을 현실감있게 나타내었다. 이러한 현실감은 전구와 결구까지 계속 이어

---

18) 金埈五, 『詩論』, 三知院, 1993, 252~254쪽 참조.
19) 魏伯珪, 『存齋全書』卷1, 「假餠」.

지면서 또한 시적 상황이 웃음을 자아낸다. 아이는 굶주림 속에 살아온지라 오랜만에 만든 밀기울 떡이 한없이 맛있었을 것이다. 따라서 배불리 먹고자 하나 그렇다고 끝없이 먹일 수도 없는 일이기에 제재를 했을 것이고, 그러는 와중에 어른의 속을 알 리 없는 아이는 소리 높여 울어 집안이 시끄러울 뿐이다. 비록 가난한 농촌의 모습을 직접 그리지는 않았지만, 그 가난의 정도를 어느 정도 느낄 수 있는 작품이라고 하겠다.

위백규는 보리를 소재로 한 시문으로 모두 네 작품을 남겼는데,「罪麥」,「麥對」,「靑麥行」, '靑麥' 등이 그것들이다. 이중「죄맥」만이 40세라는 연대 표기를 하고 있어서 지어진 시기를 명확히 알 수 있을 뿐 다른 작품들은 정확한 창작 시기를 알 수 없다. 다만,「맥대」는「죄맥」에 이어 바로 나올 뿐 아니라 내용상「죄맥」과 서로 연결되기에 거의 같은 시기에 지어진 것으로 추정할 수 있다. 보리는 같은 농작물이지만, 벼에 비할 때 통상 천하게 생각하는 것이 사실이다. 따라서 주로 일반 서민들이 부르는 노동요 중의 하나인 보리타작 소리와 같은 민요의 소재로 쓰였지 儒者의 전형적인 시문 양태인 한시문에는 자주 등장하지 않았다. 이런 점에서 위백규가 유자의 입장에서 보리를 소재로 시문을 지은 것은 특이한 경우로 생각할 수 있을 것이다. 그러나 그의 삶 자체가 농사와 밀접히 연관되어 있었음을 안다면 보리를 시문의 소재로 택한 것이 결코 우연이 아님을 알 수 있다.

네 작품의 내용을 간단히 언급하자면,「죄맥」은 5언 84구로 보리를 被告로 놓고서 그 죄를 논한 것이고,「맥대」는 5언 146구의 장편으로「죄맥」을 이어서 보리 자신이 斷罪당함에 대하여 주로 변명을 늘어놓는 것으로 되어 있다. 또한「청맥행」은 부정형 古詩의 형태로 되어 있는데, 제목의 '청맥'이 말해주듯 풋보리로 춘궁의 때를 면하는 농촌의 모습을 그렸다. 그리고 마지막 '청맥'은 칠언율시의 형식을 갖추고 있으며,「贈河上舍」의 시제 중 첫 번째 작품으로 마치 앞의「청맥행」의 내용을 다소 축소한 듯

한 느낌도 주는데, 마찬가지로 춘궁기 농촌에서 보리를 타작하는 과정에서
부터 죽을 쑤어 먹는 일 등을 묘사하였다. 따라서 그 내용의 성격상 「죄맥」
과 「맥대」, 그리고 「청맥행」과 '청맥' 등을 각각 같은 맥락에서 바라보아
야 할 것이다. 여기서 특히 주목되는 점은 '청맥'을 제외한 「죄맥」과 「맥
대」, 「청맥행」등의 수사적인 방법이다. 「죄맥」과 「맥대」는 시문의 서술
양상이 직접적이라기보다는 보리를 의인화시켜 寓話的으로 표현하였고,
「청맥행」은 극적 요소를 가미하여 현실의 궁핍함을 간접적으로 표현하였
다. 먼저 「청맥행」의 일부분을 인용하면 다음과 같다.

> (省略)
>
> 門外乞兒來   문밖에 거렁뱅이 아이 왔으되
> 先來僅得沾一勺   먼저 온 놈만 가까스로 한 모금 얻어 마셨네
> 後至頓足   뒤에 온 놈 발만 동동 구르며
> 疾聲請活我   "나를 좀 살려 줍쇼!" 황급히 소리치지만
> 其奈無餘瀝   한 모금도 남은 것이 없으니 어쩌리
> 臨門語乞兒   문에 나가 거렁뱅이 아이에게 이르기를
> 何不呼朋挈   "왜 친구를 불러
> 儔向紫陌朱門乞   나란히 큰 거리 부잣집에 함께 가서 빌질 않느냐?
> 犬彘厭粱肉   개와 돼지 기장밥과 고기에 물렸다는데
> 豈無活爾術[20]   어찌 너희들을 살릴 방책 없겠니."

마치 연극의 한 장면을 보는 듯한 착각이 들 정도로 극적이다. 위 시의
앞은 풋보리를 빻아 죽을 쑤어 온 가족이 맛있게 먹었다는 내용으로 되어
있다. 온 가족이 배불리 먹고 安分自足하고 있을 때 문밖에는 거렁뱅이 아
이들이 몰려와 풋보리죽을 조금이라도 얻어먹으려 애쓴다는 내용으로 위
시는 시작하였다. 풋보리죽이지만 한 모금이라도 얻어먹으려는 모습이 다

---

20) 魏伯珪, 『存齋全書』卷1, 「青麥行」.

소 과장된 듯한 느낌도 주는데, 현실의 궁핍함을 여실히 보여주는 부분이기도 하다. 그나마 풋보리죽도 양이 많지 않아 나중에 온 아이는 얻어먹지 못하여 발을 동동 구르며 살려달라고 애원하는 모습은 다급함의 극적인 효과를 최대로 하면서 현실성을 더해준다. 그러나 풋보리죽은 남은 것이 없기에 거렁뱅이 아이에게 이르기를 "개와 돼지도 기장밥과 고기에 물릴 정도로 잘 먹고 산다는 큰 거리 부잣집에 가서 빌지 않느냐?"고 묻는다. 이를 통해 작중 화자는 겨우 풋보리죽이나 쑤어 먹는 자신의 집과 큰 거리 부잣집을 대비하여 잘 사는 집일수록 人情이 없음을 은연 중 드러내기도 하였다. 즉, 인정의 대비를 통하여 부잣집을 간접적으로 비판할 뿐이지 빈궁한 현실을 이기어 내야 하는 당위성을 부여하지는 않았다. 다시 말해 빈궁한 현실의 원인을 파헤친다거나 가난한 자와 부자를 대비하여 비판의식을 보이지 않았다는 말이기도 하다.

우회적 문학 장치를 통한 빈궁한 현실의 표현은 「죄맥」과 「맥대」에서도 이어진다. 「죄맥」은 보리의 부정적인 면을 낱낱이 들어 보고하는 형식을 취하였고, 「맥대」는 보리를 의인화하여 자신은 아무런 죄가 없음을 항변하는 식으로 되어 있다. 보리에게 죄를 묻는 것도 흔히 있는 일이 아니지만, 보리에게 수사적인 기법을 가미한 것은 이례적이라고 할만하다.

먼저 「죄맥」은 크게 나누어 서론, 본론, 결론으로 나뉜다. 서론(1~4구)에서는 피고의 신분에 대한 개괄적인 소개를 하였고, 본론(5~80구)에서는 보리 자체의 성질이나 생김새에 관한 설명적 묘사부터 시작하여 이러한 보리를 어쩔 수 없이 경작하고 수확하여 도정해내는 과정을 그렸으며, 보리밥을 먹고 소화시키는 과정을 말한 뒤에 보리의 무익함과 해악, 무가치함을 단언하였다. 그리고 마지막 결론(81~84구)에서는 보리에게 '유배형'을 확정한다는 내용으로 되어있다.[21] 시문의 처음에 '곡식이라 불리는 것이 수 백 가지인데, 가증스러운 것은 보리뿐이로다. 그릇되게도 뭇 나쁜 재질

---

21) 金碩會, 앞 책, 112쪽 참조.

로, 궁핍함을 틈타 백성의 식량으로 참여하였네.'[22]라는 말부터 시작한 「죄맥」은 내용이 끝나는 마지막까지 보리를 논죄하는 식으로 되어있다. 심지어 '있어서 눈에 보이니 비록 꾹 참고 먹긴 먹지만, 새거나 떨어져 나간대도 누구 하나 아까워하리. 때가 그러하니 어쩔 수 없어, 너를 버리지 못할따름. 실로 처음부터 없었더라면, 백성들 생계는 스스로 대비함이 있었으리라'[23]라고 하여 먹기 싫지만, 어쩔 수 없이 먹고 있노라고 하며 보리를 싫어하는 마음을 단적으로 알려주기까지 한다. 통상 보리밥이 가난의 대명사처럼 쓰임을 생각할 때 궁핍함 때문에 어쩔 수 없이 먹고 사노라는 의미로도 풀이된다.

이와 같이 「죄맥」에서는 주로 보리의 부정적인 면을 들추어 보이려 애쓰는데, 「맥대」에서는 그 반대로 보리 스스로가 자신은 죄를 받을만한 일을 한 적이 없음을 들어 항변한다. 그 한 예를 들어보면 다음과 같다.

① 入口已難耐　　　입에서도 감내하기 어려웠으나
　　下膈尤作慝　　　밥통 아래로 사특함 더욱 드러내어
　　泄氣助溱薰　　　설사 기운 방구 되어 악취를 뿜어내니
　　敗臭發面渥　　　썩은 냄새 발산되어 낯에 확 덮쒸우네
　　乖刺作痢泄　　　콕콕 찌르며 묽은 설사를 일으켜서
　　促迫驅圂厠　　　급히 쫓아 뒷간으로 내 모니
　　老人痿成痺　　　노인은 풍증에서 마비로 진행되어 가고
　　建兒廋脫骼[24]　 튼튼하던 아이도 수척해져서 뼈만이 앙상하네

② 人皆腹不潔　　　사람은 모두다 배가 조촐하지 못해서

22) 魏伯珪, 『存齋全書』卷1, 「罪麥」, 號穀數爲百 可憎者惟麥 謬以衆惡質 承乏參民食.
23) 魏伯珪, 『存齋全書』卷1, 「罪麥」, 見在縱耐喫 漏落誰能惜 乘時沒奈何 遂未見棄擲 苟使初無有 民計當自屬.
24) 魏伯珪, 『存齋全書』卷1, 「罪麥」.

蓄穢成疢痒	더러움 쌓으니 열병과 종기 되는 것뿐
我豈小人如	내가 어찌 소인과 같이
厭然掩肺臟	염연히 폐장을 가리울 리 있겠는가
老瘻與健瘦	노인이 풍이 들고 젊은이가 마름은
都由暑潦戕	모두 찌는 더위에 상한 탓이라네
苟非泄內濕	실로 설사로 내장이 젖은 탓 아니니
多見病膏肓25)	대개 병은 이미 고황에 든 것이라네

①은 보리밥을 먹고 난 뒤에 소화가 되어가는 과정을 그렸다. 먼저 보리밥을 먹게 되면, 쌀밥과 같은 부드러움이 없기에 씹기에도 불편함을 말한 뒤 삼켜서 내장을 지나면서는 더욱더 문제를 일으켜 생리 현상까지 유발한다고 하였다. 여기에서 멈추지 않고, 설사를 일으키니 결국 노인들은 마비를 일으키고, 어린 아이들은 수척해져서 뼈만 앙상히 남는다라고 하였다. 보리밥의 부정적인 면을 사실적으로 알리기 위하여 한시문에서는 흔히 볼 수 없는 생리적인 천근함까지 거침없이 내보였다. 이에 반하여 ②에서는 병이 생기는 원인은 배가 조촐하지 못해서일 뿐이지 보리 자신은 아무런 잘못이 없다라고 한다. 또한 노인이 풍이 들고 아이들이 마르는 이유는 찌는 듯한 더위와 오래 전부터 있어온 병 때문이지 일시적인 생리 현상으로 인한 것이 아님을 든다. 이러한 생각을 가지고 있는 보리인지라 자신에게 모든 죄를 묻는 것이 서운하기만 하여 '진선하기란 예로부터 어려운 법, 작은 흠집을 들춰내서는 안된다네. (중략) 생각하건대 그대는 젊어서부터, 나를 기뻐하며 심장을 허했거니. 이제 어찌하여 끊어버림을 이리 깊이 하여, 털을 불며 흠집을 찾는단 말인가.'26)라는 말을 하여 감정을 직접 드러낸다. 그리고 이어서 다음과 같은 논리로서 항변을 끝맺음한다.

25) 魏伯珪, 『存齋全書』卷1, 「麥對」.
26) 魏伯珪, 『存齋全書』卷1, 「麥對」, 盡善自古難 小疵莫須揚 (中略) 念君自妙齡 悅我許心腸 今何見絕深 吹毛覓疤瘍.

豈不見古今	어찌 고금의 일을 보지 못하는가
奇禍生膏粱	뜻밖의 화는 고량진미에서 생겼음을
殽玉非不美	풍성한 식사 아름답지 않음은 아니로되
馴侈立成殃	사치가 길들여지면 재앙을 이룬다네
往轍有昭鑑	지나간 흔적 비추는 거울에 남았나니
豪門滿敗轊	호사가의 문호는 부서진 수레만 그득하다네
窮餓資動忍	빈궁하여 주려 참는 법 쓰기를 배워
孟訓宜拜昌	맹자의 훈계 마땅히 절하여 받는다면
始信非食味	비로소 거친 음식의 맛 알 것이요
方垂盛名香	장차 성한 이름 향기롭게 드리우리라
(中略)	
君無恥惡食	그대가 거친 밥을 부끄러워하지 않아야만
爲善彌自疆	선을 함에 더욱 힘쓸 수 있으리라
旣爲學聖徒	이미 성현을 배우는 무리가 되었으니
自處胡不量[27]	스스로의 처지를 어찌 헤아리지 않는가

보리는 먼저 고금의 재난은 고량진미에서 생겼고, 사치에 길들여지면 결국 재앙을 만나고야 말 것이라고 한다. 그래서 거의 많은 호사가들의 집에는 마지막에는 부수어진 수레만이 남기에 빈궁하여 굶주림의 미덕을 배울 것을 요청한다. 이럴 때에만 거친 음식이 비로소 맛있음을 알 것이고, 성한 이름은 향기를 더하여 전하리라고 한다. 따라서 거친 밥을 부끄럽게 생각하지 않아야지 진정 선에 힘쓸 수 있다라고 하며, 성현의 무리에 든 사람이 왜 자신의 처지를 망각하는가라고 하면서 자신에게 죄를 준 것은 마땅히 잘못이라는 항변을 하였다. 이러한 보리의 항변이 끝난 후 "보리 여! 진실로 너는 허물이 없나니, 내 말이 과연 부끄러운 바가 있구나. 도를 봄이 이미 참되지 못해서, 물을 책망하기에 감히 스스로 장황했도다"'라는

---

27) 魏伯珪, 『存齋全書』卷1, 「麥對」.

말이 이어진다. 이는 마치 「죄맥」에서 보리에게 죄를 준 화자가 곁에서 보리가 하는 항변을 오랜 시간 듣고 다시 나타나 응수하는 것처럼 보이는 부분으로 시문의 입체감을 한층 높였다.

여기서 주목을 요하는 것은 보리에 대한 작자의 생각이다. 「죄맥」에 열거된 보리의 부정적인 면은 많은 사람들이 생각하는 보편적인 것일 수도 있다. 그러나 「맥대」를 통해 나온 보리 자신에 대한 항변은 작자의 생각을 고스란히 담은 것이라고 할 수 있다. 평소 빈궁한 작자는 보리밥을 즐겨 먹었을 것이고, 그것의 좋지 않은 점을 누구보다도 잘 알고 있었다. 그러나 유학자의 입장에서 그것을 직접 비판할 수는 없었을 것이다. 이런 의미에서 보자면, 「맥대」에 나오는 보리의 마지막 항변인 '이미 성현을 배우는 무리가 되었으니, 스스로의 처지를 어찌 헤아리지 않는가.'라는 시문의 내용은 작자의 가난에 대한 생각을 전해준다. 즉, 작자는 성현의 무리를 좇는 사람으로서 가난을 당연한 것으로 여겨 安貧樂道해야함을 드러내었다. 때문에 뚝배기에 채소를 넣고 찌개를 끓여 배불리 먹으니 달기가 사탕같았고,[28] 풋보리죽을 배불리 먹고 방에 가득 웃음꽃을 피울 수 있었던 것이다.[29]

이상과 같이 위백규는 빈궁한 현실을 인식하고는 있었지만, 비판의식을 가지고 현실을 직접 들추어내기보다는 문학적 장치를 통한 간접적인 방법을 택하였음을 보았다. 이는 그의 신분적 상황과 밀접히 연관되는 것으로 자신도 가난했기에 이의 실태를 알리고는 싶었지만, 사족으로서 그리고 유학자로서의 위치를 망각할 수 없었기 때문이다. 따라서 현실을 관조하고 마는 것보다는 현실에 다가선 듯하지만, 사실은 아직도 현실과의 거리는 떨어져 있다고 할 수 있다.

---

28) 魏伯珪, 『存齋全書』卷1, 「麥對」, 宿火燃土鉢 新蔬潑恩湯 平明開竹牏 飽喫甘如糖.

29) 魏伯珪, 『存齋全書』卷1, 「靑麥行」, 稚子求飽喫 一室始吐氣 喧笑溢房屋.

3) 농경 현장의 寫實的 묘사

위백규는 40대 초반부터 50대 초반까지 직접 농사를 지으며, 농촌 현실을 직접 목도하게 된다. 이때 위백규가 본 농촌은 비참하기 이를 데 없었다. 그 전에도 자신이 비록 농촌에 살고 있었다고는 하나 피상적으로 머물렀던 곳이기에 가난한 삶도 관조하는 데 그친다거나 보리죽만을 쑤어먹는 궁핍함 속에서도 치열한 의식을 드러내지는 않았다. 그러나 이제는 사정이 달라졌다. 직접 농사짓지 않으면 삶을 잇지 못한다는 절박함 속에 놓이게 되면서 밭과 논을 손수 가는 신세가 된 것이다. 이제 위백규는 농사를 지으며 농민과 함께 부대끼는 나날을 보내면서 그동안 보지 못하였던 현실의 처참한 광경을 볼 뿐만 아니라 자신이 직접 체험한 것을 시문으로 남긴다. 그 대표적인 작품이 「年年行 1」과 「年年行 2」이다. 「년년행 1」은 7언 100구이고, 「년년행 2」는 고시 잡체형식으로 대략 55구 정도로 이루어져 있다. 그런데 이 두 작품은 창작 연대가 분명치 않다. 다만, 「년년행 1」 내용 중에 '이 벌레가 재앙됨은 장마 가뭄보다 더 심하여, 임·계년과 을·병년엔 사람이 사람을 먹었네.'[30]라는 구절이 있는 것으로 보아 적어도 위백규 나이 50대 초반 이후에 지은 것으로 추정할 수 있다. 여기서 말하는 임·계년은 1732,3년(영조 8,9년)으로 그의 나이 46,7세 때이고, 을·병년은 1735,6년(영조 11,2년)으로 49,50세 때이기 때문이다. 또한 「년년행 2」는 그 내용의 연속성으로 보아 「년년행 1」을 지은 다음 「년년행 1」에서 못 다한 내용을 따로 떼어 한 편의 시문으로 완성한 듯한 인상을 지울 수 없다.

먼저 「년년행 1」의 처음 대목을 인용해본다.

晩秧豊歉較一午	늦은 모 풍흉은 한나절을 견주나니
覓雇呼傭相喧閥	품을 구해 일꾼 부르는 소리 시끄럽게 다투네
誰謂旱餘仍作霖	뉘 일렀던가, 가뭄 끝에 곧 장마라고

---

30) 魏伯珪, 『存齋全書』卷1, 「年年行 一」, 此蟲爲灾甚水旱 壬癸乙丙人相食.

蓑笠價倍腐襏襫	삿갓 값이 두 배인데, 비옷마저 썩어가네
傭直三十加点心	일꾼 삯이 삼십에 점심까지 얹었니
浮氓鼓腹農含螯	떠돌이들 배 두드리나 농부는 독을 품네
居士社堂舍念佛	거사나 사당패들 염불은 제쳐두고
雇錢滿纏兼魚肉	꿰미 가득 삯돈에 생선고기 겸했네
況是兩麥未全收	하물며 밀 보리도 다 거두지 못했으니
入者蒸黃田者黑31)	들인 것은 누렇게 떴고 밭에 있는 것 검어지네

시문의 처음부터 여유로움은 찾을 수 없다. 모내기를 해야 할 시기에 하
필이면 가뭄이 들어 때를 놓쳐 모심기를 하지 못하였다. 겨우 늦게나마 일
을 하려는데, 이번에는 장마가 들어 자칫하면 일을 그르칠 수도 있기에 품
을 빨리 구해 일을 마치고자 하는 모습이 나타나 있다. 또한 장마가 들었
기에 삿갓 값은 두 배인데다가 비옷은 썩어가고, 일꾼들의 품삯이 터무니
없이 비싼 것도 나와 있다. 일꾼들의 품삯이 비싸다고 함은 바로 노동력의
부족을 의미하는데, 따라서 이때를 틈타 거사나 사당패와 같은 '떠돌이들
(浮氓)'이 한몫 챙겨가는 풍경도 보여주었다. 거사에 대하여『정조실록』에
서는 '거사는 승도 아니고 속인도 아니며, 호적도 없을 뿐 아니라 부역도
하지 않는 流民 중에서 가장 이상한 자이다.'32)라고 하였다. 거사는 社長·
社堂·乞士 등으로 불려 대개 行商·運命鑑定·演戲·行乞로 생계를 유지하였
다. 또한 조선후기에 오면 '流浪藝人集團'의 일원으로 참여하고 거사패, 혹
은 사당패로써 흥행처를 떠돌며 연희를 팔았다.33) 이렇듯 거사와 같은 떠
돌이들이 하는 일이란 정처없이 여러 곳을 다니며 자신의 기예를 파는 것
이었다. 그런데, 농번기에 농촌의 일손이 부족하니 어쩔 수 없이 이들 떠

---

31) 魏伯珪,『存齋全書』卷1,「年年行 一」.
32)『正祖實錄』正祖 10年 2月 丙申條, 我國所謂居士云者 非僧非俗 名漏編籍 身無役
布 卽流民之最殊常者.
33) 진재교,「이조 후기 유민에 관한 시적 형상」,『이조 후기 한시의 사회사』, 소명
출판, 2001, 136쪽 참조.

돌이들의 일손을 빌었다고 할 수 있다. 따라서 그리 좋은 감정을 가질 리는 없는데, 위 시의 '떠돌이들 배 두드릴 때 농부들은 독을 품고 있다'는 표현은 이를 단적으로 말해준다. 더군다나 떠돌이들에게까지 비싼 품삯을 주어가며 일을 부렸는데도 불구하고 밀과 보리조차도 완전히 수확하지 못하였으니 이미 거두어들인 것은 누렇게 떠 있고, 아직 수확하지 못하여 밭에 남아있는 것은 검게 변하였다라고 하여 일손이 모자라는 농번기의 농촌 모습을 다급한 어투로 전해주고 있다. 뿐만 아니라 이치에 맞지 않는 품삯으로 인한 고통이 심했음도 알 수 있는데, 같은 시 뒷부분의 '품꾼들 삯은 나날이 늘어나다.'[34]라는 말도 이와 같은 맥락이서 나온 것이라고 하겠다.

농번기의 농촌 사정이 이와 같음에도 불구하고 중간 관리자들의 착취는 더더욱 심해만 가고, 더하여 전염병까지 기승을 부리니 그야말로 농촌의 현실은 처참하기 이를 데 없다. 다음 인용문은 이를 단적으로 보여준다.

牟還檢督正得時	보리 환자 검독관들, 때를 만난 듯
縛人秧田索錢食	못논에 사람 잡아두고 돈내라 밥내라 성화라네
倉監大言國穀重	창고 감독 기세 좋게 나랏 곡식 중하다 하며
猛打里胥臀皆圻	마을 일꾼 때려잡아 볼기짝이 다 터지네
痘神乘時殺人兒	마마귀신 때를 틈타 어린애를 죽이니
餉婦畊男半啼哭[35]	밥내는 아내와 밭가는 남편들 절반이 흐느끼네

위 시에는 중간 관리자로서 '보리 환자 감독관'과 '창고 감독'이 나온다. 이들은 모두 농민들에게 반가울 리가 없는 사람들로 현재 농민들의 사정은 아랑곳하지 않고 자신들의 목표만 달성하려고 하기 때문이다. 이 뿐만 아니라 가난한 농촌 사람들에게 '돈내라 밥내라'하며 성화를 부리고, 심하

---

34) 魏伯珪, 『存齋全書』卷1, 「年年行 一」, 雇客色價日日增.
35) 魏伯珪, 『存齋全書』卷1, 「年年行 一」.

게는 볼기짝도 때린다. 현실은 이러한데, 이러한 사정은 아랑곳하지 않고 전염병은 창궐하여 어린애들을 죽이니 아낙네와 남정네들은 실의에 빠질 수밖에 없었다. '절반이 흐느껴 울었다'라는 표현은 다소 과장이 섞인 듯 하지만, 절박한 현실의 다름 아니다. 본래 환곡은 진휼책의 하나로 시행되 었다. 그러나 이에 붙는 이자, 즉 耗穀이 국가의 중요 재정수입으로 활용 되면서 지방관청의 강제 분급 및 고율의 이자 적용 등으로 농민의 피해가 극심하여 고질적인 폐단으로 정착되었던 것이다.36) 위 시는 이러한 사정 을 고스란히 보여준다. 그런데, 이처럼 환곡이 악용되는 현실을 볼 수 있 는데도 작자는 의외로 이에 대해서는 구체적이지 못하다라는 인상을 준다. 가령, 위와 같은 시 뒷부분에서 '환자를 구하고 또 나눠줌은 옛 규례로 돌 아간다 하면서, 약정의 매기는 돈이 가지런히 한 책을 이루네.'37)라고 한 다거나 「년년행 2」에서 '환자도 해마다 더더욱 소모분이 불어만 가는데, 잡세마저 해마다 구실과 항목만 더해만 가네. 아전들 입은 해마다 넓어지 고, 아전들 눈초리는 해마다 표독해 가네.38)라고 하여 중간 관리자의 인상 을 주관적으로 그리는 데에서 멈추고 있기 때문이다. 그러나 이에 대하여 蟲災나 자연재해에 대한 내용은 그 양적인 측면에서 단연 많은 부분을 차 지하고 있다. 다음의 인용은 충재와 관련된 내용이다.

豈謂滅高之毒蝗	어찌 멸구 벌레의 독함을 이를 수 있으리
生似糠糜復作慝	겨 같이 생겨나서 자꾸만 사특함을 짓네
一旬之內滿四郊	열흘 안에 온 들판에 가득 차서
嫩靑叢綠漸看赤	여릿하던 이삭순과 초록빛 줄기, 점점 붉어지네
此蟲爲災甚水旱	이 벌레가 재앙됨은 장마와 가뭄보다 더 심하여

36) 이형대, 「18세기 전반의 농민현실과 「임계탄(壬癸歎)」」, 『민족문학사연구』22 집, 민족문학사학회, 2003, 47쪽.
37) 魏伯珪, 『存齋全書』卷1, 「年年行 一」, 牟還分給還古規 約正喝錢修成冊.
38) 魏伯珪, 『存齋全書』卷1, 「年年行 二」, 還上年年益敗耗 雜稅年年增色目 吏口年年 益大張 吏目年年益射赤.

壬癸乙丙人相食　　임·계년, 을·병년엔 사람이 사람을 먹었네
旱歲晩稼恒敗斯　　가문 해 늦모는 항상 이 때문에 패하나니
陌上相弔心膽落　　밭두둑에서 서로 위로하나 심담이 떨어지는 듯
人人廢耘事捕捉　　김매기 제쳐둔 사람들 멸구잡이 일삼으니
手持敗瓢擊水白　　손에는 깨진 바가지 쥐고 물을 하얗게 쳐 대네
三三五五作團驅　　삼삼오오 무리 이루어 모니
蛻沫跳漚雜黃黑　　죽은 껍질 튀기는 거품, 황흑빛이 섞였네
披叢逐水勢自急　　벼 포기 부여잡고 물 처대는 기세 잘로 급하니
手脚俱忙不敢息　　손과 다리 모두 바빠 쉴 엄두를 못내네
面目浮腫背焦爛　　눈과 얼굴엔 종기 부풀고 등짝은 타들어 가니
白汗赤淚相交滴39)　　비지땀 붉은 눈물 쉼없이 적시네

「년년행 1」시가 지어지기 몇 해 전인 영조 8년에 '전라도 만경·김제·구례 고을에 蝗災가 들다.'40)라고 하는 기록이 있음을 보면, 위 시의 충재에 대한 언급은 거의 맞아 떨어진다. 실록에는 전라도 몇 지역만 나와 있지만, 멸구는 원래 번식력이 강한 해충이기에 아마도 작자가 살고 있는 장흥도 예외는 아니었으리라고 생각된다.

위 시는 처음 농사에 해를 주는 것 중에서 멸구벌레가 가장 독하다라고 하며, 그 모양을 '겨 같다'라고 하였다. 벼멸구의 모습이 마치 쌀겨와 같은데, 이를 두고서 한 말이라고 하겠다. 또한 이 해충은 번식력이 어찌나 빠르든지 열흘 안에 온 들판에 가득 차서 이삭순과 줄기 등을 점점 붉어지게 만든다라고 하였다. 바로 벼를 고사시키는 과정을 말한 것이다. 이렇기 때문에 그 피해는 이루 말할 수 없을 정도인데, 따라서 그 해는 장마와 가뭄보다도 더 심하다라고 하였다. 심지어 벼멸구로 인한 흉년으로 먹을 것이 없게 되자 '사람이 사람을 먹었다'라고 하여 처참한 현실을 극단적으로 보

---

39) 魏伯珪, 『存齋全書』卷1, 「年年行 一」.
40) 『조선왕조실록』영조 8년 5월 26일.

여주었다. 실제로 『조선왕조실록』영조 8년에 '전라도 강진현에서 굶주린 백성이 사람의 시체를 구워서 먹은 변고가 있었다. 감사 柳儼이 아뢰어 그 현감 任轍을 파직시켰다.'[41]라는 기록이 엿보인다. 영조 8년은 곧 임자년에 해당하니, 따라서 임·계년에 '사람이 사람을 먹었다'라는 언급은 거짓이 아님을 알 수 있다. 사람이 극단에 처하게 되면, 무슨 일이든지 하게 됨을 말함으로서 당시 농촌 현실이 어떠했음을 알려주고 있다. 따라서 멸구벌레를 없애는 일이 절박하니 다음 내용은 이를 말하고 있다. 김매기를 제쳐주고 멸구잡이에만 몰입하는 현실을 볼 때 火急함이 어느 정도인지 알 수 있다. 손에는 깨진 바가지를 들고 멸구를 잡기 위해 물을 하얗게 쳐대고, 삼삼오오 무리지어 몰이에 나서는 모습 등의 형용은 실제로 그 일을 해보지 않은 사람이라면 표현할 수 없다고 생각한다. 즉, 세세한 부분까지 寫實性을 놓치지 않으려는 작자의 역량이 돋보이는 부분이라고 하겠다. 결국 마지막에 '눈과 얼굴엔 종기 부풀고 등짝은 타들어 가니, 비지땀 붉은 눈물 쉼없이 적시네'라고 하여 辛苦한 현실을 거듭 알려주고 있다.

다음 「년년행 2」에서는 멸구와 같은 충재를 포함하여 가뭄, 장마, 바람, 역병 등을 五災로 지칭하고, 이로 인한 고통을 호소하고 있다.

年年旱	해마다 가뭄
晝洫夜橰肌肉坼	밤낮 봇도랑에 두레박질, 살이 터지고
年年雨	해마다 장맛비
畊草補堤腐襏襫	김매고 둑 수리, 비옷이 썩어가네
年年蝗	해마다 멸구
擊水捕捉呑聲哭	물을 치며 잡아내기, 우는 소리 머금었고
年年風	해마다 바람
百穀偏敗無全穫	백곡이 쓰러져 썩어 온전한 수확을 못해보네
年年疫	해마다 역병

---

41) 『조선왕조실록』영조 8년 12월 10일.

四時畏避如崩角	사철 두려워 피하기, 머리 둘 바 알지 못하듯
一年一灾尙云哿	한 해 한 재앙은 오히려 가하다 해도
五灾兼備民安適	다섯 재앙 다 오니 백성들 어딜 가야 하나
間年一灾猶難活	한 해 거른 한 재앙도 살아남기 어렵거든
年年五灾胡此毒	해마다 다섯 재앙 어찌 이리 독할꼬
一年三百六十日	일 년 삼백 예순 날
晝晝夜夜嘖舌又頓足	밤낮으로 혀를 차며 발만 동동 구르네
糲飯菜羹兩時僅不絶	찌겡밥 나물 반찬 두 끼니도 겨우 이으니
五十六十髮盡白42)	오십 육십에 머리 터럭 몽땅 희어지네

농업에 대한 의존도가 높을수록 자연재해에 대한 염려는 클 수밖에 없다. 특히, 조선전기까지의 直播法이 후기로 가면서 移秧法으로 바뀌게 되는데, 이로서 농사가 자연에 의존해야 하는 부분은 더 늘어났다고 하겠다. 다시 말하여 이앙법은 노동력이 절약되고, 所出이 늘어나며, 稻·麥 二毛作을 행할 수 있다는 이점을 지니고 있었지만, 물이 재대로 공급되지 않으면 失農할 수 있는 비율이 직파법보다 더 많았다.43) 위 시에 나오는 다섯 재앙들 대부분이 자연재해임을 생각할 때 농사를 짓는데, 자연의 영향을 대단히 크게 생각했음을 알 수 있다. 그런데 이러한 재앙들이 해마다 끊이지 않는다는 사실이 가장 큰 문제이다. 시문 중의 '밤낮으로 혀를 차며 발만 동동 구르네'라는 표현은 자연 앞에서 불가항력적인 현실의 안타까움을 단적으로 드러내었다. 자연 앞에 선 인간이기에 나약할 수밖에 없다. 때문에 위와 같은 시 뒷부분에서 '五侯의 肉食은 내 분수 아니오, 奸民의 頑富도 내 복 아니거니…. 다만 바라기는 해마다 다섯 재앙 없게 하여, 밭 갈고 우물 파게만 해주면 난 스스로 만족하리.'44)라고 하였다. 즉, 작자는 어느

---

42) 魏伯珪, 『存齋全書』卷1, 「年年行 二」.
43) 金容燮, 『朝鮮後期農業史硏究 I』, 지식산업사, 1995, 72쪽 참조.
44) 魏伯珪, 『存齋全書』卷1, 「年年行 二」, 五侯肉食吾不數 奸民頑富吾不福 但使年年無五灾 耕田鑿井吾自足.

누구보다도 인간은 자연 앞에서 나약하다는 사실을 잘 알고 있다. 따라서 다만 바라기는 다섯 재앙을 없게 하는 것이라고 한 것이다. 극히 소박한 소망 표시라고 하겠다. 이러한 소박함은 결국 현실의 문제를 해결하려는 노력보다는 하늘만 원망하고 마는 데에서 그쳐 아쉬움을 남긴다.[45)]

이상 처참한 농촌 현실을 사실적으로 묘사한 시문을 「년년행 1」과 「년년행 2」를 중심으로 논의하였다. 시문에서 위백규는 농촌이 처참하게 된 첫 번째 원인을 충재나 자연 재해 등으로 보았고, 그 다음 두 번째 원인으로 부조리한 사회 제도 등으로 인한 중간 관리자의 착취라고 보았다. 따라서 당연히 중간 관리자의 착취 부분이 다소 두드러지지 않게 보일 수도 있지만, 마찬가지로 이는 농촌을 어렵게 만드는 요인으로 분명히 한 부분을 차지하고 있다.

4. 시적 리얼리즘의 실현과 의미

지금까지 위백규의 현실인식과 그를 바탕으로 한 시적 형상화의 양상을 논의하였다. 위백규는 평생 향촌에 머물며 지냈던 사족이었지만, 현실을 보는 예리한 시각은 일반 백성들의 고통을 대변해주었다고 할 수 있다. 또한 현실에 대한 예리함은 그에서 그치지 않고 시문을 창작하는 행위로까지 이어지며, 다양한 형상화의 기법을 활용하였다. 즉, 궁핍하고 가난한 삶이 연속되지만, 그러한 현실을 관조적으로 표현하는가 하면, 때로는 직설적이지 않고 간접적인 방법을 썼으며, 그리고 마지막으로 현실의 있는 그

---

45) 魏伯珪,『存齋全書』卷1,「年年行 二」, 我則知天 天公寧不作 寧不作兮彼天公 我不爲惡 胡令至此極. 다른 시문에도 작자가 하늘에 의존하는 모습을 엿볼 수 있는데, 가령「病中偶吟」에서 '身貧且賤服耕耘 憂慽欺人病又殷 海曲蒼生衆所厭 天何玉汝苦慇懃'이라고 한다거나「苦旱辛卯」에서 '暘何意也雨何心 暘則旱兮雨則霖 應是天翁錯解事 兩間物盡太涔涔' 등이 그 대표적인 예이다.

대로의 모습을 보여주려고까지 하였다. 이는 같은 상황의 연속이지만, 작자 자신이 현실과 어느 정도의 거리를 두었느냐와 관련되는데, 관조적으로 표현할 때보다는 우회적으로 표출할 때, 그리고 우회적으로 표출할 때보다는 사실적으로 묘사할 때 작자는 현실과 더 가깝게 있었다. 따라서 시적 리얼리즘의 실현 가능성도 이런 맥락과 무관한 것은 아니라고 생각한다.

리얼리즘은 보통 '사실주의' 아니면, '현실주의'로 번역되어 쓰이고 있다. 전자는 주로 창작방법이 부각된 것이고, 후자는 세계관적 측면을 중요시한 의미로 파악할 수 있다.46) 위백규는 시문을 통하여 현실주의와 함께 사실주의적인 측면도 드러내보였다. 따라서 현실주의나 사실주의 중에서 어느 하나만을 선택하여 그의 시문 전체를 아우르는 특성으로 논할 수 없기에 포괄적 의미를 가진 리얼리즘이라는 용어를 사용하도록 한다. 이런 점에서 볼 때, 위백규가 나타낸 시적 리얼리즘의 실현 양태는 크게 소재와 표현방법, 그리고 표현미학 등의 측면에서 논의할 수 있다.

첫째, 시적 소재의 현실성을 들 수 있다. 시의 소재로 쓰일 수 있는 것은 다양하면서도 무궁무진하다. 거기에는 형이상학적인 것도 있겠지만, 그 반대의 소재도 얼마든지 있을 수 있다. 그러나 한 가지 중요한 것은 작자가 소재를 선택함에는 그 작자의 취향과 처한 상황 등과 같은 여러 요인과 밀접히 연관되어 있다는 점이다. 한시의 경우, 대개 그 창작 계층과 향유 계층 모두 어느 정도 글을 익힌 식자층으로서 적어도 학문적 소양을 조금은 갖추었다고 할 수 있다. 따라서 당연히 한시의 소재 또한 이들의 口味에 맞추어질 수밖에 없었다.

위백규는 7세에 별을 소재로 시를 읊은 이후 여행을 하면서 감흥이 일어 시를 지었는가 하면, 윤봉구를 스승으로 모신 후로는 그와 서로 酬答도 하고, 知人을 만나서는 또한 마찬가지로 시를 주고받았다. 이렇다고 한다

---

46) 김명호, 「실학파의 문학론과 근대 리얼리즘」, 『한국한문학연구』19집, 한국한문학회, 1996, 87쪽 각주1) 참조.

면, 위백규가 선택한 시의 소재는 다른 한시 작자들과 큰 차이가 없다. 그러나 그가 선택한 시의 소재는 여기에 그치지 않는다. 위백규는 하던 공부를 중단할 정도로 가난한 삶을 살았음을 앞에서 이미 언급하였다. 따라서 삶을 잇기 위한 방편으로써 농사를 지을 수밖에 없었는데, 그 가운데에서 소재를 선택하여 시문을 창작하였다. 그 직접적인 예로 앞의 현실인식을 바탕으로 한 시문 중에 논의하였던 밀기울 개떡을 소재로 한 「가병」과 보리를 읊은 「죄맥」, 「맥대」등을 들 수 있다. 이들은 가난과 농촌을 나타내는 상징물들로 그동안 한시의 소재로는 흔하게 쓰이지 않았다. 또한 위백규는 가난한 현실을 대변하는 듯한 「茨菰」, 「葛根」, 「楡根」, 「黃精」등의 구황작물을 시문의 소재 겸 제목으로 써서 현실에 가까운 작품을 창작하였다. 이는 시적 소재의 확대를 의미하는 것이기도 하지만, '하찮은 것'에도 가치 부여를 했다는 점에 주목을 요한다.

둘째, 표현방법이 치밀하여 사실성을 획득하고 있다는 점이다. 표현방법에 있어서 사실성을 얻기 위해서는 사물에 대한 예리하면서 투철한 관찰력이 있어야 한다. 위백규가 시문을 통하여 사물의 요소요소를 치밀하게 묘사한 흔적은 어렵지 않게 발견할 수 있다. 그중 하나의 예로써 앞 3장 3절에서 이미 나왔던 「년년행 1」중의 '김매기 제쳐둔 사람들 멸구잡이 일삼으니, 손에는 깨진 바가지 쥐고 물을 하얗게 쳐 대네. 삼삼오오 무리 이루어 모니, 죽은 껍질 튀기는 거품, 황혹빛이 섞였네. 벼포기 부여잡고 물을 쳐대는 기세 스스로 급하니, 손과 다리 모두 바빠 쉴 엄두를 못내네.' 등과 같은 부분이다. 벼멸구의 심각성을 알려주는 대목이기도 하지만, 그 해충을 잡는 방법을 치밀하게 그려 사실성을 획득한 작자의 시적 능력이 돋보이는 곳이다.

다음 인용시는 「죄맥」의 일부분이다. 논리적인 이유로 앞에서는 인용하지 않았지만, 작자의 사물과 상황에 대한 표현력이 어느 정도인지를 직접 알 수 있다.

① 曩穎豕頰狗   성난 듯한 이삭은 우는 돼지의 뺨과도 같고
　悍鬚蝟毛磔   사나운 까끄라기는 고슴도치의 털처럼 뻣뻣하네
　(中略)

② 毒盡霾風檻   독한 티끌 흙비 오듯 난간에 날리고
　獰芒螫汗額   모진 까끄라기 땀 밴 이마에 벌레 쏘듯 하네
　鞣夫髮被逢   태질하는 남정네는 머리에 쑥대를 이는 듯하고
　箕妾體生蝨   키질하는 아낙네는 몸이 독침에 쏘인 듯하네
　(中略)

③ 黝腮混腐蛆   얼룩진 뺨은 모두 죽은 구더기 같고
　凹腹藏暗蠆47) 오목한 뱃속에는 독침을 숨겼네

①은 보리 이삭을, ②는 보리타작하는 상황을, 그리고 ③은 보리알곡의 모습을 표현한 것이다. 시간적인 순서를 지키며 사물과 상황을 묘사한 것도 그냥 넘길 수 없는 부분이지만, 더욱 눈에 띄는 것은 사실성에 기반한 작자의 표현 능력이다. 보리 이삭은 벼 이삭과는 달리 부드럽지 못하다. 따라서 이삭을 '돼지의 뺨 같다'라고 하였고, 까끄라기를 '고슴도치의 털과도 같다'라고 하였다. 다소 해학적인 표현을 빌어 사실성을 극대화시켰다고 하겠다. ②는 보리를 타작하면서 겪어야 하는 고통을 중심으로 상황을 그렸으며, 마지막 ③은 보리알곡의 모습을 마치 ①과 같이 다소 해학적으로 묘사하였다. 특히, 보리알곡에 그려진 희끗희끗한 문양을 '죽은 구더기 같다'라고 하는 표현은 평소 보리에 대한 관찰력이 부재했다면 쉽게 보일 수 없는 시 창작자의 능력으로 인정할 수 있다.

위백규의 표현방법상의 사실성 획득은 누에를 소재로 한 작품인 「詠蚕」에서도 나타나기 때문에 반드시 현실인식과 관련된다고 볼 수도 없다. 그

---

47) 魏伯珪, 『存齋全書』卷1, 「罪麥」.

러나 몇 시문을 제외하고 표현기법상 사실성을 획득한 작품의 거의 모두
는 현실인식이 내재되어 있다는 점이다. 이는 현실에 대한 인식이 표현기
법에까지 옮겨졌다고 하겠는데, 둘의 親緣性을 확인할 수 있는 대목이기도
하다.

셋째, 표현미학이 현실에 바탕을 두고 있다는 점이다. 위백규는 현실에
대한 지대한 관심을 보인 반면, 문학에 대한 진지한 논의는 별로 하지 않
았다. 이의 가장 큰 이유 중 하나는 성리학적 수학자로서의 자신의 위치를
군건히 하기 위함이 아니었을까 하는 생각이 든다. 그런데, 문학에 대한
논의를 한 한 편의 글이 있어 그 일부분을 인용해본다. 이 인용문은 위백
규가 궁극적으로 추구한 시문이 무엇이었는가를 알게 한다.

> 시는 당나라에서 성했다라고 하며, 말하는 이들은 이를 숭상한다. (그러나) 처음의 시
> 들부터 나중의 시 수천만 편의 당시들을 어디에 쓸까. 『시경』국풍편은 비록 여자들이
> 나 민간에서 하는 말이라도 모두가 볼 만하고 말할 만하며, 거울삼아 경계하고 본받아
> 실행할 만한 것들이다. (하지만) 당시 그 어디에 일찍이 이러함이 있었던가. (중략) 그
> 러므로 당시 가운데 명인들은 그중에서 가깝고 올바른 것을 취하려고 하면 열에 겨우
> 한둘 정도이고, 그 나머지는 모두가 이에 경박하고 저속한 것이라고 하겠다. 두보를
> 제외한 그 외에도 이백을 높게 칠 수 있다. 그러나 지나치게 부귀를 흠모하거나 방탕
> 에 빠져서 정도에 복귀하지 못하며, 과다한 신선술에 흥을 붙인 시인들은 모두가 이에
> 쓸모없으며, 마침내 협박으로 인해서 낭패를 당하고 누선에 오른 식이 될 것이니 괴이
> 할 것이 없다. 당나라 때 이후로부터 시율을 유사들이 훌륭한 학업으로 여겨왔으나
> 송나라의 소동파나 황정견에 이르기까지 모두가 부박한 공언을 면치 못하였다.[48]

---

48) 魏伯珪, 『存齋全書』卷9, 「格物說」詩人, 詩盛於唐 談者尚之 自始音至遺響累千萬篇
何處用之 詩經國風 雖女子閭巷之言 皆可以觀 可以言 可鑑戒 可體行者 唐詩 何嘗
有是哉 (中略) 是以唐詩名人 其近正可取十僅一二 其餘都是輕薄鄙夫也 杜子之外
李白高矣 而過歆富貴流蕩 不歸於正 托興於神仙過多 皆是無用 畢竟狠狠於脅迫 上
樓船 無足怪也 自唐以後 詩律爲儒士勝業 至於宋之蘇黃 皆不免浮薄之空言.

처음 서두를 唐詩를 표준삼아 學詩의 방법으로 삼는 세태에 대한 비판으로부터 시작하더니, 심지어 그 비판을 하는 중에 당시 무용론까지 제기하였다. 반면, 『시경』국풍편은 비록 여자들이나 민간에서 하는 말일지라도 경계하고 본받아 실행할만한 내용이기에 볼 만하다고 하였다. 바로 시의 효용 가치를 우선으로 생각한 발언이다. 그동안 『시경』을 들어 그 효용성을 논의한 이는 적지 않았는데, 위백규의 위의 언급도 이와 같은 맥락으로 볼 수 있다. 그리고 당 때의 시인들 중 열에 한두 명만 제외하고는 모두 경박하고 저속하다라고 하며, 당 시인들을 폄하하는 태도를 취한다. 하지만, 그중에서도 두보만은 예외라고 하는데, 이백을 예로 든 것을 통하여 그 이유를 알게 한다. 흔히 두보는 현실주의자요, 이백은 낭만주의자로 분류한다. 위백규는 이백을 비판하는 입장에 있는데, 주로 현실에 근거하지 않는 낭만성을 시문으로 읊었기 때문이라고 하겠다. 그에 반하여 두보는 현실적 삶을 시문을 통하여 충실히 담아내려고 노력했기에 위 인용문에서는 호의적인 입장을 내보였다고 하겠다. 그 뒤의 인용 내용도 같은 의미로 볼 수 있다. 특히, 송 때의 江西詩派인 소동파와 황정견을 들어 이들의 시문 또한 浮薄함을 면치 못했다라고 한다. 부박함 또한 현실과 거리가 있다는 의미로 풀이되기에 위백규의 입장에서는 비판의 대상이 될 수밖에 없었다. 이런 위백규의 견해는 문학의 '진실성'과 맞물리는 것으로도 이해된다.

이와 같이 위백규는 현실에 바탕을 두면서 진솔함을 나타내 보여주는 시문을 진정 원하였다. 그러나 이의 실천적 측면이 중요한데, 앞 3장에서 논의했던 현실에 근거한 시문들이 이와 관련있는 작품들이라고 할 수 있다. 특히, 표현미학의 세세한 부분까지 작품의 현실성을 놓치지 않으려는 노력을 엿볼 수 있다. 가령, 앞 3장 3절에서 인용했던 시문 중에 나오는 '浮氓', '社堂', '居士' 등의 시어에서 당시 농업 생산력의 증대와 상품·화폐경제의 진전으로 형성된 농민층의 계층분화 현상이라든가 농촌사회의 변화를 감지할 수 있다.[49] 또한 생활어를 한시에 쓰면서 음이 비슷한 한자어를 빌었는데, 대표적인 경우가 '滅高'이다. '멸고'는 벼멸구를 말하는데, 한자어에는 없는 말을 고의로 만들어 현실감을 더해주었다. 이 외에도 「년년행1」에서 사용한 어휘인 '書員', '書史', '面任', '松任', '約正', '牟還', '甘結', '換色' 등은 당대 사회의 모습을 잘 알려주는 것들로 현실성을 바탕에 둔 표현미학의 단면을 엿보게 한다.[50]

　이상 위백규가 시적 리얼리즘을 실천한 양태를 세 측면에서 논의하였다. 위백규는 거의 한 평생을 향촌에 머물며, 그곳 사람들과 희노애락을 함께 나누었다. 즉, 관직에 있다가 거기에서 잠시 물러나와 향촌에 머물려 그곳 사람들의 삶의 모습을 순간적으로 목격하는 경우와는 사뭇 다르다고 할 수 있다. 따라서 삶의 진솔함이 무엇인지를 잘 알 수 있었고, 또한 사족이라는 신분을 잊지 않고 향촌 사람들의 아픔을 상소문의 형태를 띠어 대변해주기도 하였다. 마찬가지 현실인식을 바탕에 둔 시문의 의미도 같은 맥락에서 이야기할 수 있다. 특히, 40대 초반의 「죄맥」을 비롯한 「맥대」, 「청맥행」등의 보리를 소재로 한 시문과 50대 초반의 「년년행 1」과 「년년행 2」등을 통하여 향촌민들의 애환을 대변해주고 있기 때문이다. 시문에서 때로 자신이 사족 신분임을 내세우는 것을 의식의 한계로 논의할 수도 있지만, 작품 전체가 리얼리즘을 실현하고 있다는 측면에 대비하면 그리 크게 주목받지 못한다고 하겠다.

5. 맺음말

　본 논고는 우선 위백규의 한시문 중에서 현실인식이 바탕이 된 작품을

---

49) 진재교, 「이조 후기 현실주의 시문학의 다양한 발전」, 앞 책, 241쪽 참조.
50) 진재교, 「실학파와 한시」, 앞 책, 303쪽 참조.

분석해 보고, 이러한 작품들이 과연 어느 정도 시적 리얼리즘을 실천했는
가? 하는 측면을 연구하였다.

벽촌 장흥에서 태어난 위백규는 가난한 삶을 살았다. 따라서 직접 농사
를 짓지 않으면 안되는 처지에 있었는데, 그러는 중에 농촌의 현실을 직접
눈으로 보게 된다. 특히, 농촌의 현실을 진정으로 이해할 수 있었던 때는
궁경독서기에 접어들어서부터인데, 같은 시폐이지만 그 이전의 것보다 더
구체적으로 논하고 있기 때문이다. 그러나 시폐를 논한 글은 상투적이고
관념성에 치우칠 소지가 다분한데, 시문을 통한 '현실 보여주기'는 이리하
여 가능할 수 있었다.

위백규는 궁핍하고 가난한 삶이 연속되지만, 그러한 현실을 관조적으로
표현하는가 하면, 때로는 직설적이지 않고 간접적인 방법을 썼으며, 그리
고 마지막으로 현실의 있는 그대로의 모습을 보여주려고까지 하였다. 이는
같은 상황의 연속이지만, 작자 자신이 현실과 어느 정도의 거리를 두었느
냐와 관련되는데, 관조적으로 표현할 때보다는 우회적으로 표출할 때, 그
리고 우회적으로 표출할 때보다는 사실적으로 묘사할 때 작자는 현실과
더 가깝게 있었다. 따라서 시적 리얼리즘의 실현 가능성도 이런 맥락과 무
관한 것은 아니라고 생각하였다. 리얼리즘은 보통 '사실주의' 아니면, '현
실주의'로 번역되어 쓰이고 있는데, 위백규는 시문을 통하여 현실주의와
함께 사실주의적인 측면도 드러내보였다. 따라서 현실주의나 사실주의 중
에서 어느 하나만을 선택하여 그의 시문 전체를 아우르는 특성으로 논할
수 없기에 포괄적 의미를 가진 리얼리즘이라는 용어를 사용하였다. 이런
점에서 볼 때, 위백규가 나타낸 시적 리얼리즘의 실현 양태는 크게 소재와
표현방법, 그리고 표현미학 등의 측면에서 논의할 수 있었다. 이를 구체적
으로 말하자면, 첫째, 시적 소재가 다분히 현실성을 띠고 있다는 점이고,
둘째 표현방법이 치밀하여 사실성을 획득하고 있으며, 셋째 표현미학이 현
실에 바탕을 두고 있다는 점 등이다. 이 세 가지는 위백규 자신이 내세웠

던 시의 관점과도 관련되는데, 시의 진정성이란 결국 현실을 사실적으로
표현해내야 함을 실천적으로 보여주었다는 데에 의미를 부여할 수 있다.

제6장

頤齋 黃胤錫의 天文 관찰과 시적 含有

1. 머리말

古來로 자연과 함께 해온 인간은 천문 우주에 대한 관심이 지대하였다. 하늘과 땅의 모양 및 크기 등과 같은 기본적인 것부터 시작하여 하늘에 떠 있는 日月은 어뗘하며, 행성들은 어떻게 도는가? 등의 문제까지 많은 것들이 연구 대상이었다. 서양의 과학적 사고가 바탕이 된 오늘날이라면 이러한 문제는 전적으로 천문학자의 몫이 되겠지만, 전통시대 형이상학의 논리로 바라본 천문 우주에 대한 문제는 유학자가 풀어야할 과제이기도 하였다. 따라서 조선시대 대부분의 유학자들이 성리학의 문제에 관심을 보이고 있었지만, 易學에 관심을 가진 몇몇의 유학자들은 성리학의 문제와 아울러 자연 사물과 우주에 대한 꾸준한 관심을 내보였다. 權近, 鄭麟趾, 金埔, 南九萬, 徐命膺·浩修 부자와 南秉哲·秉吉 형제 등은 천문·역법과 관련된 관직에 있으면서 알려진 이들이고, 재야에 있거나 말직에 있으면서 천문 우주에 관심을 보인 학자들로는 徐敬德, 張顯光, 李滉, 李瀷, 金錫文, 洪大容

등을 들 수 있다. 이들이 재야에 있으면서도 천문 우주에 대한 관심을 가졌던 근본 이유는 성리학 자체가 格物致知를 존중하는 한편, 陰陽五行類의 자연 철학과 깊은 관련이 있기 때문이라고 할 수 있다.

黃胤錫(1729~1791)도 微官 말직으로 생을 마감했지만, 어느 누구보다도 한평생동안 천문·역법 등에 주력한 인물로 알려져 있다. 본 논고는 황윤석이 천문·역법에 주력한 점에 초점을 맞추고, 그와 관련된 시문을 연구한 것이다. 특히, 천문을 관찰한 후 지었을 것으로 생각되는 시문들을 중심으로 그 시적 含有를 살피고, 시적 함유의 의미와 의식의 한계점을 구명해보고자 한다.

현재 남아있는 황윤석의 시문은 대략 1,170題에 1,780여 수 정도이다.[1] 평생 경학에 뜻을 두었던 측면에서 보자면, 적지 않은 편수라고 할 수 있는데, 여기에는 閑情·交遊·鄕愁·敍景 등등의 보통 다른 문인들이 남길 수 있는 시문의 내용들이 포함되어 있다. 따라서 이러한 면을 중심으로 본다면, 황윤석 시문의 특성이 드러나지 않을 수도 있다. 따라서 시문의 특징적인 측면을 찾아야할 것으로 생각하는데, 그의 문집인 『頤齋遺稿』와 『頤齋續稿』 등에 천문 관련 시문이 산재해 있다는 점에 주목을 요한다.[2] 물론 거기에는 천문을 알기 위해 읽었던 선인들의 저서와 관련된 시문들도 다수 있지만, 본 논고는 천문을 관찰 한 후 지었을 것으로 예측되는 시문만을 연구 대상으로 한정하였다. 가령, 日·月蝕과 별자리를 관측한 후 지은

---

1) 황윤석 시의 전반적인 경개는 崔三龍의 논문인 「頤齋 黃胤錫의 문학연구」(『頤齋 黃胤錫』, 민음사, 1994, 60~67쪽)에 정리되어 있다. 이에 의하면, 辭 5수, 賦 4수, 樂府 3수, 五絶 113수, 七絶 1,070수, 五律 244수, 七律 244수, 五古 62수, 七古 19수, 雜體 22수 등 이를 모두 합하면, 1,786수인 것으로 나타났다.

2) 현전하는 황윤석의 문집으로는 『頤齋亂藁』·『頤齋遺稿』·『頤齋續稿』 등이 있다. 『이재난고』가 황윤석이 그의 나이 10세 때부터 시작하여 63세로 생을 마감하기 2일 전까지 모든 것을 망라하여 쓴 일기체 또는 기사체 형식을 따른 저술이라고 한다면, 『이재유고』와 『이재속고』 등은 『이재난고』 속의 내용을 발췌 편집했다고 할 수 있다. 황윤석의 시문은 『이재유고』1~3권과 『이재속고』1~2권에 정리되어 있다.

시문은 다른 문인에게서는 볼 수 없는 독특한 면으로 지적할 수 있기 때문이다. 이는 일찍이 宋憲鎭이 황윤석의 행장에서 언급한 '博通精察 眞知實踐'의 정신과 일맥상통한 것으로 배운 것을 관찰해보고 실행해보고자는 속내가 담긴 것이라고 할 수 있다.

그동안 황윤석의 문학연구는 시조 부분에 주로 치중하였고, 崔三龍만이 한시문 전반을 내용적인 측면에서 정리한 상태이다. 그러나 이 또한 황윤석 시문의 特長을 드러내지 못했다는 아쉬움이 남는다.[3] 황윤석을 흔히 '실학자'로 부른다. 이는 그의 학문 전반이 형이상학의 성리학에 그치지 않고, 생활과 가까운 측면이 강하기 때문에 명명된 것이라고 할 수 있다. 이러한 측면이 분명 시문에도 드러날 개연성은 충분히 있다. 그럼에도 불구하고 그냥 지나치는 것은 황윤석 문학의 진정성을 드러내 보이지 못할 수도 있다. 따라서 본 논고는 이러한 문제의식에서 출발한 것으로 황윤석 시문의 한 단면을 보여줌으로서 진정 그가 문학 작품을 통해 무엇을 말하려했던가를 알게 될 것이다.

2. 학문의 博通性과 관찰 정신

황윤석은 영조 5년에 전북 興德縣(지금의 고창군)에서 출생하였다. 본관은 平海이고, 자는 永叟이며, 흔히 알려진 호로는 頤齋가 있지만, 西溟山

---

3) 황윤석 문학 연구를 연대 순서대로 나열하면 다음과 같다. 유재영, 「이재 황윤석의 목주잡가에 대한 고찰」,『한국언어문학』7집, 한국언어문학회, 1970 ; 최강현, 「시조 작가로서의 황윤석을 살핌」,『홍익어문』9집 ; 최삼룡, 「이재 황윤석의 문학연구」,『이재 황윤석』, 민음사, 1994 ; 김명순, 「황윤석의 시조한역의 성격과 의미」,『동방한문학』13집, 동방한문학회, 1997 ; 손찬식, 「이재 황윤석의 시조한역의 성격과 의미」,『어문연구』30집, 어문연구학회, 1998 ; 전재강, 「황윤석 시조의 교술적 성격과 작가의식」,『시조학논총』19집, 한국시조학회, 2003.

人·雲浦主人·越松外史라고도 불리었다. 선조가 落南한 시기는 고조부 때로 가까운 조상 중에 현달한 이는 없었지만, 숙조부인 龜岩 載重은 農巖 金昌協의 문인으로 학덕을 쌓았고, 부친 晚隱公 壜 또한 그리 높은 벼슬까지 오르지는 못하였으나 학식만은 높았던 것으로 알려져 있다.

　황윤석의 學行은 위의 집안 분위기를 그대로 전수 받았다고 할 수 있다. 5세에 조모에게서 문자를 배우기 시작한 황윤석은 7세에 이르러『소학』을 읽었고, 이로부터 『사기』와 사서오경을 두루 보고, 제자백가의 책에 이르러서는 3,4일 동안 밤에 잠도 자지 않고 읽는가 하면, 4,5 문장을 잠깐 동안 보고서 잊지 않고 기억했다[4]고 한다. 즉, 어려서부터 博覽强記했고, 학문에 대한 열정이 대단했음을 알 수 있다. 그리하여 10세에 벌써 문장이 이루어져 이때부터 일기를 쓰기 시작, 세상을 뜨기 이틀 전까지 하루도 빠뜨리지 않고 60여 책을 이루었다고 하는데, 이 일기가 현전하는『頤齋亂藁』이다. 12세에 이르자 경전을 독파하고, 14세에 비로소 '이치의 총집합'이라는 의미를 가진 理藪에 뜻을 두게 된다. 황윤석이 하루는 滄溪 林泳의『滄溪集』을 읽었는데, 임영이 벌써 11세에『書經』에 나오는 '碁三百'을 이해했다는 기사를 읽는다. 이를 본 부친이 옛 사람은 11세에 하였는데, 너는 14세로 할 수 있겠느냐? 라고 반문하여 이로부터 이수학에 뜻을 두었다[5]고 한다. 곧, 황윤석이 이수에 뜻을 두게 된 것은 순전히 학문의 폭을 넓혀주려는 부친의 독려와 자신의 학문에 대한 열정이 있었기에 가능했다

---

4) 黃胤錫, 『頤齋續稿』卷14, 年譜 7歲條, 讀小學 自此遍讀史記四書五經 以及於諸子百家 能三四夜不寐 俄頃閱四五板亦能不忘.

5) 黃胤錫, 『頤齋續稿』卷14, 年譜 14歲條, 讀林滄溪集 見其十一歲解碁三百 晚隱公以語先生曰 前輩十一已始許 爾今十四 能之否乎 先生自是 留意理藪. 황윤석은 또한 『書經』「堯傳」碁三百傳을 읽은 다음「讀碁三百傳」이라는 시제로 시문까지 남기는데, 기삼백전에 대한 내용이 시문으로까지 남길 정도로 인상적이었음을 알 수 있다. 『頤齋續稿』卷1에 수록된「讀碁三百傳」의 내용은 다음과 같다. '唐堯咨命炳丹靑, 欽若淵源迭緯經. 設度周天排列舍, 定時碁日替神冥. 陰陽舒疾生餘閏, 氣朔盈虛見忽零. 直到章元交湊地, 方知聖意最丁寧.'

고 할 수 있다. 이런 연유로 14세부터『理藪新編』을 편집하기에 이르는데,
『性理大全』의 조례를 모방하여 근본을 대전에 두되, 여러 서책을 참고하
여 巨帙을 완성하였으며, 평생의 정력을『이수신편』에 모두 쏟았다[6]고
한다.

연보에 의하면, 황윤석은 이때까지도 스승 없이 家學으로만 학문을 연
마했던 것으로 나타나는데, 18세에 이르자 당시 성리학의 대가요, 玄石 朴
世采의 문인인 黎湖 朴弼周에게 스승으로 모시고 싶다는 의미의 편지를
썼으나 올리지 않아 師承 관계가 성사되지 않는다. 21세 때에는 丁垢에게
「論湖洛學心性說得失」에 관한 답서를 쓰는데, 황윤석의 성리학적 경지가
어느 수준이었는지를 알 수 있는 대목이기도 하다. 이러한 학문적 수준을
그냥 두고 볼 수만 없었던 부친은 서울 壯洞의 承旨 金文行을 찾아가 황윤
석의 장래에 대하여 의논하는데, 김문행은 "아드님이 만일 서울에 와서 科
擧學을 공부하겠다면 내가 맡아 지도하겠지만, 經學을 공부한다면 再從弟
인 美湖 金元行이 있다. 내 마땅히 아드님을 위하여 소개해주겠노라."[7]고
이른다. 이전에 이미 과거의 학문이 아닌 성현의 학문에 뜻을 두었던 황윤
석인지라 김문행을 스승으로 모시는 것을 결행하지는 않는다. 그렇다고 김
문행의 말처럼 김원행을 곧바로 찾아뵙지도 않는다. 연보에는 김문행을 찾
아뵌 후에 여기저기에서 시행하는 시험에 응시한 것으로 보아 실질적으로
과거학을 할 것인지 성인의 학문을 할 것인지 놓고 마음의 결정을 확고히
하지 못한 듯하다. 아무튼 28세에 부친은 드디어 김원행을 찾아뵙도록 하
였고, 황윤석은 김원행에게「爲學規模」와「泉塘心性之辨」과 같은 성리학
적인 글을 지어 바친다. 그러나 아직은 스승과 제자의 사이라고 하기보다
는 이때는 공부를 하다가 의문이 있는 곳을 물어보는 정도의 관계였고, 정

---

6) 黃胤錫,『頤齋續稿』卷14, 年譜 16歲條, 始編理藪新編 先生於性理大全用功最深
   遂倣其條例 本諸大全 參以群書附 以已見編成巨帙 平生精力 盡在此書.
7) 黃胤錫,『頤齋續稿』卷14, 年譜 22歲條, 金公極稱先生曰 令胤 北來則科文 吾當導
   之 經學有再從弟渼湖在焉 吾當爲之先容也.

식적인 사승 관계는 31세에 동생 黃胄錫과 함께 알현한 후부터라고 할 수 있다. 이것이 계기가 되어 김원행에게서 주로 성리학적 소양을 쌓는다. 특히, 36세에는 石室書院에 있던 김원행을 찾아뵙고, 그곳에서 얼마 정도 머무르면서 여러 선생들을 만나는데, 이는 황윤석 생애에 있어 중요한 부분으로 손꼽을 수 있다. 김원행은 김창협의 양손자요, 陶庵 李縡의 문인으로서 정통 노론계 학통을 이으면서 석실서원에서 당시 많은 제자들에게 강학을 하고 있었다. 그 제자들 가운데 잘 알려진 인물로는 황윤석을 爲始하여 洪大容, 金履安, 朴胤源, 吳允常, 兪漢紀 등 총 140여 명에 이른 것으로 알려져 있다.8) 황윤석이 앞에서 석실서원에서 여러 선생들을 만났다고 하였는데, 아마도 홍대용을 비롯한 김원행의 제자들을 말한 것이라고 할 수 있다. 황윤석은 실제로 이들과 교유하면서 학문의 폭을 넓혔다고 할 수 있는데, 당시 거세게 몰아치던 서양학을 접할 수 있는 직접적인 계기가 되었던 곳이 석실서원임은 주지하는 바이다. 김원행은 황윤석의 나이 44세에 생을 마감하는데, 생을 마감하기 전까지 둘은 지속적인 관계를 유지하여 황윤석이 학문적 체계를 세우는데 절대적 역할을 하였다.

이상과 같이 황윤석은 가학과 김원행에게서 받은 수학 등으로 학문적 체계를 세웠다고 할 수 있다. 그런데 한편으로 보자면, 30대 중반쯤부터 해를 거듭할수록 자주 이루어진 뭇 문인들과의 학문에 대한 논의와 硏鑽 등에서 힘입은 바 컸다고 하겠다. 연보에 근거해 34세 이후부터 이루어진 연찬을 나열하면 다음과 같다.

34세 - 靜愼齋 金時粲을 방문해 『주역』과 星象·日食 등을 논하다.

35세 - 다시 김시찬을 만나 음양변화와 筮卦七八의 설을 토론하다.

36세 - ① 木山 李基敬을 방문하여 '湖洛心性理氣之辨'을 토론하다. ② 김원행에게

---

8) 김원행의 석실서원에서의 교육 활동에 대해서는 李坰丘의 논문(「金元行의 實心 강조와 石室書院에서의 교육 활동」, 『진단학보』88집, 진단학회, 1999)을 참고할 것.

　　가서『대학』을 토론하고, 동문 여러 사람들과『중용』을 강론하다. ③ 장성으
　　로 유배 온 鄭景淳을 만나『주역』및 諸家·五禮·三傳과 漢·唐 이래의 문장 등
　　을 논의하다.

37세 - ① 金瓊와『대학』의 明德과 退溪·栗谷의 四七理氣와 湖洛諸賢의 '心性同異
　　　之辨'을 토론하다. ② 安衡圭와 巍巖 李柬의 '心性理氣之說'에 관해 토론하다.

38세 - ① 徐命膺과 易象·曆學·範數·字書·八線九數의 뜻에 관하여 토론하다. ② 김
　　　이안과 太玄經筮法에 관해 토론하다. ③ 鄭東鎭과 陸學의 잘못됨을 토론하다.

39세 - ① 閔百順과 풍수설에 관해 토론하다. ② 정경순과 '星曆前知之術'에 관해
　　　토론하다.

40세 - ① 尹昌鼎과 마테오 리치의 地圓說에 관해 토론하다. ② 정지순과 역상·律呂
　　　와 경제·사무에 관해 토론하다. ③ 李某와 일식·월식의 이치에 관해 토론하다.

41세 - ① 金庸謙과「中庸費隱」과 曆範·律曆·田兵·官職·算數·音樂의 설을 토론하다.
　　　② 李衡喆과 三韓時代의 古跡에 관해 토론하다.

43세 - ① 김용겸과 兵書·海防에 관해 토론하다. ② 金聖範, 金鐘純과 율려·曆象·數
　　　學·禮說·文章 등을 토론하다.

45세 - 沈定鎭과 經義·卜筮·율력·산수·星緯·兵陣之法 등을 토론하다.

48세 - 홍대용과 율력·象數지설 등을 토론하다.

50세 - ① 趙器鎭과 經禮·율력·星範·經綸·制度 등에 관해 토론하다. ② 韓致明과『사
　　　기』의 의심나는 부분을 토론하다. ③ 李家煥과 文章·典故·字畵·聲韻·율력·籌
　　　法 등에 관해 토론하다.

51세 - ① 金光漢과 '朱陸學術之異'와 '師友處義之道'에 관해 논의하다. ② 李東
　　　運, 李敬臣과 이기·상수·심성·예의지설에 관해 강론하다.

60세 - 李得顯이 太極의 先後天渾天儀의 문제와 華東諸賢의 遺事를 물어오자 답하다.

　　토론의 내용을 보면, 실로 거론되지 않은 것이 없을 정도로 다양하다.
성리학은 기본이고, 성상과 일·월식, 역학, 지원설, 역사, 문장, 성운, 율력,
상수 등등 깊이 있는 연구가 이루어진 후에야 토론할 수 있는 부분까지 총
망라되어 있다. 과연 황윤석을 일컬어 천문과 역학의 대가라고 부르는 이
유의 근거로서 위의 연찬의 자료는 충분하다고 생각한다. 이런 이유로 황

윤석을 가리켜 서명응은 「행장」에서 '박학한 선비'라고 하였고, 영조는 '널리 알고 소박하며 알찬 사람'라고 하였으며, 霽軒 沈定鎭은 '육경에 근본을 두면서 백가에 통달하였다. 크면서도 뒤섞이지 아니하고 자세하면서도 번잡하지 않으니 세상에 보기 드문 박학자라고 할 수 있다.'[9]라고 하였으니 이러한 판단이 진실로 옳음을 알 수 있다.[10]

이상 황윤석 학문의 박학성을 들었는데, 그렇게 될 수 있었던 것은 학문의 폭을 넓게 본 부친의 안목과 여러 경전을 통한 이해, 많은 문인들과의 연찬으로 인한 학문적 체계화 등을 그 주요인으로 지목할 수 있겠다. 또한 박학성이 실현될 수 있었던 배경으로서 한 가지 덧붙이자면, 성리학자의 입장에서 격물치지를 바탕으로 한 사물의 관찰 정신을 들 수 있을 것이다. 황윤석의 사물에 대한 관찰력이 어느 정도인지는 자명종을 해부해보고 기록한 다음의 글에서도 읽어낼 수 있다.

(생략) 꽃받침 30잎사귀를 만들어 매 잎사귀마다 하나의 작은 구멍을 새겼으니 한 달 30일에 응한 것이다. 그 초하루의 위치에 하나의 작은 둥근 철을 설치했으니 곧 태양이다. 그 밖에는 하나의 둥근 붉은 철을 베풀고 하나의 작은 구멍을 만들어 둥근 달이라고 생각하여 돌면서 바라보게 하였다. 문득 초승달, 보름달, 그믐, 초하루 등의 나눔이 있으며, 상하 초승달은 그 절반이 이지러져서 이지러진 곳은 검고, 이지러지지 않은 곳은 하얗다. 보름달은 전체가 하얗고 둥글며, 그믐과 초하루는 전체가 검으니 해가 구슬을 꿰고 옥을 합쳐 놓은 듯 겹쳐 있다. 사면에는 벽과 같은 네 조각의 네모진

9) 黃胤錫, 『頤齋續稿』卷13, 「行狀」, 本六經而達百家 大而不雜 細而不繁 曠世罕有 盡知言也.

10) 황윤석의 박학성은 남긴 저서를 통해서도 알 수 있다. 후학 金魯洙는 「행장」에서 저서 목록으로서 『理藪』, 『山雷雜考』, 『資知錄』, 『歷代韻語』, 『姓氏韻彙』, 『性理大全註解』, 『九經箚錄』, 『群書訂辨』각 몇 권, 『象緯指要』2권, 『輿地勝覽增修起例』1권, 『皇極經世書四象體用聲音卦數圖解』1권, 『國朝喪禮補編後本尺圖說』1권, 『輪鐘記』1권, 『華音方言字義解』1권, 『字意混訛辨』1권, 『海東異蹟補』1권, 『小學講義』1권, 『이재난고』근 백 권, 『문집』몇 십 권 등 총 300권 정도를 나열하여 황윤석의 박학성이 어느 정도였는지를 직접 알려주었다.

철이 두루 펴져서 그 연결하여 붙은 곳에 작은 철추를 베풀어 임의대로 닫고 열도록
하였다.(생략)11)

비록 인용한 내용이 자명종의 한 부분을 묘사한 것이지만, 지나치다할
정도로 자세하여 황윤석이 보았던 자명종을 그림으로도 그릴 정도이다. 자
명종은 현재 생활필수품으로 흔한 것이 되었지만, 당시로서는 귀한 물건
중 하나였다. 물론 서양에서 들어와 처음 접한 것이고, 시간을 정확히 알
려준다는 점에서 더욱 신기했을 것이다. 연보에 따르면, 황윤석이 자명종
을 처음 접했던 나이는 18세였다. 楚山(현재 井邑)에 사는 上舍 李彦復이
어느 날 64냥을 주고 자명종을 구입했다는 소식을 접한 후, 가서 직접 보
고, 그것도 부족하여 비싼 값을 주고 구입하여 전체를 해부해보기까지 한
다.12) 당시 황윤석의 가계가 그리 넉넉하지 않은 사정으로 볼 때 비싼 대
가를 치르고 샀다면, 실제 생활에 활용했어야 하는데, 내부 모양이 어떠한
가를 구체적으로 보기 위해서 구입했다고 함은 서양 물건에 대한 호기심
이 어느 정도였는지를 그대로 드러냄과 동시에 격물치지하는 자세를 버리
지 않았다고 할 수 있다.

앞에서 이미 보았듯이 황윤석은 천문과 역법 등에 지대한 관심을 가지
고, 나름대로 체계화시키기까지 하였다. 이러한 경지까지 오를 수 있었던
데에는 여러 관련 책들을 탐독한 이유도 있었지만, 마찬가지로 천문을 직
접 관찰하고서 거기에서 얻은 경험의 소산이 또한 한몫했다고 할 수 있다.
연보 34세조에서 '아우와 함께 月重輪을 보았다.'13)고 하여 천문을 직접

11) 黃胤錫, 『頤齋遺稿』卷1, 「自鳴鐘」, 作花葶三十葉 每葉 刻一小窾 應一月三十日
   其朔日位 設一小圓鐵 卽太陽也 其外 則施一圓赤鐵 作一小窾 以爲月輪 周而望之
   便有弦望晦朔之分 上下弦月缺其半 缺處黑 不缺處白 望則全白而圓 朔晦則全黑
   與日疊合如合璧 四面 周布四片方鐵若壁 其連貼處 施小鐵樞 任意闔闢……
12) 黃胤錫, 『頤齋續稿』卷13, 年譜 18歲條, 觀自鳴鍾 國內罕有此鍾 始見於李上舍彦
   復家 其後 以重價購於人 解其全體 察其制度 爲記一篇.
13) 黃胤錫, 『頤齋續稿』卷13, 年譜 34歲條, 與季氏 仰見月.

관찰했음을 알려주고 있고, 59세에 쓴 自敍說에서는 좀더 구체적으로 '나는 어려서 글을 읽고 글자를 쓰면서부터 별들을 관찰하여 달을 점치고, 높은 곳에 올라 먼 곳을 관측하였으며, 불을 밝혀 밤을 새우며 온갖 노력을 다하였다.'[14]라고 언급하였다. 이러한 실질적인 관찰과 관측 등이 있었기에 훗날 서양인 測天者들이 별이 해와 달보다 크다라고 주장한 것에 대하여 의심의 여지를 남기지 않고 적확한 것이라고 확신해마지 않았던 것이다.[15] 현대 물리학에서 이것은 하나의 상식처럼 통하고 있지만, 당시 대개의 사람들이 해와 달이 별보다 크다라고 했을 때, 황윤석은 그 반대의 주장을 했던 것이다. 이 말을 들은 사람 중에 어느 정도가 동조하고, 수긍했는지는 알 수 없지만, 과히 혁명적인 발언이었다고 할 수 있다. 이러한 발언을 서슴지 않고 할 수 있었던 데에는 어려서부터 실질적으로 천문을 관찰한 경험이 크게 작용했다고 하겠다. 다음에 전개될 천문 관련 시문들도 이러한 관찰이 바탕이 되어 나온 소산물로 볼 수 있다.

3. 天文 관찰의 시적 含有

1) 천문 運行의 시적 기록화

앞장에서 이미 언급한대로 황윤석은 글자를 쓰기 시작할 수 있는 어린 나이 때부터 높은 곳에 올라가 별들과 달을 관찰하였다. 이러한 천문을 관찰하는 중에도 그와 관련된 시문 남기는 것을 서슴지 않았는데, 별을 관찰하는 모습을 담은 「觀星」 두 수 중 두 번째 작품의 내용인 '자연스러운 빛

---

14) 黃胤錫, 『頤齋遺稿』卷11, 「自敍說」, 余少時 讀書寫字 候星占月 登高望遠 明燭達夜 勞心費力.

15) 黃胤錫, 『頤齋續稿』卷11, 「漫錄」中, 蓋凡物象 近視則大 遠視則小 故西洋人測天者 亦云星宿大於日月者 星宿雖大 而高且遠 故小 日月雖小 而卑且近故大 此的確語也.

기운 허공에 도니, 무슨 일로 어두운데 다시 밝아지나? 나 가벼이 날아 친히 가서 보고자 하여, 별밤 높은 곳에서 강풍에 몸 구부리네.'16)에서는 황윤석 자신이 직접 시적 화자가 되어 시문을 관찰하고 있는 모습을 드러내 보이기도 하였다. 별이 떠있는 하늘과 그 빛으로 인해 환해진 듯한 모습, 그리고 마치 자신이 가벼운 몸으로 훨훨 날아 碧空을 날아 오를듯함을 '剛風'과 같은 도가적 시어를 사용하여 나타내 보여주었다. '강풍'은 곧, 도가에서 이르는 '상공에서 부는 바람'을 지칭하기 때문이다.

다음 작품은 정월 보름날 밤에 달이 나오는 광경을 본 후에 느낀 소회를 담은 첫 번째 시문으로 특히, 頸聯에서 달이 점차 천상에서 나타나는 모습을 그린 것이 인상적이다.

天下元霄月	천하의 높은 하늘의 달을
羈人只獨看	나그네는 다만 홀로 보네
未嘗鳥飯味	새의 밥 아직 맛보지 아니했는데
且望駱峯端	또 낙봉의 끝을 바라보네
蒙氣紅初翳	덮은 기운은 붉어져 처음 가리고
高輪白漸寒	높은 바퀴는 희어 점점 차지네
新年何似舊	신년이 어찌 옛과 같으리요
荒稔在虧團17)	풍흉은 이지러지고 둥근데 있다오

달은 천문학에서는 별자리를 나누는 기준이 되기도 하는데,18) 시적 화자는 현재 객지에 머물던 중에 보름달이 떠오르는 광경을 보았다. 그것도 여러 사람과 함께 본 것이 아닌 자기 혼자 본 것으로 특별히 달이 떠오르는 광경을 목격하기 위해 다른 사람이 전혀 없는 곳에서 한 밤중에 달을

---

16) 黃胤錫, 『頤齋遺稿』卷1, 「觀星」二首, 自然光氣轉虛空, 何事昏中更曉中. 我欲輕飛去親見, 玉霄高處俯剛風.

17) 黃胤錫, 『頤齋續稿』卷2, 「上元夜獨觀月出二首」

18) 안상현, 『우리가 정말 알아야 할 우리별자리』, 현암사, 2000, 23쪽 참조.

관찰하고 있음을 알 수 있다. 頷聯의 내용인 '새의 밥 맛보지도 아니했는데'를 통하여 시간적으로 생물이 활동할 수 있는 시간과는 무관함을 간접적으로 알려주고 있다. 그리고 경련의 '덮은 기운은 붉어져 처음 가리고, 높은 바퀴는 희어 점점 차지네.'와 같은 묘사를 통하여 하얀 달이 찬 기운을 받아 춥게 느껴지는 기분까지 드러내었다. 마지막 尾聯에서는 화자 자신이 만월을 감상한 후 느껴지는 감정을 적었는데, '풍흉은 이지러지고 둥근데 있다오.'라는 부분의 내용을 통하여 결국 달을 단순히 관찰한 데에 목적이 있었던 것이 아니고, 한 해 농사의 풍흉까지 점쳐보려는 뚜렷한 목적이 수반되었음을 알게 한다. 이는 옛 사람들이 하늘의 현상이 땅에 사는 사람살이에 조짐을 준다고 믿었으므로 하늘의 기밀 즉, 天機를 읽기 위해 점성술을 연구·발전시킨 것[19]과 관련되는 부분이기도 하다. 곧, 위 작품은 작자가 어떤 의도에서 지은 것인지를 밝히지는 않았지만, 적어도 달의 이지러지고 둥근 모습을 통하여 한 해의 길흉을 살피려는 의도가 어느 정도 있었음은 분명히 알 수 있다.

이와 같이 천문이 운행하는 모습을 화자 자신이 관찰하는 과정을 그린 시문이 있는가 하면, 다음 작품은 천문이 운행하는 모습을 그렸는데, 평소 천체에 대한 지식이 없다면 시적으로 형상화할 수 없었을 것이다.

玉杓西斡蒼龍角	북두칠성은 서쪽으로 돌아 창룡의 뿔에 있고
銀浦東回白虎頭	은하수는 동쪽으로 돌아 백호의 머리에 있도다
獨有五星天極位	오직 오성만이 하늘 끝의 위치에 있어
不隨經緯任旋周[20]	경위 따르지 않고 돌아가는 주기에 맡기도다

기구와 승구는 북두칠성 대 은하수, 서쪽 대 동쪽, 창룡의 뿔 대 백호의 머리 등을 대립적 구도로 놓아 의미의 대칭을 이루었다. 북두칠성은 많은

---

19) 안상현, 앞 책, 19쪽 참조.
20) 黃胤錫, 『頤齋遺稿』卷1, 「夜坐三絶」 중 첫 번째 작품.

이들이 사랑하는 별자리인데, 북두칠성에 있는 삼신할머니에게 명줄을 받아 태어나고, 삶의 길흉화복은 모두 북두칠성이 주관한다고 생각했으며, 죽으면 북두칠성을 그려 넣은 칠성판을 지고 저승길에 가야만 염라대왕이 받아준다고 믿었기 때문이다. 뿐만 아니라 옛 동양 사람은 세계의 다른 문명권과 마찬가지로 북두칠성을 하느님이 타는 수레, 네모난 되, 긴 자루가 달린 국자 등으로 여겼다.21) 이러한 북두칠성이 위 시에서는 서쪽을 돌아 창룡의 뿔에 있다고 하였다. 옛 사람들은 북두칠성의 자루를 계절을 알려주는 거대한 천문 시계로 생각하였다. 봄에 해가 지면 북두칠성의 자루는 동쪽을 가리킨다. 여름에 해가 지고 나면 남쪽을 가리키며, 가을에는 서쪽을, 겨울에는 북쪽을 가리킨다. 그래서 옛사람들은 북두칠성의 자루가 향한 방향을 보고 철을 따지기도 하였다.22) 그리고 청룡과 동격의 의미인 창룡은 중국 천문학에서 二十八宿 가운데 동쪽의 일곱 별자리를 이르는 말로 角, 亢, 氐, 房, 心, 尾, 箕를 통틀어 이른다. 옛 사람들이 청룡, 주작, 백호, 현무, 황룡 등과 같은 신령스러운 동물들이 각각 동·남·서·북·중앙 등을 지키는가 하면, 청룡은 봄, 주작은 여름, 백호는 가을, 현무는 겨울 등의 계절을 맡는다고 굳게 믿었음은 주지하는 바이다. 곧, 북두칠성이 서쪽을 돌아 동쪽을 상징하는 창룡의 뿔에 있다고 함은 북두칠성 자루는 서쪽을 향하고 있음을 의미하여 계절로 보자면, 가을임을 알 수 있다.23) 마찬가지로 승구도 은하수를 들어 천문이 운행하는 모습을 動的으로 그렸다. 전구에서는 五星을 들었는데, 고대 중국에서부터 알려져 있던 歲星·熒惑·太白·辰星·鎭星의 다섯 개 행성을 말하는데, 이것들은 동·남·서·북·중앙 등에 각각 위치해 있으며, 서양식으로는 목성·화성·금성·수

---

21) 안상현, 앞 책, 87~88쪽 참조.
22) 안상현, 앞 책, 90쪽.
23) 실제로 『頤齋遺稿』卷1, 「夜坐三絶」 중 세 번째 작품을 보면, '風落江南九月天, 葉聲和雨餞殘年. 仙雲未到空相憶, 秋影應涵白鳥邊.' 등과 같이 읊었는데, 계절이 가을임을 알 수 있다.

성·토성 등을 가리킨다. 즉, 다른 별들은 계절에 따라 그 위치를 달리 하기도 하지만, 하늘 끝에 있는 오성만은 네 계절 동안 불변의 위치에 있음을 알려주고 있다.

다음 작품도 천문이 운행하는 모습을 보고 읊은 것으로 화자의 서정적인 면은 거의 배제된 상태이다.

一天星斗爛成行	한하늘의 별빛 찬란히 줄을 이루고
瓔珞珠旒幾點光	구슬 목도리 구슬 빗처럼 몇 점이 빛나네
督有紫微宮北極	살펴보니 자미궁 북극 가운데에 있어
不明不暗運陰陽24)	밝지도 어둡지도 않는데 음양이 운행하네

기구와 승구에서는 하늘에 별이 떠있는 모습을 나타냈는데, 구슬 목도리와 구슬 빗에 비유하여 아름답게 반짝거리고 있음을 말하고 있다. 전구에서는 자미궁을 일컫고 있는데, 옛 사람들은 북극성을 옥황상제라고 생각하여 그 주변을 임금이 사는 궁궐이라는 뜻으로 자미궁이라고 여겼다. 그리고 자미궁의 담을 紫微垣이라고 불렀는데, 자미원에 있는 별은 궁궐을 지키는 장군과 신하라고 생각하였다.25) 따라서 전구의 북극은 북극성을 가리키며, 자미궁은 옥황상제가 사는 곳인 궁궐을 의미함을 알 수 있다. 또한 옛 사람들은 하늘이 회전하는 중심, 즉 천구의 북극을 北辰이라고 하여 높여 불렀는데, 일찍이 공자는 『論語』「爲政」편에서 '덕으로 정치를 하는 것은 북신이 그 자리에 있어 뭇 별이 주위를 도는 것과 같다.'26)라고 하였다. 북극성을 옥황상제로 생각하여 그 주변의 별들이 이 옥황상제를 중심으로 도는 것처럼 언급한 것이다. 위 시의 마지막 결구에서 명암의 中正을 지켜 음양이 운행할 수 있는 것도 사실은 북극성의 옥황상제가 있어

---

24) 黃胤錫, 『頤齋遺稿』卷1, 「夜坐三絶」중 두 번째 작품.
25) 안상현, 앞 책, 41쪽 참조.
26) 『論語』「爲政」篇, 子曰 爲政以德 譬如北辰 居其所 而衆星共之.

가능함을 간접적으로 나타내 보여주고 있는데, 공자가 언급한 의미와 큰 차이를 두고 있지는 않다.

2) 천문 現象에 대한 인식과 대응

고래로 많은 사람들은 인간의 삶은 자연과 긴밀히 관련되어 있다고 믿어왔다. 그래서 가령, 어떤 異象의 자연 징후가 나타나면, 인간의 잘못을 판단해주는 것으로 생각하여 혼신의 힘을 다하여 재발하지 않기를 기원하였다. 더군다나 하늘을 곧, 왕으로 여겨온 동양인에게 있어서 천문의 이상 징후는 많은 것을 뒤돌아보게 만드는 측면이 강하였다. 천문 이상의 대표적인 현상으로는 일식, 월식, 천둥, 번개, 벼락 등등이 있는데, 특히 일·월식에 대한 인식은 각별했던 것이 사실이다. 이는 그만큼 하늘에 떠 있는 해와 달에 대한 생각이 특별했음을 의미하는데, 이는 역대 역사서의 기록을 통해서도 익히 알 수 있다.

황윤석도 천문의 이상 현상을 예사롭지 않게 보았는데, 그 중에서도 일·월식에 대해서는 장편의 시문까지 남길 정도로 지대한 관심을 내보였다. 시문에는 일·월식이 일어난 시기와 해와 달의 모습은 어떻게 변하며, 사람들의 그에 대한 반응과 이해는 어떠하고, 그리고 작자가 어떤 모습으로 대응하는가 등등의 내용이 담겨져 있다.

다음은 24韻 48行으로 이루어진 일식시의 처음 부분이다.

今王卄二載	지금 왕 이십이년
暮春丁卯朔	정묘년 삼월 초하루에
踆烏始登天	삼족오 비로소 하늘을 올라
轉到曾桑域	일찍이 동방에 굴러 이르렀네
陽精照萬國	양의 정기 온갖 나라 비추어
幽突燭餘輝	그윽한 촛불 나중까지 남아 빛나네
陰旋忽霽日	음이 돌아 갑자기 날이 흐려지니

冷氣逼書幃   냉기가 서재를 위협하는구나
晴窓黏黃暈   맑은 창에 누런 달무리 붙어
夜色詰白晝[27]   밤빛이 대낮을 공격하네

　먼저 일식이 일어난 때를 정확히 적고서, 태양 광채가 비추는 모습과 일식이 일어나는 과정 등을 간단하게나마 적었다. 시문에 의하면, 일식이 일어난 때는 '지금 왕 22년 정묘년 3월 초하루'이다. 이때의 왕은 물론 영조를 가리킨다. 실제로 『조선왕조실록』영조 22년 3월 1일조를 보면, '일식이 있었다'라는 간단한 기록이 엿보이는데, 위 시문에서 말하는 일식의 때와 일치함을 알 수 있다. 이때는 또한 작자의 나이 19세쯤으로 실제로 한창 천문을 관찰하던 때이기 때문에 일식 현상을 예사롭게 보지 않고, 시문으로까지 나타내 보여주었던 것이다. 3~6행까지는 태양 광채가 비추는 모습을 표현하였는데, '踆烏'는 태양 속에 있다는 세 발 달린 까마귀인 '三足烏'를 말한다. 그만큼 태양을 신성시하여 동방에까지 양의 정기가 두루 퍼졌음을 말하였다. 그런데, 갑자기 음 기운이 돌아 날이 흐려지고, 냉기가 서리며, 밤빛이 대낮을 공격했다고 하여 드디어 일식이 일어나는 과정을 적었다. 두루 아는 바와 같이 현대 과학에서 말하는 일식은 지구상에서 볼 때 태양이 달에 의해서 가려지는 현상을 일컫는다. 따라서 일식 때는 태양과 지구 사이에 달이 들어가서 태양빛에 의해서 생기는 달의 그림자가 지구에 생기고, 이 그림자 안에서는 태양이 달에 가려져 보이는 것이다. 즉, 10행의 '밤빛이 대낮을 공격하네'라는 내용이 태양이 달에 의해서 가려지는 일식 현상을 직접적으로 나타내 보여준 부분이라고 할 수 있다.
　다음은 13~22행까지의 내용으로 일식이 있고 난 후부터 일식이 끝날 때까지의 모습을 묘사하였다.

---

27) 黃胤錫, 『頤齋遺稿』卷1, 「日食詩」

我起出中門	나 일어나 중문에 나아가
仰瞻團團郭	둥글둥글한 둘레를 바라보네
重霧鑱明彩	심한 안개 밝은 빛을 깎으니
謝謝如目矄	시듦이 눈을 멀게 하는 듯하네
圓輪漸銷鑠	둥근 바퀴 점점 녹아들어
庶至食之旣	거의 먹혀 다함에 이르다가
俄臤色重吐	갑자기 빛 다시 토해내어
有似月生朏	초생달이 생기는 듯하니
兒童竟相賀	아이들이 마침내 위로하며
指說天狗去28)	가리켜 천구성 물러갔다 말하네

　　보통 사람에게도 일식은 관찰 대상이 될 수 있는데, 평소 천문에 지대한
관심을 가지고 있던 작자에게 일식을 알 수 있는 절호의 기회가 온 것이
다. 따라서 자세히 관찰해보기로 한 것인데, 위 시의 내용은 일식이 일어
난 후 작자가 태양이 변화하는 모습을 묘사한 것으로 寫實的으로 나타내
보여주려고 한 노력이 엿보인다. 특히, 15~18행까지의 내용이 일식 후의
태양의 변화 모습을 나타낸 것으로 심한 안개가 밝은 빛을 깎아 눈을 멀게
하는 듯하다라고 한 것이나 둥근 바퀴가 점점 녹아들어 거의 먹힘에 이르
렀다고 하여 태양이 달에 의해 가려지는 모습을 수사적인 기법을 사용하
여 표현하였다. 그리고 일식이 점차 사라지는 모습을 '갑자기 빛 다시 토
해낸다'라고 하여 급박하게 벌어진 천문 현상을 시각화하여 나타내었다.
22행에서 언급한 天狗星은 妖星의 하나로 하늘을 날아다니며 불법을 방해
하는 신통력이 있다는 괴물을 지칭하는데, 일식 현상에 대한 인식이 어떠
했는지를 알게 하는 부분이라고 할 수 있다. 즉, 많은 사람들은 일식을 천
문의 자연스러운 현상으로 인식하기보다는 하늘의 괴물이 신통력을 부려
일어난 駭怪한 현상으로 인식했던 것이다.

---

28) 黃胤錫, 『頤齋遺稿』卷1, 「日食詩」

다음은 25~34행까지의 내용으로 朱子의 논리를 근거로 일식의 원인을 언급하고 있는데, 이는 곧 작자의 일식에 대한 이해라고도 할 수 있다.

嘗聞考亭老	일찍이 주자 노인에게 들었노니
妙透陰陽化	묘하게 음양의 변화 통하여
靑編有遺訓	역사서에 남은 가르침이 있어
此理言無訝	그 이치 의심이 없다고 말하리라
天腰帶二道	하늘의 허리 두 도를 둘러
黃白交十字	황백은 십자를 사귀어
日月從此行	해와 달 이를 좇아가서
會時相撞値	만날 때 서로 부딪쳐 만났다가
陰精旣以掩	음의 정기가 이윽고 덮어버리면
太陽爰失耀[29]	태양은 이에 빛남을 잃어버리네

우선 25~28행까지는 주자의 음양 변화에 따른 일식에 대한 설명이 결코 틀리지 않았음을 언급한 후 일식의 원인을 말하고 있다. 즉, 일식은 황백의 십자로 교차점에서 해와 달이 만날 때 서로 부딪쳐 만났다가 음의 정기가 양을 덮어버리면, 양은 그만 그 빛을 잃어버리게 된다는 논리이다. 주자는 일찍이 그의 저서 『朱子語類』 권2에서 천문의 차고 이지러짐을 음양의 논리로 설명을 자세히 한 바 있는데, 작자는 이러한 주자의 논리를 그대로 수용한 것이라고 볼 수 있다.

한편, 옛날에는 일식이나 월식이 일어나면, 흉한 변고로 생각하여 임금이 몸소 흰 옷(소복)을 입고 관리를 이끌고 꿇어앉아서 해나 달이 다시 온전해지기를 기도했다. 이를 求食禮, 즉 '일식이나 월식이라는 하늘의 재앙으로부터 구원하는 의식'이라고 하였다.[30] 이러한 의식을 하게 된

---

29) 黃胤錫, 『頤齋遺稿』 卷1, 「日食詩」
30) 안상현, 앞 책, 267쪽.

데에는 일식을 災異로 규정하여 임금의 덕의 여하에 따라 일어났던 일식도 사라지게 할 수 있다는 天人合一 내지 有機體的인 사상이 내재해 있었기 때문이었다. 이는 극히 동양적 사고가 바탕이 된 인식으로 계산적이고 합리적인 서양의 천문학이 유래하여 정착하기 전까지는 적어도 유효하였다.[31]

다음은 일식시의 마지막 부분으로 작자의 천인합일적인 사고를 엿볼 수 있는 내용이다.

天文譎如見	天文은 보는 듯이 꾸짖고
人事必應照	人事는 비춤에 응하리라
如何聖人世	어찌하여 성인의 세상에
大明夷朝光	큰 밝음이 아침빛을 잃었나
赤幘無由救	붉은 머리띠로도 막을 방법 없어
鐵鉦徒春鍠	쇠징으로 한갓 방아만 찧네
只願天根上	다만 원하기는 하늘의 문설주에 올라
益懋商宗德	상종의 덕을 더욱 힘쓰는 거라네
警懼深兢慄	경계하고 두려워함이 깊어 삼가고
用答天帝責	하느님의 꾸짖음에 답하여 쓰네
微蹤邈雲闕	멀리 천자의 대궐을 몰래 뒤좇아
賤懷從誰展	천한 생각 누굴 따라 펼치리요
浩詠十月交	호탕히 시월지교를 읊조리며
有恨石可轉[32]	돌도 구를 수 있는 한을 두네

31) 黃胤錫, 『頤齋續稿』卷14, 年譜 40歲條에는 李某와 일·월식에 대하여 문답하는 내용이 나오는데, 황윤석도 마찬가지로 일·월식을 재이로 규정하고 있다. 李曰 西洋曆法 古未曾有 而彼其所謂日月交食 自有常度未足爲災者 果何如也 先生答曰 雖有常度 而先儒亦謂天文到此 亦一厄會蓋一常一變互相反復 而日月之貞明者 常也有時 而交食者常之變也 安可謂之非災乎.
32) 黃胤錫, 『頤齋遺稿』卷1, 「日食詩」

천문이 꾸짖으면, 인사는 반드시 그에 대응을 해야 한다는 내용으로 시문은 시작하였는데, 바로 천인합일적인 사고를 직접적으로 드러내었다고 할 수 있다. 그러나 하늘의 일이기에 사람이 그에 대응하여 할 수 있는 일이라고는 어떤 무엇도 없이 쇠징으로 한갓 방아만 찧을 뿐이다. 그렇다고 아무런 일도 하지 않고 가만히 있는 것도 용서할 수 없는 것이기에 하늘의 문설주, 즉 높은 곳에 올라가 商宗의 덕이 있기를 더욱 힘써본다. 상종은 중국 商나라 中宗의 약칭으로, 곧 상나라의 제9대 임금인 太戊를 가리킨다. 상종은 20대에 즉위한 후, 3년간 정사를 재상에게 맡기고 國風을 살폈으며, 훗날 賢臣 傅悅을 재야에서 얻어 정치를 행하여 천하의 환호를 받은 이로 알려져 있다. 그리하여 어진 사람을 등용하여 나라를 다스린 임금의 대명사로 널리 쓰였는데, 작자는 이러한 상종을 들어 그의 덕을 본받을 것을 기원한 것이다. 그러나 이러한 기원을 임금이 있는 궁궐에 직접 전할 수 없기에 다만 할 수 있는 일이라고는 『詩經』「小雅」'十月之交'를 읊조릴 수밖에 없다라고 하며, 시문을 끝맺음하였다. 『시경』의 '시월지교'는 毛詩序에 이르기를 '大夫가 幽王을 풍자한 시'라고 하였는데, 일식 현상을 겪고 난 후 지은 작품으로 알려져 있다. 유왕은 주나라의 제12대 왕으로 총희 褒似를 웃기기 위하여 가끔 거짓으로 烽火를 올려 제후들을 모았다가 결국 나중에 죽임을 당하였다. '시월지교'는 바로 이러한 유왕의 잘못된 정치를 풍자한 것으로 모서서에서는 본 것이다. 즉, 작자가 '시월지교'를 읊조리겠다고 한 의미는 '시월지교'와 현재 자신이 겪고 있는 상황이 일치해서이기도 하겠지만, 왕이 그릇된 정치를 하여 결국 일식과 같은 재앙을 만났다라고 인식한 때문으로 볼 수 있다. 이는 천문 현상을 억지스럽게도 정치와 연관지었다라는 측면에서 전통적 사고의 틀을 고스란히 견지하고 있다고 볼 수도 있지만, 또 다른 측면에서는 작자의 時局觀을 엿볼 수 있는 부분이기도 하여 소홀히 넘길 수도 없는 측면이 있다.

이러한 천문 현상에 대한 인식과 대응 논리는 월식을 본 후 지은 것으로 생각되는 「月蝕五十韻」에서도 읽어낼 수 있다. 서양식 천문학에 의하면, 월식은 지구가 달과 태양 사이에 위치하여 지구의 그림자에 월면이 가리는 현상이라고 설명한다. 동양에서는 일식에 비해 월식을 경시하는 풍조가 강하였는데, 해는 왕을, 달은 왕비를 상징한다고 믿어왔기 때문이다. 그렇지만, 이는 인식상 그러했던 것이고, 월식 현상을 직접 대하고 나면, 상황은 달랐으리라고 본다. 따라서 황윤석도 월식이 일어났을 때 급박하게 진행되는 상황을 '마을 노인들 놀라 탄식한 이 많고, 거리 아이들 손가락 가리키기 자주하네. (중략) 사물의 형상 푸름과 흰 것 사귀었으니, 땅은 원수지간인 인 듯 어지럽네.'[33]라고 읊었던 것이다. 더 나아가 월식에 대한 인식과 대응도 앞의 일식시과 마찬가지로 천인합일 내지 정치적인 논리와 연관지어 읊었다는 점에서 공통점을 찾을 수 있다.

다음은 「월식오십운」의 59~70행으로 월식이 일어나게 된 원인을 추적해가는 내용으로 이루어져 있다.

(생략)

於焉或遭食	벌써 혹 먹힘 만났을까
推究亦由人	이치 미룸도 사람에서 말미암네
此理元非贗	이 이치 원래 바르지 않음이 아니니
彼微必有因	은미함도 반드시 원인이 있으리라
在高關國事	높이 있을 땐 나랏일 간여하고
取類卽王臣	동류를 취하니 곧 왕 신하이네
長姊尊名號	맏누이로 이름과 호를 높이고
元妃絶妾嬪	왕의 정실로 첩빈과 단절하네
異王表勳烈	특별한 왕으로서 큰 공 드러내고
天使主觀巡	하느님의 사자로 자기 맘대로 도네

---

33) 黃胤錫, 『頤齋遺稿』卷1, 「月蝕五十韻」, 里老驚嗟衆, 街兒指示頻. (中略) 物象交蒼素, 地方亂越秦.

降雨由從畢   비 내림은 필성을 좇음으로 말미암고
司刑在愛民[34]   형 맡는 것 백성 사랑하는 데 있다네
(생략)

먼저 앞의 4행에서는 월식의 원인을 사람에게서 찾을 수 있음을 단언하면서 뒤의 63~68행까지 월식이 일어난 원인으로서 몇 가지 일들을 나열하였다. 그런데, 나열한 일들의 면면을 살피면, 거의 모두 궁궐의 일들임을 알 수 있다. 하지만, 내용을 직설적으로 나타내지 않아 자세한 내막을 알기가 쉽지 않지만, 왕을 중심으로 한 주변의 신하와 친인척 등의 잘못된 모습을 꼬집은 것은 분명하다. 그리고 나서 '愛民'을 강조하였는데, 결국 정치가 올바로 행해지지 않아 월식과 같은 천문 현상을 보게 되었다는 인식이 은연 중에 내재되어 있다. 이는 앞의 일식시에서 보았던 의식과 상통하는 것으로 결국 천문 현상과 인간은 떨어질 수 없는 관계에 있음을 다시 한번 확인해 주었다고 할 수 있다.

4. 시적 含有의 의미와 한계

황윤석의 학문 체계는 복잡하고도 다양하여 하나로 엮어내기란 실로 쉽지 않다. 전통 유학자의 태도를 고수하면서도 단순히 거기에만 매몰되지 않고, 끊임없는 지적 호기심을 발휘하여 접하지 않은 학문 분야가 없기 때문이다. 심지어 황윤석 스스로도 '雜學'으로 인정한 '周易·洪範·律曆·書·數의 이론과 산천·군현·풍속의 기록, 음양·귀신·心性情意의 변증'에 이르기까지 모든 학문 분야를 총 망라하여 연구 대상으로 삼았음을 볼 때,[35] 박

---

34) 黃胤錫, 『頤齋遺稿』卷1, 「月蝕五十韻」
35) 黃胤錫, 『頤齋遺稿』卷6, 「訓洪克之樂眞序」, 竊不自揣妄擬一究天人之際 其於易範律曆書數之說山川郡縣風俗之志 以至陰陽神鬼心性情意之辨 謂未始留念 則不

학성의 정도가 어느 정도인지를 가히 알 수 있겠다. 비록 역대 학자들의 학설을 모아 놓은 것이기는 하지만, '일생동안 정력을 기울였다.'[36]고 述懷한 『理藪新編』이 나오게 배경도 학문 영역을 결코 좁게 잡지 않은 데에서 출발한 것이니 조선조 여타의 유학자들에 비할 때 다른 면모가 있었음은 분명하다. 특히, 천문에 대한 지대한 관심과 실질적인 관찰 등은 흔히 찾아볼 수 없는 모습으로 각인되기에 충분하다.

그렇다면, 황윤석은 왜 천문을 실질적으로 관찰했던 것일까? 이는 정확한 역법의 推算을 위함이었다고 볼 수 있다.[37] 역법이란 천체의 주기적인 운행을 시간 단위로 구분하여 정하는 방법을 말하는데, 천체의 주기적 현상에 따라 시간 단위를 정해 나가는 체계를 曆이라 하고 역을 편찬하는 원리를 역법이라고 한다. 서양 천문학에서는 천체운동론이 역법과 일단 분리되어 발전하였으나 동양의 사정은 달랐다. 동양의 우주에 대한 관심은 우주구조론이 아니라 천문·역법이었던 것이다. 즉, 천체의 규칙적인 운동과 이상변화에 대한 관측과 기록을 통하여 일·월식 등의 천문현상에 대한 예측이 최대의 관심사였다고 할 수 있다.[38] 이러한 역법은 또한 동양의 농경사회에서는 중요한 정치적 사안이기도 했는데, 위정자는 천문 현상의 恒常性을 보고 백성들에게 알려야 하는 중요한 위치에 있었기 때문에 결코 소홀히 할 수 없었다.[39] 따라서 나라에서도 실질적인 의미에서 역법에 정통한 사람이 필요할 수밖에 없었다. 황윤석은 사실 나라에서 공인받은 역법가는 아니었다. 그런데, 그의 나이 42세 때 영조를 알현하는 자리에서

可也.

36) 黃胤錫, 『頤齋遺稿』卷6, 「理藪新編序」, 理藪新編總若干門目 是余一生精力之所在也.

37) 정성희, 『조선시대 우주관과 역법의 이해』, 지식산업사, 2005, 156쪽 참조.

38) 鄭誠嬉, 「頤齋 黃胤錫의 天文·曆法」, 한국정신문화연구원 석사학위 논문, 1992, 51쪽 참조.

39) 李炯性, 「頤齋 黃胤錫의 '數'에 기초한 實學思想 一攷」, 『한국사상과 문화』9, 한국사상문화학회, 2000, 162쪽 참조.

영조가 大統曆과 時憲歷에 대하여 묻자 자세히 답한 일이 있었는데,[40] 그가 어느 정도 역법에 정통했는지를 알 수 있는 부분이기도 하다. 이렇게 본다면, 황윤석의 천문 관찰은 역법을 추산하기 위한 것이었고, 역법 추산은 결국 생활 속에 유용하게 쓰이기 위함이라고 할 때 그의 학문적 실용성을 엿볼 수 있는 대목임에 분명하다.

황윤석은 또한 앞에서 이미 살핀 바와 같이 천문을 관찰한 후 시문에 그 내용을 함유하여 보여주었는데, 천문이 운행하는 모습을 단순히 기록한 경우와 일·월식과 같은 천문 현상에 대한 인식과 대응 등을 담은 경우로 그 내용을 나눌 수 있었다. 천문 관련 글을 남긴 것도 주목을 요하는 부분인데, 이를 바탕으로 시문까지 창작했다고 함은 흔히 접할 수 있는 모습은 분명 아니기에 그로써의 가치가 충분하다고 생각한다.

그런데, 여기서 한 번 짚어볼 문제는 왜? 시문이라는 양식을 빌어 그 내용을 전달했을 것인가이다. 시는 상상력의 산물로서 흔히 이성과 대비된다. 또한 산문이 '축약의 원리'에 의한다면, 시는 '압축의 원리'에 의한 암시성을 그 본질로 한다. 그리하여 시 형식이 산문보다 조직이 긴밀한 것은 세부의 보다 첨예한 선택성, 암시성의 강조, 세부 배열의 중요성 등이 있기 때문이다.[41] 시의 기본적인 속성과 요건이 이렇다고 할 때, 앞 장에서 살펴본 황윤석의 천문 관련 시문들은 대체로 이러한 요건들과는 다소 거리감이 있다. 즉, 황윤석은 천문 관련 시문을 창작함에 있어서 시의 본질적인 속성을 우선시했다기보다는 의미의 전달을 먼저 생각했음이 분명하다. 천문 관련 시문들의 대부분이 서정을 담보한 상태에서 대체로 내용 위주로 엮어져 의미 전달의 목적을 실현하려는 의도가 다분하기 때문이다.

---

40) 黃胤錫, 『頤齋續稿』卷14, 年譜 42歲條, 上曰 然乎 因問大統曆 何以改爲時憲曆 先生對曰 萬曆末年 大統曆法 漸疎 故崇禎年中詔徐光啓李天經與西洋人湯若望等 改修曆法 曰崇禎新法曆書 蓋將以此因大統舊名行之天下 而不幸有甲申之變 遂爲 淸人所有 而名以時憲 其名雖異其法則一耳.

41) 金埈五, 『詩論』, 三知院, 1993, 37쪽 참조.

특히, 일·월식과 관련된 시문들은 그러한 천문 현상이 일어난 때로부터 시작하여 당시 현장의 분위기와 일어나는 원인 등을 적고난 후 그와 관련하여 자신의 생각을 정리할 뿐이지 시적 서정적인 측면은 거의 드러내 보이지 않고 있다. 그렇다고 관념적이고 이념적인 내용을 담고 있지도 않다. 단지 천문에 관한 내용을 전달하는 데에서 그칠 뿐 교훈적이지도 않다는 말이다. 이러한 점은 같은 유학자적 입장에서 이념성을 드러내려했던 다른 문인들과 대비되는 색다른 모습으로 압축성이 강한 운문이라는 형식을 빌어 자신의 학문적 식견을 강하게 보여주려고 한 하나의 문학적 장치라고 할 수 있다. 따라서 비록 문학성과 예술성은 답보한 상태이지만, 내용을 통하여 학문적 식견을 보여줌으로서 목적성만큼은 최대한 획득했다고 하겠다. 이는 황윤석 자신이 마치 천문 관찰을 통하여 역법을 추산해냄으로서 실용성을 획득하려고 했던 것처럼 시문이라는 장치를 통하여 또 다른 실용성을 획득했다고도 볼 수 있다.

이상과 같이 천문 관련 시문을 시적으로 함유한 의미를 새겨보았는데, 마지막으로 한 가지 짚고 넘어가야 할 것은 시문 가운데에 나타나는 의식의 한계이다. 특히, 천문 현상을 읊은 시문 가운데에 작자는 의식을 담고 있는데, 바로 明本源主義이다. 명본원주의란 큰 줄기가 서면 나머지 구체적인 문제는 저절로 해결된다는 의미인데, 작자는 시문을 통하여 일·월식이라는 자연 현상을 눈앞에 두고서도 아무런 대안을 제시하지 못한 채 단지 명본원주의에 입각한 채로 임금에게만 그 책임을 전가하고 있을 뿐이다. 이는 그동안 많은 유학자들이 지녀온 의식의 한계이기도 한데, 황윤석이 합리성을 바탕으로 한 서양과학을 수용했다고는 하지만, 아직도 의식만큼은 전통 유학자적 입장을 고수하고 있음을 의미한다.

5. 맺음말

본 논고는 황윤석이 천문·역법에 주력한 점에 초점을 맞추고, 그와 관련된 시문을 연구하였다. 특히, 천문을 관찰한 후 지었을 것으로 생각되는 시문들을 중심으로 그 시적 함유를 살피고, 시적 함유의 의미와 의식의 한 계점을 구명해보고자 하였다.

황윤석의 학문은 가학과 김원행에게서 받은 수학, 그리고 30대 중반쯤부터 이루어진 뭇 문인들과의 학문에 대한 논의와 연찬 등에서 힘입은 바 커 학문의 모든 면에 두루 미치지 않은 곳이 없을 정도의 박학성과 학문적 열정을 보여주었다. 이러한 그의 박학성과 열정은 천문과 역법 등 보통의 유학자들이 잡학으로 생각했던 것까지 관심을 기울이는데, 관심을 기울일 뿐만 아니라 관찰과 관측 등과 같은 실질적인 모습을 보여주기까지 한다.

황윤석은 또한 천문을 관찰한 후 이를 시문의 형태로 옮겼는데, 천문 운행의 단편적인 기록을 담은 것과 일·월식과 같은 천문 현상에 대한 인식과 대응 등을 시적으로 함유했음을 알 수 있었다. 천문 운행의 단편적인 기록을 담은 작품으로는『이재유고』의「관성」두 수,「야좌」세 수,『이재속고』의「상원야독관월출」두 수 등이 있었다. 이들 작품은 양적으로는 그리 많지는 않지만, 짧은 시 속에 천문 지식을 담고 있어 황윤석의 천문에 대한 학문적 수준을 알게 한다. 천문 현상에 대한 인식과 대응을 담은 작품으로는『이재유고』의「일식시」와「월식오십운」등의 시가 있는데, 이들 두 시는 모두 장편 고체시의 형태를 띠며, 일·월식 등의 현상을 관찰한 후 지은 것으로 보인다. 이 두 시를 통해서 보자면, 일·월식을 자연 현상으로 이해하기 보다는 재이로 규정하는가 하면, 천인합일의 사고를 바탕으로 나라의 왕과 관련지어 결국 천문 현상과 인간은 떨어질 수 없는 관계에 있음을 다시 한번 확인해 주고 있다.

시는 상상력의 산물로서 흔히 이성과 대비된다고 이른다. 시의 기본적인 속성이 이렇다고 할 때, 황윤석의 천문 관련 시문들은 대체로 이러한 요건들과는 다소 거리감이 있다. 황윤석의 천문 관련 시문들의 대부분이 서정을 담보한 상태에서 대체로 내용 위주로 엮어져 의미 전달의 목적을 실현하려는 의도가 다분하기 때문이다. 그러나 비록 문학성과 예술성은 담보한 상태이지만, 내용을 통하여 학문적 식견을 보여줌으로서 목적성만큼은 최대한 획득했다고 하겠다. 그렇지만, 큰 줄기가 서면 나머지 구체적인 문제는 저절로 해결된다는 의미의 명본원주의를 벗어나지 못하고 있어 이것을 의식의 한계로 규정하였다.

제7장

頤齋 黃胤錫의 시에 나타난 有機體的 자연관

1. 머리말

　현대 흔히 사용하는 '自然'은 대체로 감각적이고 현상적으로 인식되는 세계를 뜻한다고 볼 수 있다. 이는 곧, 실체화된 세계만을 한정한 것으로 포괄적이고 확장된 의미의 동양의 전통적인 자연 개념과는 다소 거리가 있어 보인다. 동양의 전통적인 자연 개념 속에는 天과 우주 등이 포함되어 있기 때문이다. 따라서 '자연관'의 의미를 좀더 포괄적인 것으로 이해해야 할 것이며, 완전히 일치하지는 않지만, '天觀', '우주관' 등과 거의 동격으로 볼 수도 있다. 또한 동양의 전통적인 자연은 그 자체가 독립적인 존재로 있지 않고, 인간 아니면 만물과 有機的인 관계를 맺는다는 특징을 지니고 있다. 가령, 가까운 예로 천재지변과 같은 자연 재해를 단순한 자연 현상으로 보기보다는 이를 인간의 삶과 연계하여 그 원인을 파악하고, 그에 대처하는 모습을 여러 기록을 통하여 엿볼 수 있기 때문이다. 따라서 그동안 자연, 즉 천과 인간과를 관련시킨 연구에서 '天人感應', '天人相應', '天

人相關', '天人合一', '天人交與' 등과 같은 용어가 나올 수 있었던 것도 이런 이유 때문이라고 할 수 있다.

본 논고는 頤齋 黃胤錫(1729~1791)의 시문에 나타난 有機體的 자연관의 시적 전개와 시문을 통하여 드러난 의식과 의미, 한계 등을 구명하려는 데에 목적이 있다.[1]

황윤석은 그의 문집 『頤齋遺稿』·『頤齋續稿』 등에 1,170題 1,780여 수의 시문을 남겼다. 이중 유기체적 자연관을 엿볼 수 있는 시문은 극히 일부라고 할 수 있다. 그러나 편수의 多少를 떠나서 그것의 의미하는 바가 특별하다면, 결코 간과할 수 없다고 본다. 황윤석은 陶庵 李縡의 문인으로 정통 노론계 학통을 이은 美湖 金元行에게서 학문을 수학한 것으로 보아서 성리학자임에 분명하다. 그런데도 불구하고, 평생 천문·역법 등에 지대한 관심을 가지고 그것을 체계화시키려고 노력하였다. 그리고 그와 관련된 시문까지 남겼다. 이는 여타의 다른 문인에게서는 볼 수 없는 황윤석의 特長으로 인식할 수 있다. 본 논고는 기본적으로 이러한 인식에서부터 출발하여 황윤석이 시문을 통하여 어떤 양상으로 유기체적 자연관을 드러내었는가를 구명하려고 한다. 본격적인 논의에 앞서 황윤석이 유기체적 자연관을 수용하게 된 경과를 살필 필요가 있다고 본다.

2. 천문에 대한 관심과 자연관 형성

전북 고창에서 태어난 황윤석은 5세 때에 문자를 익히기 시작하여 '일찍이 군자가 한 가지라도 알지 못한다면 부끄러운 일이다.'[2]라는 말을 할

---

1) 그동안 이루어진 황윤석의 한문학적 주연구로는 崔三龍의 논문(「이재 황윤석의 문학연구」,『민음사』, 1994, 57~159쪽)과 朴明姬의 논문(「頤齋 黃胤錫의 天文 관찰과 시적 含有」,『고시가연구』20집, 한국고시가문학회, 2007) 등이 있다.

2) 黃胤錫,『頤齋續稿』卷13,「行錄」, 嘗曰君子恥一物之不知.

정도로 여러 학문 분야에 두루 관심을 가진다.[3] 이러한 면모는 여러 측면을 통하여 엿볼 수 있는데, 특히 연보상의 많은 사람들과 함께 한 硏鑽을 근거해 보자면, 성리학은 기본이고, 천문과 역학, 算數, 音樂, 卜筮, 兵陣之法 등 유학에서 雜學으로 분류하는 것들까지 통하지 않음이 없었다. 이는 황윤석이 59세에 쓴 「自敍說」에서 '經史子集과 心性理氣·聲音·篆書·그림·醫藥·象數·제자백가가 일체 사색의 대상이 아닌 것이 없어 일찍이 어지럼 증에 시달리기도 하였다.'[4]는 말에서도 읽어낼 수 있다. 이중에서도 특히, 천문에 대한 관심 정도를 보면 흔히 볼 수 없을 정도로 지대하였는데, 여러 측면을 통하여 그 실체를 알 수 있다.

먼저 家學的인 분위기를 이야기할 수 있다. 황윤석의 부친 晩隱公 壗는 남다른 교육관을 가지고 있었다. 유학자라면 성리학은 기본적으로 공부해야할 항목이 되겠지만, 그렇다고 거기에만 매몰되는 것을 경계하였다. 따라서 황윤석에게 공부의 폭을 좀더 넓힐 것을 요구하였던 것이다. 이와 관련하여 '朞三百'의 일화는 시사하는 바가 크다. 어느 날엔가 황윤석이 滄溪 林泳의 『滄溪集』을 읽다가 임영이 벌써 11세에 『書經』에 나오는 '기삼백'을 이해했다는 기사를 읽는다. 이를 본 부친이 "옛 사람은 11세에 하였는데, 너는 14세로 할 수 있겠느냐?" 라고 반문하여 이로부터 理藪學에 뜻을 두었다[5]고 한다. '理藪'란 '학문의 총집합'이라는 의미를 가지고 있는데, 훗날 『理藪新編』이라는 巨帙의 책을 편집해내기까지 부친의 독려는 큰 힘이 되었다고 할 수 있다. 만은공이 황윤석에게 말한 '기삼백'은 『서경』「堯典」의 '朞는 三百有六旬有六日이니 以閏月이라야 定四時成歲라'한 데에서 온 말로 천문·역법과 관련된 내용이다. 예로부터 동양에서의 천문

---

3) 황윤석의 생애에 대한 자세한 논의는 하우봉의 논문(「이재 황윤석의 사회사 상」, 『이재 황윤석-영·정 시대의 호남실학-』, 민음사, 1994, 15~22쪽)을 참고.

4) 黃胤錫, 『頤齋遺稿』卷11, 其於經書史集心性理氣聲律篆隷圖畵醫藥象數一切九流 百家 無非思索之地 已嘗苦頭目眩暈矣.

5) 黃胤錫, 『頤齋續稿』卷14, 年譜 14歲條, 讀林滄溪集 見其十一歲解朞三百 晩隱公 以語先生曰 前輩十一已始許 爾今十四 能之否乎 先生自是 留意理藪.

이해는 '기삼백'으로부터 유래한다고 할 정도로 『서경』의 이 기록은 중요하게 인식되었다. 그런데 이러한 '기삼백'을 만은공이 황윤석에게 강조하고 이해하기를 바랐던 궁극적인 이유는 성리학적 소양을 쌓는 것도 중요하지만, 그 외의 학문 영역도 중요하다라는 사실을 각인시키려는데 있었다고 하겠다. 전통적으로 천문은 잡학으로 인식되어 정통 유학자라면 드러내놓고 말하는 것을 다소 꺼려하는 바가 있었다. 하지만, 만은공에게는 그러한 인식 따위는 별로 그리 중요한 사안이 아니었다. 그보다는 자식인 황윤석이 학문의 폭을 넓히기만을 바랐던 것이다.

황윤석의 천문에 대한 관심 정도는 그의 관찰 정신에서도 알 수 있다. 이는 지적 호기심과도 관련된 것으로 사실을 확인하고 싶은 학문적 태도에서 기인했다고 하겠다.[6] 다음 「자서설」의 내용은 황윤석이 직접 천문을 관찰했음을 알려주고 있다.

　　나는 어려서 글을 읽고 글자를 쓰면서부터 별들을 관찰하여 달을 점치고, 높은 곳에 올라 먼 곳을 관측하였으며, 불을 밝혀 새우며 온갖 노력을 다하였다.[7]

물론 당시에 천문을 관측하는 기구도 없었을 것이기에 肉眼으로만 관찰하고 마는 수준이었겠지만, 천문 관찰에 많은 노력을 기울였음을 알 수 있다.[8] 그리고 그리 길지 않은 글이지만, '별들을 관찰하여 달을 점치고'라

---

6) 황윤석의 사물이나 지적 호기심은 대단했던 것으로 보이는데, 가령, 자명종과 관련된 하나의 예를 통해서도 알 수 있다. 황윤석이 자명종을 처음으로 접했던 시기는 18세였다. 당시 楚山(지금의 전북 정읍)에 사는 上舍 李彦復이 64냥의 값을 치르고 자명종을 구입했다는 소식을 듣고, 직접 가서 구경한다. 그리고 그것으로도 부족하여 비싼 값을 치르고 구입하여 전체를 해부하여 자명종 내부가 어떻게 생겼는지를 낱낱이 살펴 기록을 하고 그와 관련된 시문까지 남긴다. 『頤齋遺稿』卷1, 「自鳴鐘」 시에 그와 관련된 자세한 내용이 나와 있다.

7) 黃胤錫, 『頤齋遺稿』卷11, 「自敍說」, 余少時 讀書寫字 候星占月 登高望遠 明燭達夜 勞心費力.

8) 황윤석은 별과 달 등 천문을 관찰한 후 이를 소제삼아 시문까지 남겼는데, 그

는 대목을 통하여 황윤석이 천문을 관찰한 목적을 알 수 있다. 적어도 황윤석은 아무런 목적의식 없이 하늘에 떠있는 달, 별 등을 관찰하지 않았다는 의미이기도 하다. 즉, 천문의 움직임을 통하여 그것으로 실제 앞날을 예견해보고, 그것을 인간 세상에 적용해보려는 의도가 담겨 있음을 읽어낼 수 있다.

이러한 천문에 대한 관심과 열정은 30대 중반 이후 다른 문인과 이루어진 연찬으로까지 이어져 그 명성을 떨친다.[9] 그 뿐만이 아니라 천문 曆象에 대한 뛰어난 실력이 조정에까지 알려져 42세 무렵에는 영조를 직접 알현하는 영광까지 얻는다.[10] 蔭官의 위치에서 임금을 알현했다고 함은 시사하는 바가 자못 큰데, 당시 황윤석의 천문에 대한 실력이 상당 수위에까지 올랐음을 알 수 있다. 천문에 대한 관심은 이후로도 지속적으로 이어져 서양과학을 수용한 이후로는 구체적이고도 범위가 광범위하게 변모한다.[11]

구체적인 작품은 다음과 같다. 自然光氣轉虛空, 何事昏中更曉中. 我欲輕飛去親見, 玉霄高處俯剛風(『頤齋遺稿』卷1,「觀星」중 두 번째 작품), 一天星斗爛成行, 瓔珞珠旒幾點光. 督有紫微宮北極, 不明不暗運陰陽(『頤齋遺稿』卷1, 「夜坐三絕」중 두 번째 작품), 天下元霄月, 羈人只獨看. 未嘗烏飯味, 且望駱峯端. 蒙氣紅初翳, 高輪白漸寒. 新年何似舊, 荒穡在蘆團(『頤齋續稿』卷2,「上元夜獨觀月出二首」)

9) 황윤석은 34세때부터 많은 학자들과 천문 관련 연찬을 하는데, 그 대략의 내용을 나열하면 다음과 같다. 34세 - 靜愼齋 金時粲를 방문해 『주역』과 星象·日食 등을 논하다. 38세 - 徐命膺과 易象·曆學·範數·字書·八線九數의 뜻에 관하여 토론하다. 39세 - 鄭景淳과 '星曆前知之術'에 관해 토론하다. 40세 - ① 尹昌鼎과 마테오 리치의 地圓說에 관해 토론하다. ② 정지순과 역상·律呂와 경제·사무에 관해 토론하다. ③ 李某와 일식·월식의 이치에 관해 토론하다. 45세 - 沈定鎭과 經義·卜筮·율력·산수·星緯·兵陣之法 등을 토론하다. 48세 - 홍대용과 율력·象數지설 등을 토론하다. 50세 - 趙器鎭과 經禮·율력·星範·經綸·制度 등에 관해 토론하다.

10) 黃胤錫, 『頤齋續稿』卷14, 年譜 42세조 참조.

11) 황윤석의 서양과학 수용에 대한 관련 논문으로는 河聲來의 논문(「頤齋 黃胤錫의 서양 과학사상 수용-湛軒 洪大容과의 관계를 중심으로-」, 『전통문화연구』1, 명지대 한국전통문화연구소, 1983, 47~71쪽)과 허남진의 논문(「이재 황윤석

그러면 이와 같은 천문에 대한 관심과 자연관과는 어떤 관련성이 있다는 말인가? 천문에 대한 관심은 결국 '하늘'에 대한 관심이지만, 단지 거기에서만 머무르기 보다는 이 우주 자연은 무엇으로 어떻게 생겼는가? 하는 측면까지 고려 대상으로 넣지 않을 수 없다. 뿐만 아니라 우주 자연을 어떤 관점에서 바라보아야 하는가?와 직접 연결된다고도 할 수 있다. 그런데 이러한 관심의 출발에는 반드시 인간이 있기 마련이다. 유학을 비롯한 동양의 거의 모든 학문의 출발에는 인간이 있고, 마지막에도 마찬가지로 인간이 있다. 이렇다고 한다면, 천문에 대해 관심을 가지게 된 것도 인간과 관련된 데에서 출발했다고 할 수 있다. 인간의 삶 자체가 '하늘'을 떠나서는 살 수 없기 때문이요, 이러는 가운데 자연을 어떤 시각으로 바라보아야 할 것인가? 하는 관점이 확립되었다고 하겠다.

그런데 황윤석은 천문에 대한 관심은 계속 지니고 있었지만, 그와 관련하여 자연을 어떻게 바라보아야 할 것인가? 하는 측면에 대한 구체적인 글을 남기고 있지는 않다. 직접 알 수 있는 논리적이고 체계적인 글이 남아 있다면, 어떤 연유에서 '천'과 '인'을 유기체적으로 관련지었는지를 알 수 있을 터인데, 그런 자료가 없어서 결국 추측으로만 그 근거를 따질 수밖에 없다고 본다. 여기에 덧붙여 본 논고는 황윤석의 유기체적 자연관 형성에 人物性同論이 전혀 무관하지 않다고 보는 입장이다. 김원행의 제자인 황윤석은 노론계 기호학파의 洛論에 속한 인물로 '人'과 '物'은 性에 있어서는 같다는 입장을 가지고 있었다. 여기서의 '물'의 개념은 인간을 제외한 삼라만상 모든 것을 가리키는 것으로 포괄적이라고 할 수 있다. 다시 말하여, '인'과 '물'의 성을 동격으로 두고 본 것은 그만큼 '물'의 존재를 높이 생각했다고도 볼 수 있는데, 한편으로는 '인'과 '물'은 떨어질 수 없음을 다시 한 번 확인했다고도 할 수 있다. 여기서의 '물'은 삼라만상 모든 것을

의 서양과학 수용과 전통학문의 변용」, 『철학사상』16집, 서울대 철학사상연구소, 2003, 75~102쪽)을 참고할 것.

포함하고 있기에 '자연'으로 대체해도 무방할 것이다. 이러한 측면에서 황윤석의 유기체적 자연관과 인물성동론이 무관치 않다고 보는 것이다.

3. 有機體的 자연관의 시적 전개

1) 천문 현상과 人事와의 연계

황윤석은 천문 현상을 통하여 人事를 예측할 수 있다는 讖緯的인 측면을 굳게 믿고 있었다. 먼저 이러한 천문을 통한 참위적인 측면을 드러내 보인 시문을 인용하면 다음과 같다.

三冬無雪小臣憂	한 겨울 내내 눈 없어 소신이 근심하였더니
驚聽湖墺麥可秋	호남에 보리 풍년 들었음을 놀라게도 들었네
自是歲星臨翼軫	이로부터 歲星이 翼宿과 軫宿에 임하니
天心應悔餓民流[12]	하늘 마음이 응당 백성 주림을 뉘우침이네

시제를 풀이하면, '兩湖의 보리가 풍년들었다는 말을 듣고 기쁨을 기록하다'이므로 어느 해에 호남 지방에 풍년이 들었다는 말을 듣고 지은 작품임을 알 수 있다. 기구와 승구에서는 겨울철에 내려야할 눈이 내리지 않아 가뭄 든 것을 근심하였는데, 다행히도 보리 풍년이 들어 기뻐하는 모습을 담았다. 특히, 가뭄의 상황에서도 풍년이 든 것을 극히 예외로 인식했음을 '驚聽'이라는 시구를 통하여 알 수 있다. 전구에서는 五星 중의 하나인 歲星과 28宿인 翼宿와 軫宿 등의 별이름이 나오는데, 위 시의 小註로서 명기한 '근래에 목성이 익수과 진수에 있어서 헤아려 우리나라 팔로의 성야로써 점을 치니 마땅히 호남의 세 도에 응하였다.'라는 내용을 그대로 옮겨

---

12) 黃胤錫, 『頤齋遺稿』卷4, 「聞兩湖麥穗向豐志喜」

놓은 듯하다. 소주에서 말한 목성은 시문에 나온 세성의 다른 이름이다.

세성의 위치는 해마다 다르며 12년쯤 지나면 제자리로 돌아온다. 그래서 해마다 세성이 보이는 곳을 기준으로 천구의 적도를 열두 구역으로 나누고 그 영역을 次라고 부른 것이다. 「조침문」의 첫구절이 '唯歲次某月某日'인데, 여기서의 '세'는 세성을 뜻하며, '차'는 하늘의 영역을 의미한다. 따라서 '유세차모월모일'을 풀이하면, '아아~ 오늘은 목성이 하늘의 아무 개 차에 드는 해의 몇 월 몇 일이옵니다.'하는 뜻으로 풀이할 수 있다.[13] 또한 『漢書』「天文志」에 의하면, '세성은 동방에 있으며, 봄철을 맡고 木의 정기를 지니고 있으며, 사람에게 있어서는 五常의 仁이요, 五事의 貌에 해당하는데, 인이 결여되고, 모가 정제되지 않으면 봄철에 시행해야할 政令을 거스르게 되고, 목의 氣를 손상하게 되어 그 벌이 세성에 나타난다.'[14] 라고 하였다. 익수는 주작의 날개를 나타내며, 서양 별자리의 컵자리에 해당하는 별로 이루어졌다. 주작이 날갯짓을 하면 바람이 일어난다. 바람은 곧 음악이다. 그래서 익수는 하늘나라의 음악과 배우, 연극을 주관하는 관청으로 보았다.[15] 진수는 28수의 맨 마지막 별자리로 '軫'이란 수레라는 뜻이어서 마차와 말타기를 주관한다. 서양 별자리로는 까마귀자리에 해당하며, 대체로 뚜렷하게 보이는 특징을 지니고 있다.[16] 이러한 익수와 진수는 남방 주작의 꼬리에 해당하며, 특히 열두 달 중 4월과 관련된다.[17] 따라서 시에서 봄철에 해당하는 세성과 역동성을 가진 익수와 진수를 연결지어 가뭄이 들었음에도 풍년이 들 것을 미리 예견했음을 말했다고 할 수 있다. 마지막 결구에서 '天心'을 들어 인사가 거의 모두 하늘과 무관치 않음을 강조하였으니, 星占했다고 할만하다.

---

13) 안상현, 앞 책, 16쪽 참조.
14) 『漢書』「天文志」第6.
15) 안상현, 앞 책, 288쪽.
16) 안상현, 앞 책, 293쪽 참조.
17) 안상현, 앞 책, 18~19쪽 참조.

황윤석은 일찍이 그의 나이 42세 10월에 예조판서 韓光會와 함께 御牒을 茂州 赤裳山城의 寶閣에 봉안한 일이 있었다.18) 그리고 그 때의 일을 시제 겸 前序로서 상세히 적고 아울러 시문을 남겼는데, 다음은 전서 내용의 일부분이다.

경인년 9월 15일에 천한 신하가 장차 어첩봉안을 보좌해 심부름하여 적상산성에 부임해 가니 그때는 곧 8월 28일 신축일이었다. (중략) 관상감이 流星이 奎宿 아래로 나와 남쪽의 하늘 끝에 들어가니 모양이 주먹을 쥔 듯하고, 꼬리의 길이가 서너 자쯤이요, 적색을 띠고 있음을 아뢰었다. 천한 신하가 일찍이 역사의 기록을 상고해보니, 규수는 하늘의 문장도서부이고, 유성은 하늘의 심부름꾼이다. 이제 우리나라의 어첩이 『열성지』의 문서와 『왕비세보』 등과 나란히 본각으로부터 또 명산에 간직되어 하여금 실질을 보좌하고 명을 받든 듯하니 그 문장도서보다 무엇이 더 큼이 있겠는가.19)

전북 무주에 자리한 적상산성은 고려말과 조선초에 쌓은 산성으로 1612년(광해군 4)에 實錄殿을 세웠고, 1614년에는 史閣이 세워짐으로써 명실공히 5대 史庫의 하나가 되었다. 황윤석은 이러한 적상산성에 어첩을 봉안하는데 보좌하는 일을 수행하게 된 것이다. 어첩은 왕실의 계보의 대강을 간추려서 적은 접책으로 그 자체만으로도 중요함을 알 수 있는데, 그것을 봉안하는 일을 하게 되었으니 개인적으로도 큰 영광이었을 것이다. 그런데, 그때 마침 관상감이 아뢰기를 "유성이 규수 아래로 나와 남쪽의 하늘 끝

---

18) 黃胤錫, 『頤齋續稿』卷14, 「年譜」42세조, 冬十月辛酉十八日 與禮判韓光會 奉安御牒于赤裳山城茂朱之寶閣. 연보에는 이와 같이 10월에 어첩을 봉안했다고 하였는데, 위의 본문 인용문에서는 9월로 적혀 있어 둘의 기록이 相異함을 알 수 있다.

19) 黃胤錫, 『頤齋遺稿』卷3, 「庚寅九月十五日 賤臣 將副御牒奉安使 行赴赤裳山城 乃八月二十八日辛丑 (中略) 觀象監啓有流星出奎宿下 入南方天際 狀如拳 尾長三四尺許 色赤 賤臣 嘗稽史志 奎宿 天之章圖書府也 流星 天使也 今國朝御牒 幷列聖誌狀王妃世譜 自本閣且藏于名山 而使若副實奉命 其爲文章圖書 孰大焉」

에 들어가니 모양이 주먹을 쥔 듯하고, 꼬리의 길이가 서너 자쯤이요, 적색을 띠고 있다."고 한 것이다. 이를 들은 황윤석은 유성과 규수를 역사서에 근거해 나름대로 풀이한다. 즉, 유성은 하늘의 심부름꾼이요, 규수는 하늘의 문장 도서를 맡은 부서라는 것이다. 이는 곧, 유성은 지금 어첩을 봉안하기 위해 심부름 가는 자기 자신을 가리키며, 규수는 사각에 봉안된 중요 문서들을 지칭한 것이라고 볼 수 있다. 실제로 규수의 '奎'는 임금이 몸소 쓴 글을 말하며, 그 모양이 짚신처럼 생겨서 구불구불한 모양이 글자와 비슷하여 문필의 신으로 섬겨졌다.[20] 따라서 황윤석이 규수를 두고 문장 도서부라고 한 것은 그런대로 타당성이 있음을 알 수 있다. 이와 같이 황윤석이 어첩을 봉안하는데, 별자리를 운운한 것은 결국 둘은 긴밀히 연계되어 있음을 알리고자 한 것이라고 볼 수 있다.

다음은 위의 전서를 이은 시문의 내용으로 시적인 상상력이 다소 가미되어 있다.

百世奎章閣	백 년 규장각에
千年玉牒書	천 년 옥첩서라네
山當南斗遠	산은 멀리 南斗六星에 당하고
槎動白河虛	삿대는 빈 백하에서 움직이네
霜氣開天路	서리 기운 하늘 길을 열고
星光引使車	별 빛은 사신이 탄 수레를 끄네
應知今孟節	응당 지금 첫 절기임을 알지니
雲際爲占余[21]	구름 사이에서 나는 점을 친다네

먼저 수련에서는 규장각과 옥첩서를 들어 말하였는데, 사각과 어첩을

---

20) 안상현, 앞 책, 208쪽 참조.
21) 黃胤錫, 『頤齋遺稿』卷3, 「庚寅九月十五日 賤臣 將副御牒奉安使 行赴赤裳山城 乃八月二十八日辛丑 ～ 事若不偶 詩以志之 庶太平休運 上動星象者 終爲太史所 採云爾」

조금 더 구체화시킨 것으로 볼 수 있다. 함·경련에서는 천문을 통해 어첩을 한양에서 적상산성으로 옮기는 모습을 상상하여 그리고 있는데, 전서에서 들어보였던 유성과 규수를 연상하게 만든다. 함련에서 말하는 남두육성에 당해 있는 산은 전서의 내용으로 미루어보건대 아마도 적상산성일 것으로 추측된다. 남두는 '남쪽 하늘에 걸려있는 됫박'이라는 뜻으로 적상산성이 한양에서 보자면, 남쪽에 위치해 있기 때문에 쓴 말이다. 이러한 남두육성을 향해 삿대로 배를 저어 은하수를 건너니 서리 기운은 하늘의 길을 열고, 사신이 탄 수레는 별 빛이 끈다라고 하여 유성 대신에 '星光'을 들었다. 이 시만 두고 보면, 사실 천문과 인사를 직접 연계해서 지었다라고 볼 수 없으며, 참위적이지도 않다. 그렇지만, 작시 과정의 천문과 인사의 연계성에 대한 이해가 고려되지 않는다면, 시의 진정한 의미가 파악되지 않는다는 사실은 분명하다.

이상 두 시문을 들어 천문과 인사를 유기체적으로 바라보는 입장을 살폈다. 다음 글은 鄭述祚가 질문하고 그에 대하여 황윤석이 답한 것으로 천문 현상과 인사가 어느 정도로 긴밀한지를 실제 역사적 사실을 들어 설명하였는데, 다음의 시문과 연결되는 측면이 있기에 인용한다.

> 鄭令이 말하기를 "천문·역법으로도 또한 앞날을 예견할 수 있습니까? 없습니까?"라고 하였다. 나는 말하기를 "앞의 역사를 말 하는 사람이 있으니 지금 그 말로 인하여 구한다면, 알 수 있는 이치가 없지 아니하다. 비록 근래의 일로써 말해본다면, 을묘년 思悼廟가 탄생할 즈음을 당하여 세성이 箕宿가 나뉜 부분에 있어서 일이 반교문에 실렸고, 임오년 칠월 왕세손이 아직 복위하지 아니한 때를 당하여 달이 오색으로 짙은 달무리를 이루니 月重輪이 되었다고 점쳤다. (중략) 또 병자년과 정축년의 사이 같은 때에는 火星이 天樽을 지키니 과연 禁酒法을 만든 10년 후 곧 금주법이 풀어졌다. 갑신년간에는 화성이 天江을 범하니 그 여름에 과연 큰 가뭄이 들었으니 무릇 이 수의 단서는 또한 징험할 만하다."[22] 하였다.

---

22) 黃胤錫, 『頤齋續稿』卷10, 「漫錄」中, 鄭令曰 星曆 亦可前知否 余曰 前史 有言之

정령은 천문·역법으로 과연 앞날을 예측할 수 있는가? 하는 점을 질문한다. 이에 대하여 황윤석은 지나간 일을 들어보자면, 천문 현상이 곧 나라의 일과 유관함을 네 경우의 예를 들어 보이며 설명하고 있는데, 한 경우는 달의 모양과 관련된 것이고, 나머지 모두는 星座와 관련된 것이다. 특히나 개인적인 일이 아닌 국가적 차원의 일을 예시로 보여주고 있는데, 나라의 大事를 앞두고는 반드시 하늘이 천문을 통하여 미리 알려준다는 사실을 강조하고 있는 듯하다.

먼저 위 글에서 언급한 성좌로는 세성, 箕宿, 火星, 天樽, 天江 등이 있다. 세성은 앞에서 이미 말한 대로 목성의 이칭이며, 기수에서 '기'는 알곡과 쭉정이를 가려내는 키를 말한다. 곡식을 까부는 네모난 키를 닮아 왕후와 후궁의 일을 주관하기도 하는데, 키는 바람을 내서 쭉정이를 날려 버리므로 옛 사람들은 이 별자리가 바람을 다스리는 風伯이라고 생각했다. 분야설에 따르면 우리나라는 기수의 분야로 이야기되는데, 일찍이 고조선으로 망명했던 箕子의 이름도 이와 관련된다고 볼 수 있다.[23] 화성은 熒惑星으로도 불리운 별자리로 남방에 있다고 하며, 災禍·兵亂 등의 조짐을 보인다는 대표적인 별자리이다. 천준은 井宿의 동쪽에 있는 별자리로 죽을 쑤어서 가난한 백성을 구휼하는 일을 맡았다.[24] 천강은 尾宿 위쪽에 있는 별자리로 옛 사람들은 천강 별자리가 은하수를 나타내며 달의 정기를 머금고 있다고 생각하였다. 천강이 밝아지고 움직이면 심한 물난리가 나고, 객성이 들어오면 강과 나루터가 끊기며, 화성이 머무르면 임금을 새로 세울 일이 벌어지리라고 여겼다.[25] 이상과 같은 별자리들을 사도묘가 탄생하는

者 今因其言而求之 未有不可知之理 雖以近世言之 當乙卯思悼廟誕生之際 歲星在箕分 事載頒敎文 當壬午七月王世孫未復位時 月五色重暈 於占爲月重輪 (中略) 又如丙子丁丑年間 火星 守天樽 果有酒禁 過十年乃弛 甲申年間 火星犯天江 其夏果大旱 凡此數端 亦可驗矣.

23) 안상현, 앞 책, 174쪽 참조.
24) 안상현, 앞 책, 259쪽 참조
25) 안상현, 앞 책, 156쪽 참조.

일, 금주법의 해제, 가뭄이 든 것 등의 나라의 대사와 연결지으며, 결국 천문과 인사는 깊은 관련성이 있음을 보여주었다. 또한 '왕세손이 아직 복위하지 아니한 때를 당하여 달이 오색으로 짙은 달무리를 이루었다.'라고 하여 달의 모양으로서, 重暈을 들어 보이고 있다. 달의 이상 징후의 대표적인 것으로는 月食을 들 수 있는데, 역사적 기록에 의하면, 중훈도 달이 보여주는 이상 현상으로서 그 색깔에 따라 의미가 다르게 설명되어 있고, 그 달무리의 겹수에 따라 10겹까지 의미가 달리 해설되어 있을 정도이다.26) 여기서의 왕세손은 바로 思悼世子를 말하는데, 달무리에 대하여 祥瑞와 異變 중 어느 것으로도 판단을 내리지 않았다. 그러나 비슷한 내용이 실린 다음의『이재유고』권3,「垂恩廟齋所有吟」시문의 후서를 보아 여기서의 달무리는 상서의 기운으로 추측할 수 있다.

갑신년에 사당을 북부로부터 옮겨 세워서 천한 신하가 일찍이 한 번 도감에 이르러 살펴보았다. 雙湖 趙晟이 "이 땅은 옛날에 오이밭에 그쳤는데, 동리의 노인들이 모두 말하기를 일반 백성들이 살기에는 문득 편안하지 아니하여 서로 전하기를 왕의 기운이 있다."라는 말을 했다고 하니, 지금 과연 그러하다. 근년에 성상께서 '垂恩'이라고 명하여 불렀다. 을묘년 봄에 목성이 기수의 나뉜 부분에 있으니 이를 일컫기를 "세성을 얻었다"라고 하니 세성은 복덕이다. 임오년 가을에 달무리가 다섯 겹으로 겹마다 각각 한 색을 이루니 이른 바 중륜의 상서로움이라고 하였다. 우리 왕세손 저하가 칙서를 회복함은 실지로 이 때이니, 그날의 간지는 또 임신년으로 하늘의 뜻 어찌 우연이겠는가.27)

―――――――

26) 박성래,『한국과학사상사』, 유스북, 2005, 85쪽 참조.
27) 黃胤錫,『頤齋遺稿』卷3,「垂恩廟齋所有吟」後序, 甲申 廟自北部移建 賤臣 嘗一至 都監觀焉 雙湖趙令晟 爲言此地舊止瓜畦 東里耆老齊言 凡民居之 輒不寧 相傳有 王氣 今果狀矣 近年聖上 命號垂恩 乙卯春木星 在箕分 是曰得歲 歲者 福德也 壬午秋 有月暈五重 重各一色 所謂重輪之祥 我王世孫邸下復冊 實在是時 其日干支 又壬申 天意豈偶狀哉.

갑신년은 1764년(영조 40)으로 이 해에 한양 북부 順化坊에 있던 사도세자의 사당인 수은묘가 舍春苑으로 옮겨졌다. 위 글은 수은묘가 옮겨지기까지의 과정을 적은 것으로 사당이 옮겨지기 이전에 이미 하늘에서는 조짐이 있었음을 두 경우를 들어 보이고 있는데, 앞에서 이미 언급했던 세성이 기수의 나뉜 부분에 있었다고 하는 것, 달무리가 진 것 등이다. 그리고 구체적인 간지로서 을묘년과 임오년을 들어 보이고 있는데, 전자는 1735년을, 후자는 1762년을 말한다. 따라서 사당을 옮긴 해인 갑신년보다 둘 모두 시기적으로 앞선다고 볼 수 있다. 즉, 갑신년 사당을 옮긴 것과 그 이전의 하늘이 보인 조짐들은 서로 관련성이 있으며, 결국 그러한 조짐들이 있었기에 사당을 옮기는 巨事를 이루게 되었고, 1772년 임신년에 이르러서 비로소 사도세자의 칙서가 회복되었으니 이러한 일련의 일들은 하늘의 뜻이지 결코 우연이 아님을 강조하고 있다.

이러한 내용을 바탕으로 한 시문을 인용하면 다음과 같다.

廟貌新仍久	사당 모습 새로우나 오램을 따랐으니
香來一路淸	올리는 향이 한결같이 맑네
非烟東里氣	연기 없는 동리의 기운이요
如海北宸情	바다와 같은 북극성의 정이네
得歲箕先兆	세성 얻음에 기수가 먼저 조짐 보이고
重輪月繼明	오색의 달무리로 밝음을 잇네
願言天祚篤	원컨대 말하노니, 하느님 복조 돈독히 하여
朝野永昇平28)	조야가 길이 태평하소서

시문의 내용이 앞에서 이미 언급한 후서와 직접 연결되기에 그리 어렵지 않게 이해할 수 있다. 기련은 수은묘 사당을 옮기고 나서 행한 의식을 말하였고, 함련에서는 수은묘 사당이 있는 곳의 위치와 임금을 상징하는

---

28) 黃胤錫, 『頤齋遺稿』卷3, 「垂恩廟齋所有吟」

북극성을 들어 사도세자의 부친인 영조의 정을 말하였다. 그리고 경련에서
는 후서를 통해서 이미 살폈던 세성과 기수, 월중류 등의 별자리와 달의
모습 등을 들어 사당이 옮겨지기 전에 이미 하늘의 조짐이 있었음을 말하
였다. 마지막 미련에서는 조야가 길이 태평하기 위해서는 天上의 도움이
있을 때에만 가능하다는 것을 은연중에 보여주어 천인을 유기체적으로 바
라보았다.

2) 災異에 대한 天人相關的 인식

災異는 天災와 地異를 결합한 말로 그 범위를 정할 수는 없지만, 보통
인간 세상에 재앙이 되는 괴이한 일, 또는 비정상적인 자연 현상 등을 가
리킨다. 범위를 정할 수 없다고 함은 받아들이는 사람에 따라서 재이로 인
정할 수도 있고, 그렇지 않을 수 있기 때문이다. 더군다나 전통적인 재이
개념과 현대의 재이 개념이 相異한데, 이런 시점에서 先人들이 생각한 재
이의 범위를 알 수 있는 자료로서 『朝鮮王朝實錄』의 기록은 유용하다. 전
통적인 관점에서 선인들은 天道의 실현이란 유교 특유의 정치사상으로 天
文異常과 자연재해에 대해서 특별한 관심을 가지고 『조선왕조실록』에 재
이에 대한 기록을 남겼는데,[29] 하늘의 이상 현상, 지상과 기상적 재변, 인
간사회에 직접 닥친 재해 등을 총칭하여 재앙으로 인정하였다.[30]

그런데 여기서 한 가지 문제는 하늘의 이상 현상 가운데의 하나인 日·
月食을 과연 재이로 볼 수 있을 것인가? 하는 점이다. 전통적 관점에서 바
라본 일·월식은 분명 재이였다. 그러나 이러한 전통적 관점이 본격적으로
흔들리기 시작한 시기는 서양 과학이 유입하여 정착하면서부터라고 할 수
있다. 1601년 중국 북경에 자리잡은 서양 선교사 마테오 릿치(중국명:利瑪

---

29) 李泰鎭, 「小氷期(1500-1750) 천변재이 연구와 ≪朝鮮王朝實錄≫-global history
   의 한 章-」, 『역사학보』149집, 역사학회, 1996, 206쪽.
30) 李泰鎭, 앞 논문, 210쪽 참조.

竇)는 포교의 수단으로써 서양의 과학기술을 이용하여 당시 중국인들의 많은 호응을 얻기에 이르는데, 이러한 반응은 조선에까지 그대로 이어져 많은 문인 학자들의 관심 대상이 되기에 충분하였다.31) 특히, 전통적 관점에 사로잡혀있던 당시 조선의 문인들에게 있어서 서양 천문학은 커다란 충격으로 다가올 수밖에 없었는데, 대체로 전통을 고수하면서도 선진의 서양과학을 인정하여 수용하는 태도를 견지하였다.

다음 글을 통해서 볼 때 황윤석도 당시 많은 문인 학자들과 같은 행보를 내보였다고 할 수 있다.

> 대체로 서양인의 曆算과 數法 등은 천고에서 탁월하다. 아마도 성현들의 성리 학문은 濂洛關閩보다 더 나은 것이 없고, 역산 제법은 또한 서양보다 더 나은 것이 없다. 이것은 혹 바꾸지 못할 이론이 될 것이다.32)

학문에 있어서는 전통적으로 이어져 온 것보다 나은 것이 없고, 천문학·수학 등과 같은 과학은 서양보다 나은 것이 없다는 논리를 펴고 있다. 당시 전통적으로 이어져온 성리학을 익힌 학자로서 염락관민을 최고의 학문으로 생각한 것은 당연한데, 그나마 서양과학을 배척하지 않음으로서 자신의 소신을 뚜렷이 밝혔다. 즉, 황윤석도 전통을 고수하면서도 서양과학만은 인정하는 학자였음에 분명하다.

이와 같이 서양과학에 대한 입장을 정리했던 황윤석은 일찍이 그의 나이 40세 때에 李某와 함께 일·월식에 대한 이치를 논하였는데, 일·월식이 과연 재앙이 되는가에 대하여 답을 한다.

---

31) 초기 한국의 서양과학 수용에 대해서는 朴星來의 논문(「마테오 릿치와 한국의 서양과학 수용」, 『동아연구』3, 서강대 동아연구소, 1983)을 참고할 것.
32) 黃胤錫, 『頤齋續稿』卷11, 「漫錄」中, 大抵西洋之人 惟曆算數法等卓絶千古 蓋聖賢性理學問之說 莫尙於濂洛關閩 而曆算諸法 又莫尙於西洋 此或可爲不易之論歟.

李某가 묻기를 "서양 역법은 옛부터 아직 한 번도 들어보지 아니하였는데, 저 이른바 일·월식이 스스로 변함없는 법도가 있어서 재앙이 되지 않는다고 함은 과연 어째서입니까?"라고 하였다. 선생이 답하기를 "비록 변함없는 법도는 있을지라도 선배 유학자들이 또한 천문을 일컬을 때에 이르러 또한 한 액을 만났다고 하였으니 대개 한 번 법도가 있고 한 번 변화함이 상호 반복하여 일월의 곧은 밝음이 되면 법도가 있는 것이요, 어떤 때에 일·월식이 일어남은 법도가 변한 것이니 어찌 재앙이 아니라고 이르겠는가."33)라고 하였다.

이러한 문답을 하게 된 배경은 분명 일·월식이 재이인가 아닌가에 대한 확신이 서지 않았기 때문이라고 할 수 있다. 李某가 보기에도 전통적 관점에서는 일·월식 이 재이임에 분명한데, 서양과학에서는 그렇지 않다라는 논리를 폈을 것이니 어느 입장이 옳은지에 대한 확신이 서지 않았던 것이다. 그에 대하여 황윤석은 일·월식은 법도가 변한 것이기 때문에 재이임에 분명하다라고 규정한다. 따라서 본 논고도 황윤석의 이러한 논리를 그대로 수용하는 입장에서 일·월식을 재이로 인정하고자 한다.

이렇다고 할 때 황윤석의 재이 관련 시문으로는 『이재유고』권1의 「苦哉行」·「丁冬歎」·「日食詩」·「月蝕五十韻」·「可歎行」과 『이재유고』권4의 「寓歌」 등을 손꼽을 수 있다. 이들 시는 모두 고체시의 형식을 갖추고 있으며, 뜻밖의 재이를 겪은 후 지은 작품이다 보니 내용이 整齊되지 않은 듯한 느낌을 준다. 이는 추측컨대, 감정 상태가 안정을 찾지 못한 상황에서 시문을 지었기 때문이 아닌가 생각한다. 각각의 작품 형식과 대략의 내용을 정리하면 다음과 같다. 「고재행」은 71행의 不定形 고체시의 형식을 갖추고 있으며, 이상 기후로 인한 전염병의 猖獗로 많은 사람들이 죽음에 이른 모습을 읊었고, 「정동탄」은 108행의 오언고체시의 형식으로서 겨울철 이상

---

33) 黃胤錫, 『頤齋續稿』卷14, 「年譜」40세조, 李曰 西洋曆法 古未曾有 而彼其所謂日月交食 自有常度 未足爲災者 果何如也 先生答曰 雖有常度 而先儒 亦謂天文 到此 亦一厄會 蓋一常一變 互相反復 而日月之貞明者 常也 有時 而交食者 常之變也 安可謂之非災乎.

기후로 인한 삶의 고달픔을 적었다. 「일식시」와 「월식오십운」은 각각 48행과 100행의 길이를 가진 오언고체시의 형식을 갖추고 있으며, 일·월식이 실제로 일어난 현장을 배경 삼았다. 「가탄행」은 모두 40행의 부정형 형식을 취하여 일·월식을 소재로 하여 지은 것은 앞의 「일식시」나 「월식오십운」과 같으나 현장감은 떨어진다. 그 대신 일·월식이 일어난 후의 모습을 사실적으로 읊었다. 「우가」는 28행의 형식을 갖추고 있으며, 실제 경험을 바탕으로 지었다기보다는 중국 우임금의 治水 정치의 功過를 읊었다. 따라서 마지막 「우가」는 재이와 관련되기는 하지만, 현실을 바탕으로 한 작품이 아니므로 일단 본 논문의 논의에서는 제외하였다.

황윤석은 이러한 재이 시문을 통하여 재이가 일어난 원인과 그후 인간에게 끼친 害惡, 재이를 접한 사람들의 모습 등등을 사실적인 기법을 활용해 전해주고 있다. 이중에서 특히, 인간에게 끼친 해악은 다양하기도 한데, 황윤석이 재이 시문을 통하여 궁극적으로 전하고자한 내용이라고도 할 수 있다.

다음 「고재행」을 인용하면 다음과 같다.

(생략)

年年瘴氣兼毒廣	해마다 생기는 독한 기운과 독한 창질로
冥冥白氛迷雲衢	드러나지 않은 흰 기운 구름 거리 희미하네
千人一遘誰不病	천 사람이 한 번 만나면 누가 병들지 않을까
大綱彌天不可屏	큰 줄기 하늘에 가득하여 물리칠 수 없다네
雄黃螢火亦無力	광석과 반딧불 또한 힘을 쓸 수 없으니
只見死生分俄頃	다만 死生이 잠깐 사이에 나뉘네
南隣北里凡幾家	남·북쪽 마을이 몇 집이나 남았느냐
家家絶叫呼阿爺	집집마다 절규하며 아버지를 부르나
阿爺阿孃何與汝	아버지와 어머니 어찌 너와 함께 할까
自肰痛泣頭將皤	자연히 피 울어 머리카락 세지려 하네

丁壯病尙可	장정들의 병은 오히려 그러려니와
老羸病眞不宜	늙은이들의 병 진실로 마땅치 않으니
丁壯氣盛猶敵疾	장정들 기운 성해 되레 병 이길 수 있으나
老羸氣衰難爲支	늙은이들 기운 쇠하여 지탱하기 어렵네
最可畏孕兒婦	가장 두려운 것은 임신한 부녀자
十家死人尙八九	열 집에서 죽은 이는 팔구 명이나 되네
或有中焦塞	혹은 장부가 막힌 이도 있고
或有疼腰肢	혹은 허리와 사지 욱신거린 이도 있으며
或有湴湴命如線	혹은 고생하여 목숨이 실오라기 같은 이도 있고
或有皐復揮靈衣	혹은 초혼 의식을 영의로 휘두르는 이도 있네
巒巒棘人深墨容	수척한 상중인 용모 매우 검어
慘不忍見堪垂淚	처참함 차마 볼 수 없어 눈물 흘리네
碧草新阡白楊隴	푸른 풀 새 무덤은 백양 언덕에 있는데
纍纍握槊連藁里	겹겹한 쌍륙은 고리를 연하였네
昔時市門喪布貴	옛날 시문에는 상포가 귀하더니
今歲市門網巾稀	오늘날 시문에는 망건이 드무네
幾處丹旐出遠郊	몇 곳의 붉은 기 교외에 내어 놓고
到底白笠辭靈幃	흰 갓 쓴 조객들은 영전에서 고하네
嗟乎苦哉瘟癘氣	슬프고도 괴롭구나, 전염병 기운이
瘝我生靈胡忍爲[34]	우리 백성들 앓음을 어찌 차마 이렇게 하는가

(생략)

「고재행」은 앞에서 이미 언급한대로 이상 기후로 인한 전염병의 창궐로 많은 사람들이 죽음에까지 이른 모습을 읊은 작품이다. 자연의 일부인 인간은 기후의 영향을 받을 수밖에 없다. 정상의 기후라면, 여름에는 더워야 마땅하고, 겨울에는 추워야 마땅하다. 그런데, 위 시에서는 이상 기후로 인한 재이를 겪고 있는데, 그 근거로 '지난 해 겨울 석 달 봄보다 따뜻하여,

---

34) 黃胤錫, 『頤齋遺稿』卷1, 「苦哉行」의 일부.

음산한 바람에 흙비 내려 사람 몸을 쪘네. 금년 봄 다시 때를 잃어, 겨울이 따뜻하여 독한 열 이르렀네.'[35]라는 위의 인용시 바로 앞부분의 내용을 통해서이다. 즉, 겨울이 되었으면 당연히 추워야 하는데, 겨울동안 내내 봄보다도 오히려 따뜻하였고, 봄이 되어서도 이상 기후는 마찬가지로 이어져 결국 전염병과 같은 해악을 끼쳐 많은 사람들이 죽음에까지 이르게 되었다는 내용이다. 전염병의 창궐이 남녀노소와 빈부를 가리지 않고 누구에게나 해당될 수 있음을 '家家絶叫呼阿爺'라는 시구를 통하여 나타내 보여줌으로서 재이의 심각성을 한층 더 부각시켰다.

다음의 「가탄행」은 일·월식을 겪은 후 느낀 두려운 감정을 고스란히 드러내 보여주었는데, 「고재행」과 같은 전염병의 형태는 아니지만, 인간에게 끼친 해악의 일종으로 볼 수 있다.

(생략)

天維坤絡欲劈破	하늘과 땅의 밧줄과 명주 쪼개어 깨뜨리니
野獸山禽共驚怕	들과 산 짐승들 모두 다 놀라고 두려워하네
妖祲亦已多	요기 또한 이미 많으니
別怪更何奈	특별한 괴이함 다시 어쩌리요
有箇長虹白四條	한낱 긴 무지개 하얀 네 줄기가
直與太陽相淩過	바로 태양과 서로 능멸하여 지나쳐
斯須滾繞若斗梁	모름지기 두량같이 흘러 둘러
就中一枝橫貫射	그중에 한 가닥이 비껴 꿰어 쏘았네
驚心立夏後	입하 다음의 놀랜 마음
積漸禍愈大[36]	점점 쌓여 화 더욱 커졌네

(생략)

---

35) 黃胤錫, 『頤齋遺稿』卷1, 「苦哉行」, 去年三冬煖於春, 陰風土霾蒸人身. 今歲三春更失候, 冬烘毒熱遂仍瘵.
36) 黃胤錫, 『頤齋遺稿』卷1, 「可歎行」의 일부.

일·월식은 이상 기후와는 달리 인간에게 직접 어떤 해악을 끼치지는 않는다. 다만, 전통적인 관념에 의하면, 해와 달은 각각 한 나라의 왕과 왕비를 나타내는 상징물로 인식하여 일·월식이 있은 후에는 많은 사람들이 암울한 감정의 상태에 놓였을 것으로 추정된다. 위의 인용시는 바로 일·월식이 있은 후 많은 사람들이 느꼈을 것 같은 감정의 상태를 사실적으로 담았다. 특히, '野獸山禽共驚怕'의 내용은 놀라고 두려워함이 어느 정도인지를 보여주어 사실감을 극대화하였다.

이와 같이 황윤석은 재이가 인간에게 끼친 해악을 낱낱이 열거하여 보여줌으로서 재이를 두려움의 존재로 부각시켰는데, 그렇다고 하여 그에 직접 대적할 방도는 전혀 없다. 재이도 또한 자연 운행의 일부라고 본다면, 순순히 받아들여야 하기 때문이다. 때문에 또 다른 자연인 하늘에 의지하거나 부르짖으며, 결국 인간과 하늘은 따로 떨어져있는 것이 아님을 확인할 수밖에 없다. 바로 天人相關的 인식의 표출로 다음의 인용시에서 그것을 직접 알 수 있다.

① (생략)

欲將此心問蒼穹	장차 이 마음 하늘에 묻고자 하는데
蒼穹不語徒空空	하늘은 말없이 헛되이 비어 있네
安得大箒如雲千萬丈	어찌 구름 천만 장 쓸 것 같은 큰 비 얻어
廓掃天宇無妖氛	하늘을 크게 쓸어 요상한 기운 없애어
永使百姓俱歡忻37)	길이 백성과 함께 기뻐하도록 할까

② (생략)

天人本妙一	하늘과 사람은 본래 묘하게 하나여서
感通無闕欠	느낌 통하기에 그 흠이 없다네
(중략)	

---

37) 黃胤錫, 『頤齋遺稿』卷1, 「苦哉行」의 일부.

言視旣失常　　말하고 봄이 이미 평상을 잃으니
天道固宜慁　　천도가 진실로 그러함이 마땅하다
誰哉籲天根　　뉘 하늘의 현악기를 불어
用此爲告諗38)　이로써 고하기를 할 것인가
(생략)

③ (생략)

天文謫如見　　천문은 보는 듯이 꾸짖고
人事必應照　　인사는 비춤에 응하리라
(중략)
只願天根上　　다만 원하기는 하늘의 문설주에 올라
益懋商宗德　　상종의 덕을 더욱 힘쓰는 거라네
警懼深兢慄　　경계함과 두려워함이 깊어 삼가하여
用答天帝責39)　하느님의 꾸짖음에 답하여 쓰네
(생략)

④ (생략)

徒將三統法　　헛되이 삼통법 가지고
細說九行眞　　자세히 구행의 진실 설명하네
雙道相交對　　두 도가 서로 교대하니
半天共敵勻　　하늘 중간에서 함께 두루 겨루네
於焉或遭食　　벌써 혹 먹히게 되었을까
推究亦由人　　이치 미루는 것 또한 사람에서 말미암네
(중략)
莫逆惟新命　　오직 신명을 거스리지 말지니
當酬至戒諄　　경계하고 타이르는 데에서 보답하리로다
食家身縱野　　식구 먹임에 몸소 들에서 일하고

---

38) 黃胤錫, 『頤齋遺稿』卷1, 「丁冬歎」의 일부.
39) 黃胤錫, 『頤齋遺稿』卷1, 「日食詩」의 일부.

憂國鬢應銀40)　　　　나라 근심하는 귀밑머리 은색으로 응답하네

(생략)

⑤ (생략)

未知欽天監　　　　알지 못하겠도다, 흠천감은

亦復見之否　　　　또한 다시 볼런지 보지 않을런지

天行一氣更炒人　　하늘이 한 기운 움직여 또다시 사람 볶으니

十家八九皆被遭　　열 집 중 여덟아홉은 모두 피해를 만났네

吾聞天變不虛生　　난 하늘 변화 헛되이 생김이 아니라 들었노니

後驗茫茫難悉究41)　훗날 증험하는 아득함 다 궁구하기 어렵네

(생략)

　　①은 「고재행」이요, ②는 「정동탄」이다. 그리고 ③은 「일식시」이고, ④
는 「월식오십운」이며, ⑤는 「가탄행」이다. 황윤석의 재이 시문은 위와 같
이 모두 하늘과 인간의 상관성을 다시 한번 확인하고서 끝맺음하고 있는
것을 하나의 특징으로 말할 수 있다. 특히 「정동탄」의 '天人本妙一'와 같
은 시구를 통하여 하늘과 인간은 결국 둘이 아닌 하나라는 태도를 보여줌
으로서 천인상관적인 인식의 깊이를 그대로 나타내었다. 또한 ③의 「일식
시」의 경우, 중국 商나라 中宗을 가리키는 商宗을 들어 결국 일식은 한 나
라 임금의 행동거지와 관련됨을 간접적으로 알려주고 있기도 한데, 해와
임금을 연결한 발상으로 볼 수 있다. 다시 말하여, 일식과 같은 재이를 다
시 겪지 않기 위해서는 임금의 역할이 중요하며, 그 역할은 바로 올바른
정치를 말한다고 할 수 있다. 전통적으로 일식이 일어났을 때 임금 스스로
救食禮로써 하늘에 제를 올림으로서 그동안의 과오를 용서받았던 것도 기
본적으로 천인상관적인 인식이 바탕에 깔려있었던 것으로 위의 인용시와

---

40) 黃胤錫, 『頤齋遺稿』卷1, 「月蝕五十韻」의 일부.

41) 黃胤錫, 『頤齋遺稿』卷1, 「可歎行」의 일부.

서로 관련된다고 하겠다. 마찬가지로 ④의 '推究亦由人'와 ⑤ '吾聞天變不虛生'의 시구를 통하여 일·월식은 결국 사람들의 잘못을 하늘이 꾸짖는다고 보고 있음을 알 수 있다.

4. 시적 전개의 의미와 한계

지금까지 황윤석의 시문에 나타난 유기체적 자연관을 살폈다. 황윤석은 별과 달 등의 천문 현상을 예사롭게 보지 않고, 그것을 인간·사회와 연계하여 통일적인 구조로 파악하는가 하면, 자연 재이 등을 인간과 엮어 유기체적으로 인식함을 알 수 있었다. 이는 자연과 인간은 결코 둘이 될 수 없다는 '天人不二'의 사고의 틀을 나타낸 것으로 먼저 시적 전개와 관련된 의식의 개연성을 찾고, 이어서 그 의미와 한계점을 논할 것이다.

기록에 근거해볼 때 우리나라의 유기체적 자연관의 역사는 삼국시대부터라고 할 수 있다. 삼국의 역사를 담고 있는 『三國史記』의 경우, 天變을 관측하고 이를 기록으로 남겼는데, 일식, 달의 움직임, 五星의 변동, 혜성의 출현 등은 국가와 인간의 운명에 어떠한 예시를 주는 것이라 믿었기 때문이다.[42] 이러한 시각은 고려에 접어들어서도 변함이 없었는데, 『高麗史』나 『高麗史節要』 등은 자연 현상과 정치적 상황과를 연관지어 地變이나 天災 등을 자세히 기록하였다.[43] 시대가 흐름에 따라 그 양상과 강도에 있어서의 차이를 보이기는 하였지만, 자연인 천과 인간을 함께 생각하는 사고의 틀은 변함이 없었다.

이러한 천인을 유기체적으로 생각하는 인식은 고려 말 중국 송의 신유

---

42) 李熙德, 「한국고대의 자연관과 유교정치사상」, 『동방학지』50집, 연세대 국학연구원, 1986, 9쪽 참조.
43) 李熙德, 「고려초기의 자연관과 유교정치사상」, 『역사학보』94집, 1982, 162쪽 참조.

학이 유입되면서 오히려 더 강화되어가는 모습을 띠는데, 그 중심에는 朱熹(1130~1200)가 있었다. 송학의 집대성자요 중국 최대의 사상가인 주희는 만년의 10년이라는 시간을 자연에 관한 사색과 연구에 바친다. 따라서 '자연학자'라는 칭호를 붙여주기에 손색이 없는데, 그의 문집인 『朱子語類』 곳곳에는 우주론, 천문론, 기상학 등의 자연학 내용이 실려 있다.[44] 최근의 연구자들에 따르면, 주희의 자연 탐구는 實理·實學을 중시하고 虛理·虛學을 배격하며, 실제적인 조사와 관측을 추구하고 구래의 인습과 주관적인 억견에 반대하며, 사물의 객관적 법칙을 인식하고자 하며, 신비주의에 반대한다는 입장에서 당시로서는 상당히 높은 수준에 도달한 것으로 평가받고 있다.[45] 그렇지만, 자연과 인간을 연관짓는 입장에서는 주희도 그리 합리적일 수만은 없었다. 특히, 일·월식과 정치를 연결짓는 것을 통하여 자연과 인간을 유기체적으로 연결짓는 그의 태도를 읽어낼 수 있다. 하나의 예로 『詩經』 「小雅」 節南山之什의 편명인 '十月之交' 작품에 대한 주석을 들 수 있다. '시월지교'는 『시경』에 나온 작품들 중에서 일·월식을 소재로 한 대표적인 것으로 알려져 있는데, 그에 대하여 毛詩序에서는 '大夫가 幽王을 풍자한 것이다.'라는 短評만을 남기고 있을 뿐이다. 그런데 주희는 '시월지교'를 政事와 연결지어 임금이 간신을 제거하지 못하면, 일·월식과 같은 재이를 만날 수도 있다고 주석한다. 이 '시월지교' 시에 대한 주희의 주석은 유교를 國是로 내건 조선조에 그대로 받아들여져 적어도 反朱子主義·脫朱子主義의 자연관이 출현하기 전까지 많은 문인 학자들의 일·월식론에 결정적인 영향을 미친다.

황윤석은 철저한 尊朱論者라고 할 수 있다. 가령, '주자를 존중하면 나라가 다스려지고 집안이 편안해질 것이요, 주자를 거역하면 나라가 혼란해

---

44) 주희의 자연학에 대해서는 야마다 케이지 지음·김석근 옮김(『주자의 자연학』, 통나무, 1992)을 참고할 것.

45) 구만옥, 「조선전기 朱子學的 自然觀의 형성과 전개-'理法天觀'의 自然學的 의미를 중심으로-」, 『한국사상사학』23집, 한국사상사학회, 2004, 100쪽 참조.

지고 집안이 위태로워질 것이다.'46)라고 한다거나 '주자는 하늘이 임명한 사람으로서 그를 우러르는 사람은 성현이 될 것이요, 그를 거역하는 자는 요사한 역적이 됨이 어떠하뇨.'47)라는 말을 남겼다. 또한 '성리학을 논함에 이르러서는 주자 이후에 이미 논의가 정해졌으니 후세 사람들은 오로지 마땅히 독실히 믿고 체험할 따름이다.'48)라고 하여 학문에 있어서도 존주의식이 확고함을 나타내 보여주었다. 즉, 황윤석은 이와 같이 모든 면에서 철저히 주회를 따랐던 것으로 나타나는데, 시문에 나타난 유기체적 자연관도 의식적인 측면에서 보자면 존주의식의 연장으로 볼 수 있는 개연성은 충분히 있다.

유기체적 자연관은 '자연'을 하나의 생명체요, 인격체로 인식한 데에서 출발한다. 따라서 '자연'을 정태적으로 보지 않고, 동태적으로 바라보는데, 여기에서 인간과 통할 수 있는 근거가 마련된 것이다. 다시 말하여, 일체의 자연 현상은 인간과 사회의 도덕적 가치와 연결되어 설명되어질 수 있는 것이다. 이런 이유로 성상의 변화와 월변, 재이 등의 현상에도 민감하게 반응하며, 자연의 원리 등을 먼저 따지기에 앞서서 인간의 삶을 한 번 더 되돌아보게 되었던 것이다. 이는 외재적 자연을 통하여 인간의 삶을 내재화하는 것으로의 의미를 지닌다고 하겠다. 그런데 이러한 사고방식은 분명 전통적이면서 보수적인 것이요, 진보적인 것이라고 보기는 힘들다. 이는 주회가 과학적인 자연학의 체계를 세웠지만, 자연과 인간을 유기체적으로 바라본 이유로 보수성을 면치 못한 측면과도 관련되는데, 황윤석도 동궤로 놓고 볼 수 있다. 황윤석은 당시로는 보기 드물게도 천문에 지대한 관심을 가지고 있었을 뿐 아니라 나름대로 체계를 세워나갔다. 당시의 천

---

46) 黃胤錫,『頤齋續稿』卷11,「漫錄」, 尊朱者 國治而家安 背朱 則國亂而家危.

47) 黃胤錫,『頤齋續稿』卷11,「漫錄」, 蓋如朱子 亦天所以命世者也 尊之者 爲聖爲賢 背之者 爲妖爲逆 何也.

48) 黃胤錫,『頤齋續稿』卷13,「行狀」, 至於論性理 則以爲朱子以後旣有定論 後人但 當篤信體驗而已.

문학은 순수 자연과학의 이미지라기보다는 효용적인 측면이 강한데, 그렇다고 보면 황윤석의 학문적 지향이 바로 실용성과 맞닿아 있음을 확인할 수 있다. 그런데도 불구하고 시문을 통하여 자연과 인간을 유기체적으로 바라봄으로서 전통적 사고의 틀을 고수하고 있음을 알 수 있다. 이러한 측면을 황윤석의 의식의 한계로 지적할 수 있겠다. 이러한 의식의 한계는 동시대인으로서 김원행의 문하에 함께 드나들었던 洪大容의 天人分一과 서로 비교될 수도 있는 측면으로서 더욱 더 주목을 요한다.

5. 맺음말

본 논고는 황윤석의 시문에 나타난 유기체적 자연관의 시적 전개와 시문을 통하여 드러난 의식의 개연성과 의미, 한계 등을 구명하려는 데에 목적을 두었다.

황윤석의 하늘에 대한 관심은 지대하였다. 이는 가학적인 분위기와 관찰 정신, 많은 문인 학자들과 가졌던 연찬 등을 통하여 알 수 있었다. 그러나 황윤석의 하늘에 대한 관심은 결국 자연에 대한 관심이라고 보았고, 여기에서 자연관이 설 수 있는 배경을 찾았다. 하지만, 황윤석은 천문에 대한 관심은 계속 지니고 있었지만, 그와 관련하여 자연을 어떻게 바라보아야 할 것인가? 하는 측면에 대한 구체적인 글을 남기고 있지는 않아 추측으로 그 근거를 따져 보았다. 본 논고는 황윤석의 자연관 형성에 인물성동론이 전혀 무관하지 않다고 보았다. 인물성동론은 '인'과 '물'은 성에 있어서는 서로 같다는 입장인데, 여기서의 '물'은 삼라만상 모든 것을 포함하고 있기에 '자연'으로 대체해도 무방할 것이기 때문이다.

황윤석은 유기체적 자연관을 시적으로 전개함에 있어서 천문 현상과 인사를 연계하는가 하면, 자연 재이를 인간과 사회를 연결지어 인식하는 태

도를 견지하고 있었다. 첫째, 천문 현상과 인사를 연계한 작품으로는 「문
량호맥수향풍지희」, 「경인구월십오일 천신 장부어첩봉안사 항부적상산성
내팔월이십팔일신축 ~ 사야불우 시이지지 서태평휴운 상동성상자 종위태
사소채운이」, 「수은묘재소유음」 등이 있었다. 이들 작품은 성상과 월변과
같은 천문 현상을 통하여 인사를 예측해보는 참위적인 측면이 강한 것으
로 나타났다. 둘째, 자연 재이를 천인상관적으로 인식한 작품의 경우로는
「고재행」·「정동탄」·「일식시」·「월식오십운」·「가탄항」·「우가」 등을 들었
다. 이들 시는 모두 고체시의 형태를 가지고 있는데, 이러한 시문을 통하
여 재이가 일어난 원인과 그후 인간에게 끼친 해악, 재이를 접한 사람들의
모습 등등을 전해주었다. 그리고 재이도 또한 자연 운행의 일부로써 생각
하여 인간과 하늘은 따로 떨어질 수 없음을 다시 한번 확인하였다. 다시
말하여, 천인상관적 인식을 표출하였다.

그리고 마지막으로 시적 전개와 관련된 의식의 개연성과 함께 시문의
의미와 한계점 등을 논하였다. 황윤석은 철저한 존주론자였다. 따라서 이
러한 측면에 의거해 시에 나타난 유기체적 자연관도 주희의 유기체적 자
연관과 연결될 수 있음을 말하였다. 또한 외재적 자연을 통하여 인간의 삶
을 내재화하는 것으로서 시적 의미를 부여하였고, 보수성을 드러낸 의식을
한계점으로 지적하였다.

제8장

圭南 河百源 기행시의 懷古的 경향 고찰

1. 머리말

18세기말과 19세기 초는 중세기를 지나고 근대기로 향해가던 시기라고 할 수 있다. 정치적으로는 붕당기의 완숙 단계를 뛰어넘은 시기로 이로 인한 폐해가 곳곳에서 나타났을 뿐 아니라 사회적으로는 봉건주의에 대항하는 세력도 나타나 혼란이 가중되었다. 또한 유학에서는 성리학과 구별되는 실학이 성숙되어 갔고, 대외적으로는 천주교가 전래되고, 서양 문물이 유입되는 등 전과 다른 많은 변화를 예고하고 있었다. 당시 이러한 변화에 대하여 유교의 교조주의에 젖은 인사라면 용납할 수 없는 부분도 있었지만, 시대의 흐름은 역행할 수 없었기에 변화에 민감하게 대응해 나갈 수밖에 없었다. 이러한 전반적인 분위기 외에 눈여겨 보아야할 부분은 京·鄕間의 分岐이다. 이는 이전부터 나타나기 시작한 현상으로 새삼스러울 것은 없지만, 18세기 말에 이르면 분기 현상은 뚜렷해져 경·향간 각자의 관심 영역이 달라지는 모습을 엿볼 수 있다. 상대적으로 경화사족들이 한양 도성의 當代文物을 구가하는 취향이 뚜렷하고, 옛 것을 좋아하더라도 객관적인 감정치가 보장될 만한 古董 書畵 등을 애호하는 데 비해, 향촌 사족들은 자기가 깃들여 사는 향토를 예찬하되 찬란했던 과거와의 대비 속에서 주로 祖先들이 남긴 자취를 사무치도록 그리워하는 경향을 강하게 드러내고 있다.[1]

본 논고는 圭南 河百源(1781~1845) 기행시의 懷古的 경향에 대하여 연구하였다. 하백원은 호남의 대표 실학자 중 한 사람으로 지칭되는데, 그의 학문 영역이 성리학에 그치지 않고, 天文·地理·律曆·算數·書畵·圖章 등 광범위하게 펼쳐져 있을 뿐 아니라 실제로 생활 속에 이용할 수 있는 自升車를 발명하고, '東國地圖' 등을 제작했기 때문으로 풀이된다.[2] 따라서 이러한 면모에 초점이 모아져 연구되어야 하리라고 생각한다. 그러나 시문에 흐르는 전반적인 경향은 이러한 학문적인 모습과는 사뭇 다름을 알 수 있다. 즉, 시문을 통하여 현실을 비판하는 등의 모습을 보이기보다는 개인적 서정 양식으로서 상황에 따라 감정 상태를 自在롭게 표현해내고 있다는 점에서이다. 그러나 기행시는 이와는 별개로 서정적으로 읊은 것에서 그치지 않고 지난 과거를 회고하며, 변모해가는 시대에 대응해가는 향촌 사대부의 모습을 담고 있기에 주목을 요한다. 뿐만 아니라 회고하는 가운데 의식의 편린까지 담고 있어 조선후기 향촌 사대부의 삶의 자세도 함께 읽어낼 수 있을 것으로 생각한다.

---

1) 김석회, 「조선후기 향촌사대부 시가와 취향의 문제」, 『조선후기 시가 연구』, 월인, 2003, 255쪽.
2) 하백원의 생애에 대해서는 安晋吾의 논문(「圭南의 성리학과 실학사상」, 『호남 유학의 탐구』, 이회, 1996, 144~153쪽)과 이종범의 논문(「조선후기 同福 지방 晉陽 河氏家의 學問과 傳承」, 『전남사학』24집, 전남사학회, 2005, 11~18쪽), 그리고 박명희의 논문(「圭南 河百源 시에 나타난 情懷의 변모 양상」, 『한국언어문학』57집, 2006, 162~ 166쪽) 등을 참조할 것.

2. 遊觀과 기행시의 회고성

하백원의 생애는 修學期, 學問發展期, 出仕期, 그리고 流配期 등과 같이 4기로 구분할 수 있다.3) 하백원은 이러한 일생동안 끊임없는 遊觀을 거듭하며, 거기에서 느낀 감회를 시문으로 옮기는가 하면 때로는 의식까지 드러내기도 하였다.

수학기는 23세 진사시험에 합격할 때까지를 이르는데, 詩題에 보이는 주요 유관 장소로는 松廣寺, 赤裳山城, 黃澗, 任實 九皐村, 山老里, 草洞, 尤菴先生墓, 泣弓巖, 荊江, 玉溜閣, 雙溪寺, 凝石寺, 南海 錦山 등이다. 이 당시는 학문에 전념해야 했던 때이기 때문에 유관하는 것이 정신적인 부담을 안겨주기도 하였다. 이는 적상산성에서 읊은 시문의 일부 내용인 '이때는 가을이라 참으로 좋아, 풍경을 거두어낼 수 있다네. 기어오르기를 만일 쉬지 않는다면, 우뚝 솟은 산 오르기 어렵지 않으리라. 다만 고향 생각으로 급하여, 우러러 보기만 하고 올라가지 못한다네.'4)와 같은 부분을 통해서도 알 수 있다. 적상산성은 고려 말과 조선 초에 세운 산성으로 전북 무주군 적상면에 소재해 있다. 하백원이 적상산성을 갔던 계절은 풍경이 한참 좋은 가을이었다. 때문에 산성에 오르고 싶은 마음은 간절했으나 고향을 생각하느라 우러러 보는 데에서 그칠 뿐 더 이상 오르지는 않았다라고 하였다. 이때 부친은 세상을 뜬 상태였기에 고향에 계신 모친을 생각하는 정이 깊었던 것이다. 또한 유관하는 중에도 세상을 뜬 부친과 조상, 그리고 先代의 스승들을 회고하며 시문으로 옮기는데, 尤庵 宋時烈과 重峯 趙憲, 同春堂 宋浚吉 등이 스승으로 떠올린 구체적인 인물들이다. 이들 스승들은 모두 당대에 학문적으로 높은 경지 올랐던 인물들로 하백원 자신이

---

3) 필자가 정리한 하백원의 생애에 대한 자세한 내용은 박명희의 앞 논문을 참조할 것.

4) 河百源,『圭南文集』卷1,「望赤裳山城」, ……是時秋政好 風景堪收拾 躋攀如不休 不難上鬼岌 祗緣鄕思促 仰之不可級……

현재 수학기에 임해 있음을 생각할 때 남긴 자취를 더듬어 시문을 차운하며 회고했을 것으로 판단된다.

학문발전기는 23세 진사시에 합격한 이후부터 54세 천거로 벼슬길에 오르기 직전까지를 이른다. 이때는 전 생애 기간 중 가장 긴 시간을 차지하고 있지만, 시문에 의하면 유관을 하는데 많은 시간을 할애하지 않았던 듯하다. 그 이유는 추측컨대 27세 때에 있은 스승의 죽음과 31세와 33세 때에 뒤따른 조모와 모친상 등이 있었으며, 무엇보다도 학문에 집중했던 시기로 여유롭게 유관할 수 있는 기회가 주어지지 않았을 것으로 생각된다. 또한 정신적으로 과거시험에 대한 중압감이 어느 때보다도 크게 자리 잡고 있었기에 마찬가지로 마음의 여유를 찾기가 힘들었을 것임이 분명하다.

그럼에도 불구하고 시제에 보이는 유관 장소로는 雪山, 京都, 廣津, 松坡, 龍仁, 葛院, 弘慶院, 錦江, 水回洞, 花開洞, 海印寺, 勿染亭, 大學巖 등등을 지목할 수 있다. 이중 경도, 광진, 송파, 용인 등은 한양에서 과거시험을 치르고 가던 도중에 유관한 곳이 분명하고, 그 외의 다른 곳은 생애 기간 중에 간혹 유람한 곳이라고 할 수 있다. 23세 때에 이미 성균관에 입학까지 하였으나 조모의 병환으로 대과에 응시하지 못하고, 14년이 흐른 37세에 다시 시험을 치렀으나 이번에는 내침을 당하였으니[5] 인생의 허무함을 느꼈음이 분명하다. 시문 내용 중에 간혹 보이는 '浮生'이라는 말에서 이 시기 감정 상태가 편치 않았음을 알 수 있다. 그래서 급기야 「錦江舟中」이라는 시문에서는 '뱃사공은 나의 행색을 묻지 말라, 나는 서쪽에서 와 명승지 멋대로 구경하리니.'[6]라고 읊기까지 한다. 즉, '멋대로 구경하겠다'는 말은 의도적일 수도 있으나 그동안 여러 가지 사정으로 누리지 못했던 여유를 찾아보겠다는 의지를 표현한 것이라고 하겠다. 또한 '만사를 그럭저럭 살아오다 본래의 뜻 어기고, 한 몸이 살아가는 데는 청산이면 만족하

---

5) 河百源, 『圭南文集』卷1, 「僕性懶散 自分棄置 不赴試京師 已十四年 今年秋 偶復入荊圍 見擯而歸 作詩自嘲」

6) 河百源, 『圭南文集』卷1, 「錦江舟中」, …… 長年休問我行色 我自西來恣勝遊.

네.'7)라고 읊는다든지, '그릇된 계산은 한갓 수고롭게 동이를 부수고, 벼슬
살이 내침을 입음에 산에 돌아오기 좋네.'8)라고 하여 시문을 통하여 자신
의 감정을 나타내 보여준다. 수학기부터 가졌던 청운의 꿈이 이루어지지
않았으니 실망감이 컸을 것인데, 세속적인 삶을 잠시 접고자 하는 생각을
시문에 담았다. 또한 시문을 통해서 보자면, 특히 先人들이 남긴 역사적
현장감이 느껴지는 유적지를 유관하면서 회고하기도 하는데, 송파, 홍경
원, 해인사, 물염정, 대학암 등을 손꼽을 수 있다.

　출사기는 천거로 벼슬을 하기 시작한 54세부터 62세에 충남 보령으로
유배가기 이전까지를 이른다. 51세 때 경명행수로 천거받은 하백원은 54
세 때 추천으로 昌陵參奉에 임명된다. 그후 禁府都事(56세)·順陵直長(57
세)·司饔院 主簿·刑曹佐郎(58세)·宗廟令·慶基殿令(60세), 石城縣監(61세) 등
을 역임한다. 이와 같이 고향을 떠나 타향에서 벼슬을 했던 때인지라 이
시기 시문 내용을 보면, '나그네 의식'이 유달리 강했던 것으로 나타난다.9)
또한 관직에 몸담은지라 여러 곳을 마음대로 유관할 수 있는 여유를 찾지
못할 수도 있었다. 그럼에도 불구하고 시제에 의하면, 沒音峙, 壺山, 市津,
錦江, 圓峴, 草浦, 暮老院, 扶餘, 落花巖, 唐碑, 皐蘭寺, 夢賚亭, 廣倉, 津寬寺
등등의 유·무명의 지명이 거론되어 유관했던 곳임을 알게 한다. 특히, 이
들 중에서 부여, 낙화암, 당비, 고란사 등은 역사적 현장감이 남아 있는 곳

---

7) 河百源, 『圭南文集』卷1, 「下第南還 偶拈寒水齋集中韻 寄水舘子李季問學在」,
　　…… 萬事因循違素志 萬事因循違素志 …….
8) 河百源, 『圭南文集』卷1, 「下第南還 偶拈寒水齋集中韻 寄水舘子李季問學在」,
　　…… 謬筭徒勞仍破甕 公車被放好還山 …….
9) 河百源, 『圭南文集』卷1, 「失睡」, …… 羈旅苦難平 …… / 卷1, 「夜坐遣懷」, ……
　　絺葛驚霜知久客 …… / 卷1, 「草浦途中」, …… 旅思若爲歡 …… / 卷1, 「除夕」,
　　…… 浮生元是客 …… /『卷1, 「雲水道中潦水甚漲時余下鄕還京」, …… 客子困西
　　征 …… / 卷1, 「次明寢李好能述懷韻」, …… 羈愁獨與殘燈語 …… / 卷1, 「平洞夜
　　坐」, …… 逢秋遠客獨登樓 …… / 卷1, 「義禁府蓮亭謹次佔畢齋韻」, …… 羈禽若
　　憶林棲好 …… / 卷1, 「平洞夜坐與李季問共賦」, …… 久客身空在 …… / 卷1, 「直
　　金吾夜」, …… 西風客未歸 …… / 卷1, 「生朝有感」, …… 却欣八載離鄕客 …….

으로도 잘 알려져 있다. 역사현장을 유관하며 타향에서의 쓸쓸함을 달래는
가 하면, 옛 일을 회고하며 현재의 삶을 되돌아보았을 것으로 생각한다.

유배기는 62세부터 63세 때까지를 이른다. 충청도 보령현으로 유배를
간 하백원은 처음에는 모든 것이 낯설었다. 그래서 '늙은이 신성현에 유배
당하여, 궁한 마을에 귀신처럼 앉아 문 걸었네.'[10]라고 하여 외부와 왕래
가 없었음을 알려주고 있다. 그러나 이러한 생각도 잠시 뿐 곧바로 뒤이어
'그윽한 생각 초초히 날지 못함 애석하여, 억지로 높은 곳에 올라 멀리 바
라보고자 하네. 평옹과 광우 원래 함께 어울려, 약속한 날 신발 다스려 내
키는 대로 실컷 놀았네.'[11] 라고 읊는다. 스스로도 죄를 지어 유배 온 몸인
지라 위축될 수밖에 없어서 초조하게 지내고 있던 중에 유배지에서 사귄
친구들과 함께 실컷 놀았노라고 하였다. 타향인데다가 유배지이기 때문에
위축되는 것은 당연하다. 그러나 현지인들의 물심양면 도움으로 서서히 안
정을 찾아가는 모습을 엿볼 수 있다. 그리하여 여러 곳을 유관하기에 이르
는데, 시제에 드러난 장소로는 黃鶴樓, 永保亭, 聖住山, 冠巖 등이다. 물론
이러한 곳 또한 역사적인 현장감을 갖고 있다. 역사적 현장을 중심으로 답
사하며, 옛 일을 회고하는 가운데 시문을 통하여 소회와 의식 등을 나타내
보여 주었다.

3. 회고적 경향의 시적 전개

여행을 하게 될 때는 여러 계기가 작용한다. 자율적으로 心懷를 달래보
려는 의도에서 이루어지기도 하지만, 때로는 타율에 의해 일상적 삶을 벗

---

10) 河百源, 『圭南文集』卷1, 「聖住山紀行」, 老夫謫居新城縣 窮閭鬼坐關門扇 …….
11) 河百源, 『圭南文集』卷1, 「聖住山紀行」, …… 幽思悄悄各不飛 强欲登高騁睇眄
　　平翁光友元同調 約日理屐恣遊衍 …….

어나 새로운 세계를 접해보기도 한다. 이렇듯 그 계기는 다양하지만, 기행 중에 읊은 시문은 온전히 작가의 것으로 남아 작자의 내면세계를 들여다 볼 수 있는 가능성을 열어준다. 가령, 기행시 속에 무슨 내용을 주로 담고 있는가? 아니면, 기행시가 대상으로 한 것은 무엇인가? 등등의 것을 통하여 기행시를 읊은 작자의 지향 의도 등도 알아낼 수 있다는 말이다. 이러한 이유로 하백원이 기행시에서 읊은 회고의 대상을 알아보는 것은 단편적이나마 그의 지향 의식까지 읽을 수 있어 유익하다고 본다.

하백원의 기행시에 나타난 회고 대상은 첫째 先祖, 둘째 先師, 그리고 셋째 역사 현장을 통한 역사적 사실 등 세 부류로 나누어 볼 수 있다. 이들 중 특히, 첫째와 둘째는 인물을 회고한 것으로 개인사적인 부분이 가미되었다고 할 수 있다.

먼저 선조를 회고의 대상으로 읊은 작품을 들어본다.

寺門長向石泉開	절문은 멀리 석간수 향해 열려있는데
廢址重新淨掃埃	폐허된 터 중건하여 먼지 쓸어 깨끗하네
三世眞容曾揭此	세 분의 진짜 용모 이곳에 걸려 있었는데
群賢遺墨獨傳來	뭇 현인이 남긴 글씨만 홀로 전하여 오네
至今杖屨留芬馥	지금도 지팡이와 신발엔 향기 머무르는데
伊昔衣冠已劫灰	옛날의 의복과 관은 이미 불에 탔다네
小子科名餘慶在	소자 과거에 급제하여 남은 경사 있기에
感懷斜日强登臺[12]	해 기울자 마음에 느낌 일어 힘써 누대 오르네

시제에 의하면, 응석사라는 사찰에서 다른 사람이 이미 지은 시문의 운을 이은 것으로 되어 있다. 먼저 수련에서는 절의 외형적 모습과 아울러 폐허되었던 것을 중건했다는 역사적 사실 등을 알려주고 있으며, 함련에서는 사찰에 걸려져 있던 세 분의 선조 진상이 지금은 사라지고, 많은 현인

---

12) 河百源, 『圭南文集』卷1, 「凝石寺謹次先祖影堂韻」

들의 시문만이 남아있음을 전하고 있다. 경련에서는 과거의 의복과 관 등
은 비록 사라졌지만, 그 때의 향기만은 머물러 있다라고 하며, 과거와 현
재 상황을 서로 대비하였다. 그리고 마지막 미련에서는 응석사를 오게 된
계기를 은밀히 보여주며, 선조의 자취를 느낄 수 있는 곳에 오게 된 감회
를 토로하였다. 위 시의 小序에 이르기를 '내가 과거에 급제하고 진양에
도착하여 선조의 묘를 쓸고, 곧바로 응석사에 들어갔다. 그 절에는 옛날에
송헌·태헌·목옹 삼세의 진상이 있었으나 임진·계사년 사이의 병화로 인하
여 보존되지 못하고, 다만 당시 유명한 석학들이 진상을 칭찬한 여러 편의
시만 있었다. 중간에 응석사의 루를 다시 새롭게 하여 진상을 걸어 놓았기
에 문지르며 감격하여 울면서 삼가 남은 운을 잇다.'[13) 라고 하였다. 소서
를 통해서 보자면, 작자는 과거 시험에 급제하고 난 뒤에 선조의 묘를 찾
게 되었고, 곧바로 선조인 松軒 河楫·苔軒 河允源·木翁 河自宗 등의 진상
이 있는 응석사라는 사찰을 찾은 것으로 되어 있다. 그런데 그때 사찰의
진상은 이미 임진란의 화를 입어 없어진 상태였고, 진상을 칭찬한 시만 남
아 있어 감격하며 시의 운을 이었노라고 하였다.

경남 진주의 집현산에 자리한 응석사는 해인사의 말사로 554년(신라 진
흥왕15)에 연기조사가 창건한 것으로 알려져 있다. 그후 고려 말 나옹 혜
근과 무학 자초 등과 같은 유명한 大師들이 머물렀으며, 조선시대에는 사
명 유정, 진묵 일옥 등과 같은 당대 명성을 떨친 선사들이 수도했던 곳이
기도 하다. 그런데, 임진란이 일어나자 왜병들이 방화를 하게 되었고, 이로
인하여 대웅전을 비롯한 많은 건물들이 燒失되는 화를 당하고 만 것이다.
영조 때에 이르러 중수하여 복원의 노력을 기울이기는 하였지만, 건물 안
에 소장된 문화 유물을 다시 원상회복할 수는 없었다. 하백원 자신이 소서
를 통해 안타까워하는 진상 또한 임진란의 화를 피하지 못하고 사라진 것

---

13) 河百源, 『圭南文集』卷1, 「凝石寺謹次先祖影堂韻」小序, 余忝蓮榜到晉陽 掃先墓
    仍入凝石寺 寺舊有松軒苔軒木翁三世眞像 而壬癸間因兵燹 不保 只有當時名碩贊
    像諸詩在焉 中歲重新寺樓而揭之 摩挲感涕謹 次遺韻.

이라고 할 수 있다. 진상의 주인공인 하즙, 하윤원, 하자종 등은 고려 말의 인물들이기에 하백원 자신과의 시간적 차이는 많지만, 선조를 숭배하는 정신은 물리적인 요소와는 무관한 듯 회고하며 감격해하고 있다. 그러나 감정의 상태를 직접 엿보이지는 않았다.

반면, 다음 작품은 선조가 왕래했던 자취를 지나치며 감회에 젖는데, 감정을 직접 드러내 보이고 있다.

村居寥落客增悲	마을이 쓸쓸함에 객의 슬픔 더하니
窮巷無人萬木垂	궁벽한 뒷골목엔 만목이 드리워져 있네
吾祖當年來憩地	우리 조상이 당년에 와서 쉰 땅을
屛孫停馬故遲遲14)	못난 자손이 말 머물러 더디더디 하네

두 작품 중 첫 번째 시문을 인용하였다. 시제에 의하면, 任實의 九皐村이라는 마을을 지나다가 느낌이 일어 작품을 지은 것으로 되어 있다. 그리고 소서에서 '구고촌은 나의 고조 비 박씨가 나서 자란 땅으로 고조할아버지인 伴鶴公이 일찍이 왕래했던 곳이다.'15)라고 하며, 구고촌이 작자 자신과 전혀 무관하지 않음을 개인사적인 인연을 들어 알려주고 있다. 반학공은 작자 하백원의 고조부인 河聖龜를 가리키는데, 尤菴 宋時烈과 農巖 金昌協을 스승으로 모시고 문하에 드나들었던 것으로 알려져 있다. 즉, 구고촌은 하성귀의 처가가 있는 곳으로 작자는 현재 그 마을을 지나다가 느낌이 일어 情懷를 시문으로 옮긴 것이다. 시문에 흐르는 전반적인 情調는 슬픔이라고 할 수 있다. 기구에서부터 쓸쓸한 마을로 인하여 객의 슬픔은 한층 더하고 있는데, 인적 없는 골목에는 나무만이 드리워져 있다라고 하여 구고촌의 분위기가 어떠함을 알려주고 있다. 전구와 결구에서는 과거와 현

---

14) 河百源, 『圭南文集』卷1, 「過任實九皐村有感」중 첫 번째 작품.
15) 河百源, 『圭南文集』卷1, 「過任實九皐村有感」小序, 村 我高祖妣朴氏 生長之地 而 高王考伴鶴公 所嘗往來處也.

재를 대비하며, 과거 선조의 모습에 비할 때 현재 자신은 초라할 뿐임을 보여주었다. 두 번째 작품 또한 '채찍 드리우고 말 가는대로 맑은 시내 건너니, 해 질 무렵 고목에 쓸쓸한 연기 이네. 청산을 다 다녀도 사람들 보이지 않으니, 마음이 근심스러운 줄을 누가 알겠는가.'[16]라고 하여 정조면에서 첫 번째 시문과 큰 차이를 드러내 보이고 있지는 않다.

하백원의 본관은 진주로 선조들이 여말선초에 일찍이 정계에 진출하여 河崙, 河演과 같은 인물들을 배출하는 등 뚜렷한 발자취를 남겼다. 그러나 한동안 맥이 끊어지는 듯하였으나 17세기 초반쯤에 錦沙 河潤九가 오늘날 全南 和順郡 二西面 野沙里에 터를 잡으며, 문과에 합격하여 중앙 정계에서 이름을 알리게 되었다. 이후 하백원의 고조부인 하성귀를 뒤이어 증조부인 屛巖 河永淸은 文學과 行誼로 세상에 드러나는 등 名望을 끊임없이 이어가고 있었다. 그런데, 이러한 선조들과 대비할 때 의지를 마음대로 펼수 없는 하백원 자신은 초라할 뿐이라고 생각한 것이다. 따라서 선조들의 자취가 숨어있는 곳을 기행하며, 시문을 통하여 그러한 감정의 상태를 그대로 전해주고 있다. 이는 당시 향촌에 머물며 뜻을 펴지 못하던 儒者의 한 단면을 보여주는 것이기도 하다.

하백원은 21세에 性潭 宋煥箕를 찾아가 제자의 예를 갖춘다. 하백원의 고향과 송환기가 살고 있던 곳은 그리 가까운 거리가 아님에도 불구하고 不遠千里하고 찾아가 제자의 예를 갖춘 것은 순전히 부친 河鎭星의 遺命을 따른 것이라고 할 수 있다. 송환기는 송시열 → 權尙夏 → 韓元震 → 宋能相으로 이어진 老論의 湖論系 학맥을 이은 문인으로 알려져 있다. 즉, 당시 송시열의 가학적 학맥을 이은 송환기에게 많은 문인들이 모여들었는데, 하백원도 그 문인 중 한 사람이 되어 유학을 배웠음을 알 수 있다.[17] 이는 유학의 정통성을 찾아 이어가보려는 노력을 보여준 것이기도 하다.

---

16) 河百源, 『圭南文集』卷1, 「過任實九皐村有感」중 두 번째 작품, 垂鞭信馬度淸溪 古木寒烟日暮時 行盡靑山人不見 心懷悄悄有誰知.

17) 박명희, 앞 논문, 163쪽.

이러한 노력은 비단 전해져오던 문헌을 통해서만 행해진 것은 아니고, 先師들의 혼적을 느낄 수 있는 장소를 찾아 감으로서 실현하였다.

먼저 송환기를 스승으로 모시기 위하여 가던 중에 송시열의 묘소를 찾아 배알하고 지은 시문의 일부분을 들어보면 다음과 같다.

(省略)	
天回庚戌運	하늘이 경술의 운을 돌려
氣萃丁未歲	기운이 정미년에 모이네
生出宋夫子	하늘이 우암 선생을 탄생시키니
節學幸復繼	절의와 학문 다행히 다시 이어졌네
(中略)	
餘教至今在	남은 가르침 지금까지 있으니
後學爭慕仰	후학들 다투어 그리워하며 우러러보네
小子尤有甚	소자는 더욱 심함이 있으니
往事俾可忘	지난 일을 잊게 할 수 있을까
憶曾高王考	생각하면 일찍이 고조할아버지께서
受敎蘇湖上	소호 위에서 가르침을 받았다네
孱孫亦賴斯	못난 자손 또한 이에 힘입어
庶不失趨向	나아갈 바를 거의 잃지 않았네
潭上從師日	물가 위에서 스승을 좇는 날
卜得華陽行	점을 쳐서 화양동을 갔었지
曉發興農洞	새벽에 홍농동을 출발하여
暮向靑川程	해 질 무렵 청천길을 향하였네
寂寞鷹山下	적막한 응산 아래에서
展拜先生塋	선생의 무덤 앞에 펴고 절하였네
(省略)	
大老世已遠	큰 늙은이 세상과 이미 멀어지니
末路空躑躅	끝 길에서 공연히 머뭇머뭇하네
無緣覩德容	덕스러운 모습 뵈올 길이 없으니

聊復誦遺書	애오라지 남긴 글을 다시 외우네
籓鍵雖莫測	큰 키와 열쇠 헤아릴 수는 없지만
膏馥尙可茹	은혜와 향기는 헤아릴 수 있구나
櫚管寓曠感	오랜 세월의 소감을 붙이노니
詞短意有餘18)	말은 짧으나 뜻은 남음이 있네

시문의 서두에 언급한 경술년은 중국 송의 朱熹가 탄생한 해(1130년)이고, 정미년은 송시열이 탄생한 해(1607년)로 주희의 뒤를 이은 사람이 바로 송시열임을 은연 중에 나타내 보여주었다. 그런데, 작자가 탄생했을 때 송시열은 이미 세상을 뜬 상태였기에 직접 가르침을 받을 수는 없었지만, 그의 遺訓은 후대인들에게 남아 있어 후학들이 존경하며 앞다투어 가르침을 받으려고 하며, 그 중에서도 작자 자신은 더욱 더 심함이 있음을 언급하였다. 그러면서 지난 일을 회고하기 시작하는데, 고조할아버지인 하성귀가 송시열에게서 가르침을 받았던 일부터 떠올린다. 그리고는 곧바로 자신이 송환기를 스승으로 모시던 날 송시열이 살아생전에 기거했던 곳인 華陽洞으로 갔던 일을 회상하며, 겸하여 묘소를 알현한 일을 말하였다. 이미 세상을 떠난 송시열을 '大老'라고 지칭하며, 더 이상 뵐 수 없음을 안타까워하는가 하면, 남긴 글이나마 외우고 있는 현재 자신의 처지를 되돌아보고 있다.

다음 시문 또한 송시열을 회고하며 지은 작품이라고 할 수 있다.

荊湖千石恨	형호의 많은 돌들의 한이여
痛哭此登臨	이곳에 올라 통곡을 하네
江心留不轉	강 마음 머물러 흐르지 않으니
澗壁亦哀吟19)	시내 벼랑도 슬피 읊조리네

---

18) 河百源, 『圭南文集』卷1, 「謁尤菴先生墓」

19) 河百源, 『圭南文集』卷1, 「泣弓巖謹次尤菴先生韻」

泣弓巖에서 지은 작품으로 송시열 시문의 운을 이었다라고 하지만, 마치 송시열의 입장이 되어 바위에서 슬피 우는 모습을 재현한 듯하다. 읍궁암은 華陽九曲 중 제3곡으로 孝宗이 북벌정책을 펴다가 승하하면서 그만 좌절되자 그것을 크게 슬퍼하여 새벽마다 한양을 향하여 활처럼 엎드려 통곡하였다는 유래를 담고 있는 곳이다. 위 시는 이러한 깊은 유래를 담고 있는 바위에서 북쪽을 향해 슬피 울었을 송시열을 회고하며, 작자 자신도 뜻을 함께 함을 간접적 내비치었다.

다음은 송준길이 세운 누각인 玉溜閣에서 지은 작품으로 선사의 흔적을 찾으려는 노력은 앞의 시문들과 일맥상통한다.

絶峽憑危閣	끊어진 골짜기에 위태로운 누각이 기대어
疎松蔭右臺	성근 소나무 누대의 오른쪽을 그늘 지웠네
前賢有遺躅	앞 현인의 남은 자취 있고
幽逕長新苔	아득한 길에 새로운 이끼 자라네
嶽色春猶雪	산 빛은 봄인데도 눈이 있고
泉聲夜轉雷	샘소리는 밤에 더욱 요란하네
淸湍流戞玉	맑은 여울은 옥을 굴리 듯 흐르니
知有活源來[20]	펄펄 솟는 근원이 있음을 알겠네

송준길은 李珥·金長生 등의 문인으로 한때 북벌계획에도 참여하였고, 학문적으로는 송시열과 같은 경향의 성리학자로 알려져 있다. 옥류각은 1639년에 송준길이 세운 누각으로 앞의 골짜기가 '옥같이 맑은 물이 흐른다'라고 하여 '玉溜'라고 지었다라고 한다. 하백원이 이러한 옥류각을 찾은 근본적인 이유는 유학을 익히고자 하는 학자적 자세에서 나왔다고 할 수 있다. 시문의 수련은 옥류각 주변의 승경을 그렸고, 함련을 통해서는 그러한 누각에는 아직도 현인의 발자취가 남아 있다라고 하며, 송준길의

---

20) 河百源, 『圭南文集』卷1, 「玉溜閣謹次同春先生韻」

흔적을 회고하였다. 그리고 경련에서 또 다시 누각 주변의 경치를 현상적으로 보여주려 하였고, 마지막 미련에서는 옥을 굴리듯이 흐르는 맑은 여울에서 끊임없이 샘솟는 근원이 있음을 알겠노라고 하며 시문을 끝맺었다. 옛 자취를 더듬어 그것을 이어가고자 하는 자세가 엿보이는 작품이라고 할 수 있다.

이상 선사들이 남긴 자취를 찾아 그들을 회고하는 시문을 살폈다. 이러한 작품들은 대체로 하백원이 수학기에 접어들어 지은 것으로 나타나는데, 학문에 입문하는 입장에서 평소 학문적으로 흠모하던 대상을 찾아 그들이 남긴 발자취를 더듬어가며 앞으로의 자세를 가다듬는 계기로 삼았을 것으로 생각한다.

하백원은 우리 역사에 대한 관심을 구체적이고 체계적으로 나타내지는 않았다. 그렇지만, '대개 유학자로서 이름을 얻으려고 한다면 經術도 밝아야 하고, 史學에도 박식해야 한다. …… 우리나라 사람으로서 우리나라의 옛 일을 알지 못한다면, 또한 무식을 면하지 못한다.'[21]라는 단편적인 언급에서 역사를 경술과 같은 위치에 놓고 있으며, 특히 우리 역사를 소중하게 생각하고 학문을 하는 사람이라면 반드시 알아야 하는 것으로 인식했음을 알 수 있다. 이러한 인식은 단순히 인식에서 그치지 않고, 실제로 역사 현장을 유관한 것으로 본다면, 실천적인 측면이 강하다라고 할 수 있다. 그 실천적인 측면은 시문을 통하여 구체적으로 나타내 보여주는데, 시제「松坡碑」, 「過弘慶院」, 「扶餘懷古」, 「落花巖」, 「唐碑」, 「皐蘭寺」, 「過夢賚亭不得登臨」, 「舟到冠巖巖是金將軍成雨征倭時免冑處」 등이 이에 해당한다. 많은 작품 수는 아니지만, 어떤 역사에 관심이 있었으며, 역사인식이 어떠했는가 등을 알게 하는 중요한 단서를 제공해주고 있다.

먼저 역사 현장에서 단순히 옛 일을 회고하는 작품을 들어본다.

---

21) 河百源, 『圭南文集』卷2, 「寄子演瀷戊戌正月」, 盖名爲儒者 經術不可不明 史學不可不博 …… 且以東方之人 全昧東方故事 則亦未免無識…….

古寺遺墟在	옛 절에 남은 터 있으니
殘碑秋草多	쇠잔한 비에 가을 풀만 덥수룩
前塵問啼鳥	앞 세상일을 우는 새에게 묻고
落日駐征騾	해 떨어지자 가던 노새 멈추네
野濶雲垂地	들이 넓음에 구름이 땅에 드리우고
橋危水沒沙	다리가 위태로워 물이 모래로 빠져드네
迢迢南去路	멀리 남쪽으로 가는 길이여
今夜宿誰家22)	오늘 밤 뉘 집에서 잘거나

弘慶院을 지나며 지은 작품이다. 홍경원은 충남 稷山에 위치한 사찰로 고려 현종 때에 이곳이 갈림길의 요충지인데다가 人家와 멀 뿐만 아니라 갈대숲이 들판에 가득하여 사람들이 자주 강도를 만나기에 절을 세워 '奉先弘慶寺'라 이르고, 또한 객관까지 세워 '廣緣通化院'이라 하여 지나가는 길손에게 양식을 제공하였다. 그런데, 명종 때에 망이·망소이 등이 난을 일으켜 홍경원을 불태워 승려 10여 명을 죽이는 사태가 일어난다. 이로써 사찰은 터만 남게 되었는데, 위 시는 폐허로 변해버린 홍경원을 지나며 감회가 일어 지은 작품이다. 수련에서부터 벌써 '쇠잔한 비'와 '가을 풀' 등을 언급하며, 황량함의 극치를 보여주고 있는데, 시의 분위기는 전체적으로 어두우며 미래에 대하여 확신하지 못하는 작자의 자세가 엿보인다.

이러한 시적 분위기는 부여를 유관하고 지은 다음의 작품들에서도 나타난다. 「暮渡錦江」이라는 작품의 소서에 의하면, '정유년에 刑獄을 다스리기 위하여 명을 받고 부여로 향하여 갔다.'23)라고 한 것으로 보아 부여를 간 목적은 단순한 유람을 하기 위함이 아니라 公務를 수행하기 위함임을 알 수 있다. 그러나 공무를 수행하던 중에 유관하며 시문도 남기는데, 「부여회고」, 「낙화암」, 「당비」, 「고란사」, 「과몽뢰정불득등림」 등이 이에 해

---

22) 河百源, 『圭南文集』卷1, 「過弘慶院」
23) 河百源, 『圭南文集』卷1, 「暮渡錦江」, 丁酉 ○ 時 以按獄事 承命 作扶餘行.

당한다. 이중 「부여회고」는 모두 세 수로 이루어져 있는데, 첫 번째 작품
을 들어본다.

百濟興亡事已灰　　　백제의 흥망사가 이미 재로 변하니
東風悒悵客停盃　　　동풍에 슬퍼 나그네 술잔 기울이네
龍爪留痕空赤血　　　용의 손톱은 붉은 피 흔적 남아있고
巖花無跡盡蒼苔　　　바위 꽃 푸른 이끼로 흔적조차 없구나
故國千年流水在　　　고국에 천 년 흐르는 물이 있는데
孤城落日早鴻哀　　　석양 외로운 성엔 이른 기러기 슬퍼하네
誰道馬江天設險　　　하늘이 백마강에 위태로움 베풀었다 뉘 말했나
君王曾醉自溫臺24)　　군왕은 취하기를 온대로부터 하였다네

　　부여는 한때 백제의 수도였던 곳이다. 한 나라의 중심지였기에 한창 번
화했던 때도 있었을 것인데, 현재 그러한 번성함은 찾을 길이 없다. 작자
는 이러한 내용을 작품의 처음부터 담았는데, 자신을 재로 변한 백제의 역
사를 생각하는 나그네로 전이시켜 보여주었다. 함련에서는 오랜 세월이 흘
렀지만 백제의 남긴 흔적을 찾아보며, 옛 일을 회고해 보고 있다. 그리고
경련에서는 나라는 비록 망했지만, 그동안 변함없이 도도히 흐르는 강을
들기도 하는데, 사람없는 성을 지키는 기러기조차 슬퍼한다라고 하며 쓸쓸
히 사라진 백제를 기리고 있다. 이러한 황량한 분위기는 '온조의 천년 나
라가, 반월성에 황량하여라. 번화함은 찾을 수 없고, 쓸쓸한 절엔 종소리만
있구나.'25)라고 읊은 두 번째 작품에서도 그대로 나타내 보여주고 있다.
이렇듯 시문을 통하여 백제의 멸망에 대한 성찰을 하는데, 그러면서 흔히
백제를 멸망시켰다고 여겨온 의자왕조차 위로의 대상이 된다라고 읊으며,

---

24) 河百源, 『圭南文集』卷1, 「扶餘懷古」중 첫 번째 작품.
25) 河百源, 『圭南文集』卷1, 「扶餘懷古」중 두 번째 작품, 溫祚千年國 荒涼半月城
　　繁華無覓處 蕭寺有鍾聲.

심지어 의자왕을 영웅의 위치에까지 올린다.[26] 그동안의 역사가 의자왕을 부정적으로 서술한 것과는 사뭇 다름을 알 수 있다. 즉, 작자는 역사 현장을 통해 옛 일을 생각하되 단순히 문헌적 역사 기록에 의존해 자신의 소회를 밝히지는 않았다.

다음 두 작품 또한 백제의 역사와 관련된 것이기는 하지만, 앞 작품처럼 옛 일을 회고하는 데에서 그친 것이 아니라 현재 상황과 대비하며 보여주고 있다.

① 息婦無言未足哀   슬퍼할 수도 없는 말없는 궁녀들
　　紅粧墮盡馬江隈   예쁘게 화장하고 백마강에 다 떨어졌네
　　巖花不識佳人恨   바위꽃 아름다운 사람의 한 모르고서
　　猶自年年向水開[27] 오히려 해마다 강물 향해 핀다네

② 江上孤菴勢似懸   강가의 외로운 암자 매달려있는 듯하니
　　樑間猶記濟王年   들보에 오히려 백제왕의 연도 기록되었네
　　居僧不管興亡事   절에서 사는 스님 흥망의 일 모르는 듯
　　滿地烟波相對眠[28] 땅 가득한 풍경을 대하며 졸고 있네

①과 ② 모두 扶蘇山을 대표하는 유적지로 ①은 백제 의자왕 시절 백제가 羅唐聯合軍의 침공으로 함락되자 궁녀 3천여 명이 백마강 바위 위에서 투신하여 죽었다고 하는 유래담을 담고 있는 落花巖을 대상으로 한 시이고, ②는 여러 異說을 가지고 있는 皐蘭寺를 시제로 읊은 것이다.

①의 기·승구에서는 많은 궁녀들이 백마강에 떨어졌던 당시를 회고하며, 강에 떨어지는 처참한 신세이지만 슬퍼할 수도 없었던 궁녀들의 처지

---

26) 河百源, 『圭南文集』卷1, 「扶餘懷古」중 세 번째 작품, 一盃上元酒 弔故義慈城 千載英雄恨 江流作怨聲.
27) 河百源, 『圭南文集』卷1, 「落花巖」
28) 河百源, 『圭南文集』卷1, 「皐蘭寺」

를 중점적으로 읊었다. 그러나 전·결구에서는 현재의 위치에서 낙화암을
바라보며, 과거 사람의 일을 전혀 알지 못하여 무심히도 백마강을 향해 있
음을 적었다. ②의 기·승구에서는 고란사가 있는 위치와 절의 들보에 적혀
져 있는 기록 연도 등 객관적인 사실을 언급하였고, 전·결구에서는 과거사
에 전혀 관심이 없는 듯한 스님을 바라보며 인생의 무상함을 간접적으로
보여주었다.

다음 작품은 부끄러운 과거 역사를 담은 삼전도비를 유관한 후 지은 것
으로 청에 대한 인식의 단면을 볼 수도 있다.

深恥當年堅此碑	그 해에 이 비가 세워짐 깊이 부끄러워하여
看來憤氣欲揮椎	보고 온 분한 기운 휘둘러 치고자 하네
如今不願工文墨	지금 글 잘 짓는 것 원하지 않으니
恐値金人勒石時29)	청나라에 항복비문을 지을까 두려워서네

이 작품이 지어진 시기는 명확히 알 수 없지만, 한양에 과거시험을 치르
러 갔다가 松坡碑를 둘러보고 읊은 것으로 생각된다. 송파비는 현재 서울
특별시 송파구 석촌동에 있는데, 三田渡에 세운 비라고 하여 '三田渡碑'라
고도 하며, 청나라 太宗이 세운 비라는 의미에서 '淸太宗功德碑'라고도 이
르기도 하는데, 구체적인 이름은 '大淸皇帝功德碑'이다. 1636년 병자년에
청나라 태종이 조선을 형제의 나라로 생각하니 서로가 禮遇로써 대하자고
요청하였다. 그러나 당시는 한족인 명을 멸망시키고 여진족이 세운 청에
대한 반감이 극에 달했던 시기였기 때문에 그러한 청의 요청을 쉽게 받아
들일 리 만무하였다. 백성들은 물론이거니와 조정의 신하들 또한 그동안
오랑캐로만 여겨온 여진족과 형제의 관계를 맺는다는 것은 상상할 수조차
없는 치욕적인 일로 여겼기 때문이다. 따라서 조선은 당연히 청나라의 요

---

29) 河百源, 『圭南文集』卷1, 「松坡碑」

청을 거부할 수밖에 없었고, 청 태종은 이에 격분하여 20만 대군을 이끌고
조선을 쳐들어왔다. 그러나 많은 군사를 이끌고 쳐들어온 청을 당해낼 수
는 없었기에 인조는 궁을 버리고 남한산성까지 몽진을 가게 되었고, 청군
이 남한산성을 포위한 지 대략 45일 만에 항복을 하게 되었다. 그리하여
이를 기념한다는 의미에서 청의 강요에 못 이기어 비를 세우게 되었다.

위의 시는 이렇게 하여 세워진 삼전도비를 읊은 것으로 기·승구에서는
부끄러운 과거의 역사를 담고 있기에 분한 기운이 일어 비를 치고 싶다고
하였다. 격한 감정의 상태를 그대로 시 내용에 담았다고 할 수 있다. 그리
고 전·결구에서는 혹시 글을 잘 짓게 된다면, 또다시 청의 비문을 지을 수
도 있기에 名文家가 되기를 원하지 않는다라고 하였다. 이는 당시 張維·李
慶全·趙希逸·李景奭 등의 문장가에게 삼전도비를 짓게 하였는데, 네 사람
모두 여러 핑계를 대며 사양하였던 분위기를 간접적으로 회고한 부분이기
도 하다. 즉, 문장가가 된다면 두 번 또 이러한 치욕적인 글을 지을 수도 있
기에 자신은 글 잘 짓는 사람이 되고 싶지 않음을 역설적으로 보여주었다.

4. 시적 전개의 志向과 의미

지금까지 하백원이 유관 후 지은 기행시의 회고적 경향에 대하여 살폈
다. 그 회고의 대상은 선조와 선사, 그리고 역사유적지 등으로 대별할 수
있었는데, 생애사적인 측면에서 이러한 대상들은 경계 구분이 가능하다.
가령, 선조와 선사를 회고한 시는 수학기에 주로 지어졌고, 역사유적지를
답사한 후 역사를 회고하는 작품은 학문발전기 이후부터 창작했다는 점에
서이다. 이는 수학기는 학문에 입문한 시기로 마음 자세도 새롭게 가다듬
어야 하기 때문에 그러한 측면에서 옛 조상이나 영향을 준 직·간접적인 스
승에 대한 예를 갖출 필요가 있었을 것이고, 그 이후 학문발전기부터서는

이러한 측면에서 자유로웠던 것으로 판단된다.

그렇다면, 하백원은 회고적인 기행시를 통하여 무엇을 志向했을까? 이는 당시 사회적, 학문적, 지리적 관념 등의 여러 문제와 관련되어 있어 간단히 언급할 것은 아니다.

첫째, 선조의 회고는 자신의 '뿌리찾기'와 관련된 것으로 조선후기 門中을 중요시하고, 家門을 숭상하는 풍조와 무관치 않은 듯하다. 당시 사회는 정치적으로 당쟁이 전개되어 어느 인물과의 관련으로 인해 흥하느냐 몰하느냐의 기로에 있었다. 그러한 여건에서 이해 관계가 같은 씨족간의 유대는 물론 씨족 내에서의 결속이 그 어느 때보다도 중요시되었다.[30] 따라서 앞 다투어 자신의 선조를 모시는 사당이나 서원을 건립하고, 족보를 간행하는 등 여러 가지 사업을 통하여 조상 숭배의 의지를 다하였다. 선조가 남긴 발자취를 더듬어 그 유적을 찾고, 회고하는 일 또한 마찬가지로 당시 이러한 사회적인 분위기와 전혀 무관한 것은 아닐 것으로 생각한다.

고려 말 중국 송의 주자학이 유입된 이래 조선의 유학은 주자학이 本流의 위치를 차지하며, 면면히 흘러 여타의 학문은 용인하지 못하는 분위기로까지 가게 되었다. 그러던 것이 조선후기에 이르면 분위기가 사뭇 달라지며, 학문적 異見이 속출하였다. 당파에 따라서 각각 견해를 달리함은 물론이거니와 같은 당파 내에서도 생각을 달리하는 사람들이 있어서 학문적인 논쟁이 끊임없이 이어졌다. 그 대표적인 것이 人物性同異에 관한 논쟁 [湖洛論爭]으로 하백원 또한 그러한 분위기를 잘 알고 있었으나 湖論과 洛論 어느 쪽도 동조하지 않는다. 그러면서 '지엽적인 문장의 의미를 번쇄하게 파고들어 서로 논쟁의 실마리를 일으키고 학파를 분열시켜 비난하기를 멈추지 않으니 근래의 호론과 낙론은 매우 한심스럽다'[31]라고 하여 결

---

30) 이희환, 「조선말기의 旌閭와 家門 숭상의 풍조」, 『조선시대사학보』7집, 조선시대사학회, 2001, 158쪽.

31) 河百源, 『圭南文集』卷2, 「與兪金化」, 區區文義之末 互起爭端 分裂門戶 詆訾不已 近日湖洛之論 實有大可寒心者矣.

국 둘 모두를 비판하기에 이른다. 학문의 본질은 왜곡한 채 지엽적인 문제
에 매달려 논쟁만 일삼는 모습이 한심스럽게 보였던 것이다. 이러한 학문
적 왜곡은 마치 유학을 흐리게 하는 요소로 인정하며, 이는 유학의 본류인
주자학을 侵害하는 행위로 간주할 뿐만 아니라 주자학의 정통을 이은 정
신적 스승인 송시열에 대항하는 행위로밖에 볼 수 없었다. 따라서 송시열
의 묘를 답사하고 지은 회고의 시문에서 '도는 커서 담을 수가 없는데, 뭇
사특한 무리들이 다투어 독을 피우네. 더구나 다시 문과 담장 안에서, 싸
움하여 욕보이는 행위를 방자히 했다네. 일월이 비록 이지러짐이 없을지라
도, 세상의 도가 어찌 그리 각박한가.'32)라고 읊을 수밖에 없었던 것이다.

둘째, 하백원이 선고의 유적을 더듬어 가며 회고의 시문을 남긴 이유도 같
은 맥락에서 바라볼 수 있는데, 점차 침체되어가는 듯한 주자학을 다시 한
번 회복하고자 하는 간절한 소망이 담겨져 있다고 할 수 있다.

셋째, 하백원이 역사 유적지를 답사한 것은 조선 국토에 대한 지리적 관
념이 내재해 있었기 때문에 가능했다고 할 수 있다. 주지하다시피 하백원
은 30대 초반에 '朝鮮全圖'와 8道의 지도로 구성된 9폭의 '동국지도' 등을
제작하였다. 그리고 지도를 완성한 후 다음과 같이 읊기도 하였다.

披圖寧歎小吾東	지도 펴고 어찌 우리나라 작음을 탄식하랴
千載檀箕尙有風	천년의 단군 기자의 유풍이 오히려 남아있네
山連渤海關防壯	산은 발해에 이어져 관문이 웅장하고
地擅膏腴歲穀豊33)	땅은 기름져 해마다 곡식이 풍요롭다네

우리나라가 비록 작은 땅덩어리라고 할 수 있지만, 아직도 단군과 기자
의 유풍이 그대로 남아있기에 작음을 탄식할 수만은 없다라고 하였다. 뿐

---

32) 河百源, 『圭南文集』卷1, 「謁尤菴先生墓」, 道大莫能容 群邪爭逞毒 況復門墻裏 戈
　　戟恣侵辱 日月雖無傷 世道何蹇剝.
33) 河百源, 『圭南文集』卷1, 「東國地圖成與吳大彦拈韻共賦」

만 아니라 국토의 영역을 멀리 발해의 영토까지 바라보며, 비록 지도이지
만 국토를 바라보는 시야를 확장하고 있다.

지도를 제작하는 일은 당시 유행처럼 번지고 있었는데, 지도의 제작과
유통은 국토와 공간을 재인식하는 계기를 주었고, 세계를 바라보는 눈을
새롭게 하였다. 그런데다가 당시 조정은 중국과의 빈번한 교유와 새로운
문화적 기류에 호응하여 세계지도와 동아시아지도를 제작하여 유포시킴으
로써 국토지리와 공간을 구체적으로 인식하는 분위기를 확산시켰다.34) 즉,
그동안 관념적으로만 국토를 바라보던 시각에서 벗어나 국토를 구체적으
로 바라보게 되었고, 그동안 이념의 굴레에서 벗어나지 못했던 산수관도
점차 바뀌는 추세로 흘러갔다. 산수를 이념적으로 바라보는 시각은 조선을
통틀어 지속적으로 이어졌는데, 조선후기에 이르면 이에 대한 시각의 변모
를 겪는다. 즉, 산수는 더 이상 심성을 도야하는 도피처도 아니고, 거기에
서 道體를 발견할 수도 없다고 판단하기에 이른 것이다. 하백원이 역사 유
적지를 답사한 것도 산수 유람이라고 할 수 있는데, 남긴 시문을 통해서
보자면, 어디에도 그 이전의 성리학자들이 자주 언급한 도는 찾아볼 수가
없다. 다만, 유적지를 통하여 역사를 회고하며, 옛 일의 감회에 젖을 뿐인
것이다. 이에 주목을 요하는 부분은 백제의 유적지를 돌아다본 것이다. 역
사의 흐름으로 보자면, 백제는 망한 나라이기에 관심 밖으로 밀려날 수밖
에 없었다. 그럼에도 불구하고 하백원은 백제의 유적지를 더듬으며 감회에
젖고, 과거와 현재를 대비하여 보기도 한다. 이러한 유적지 기행은 그동안
잊혀졌던 국토의 공간을 실제로 돌아다보며, 그곳에서 역사를 알아보려는
노력의 또 다른 모습이라고 할 수 있겠다.

넷째, 역사 유적지를 되돌아보며, 반청의 의지를 다지고 있다는 점인데,
이는 華夷觀과도 관련되는 문제이다. 화이관이란 중국의 천자를 정점에 두

---

34) 진재교, 「이조후기 문예의 교섭과 공간의 재발견」, 『한문교육연구』21, 한국한
    문교육학회, 2003, 501~502쪽 참조.

는 세계관 또는 상하관계적인 국제질서의 개념으로 주자학 계열에서는 이전의 小中華 의식에 尊明事大의식의 강화와 對淸 적대의식의 증대라는 요소가 첨가되어 화이관이 더욱 강고해졌다.[35] 즉, 주자학계열에서는 소중화 의식 → 존명사대주의의 강화 → 대청 적대의식의 증대 등과 같이 중국을 대하는 시각이 변모해갔던 것이다. 하백원이 가지고 있는 청에 대한 반감은 이러한 학문적인 경향과 연관된 것으로 삼전도비가 세워진 송파를 답사하고 지은 시문 「松坡碑」를 통하여 간단하나마 그러한 자신의 소견을 밝혔다. 하백원 대에 오면, 北伐은 이제 공허한 메아리일 뿐 실현 가능성 없는 것으로 판단하기에 이르렀고, 한편 청에 대한 반감은 많은 이들이 가진 보편적인 것으로 인식하였다. 이러한 청에 대한 반감은 결국 그동안 소중화로만 여겨왔던 조선을 중화로 생각하는 계기를 만들어 주었는데, 하백원의 다음과 같은 언급은 시사하는 바가 크다.

> 대저 황통이 멸함을 고한 이후부터 나라 안은 비린내로 가득 차게 되었고, 중화의 옛 땅은 변하여 오랑캐의 땅으로 되었다. 오직 이 동방의 한 구역만이 예의로써 천하의 소리를 들어 위로 공경대부로부터 아래로 여항의 부녀자와 어린 아이에 이르기까지 尊攘이 대의가 됨을 알지 아니함이 없었다. 비유컨대, 길고 긴 겨울밤에 비바람 몰아쳐 어두컴컴한데, 반짝반짝 빛나는 외로운 등불만이 홀로 방 안을 비추는 것과 같다. 이러하니 선비가 살고 있는 이 나라는 또한 다행이 아닌가.[36]

명이 멸한 이후 청이 들어서면서 중국은 오랑캐의 땅으로 변모되었는데, 오직 우리나라만이 옛 중화의 맥을 이었다라고 한다. 그리고 비유하기를 우리나라가 중화의 정통을 이은 것은 마치 등불이 어두운 방 안을 환히

---

35) 趙誠乙, 『朝鮮後期 史學史硏究』, 한울 아카데미, 2004, 311쪽 참조.
36) 河百源, 『圭南文集』卷2, 「上李尙書義甲○庚辰」, 自夫皇統告絶 海內腥羶 中華舊壤化爲氈裘之場 惟茲東方一域 以禮義 聞天下 上自公卿大夫 下至閭巷婦孺 無不知尊攘之爲大義 譬如長夜漫漫風雨晦冥 而煌煌一炬獨照一室之中 是則士之居是邦也 不亦幸乎.

비추는 것과 같다라고 하며, 이러한 것을 다행으로 여긴다. 곧, 朝鮮中華主義의 싹이 트고 있음을 엿볼 수 있는 대목이기도 하다. 즉, 하백원의 중국관은 반청과 조선중화주의가 서로 교차하는 모습을 보이고 있다고 할 수 있다. 조선후기 생성된 조선중화주의는 결국 자주의식으로까지 발전하는 것이 보편적 현상인데, 앞의 셋째에서 보았던 조선 국토에 대한 재인식도 결국 자주의식과 무관치 않다고 볼 수도 있겠다.

이상 하백원이 회고적 기행시를 통하여 지향한 것이 무엇이었는가를 정리하였다. 하백원은 자신을 가리켜 말하기를 '먼 시골의 한 韋帶와 布衣를 입은 사람'37)라고 하거나 '바로 산야간의 바보 인물'38)라고 하였다. 그러나 이는 극히 겸손을 드러낸 언급임을 알 수 있다. 궁벽진 향촌에 머물고 있었지만, 어느 누구보다도 時流의 모습을 잘 알고 있었고, 자신이 그러한 흐름에 뒤떨어지지 않기 위한 노력을 부단히 했기 때문이다. 단지, 자신이 중앙인이 아니요, '士'의식을 지닌 지방인에 불과했기에 급격히 변모해가는 상황에서 현재 자신의 처지를 되돌아볼 수 있는 상황은 옛 것의 향수에 빠져보는 일이었다. 여기에는 실제로 선고나 선사들이 남긴 자취와 역사적인 현장을 통하여 옛날에 화려했던 추억을 생각함으로서 다시 한 번의 光榮이 되돌아오기를 고대하는 심리도 작용했을 것으로 보인다. 그러면서도 그 가운데에서 향촌 사대부가 지닌 의식의 한 단면까지 엿볼 수 있었다는 점을 의의로 손꼽을 수 있겠다.

5. 맺음말

본 논고는 하백원 기행시의 회고적 경향에 대하여 주로 연구하였다. 하

---

37) 河百源, 『圭南文集』卷2, 「上李尙書羲甲○庚辰」, 百源 遐陬一韋布耳.
38) 河百源, 『圭南文集』卷3, 「答徐監司有榘○甲午五月」, 百源 直山野間癡獃人物耳.

백원은 유관한 후 기행시를 남겼는데, 단순한 서정적 감정에 그치지 않고 지난 과거를 회고하며, 향촌 사대부의 모습을 담고 있어서 주목을 하게 되었다. 하백원의 생애는 수학기, 학문발전기, 출사기, 그리고 유배기 등과 같이 4기로 구분할 수 있었다. 하백원은 이러한 생애동안 끊임없는 유관을 거듭하며, 거기에서 느낀 감회를 시문으로 옮기는가 하면 때로는 의식까지 드러내기도 하였다. 유관한 곳으로는 수학기의 송광사, 적상산성, 우암선생묘, 읍궁암, 형강, 옥류각 등을 들 수 있고, 학문발전기의 광진, 송파, 용인, 갈원, 홍경원 등을 열거할 수 있다. 또한 출사기에는 모로원, 부여, 낙화암, 당비, 고란사, 몽뢰정, 광창, 진관사 등을 다녀갔고, 유배기에는 보령 주변의 산천을 유람하며 느낀 감회를 시로 읊어냈다.

하백원의 기행시에 나타난 회고의 대상은 첫째 선조, 둘째 선사, 그리고 셋째 역사 현장을 통한 역사적 사실 등 세 부류로 나누어 볼 수 있었다. 하백원은 선조들의 자취가 숨어있는 곳을 기행하며, 시문을 통하여 그러한 감정의 상태를 그대로 전해주고 있는데, 이는 당시 향촌에 머물며 뜻을 펴지 못하던 유자의 한 단면을 보여주는 것으로 결론지었다. 또한 선사들이 남긴 자취를 찾아 그들을 회고하는 시문을 남겼는데, 이러한 작품들은 대체로 수학기에 접어들어 지은 것으로 나타났다. 학문에 입문하는 입장에서 평소 학문적으로 흠모하던 대상을 찾아 그들이 남긴 발자취를 더듬어가며 앞으로의 자세를 가다듬는 계기로 삼았을 것으로 생각하였다. 하백원은 우리 역사에 대한 소중함을 인식하고 있었다. 역사에 대한 관심은 역사적 유적지를 답사한 것과 무관치 않으며, 옛 역사를 회고하며 인식의 한 단면을 보여주기도 하였다.

그러면 하백원은 이러한 회고적 기행시를 통하여 무엇을 지향한 것인가? 첫째, 선조를 회고함으로서 자신 뿌리의 근원을 찾기 위함이요, 둘째 선사의 유적을 더듬어가며 점차 침체되어가는 듯한 주자학을 다시 한 번 회복하고자 하는 간절한 소망을 담았다고 보았다. 또한 역사적 유적의 기

행을 통하여 그동안 잊혀졌던 국토의 공간을 실제로 돌아다보고자 하는
의지를 담았다고 결론지었다. 그러면서 단순히 역사를 회고하는 데에서 그
치지 않고 의식까지 담았다는 점을 의의로 들었다.

제9장

石亭 李定稷 題畵詩의 두 층위

1. 머리말

石亭 李定稷(1841~1910)은 조선말기 호남을 대표하는 학자로서 海鶴 李沂, 梅泉 黃玹 등과 더불어 '湖南의 三傑'로 일컬어져 온 인물일 뿐만 아니라 칸트·베이컨 등의 서양 철학을 우리나라에 소개하여 일찍이 철학계의 주목을 받았었다. 또한 經史와 詩文에 정통함은 물론 群書를 섭렵하여 陰陽, 卜筮, 醫藥, 律算, 字音, 圖書 등의 名物器數之學에도 밝았으니 博通性을 공통적 특징으로 하는 실학적 전통을 그대로 이었다고도 볼 수 있다.1) 여기에 덧붙여 書畵 등의 예술적 기질도 남달라 당시 많은 제자들을 길러내었는가 하면, 그러한 餘風은 상당 기간동안 이어져 호남은 물론이거니와 한국서화계의 한 맥을 형성하기에 이르렀다. 이러한 多岐한 학문과 예술의 특징적 면모로 인하여 초기 사상계의 연구를 필두로 문학과 서화

---

1) 이정직에 대한 기본적인 소개는 崔英成의 논문(「'石亭 李定稷 遺藁' 解題」, 『石亭李定稷遺藁』Ⅰ, 김제문화원, 2001, 5~7쪽)을 참조함.

등의 다양한 방면의 조명이 이루어져 현재는 상당량의 연구물이 축적된 듯하다.[2]

본 논고는 이정직의 題畫詩에 주목하고, 거기에 나타난 두 층위를 주로 논해보고자 한다. 이정직은 그의 나이 54세 때에 동학농민운동을 맞이하여 초·중년까지 썼던 巨帙의 원고가 거의 모두 불에 타는 불운을 맞이한다. 그럼에도 불구하고 시문 짓기를 그만 두지 않았던 것으로 알려져 있는데, 그러한 그의 생전의 노고는 현재 『燕石山房未定藁』에 고스란히 남아 그 실질적인 면모를 엿보게 한다.[3] 미정고의 실상을 구체적으로 보자면, 문장은 총 273편이고 시문는 1,200여수를 훨씬 상회하는 것으로 나타나니 만일 54세 이전의 원고가 불에 타지 않고 그대로 보존되어 있었더라면 전

---

2) 그동안 이루어진 이정직에 대한 연구 중에서 문학과 서화 방면의 연구를 연대순으로 정리하면 다음과 같다. 김태선, 「石亭 李定稷 詩文學의 硏究」, 고려대 석사학위논문, 1995 ; 이은혁, 「석정 이정직과 19세기 전북서단」, 『성산문화』 11호, 김제문화원, 1999, 48~61쪽 ; 박광근, 「石亭 李定稷의 書畵世界」, 원광대 석사학위논문, 2001 ; 구사회, 「石亭 李定稷의 古文論과 歷代文評」, 『어문연구』118호, 한국어문교육연구회, 2003, 137~159쪽 ; 구사회, 「석정 이정직의 문장의식과 문예론적 특질」, 『국어국문학』136집, 국어국문학회, 2004, 293~320쪽 ; 구사회, 「石亭 李定稷의 서화예술론 연구」, 『선무학술논집』15집, 국제선무학회, 2005, 21~38쪽 ; 구사회, 「石亭 李定稷의 詩意識과 文藝論的 特質」, 『한국언어문학』54집, 한국언어문학회, 2005, 43~68쪽 ; 구사회, 「石亭 李定稷의 논서시와 문예론적 특질」, 『한문학보』13집, 우리한문학회, 2005, 439~469쪽 ; 구사회, 「석정 이정직 시론의 형성 과정과 문예론적 검토」, 『한국문학연구』29집, 동국대 한국문학연구소, 2005, 223~261쪽 ; 박은정, 「李定稷 文論의 韓歐正脈論 계승·변모 양상 연구」, 『온지논총』13집, 온지학회, 2005, 81~107쪽 ; 이선옥, 「石亭 李定稷의 書畵世界와 全北 畵壇」, 『자료조사연구로 본 전라문화』, 도서출판 선명, 2006, 117~218쪽 ; 李月英, 「石亭 李定稷의 문필생활과 시 특성 고찰」, 『고시가연구』17집, 한국고시가문학회, 2006, 227~257쪽. 이러한 연구 성과를 보면, 문학의 경우 특히 문론에 치우쳐 있다는 느낌을 떨칠 수 없다.

3) 『燕石山房未定藁』는 2001년 김제문화원에서 『석정이정직유고』라는 이름으로 번역하여 완간하였다. 본 논고도 『연석산방미정고』를 저본으로 하면서도 번역본인 『석정이정직유고』를 참고하였음을 밝힌다.

체 총 얼마정도의 문장과 시문이 남아있었을 것인지는 알 수가 없다. 1,200여수의 시문에는 여느 시인들이 소재로 삼은 작품들이 총 망라되어 있지만, 그중에서도 특히 주목되는 부분은 유람하면서 벗들과 주고받은 시문이 많다는 점과 중국 당 때의 시인인 杜甫의 작품에 차운한 것이 적지 않으며, 제화시가 문집 곳곳에 산발적으로 수록되어 총 13題 97首에 이르고 있다는 사실 등이다. 우리나라의 경우, 무수한 작가들이 제화시를 남겼는데, 이정직의 경우 본인 스스로 문인화가로서 그림을 그리면서 시문까지 남기고 있어 그 제화시의 실상이 과연 어떠했던가를 살필 필요성이 충분하다고 생각한다.[4] 제화시를 남긴 많은 시인들의 경우, 그림에 대한 관심은 충분했을지라도 실질적인 작품 창작으로 이어졌을지는 의문인데, 이정직은 예술적인 창작과 시적인 기질을 동시에 발휘한 문예·예술인으로서 기질을 갖춘 대표 문인이라는 점도 관심의 대상이 될 수 있었다.

2. 詩作에의 熱意와 제화시 제작

이정직에게 있어서 1894년은 일생 일대 가장 뼈아픈 기억으로 남은 해이다. 물산이 풍부한 전라도 지역은 예로부터 가렴주구의 대상지였는데, 1892년에 고부군수로 부임해온 趙秉甲도 탐관오리 중의 한 사람으로서 갖은 횡포를 일삼았다. 그는 기회 있을 때마다 갖가지 명목을 갖추어 수탈을 자행하여 농민들의 원성을 자자하게 사고 있었다. 그러다가 참다못한 농민들은 1893년에 드디어 民訴의 형식으로 전봉준을 장두로 삼아 군수인 조병갑에게 호소도 해보았으나 소용이 없었다. 이것이 계기가 되어 1894년

---

4) 이미 언급한 대로 이정직의 시문 연구는 김태선(1995)과 이월영(2006)에 의하여 이루어졌지만, 제화시에 대해서는 간단히 언급하는 정도였지 구체적인 논의는 없었다.

4월 전봉준은 거사를 도모하기에 이르는데, 고부에서 비롯된 거사는 홍덕·고창·부안 등지로 번져나가기 시작하더니 주변의 각 지역에도 영향을 미쳐 동으로는 경상도 일대, 북으로는 충청과 강원도는 물론이요 경기·황해·평안도까지 그 세력이 확대되었다.

이정직은 이러한 동학농민운동이 일어날 당시 전주에서 한약방을 경영하고 있었는데, 집이 그만 불에 타 藥器, 書籍 등의 재산과 그때까지 저술한 대부분의 원고를 잃게 된다. 그 순간 이정직이 가장 안타깝게 생각한 것은 그 무엇보다도 그때까지 심혈을 기울여 써오던 원고였다. 이런 이유로 마음의 병을 얻게 되었고, 마음의 병은 곧 몸이 아픈 데까지 이르게 되는데, 저간의 상황을 다음의 卯園 許奎에게 답한 편지글을 통해서 알 수 있다.

> 뜻하지 않게도 지난 달 초에 宿食한 것이 빌미가 되어 여러 병증이 따라 오더니 하룻밤 사이에 사지와 배에 浮腫이 생겨나고 기침이 위로 올라와 앉아서 눈을 감고 편안히 지낼 수 없는 것이 십팔구 일이 되었습니다. 이것은 대개 갑오년 동학란 이래로 쌓아두었던 원고가 모두 불에 타 버린 것이 분하고, 또 더욱 문자에 힘을 쏟은 까닭에 한 때라도 편안히 쉴 틈이 없었고, 때때로 臨池의 일이 있어 불러 요구하는 것이 마치 세금을 재촉하는 것과 같이 밤으로 낮을 이어 조금도 쉴 겨를이 없었기 때문이었습니다.5)

이정직은 1895년 춘분 다음날 출발하여 대략 4월초까지 鳳城(현 求禮) 일대를 여행한다. 전년도에 집이 불에 타는 불운을 겪고 나서 하게 된 여행인지라 더더욱 의미가 있었을 것인데, 그때 마침 안내자의 역할을 담당해준 사람이 바로 허규였던 것이다.6) 위 편지글은 봉성 일대 여행을 나서

---

5) 李定稷,『燕石山房文藁』卷2,「答許卯園書」, 不意去月初 宿食爲崇 雜證隨之 一日之間 肢腹浮腫 喘氣上衝 坐不交睫者 爲十八九日 蓋由甲午以來 憤宿藁盡火 尤用力於文字 無一時安閑之隙 而時時有臨池之役 徵責如催租 夜而繼日 迄不暇休.

6) 李定稷,『燕石山房文藁』卷2,「答許卯園書」, 弟之受知於鳳城人士 必以卯園爲舊

기 전에 먼저 허규에게 보낸 것으로써 당시만 하더라도 아직 동학농민운
동 때의 아픔에서 헤어 나오지 못한 것으로 보인다. 분함이 쌓여 결국은
마음의 병까지 얻게 되었고, 그것이 빌미가 되어 몸까지 아파 부종이 생기
고 기침을 하는 등 신체적 고통이 뒤따라 왔음을 적고 있다. 그러면서도
글 쓰는 일과 남이 요구한 붓글씨를 써주느라고 한 때도 쉴 수가 없어 몸
과 마음에 여유가 없었음을 말하고 있다. 그 당시가 이정직에게 가장 어려
웠던 때일 수도 있었는데, 진정한 문필가로서의 모습을 잃지 않으려고 노
력한 흔적을 읽어낼 수 있는 부분이기도 하다. 또한 자신의 상황이 어렵게
되었다고 하여 의지를 꺾기보다는 오히려 그 상황을 당당히 헤쳐 나가려
는 자세를 보여주었다고도 할 수 있다. 이정직의 이러한 자세는 그 후까지
계속 이어져 54세부터 70세 때까지 불과 16년 정도에 불과했지만, 『연석
산방미정고』 30여 책을 남길 수 있었다. 『연석산방미정고』는 『燒餘錄』의
다른 이름이라고도 할 수 있는데, 『소여록』이라 명명하게 된 배경을 다음
과 같이 적고 있다.

> 시문을 좋아하는 독실함은 굶주린 사람이 음식을 구하고 목마른 사람이 물을 찾는 것
> 보다 독실하였다. (중략) 이윽고 또 정서하여 秩卷을 이루었는데, 갑오년의 兵禍에 불
> 타버렸으니, 아마도 조물주가 나의 졸렬함을 감추어 주려고 그러했던 것 같다. 그러나
> 나는 어리석게도 문장에 대단한 애착을 가졌기 때문에 문장을 사랑하는 마음을 끊어
> 서 남의 비판을 멀리하지 못하고, 다시 병화가 일어난 날로부터 이후로 시문을 모아
> 보았는데, 시가 약간 되었고 문도 또한 약간 되었다. 그리고 또 내가 죽을 날을 헤아
> 려보니 마땅히 다시 또 얼마나 얻을 수 있을 지를 알지 못하였기 때문에 '燒餘錄'이
> 라고 편명하였던 것이다.[7]

弟不往鳳城則已 苟一理裝南向 則與我周旋 爲諸人先者 非卯園而誰歟.

7) 李定稷, 『燕石山房文藁』卷1「燒餘錄序」, 好之之篤 篤於飢者之食 渴者之飲 (中
略) 又繕寫成秩 而火于甲午之燹 殆造物者 爲余藏拙 而余愚甚於文 迄未能割愛而
遠譏 復從燹後而輯之 詩共若干 文亦若干 其余没齒 不知當得幾若干 名之曰燒餘
錄.

'燒餘'란 불에 타고 남은 재를 의미하는데, 편명에서 동학농민운동 때 겪었던 불운을 잊지 않으려는 흔적을 찾을 수 있다. 그 뿐만 아니라 위 글을 통해 알 수 있는 것은 이정직이 생각한 시와 문에 대한 것이다. 이정직은 처음 부분에서 시문을 좋아하는 심정을 '굶주린 사람이 음식을 구하고 목마른 사람이 물을 찾는 것보다 독실하다.'라고 하였다. 이는 극단적으로 보자면, 먹고 사는 문제보다도 시문 쓰는 것을 더 중요하게 생각했다는 뜻이기도 한데, 그만큼 절실하게 여겼다는 의미로 받아들일 수 있다. 그런 생각으로 시문 창작을 끊임없이 하여 여러 권을 이루게 되었는데, 그만 동학농민운동 때 燒失하였으니 그 안타까움이야 이루 말할 수가 없었다. 그러한 안타까운 마음을 조물주가 자신의 졸렬함을 감추기 위함이라고 自慰하면서 달래고는 있지만, 심정이 어떠했을지는 알고도 남음이 있다. 그러면서도 시와 문에 대한 애착을 저버릴 수 없었기에 창작은 계속하게 되었고, 이런저런 시와 문이 각각 약간씩 모아지게 되어 그 이름을 '소여록'이라 짓게 되었다라고 하였다. 다시 한번 이정직의 시와 문에 대한 결연한 의지를 확인할 수 있는 글이라고 생각한다. 이러한 시와 문에 대한 이정직의 창작 의지가 어느 정도였는지는 다음의 錦石 李漢龍이 쓴 글 가운데에서도 나타난다.

> 선생이 시문을 배운 지 50년에 항상 옛사람에 미치지 못함을 근심하여 이른 아침이나 밤중에도 이를 고심하였다. 세간의 성함과 쇠함, 기쁨과 슬픔을 개념치 않고 무릇 움직일 때마다 손에 책을 쥐고 살았다. 늙어 머리가 허옇게 되었는데도 잠시도 쉬지 않고 그가 만나는 어떤 경우에서도 홀로 글을 지어 글이 정이 지극한 지경에 이르렀다.8)

---

8) 李定稷, 『燕石山房文藁』卷5, 「敬壽石亭先生六十一歲序-錦石」, 先生學詩文 五十年 常以不及古人爲憂 早夜苦心 不以世間榮枯欣戚嬰 其間凡有動作 輒手卷 至老白首 不蹔休 其遇境 獨造辭達而情至.

이한룡은 이정직의 나이 50대 초반부터 원고를 써서 그 득실을 이정직에게 물었던 것으로 나타나는데,9) 위 글은 이정직의 나이 61세에 화갑을 축하하기 위하여 지은 것이다. 이정직은 일찍이 '나이 7,8세 때부터 이미 시를 짓고 문장을 지을 줄 알았고, 지금에 이르기까지 56년 동안 하루라도 책을 놓아본 적이 없다.'10)라고 하였는데, 이한룡이 바라본 것과 일맥상통하는 부분이 있다. 이정직 스스로도 밝히고, 이한룡이 말한 바와 같이 이정직은 평생 손에서 책을 떼지 않았을 뿐 아니라 창작의 열의를 항상 간직하여 글로써 정을 폈던 것이다. 특히, '성성한 백발 거울 속에 실처럼 보이는데, 창작력은 왕성하게 양미간에 쌓여있네.'11), '나처럼 늘 게으른 사람 분명 적겠지만, 시 탐닉하는 마음 남에게 뒤지려 않네.'12) 등과 같은 시 내용과 '내 지금 59세인데 만약 70세까지 살면서 매년 360편씩을 짓는다면 일생을 마칠 때까지 4천 편을 쓸 것이다.'13)라는 自註를 통해서 볼 때 시 창작에 대한 열의는 남달랐던 것으로 나타난다. 그러면서도 시에서 '어떻게 집안에 삼만 권 책을 갖추고, 노력하여 시 사천 편을 쓸 수 있을까?'14)라는 말을 토로한 것을 보면, 시 창작에 대한 열망이 크면 클 수록 그에 대한 고민 또한 깊었음을 알 수 있다. 54세 이전까지 지은 시가 만일 고스란히 남아 있다면, 얼마 정도의 시문이 될런지는 알 수 없지만, 이정직의 시문 창작에 대한 열의 정도를 보면 巨帙이 되었을 것임은 분명하다. 아무튼 이정직 스스로가 약속한대로 70세에 생을 마감할 때까지 4천수의 시문

9) 李定稷, 『燕石山房文藁』卷5, 「送李錦石序」, 自十年前 往往訪余完之旅次 持其藁 叩得失.

10) 李定稷, 『燕石山房文藁』卷2, 「答許卯園書」, 弟自年七八時 已知作詩作文 迄今五 十有六歲 未嘗一日捨卷.

11) 李定稷, 『燕石山房詩藁』卷3, 「藻思示諸生」首聯, 霜華千點鏡中絲, 藻思崢嶸到兩眉.

12) 李定稷, 『燕石山房詩藁』卷3, 「翌日拈年字」頸聯, 習懶定應如我少, 耽吟不欲讓人先.

13) 李定稷, 『燕石山房詩藁』卷3, 「人日得年字」自註, 余年五十九 若活七十年 每年得 三百六十篇 畢生可得四千篇 呵.

14) 李定稷, 『燕石山房詩藁』卷3, 「人日得年字」頷聯, 那得家藏參萬卷, 行當手著四千篇.

을 남기지는 못하였지만, 16년 동안에 1,200여수를 창작했음은 많은 노력
을 기울인 결과물이라고 할 수 있다.

그 1,200여 수 시의 면면을 들여다보면, 여러 벗들과 교유하면서 지은
交遊詩를 비롯하여 시회 모임에서 행한 酬唱詩, 편지에 시로써 답한 書簡
詩, 기존의 유명한 시인의 시의 운을 빌린 次韻詩, 여행 도중 소회를 적은
旅行詩, 그림과 관련되는 題畵詩 등등 다양성을 드러내 보이고 있다. 이
가운데에서도 제화시는 이정직 시의 뚜렷한 특징 중 하나로서 그의 예술
적 재능과 밀접히 연관되어 있다. 이정직은 시와 문장은 물론이거니와 書
와 畵 등 예술적인 면까지 두루 갖춘 才士로서 철저한 이론적 무장과 함께
실질적 창작 능력을 지니고 있었다. 특히, 창작 능력에 대해서는 많은 이
들의 입에 오르고 내렸는데, 다음 白村 李秉浩의 시는 그중 하나라고 할
수 있다.

> (생략)
>
> 文章意度溯北宋　　문장 풍격은 북송을 거슬러 오르고
> 談說正始之初載　　담론은 魏晉 정시 초기 현담같네
> 風騷我師老杜存　　시가는 國風과 離騷, 杜甫를 스승삼고
> 波磔晚屈顔平原　　서법은 만년에 顔眞卿을 굴복시켰네
> 煙雲又在米黃間　　그림 풍격 또한 米芾과 黃庭堅 사이이니
> 枝山石田誰復論15)　　枝山과 石田을 다시 논해 무엇하겠나
>
> (생략)

이정직은 여러 편의 글을 통하여 문장가로서 韓愈와 歐陽修를, 시인으
로서 杜甫에 대한 찬사를 아끼지 않았을 뿐 아니라 창작적 틀로 삼았는데,
위의 시문의 처음 내용은 바로 이를 두고 한 말이다. 또한 글씨는 중국 당
때의 대서예가인 顔眞卿을 굴복시킬 정도의 능력을 갖추었고, 그림 솜씨도

---

15) 李定稷, 『燕石山房詩藁』卷3, 附 白村詩.

마찬가지로 출중하여 중국 송 때의 화가인 黃庭堅과 원 때의 화가인 米芾 사이에 두어도 손색이 없을 것이라고 하였다. 이정직의 문예·예술적 기질이 이처럼 뛰어난데 枝山·石田과 같은 중국 명 때의 시인 화가들을 다시 논할 필요가 있겠느냐는 것이다. 지산은 祝崙明의 호로 시문과 초서에 뛰어난 능력을 보여준 문인이고, 석전은 沈周의 호로 시와 그림으로써 일대를 풍미했던 것으로 알려져 있는데, 이정직의 능력 또한 이들과 비견될 정도인데 다시 이야기할 필요가 없다는 것이다. 이정직의 문예·예술적 기질의 실상을 그대로 전해준 시문이라고 할 수 있다.

제화시 제작도 이러한 예술적 재능에서 비롯한 것으로 여기에는 시와 그림을 하나로 보는 '詩畵一致' 사상이 내재해 있었다고도 볼 수 있다. 특히, 그림의 경우 입체적이기는 하지만, 시로써 의미를 전달할 때 완성되는 것으로 인식되어 그림이 있는 곳에는 반드시 시가 뒤따랐는데, 이정직은 자신의 시적 재능을 여기에서도 유감없이 발휘하였던 것이다.

다음은 이정직 제화시를 표로 정리한 것이다.

연번	詩題	문집소재	畵材	층위구분 (감상자/창작자)
1	五畵詩祝李惺堂時衡其大人壽筵	別集 卷2	竹, 蓮, 菊, 芝, 石	감상자
2	題畵十二首	卷2	梅, 竹, 蘭, 菊, 牧丹, 芭蕉, 梧桐, 楊柳, 蓮, 松, 水仙, 石	창작자
3	題寫意艸龍	卷2	포도	창작자
4	題畵葡萄	卷2	포도	창작자
5	旣以詠筆登虆　不必獨刪畵虎詩 仍追書之 聊博自粲	卷3	호랑이	창작자
6	盧生處仁　以其大人華甲之辰 新裝屛風 先期要余作十幅畵 迺寫松竹蓮菊石 配以	卷4	松, 竹, 蓮, 菊, 石, 橘, 桃, 梨, 芝, 觴	감상자

	橘桃梨芝及壺觴 各題五古 其傍 因以爲壽其大人之詩			
7	曾爲蘇溪作十幅畵 仍以十 首詩壽其大人 後逢蘇溪 知 其二幅紙備退誤也 遂更寫 四幅 使裝屛表裏兩面 蓋外 幅爲八 則內幅自爲六也	卷4	蘭, 梅, 石榴, 水仙	감상자
8	題畵三十二絶句	卷4	梅, 蘭, 竹, 菊, 牧丹, 芭蕉, 松, 蓮, 梧桐, 楊 柳, 水仙, 繡毬, 葡萄, 紫薇, 芍藥, 四季	감상자와 창작자 층위 혼재
9	題畵五首	卷5	盆梅, 盆牧丹, 石竹, 石 蘭, 老松	감상자
10	題畵二首	卷5	石竹, 石蘭	감상자
11	題圈白梅六首	卷5	매화	창작자
12	題漬墨梅六首	卷5	매화	창작자
13	題畵十二首	卷5	老梅, 新竹, 菊, 蘭, 牧 丹, 梧桐, 蓮, 松, 芭蕉, 繡毬, 水蓮, 石	감상자

앞에서 이미 언급한대로 이정직의 제화시는 총 13제 97수이다. 연번 1, 6, 7번 등은 화갑과 같은 특별한 날에 남을 축하하는 그림에 붙인 제화시이고, 연번 1, 2, 6, 7, 8, 9, 10, 11, 12, 13번 등은 연작시의 형태를 띠고 있는데, 이중에서 특히 2, 6, 7, 8, 13번 등은 병풍 그림에 곁들인 시로 추정된다. 그림의 소재인 화재를 보면, 매·난·국·죽과 같은 사군자를 물론이고, 모란, 파초, 오동, 버드나무, 연, 소나무, 수선, 바위 등등 전통적으로 문인들이 즐겨 선택하였던 것들임을 알 수 있다. 층위구분의 경우 감상자적 층위와 창작자적 층위로 구분하였는데, 감상자적 층위란 제화시의 내용이 그림을 감상한 후의 느낌으로 된 경우를 말하고, 창작자적 층위란 제화시의 내용이 그림 창작과 관련된 것을 담고 있는 경우를 말한다. 많은 제화시의 경우, 흔히 그림을 시로 상세히 묘사하거나 감상한 후의 느낌을 적

는데, 이정직의 제화시는 일부 그렇지 않은 작품이 있어서 색다르게 인식된다. 그 구체적인 내용은 다음 장에서 전개하도록 하겠다.

3. 제화시에 나타난 두 층위

1) 감상자적 층위

감상자적 층위에서 중요하게 다루어야 할 것은 이정직이 과연 그림을 어떠한 방법으로 감상하고 시적으로 형상화하였느냐 하는 점이다. 이정직은 그림을 감상한 후 시문으로 읊음에 있어 거의 대부분 대상을 寫意化하였다. 예술 용어의 하나인 사의란 보통 寫實性에 중점을 두는 形似와는 반대로 경물의 사실성보다는 경물이 가지고 있는 物性을 포착해서 그것을 중점적으로 표출해내거나 경물에 기탁해서 작가의 神宇를 표출해 내는데 역점을 둔 수법을 말한다.[16] 이는 곧, 이정직이 그림을 감상한 후 그림 내용을 그대로 시문을 통하여 옮겨놓은 것이 아니라 그림과 관련하여 자기 나름대로의 의식을 담았다는 말이기도 하다. 그런데 그러한 의식이란 그림이 무엇을 대상으로 하여 그렸느냐에 따라 달라질 수도 있을 터인데, 이정직 제화시에 보이는 그림 소재는 대부분 사군자를 비롯한 蓮, 芝, 石 등 전통 사대부들이 즐겨 썼던 것들임을 알 수 있다. 따라서 그림을 감상한 후 읊은 제화시도 사대부로서의 기상 내지는 선비 기질을 크게 벗어나지 않으면서 脫俗的으로 읊었다.

다음 두 작품은 대나무를 그림의 소재로 삼은 것으로 모두 탈속성을 드러내려 하였다.

---

16) 崔信浩, 「李德懋의 文學論에 있어서의 形似와 寫意 問題」, 『고전문학연구』5집, 한국고전문학회, 1990, 290쪽 참조.

① 瞻彼蓬山　　　　저 봉래산 바라보니
　有竹維簳　　　　대나무 있음에 조릿대뿐
　猗猗莖葉　　　　아름답고 긴 줄기와 잎
　紫翠盈眼　　　　자주 비취색 눈에 가득하네
　嘉實如珠　　　　아름다운 열매 구슬 같고
　靈光四照　　　　신령한 빛 사방을 비추네
　良辰獻壽　　　　좋은 날 헌수하니
　令子克肖[17]　　　영자들 능히 본받네

② 永嘉山頂竹　　　영가의 산꼭대기 대나무
　淨潔無麤籜　　　정결하여 거친 대껍질 없네
　云是古仙人　　　일컫기를 옛 선인이
　於此棲淡泊　　　이곳에서 담박하게 지내셨다 하네
　羽化寧徒慕　　　신선됨을 어찌 흠모하기만 하랴
　不如且大嚼　　　차라리 잘 씹어 음미함이 나으리라
　任君日相對　　　그대 내키는 대로 날마다 마주하면
　坐成楊州鶴[18]　　앉아서 양주의 학이 되리라

　　사군자 중의 하나인 대나무는 생김새가 곧고 색깔이 옥과 같이 맑고 푸
르며, 속이 비어 깨끗하고 마디 또한 단단하다. 특히 모든 식물이 움츠리
는 겨울에도 항상 푸른빛을 잃지 않을 뿐만 아니라 부러지지 않고 자를 댄
듯 곧게 쪼개어 진다고 하여 亂世에도 지조를 굽히지 않는 충신에 비유했
으며, 숱한 유혹과 어려움에도 항상 곧기 때문에 군자 중의 군자라고 일컬
어왔다.[19]

---

17) 李定稷, 『燕石山房文藁』別集 卷2, 「五畵詩祝李惺堂時衡其大人壽筵」, 竹.
18) 李定稷, 『燕石山房詩藁』卷4, 「盧生處仁以其大人華甲之辰新裝屛風先期要余作十
　　幅畵酒寫松竹蓮菊石配以橘桃梨芝及壺觴各題五古其傍因以爲壽其大人之詩」, 竹.
19) 조용진·배재영, 『동양화란 어떤 그림인가-동양 그림의 철저한 해부와 친절한
　　안내』, 열화당, 2002. 52쪽 참조.

그런데 위 시는 이러한 대나무의 이미지를 탈속화시켜 신선의 세계와 연결짓고 있다. 작품 ①은 4언시의 형식을 띤 獻詩로서 먼저 신선이 산다고 알려진 봉래산을 등장시켜 탈속성을 한층 倍加하였다. 제화시 내용에 의하면, 봉래산에는 왕대가 아닌 가늘고 작은 조릿대가 있다. 보통 선비들은 왕대를 그리지 않았다고 하는데, 가늘고 작은 조릿대를 말함으로써 선비적 모습을 보여주려 했음도 추측할 수 있다. 또한 대나무의 아름답고 긴 줄기와 잎을 자주색과 비취빛을 띠었다고 하여 속세에서는 보기 어려운 모습으로 형용하였을 뿐 아니라 구슬 같은 竹實을 사방을 비추는 신령스러운 빛으로써 그려 대나무를 탈속화하였다.

작품 ② 또한 헌시로서 마찬가지로 탈속적인 모습으로 극대화하였다. 먼저 작품 ①에서는 봉래산의 대나무를 등장시킨데 반해 작품 ②에서는 영가산의 대나무를 등장시켰다. 영가산도 속세를 벗어난 곳의 이미지를 갖추기는 봉래산과 마찬가지인데, 대나무의 모습을 정결하고 매끈하여 거친 대껍질이 없다라고 하여 흔히 마주치는 대나무가 아님을 나타내 보여주었다. 그리고 아마 이런 俗氣를 벗어난 곳이었기에 옛날에는 신선들이 지내셨을 것이라고 하여 대나무와 신선을 연결지었다. 그러면서도 그림을 자주 마주하다보면, 누구든지 양주의 학과 같은 신선이 될 수 있음을 시문의 마지막에 담았다. 곧, 그림 속의 세계와 현실을 경계 지으면서도 소통할 수 있는 여지가 있음을 보여주었다고 하겠다.

다음은 파초, 연, 수선을 읊은 제화시로 마찬가지로 탈속적 이미지를 극대화하려고 하였다.

① 一洗經花眼　　늙은이의 눈 산뜻히 씻어주고
　　風儀頓發新　　멋진 풍채 홀연 새로움 피웠네
　　紅塵珂馬外　　세속의 화려함 저 너머에
　　軒豁野巾人[20]　툭 트인 벌판의 은사 같아라

② 愛汝池中在   그대 못 속에 있음을 사랑하노니
　 如從天上來   하늘 위에서 온 듯 하구나
　 離淤良幾許   진흙 속에 지낸 지 그 얼마이던가
　 了不着塵埃[21]   속세의 때가 묻지 않았네

③ 天姿極淸潔   타고난 자태 몹시도 깨끗하여
　 臨水更飄然   물가에 임하여 더욱 나풀거리네
　 還覺梅花樹   오히려 매화나무가
　 未離塵土緣[22]   속세의 인연 벗어나지 못한 듯하네

　위 제화시의 소재인 파초, 연, 수선 등은 사군자와 같이 문인화에 자주
등장하지는 않지만, 많은 문인들이 즐겨 그렸던 대상임에 분명하다. 먼저
작품 ①은 파초가 그려진 그림을 대상으로 하여 읊은 것으로서 그림 속에
그려진 파초의 모습을 사실적으로 그대로 전해주기보다는 사의화하여 탈
속적 이미지를 보여주고 있다. 먼저 그림 속 파초를 보니 눈이 산뜻하게
씻어지면서 멋진 풍채로 인하여 생기가 돈다고 하였다. 그것은 바로 파
초가 세속을 벗어난 모습을 보여주기 때문인데, 파초를 화려함이 함께 하
는 세속과는 정반대의 모습인 은일한 선비적 모습으로 그렸다.
　작품 ②는 연이 비록 진흙 속에서 살고 있지만, 진흙에 물들지 않으면서
지고지순한 모습을 간직한 것을 주로 읊었다. 마찬가지로 분명 그림 속 연
을 대상으로 하여 읊은 시임에 분명한데, 시제를 생각하지 않고 시문의 내
용을 본다면 제화시라고 생각하지 않을 수도 있는 작품이다. 그만큼 그림
을 대상으로 하여 읊었지만, 그림과 별개로 생각할 수도 있는 작품이라는
의미이기도 하다. 또한 이는 시문의 내용상으로 보면, 그림을 사의화하여

---

20) 李定稷, 『燕石山房詩藁』卷4, 「題畵三十二絶句」, 芭蕉.
21) 李定稷, 『燕石山房詩藁』卷4, 「題畵三十二絶句」, 蓮.
22) 李定稷, 『燕石山房詩藁』卷4, 「題畵三十二絶句」, 水仙.

읊었으면서도 진흙 속에 핀 연꽃의 이미지로 그려 기존의 典型性을 벗어나지 못한 모습을 보여주었다. 이러한 연의 전형성은 다른 제화시에서도 벗어나지 못하여 '진흙과 달밤의 이슬, 만나는 대로 천진함을 맡기네. 외물에 어찌 늘리고 줄이리요, 참으로 군자로구나.'[23]라고 읊어 사대부적인 의식의 고착성을 露呈하였다.

작품 ③은 수선을 그린 그림을 보고서 읊은 시문이지만, 마찬가지로 시제만 아니라면 충분히 그림과 별개로 생각될 수 있다. 먼저 기·승구에서는 수선의 자태를 그렸는데, 물가에 있는 수선은 바람이 불 때마다 나풀거려 보통 접하는 수선의 모습에서 크게 벗어나지 않고 있다. 그렇지만, 전·결구에서 대립적으로 매화나무를 등장시켜 수선의 탈속성으로 최대한 보여주려고 하였다. 사실 사군자 중의 하나인 매화나무도 모든 어려움을 참으며 굳고 의연하게 견디어 드디어 제 뜻을 펴는 선비의 성품과 닮았음에 분명한데,[24] 수선보다는 오히려 세속적이라고 함으로써 수선이 극히 탈속적임을 보여주려고 하였다.

이상 이정직은 그림을 감상한 후 시문으로 읊으면서 그림을 사의화했을 뿐 아니라 내용을 통해서는 소재의 이미지를 탈속적으로 그리려고 하였다. 이는 그 자신이 문인으로서 그림을 감상한 것과 크게 관련되는 것으로 높은 학문과 품격이 스며있을 그림을 대함에 눈에 보이는 현상적인 것만을 표현해낸다면, 진정한 그림에 대한 감상 소회가 아니라고 생각한 때문이다. 이는 다시 말하여 선비의 기운을 담은 그림을 감상한 후 그것을 시문으로 읊음에 있어 선비의 기운을 벗어나지 않아야 한다는 사고를 지녔다는 말이기도 하다. 선비의 기질과 대립적인 것은 세속적인 기질이라고 할 수 있는데, 예술 세계에서 보자면 세속적인 기질이란 곧 형사와도 맞물리는 것이기도 하다. 그런데 문인들은 그림을 그릴 때 형사보다는 사의를 존

---

23) 李定稷, 『燕石山房詩藁』卷5, 「題畵十二首」, 蓮, 泥淤與月露, 隨遇任天眞, 外物
    焉增減, 諒哉君子人.
24) 조용진·배재영, 앞 책, 2002, 49쪽 참조.

중하며, 마찬가지로 문인이 그린 그림을 감상하는 입장에 놓인 또 다른 문인도 似보다는 意를 중요하게 생각한다. 이처럼 문인화에서 사를 강조하는 사유에는 의를 사할 수는 있지만, 描로서는 표현 불가능하다는 의식이 깔려 있기 때문이다.25) 이정직의 제화시 가운데 감상적 층위에 속하는 작품들 또한 사의화와 탈속성을 벗어나지 않았는데, 그 자신이 문인으로서 그림을 감상한 때문이라고 하겠다.

2) 창작자적 층위

이정직은 제화시를 통하여 그림과 관련된 내용을 논하기도 하였다. 이를 '以詩論畵'라고 할 수도 있을 것인데, 또 다른 시들에서 글씨에 대한 이론을 제시한 것과 맥을 함께 한다.26) 이는 시를 議論化했다는 측면에서 보자면, 정적인 감정을 중시하는 시의 고유한 영역을 깨뜨린 결과라고도 볼 수 있지만, 우선은 이정직 시의 한 특징으로써 인정해야 할 것이다.27) 본 논고에서는 이러한 '이시논화'적 제화시를 창작자적 층위로 분류하고자 한다. 그 이유는 이정직은 이러한 일련의 제화시를 통하여 시와 문을 대신한 그리기 작업과 그림을 그리는 방법, 자신이 궁극적으로 추구한 예술상의 극점 등등을 산발적으로 보여주고 있기 때문이다.

먼저 이정직이 시와 문을 대신하여 그리기를 했노라고 밝힌 제화시 두 편을 보겠다.

① 每當寫珠帳　　진주 휘장 시 지을 적마다

---

25) 조민환, 「선비들의 예술세계에 관한 연구」, 『유교사상연구』22집, 한국유교학회, 2005, 405쪽 참조.
26) 이정직은 시로써 글씨에 대한 이론을 제시하기도 하였는데, 이를 '以詩論書'라고 지칭할 수 있겠다. 이에 대한 연구는 구사회의 논문(2005)을 참고할 것.
27) 이정직 시의 의론화 경향에 대해서는 구사회의 논문(2005, 57~62쪽)을 참고할 것.

逸韻未堪施　　　멋진 운치 펼치지 못했네
却復參書訣　　　다시금 서결을 참고하여
眞行任所宜[28]　　알맞게 있는 그대로 그려보려네

② 欲寫娟娟態　　곱고 고운 자태 글로 쓰려니
難爲疊疊心　　　겹겹이 쌓인 마음 펴기 어려워라
憑將毫勢活　　　붓의 힘에 의지하여 살려보니
香色自然深[29]　　향과 빛깔 타고난 그대로 깊구나

위의 두 제화시에 의하면, 이정직은 시와 문을 통해서는 자신이 가지고 있는 생각을 다 펼치기 힘들었다고 한다. 작품 ①의 기·승구에서는 시 창작에 대한 아쉬움을 나타내었고, 작품 ②의 기·승구에서도 마찬가지로 글로써 자신이 품은 생각을 토로하려 하니 그것이 마음대로 되지 않았음을 고하였다. 그리하여 이를 대신할 만한 것으로써 그림을 모두 들고 있는데, 그림과 항상 함께 했을 모습이 연상된다. 그리고 서결을 참고했다고 함과 붓의 힘에 의지했다고 함은 그림을 그리는 데 있어 법칙성과 필력을 중요하게 생각했다는 의미이기도 하다. 위의 두 시에 등장하는 畵材는 포도와 작약인데도 마치 사군자를 그릴 때처럼 필력과 법칙성을 중요하게 생각했다는 것은[30] 이정직 스스로 그림을 그릴 때 대체로 자신이 문인이라는 사실을 잊지 않았다는 의미이기도 하다.

---

28) 李定稷, 『燕石山房詩藁』卷4,「題畵三十二絶句」, 葡萄.
29) 李定稷, 『燕石山房詩藁』卷4,「題畵三十二絶句」, 芍藥.
30) 그동안 사군자가 서예인가 그림인가에 대한 논란은 지속적으로 있어왔다. 그런데 대개의 경우, 사군자를 서예에 포함시키고 있는데, 대체로 서예를 하는 문인들이 사군자를 그려왔기 때문이다. 그래서 직업적인 화가가 아니더라도 특별한 기교 없이도 문인들이 즐겨 그렸다. 따라서 사군자화에서 추구하는 요소들은 서예적인 요소와 많이 닮아있다. 대표적인 요소로는 첫째, 일필휘성의 강조, 둘째, 필력의 강조, 셋째, 법칙성의 강조 등이다. 이에 대해서는 조용진·배재영, 앞 책, 2002, 86~87쪽 참조.

다음의 제화시는 古詩 정형의 형태를 갖추고 있으면서 난초를 어떻게
그려야 하는가 하는 문제에 대한 고민을 담고 있다.[31]

蘭花天下有	난초꽃 세상에 많다지만
東國獨無眞	우리 조선엔 유독 진짜가 없네
鳳眼與鼠尾	봉황의 눈 쥐의 꼬리라는 것도
只憑口所陳	단지 말에 따른 것일 뿐이지
譬如好畵龍	비유컨대 용을 잘 그린다고
不是見龍人	용을 본 사람 아닌 것과 마찬가지라네
龍乃魚之族	용은 곧 물고기의 우두머리요
蘭於草絶倫	난초는 풀 중에서 으뜸이니
因類求彷彿	종류에 따라 비슷한 것을 찾다보면
庶可得風神[32]	거의 풍신을 얻을 수 있을 것이네

사군자 중의 하나인 난초는 꽃이 피면 그 자태가 아름답고 향기가 그윽
할 뿐 아니라 잎새의 모양 또한 우아하고 운치가 있다. 또한 자신을 적극
적으로 세상에 알리는 것이 아니라, 스스로 자신의 학문과 덕망을 닦아 저
절로 널리 알려지게 하는 태도가 군자와 너무도 흡사하여 많은 문인들이
즐겨 그렸던 화재이기도 하다.[33] 특히, 사군자 중에서도 난초는 가장 단순
할 뿐 아니라 서예의 필선과도 많이 닮아 글씨를 쓰는 문인들이 즐겨 그렸
던 畵目이기도 하다. 서예에 일가견이 있는 이정직도 평소 난을 즐겨 그렸
을 것 같은데, 위의 시는 그러한 상황 속에서 자연스럽게 지어진 제화시라
고 할 수 있다.[34]

---

31) 이정직은 매화를 그리는데 그 꽃잎은 어떻게 그리며, 먹색은 어떻게 사용해야
   하는가 등 방법적인 측면을 제화시로 남겼는데, 「題圈白梅六首」(『燕石山房詩
   藁』卷5)와 「題漬墨梅六首」(『燕石山房詩藁』卷5) 등이 그것이다.
32) 李定稷, 『燕石山房詩藁』卷2, 「題畵十二首」, 蘭.
33) 조용진·배재영, 앞 책, 2002, 49쪽 참조.

먼저 1·2구에서는 세상에 난초가 많기는 한데, 유달리 우리나라에는 진짜라고 일컬을 수 있는 것이 없다라고 하며, 회의적인 분위기로 시문의 내용을 적었다. 여기서 말하는 난초는 아마도 그림 속의 난초를 말하는 것으로 생각되는데, 그 뒤의 3~10구까지 진정한 난초를 그리는 방법을 제시하고 있어서이다. 여기서 난초를 그리는 방법 중에 제시한 '鳳眼'과 '鼠尾'를 눈여겨 볼 필요가 있다. 이 두 용어는 난잎을 그리는 데 등장하는 것들로 이정직은 위의 제화시에서 중요하게 사용하고 있기 때문이다.[35] 쥐꼬리의 모양이라는 의미를 가진 서미는 난의 첫 잎을 그린 후의 끝부분이 마치 쥐의 꼬리와 닮아 붙여진 이름이다. 그리고 봉황새의 눈, 즉 鳳目이라고도 일컫는 봉안은 난의 두 번째 잎을 그린 후 생긴 것으로 첫 잎과 두 번째 잎이 겹친 부분이 마치 봉황새의 눈을 닮았기 때문에 붙여진 이름이다. 난초를 그리는 일은 잎을 어떻게 그리느냐에 따라 성패가 결정되는데, 서미와 봉안은 난초를 그리는 이들이 가장 기본적으로 익히는 잎 그리기라고 할 수 있다. 그런데 이정직은 이 둘 중에서 봉안을 문제로 생각한 듯하다. 봉황새는 실제로 볼 수 없는 상상의 새이고, 그래서 그 눈은 아무도 본 적이 없을 것인데도 불구하고 많은 사람들이 마치 진짜 본 것처럼 여긴다라는 것이다. 그것을 용과 대비하여 말하고 있는데, 실제 사물이 그림을 그리는데 도움을 주는 것은 사실이나 반드시 그러한 것만은 아니다라는 의

---

34) 이정직도 「寫蘭小話」(『燕石山房文藁』卷四)에서 '난을 치는 것은 글을 쓰는 사람의 일이지 그림을 그리는 사람의 일이 아니다.'(寫蘭是書家事 不是畵家事)라고 하여 서예와 매우 유관함을 언급하였다.

35) 이정직은 「寫蘭小話」(『燕石山房文藁』卷四)에서 난잎과 난꽃을 치는 방법을 구체적으로 제시하였는데 다음과 같다. '난의 잎사귀를 치는데 사마귀의 복부처럼 하면 풍성하고 윤택함을 묘사하는데 적당하고, 쥐의 꼬리처럼 하면 굳세면서도 날랜 모습을 묘사하는데 적당하다. 난의 꽃을 치는데 정면이 나오면 풍성하고 윤택함을 묘사하는데 적당하고, 반면에 나오면 굳세면서도 날랜 모습을 묘사하는데 적당하다. 따라서 풍성하고 윤택하며 굳세고 날랜 모습이 난을 치는 금침인 듯싶다.[寫蘭葉 螳螂肚 宜豊潤 鼠尾宜勁逸 寫蘭花 正面出 宜豊潤 半面 宜勁逸 豊潤勁逸 其寫蘭之金針乎]'

미를 담은 것으로 이해된다. 그리고 마지막으로 풍신에 이르는 방법으로써 종류에 따라 비슷한 것을 찾으라고 하였는데, 결국 난초를 그릴 때도 그 비슷한 모양을 연상하면서 그릴 것을 주문한 것이기도 하다.

다음 제화시는 포도를 그리는 방법을 제시한 것으로 여기서 주목할 것은 '形似'라는 예술 용어이다.

嘗觀畵葡萄	포도 그리는 것 본 적이 있는데
一一求形似	하나하나 모양만 그대로 그렸네
氣韻如不到	기운이 살아있지 못한다면
雖工亦可鄙	잘 그렸더라도 천박할 따름이네
不若臨池餘	글씨를 배우며
聊復寄興耳	흥취를 기탁하느니만 못하네
草龍與珠帳	초룡과 주장은
俱從一筆起	모두 한 붓에서 나오는 것
宛如作草書	초서를 쓰듯이 흐느적거리면
風雨繞手指[36]	비바람이 손가락을 휘감은 듯 할텐데

먼저 1~4구까지는 다른 사람이 포도를 그린 것을 본 다음 느낀 점을 적었는데, 내용상으로 본다면 여기서 포도를 그린 사람은 외형만을 따져 모양을 그대로 본떴다고 볼 수 있다. 그것은 2구에서 말한 형사라는 예술 용어 때문인데, 이정직은 결국 외형을 그대로 본뜨는 그림은 기운이 생동 하지 못한다면 잘 그렸다고 볼 수 없다고 한다. 즉, 형사만 일삼는 것을 비판적으로 바라보았다고 할 수 있다. 앞에서도 이미 언급했다시피 형사는 사물의 외형을 완전히 흡사하게 묘사하는 것을 이르는 것으로 사의와는 의미상으로 대립을 이룬다. 5~10구까지는 그림 그리기와 서예를 동격으로 두고 형사를 넘어설 수 있는 방법으로 제시한다. 다시 말하여 그림 그

---

36) 李定稷, 『燕石山房詩藁』卷2, 「題畵葡萄」

리기와 서예는 별반 차이가 없기 때문에 초서를 쓰듯이 그림을 그려낸다면 기운이 생동할 것이라고 한다.[37] 형사에 대하여 이처럼 비판적인 입장을 보인 것은 이정직이 문인으로서 사의를 바탕으로 한 그림 그리기를 추구한 때문으로 볼 수 있다.

다음의 두 제화시는 이정직이 그림을 통하여 추구한 예술상의 극점이 무엇이었나를 말해주고 있다. 특히, 작품 ①은 앞에서 인용한 제화시와 흡사한 점이 많아서 연계선상에서 바라보아야 할 것이다.

①	昔余寫葡萄	지난날 내가 포도를 그리는데
	費心形似間	모양을 비슷하게 하려 애 썼었지
	葉須繁筆就	잎은 반드시 무수한 붓을 가하고
	實從累墨團	열매는 멋대로 여러 번 먹물 포갰네
	縱敎逼相肖	설사 닮은 것 같이 만들어도
	天趣詎能完	하늘이 내린 자태 어찌 그려냈으리요
	偶乘臨池興	우연히 서법을 연습할 기회를 맞아
	率易弄柔翰	소탈하게 부드러운 붓을 놀리네
	未堪稱高逸	고상하다 칭할 만하지는 못하지만
	猶自脫深艱[38]	스스로 깊은 어려움 벗어났네
②	日日成茲畫	날마다 이 그림들 그려내건만
	人言摠不眞	사람들 다 닮지 않았다 말하네
	君看成不得	그대 보기에 제대로 그려내지 못했겠지만

---

37) 이정직은 「寫蘭小話」(『燕石山房文藁』卷四)에서 형사와 기운에 대하여 언급하였는데, '진실로 난에 색을 칠하여 곡진히 형사한들 신운이 발생하지 않으면 더욱 유사하나 더욱 멀어져 결국 기운을 가지고 난을 쳐야 실물에 가까워진다고 한다. 그리고 난을 치는 것은 먹으로 하는 것이지 채색을 가지고 하는 것이 아니다.[誠設色畫蘭 雖曲盡形似 而神韻不生 愈似而愈遠 惟以氣運似之 乃逼眞 故寫蘭 以墨不以彩]'라고 하였다.
38) 李定稷, 『燕石山房詩藁』卷2, 「題寫意艸龍」

只此便傳神39)　　　오직 여기에만은 생생한 모습 전해진다네

　작품 ①은 이정직이 실제로 포도를 그린 경험담을 적은 것으로 진정한 그리기란 무엇인가를 제시하고 있다. 1~6구까지의 내용에 의하면, 처음 포도를 그리게 된 이정직은 외형적인 모습만 닮으려고 애를 썼다고 한다. 그러기 위하여 잎을 그릴 때에는 여러 번 덧칠을 가하였고, 열매를 그릴 때에는 또한 먹물을 여러 겹 포개었다고 한다. 처음 그림을 수련하는 단계에서는 형사하는 것이 최대의 관건으로 생각될 수 있는데, 이정직의 경우가 그러했다고 할 수 있다. 그러면서도 5~6구에서는 지난날 포도를 그린 자신의 모습을 회의적으로 돌아보고 있는데, 아무리 닮게 그린다고 해도 진정 포도를 그렸다고 할 수 있겠는가라고 말한다. 이는 내면적으로 보자면, 진정한 그림이 아니다라는 의미가 담겨져 있다. 그런데 우연히도 서법을 익힐 수 있는 기회를 얻어 그림에 대해 다시 생각하게 되어 그 전의 형사에만 얽매이던 습관에서 벗어날 수 있었다고 한다. 앞의 시에서 본 바와 같이 그림 그리기도 결국은 서예의 법을 완전히 터득한 후에야 이루어질 수 있었음을 말하고 있는데, 문인으로서의 면모를 보여주었다고 하겠다.

　작품 ②는 수선화를 화재로 하였는데, ①과의 연계선상에서 볼 수 있는 제화시이다. 1·2구에서는 이정직 자신이 수선화를 끊임없이 날마다 그려낸 것을 보고서 다른 사람들이 평하기를 '실재와 닮지 않았다.'라고 이르렀다는 것이다. 사람들이 이렇게 말하는 것을 보면, 사람들의 안목에는 좋은 그림이란 실재와 똑같아야 한다는 생각이 자리 잡았기 때문이다. 그렇지만, 실제로 그림을 그린 이정직은 그러한 사람들과는 다른 생각을 지니고 있었다. 이정직은 그림이 형사했느냐 그렇지 못했느냐는 그리 중요한 문제가 아니라는 견해이다. 가장 중요한 것은 '傳神'했느냐 그렇지 못했느냐로 반드시 똑같이 그리지 못했더라도 전신만 한다면 그것으로 만족스러

---

39) 李定稷, 『燕石山房詩藁』卷4, 「題畵三十二絶句」, 水仙.

워 해야 한다는 것이다. 여기서 또 다른 예술 용어인 전신을 언급하여 그림을 그리는 데 있어서 궁극적으로 추구해야 할 것이 무엇인지를 제시해 주었다고도 볼 수 있다.

이상 이정직의 제화시 중 실제 그림 그리기의 문제를 다룬 작품들을 창작가적 층위로 명명하고 살펴보았다. 제화시문들을 통해서 볼 때 이정직이 창작에서 추구한 궁극적인 목표는 사의를 거친 전신이라고 볼 수 있다. 전신론도 형사적인 것과 사의적인 것이 있다고 할 때[40] 이정직의 전신에 대한 생각은 사의적이라고 할 수 있다. 사의적인 전신론이란 자연과의 교감이나 문인화가들의 고전적 意境을 통해 형성된 작가의 기운이라고 할 때[41] 이정직도 문인으로서 동궤를 이루고 있기 때문이다.

4. 寫意性의 강조와 의미

이정직은 문인으로서 시를 짓고, 글씨를 썼으며, 그림을 그렸다. 그에게 있어서 이 세 가지 종목은 따로 따로 떨어진 것이 아닌 언제든지 서로 통할 수 있는 공통 부분을 가지고 있는가 하면, 서로 부족한 것을 메워주는 상보적인 부분도 지니고 있었다. 97수의 제화시가 지어지게 된 것도 그림과 시와의 이러한 깊은 관련성이 근간되었다고 할 수 있다.

이정직이 만일 전문적인 화가라면, 그림만 잘 그리면 되었을 것이다. 즉, 전문화가들이 중요하게 생각하는 사물의 겉모습만 잘 본뜨면 된다는 말이다. 이를 형사라고 할 수 있는데, 이정직은 적어도 문인으로서 그림을 그렸기 때문에 외적인 모습을 그대로 본뜨는 것은 진정한 문인으로서의 자세는 아니라고 보았다. 앞의 제화시들에서 볼 수 있었던 사의의 강조는 바

---

40) 洪善杓, 『朝鮮時代繪畫史論』, 문예출판사, 1999, 267쪽 참조.
41) 洪善杓, 앞 책, 267쪽 참조.

로 이러한 배경에서 나왔던 것으로 문인 취향을 고스란히 드러내 보인 일
례라고 생각한다. 그렇다고 하더라도 예술에 처음 입문한 사람이 사의를
잘 하리라고는 생각하지 않았다. 나름대로 사물을 사의하기까지는 일정한
수련의 과정이 필요한데, 다음은 그러한 내용을 담고 있다.

> 그대는 일찍이 그림을 본 적이 있습니까? 가장 뛰어난 것은 사의하여 전신하는 것입
> 니다. 그 다음은 寫形하는 것입니다. 사형한다는 것은 형상화하되 모양이 반드시 꽃
> 의 꽃받침·꽃봉오리·꽃·꽃술, 새의 부리·눈·깃·발톱처럼 그 모습을 꼭 닮도록 할 수 있
> 어야만 무르익는 것입니다. 또한 무르익음이란 능숙하고 신묘한 이후에야 형사를 벗
> 어버리고 그 의미를 가려서 전신할 수 있는 것입니다. 오로지 그 형사를 흉중에 갖추
> 고 있어 손에 익숙해야 몇 개의 필적에도 모든 묘리가 충분히 갖추어지는 것입니다.
> 만일 이를 말미암지 않고 갑자기 사의한다면 대소장단을 배치함에 의미를 잃게 되어
> 비록 스스로 뛰어나다고 자처하더라도 전신하지 못함을 어찌 하겠습니까.[42]

가장 뛰어난 그림은 사의하여 전신하는 것이고, 그 다음이 사형하는 것
이라고 하였는데, 사형은 형사와 동격의 의미를 지니고 있다고 볼 수 있
다. 위의 언급에 따르면 처음 그림을 그리는 사람이라면, 사형의 과정을
거친 후에 그것이 어느 정도 무르익게 되면 사의하게 되고 그렇게 된다면
전신의 경지까지도 다다를 수 있다고 본 것이다. 즉, 진정한 그림이란 형
사 → 사의 → 전신의 과정을 거친다고 주장한 것으로 정리할 수 있다. 비
록 이정직이 제화시에서 사의만 강조한 듯이 보였지만, 실상 형사의 과정
을 거치지 않은 사의란 무의미하다라는 생각을 지니고 있었음을 알 수 있
는 내용이다.

---

42) 李定稷, 『燒餘錄』, 「與海鶴論詩文記」, 子嘗觀夫畵乎 上焉者寫意而傳神 其次寫形
　　寫形者 形之而形必至 如花之萼藟葩蕊 鳥之嘴眼羽爪 無不酷其肖焉熟之 又熟能
　　且妙焉而後 脫略形似 寫其意而傳神 惟其形似 具於胸而習於手 故數筆之下 衆
　　妙已足 若不由乎此 而遽自寫意 則大小短長 布置失意 雖欲自居於上 奈不能傳神
　　何.

또한 이러한 사형과 사의는 형과 신이라는 용어로 대체되어 作詩를 하는 방법적인 차원에서도 논의하였는데, 다음과 같다.

> 자구와 문장은 시의 형체이다. 문장의 기운과 의미의 흥기는 시의 정신이다. 형체와 정신이 충족되면 시가 닦여진 것이다. 정신의 충족함은 하늘로 말미암고, 형체의 충족함은 학문에 있다. 지금 시를 짓는 사람들은 형체를 구하지 않고 급하게 정신을 구한다. 그 충족함이 형체에 보이는 자도 그 정신이 깃들지 않았는가를 의심하여 정신이 깃들도록 해야 한다. 형체가 갖추어지지 않았구나. 아, 어찌 형체가 깃들지 않았는데 정신이 존재하겠는가. 내가 이에 이를 적이 몹시 병통스럽게 생각한다. 이것이 시에 관한 학문의 해설이다.[43]

위의 글은 李白과 杜甫의 시를 논한 가운데 나온 언급으로 "보통 사람들이 이르기를, 이백과 두보의 시는 하늘에서 나온 것이지 사람의 힘으로 능할 바는 아니다."[44]라고 한 것을 반박한 것이기도 하다. 이정직은 먼저 시에 있어서 형과 신이란 무엇인가?를 정의한 후 형과 신이 제대로 충족되어야만 시가 닦여지는 것이라고 한다. 그리고 신은 하늘 즉, 본래 타고난 生來的인 것과 관련되지만, 형은 학문, 즉 후천적인 것과 관련됨을 말하였다. 그런데 지금 사람들은 형은 구하지 않은 체 급하게 신만을 구한다라고 하였다. 제화시를 통해서 사의만 지속적으로 강조한 듯하지만, 진실은 그렇지 아니함을 알 수 있는 대목이기도 하다. 결국 위의 글은 형과 신의 적절한 조화라고 할 수 있다. 이는 당시 사람들이 시를 대하는 태도를 보고 반성을 촉구하는 의미에서 나온 말이기도 하지만, 전통적 문인들이 '文字

---

43) 李定稷, 『燕石山房文藁』卷5, 「詩學證解序」, 字句章篇 詩之形也 詞氣義興 詩之神也 形神足而詩脩矣 神之足由乎天 形之足在於學 今之爲詩者 不求之形 而遽求之神 見其足乎形者 疑其神之不寓 欲神矣而形不具焉 嗚呼 豈有形不具而神存者乎 余於是 竊甚病之 此詩學之有解也.
44) 李定稷, 『燕石山房文藁』卷5, 「詩學證解序」, 今之言者曰 李杜之詩 出諸天 非人之力之所能也.

香 書卷氣'를 강조한 것과 일맥상통하는 부분이기도 하다. '문자향 서권기'
는 후천적 수련이라고 할 수 있는데, 이정직은 이러한 수련 과정을 거친
연후에야 진정한 예술도 할 수 있는 것이요, 시도 지을 수 있을 것으로 내
다보았다. 이런 점에서 보자면, 이정직이 제화시를 통하여 사의를 강조한
것은 궁극점인 전신에 이르기 위한 전단계로서의 의미일 뿐이지 형사를
완전히 무시하자라는 의도는 없었던 것으로 볼 수 있다.

5. 맺음말

본 논고는 이정직의 제화시 총 13제 97수에 주목하고, 이를 감상자적
층위와 창작자적 층위로 나누어 논하였다. 이정직은 1894년 그의 나이 54
세 무렵에 동학농민운동으로 인하여 그동안 서술한 많은 글이 불에 타는
불운을 겪는다. 그럼에도 이에 굴하지 진정한 문필가로서의 모습을 잃지
않으려고 노력한다. 그리하여 드디어 생을 마감하는 70세까지『연석산방
미정고』30여 책을 남기게 되는데, 글에 대한 열정이 없었다면 불가능한
일이었다고 할 수 있다. 또한 시 창작에 대한 열의 또한 대단하여 1,200
수를 상회하는 시문을 남겼는데, 시의 면면을 들여다보면, 교유시, 수창시,
서간시, 차운시, 여행시, 제화시 등등 다양성을 드러내 보이고 있다. 이 가
운데에서도 제화시는 이정직 시의 뚜렷한 특징 중 하나로서 그의 예술적
재능과 밀접히 연관되어 있다.

먼저 감상자적 층위에서 중요하게 다룬 것은 이정직이 과연 그림을 어
떠한 방법으로 감상하고 시적으로 형상화하였느냐 하는 점이었다. 이정직
은 그림을 감상한 후 시문으로 읊음에 있어 거의 대부분 대상을 寫意化하
였고, 또한 사대부로서의 기상 내지는 선비 기질을 크게 벗어나지 않으면
서 脫俗的으로 읊었음을 알 수 있었다. 이는 그 자신이 문인으로서 그림을

감상한 때문이라고 결론지었다.

　이정직은 또한 제화시를 통하여 그림과 관련된 내용을 논하기도 하였는데, 시를 議論化했다는 측면에서 보자면, 정적인 감정을 중시하는 시의 고유한 영역을 깨뜨린 결과라고도 볼 수 있지만, 우선은 이정직 시의 한 특징으로써 인정하였다. 본 논고에서는 이러한 '이시논화'적 제화시를 창작자적 층위로 분류하였다. 그 이유는 이정직은 이러한 일련의 제화시를 통하여 시와 문을 대신한 그리기 작업과 그림을 그리는 방법, 자신이 궁극적으로 추구한 예술상의 극점 등등을 산발적으로 보여주고 있기 때문이다. 창작자적 층위에 해당하는 제화시의 경우, 이정직이 창작에서 추구한 궁극적인 목표는 사의를 거친 전신이라고 볼 수 있었다.

　이정직은 제화시를 통해서 사의만 지속적으로 강조한 듯하지만, 진실은 그렇지 아니하였다. 사의도 결국은 형사의 과정을 거친 연후에야 가능한 것으로 보았을 뿐 아니라 더 나아가 형사와 사의의 조화가 있을 때에만 진정한 예술을 구현할 수 있다고 주장하였다. 이는 전통적 문인들이 '文字香書卷氣'를 강조한 것과 일맥상통하는 부분이기도 하다. '문자향 서권기'는 후천적 수련이라고 할 수 있는데, 이정직은 이러한 수련 과정을 거친 연후에야 진정한 예술도 할 수 있는 것이요, 시도 지을 수 있을 것으로 내다보았기 때문이다.

제10장

石亭 李定稷의 '平淡' 논의와 시적 實踐

1. 머리말

石亭 李定稷(1841~1910)은 한말 격동기를 살다간 문인으로서 보통 海鶴 李沂(1848~1909)·梅泉 黃玹(1855~1910) 등과 함께 아울러 당대 호남을 대표하는 '三傑'로 지칭되어 왔다. 이들은 당시 호남이라는 공통 지역에 삶의 터전을 마련하였다는 이유로 깊은 유대 관계를 형성했던 것으로 보이는데, 그러면서도 드러난 면모를 보면 각자 다른 색깔의 특성을 지녔음을 알 수 있다. 이기는 문인이면서도 사회혁명가적인 면모를 지녔었고, 황현은 또한 문인이면서도 우국지사라는 칭호를 붙여 그동안 나름의 특성을 부각시켜왔다. 한편, 이정직은 무엇보다도 그의 博通性에 주목하여 그 前代를 이어받은 실학자라는 칭호를 붙여주기를 서슴지 않았는데,[1] 그가 남긴 글들을 보면, 많은 글들을 섭렵한 나머지 陰陽·卜筮·醫藥·星曆·字音

---

1) 崔英成,「'石亭 李定稷 遺藁 解題」,『石亭李定稷遺藁』Ⅰ, 김제문화원, 2001, 8쪽.

등등 소위 말하는 名物器數之學的인 면모를 보이고 있을 뿐 아니라 당시로서는 생각하기조차 힘든 서양 철학자 Bacon과 Kant의 학설을 소개하고 있기 때문이다.[2] 그러면서도 많은 글들에 남아있는 의식은 전근대적인 특성을 고스란히 보여주고 있어서 읽은 이로 하여금 다소 혼동을 안겨주기까지 한다.

　본 논고는 이정직이 시를 논하는 가운데 언급한 '平淡'이라는 시풍 용어에 주목하고, 그 논의 내용과 함께 개념 이해, 그리고 이러한 논의가 시문을 통해서는 어떻게 실천되었으며, 그 의미는 무엇인지 등등을 전개시키고자 한다.[3] 이정직은 1,200수를 상회하는 시문과 270여 편의 산문을 남긴 시인이요, 문장가라고 할 수 있다. 그러면서도 이러한 巨帙의 시와 문장들은 평생의 역작이라기보다는 54세 이후부터 70세까지 대략 15년간에 이루어진 것이라고 하니, 만일 54세 이전의 것까지 모두 남아있었다면 어느 정도 분량의 시문과 문장이 될 것인지는 상상 불허이다.[4] 짧은 시간동안에

---

2) 이정직의 Bacon과 Kant의 학설 소개에 대한 논의는 吳鍾逸의 논문(「實學思想의 近代的 轉移-石亭 李定稷의 경우-」, 『한국학보』10권2호, 일지사, 1984)을 참고할 것.

3) 그동안 이루어진 이정직의 문학에 대한 연구를 연대순으로 정리하면 다음과 같다. 김태선, 「石亭 李定稷 詩文學의 硏究」, 1995, 고려대 석사학위논문 ; 구사회, 「石亭 李定稷의 古文論과 歷代文評」, 『어문연구』118호, 한국어문교육연구회, 2003, 137~159쪽 ; 구사회, 「석정 이정직의 문장의식과 문예론적 특질」, 『국어국문학』136집, 국어국문학회, 2004, 293~320쪽 ; 구사회, 「石亭 李定稷의 詩意識과 文藝論的 特質」, 『한국언어문학』54집, 한국언어문학회, 2005 43~68쪽 ; 구사회, 「石亭 李定稷의 논서시와 문예론적 특질」, 『한문학보』13집, 우리한문학회, 2005, 439~469쪽 ; 구사회, 「석정 이정직 시론의 형성 과정과 문예론적 검토」, 『한국문학연구』29집, 동국대 한국문학연구소, 2005, 223~261쪽 ; 박은정, 「李定稷 文論의 韓歐正脈論 계승·변모 양상 연구」, 『온지논총』13집, 온지학회, 2005, 81~107쪽 ; 李月英, 「石亭 李定稷의 문필생활과 시 특성 고찰」, 『고시가연구』17집, 한국고시가문학회, 2006, 227~257쪽.

4) 이정직의 54세 이전의 원고는 1894년 4월 동학농민운동으로 전주성이 함락되면서 모두 소실되었다. 이러한 일로 인하여 이정직은 한동안 상심하였는데, 『燕石山房文藁』卷2, 「答許卯園書」와 같은 글을 통해서는 '蓋由甲午以來 憤宿

이러한 많은 시문과 문장이 나올 수 있었던 데에는 이정직의 부단한 노력이 있었기에 가능하였다고 할 수 있는데, 남은 생애동안 시문 창작을 부단히 하면서도 시란 무엇인가?라는 원론적인 것에서부터 시작하여 시문을 어떻게 창작해야 하는가? 그리고 어떤 시가 좋은 시인가? 등등 여러 부분에 걸쳐 논의하고 있는 것을 보면, 어느 누구보다도 시에 대한 애착이 컸다고 할 수 있다. 특히, 시문을 어떻게 지어야 하고, 가장 이상적인 시문은 어떤 것을 가리키는가?과 같은 것에 깊은 관심을 보이고 있는데, '평담'이라는 시풍 용어도 그러한 가운데 출현하였다고 볼 수 있다. 따라서 이정직이 논한 '평담' 용어는 다른 사람의 시문을 평하는 가운데 나온 인상적인 용어라기보다는 시문을 어떻게 창작해야 하는가?를 고심하는 가운데 나온 것으로서의 의미가 있다고 할 수 있다. '평담'에 대한 논의와 개념 규정을 한 후 작품을 통하여 실현된 모습을 살피려는 것도 이정직이 단지 '평담'을 이론적으로 언급한 것에서 그친 것이 아니라 그 정신과 의식을 시문을 통하여 그대로 나타내 보여주고 있기 때문이다.

2. 石亭의 '平淡' 논의와 개념 규정

'평담'은 '平易淡泊'의 준말로서, 의미를 새기자면 '평범하면서도 싱거운 맛'을 뜻하여 다소 부정적일 수 있는 요소를 내포하고 있다. 그렇지만 결코 그렇게만 볼 수 없음을 이정직의 '평담' 논의를 통하여 살펴볼 것이다.

먼저 '평담'의 구체적인 의미인 '평이담박'의 '평이'가 단순히 쉽다는 뜻이 아님을 다음의 以詩論詩에서 말하고 있다.

蒼深之極到平易　　의미 깊음이 지극하면 평이함에 이르나니

─────────

藁盡火……'라고 하여 당시 어떤 심정이었는지를 보여주고 있다.

當作人間絶妙音   마땅히 인간이 지은 절묘한 음이라네
平易元非容易語   평이함은 원래 쉽다는 말이 아니니
難深詎必解蒼深5)   난해함을 어찌 의미 깊다고만 여기랴

이시논시는 시로써 시를 논하는 것으로 위 시 「戲爲二十四絶句」는 비록
시 형식을 빌리기는 하였지만, 시와 관련된 이론적인 측면을 제시하고 있
어서 극히 議論的인 특성을 지니고 있다고 할 수 있다.6) 이정직은 위 시에
서 의미가 깊어지면 '평이'함에 이를 수 있는데, 그 '평이'함이란 결코 쉽
다는 뜻이 아니라고 하였다. 이는 '평이'를 말 그대로 쉽다는 뜻으로 풀이
하는 것을 경계한 것이기도 하지만, 시인이 시를 지음에 최종적으로 도달
하는 지점이 될 수 있음을 말한 것이기도 하다.

이정직은 많은 문장과 이시론시를 통하여 당대 문단의 잘못된 풍토를
비판하였는데, '평담'이라는 시풍 용어를 언급하게 된 배경도 이에서 비롯
되었다고 할 수 있다.

> 지금 시를 말하는 사람들은 그렇게 말하지 않는다. (중략) 그 대강을 말하자면 혹 기
> 이하고 가파른 것을 구하기도 하고, 혹 두터움이 지극한 것을 구하기도 한다. 이는 말
> 을 하여도 이해하지 못하는 것과 같으니 오직 분변하는 것이 이 할 일이다. 내가 배우
> 는 자들에게 문득 매질하고 하여금 평안하고 느긋함에 나아가도록 하였다. (중략) 평
> 담은 이와 다르게 기이하고 가파르지 않으면서도 평이하고 흐르면서도 쉬이 농염해지
> 지도 않으며, 담박함에 이르는 것은 넘치면서도 맛이 없으니 그것은 평이하면서도 바
> 르고 고상한 것이다.7)

---

5) 李定稷, 『燕石山房詩藁』3, 「戲爲二十四絶句」11번째 작품.
6) 이정직 시의 의론적인 경향에 대한 연구는 구사회의 논문(「石亭 李定稷의 詩意
   識과 文藝論的 特質」, 『한국언어문학』54집, 한국언어문학회, 2005, 57~62쪽)
   을 참고할 것.
7) 李定稷, 『燕石山房文藁』5, 「與李元瑞論詩說」, 今之言詩者 不然 (中略) 槩之或求
   奇峭焉 或求濃至焉 是猶言之未解 而惟辯是務 余於學者 輒楚之 使就其條暢 (中
   略) 若平淡 異於是 不奇峭而平者 流而爲易不濃 至而淡者 渝而無味 其平焉 而典

위는 李元瑞에게 준 글의 일부분으로 당대 문단의 시 창작에 대한 잘못된 풍토를 비판한 내용으로부터 시작하였다. 당대 시인들은 시를 창작함에 기이하거나 가파르거나 두터움이 지극한 것 등을 구한다고 하며, 이들을 '평담'과 서로 대립하는 것으로 제시하였다. 그러면서 시인이 만일 기이하거나 가파르며, 두터움이 지극한 것 등을 추구하다 보면, 그것을 읽어주는 독자는 이해하지 못하는 단계에 이를 수 있음을 경고하면서 시를 배우는 자들은 이를 배격할 것을 주문하고 있다. 즉, 이정직은 무엇보다도 '평담'을 중요하게 생각했음을 알 수 있는데, 이는 기이하거나 가파르며, 두터움이 지극한 것 등과 같은 남을 혹하게 하여 이목을 집중시키는 시의 풍모와는 질적으로 다름을 강조하고 있다. 여기서 기이하다라고 함은 낯설다라는 의미이고, 가파르며, 두터움이 지극하다는 것은 시문의 내용이 어려우면서도 시인의 감정이 절제되지 않은 상태에서 진하게 배어있음을 말하는 것으로 이정직은 다음의 시문을 통하여 이러한 것들을 언급하며 비판적으로 바라보고 있다.

① 胸中却有一權衡　　가슴 속에 문득 한 저울 있으니
　　不爲低昂便失平　　높고 낮음 따라 평행을 잃지 않네
　　語緩先消浮薄氣　　말 느려도 우선 부박한 기운 씻어내고
　　情多莫作可憐聲8)　정 많더라도 가련한 소리 내지 말아라
　　(생략)

② (생략)
　　晦澀與生硬　　어렵고 낯설은 표현은
　　快刀一以劃　　날카로운 칼로 전부 베어내야 하네
　　自然就平潤　　자연스러우면 수수와 윤택에 나아가나니

淡焉.
8) 李定稷, 『燕石山房詩藁』3, 「戲爲二十四絶句」14번째 작품.

不須煩錫鐮	번거롭게 애써 꾸밀 필요 없네
鏗爾諧金石	징징 울리는 소리 타악기와 어울리고
其次猶愜簫	다음엔 오히려 관악기와 어울리네
開闔妙相應	열리고 닫힘 미묘하게 서로 상응하고
曲暢成一串	굽이쳐 펼치는 가락 하나로 이어지네
理義融且洽	시속의 이치가 융화되고 합당해지면
方稱巨手撰[9]	비로소 거장의 작품이라 할 수 있네

(생략)

　시 ①의 내용은 마음 속의 저울대로 인하여 감정이 평행을 유지할 것이니 말은 느리게 하더라도 부박한 기운을 씻어낼 것이며, 감정이 아무리 풍부하더라도 절제되지 않은 상태로 그것을 발산하지 말라고 하였다. 시 ②는 거장의 시문이 될 수 있는 방법을 제시한 것으로 가장 먼저 '어렵고 낯설은 표현을 쓰지 말라'고 언급함과 동시에 애써 꾸미지 말라고 주문하고 있는데, 애써 꾸민다는 것은 순리에 어긋나는 것이기 때문이라고 하였다. 시문을 지을 때도 순리에 따라 짓게 된다면, 많은 악기가 어울려 화음을 이루듯이 조화로운 음을 내게 되어 열리고 닫히는 것과 굽히고 펼치는 가락이 하나가 되어 최고의 작품이 나오게 될 것으로 보았다. 이상 시 ①과 ②를 통하여 낯설고 어려우며, 감정이 절제되지 않은 시를 창작하지 말 것을 경고하였는데, 이는 결국 '평담' 시풍을 추구한 것에서 나온 결과라고 할 수 있다. 따라서 시가 '평담'하다는 것은 야단스럽게 悲憤慷慨하거나 별스럽게 大聲歡呼하거나 하지 않고 모나지 않고 安穩하게 끌고 나가 차분하고 담담한 情調가 살려져 있는 것[10]으로서 '평이담박하다'라고 함은 결코 부정적인 의미가 아님을 알 수 있다.

　이정직은 이렇듯 '평담'을 최고의 시풍으로 생각하여 결국 남의 시문을

---

9) 李定稷, 『燕石山房詩藁』3, 「又次簡字韻」
10) 車柱環, 『中國詩論』, 서울대학교출판부, 1989, 154쪽.

평가하는 기준으로까지 삼는가 하면,11) 남이 자신의 시를 평가할 때도 '평이하다'라고 하면 가장 올바르면서도 높이 평한 것으로 생각하였다. 다음은 이정직 자신의 시를 두고 梅泉 黃玹이 평한 것을 듣고 所懷를 밝힌 글이다.

> 비록 그러하지만 변명할 만한 것이 있습니다. 형께서 저의 시를 지목하시어 노련하고 평이하여 그 말이 조금 뜻에 차지 않는 것 같다고 하셨다고 하는데, 저는 그 말을 듣고 곧 기뻤습니다. 그러나 보름이 지나서 형께서 저의 재주를 지목해서 주도면밀하고 정교하게 장식한 색채가 농후하여 그 말이 꾸민 것이 많은 듯하다고 하셨다는데, 저는 그 말을 듣고 오히려 멍하니 망연자실하고 말았습니다. 의도적으로 형과 모두 서로 반대가 되려는 것은 아닙니다. 뒤에 말하신 것을 제가 싫어한 지도 오래되었고, 앞에 말하신 것은 요사이 몇 년 전부터 깊이 바라던 것이긴 하지만 아직 능하지 못합니다. 옛 사람들 중에서 대가라고 이름났던 사람들을 낱낱이 살펴보아도 나중 것을 버리지 않고 먼저 것을 취한 자가 있지 아니하였습니다. 제가 나중 것을 싫어하고 먼저 것을 원하는 것은 재주는 비록 미치지 못하지만 그 마음은 옛 사람을 따를 것을 기약하기 때문입니다. 형의 고명하심으로 어찌 이것을 믿지 않으시고 짐짓 놀랄 만하고 괴이할 만하다고 하십니까?12)

이정직은 황현보다 14세 연상이지만, '형'이라는 칭호를 써서 극히 존경하는 마음을 전하고 있다. 이정직이 1895년 봄 鳳城(현 구례)을 방문하면

11) 李定稷, 『燕石山房文藁』7, 「王小川六十一歲壽序」, 小川爲詩 不循時好 余一見 許以近古 得其詩 輒藏之 有從余問詩軌者 出所藏示之 其能篤信焉者 不數年而蔚然可觀 (중략) 今世之工詩者 非一人 而余獨於小川云爾 蓋小川之詩 平易耳 醇正耳 典實耳 有平易也 無奇巧 惟醇正也 不躁肆 惟典實也 浮聲溢色 斯遠焉 此余所謂近古也 然後可以免時變.

12) 李定稷, 『燕石山房文藁』4, 「與黃梅泉書」, 雖然 有可辨者 兄目吾詩 老鍊平迤 其辭若歉焉 而弟聞之 便欣然 過望 兄目吾才 精綴縟麗其邪若美矣 而弟聞之 却撫然自失 非故與兄皆相反也 後所云者 弟厭之久矣 前所云者 弟此年來深願而未之能也 歷觀古人之號大家者 未有不捨後而就此 弟所厭後 而願此者 才雖未逮 其心則期追古人也 以兄高明 豈不諒此 而故爲可驚可怪.

서 둘의 만남은 최초로 이루어지는데, 당시 이정직은 55세요, 황현은 41세
로 나이 차이가 현격하였음에도 불구하고 나이를 잊는 사귐은 지속적으로
이어져 나중에는 서로의 안부를 편지를 통하여 전하였다. 위의 글은 처음
만남 이후 편지를 통하여 서로의 안부를 묻는 가운데 나온 내용으로 문맥
을 통해서 보자면, 황현이 이미 이정직의 시문을 읽어 보았음을 알 수 있
다. 황현은 처음 이정직의 시를 읽고는 '노련하면서 평이하다'라고 평하였
고, 보름이 지난 후에는 상반되게도 '주도면밀하고 정교하게 장식한 색채
가 농후하다'라고 평한 것을 두고, 이정직은 처음 평에 대해서는 긍정적으
로 받아들이며 마음 속으로 기쁘게 생각하였지만, 나중의 평에 대해서는
그다지 좋게 생각하지 않았음을 피력하였다. 뿐만 아니라 '의도적으로 형
과 반대가 되려는 것은 아니다'라는 언급을 함으로서 이정직이 추구한 시
와 황현이 이상적으로 생각한 시의 양상이 서로 달랐음을 밝히고 있다.
즉, 이정직이 추구한 시는 노련하면서 평이한 것이라면, 황현이 추구한 시
는 그 반대편에 있는 것으로 생각할 수 있는데, 정교하게 장식한 색채가
농후한 것이라고도 생각할 수 있다. 또한 이정직은 大家論을 들어 정교하
게 장식한 색채가 농후한 것을 버리지 않고서 노련하고 평이한 것을 얻을
수 없다고 하며, 자신은 옛사람을 좇을 것을 기약한 몸이기에 노련하고 평
이한 것을 따르겠노라고 선언하기에 이른다. 이정직과 황현은 인간적인 만
남은 차치하고라도 이처럼 서로 다른 시문관을 지니고 있었는데, 이정직이
法古를 중시했다면, 황현은 性情을 중시한 것도[13] 시문을 바라보는 시각
차이에서 온 결과라고 할 수 있다.

그렇다면, 시적 '평담'은 어떻게 이를 수 있는가? 다음은 詩題이기는 하
여도 그 내용 가운데에 '평담' 시풍을 추구함에도 순서가 있음을 언급했기
때문에 인용한다.

---

13) 이정직과 황현의 문학논쟁에 대한 연구는 기태완의 논문(「梅泉 黃玹과 石亭
  李定稷의 문학논쟁」, 『한문학보』13집, 우리한문학회, 2005)을 참고할 것.

내가 근래에 지은 시는 대개 평담한데, 내 아들과 나에게 배우는 연소배가 그것을 본
받으려고 하였다. 나는 기이한 것에 익숙해지면 평범하다 말할 수 있으며 진한 것에
물리면 담백한 것을 알 수 있게 된다고 생각한다. 만일 단계를 뛰어넘어 그것을 추구
한다면, 쉽게 空架를 이루게 될 것이다.(생략)[14]

먼저 이정직 자신의 시가 대개 평담함을 추구한 후 그것을 많은 문인
제자들이 따라서 하려한다는 말로 시작하였다. 그러면서도 그러한 현상을
호의적으로 받아들이기 보다는 평담의 전단계로서 기이하고, 진한 것을 먼
저 익힐 것을 말하였다. 기이하고 진하다 함은 앞에서 이미 보았던 평이하
지 않으면서 감정을 절제하지 못한 것을 이르는 것으로 평담은 이러한 과
정을 거친 연후에야 가능한 시풍으로 간주하여 만일 그 순서를 지키지 않
는다면 '비어있는 시렁'과도 같다는 것이다. '평담'이 '평이담박'의 약어이
기 때문에 자칫 잘못 이해하면 쉽게 나타내 보여줄 수 있는 것으로 오해할
수 있는데, 기이하고 진한 것을 거친 연후에야 가능하다고 함은 시풍 가운
데 최종적인 것이면서 말처럼 그리 쉬운 것만은 아님을 간접적으로 언급
한 것으로 이해할 수 있다. '평담'이 시풍 가운데 최종적이라는 인식은 다
음의 언급에서도 드러난다.

司空表聖이 시를 품평한 것이 24개 있는데 대개 이를 낱낱이 들어놓은 것이다. 그러
나 그 變通을 다한다면 또 어찌 24개에만 그치겠는가. 근대 名家부터 점점 거슬러
올라가 明, 元, 南北朝, 宋, 五代, 三唐에 이르면 徐庾·顔鮑·三謝·二陸이 있으니 魏나
라와 漢나라에 이르기까지 죽 열거하여 3백편에 이르면 본말을 꿰뚫을 것이요 바름과
변통을 알게 될 것이다. 시대의 오활함과 융성함을 연구하고 재주와 힘의 풍성함과
적음을 분변하여 위아래 출입하여 이에 젖어들어 넉넉히 흡수되면 사람의 마음과 눈
이 명료해져 촛불같이 밝아질 것이요 입과 입술이 매끄러워져 구슬을 굴리는 듯하게

---

14) 李定稷, 『燕石山房詩藁』3, 「余比年作詩 槪多平淡 家兒及從遊年少欲效之 余謂習
於奇者 可以言平 飫於濃者 可以知淡 若獵等求之 易成空架 (생략)」

될 것이다. 이렇게 된 연후에 짐작하여 절충하고 찌꺼기를 제거하여 정액을 쏟고 녹여 단련한 뒤 이를 씻어내면 이내 평담함에 돌아가 머물 것이니 이것은 대강 간략하게 한 것이라. 그 변화의 오묘함이야 어찌 말로 능히 다할 수 있겠는가.15)

司空表聖은 중국 晩唐 때의 문인인 司空圖를 이르는데, 일찍이 시가에는 품격이 있다고 하여 작품을 24개로 나누어 품평하였으니 그것이 현재 남아있는 「二十四詩品」이다. 그 24개의 시품을 열거하면, 雄渾, 沖澹, 纖穠, 沈着, 高古, 典雅, 洗鍊, 勁健, 綺麗, 自然, 豪放, 含蓄, 精神, 縝密, 疎野, 淸奇, 委曲, 實境, 悲慨, 形容, 超詣, 飄逸, 曠達, 流動 등인데,16) 이정직은 그 變通을 다한다면 반드시 이 24개에만 머물지 않을 것이라고 한다. 즉, 이는 더 많은 시품을 想定해볼 수도 있다는 뜻으로 이해할 수 있는데, 나중에 '평담' 시풍을 언급하기 위한 포석이라고도 할 수 있다. 이정직이 생각한 '평담' 시풍을 얻는 방법은 먼저 가장 빠른 시기의 名家로부터 시작하여 시대를 거슬러 올라가면서 주요 시인의 주요 작품을 선별하여 대략 3백 편 정도에 이르면 본말을 꿰뚫음과 동시에 바름과 변통을 알게 될 것이라고 한다. 그리고 이들 시문들이 자기 것으로 완전히 흡수되면 마음과 눈이 명료해져 촛불처럼 밝아질 것이요, 입과 입술이 매끄러워져 구슬을 굴리는 듯할 것이라고 한다. 그러한 연후에야 짐작하고 절충하여 찌꺼기를 제거하여 정액을 쏟고 단련한다면 최종적으로 '평담'함에 이르게 될 것이라고 하여 이정직이 추구한 이상적인 시풍이 무엇임을 알게 한다. 이는 결

---

15) 李定稷, 『燕石山房文藁』5, 「與李元瑞論詩說」, 司空表聖品詩 有二十有四 盖歷擧矣 然極其變 又豈止二十四已哉 自近代名家 漸遡而上 若明若元若南北宋五代三唐徐庾顔鮑三謝二陸至于魏漢以達乎 三百篇洞原委識正變 究時代之汗隆 辨才力之豊嗇 上下出入 浸灌融洽 使心目之瞭 燭照如也 口吻之滑 轉丸如也 而後 斟酌折衷 去糟粕而瀝精液 鎔鍊淘洗 乃歸宿乎平淡 此大略也 其變化之妙 豈言語所能悉哉.

16) 司空圖의 「二十四詩品」에 대한 구체적인 내용은 이연세의 논문(「漢詩批評에 있어서의 詩品 硏究」, 『고전비평용어연구』, 태학사, 1998, 306~341쪽)을 참고할 것.

국 '평담'에 이르기 위해서는 나름대로의 부단한 노력이 있어야함을 말한 것이기도 하다.

이상 이정직이 논한 '평담'에 대하여 언급함과 동시에 그 개념을 정리하였다. 이정직의 '평담'은 부정적 의미에서 출발했다기보다는 시풍에 있어서 최종적으로 추구해야 할 것으로서의 의미가 강함을 알 수 있었다. 또한 그 구체적인 개념은 기이하거나 가파르며, 두터움이 지극한 것과는 상반된 것으로서 평이하면서도 감정을 절제할 줄 아는 의미가 강함을 엿볼 수 있었다. 그러면서도 이정직은 '평담'을 오히려 기이하거나 가파르며, 두터움이 지극한 것을 거친 연후에야 가능한 시풍으로 인식하여 이에 이르기 위해서는 나름대로의 부단한 노력이 있어야 함도 강조하였다.

3. 諸家의 평과 '平淡'풍의 실천

1) 石亭詩에 대한 평가

그렇다면 이정직은 과연 시문을 통하여 '평담'풍을 구현해 내었는가? 그에 대한 답은 이정직 시를 평한 다음의 시문에서 찾을 수 있다.

擬詩唐宋間	시가는 당·송 사이를 모방하고
學得少陵爲	소릉의 작법을 배웠네
叶律循規矩	규칙에 따라 음율을 맞추고
去險從平夷	험벽함 없애고 평이함 숭상하네
放翁聲何促	방옹의 성률은 그 얼마나 촉박한가
山谷澁未奇	산곡 시는 난삽해도 기괴하지 않네
寥寥千載下	아주 드물게 천 년 이래로
今杜人莫知17)	오늘의 두보를 알아주는 이 없네

일찍이 이정직이 회갑을 맞이했을 때 평소 알고 지내던 高石門이 10수
의 시를 보내 축하해 주었는데, 그 가운데 네 번째 작품이 위 시이다. 먼저
수련에서는 이정직이 어떤 시를 표준으로 삼았는지를 알려주고 있는데, 시
기적으로는 중국 당·송을 모방하려고 하였고, 많은 문인 중에서 특히 두보
의 작시법을 배웠다라고 하였다. 주지하다시피 중국의 역사에서 당·송 때
유·무명의 많은 시인들이 출현하였는데, 아마도 이정직이 평소 이러한 작
가들을 섭렵한 흔적을 남겼기 때문이라고 생각한다. 그리고 두보의 경우,
중국 뿐 아니라 우리나라 역대 문인들이 가장 이상적으로 여겼던 작가 중
한 사람으로 이정직의 두보에 대한 애착은 유별났다고 할 수 있다. 가령
'두보의 시를 숙독하여 그 分章과 成篇의 법을 터득한다면 古人과 같은 경
지에 오를 수 있다.'[18]라고 한 경우와 같이 여러 글에서 두보를 숭앙하는
자세를 보이는가 하면, 심지어 어느 작가보다도 두보의 시를 차운하기를
즐겨했는데 그 차운시가 무려 68수에 이르고 있다. 따라서 위 시문 가운
데, '소릉의 작법을 배웠다고 함'은 이정직의 두보를 향한 이러한 자세를
염두해 둔 데에서 나온 것임을 알 수 있다. 함련에서는 이정직이 어떤 방
법으로 시문을 지었는지를 언급하였는데, 특히 규칙을 중요하게 생각하였
고, 기이하거나 험벽함을 배격하는 대신 대체로 쉽게 시문을 지으려 했음
을 알려주고 있다. 즉, 이는 앞 2장에서 논한 '평담'과 직결되는 내용으로
이정직이 이론적으로 뿐만 아니라 실지 창작에 있어서도 평이한 시문을
지었음을 알게 한다. 이어서 경련에서 언급한 陸游와 黃庭堅은 모두 송 때
의 문인들로 전자는 과격하게 당시를 비판하였고, 후자는 江西詩派의 詩宗
으로서 기교를 부린 시를 남겼는데, 모두 이정직의 시 창작 방법과 차이가
있음을 나타내었다. 이는 곧, 이정직을 육유나 황정견보다도 더 우위에 둔
내용으로 이해할 수 있다. 그런데도 불구하고 이러한 이정직을 많은 이들

---

17) 李定稷, 『燕石山房詩藁』3, 石門詩 네 번째 작품.
18) 李定稷, 『燕石山房文藁』2, 「答王贊之」, 願老兄熟讀杜工部詩 得其分章成篇之法
則何遽不若古人哉.

이 알지 못한다라고 하며 마지막 미련에서 그 애석함을 내비치며 시문을 끝맺고 있다.

이와 같이 다른 사람의 시평을 통해서 보자면, 이정직은 분명 기괴하거나 험벽함보다는 평이함을 추구했음을 알 수 있다. 그렇다면 그러한 면모를 살필 수 있는 작품으로는 어떤 것이 있을 것인가? 이정직은 이미 20대부터 저술에 힘을 쏟아 많은 분량의 초고를 이룩하였다. 그런데 그의 나이 54세 때인 1894년 4월 동학농민군의 全州城 입성 당시 집에 불이 나 그동안의 원고가 모두 불에 타는 비운을 맞는다. 그러나 그에 굴하지 않고 그 후에도 지속적인 저술 활동을 하여 세상을 떠나는 순간 17년간 시와 문을 모두 합하여 30책을 이루어 『燕石山房未定藁』라는 巨帙을 남기는 데까지 이른다. 이『연석산방미정고』는 다시 文藁와 詩藁로 나눌 수 있는데, 시고에 남아 있는 시문은 총 1,200여 수를 상회하는 것으로 나타나니 17년간이라는 연한에 대비해 보았을 때 적지 않은 것은 분명하다. 그 1,200여 수의 시문 내용을 살펴보면, 한가로운 전원의 삶을 노래한 것이 있는가 하면, 문인 제자 및 지인들과 수창한 작품도 있고, 여러 곳을 여행하면서 본 풍경을 묘사하거나 두보 및 여러 문인들의 작품을 차운한 것 등등 여느 다른 문인들과 대비했을 때 크게 다를 바가 없는 모습을 갖추고 있다. 그래서 만일 이정직의 시문을 살핌에 있어 내용 위주로 본다면, 그 특색을 찾아내지 못할 우려를 범할 수도 있다. 따라서 다른 방법을 고안해 내야 할 것인데, 이정직 시를 평한 이들의 말에 귀를 기울이는 것을 대안으로 생각할 수 있다. 그 시평을 하는 가운데 이정직 시의 중요한 특색이 논의될 수도 있기 때문이다.

다음은 이정직 시를 평한 것으로 일목요연하게 보기 위하여 그 중요 부분만을 인용해 본다.

① 海國爭傳石老詩   온 나라 다투어 석정 어른의 시를 전하지만
　　誰知高處逼陶韋   높은 경지 도잠·위응물에 가까움을 뉘 알리요

溪亭臥聽黃鸝語　시냇가 정자에 누워서 꾀꼬리 소리를 듣고
野渡行隨白鷺飛[19]　들녘 나루터에서 백로가 나는 대로 따라가네
(생략)

② 少小爲詩學杜詩　어려서 시 지을 때 두보의 시를 배웠고
才高猶復近王韋[20]　재주 높아 다시 왕유·위응물에 가깝네
(생략)

③ 曾年石亭詩　옛날 석정이 시를 쓸 때는
借讀人家卷　남들 시집을 빌려 읽었지
離騷踐規矩　이소를 표준으로 삼았고
風雅得政變　풍아가 정변을 얻었네
直入陶杜門　도잠 두보의 경계에 들어갔는데
誰可充後殿[21]　누가 그 뒤를 이을 수 있을까
(생략)

　①은 小川 王師瓚, ②는 황현, ③은 崔簣亭이 이정직에게 보낸 시문의 일부분이다. 이들은 모두 당대 호남을 대표할만한 문인들로 이정직의 시문에 대한 평을 간략하지만, 분명히 전해주고 있어서 좋은 참고 자료가 된다. 왕사찬은 시 ①에서 이정직의 시가 陶潛과 韋應物을 많이 닮아 있다고 하며, 그 삶의 한 단면을 '시냇가 정자에서 꾀꼬리를 듣고, 나루터에서 백로가 나는 대로 따라간다.'라고 읊었다. 도잠은 중국 東晉 때의 문인으로서 41세에 벼슬에서 물러난 후 전원풍을 구사한 대표적인 은일시인으로 알려져 있다. 그가 생존했을 당시에는 그리 크게 추앙을 받지 못하다가 후대 唐에 이르러 많은 문인들이 선망하는 시인이 되었는데, 시문을 지음에

---

19) 李定稷, 『燕石山房詩藁』2, 小川詩.
20) 李定稷, 『燕石山房詩藁』2, 梅泉詩.
21) 李定稷, 『燕石山房詩藁』3, 簣亭詩.

있어서 기교를 그다지 부리지 않고 평담한 시풍을 구사한 것으로 유명하다. 또한 위응물은 중국 당 때의 시인으로서 그의 시에는 전원적인 정취를 소재로 한 것이 많은 것으로 알려져 있다. 그런데 왕사찬은 이정직의 시가 도잠·위응물의 것에 근접하다고 하여 그 유사성을 들추었다. 황현은 시 ②에서 이정직이 두보의 시를 배웠음을 먼저 들고 나서 王維와 위응물의 시에 가깝다라고 하였다. 왕유는 일반적으로 중국 盛唐 때의 산수시인이자 화가로 알려져 있는데, 특히 그의 시문이 회화적인 특성을 보이고 있어서 훗날 송의 蘇軾이 그의 시를 가리켜 '그림이 있는 듯하다'라고 한 말은 인구에 膾炙되어 왔다. 여기서 위응물·왕유를 함께 묶은 것은 이정직의 시가 전원적이고 산수시적인 풍모를 지녔다고 생각한 때문이 아닌가 생각한다. 시 ③에서는 이정직의 시가 도잠과 두보의 경계에 들어갔다라고 하였다. 도잠의 시에 대비한 것은 시 ①의 왕사찬의 시각과 비슷하고, 두보와 대비한 것은 평소 이정직이 두보 시를 모범으로 삼은 것을 익히 안 때문이 아닌가 생각한다.

이상과 같이 많은 지인들은 이정직의 시를 도잠, 위응물, 왕유, 두보 등의 시에 가깝다고 하거나 경계에 들어갔다라고 하여 특성을 드러내었다. 이들 중 두보를 제외한 도잠, 위응물, 왕유의 공통점은 모두 전원시인이나 산수시인으로 분류된다는 사실이다. 특히, 위응물과 왕유는 도잠의 전원시적인 풍모를 그대로 이어받은 시인들로 평가되는 당 때의 문인들로서 또다른 산수시인들인 孟浩然·柳宗元과 한데 묶어 '王·孟·韋·柳'로 지칭하기도 한다. 따라서 이러한 시평들을 통해서 보자면, 이정직의 시는 전원시나 산수시적인 풍모를 다분히 지니고 있다고 단언할 수 있겠다.

2) '平淡' 시풍의 시적 실천

전원시와 산수시는 시 창작의 대상으로 보자면, 거의 흡사한 면이 있다. 그렇지만 시대적인 순서로 보자면, 전원시가 먼저이고, 산수시는 그 후대

에 유행한 것으로 이해할 수 있다. 전원시의 경우, 동진의 도잠으로 대표
되고, 산수시는 당의 왕·맹·위·유 등으로 대표되기 때문이다. 그리고 이 둘
의 의미를 엄격히 따지자면, 전원시는 전원의 풍경과 농촌 생활의 정취를
주로 묘사하고 노래한 시가[22]를 가리킨 반면, 산수시는 전원이라는 공간
을 시적 대상으로 한 것은 전원시와 유사하나 산수를 유람하면서 현실 도
피적인 삶과 세상사에서의 초탈을 추구하고 있다.[23] 이러면서도 시풍적인
측면에서 보자면, 둘은 모두 '평담'과 상당한 연관성이 있다. 특히, 도잠의
시는 후대인들에게 '평담'하다라는 평을 자주 듣곤 하였는데,[24] 그가 지은
「飮酒」시 두 번째 작품 5·6구의 '동쪽 울타리 아래서 국화를 따드니, 아득
한 남산이 보이누나.'[25]와 같은 내용은 몰아의 경지에 이르지 않으면 나올
수 없는 작품으로 많은 사람들의 입에 오르고 내렸다. 즉, 도잠은 세속의
모든 명리를 잊어버리고, 전원생활 속에서 삶의 참된 진리를 깨닫지만, 그
러나 시인이 그것을 말로 표현해내려고 하면, 다시 그 말마저 잊어버리게
된다. 이는 바로 시인이 전원의 삶 속에서 우주자연과의 합일 내지는 몰아
의 경지에 이미 이르렀기 때문이다.[26] 후대의 많은 이들은 도잠의 전원적
인 삶도 흠모하였지만, 몰아의 경지에서 나온 '평담'한 시풍 또한 첫 번째
추구의 대상이었다.

이정직도 도잠의 전원적인 삶을 흠모했던 것으로 나타나는데, 다음 시
를 통해 이를 알 수 있다.

　　　自吾來此世情空　　　나 이곳에 온 뒤로 세상사 공허하매

22) 임종욱, 『동양문학비평용어사전』, 범우사, 1997, 786.
23) 임종욱, 앞 책, 1997, 417쪽 참조.
24) 대표적인 경우를 중국 송 때의 문인인 朱熹의 다음과 같은 언급에서 알 수 있
　　다. 『朱子語類』卷141, 「論文下」, 淵明詩平淡出於自然 後人學他平淡 便相去遠矣.
25) 陶潛, 『靖節先生集』卷3, 「飮酒」두 번째, 採菊東籬下, 悠然見南山.
26) 權鎬鐘, 「中國古典詩歌에서 「平淡」의 意味 解釋」, 『中國文學』24권 1호, 韓國中
　　國語文學會, 1995, 73쪽 참조.

步出荷塘更向東	연꽃 핀 못에 걸어가다 동편으로 향하네
禾莖荳葉偏宜雨	벼 줄기 콩 잎 두루 적당이 비 내리고
栗碧松蒼自有風	밤나무 파랗고 솔 푸르니 바람 절로 일도다
但言止酒同元亮	술 끊어야 한다지만 도연명처럼 살고 싶고
未有多詩擬放翁	시 많지 않지만 육유를 닮고 싶네
茶熟泉香書卷裡	차 달이매 샘물 향기 책 속에 가득하고
匡牀高枕月明中27)	달 밝은 속에 편안한 잠자리에 드네

위 시의 自註에 의하면, '갑오년에 나머지 시를 불태워버린 뒤로 지금까지 10년이 되었는데, 시는 겨우 1천 수 남짓밖에 되지 않는다.'28)라고 한 것을 보면, 1894년 갑오농민운동 이후 10년 후에 지은 작품으로서 이정직의 나이로 보자면, 거의 말년에 가까운 때라고 할 수 있다. 수련에서는 동쪽으로 향하는 화자의 모습을 그렸고, 함련에서는 동쪽의 풍경을 그렸다. 동쪽에는 벼와 콩, 밤나무와 솔나무 등이 있는데, 그때 마침 적당한 비가 내렸을 뿐 아니라 바람 또한 절로 이는 모습을 통하여 자연에 순환적인 질서가 있음을 나타내었다. 드디어 경련에서 도잠을 들어 시적 화자도 그와 같이 살고 싶다라고 하였는데, 여기서의 시적 화자는 바로 이정직 자신이라고 할 수 있다. 이는 바로 도잠과 같은 전원적인 삶을 살겠노라는 의지를 담은 것이라고 하겠는데, 미련에서 말하는 여유로운 경지는 전원에서의 삶과 유관하다고 볼 수 있다.

그런데, '도잠처럼 살고 싶다'고 하여 무조건 이정직 시를 '평담'과 연관짓는 것은 아니다. 앞 Ⅱ장에서 본 바와 같이 이정직이 볼 때 시가 '평담'하다고 함은 무기교와 감정의 절제 등과 상당한 관련성이 있었다. 도잠의 「음주」시를 '평담'하다고 평하면서 몰아의 경지에 이르지 않으면 나올 수

---

27) 李定稷, 『燕石山房詩藁』4, 「步前韻得二首」 중 첫 번째 작품.
28) 李定稷, 『燕石山房詩藁』4, 「步前韻得二首」 自註, 自甲午燒餘藁 至今爲十年 詩僅餘千首.

없는 구절이라고 한 것도 무기교와 관련되는 것으로 이해할 수 있는데, 이로써 본다면, 이정직이 바라다본 '평담'과 일맥상통하는 측면이 있다. 제가들이 이정직 시를 평함에 도잠을 비롯한 산수·전원시인과 연관짓는 이유도 그 삶의 양태도 그러하지만, 시 속에서 무기교와 감정을 절제할 줄 아는 미덕을 담았기 때문이라고 생각한다.

먼저, 기교를 부리지 않는다고 함은 억지스럽게 시를 만들어내지 않는 경지를 이르는 것으로 평이함과 유사한 의미라고 할 수 있는데, 다음 작품에서 이를 엿볼 수 있다.

遠遠春山頂	봄의 산마루 멀고도 먼데
沉沉靄氣籠	아지랑이가 자욱히 덮였네
風吹時復捲	바람 불어와 때로 다시 말아올리니
峭碧出空中29)	험준하고 푸름 산 공중에 드러나네

전북의 任實을 가다가 도중에 만난 풍경을 보고, 시로 표현한 작품으로 극히 회화적인 특성을 보이면서 보이는 것을 그대로 나타내 보였을 뿐 감정은 개입이 안된 상태이다. 계절로 보자면 봄이요, 봄이기 때문에 먼 산마루에는 아지랑이가 자욱하게 낄 수도 있다. 기구와 승구에서는 바로 이러한 봄 풍경을 그대로 나타내보여 주면서도 기교를 부리는 측면은 엿볼 수 없다. 이러한 태도는 전구와 결구까지도 마찬가지로 이어지는데, 바람이 불어와 아지랑이를 걷어가니 험준하고 푸른 산이 드디어 제 모습을 드러내었다라고 하여 평이하게 끝맺음을 하였다.

이정직의 작품 중에는 전원의 한가로움과 여유를 읊은 작품이 다수 있다. 그 중에서 한 작품을 들어보면 다음과 같다.

田家幽景足	시골집의 그윽한 경치 좋을시고

---

29) 李定稷, 『燕石山房詩藁』4, 「任實道中紀所見」

寄興答衰齡	흥을 부쳐 늙은 나에게 답하는 듯
夕露沾蛛網	저녁 이슬 거미줄 적시고
秋陽晒鷺翎	가을 햇빛 백로의 깃에 빛나네
家貧無好酒	집이 가난하여 좋은 술은 없지만
世難有殘經	세상 어려워도 남은 책들 있도다
努力加餐食	애써 끼니를 찾아먹고
時時步我庭30)	때때로 집 뜰도 거니네

제가들이 이정직을 도잠을 비롯한 산수·전원시인들과 대비하도록 만든 작품 가운데 하나라고 할 정도로 전원의 한가로움을 그렸다. 비록 풍부한 삶을 살고 있지 않은 시골 생활이지만, 그 가운데에도 나름대로의 여유로 움은 있다. 때문에 경치와 내가 따로 있는 것이 아니라 함께 할 수 있는 것이고, 더 나아가서 경치는 나의 흥을 일으킬 수도 있다. 수련의 내용은 경치와 나의 관계 설정이 어떤 모습으로 이루어져 있는가를 보여주고 있 다. 함련에서는 가난한 시골집의 현상적인 풍경을 그린 것으로 여느 곳에 서도 흔히 볼 수 있는 광경 중 하나라고 할 수 있다. 경련에서는 비록 자 신의 집이 가난하여 흥을 돋을 수 있는 술은 없지만, 그 대신 책이 있기에 충분한 위안이 될 수 있음을 적었고, 마지막 미련에서는 한가롭게 거니는 모습을 다시 한번 표현함으로서 마쳤다. 전원의 한가로움과 여유를 그리고 는 있어도 표현함에서 있어서 기교를 부려 억지스럽게 말을 꾸민 흔적은 찾아볼 수 없는 평이한 작품이라고 하겠다.

이정직은 작품을 통하여 슬프거나 기쁜 감정을 그대로 토로한 적이 거 의 없다. 이는 상당히 감정을 절제한 상태에서 시로 표현했다는 의미이기 도 한데, 다음 두 작품에서 이러한 측면을 엿볼 수 있다.

① 白氣春宵事可疑　안개 낀 봄날 저녁의 일 못내 의아스러워

---

30) 李定稷, 『燕石山房詩藁』1, 「田家」

眞訛日眩繹騷時　　진짜인지 가짜인지 영문을 모르겠네
萬家騰沸將何去　　많은 가구들 아우성치는데 어디로 가야 하나
一火橫延竟未知　　한 바탕의 화재 어디까지 퍼질지 알 수 없네
頃刻烟雲書卷盡　　순식간에 일어난 연기로 책들이 다 없어졌고
歷旬風雨道途危　　수십일간 바람 불고 비 내려 길은 위험하네
隨身尙有殘編在　　몸에 지닌 책 얼마간 있어 다행이니
麗水佳山信所之31)　　아름다운 물과 산이 진실로 갈 곳이네

② 念昔安南府　　옛날 안남부를 생각하니
繁華擅大雄　　번화한 모습 으뜸이라 날리었지
倉盈無竊鼠　　창고엔 곡식 가득하나 훔쳐먹는 쥐 없었고
家給有嘶驄　　집집마다 넉넉하여 청총마를 길렀었지
一夕焚燒盡　　하루 저녁 사이에 모든 것 다 태워버렸으니
殘城市井空　　타다 남은 성은 온통 다 비었네
何時能復舊　　어느 때 다시 옛을 회복하여
歡笑萬人中32)　　만인들과 기쁜 담소 나눌까

　두 작품 모두 1894년 갑오농민운동을 겪고 나서 지은 것으로 생각된다.
이정직은 동학농민운동이 일어날 당시 전주에서 한약방을 경영하고 있었
는데, 집이 온통 다 타버려 藥器는 물론이거니와 책, 저술 원고 등등을 모
두 잃는다. 특히, 그동안 쌓아온 원고를 다 잃은 슬픔과 분함은 이루 말할
수조차도 없었는데,33) 위 두 시에서는 슬픔과 분함을 직설적으로 나타내
보이지 않았다.
　갑오년에 지은 것으로 明記한 작품 ①은 화재로 인하여 처음에는 방황
한 기색이 역력하다. 이는 감정을 담고 있는 한자 '疑'를 통해서도 알 수

31) 李定稷, 『燕石山房詩藁』1, 「有感-甲午」
32) 李定稷, 『燕石山房詩藁』1, 「有歎」
33) 李定稷, 『燕石山房文藁』卷2, 「答許卯園書」, 蓋由甲午以來 憤宿藁盡火…….

있는데, 불이 난 것 자체를 믿지 못하는 듯하다. 그러다가 함련에 이르러서는 불이 일어난 것은 가짜가 아니고 바로 현실임을 알아차리는데, 많은 집들이 우왕좌왕 어디로 가야할지 모르는 상황을 직접 目睹하고부터이다. 경련도 마찬가지로 함련에 이어서 화재의 심각성을 알려주고 있는데, 특히 순식간에 많은 책들이 타버렸음을 의도적으로나마 알려주고 있다. 그러나 미련에서는 급반전하여 그렇게 큰 화재가 났음에도 불구하고 몸에 지닌 책이 얼마간 있어서 다행이라고 하며 自慰하는가 하면, '麗水'와 '佳山'을 들어 시의 앞 내용과는 전혀 다른 방향에서 끝을 맺었다. 현재 큰 화재로 인하여 자신의 온갖 재산 뿐 아니라 그동안 집필했던 원고들이 모두 불에 타버렸는데도, 수려한 산과 물이 갈 곳을 든 것은 감정의 상당한 절제가 아니라면 나타내기 힘든 것이라고 할 수 있다.

작품 ②도 또한 마찬가지이다. 처음 수련은 옛날 번화했던 안남부를 회상하는 내용으로부터 시작하였는데, 안남부는 전주의 옛 이름이다. 그리고 그 회상은 함련으로까지 이어지는데, 옛날 안남부의 창고에는 곡식이 가득하였고, 또한 집집마다 청총마를 기를 정도로 집안이 넉넉하였다고도 하였다. 그러나 하루아침에 모든 것을 불에 타 태웠으니 이제는 성이 모두 빈 듯하다라고 하였다. 그렇지만 그뿐, 안타까운 심정을 직설적으로 나타내지 않고, 미련에서는 막연히 옛날을 회복할 날이 언제일까를 헤아려 보기만 하였다.

이상 작품을 통하여 이정직이 과연 '평담'풍을 실천하였는가를 살폈다. 다시 한번 보자면, 이정직은 '평담'을 기이하거나 가파르며, 두터움이 지극한 것과는 상반된 것으로서 평이하면서도 감정을 절제할 줄 아는 것으로 개념 정의하였다. 이는 이정직 자신이 가장 이상적으로 추구한 시적 경지로서 생각한 것인데, 많은 지인들은 그의 시를 평함에 중국의 역대 시인들 중 '평담'풍과 가까운 산수·전원시인들과 대비하여 주로 언급함도 알았다. 이는 우연의 일치라고는 볼 수 없고, 지인들이 평소 이정직이 추구하는 시

풍이 무엇이며, 추앙하는 시인이 누구였는지를 알았다고 볼 수 있다. 이정
직은 가급적이면 기교를 부린 어려운 시보다는 쉽고 이해하기 쉬운 시를
지으려고 하였고, 감정을 작품 속에 그대로 쏟아내기 보다는 절제하려 하
였는데, 본 논고는 이를 '평담' 시풍과 연결지은 것이다. 이정직이 살았던
시대는 대내외적으로 혼란과 충격이 작지 않았던 때이다. 그럼에도 불구하
고 시작품 어디에도 그러한 혼란과 충격, 憂國的인 내용을 고스란히 나타
낸 것을 거의 찾아볼 수 없다. 이는 당대 같은 시대를 살며 두터운 교유
관계를 유지했던 황현과 대비되는 부분으로 감정의 절제와 관련된 '평담'
을 중요시한 이유와 무관하다고는 볼 수 없을 것이다.

4. '平淡' 논의와 시적 실천의 의미

풍격은 한 마디로 말하자면, '문학 작품을 창작하는 가운데 구현되는 종
합적이고 총체적인 특성'[34]을 말하는 것으로 '평담' 또한 수많은 풍격 용
어 가운데 하나라고 할 수 있다. 우리나라에서 '평담'이 풍격 용어로서 처
음 보인 것은 고려시대 중엽 『補閑集』부터라고 할 수 있다. 崔滋는 『보한
집』권하에서 '氣'·'骨'·'意'·'辭'·'體'·'病'에 해당하는 평어를 제시하고, 또
한 34개의 품목을 설정하여 上·次·病 등으로 분류하였다. 여기 상·차·병
중 '평담'은 차에 포함되어 있는데, 이러한 것을 보면, '평담'에 대한 인식
이 그리 높은 편이 아니었음을 알 수 있다. 조선조에 들어와서 거의 처음
'평담'이라는 풍격 용어를 사용한 사람은 徐居正으로 그는 그의 시화서
『東人詩話』에서 '陶隱 李崇仁의 시문은 갈고 다듬어서 정밀하고 아름다우
며 陽村 權近의 시문은 平淡 溫厚하여 자연스럽다.'[35]라고 하여 권근의 시

---

34) 임종욱, 앞 책, 1997, 915쪽.
35) 徐居正, 『東人詩話』卷下, 陶隱詩文 刻意鍊琢 精深雅高 陽村詩文 平淡溫厚 成於

를 평하는 용어로서 사용하였다. '평담'은 그후에도 가끔 어떤 작가의 시를 평하는 용어로서 사용하였는데, 특히 조선후기 申景濬은 그의 시화서인 「詩則」에서 10개의 풍격 용어 가운데 '평담'을 포함하였는데, '奇工'과 대립적인 것으로 나타내어 보였다. '평담'은 이처럼 최자로부터 신경준에 이르기까지 다양한 면모로서 거론되었는데, 공통점은 뚜렷한 개념 정의까지는 이루어지지 않았다는 것이다. 그동안 거의 많은 시풍 용어들은 명확한 개념 정의를 하지 않은 상태에서 사용되었기 때문에 다소 혼란을 가져오기도 하였는데, 그런 점에서 보면, 이정직의 경우는 독특하다라고까지 이를 수 있는 측면이 있다. 시에 있어서 '평담'을 강조하면서도 나름의 개념 정의까지 나타내보여 주었기 때문이다.

다시 한번 되새기자면, 이정직은 시에 있어서 '평담'이란 '기교를 부리지 않으면서 감정을 최대한 절제하는 것'이라고 하였다. 곧, 이는 억지스러운 시문 창작과 과장된 표현의 자제를 주문한 것으로 이해할 수 있다. 이로써 본다면, '평담'은 우리나라 역대 풍격 용어 가운데 沖澹과 근접한 면이 있다. 李珥는 일찍이 모범으로 생각할 수 있는 중국 한시를 각 시체별로 가려 뽑아 『精言妙選』을 내놓았는데, 맨 처음으로 말한 것이 '沖澹蕭散'이다. 여기에서 이이는 '元字集은 충담소산한 것을 위주로 뽑았다. 꾸미는 것을 일삼지 않고 자연스런 가운데 깊이 묘미가 있으니 古調古意를 아는 이가 적다.'[36]라고 하였다. 맨 처음 말했다고 함은 이이가 가장 중요하게 생각한 풍격 용어라는 뜻이기도 한데, 특히 그 의미를 설명함에 '자연스러움'을 강조하였다. 바로 이러한 점이 '평담'과 흡사한 면이라고 할 수 있는데, 그래서 어떤 연구자는 '평담'과 '충담'은 같은 意境을 나타내고 있다고 보아도 무방하다[37]라는 말을 한 바도 있다. 이로써 비록 역대 우리나

　　自然.
36) 李珥, 『精言妙選』, 「元字集序」, 元字集曰 此集所選 主於沖澹蕭散 不事繪飾 自然
　　之中 深有妙趣 古調古意 知者鮮矣.
37) 이연세, 앞 논문, 1998, 310쪽.

라 문인들이 '평담'에 대한 개념 정의를 뚜렷하게 하지는 않았지만, 이이의 '충담소산'과 연관지어 보자면 전통 유학자풍과 깊은 관련이 있음을 알수 있게 되었다.

그런데 이정직은 '평담'을 단순히 풍격 용어로써만 사용한 것이 아니라 작품을 창작할 때 '반드시 그렇게 했으면' 하는 창작적 용어로써 인식하고 있었다. 이는 앞의 어떤 지인의 이정직의 작품 평에서도 이미 드러났는데, 이런 점이 바로 '평담'을 논한 진정한 의미라고 볼 수 있다. 많은 풍격 용어를 거론한 문인들의 경우, 거의 대부분이 작품의 창작적 측면과 별개로 논의하곤 하였는데, 이정직은 적어도 그러한 측면을 벗어나려 했다는 점이다. '평담'에 대한 자신의 논리를 전개한 후 실지 작품 창작에서도 이를 실천해 옮기려한 것은 이전 우리나라 문인들의 입장과는 사뭇 다른 면모이기에 이론과 창작이 부합한 경우로 인식할 수 있을 것이다.

그렇다면, '평담'을 미학적으로 어떻게 이해해야 할 것인가? 이것도 '평담'에 대한 이정직의 개념 정의에서 나올 수 있는 것으로, 그 개념을 '절제된 상태에서 나올 수 있는 자연스러움'이라고 한다면, 바로 '中和의 道'라고 한마디로 나타내 보일 수 있을 것이다. 어느 한쪽 감정으로 치우치지 않은 가운데 자신이 생각한 것을 나타낼 수 경우야말로 이상적인 것이라고 할 수 있는데, 이정직은 이를 '평담'이라는 용어로 대체하여 말한 것이다. '평담'을 말 그대로 단순히 '평이하면서 담백하다'로 풀이하면 그뿐이겠지만, 무기교와 절제 등의 말과 연관지어 그 의미를 새긴다면, 그리 단순한 것이 아니다. 그래서 중국 뿐 아니라 우리나라 문인들은 대체로 시를 창작함에 '평담해지기가 가장 힘들다'라는 말을 남겼던 것이다. 그런 점에서 보자면, 이정직의 '평담' 논의와 작품의 실천적 측면은 높이 평가받아야 할 것으로 생각한다.

5. 맺음말

본 논고는 석정 이정직이 시를 논하는 가운데 언급한 '平淡'이라는 시풍 용어에 주목하고, 그 논의 내용과 함께 개념 이해, 그리고 이러한 논의가 시문을 통해서는 어떻게 실천되었으며, 그 의미는 무엇인지 등등을 전개시키고자 하였다. 이정직이 논한 '평담' 용어는 다른 사람의 시문을 평하는 가운데 나온 인상적인 용어라기보다는 시문을 어떻게 창작해야 하는가?를 고심하는 가운데 나온 것으로서의 의미가 있다고 할 수 있다.

'평담'은 '平易淡泊'의 준말로서, 의미를 새기자면 '평범하면서도 싱거운 맛'을 뜻하여 다소 부정적일 수 있는 요소를 내포하고 있다. 그렇지만 이정직의 '평담'은 부정적 의미에서 출발했다기보다는 시풍에 있어서 최종적으로 추구해야 할 것으로서의 의미가 강함을 알 수 있었다. 또한 그 구체적인 개념은 기이하거나 가파르며, 두터움이 지극한 것과는 상반된 것으로서 평이하면서도 감정을 절제할 줄 아는 의미가 강함을 엿볼 수 있었다. 이정직은 '평담'을 오히려 기이하거나 가파르며, 두터움이 지극한 것을 거친 연후에야 가능한 시풍으로 인식하여 이에 이르기 위해서는 나름대로의 부단한 노력이 있어야 함도 강조하였다.

이정직을 아는 많은 문인들은 그의 시를 도잠, 위응물, 왕유, 두보 등의 시에 가깝다고 하거나 경계에 들어갔다라고 하여 특성을 드러내었다. 이들 중 두보를 제외한 도잠, 위응물, 왕유의 공통점은 모두 전원시인이나 산수 시인으로 분류된다는 사실이다. 따라서 이러한 시평들을 통하여 이정직의 시는 전원시나 산수시적인 풍모를 다분히 지니고 있다고 단언하였다.

이정직은 가급적이면 기교를 부린 어려운 시보다는 쉽고 이해하기 쉬운 시를 지으려고 하였고, 감정을 작품 속에 그대로 쏟아내기 보다는 절제하려 하였는데, 본 논고는 이를 '평담' 시풍과 연결지었다. 이정직이 살았던 시대는 대내외적으로 혼란과 충격이 작지 않았던 때였다. 그럼에도 불구하고 시작품 어디에도 그러한 혼란과 충격, 우국적인 내용을 고스란히 나타낸 것을 거의 찾아볼 수 없었다. 이는 당대 같은 시대를 살며 두터운 교유 관계를 유지했던 황현과 대비되는 부분으로 감정의 절제와 관련된 '평담'을 중요시한 이유와 무관치 않다고 결론지었다.

이정직은 시에 있어서 '평담'을 강조하면서도 나름의 개념 정의까지 나타내보여 주었다. 뿐만 아니라 작품을 창작할 때 '반드시 그렇게 했으면' 하는 창작적 용어로써도 인식하고 있었다. 많은 풍격 용어를 거론한 문인들의 경우, 거의 대부분이 작품의 창작적 측면과 별개로 논의하곤 하였는데, 이정직은 적어도 그러한 측면을 벗어나려고 한 측면이 엿보였다. '평담'에 대한 자신의 논리를 전개한 후 실지 작품 창작에서도 이를 실천해 옮기려한 것은 이전 우리나라 문인들의 입장과는 사뭇 다른 면모이기에 이론과 창작이 부합한 경우로 인식하였다.

附論

제1장

文谷 金壽恒의 시문에 구현된
靈巖 유배지에서의 생활

1. 머리말

조선조 형벌 체계는 대체로 중국의 『大明律』의 것에 준하고 있는데, 그 중 流配에 대해서는 '유배란 범인이 중한 죄를 지었으나 차마 사형은 시키지 못하고 먼 지방에 흘러 보내 죽을 때까지 고향에 돌아오지 못하도록 하는 것이다.'[1]라고 개념을 정의하고 있다. 즉, 유배란 죄를 지은 사람을 먼 변방이나 아니면 중앙과 떨어진 지방, 絶島 등지에 보내 원래 자신의 근거지와 격리시키는 것으로 역사적으로 보면, 벌써 이른 시기부터 행해졌던 형벌 가운데 하나라고 할 수 있다. 『조선왕조실록』의 기록에 근거해보면, 유배에 해당하는 용어들이 상황에 따라서 다양하게 쓰이고 있음을 볼 수 있는데, 대략 그것들을 나열하여 보면 歸養·定配·安置·付處·竄配·放置·竄

---

1) 『大明律』五刑名義條, 流者 謂人犯重罪 不忍刑殺 流去遠方 終身不得回鄕.

黜·竄逐 등등이다.2) 유배를 보내는 이유도 다양하여 단적으로 말하기는 힘든데, 사소한 경범에서부터 시작하여 중대한 사상범까지 가지가지였음을 알 수 있다. 기록에 따르면, 전라남도는 지형적으로 중앙과 멀리 떨어져 있을 뿐 아니라 다른 어느 지역보다도 섬이 많다는 이유로 제주도, 경상도와 함께 가장 많은 유배인을 보냈던 것으로 나타나는데,3) 이로써 다른 지역과 대별되는 독특한 또 하나의 문화를 형성할 수 있었다.

본 논고는 文谷 金壽恒(1629~1689)이 靈巖에서 유배 생활을 할 당시 어떻게 생활했는지를 그가 남긴 시문을 통해 추적해보고, 그러한 시문의 활용방법과 앞으로의 전망을 중심으로 내용을 전개하였다.

김수항은 그의 나이 47세 7월에 영암으로 유배를 와 50세 9월에 철원으로 유배지가 옮겨져 영암을 떠나게 된다. 필자는 이때 김수항의 영암 생활 모습을 시문에 구현된 것을 바탕으로 살피려고 한다. 이러한 것이 가능한 이유는 바로 김수항의 문집인 『文谷集』의 체제 때문이다. 『문곡집』은 農巖 金昌協이 편집하여 간행한 것으로 총 28권의 분량으로 이루어져 있는데, 이중 시문은 권7까지 수록되어 있으며, 총 작품 수는 1,032수에 이르고 있다. 김창협은 김수항의 둘째 아들로 어느 누구보다도 부친의 생존 당시의 삶의 이력을 잘 알고 있었다. 이러한 이력에 대한 지식은 문집을 편집할 때 그대로 적용하여 시문의 순서만 두고 보더라도 두서없이 나열한 것이 아니라 생애에 따라 엮어나갔음을 알 수 있다. 따라서 시문의 내용을 순서에 따라서 그대로 읽어 내려가다 보면, 김수항이 무슨 생각을 하며 살았는지를 대략 알 수 있을 정도인데, 마치 한 개인의 생애사를 엿보는 듯

<hr>

2) 유배에 해당하는 세분화된 용어의 개념 설명은 이해준(「珍島 流配人物志」, 『珍島郡의 文化遺蹟』, 목포대학교박물관, 1987, 372쪽)과 장선영(「조선시기 流刑과 絶島定配의 推移」, 『지방사와 지방문화』4권2호, 역사문화학회, 2001, 171~174쪽)의 논문을 참조함.
3) 유배지의 분포양상에 대한 자세한 설명은 장선영의 앞의 논문(178~183쪽)을 참조할 것.

한 느낌을 주기까지 한다. 물론 총 시문 1,032수 중에는 영암 유배 당시의 시문이 포함되어 있는데, 필자가 그 수를 헤아려본 결과 和陶詩까지 포함하여 총 181題 282首로서 총 작품 수의 1/4을 상회하는 것으로 나타났다. 김수항은 사실 『조선왕조실록』에 그 이름이 빈번히 오르내렸던 당시의 유력한 정치인이었다. 따라서 중앙 정계에 있을 당시의 행적은 쉽게 찾아지는데, 유배 상황에서의 행적은 일부러 기록해 놓지 않으면 알 수가 없다. 유배인 자체가 죄인의 위치에 있어서 내놓고 공식적인 기록을 할 수도 없기 때문이다. 이러한 이유로 김수항이 영암 유배 당시 지은 시문들은 한 지역에 머무르며 일상적인 모습까지 드러내 보였다는 점에서 그 중요성을 부각시킬 필요가 있다. 먼저 영암 유배지에서의 구체적인 생활 모습을 전개하기 이전에 김수항이 영암까지 유배 오게 된 배경과 과정 등을 재구성하는 것이 그 첫 순서라고 생각한다.

2. 숙종 초 政局과 문곡의 靈巖 유배

조선조 제19대 임금으로 등극한 숙종은 14세라는 어린 나이인데다가 이전부터 있었던 남인과 서인간의 政爭으로 인하여 불안한 출발을 하였다. 이전부터의 정쟁이란 현종 때에 일어난 1·2차의 예송을 두고 하는 말인데, 흔히 己亥禮訟과 甲寅禮訟이라고 부른다.

1659년(현종1) 효종이 승하하자 효종의 계모인 趙大妃가 둘째아들인 효종을 위하여 3년 복을 입어야 할 것인가? 아니면 1년 복을 입어야 할 것인가?를 두고 논란이 일어났다. 주지하다시피 효종은 장자가 아닌 차자의 위치에서 왕에 오른 인물로 宋時烈을 비롯한 서인측에서는 차자라는 점을 내세워 조대비가 1년 복을 입어야 한다고 주장하였고, 윤휴를 비롯한 남인측에서는 왕실의 예법은 사대부와 엄연히 차이를 보인다고 하면서 효종이 비록 차자이기는 하지만, 3년 복을 입어야 한다고 주장하였다. 이러한 윤휴의 주장에 許穆이 다시 가세하고, 남인 尹善道가 송시열이 왕통을 부정하려 한다는 상소문을 올리는 등 논란은 일파만파 번져 나갔다. 결국 조대비의 복상 문제는 서인과 남인의 주장과는 상관없이 『經國大典』의 규정에 의해 1년 복으로 정하여 1년 복을 주장하였던 서인의 우세를 가져왔다.

그런데 15년 후인 1674년 또다시 예송 논쟁이 일어나는데, 이때는 효종의 비가 승하하자 시어머니의 위치에 있던 조대비가 며느리를 위하여 어떤 복을 입어야 할 것인가?의 문제가 논란이 되었다. 『경국대전』에 따르면, '장자의 처가 죽으면 1년 복을 입고, 차자의 처가 죽었을 경우 9개월의 복을 입는다.'는 규정에 따라 처음 서인측에서는 1년 복을 주장하다가 다음에 다시 번복하여 9개월 복을 주장한다. 이때도 서인을 공격하는 남인의 상소가 올라오면서 현종은 남인측 편을 들을 뿐 아니라 심지어는 정권을 교체하는 일까지 단행한다. 인조반정 이후 정권을 쥐고 있던 서인들은 이제 쫓겨나는 신세가 되었는데, 그만 같은 해 8월에 현종이 急逝함으로서 政局은 앞날을 예상 못하는 상황에 이르고, 그러는 가운데 나이 14세의 숙종이 왕위에 등극한다.

숙종이 즉위 후에도 예론의 시비가 일시에 잠잠해진 것은 아니었다. 숙종 즉위 이후 진주의 유생 郭世楗이 송시열을 공격함으로서 예론의 시비가 재연되었다. 이때 숙종은 송시열을 배척하는 양상을 보였고, 남인측에서도 송시열을 연이어 탄핵하면서 숙종은 결국 송시열을 전격 파직시켜버리는가 하면, 남인측 주장을 전격 수용하여 德源으로 유배를 보내버린다. 이때가 숙종 즉위년 12월로 이제 조정은 송시열을 비롯한 서인측의 반대편에 섰던 사람들이 득세를 하게 된 것이다.[4]

이런 속에서 평생 송시열과 뜻을 함께 하였던 김수항은 어떤 자세를 보

---

4) 이러한 숙종조 초기의 정국 상황에 대한 설명은 李熙煥의 저서(『朝鮮後期黨爭硏究』, 國學資料院, 1995, 23~24쪽) 참조.

였을까? 두말할 필요도 없이 守勢의 위치에 놓이게 되면서 곤경에 처하는 상황에까지 다다르는데, 급기야 숙종 1년 7월 12일에 올린 '朴瀗의 소 등을 비롯한 남인의 횡포를 논하다.'라는 箚子文을 통해서는 송시열에게 죄 준 것을 반발하는 내용을 다음과 같이 적고 있다.

> 오늘날 조정의 신하들이 송시열의 죄를 논할 적에 문득 나라의 명령을 쥐고 威福을 지은 것으로써 罪案을 삼으면서 심지어는 '人主로서도 그 죄를 바로잡지 못하였다.' 고 말합니다. 아! 전하께서는 어찌 명철한 임금이 위에 있는데도 그 밑에 나라의 명령을 쥐고 위복을 마음대로 하는 신하가 있는 것을 일찍이 보셨습니까? (중략) 한갓 송시열을 죄 주기에 급급하여 그 말이 君父를 침범하였음을 돌아보지 않은 것이니, 어찌 王尊의 죄인이 되지 않겠습니까?[5]

이렇듯 김수항은 송시열을 옹호하며 남인측의 태도를 비난하고 있는데, 이러한 차자문의 내용을 듣고서 숙종은 '대신의 책무는 당을 보호하는 데 있지 않고 나라를 위하여 성심을 다하는 데 있다.'라고 하며, 노여움을 감추지 않는다. 결국 이 차자문이 빌미가 되어 김수항은 남인측의 공격을 심하게 받았을 뿐 아니라 죄주기를 청하는 상소문이 연일 이어진다. 이러한 상황에서 숙종은 처음에는 김수항을 原州에 中道付處하도록 명하였다가 도승지 李弘淵이 김수항을 옹호하는 상소를 올리자 변경하여 영암군에 귀양 보낼 것을 명한다. 이때가 숙종 1년 7월 18일이었다.[6] 이로써 김수항은

---

5) 『조선왕조실록』숙종1년 7월 12일조.
6) 숙종조에는 총 세 번의 환국이 일어날 정도로 정국이 안정적이지 못하였다. 첫 번째 환국은 1680년(숙종 6)에 일어난 庚申換局으로 남인이 대거 축출되고, 서인이 득세를 하는 사건을 말한다. 두 번째 환국은 1689년(숙종 15)에 일어난 己巳換局으로 후궁 昭儀張氏 소생을 원자로 定號하는 문제를 계기로 서인이 축출되고 남인 정권을 장악한 사건을 이른다. 세 번째 환국은 1694년(숙종 20)에 일어난 甲戌換局으로 남인이 물러나고 소론과 노론이 정권을 장악한 사건으로 甲戌獄事 또는 甲戌更化 등으로 일컫는다. 이러한 와중에 유무명의 유배인이 속출하게 되었는데, 특히 당시 호남으로 유배를 지정받은 사람을 『조선

이제 나라에 죄를 지은 죄인의 몸으로 머나먼 길을 떠나야만 했는데, 김창협이 지은『문곡연보』에 기록된 그 당시의 구체적인 내용을 보면, 7월 19일에 유배 길에 올랐다가 같은 달 28일에 유배지인 영암에 도착한 것으로

왕조실록』의 기록을 근간으로 연도 순서로 도표 정리하면 다음과 같다.

연번	성명	유배지	유배 연도	연번	성명	유배지	유배 연도
1	李世弼	영광	숙종 즉위년	22	윤계	강진	미상
2	김수항	영암	숙종 1	23	李瞻漢	흑산도	미상
3	黃世楨	진도	숙종 1	24	金必鳴	흑산도	미상
4	李楨	영암	숙종 1	25	內人 正淑	흑산도	숙종 19
5	이연	무안	숙종 1	26	柳命賢	흑산도	숙종 20
6	權鑑	강진	숙종 2	27	鄭維岳	진도	숙종 20
7	權大載	광주	숙종 5	28	成揆憲	진도	숙종 22
8	李鳳徵	영광	숙종 5	29	李橋	강진	숙종 22
9	閔鼎重	장흥	숙종 5	30	贓吏 李祥輝	영암	숙종 25
10	李景虎	순천	숙종 6	31	睦林一	장흥	숙종 27
11	이혼	무안	숙종 6	32	沈檀	해남	숙종 27
12	이엽	무안	숙종 6	33	金泰潤	진도	숙종 27
13	李球	장흥	미상	34	韓道長	진도	미상
14	盧繼信	순천	미상	35	林溥	흑산도	숙종 32
15	朴性義	해남	숙종 7	36	김니	영암	숙종 33
16	申命圭	강진	숙종 8	37	權益平	해남	숙종 34
17	鄭濟先	강진	숙종 11	38	洪禹瑞	무안	숙종 36
18	閔熙	순천	미상	39	李澤	나주	숙종 36
19	박태보	진도	숙종 15	40	吳始復	강진	숙종 38
20	홍수헌	무안	숙종 16	41	梁命夏	장흥	숙종 43
21	李翊	장흥	미상	42	李世德	강진	숙종 43

되어 있다.[7] 9일간의 시간 소요를 하여 한양에서 목적지인 영암에 도착한 것이다. 당시 김수항의 벼슬 위치가 판중추부사였는데, 모든 영화를 잠시 접어두고 시골의 한적한 곳에서 지내야하는 마음은 이루 헤아리기 어려울 정도로 착잡했을 것이다. 그러한 심정을 네 편의 시문을 통해 전해주고 있는데, 『문곡집』권3의 「乙卯七月應旨進言天怒大震評隨發初命付處原州行到楊山聞改命遠竄靈巖轉向南路路上口占」과 「公山途中」, 『문곡집』권7 화도시 중의 「初配原城改竄朗州自楊山轉就南路次經曲阿韻」과 「公山途中夜行次江陵夜行韻」 등이 있다. 이 가운데에서 「초배원성개찬낭주자양산전취남로차경곡아운」의 내용을 보면, 다음과 같다.

筮卦未遇遯	점 쳐보아도 아직 돈괘를 만나지 못해
瀝血初上書	피를 적셔 처음으로 글을 올려보네
雷威方赫然	우레의 위세 바야흐로 대단한데
火色已焚如	불빛은 이미 탄 듯하네
蒼黃出都門	창황히 도문을 나서서
屏營臨路衢	감영 뒤로 하고 길거리에 나섰네
策名歷三朝	신하되어 세 조정 지냈으나
報國愧空疎	보국한 일 엉성해 부끄럽네
曾無袞職補	일찍이 임금님 도운 적 없고
虛辱恩榮紆	헛되이 영화 입은 것 욕되네
投荒豈非幸	황량한 곳으로 던져짐에 어찌 다행 아닌가
臣罪死有餘	신의 죄 죽어도 여한이 없어라
東隅與南徼	동쪽 모서리와 남쪽의 변방은
何地不宜居	어느 곳인들 마땅히 거하지 못할까
休嗟對野鵬	들올빼미 대함을 한탄치 말라

---

7) 金昌協, 『文谷年譜』上, 公卽出門外待罪 兩司合啓請罷職 特命中道付處定配原州 公旣就道 而兩司又請遠竄一啓 卽允定配靈巖 公行至楊州之石室 聞命轉向南路 卽七月十九日也 二十八日到配.

且免藏江魚	물고기 배 속에 장사지냄 면했으니
人生處宇內	사람이 나서 우주 안에 처함에
遠近元無拘	멀고 가까움에 원래 구속될 게 없지
當時桄榔林	광랑의 숲에 당도하니
亦著坡翁廬8)	또한 소동파 집이 보이는구나

20구의 고시 형태를 갖추고 있으며, 유배 길을 나서는 자신의 심사를 담담히 적어 내려가고 있다. 처음 1구부터 아무리 생각을 해보아도 자신이 왜 유배를 가야 하는지 모르겠다는 내용을 간접적으로 말하고 있다. 그렇지만 7구부터 10구까지는 자신을 되돌아보면 나라에 한 일도 없고, 임금을 도운 적도 별로 없기에 부끄럽기만 하다라는 반성이 담긴 말도 하고 있다. 때문에 황량한 곳에 던져짐도 다행이요, 동쪽과 남쪽 어느 곳인들 살지 못할 이유가 없다고도 한다. 모든 것을 체념한 듯한 심정을 드러낸 것 같으면서도 마지막 蘇軾을 들먹이며, 스스로를 위로 하고 있다. 주지하다시피 중국 송 때의 시인이자 정치가인 소동파는 당시 舊法黨의 위치에서 新法黨과 대립하면서 여러 차례의 부침을 하며 유배 길에 올랐는데, 김수항은 지금 소동파와 자신을 동일시하고 있는 것이다.

그러면 김수항의 영암 유배지에서의 생활은 어떠했을까? 낯선 이방인이면서 죄인의 몸으로서 현지인들과 과연 친숙하게 지낼 수 있었으며, 현지인들은 과연 김수항을 어떤 자세로 받아 들였을까? 이러한 면모는 다음 장에서 구체적으로 드러날 것으로 보인다.

---

8) 金壽恒, 『文谷集』卷7 和陶詩, 「初配原城改竄朗州自楊山轉就南路次經曲阿韻」

3. 시문에 구현된 유배지에서의 생활

김수항의 영암 행적에 대한 다소 구체적인 기록은 『문곡연보』상의 47세부터 50세조에 있다. 1675년 7월 18일 유배의 명을 받은 김수항은 이튿날인 19일에 한양을 출발하여 28일에 목적지인 영암에 도착한다. 처음 유배지인 영암에 도착해서는 군의 서쪽 문밖에서 우거하다가 곧바로 성 안으로 옮겼다가 같은 해 9월에 군 서쪽에 자리한 鳩林村으로 옮겨 살게 되고, 이듬해 4월에는 또 다시 성 안으로 와서 살게 된다. 즉, 김수항은 처음 영암에 도착한 이후 사는 곳을 서너 차례 옮겨 다녔는데, 그 살았던 곳을 추적해보면 郡城西門外 → 城內 → 郡西鳩林村 → 郡內(城內) 등이다. 또한 기록에 의하면, 48세 12월과 49세 10월 두 차례에 걸쳐 月出山 유람을 한 것으로 나타난다. 이러는 가운데 김수항은 지속적으로 시문을 남겨 자신의 所懷을 담았는데, 그 속에서 무슨 생각을 하며 어떻게 생활했는지를 시간적인 순서를 기준 삼아 유배 초·중기 - 월출산 유람기 - 유배 후기 등 세 부분으로 나누어 살폈다.

1) 유배지 도착과 逐客 의식

김수항은 1675년 7월 28일 처음 영암에 도착하였다. 다음은 영암에 막 도착하여 지은 시문으로 쓸쓸한 心思를 은연중에 드러내었다.

月出靑山送行子	월출 청산에서 나그네를 보내니
四邊苦竹秋聲起	사방의 참대 가을 소리 일으키네
分明千載謫仙詩	분명히 천년의 적선 시도
情境依然今日是[9]	情과 境 의연히 오늘의 이것이리라

---

9) 金壽恒, 『文谷集』卷3. 「族子盛最以金吾郎押余行到靈巖還歸臨別協兒偶吟謫仙詩句暗合今日情境故足成以贈之」

시제를 그대로 풀이해보면, '조카 盛最가 金吾郎으로 나를 압송하여 영암에 도착하여 다시 돌아가게 되었다. 이별에 임하여 昌協이 우연히 읊조린 謫仙 시구가 은연중 오늘의 情境과 일치하므로 족히 이루어 성최에게 주었다'이다. 즉, 금오랑은 왕의 명령을 집행하던 義禁府 都事를 이른다. 당시 조카인 성최라는 사람이 금오랑의 신분으로 김수항을 적소인 영암까지 압송하여 왔다가 돌아간 모양인데, 한 편의 시를 지어 이별의 아쉬움을 달랜 것이다. 특히, 승구의 '사방의 참대 가을 소리 일으키네'라는 대목에서 김수항의 당시 느낌을 그대로 읽어낼 수 있는데, 쓸쓸함과 외로움을 예고하는 언급이기도 하다.

이미 말한 대로 김수항이 처음 영암에 도착하여 머물렀던 곳은 성서문 밖 郡吏의 집이었다. 이때 어떤 모습으로 지냈는지를 김수항은 「風玉亭記」에서 다음과 같이 적고 있다.

> 내가 朗州(현 영암의 옛이름)로 유배 와서 성의 서쪽 군리의 집에서 우거하였더니 집이 본래 面東背西하여 아침부터 저녁까지 하루 종일 햇볕이 들었고, 또 서까래와 처마가 낮고 담장이 조밀하고 단단하여 여름이면 불을 땐 듯 답답함이 심하였으나 바람 기운이 들어올 수는 없었다. 이런 이유로 사는 것이 항상 우울하여 시루에 앉아있는 듯한 고통이 있었다.[10]

영암에 도착한 시기가 장마도 끝난 한 여름철이었기 때문에 어디를 가나 더웠을 것은 자명하다. 그런데 지금 김수항이 머물게 된 집의 방향은 면동배서로서 햇볕이 거의 하루 종일 비쳐 들어왔던 모양이다. 더군다나 서까래와 처마 등이 낮았으니 통풍은 또한 거의 생각하지도 못하는 상황인 것이다. 이러한 연유로 사는 것이 우울할 수밖에 없었다라고 토로하고

---

10) 金壽恒,『文谷集』卷26,「風玉亭記」, 余竄朗州 寓城西郡吏家 家本面東背西 朝夕俱受日 而又卑橡短簷 牢密其墻戶 當夏則烘爍忒甚 風氣無自以入 是以居常鬱鬱 有坐甑之苦焉.

있다. 고위직까지 역임한 김수항인지라 한양에서의 삶의 모습이 어떠했을 것이라는 상상을 충분히 하면, 위와 같은 유배지에서의 삶은 불편하기 짝이 없었을 것이다.

또한 김수항은 유배지에 처음 도착해서는 거의 두문불출하였는데, 그 구체적인 모습을 『문곡연보』에서는 다음과 같이 적고 있다.

> 공은 적소에 있을 때 두문불출하였다. 하루는 『논어』 및 『주자대전』 책을 취하여 외우고 읽으며 글의 깊은 뜻을 곰곰이 생각하여 찾으며 근심을 잊는 것으로써 즐거움을 삼았다. 우암 선생은 이때 해상에 있었는데, 서찰이 왕복으로 오고가 거의 허송세월을 보내지 아니하였으며, 경서를 강론하고 상정하니 깊이 사귀어 마음을 허락하는 것이 더욱 깊게 되었고, 사방 人士들이 끝없이 거듭 돌아오지 아니함이 없었다.[11]

김수항은 지금 나라에 죄를 지어 영암에 온 유배인이다. 때문에 유배 현지에서는 함부로 행동할 수 없기 때문에 여기 저기 나다니지도 않았겠지만, 생면부지인 곳에 도착해서 누구를 만나고 다닌다는 것도 쉽지 않았을 것이다. 때문에 두문불출할 수밖에 없었을 것인데, 이러한 때 『논어』와 같은 책을 읽으며 무료함을 달랬으며, 때때로 송시열과 편지를 통해 경서에서 의문이 나는 것이 있으면 묻고 강론하여 시간을 헛되게 보내지 않았고, 게다가 여기 저기 사방에서 인사들이 다녀갔음도 적고 있다. 당시 많은 사람들에게 잘 알려진 가문인데다가 정치적으로 추종하는 사람들이 많았을 것이기 때문에 시골 벽촌으로 유배 온 김수항을 찾아뵙는 인사들이 적지 않았을 것임은 충분히 상상이 된다.

사방에서 많은 사람들이 다녀간다고 하더라도 유배인의 외로움을 완전히 달래주지는 못했을 것이다. 다음 작품은 마찬가지로 유배 온 후 얼마

---

11) 金昌協, 『文谷年譜』上, 48歲條 七月, 公在謫 杜門不出 日取論語及朱子大全書 誦讀玩繹 樂以忘憂 尤齋時在海上 書札往復 殆無虛月 講論商訂 契許益深 四方人士無不浩然歸重.

되지 않아 지은 것으로 억지로 시름을 달래보는 마음이 담겨져 있다.

絶域天南徼	絶域 하늘의 남쪽 가는
孤城古朗州	외로운 성 옛 朗州라
行藏隨分定	나아감과 숨음은 분수를 따라 정하고
放逐荷恩優	쫓겨남은 은혜를 입음이 많음이라네
夜雨鳴山竹	밤비는 산 대나무 울게 하고
秋風落海榴	갈바람은 바닷가 석류 떨어뜨리네
偏憐月峰色	달빛은 산봉우리 너무도 사랑하여
相對慰羈愁12)	서로 대하고 나그네 설움 위로하네

낭주는 앞에서 이미 말한 대로 영암의 옛 이름이다. 이런 낭주를 '孤城'
이라고 하여 현재 자신의 느낌이 어떠한지를 간접적으로 나타내 보여주었
다. 그러면서도 함련에서는 자신이 왜 이렇게 쫓김을 당하게 되었는가를
적었는데, 역설적이게도 '임금의 은혜를 많이 입었기 때문'이라고 하였다.
그리고 경련과 마지막 미련에서는 景과 情이 어우러지면서 다시 客愁의
정을 강조하고 있는데, 특히 '夜雨', '秋風', '羈愁'와 같은 시어는 이러한
느낌을 전해주기에 충분하다.
한편, 또 다른 시들을 보면 김수항은 자신을 逐客으로 나타내 보이고 있
는데, 이는 중국 초 때의 정치인이자 시인인 屈原과 자신을 동일시하면서
극대화하고 있다.

送盡三春獨掩門	봄 석 달 다 보내도록 홀로 문 닫으니
病懷孤絶不堪論	병든 마음 외로워 형언할 수 없다네
愁邊細草封幽徑	수심결에 애기풀은 깊은 길 덮어 있고
夢裏閒花落故園	꿈속에선 한가한 꽃 옛 동산에 떨어지네

---

12) 金壽恒, 『文谷集』卷3. 「漫吟」

地似湘潭徒極目   땅은 상담과 같아 멀리 바라볼 수도 있고
身同屈子孰招魂   몸은 굴원과 같은데 누가 혼을 불러줄까
遷居尙喜饒淸趣   옮겨 지냄에 맑은 흥취 많아 기쁘니
占得孤山近水村[13]   수촌 가까이의 고산을 점유하였네

시제를 풀이해보면, '병중에 시름을 달래다'로 총 두 수 가운데 첫 번째 작품이다. 지은 시기는 유배 온 이듬해인 1676년 늦은 봄이다. 수련의 내용에 비추어보면, 아직도 자신의 처지를 용납할 수 없음이 드러난다. 문을 닫고 남과 함부로 소통하지 않으니 그 외로움이 더하기 마련이니 말로 형언하기 어려울 정도라고 하였다. 그러는 가운데에도 자연은 변하여 계절은 여름으로 향해감을 함련에서 말하고 있다. 경련에서는 드디어 자신의 처지를 굴원과 대비하고 있다. 즉, 지금 유배 생활을 하고 있는 영암은 굴원이 마지막에 유배를 갔던 '상담'과 같고, 자신의 몸은 바로 '굴원'과 같다는 것이다. 주지하다시피 굴원은 중국 역사상 애국시인이며, 낭만시인으로 알려져 있다. 그는 초나라의 귀족으로 박학다식하고 상상과 감정이 풍부하여 남방 특유의 낭만적인 기질을 시로 표현하였으나 당시 親秦派와 親齊派 중 친제파로서 친진파의 참소를 입어 懷王 말엽에 漢北으로 추방을 당한 후 안타깝게도 汨羅水에 몸을 던져 생을 마감한다. 때문에 많은 이들이 굴원을 축객으로 생각하게 되었고, 유배인이라면 당연히 유배인 자신과 굴원을 동일시하여 내쫓김을 당하였다고 생각하였다. 김수항도 물론 같은 의식이 내재해 있었다고 보아야 할 것인데, 영암 유배지에서 지은 많은 작품들에서 '楚水', '楚江', '楚澤', '楚鄕', '楚國', '楚天', '楚臣' 등과 같은 시어들을 다수 사용하고 있기 때문이다. 위 시는 구림 마을에서 살다가 군내로 옮긴 이후에 지은 작품으로 생각되는데, 마지막 미련의 '遷居'라는 시어 때문이다.

---

13) 金壽恒, 『文谷集』卷3. 「病中遣悶」 其一.

그렇다고 정서까지 굴원과 같지 않았음을 다음 시에서 알려주고 있다.

肯學長沙弔屈平	장사에 빠진 굴원 조문함 즐겨 배우랴
羈蹤甘作楚鄕氓	나그네 자취 초나라 백성됨을 달게 여기네
窮來物理看差熟	궁하면 물리를 봄이 조금 익숙하고
靜裏心源覺轉明	고요함 속에 마음은 점점 밝아짐 깨닫네
一榻圖書耽夜永	한 평상 책들은 밤 깊도록 탐독하고
四隣鷄黍樂秋成	사방에선 닭 기장으로 추수를 즐거워하네
朝朝卷箔閒相對	아침마다 발 말아 한가로이 상대하며
獨愛靑山不世情14)	청산의 世情 아님을 홀로 사랑하노라

위 시는 유배 온 이듬해 가을 즈음에 지은 작품으로 전체적인 내용으로 볼 때 마음의 안정을 찾아가고 있음을 직감할 수 있다. 앞 시에서 이미 살핀 대로 김수항은 굴원과 자신을 동일시하고 있는데, 위 시 수련에서는 모습을 달리 하여 '자신은 초나라 백성됨을 달게 여기기 때문에 장사에서 빠져 죽은 굴원 조문하는 일을 즐겨 배울 수 없다.'라고 하였다. 수련의 첫 구가 반어적이기 때문에 자칫하면 굴원을 추종하는 것으로 이해할 수 있는데, 실상은 현실 속에서 자신이 처한 처지를 받아들이겠다는 의지를 담고 있는 것이다. 따라서 함련의 '사람이 궁하게 되면 물리를 봄이 더욱 익숙해지고, 고요한 지경에 놓이게 되면 마음은 점점 밝아질 수 있다.'라고 하는 언급도 이런 맥락에서 볼 때에만 이해할 수 있다. 마음의 안정과 여유로움은 경련과 마지막 미련까지도 계속 이어져 이제는 자신이 아닌 주변의 상황과 자연에도 눈을 돌리는 자세를 보여주고 있다. 유배 온 처음 자신의 내면에만 갇혀 침잠하고 마는 모습과는 확연히 많은 차이를 보이고 있는 것이다. 이러한 모습은 현지인들과 본격적인 소통이 이루어지고 시문으로 드러나는 유배 후반에서 더욱더 확실히 드러나는데, 그러면서 시

---

14) 金壽恒, 『文谷集』卷3. 「敬次伯氏韻」

문에서 또한 굴원 관련 시어가 줄어드는 양상으로까지 나타난다. 따라서 유배 초·중기 시문은 주로 자신의 내면에 치중한 측면이 강하였다고 할 수 있다.

2) 산수 유람과 外游의 확대

이미 말한 대로 김수항은 유배 온 이듬해인 48세 12월과 또 그 다음 해인 49세 10월 두 번에 걸쳐서 월출산을 유람하였다. 먼저 첫 번째 유람 내용을 『문곡연보』에서는 다음과 같이 적고 있다.

> 12월에 월출산을 유람하였는데, 우거·고산·용암 등의 암자를 지나갔고, 도갑사에서 묵었으며, 돌아와서는 시문 십 수 편을 남겼다.[15]

유람한 때가 12월이기 때문에 계절로 보면 겨울에 해당한다. 월출산은 바위가 많은 산이기 때문에 겨울은 날씨가 충분히 허락하지 않는 이상 산을 오르기는 쉽지 않았을 것이다. 그럼에도 불구하고 산행을 단행하게 된 데에는 그만한 사연이 있었을 것인데, 순전히 월출산 산사의 스님들의 노력이 있었기에 가능했음을 다음 기록을 통해 알 수 있다.

> 호남의 산에서 월출산이 가장 빼어난데 월출산의 많은 절에서 오로지 도갑사만이 굉장하고 웅대하여 미려하더라. 내가 낭주에서 적거한 이래로 세월이 이제 다시 지났다. 산은 진실로 책상에서 조석으로 항상 대하였고, 절 또한 나를 옮기지는 아니 했으나 이를 수 있었다. 그러나 일찍이 한 번 山門에 들어가 유람을 다하지 못한 것은 나의 죄가 두려운 곳에 매어짐에 놀고자 하는 뜻이 없어서였고, 또 바야흐로 音曲을 금하게 하는 고통을 안았으니 노는 것도 때가 아니었다. 절의 많은 승들이 매양 와서 지남에 문득 나를 맞이하여 놀고자 하거늘 나는 사양함을 이러한 이유로 하였으나 많은

---

15) 金昌協, 『文谷年譜』上, 48歲條, 十二月 遊月出山 歷牛車孤山龍巖諸菴 宿道岬寺 而歸有詩十數篇.

승들이 나를 맞이함이 더욱 오래되면 될수록 그치질 아니하였다.16)

먼저 월출산 산세가 호남에서 가장 빼어나다라고 하며, 월출산에는 크고 작은 절들이 많은데, 그중에서도 도갑사만이 웅대하면서도 아름답다라고 하였다. 이러한 월출산을 김수항은 매일 바라보았을 것인데, 자신의 처지가 함부로 여기저기를 다닐 수 없었기 때문에 유람을 하고는 싶었지만 그렇게 하지 못하였다라고 하며, 마지막 부분에서 이제야 유람을 할 수 있게 된 연유를 적었다. 즉, 추측하건대 김수항은 당시 儒佛을 막론하고 많은 이들에게 알려져 있었을 것이 분명한데, 至近 거리의 스님들이 절로 초청하고 싶었던 모양이다. 그래서 자주 절에 들러 줄 것을 요청했으나 김수항은 자신의 처지가 그럴 수 없음을 들어 요청을 받아주지 않았다는 것이다. 그러다가 유배를 온 이후 상당한 시간이 흐른 뒤에야 월출산에 오를 수 있었다라고 이르고 있다.

이리하여 오르게 된 월출산의 첫 번째 등반에서 이른 곳은 우거·고산·용암 등의 암자이고, 도갑사에서 하루 밤을 묵었으며, 이와 관련하여 시문 14수를 남겼다. 그 시문 14수를 나열하면, 「訪孤山寺留題示居僧」, 「宿道岬寺醉後書示鳩林諸人」, 「道岬寺書贈法閒上人」, 「還自月出次柳柳州登西山韻紀勝寓興」, 「月山紀游次雜詩韻」10수 등이다. 이중에서 「월산기유차잡시운」 다섯 번째 작품을 들어보면 다음과 같다.

山色本自佳	산색이 본래 절로 아름다운데
新晴更可喜	새롭게 개니 다시 기뻐할만하네
風日爲我溫	바람 부는 날인데도 나 위해 따뜻하니

---

16) 金壽恒, 『文谷集』卷3. 「道岬寺書贈法閒上人」幷序, 湖南之山 月出最勝 而月出諸寺 惟道岬爲宏麗 自余謫居朗州 歲今再閱矣 山固朝夕於几案 而寺亦不移咫可至也 然未嘗一入山門 以窮其游覽 以余罪纍懾處 無意乎游 而且方抱邊密之痛 游亦非其時也 寺之諸釋每來過 輒邀余游 余辭以故如此 而諸釋之邀之 愈久而愈未已也.

天公亦好事	하느님도 또한 일 벌이기 좋아하는구나
開雲出衆峰	구름 열려 뭇 봉우리 내니
嶽神豈無意	월출산 신령이 어찌하여 뜻이 없을까
休嗟去國遠	한양에서 멀리 떠나온 것을 슬퍼말아라
幸與茲山値	이 산을 만난 것은 다행이도다
憑高氣欲舒	높은 데를 바라보고 기 펴고자 하여
脫險行方駛	험한 길 벗어나 장차 바야흐로 달리네
奇哉造化功	기이하도다, 造化翁의 공이여
融結壯布置[17]	모아 엮어 벌여 놓음이 장엄도 하구다

위 시의 小註에서 '이날 산에는 구름 그림자도 없고 바람이 부는 날이 화창하고 따뜻하여 마치 봄과도 같았다.'[18]라고 적고 있는데, 등반할 당시 날씨가 화창했음을 알게 한다. 따라서 처음 시문의 내용은 당시 화창했던 날씨로부터 시작하고 있는데, 12월인데도 겨울 날씨 같지 않았던 상황을 말하였다. 특히, 위 시에서 김수항이 화자가 되어 진정 말하고자 한 부분은 7,8구라고 생각한다. 타의에 의해 한양에서 멀리 떠나온 김수항에게 무엇보다 위로가 된 것은 매일 대하는 월출산이었을 것인데, 그러한 마음을 스스럼없이 나타내 보이고 있기 때문이다. 그리고 마지막 부분에서는 월출산의 산세를 두고 장엄하다라고 하여 감탄해마지 않는데, 바위가 많아 장엄하고 웅장하게만 느껴지는 산의 모습을 그대로 표현한 것이라고 할 수 있다.

두 번째 월출산 등반은 첫 번째 다녀온 10개월 후에 이루어진다. 첫 번째 때처럼 가게 된 배경을 적지 않았기 때문에 사연을 자세히 알 수는 없지만, 이때는 양상을 조금 달리하여 한양에서 온 가족들과 함께 등반을 단

---

17) 金壽恒, 『文谷集』卷7 和陶詩, 「月山紀游次雜詩韻」其五.
18) 金壽恒, 『文谷集』卷7 和陶詩, 「月山紀游次雜詩韻」其五 小註, 是日山無雲翳 風日和暖如春.

행하는데, 당시 등반 이후 지은 작품 가운데 「十月初一日攜集協緝立諸兒爲月出之遊入山有作」으로 인해서 간단한 정황을 알 수 있다. 즉, 김수항의 아들 6형제 중 昌集·昌協·昌緝·昌立 등 네 명 등과 동행하여 등반을 하였던 것이다. 이와 관련하여 『문곡연보』에서는 '10월에 도갑사를 방문하여 하루 밤을 묵고, 돌아와서 시문 십 수 편을 남겼다.'[19]라고 적고 있는데, 다녀온 때가 10월이며, 도갑사에서 하루 밤을 보냈고, 십여 편의 시문을 남겼다는 것으로 정리할 수 있다. 그 십여 편의 시문이란 구체적으로 13편을 이르는데, 시제를 나열하면, 「十月初一日攜集協緝立諸兒爲月出之遊入山有作」, 「望嶽」, 「重訪道岬寺書贈勝岑上人」, 「道岬北池」, 「次協兒北池韻」, 「法閒上人房」, 「東浮圖菴」, 「南菴洞口小憩」, 「南菴」, 「南菴有月桂碧梧漫賦」, 「次協兒弔義仁上人韻」, 「歸時寺僧供花糕夕飯」, 「出洞口下馬溪邊與鳩林諸人小酌」 등이다. 이중에서 「중방도갑사서증승잠상인」을 들어보면 다음과 같다.

海國秋初盡	海國의 가을 처음 다하니
山房客又來	산방에 손님 또 다시 왔네
貪看楓葉樹	단풍나무 잎 욕심껏 보고
爛醉菊花杯	국화로 빚은 술에 흠뻑 취하네
細水遙通筧	가느다란 물 멀리 대 홈통으로 통하였고
層巖自作臺	충진 암석 스스로 누각을 이루었네
居僧解惜別	절에 사는 스님 惜別을 아는지라
欲去重徘徊[20]	가고자 하다가 다시 배회하네

시제가 '다시 도갑사에 들러 승잠스님에게 써서 드리다'인 것을 보면, 도갑사에서 하루 밤을 묵고 아쉬움을 달래기 위해 쓴 시라고 볼 수 있다.

---

19) 金昌協, 『文谷年譜』上, 49歲條, 十月 訪道岬寺 一宿 而還有詩十數篇.
20) 金壽恒, 『文谷集』卷4, 「重訪道岬寺書贈勝岑上人」

먼저 수련에서는 도갑사를 찾은 계절을 적고서 산방을 온 것이 처음이 아님을 적었다. 계절이 가을이기 때문에 산사의 주변에는 단풍나무와 가을국화 등이 지천으로 깔렸을 것인데, 함련에서는 바로 이를 알려주면서 거기에 젖은 화자 자신의 모습을 그렸다. 그러면서 경련에서는 도갑사 주변의 승경을 그대로 보여주려고 하였고, 마지막 미련에서는 하루 밤을 묵고 절을 떠날 때 아쉬워하는 모습을 그렸다.

김수항이 유배 온 상황에서 월출산을 유람했다는 것은 그 자체만 두고 보더라도 행동반경이 상당히 확대되었다는 의미이기도 하다. 처음 유배 왔을 때는 낯설기 때문에 모든 것이 힘들었을 것인데, 점차 마음의 안정을 되찾아가면서 주변 승경에도 눈을 돌릴 여유로움을 가졌을 것이다. 특히, 도갑사 스님 등을 비롯한 월출산의 크고 작은 암자의 스님들과의 교유는 이념을 초월한 인간 대 인간의 만남이기 때문에 더욱더 값진 것으로 산수답사를 통한 外遊의 확대는 결국 인간적인 교유의 확대로까지 이어지기 때문에 의미있는 것으로 생각할 수 있다.

3) 현지인과의 소통과 유대관계 형성

처음 유배와서 두문불출하였던 김수항은 시간이 흐르면서 점차 현지에 적응해가는 모습을 보일 뿐 아니라 월출산을 두 번 답사하여 주변 승경을 만끽하기까지 한다. 또한 유배기 후반으로 갈수록 현지인과 소통하는 모습을 시문을 통해 직접 드러내 보이는데, 멀게는 화순 동복에 사는 趙景昌·正萬에서부터 시작하여 瑞石山(현 무등산) 원효암의 스님 등이 있고, 가깝게는 영암군내 및 구림마을 士族 등이 있다. 먼저 조경창·정만 형제가 찾아와 헤어질 때 지은 시문을 들어보면 다음과 같다.

雪擁柴門車馬稀　　눈 사립문 덮어 수레와 말 드문데
荷君相訪到天涯　　그대들이 서로 먼 곳까지 찾아와 주었네

靑燈竹屋三更話   죽옥 푸른 등 아래 밤 늦도록 이야기하고
把酒依然嶽麓時[21]   술잔 기울이니 악록의 때가 아련하구나

  두 형제가 찾아온 때는 눈이 많이 내린 겨울이다. 때문에 오고가는 사람
들도 많지 않은데, 먼 곳을 찾아온 것에 대한 고마움을 승구에서 나타내
보이고 있다. 전구는 방문한 두 형제와 김수항이 그동안 못 나누었던 회포
를 푸는 모습을 상상하게 만드는 대목으로 이미 잘 알지 못하는 사이라면
'三更話'라는 시어를 사용하기 힘들 것으로 보인다. 조정만은 바로 송준
길·송시열의 문인으로 같은 뜻을 가진 사람들끼리 오랜만에 만났으니 하
고 싶은 이야기야 끝이 없었을 것이다.

  현지인과의 소통 가운데 중요하고도 많은 부분을 차지하는 것은 영암군
내 및 구림마을 사람들과의 교유이다. 이중 특히, 구림마을 사족들과의 교
유는 주목의 대상이 된다. 구림마을은 영암군 군서면에 속하고 월출산 서
쪽에 자리하고 있으며, 옛날에는 열 다섯 동네가 있었다는 기록이 있으나
보통 구림 열 두 동네라 불리운다.[22] 특히, 구림은 영암의 대표적인 班村
마을로 반촌을 이룬 대표 성씨로써 善山林氏·咸陽朴氏·延州玄氏·昌寧曺氏·
海州崔氏·朗州崔氏 등을 든다. 이들은 각자의 가문을 지키기 위하여 서로
견제하기도 하였지만, 하나의 구심체를 만들어 협력을 아끼지 않았다. 가
령, 1565년에 만들어진 구림대동계는 이들을 하나로 묶는 구심체의 역할
을 하기에 충분하였고, 1646년 대동계원 전용 공간인 會社亭이 건립되면
서 이들의 결속력이 절정에 이르게 되었다. 김수항이 영암에 유배 온 것은
회사정이 건립된 지 30년이 지나서였다. 이때는 시기적으로 향리의 사족
지위가 급격히 변모되어 가던 때로서 구림마을에도 祠宇·樓亭·書院 등이
경쟁적으로 지어지기 시작하였다.[23] 이런 시점에 김수항 같은 중앙 정치

---

21) 金壽恒, 『文谷集』卷4, 「趙君景昌自湖西到同福與其子正萬來訪臨別書贈」
22) 구림지편찬위원회 지음, 『호남명촌 구림』, 리북, 2006, 14~16쪽 참조.
23) 박명희, 「김수항의 구림생활과 시문학」, 『구림연구』, 경인문화사, 2003,

에서 활약하던 인물이 유배를 왔으니 현지 사족들은 호의적인 대접을 했을 것이다. 김수항의 시문을 통해서 보면, 여섯 성씨 가운데 함양박씨·창녕조씨·연주현씨 등 세 성씨와의 교분이 특별했던 것으로 나타난다.

먼저 함양박씨인 朴世卿이라는 사람을 위해서 지은 시문 「爲朴君世卿次高霽峰贈其曾祖朴壽翁韻」 중 첫 번째 작품을 들어보면 다음과 같다.

萬頃淸波沒白鷗   만경 청파에 백구가 빠져드니
壽翁遺跡幾回秋   壽翁의 유적 그 몇 가을이던가
凄凉三島無人管   처량한 三島에는 관리인도 없어
瑤草年年綠自抽[24] 아름다운 풀 해마다 초록빛 싹틔우네

위 시는 총 5수로 이루어져 있고, 시제를 풀어보면, '박세경을 위하여 霽峰이 그 증조 朴壽翁에게 준 시에 차운하다'이다. 여기서 '수옹'은 박규정의 호이다. 즉, 이 시를 짓기 이전에 고경명이 박규정에게 시를 이미 지어주었고, 이에 차운하여 지은 작품이 위 시라고 할 수 있다. 고경명은 주지하다시피 16세기 호남의 많은 문인 가운데 한 사람이면서 임진란 때는 직접 전쟁터에 뛰어든 의병장으로 알려져 있다. 그리고 박규정에 대하여 김수항은 「題高霽峰贈朴壽翁奎精詩後」에서 '고 생원 박규정의 자는 春仲이다. 그 분의 선조는 함양박씨로 영암 구림에서 살았다. 효우와 지행이 있어 향당에서 존경받았다. 살았던 곳은 바다와 산악의 경치가 아름다웠으며, 집 앞에 네모진 연못을 지었다. 연못 가운데에 흙을 쌓아서 세 개의 조그마한 섬을 만들어 자신의 호를 三島壽翁이라고 이르렀다.'[25]라고 하여 소개하였다. 그리고 '공의 증손 세경이 우연히 남의 집에서 제봉 고경

201~202쪽 참조.
24) 金壽恒, 『文谷集』卷4, 「爲朴君世卿次高霽峰贈其曾祖朴壽翁韻」其一.
25) 金壽恒, 『文谷集』卷26, 「題高霽峰贈朴壽翁奎精詩後」, 故生員朴公奎精字春仲 其先咸陽人 家于靈巖之鳩林 有孝友至行 爲鄕黨所敬服 所居有海山之勝 宅前闢方池 池中壘土爲小島者三 自號三島壽翁.

명이 공에게 증여한 시 칠언절구 다섯 수를 얻으니 감개무량하게 사모의
정이 일어나고 또 그 분의 遺躅을 오히려 증거할 수 있음을 기뻐하였다.
그래서 화공을 명하여 세 섬의 그림을 그리게 하고는 나에게 제봉의 시에
대한 글을 쓰고 아울러 그 운자에 화답하여 아래에 부쳐두라고 부탁하였
다.'26)라고 하여 위 시를 짓게 된 배경을 적었다. 시의 전체적인 내용은 박
규정 사후 관리가 제대로 되지 않았을 연못과 연못의 세 섬 등에 대한 아
쉬운 마음을 전하고 있는 정도이다.

　다음 창녕조씨와의 인연이다. 구림마을에 창녕조씨가 터를 잡은 때는
曹麒瑞 때부터이지만, 16세기에 그의 아들 曹行立 때에 이르러 구림 사족
으로 자리 잡는다. 조행립은 모두 다섯 명의 아들을 두었는데, 그중 셋째
아들 曹敬璨이 김수항과 직접 만난 것으로 나타난다. 다음 시문은 김수항
이 조경찬을 위하여 지은 것이다.

鳩林勝槩擅南隅	구림의 승경 남쪽 귀퉁이에서 날려
別有閒人樂事俱	특별히 한가한 이 즐거운 일 함께 하네
檻外晴雲來月嶽	난간 밖 갠 구름은 월출산에서 오고
門前春水散西湖	문 앞의 봄물은 서호로 흩어지누나
舟回竹島魚登網	배로 竹島를 도니 물고기들 그물에 오르고
碁罷梅窓酒滿壺	바둑 놓기 끝낸 매창엔 술이 항아리에 가득
天放似君誰不羨	하늘이 풀어놓은 그대 같은 이 뉘 부러워않으리
白頭遷客愧迷塗27)	하얀 머리의 천객은 고통에서 헤매니 부끄럽네

　위 작품은 시제가 '조경찬의 安用堂에 써서 주다'이다. 안용당은 조경찬
의 堂號로 堂記를 김수항이 썼는데, 그 내용 가운데 조경찬이라는 인물에

---

26) 金壽恒, 『文谷集』卷26, 「題高霽峰贈朴壽翁奎精詩後」, 公之曾孫生員世卿 適從人
　　家 得霽峰高公所贈公七言絶句五首 慨然興慕 且喜其遺躅之尙可徵也 將命工爲三
　　島之圖 屬余書霽峰詩 竝和其韻以附於下.
27) 金壽恒, 『文谷集』卷4, 「寄題曹丈敬璨安用堂」

대하여 '나는 조장자가 어려서 과거시험을 익히지 아니하고 방종하기를 즐기고 스스로 놓은 것으로 보았다. 비록 뛰어난 인물의 배열에는 참여하지 못할지라도 그 氣義와 幹局 같은 것은 지금의 많은 집사자에 비하면 지나침은 있어도 미치지 아니함은 없었다.'[28]라고 이르고 있다. 위 시는 이러한 당기의 연장선상에서 읽어 낼 수 있다. 수련의 '閒人'이란 바로 조경찬을 두고 하는 말이다. 함련에서는 구림마을 주변 승경을 월출산과 서호를 들어 보여주었고, 경련은 마을 사람들의 생활 모습을 그렸다. 그리고 마지막 미련에서는 조경찬을 '하늘이 풀어놓은 사람'이요, 김수항 자신은 '遷客'이라고 하여 서로 대비하여 놓음으로서 조경찬을 예찬하고 있다.

마지막으로 김수항은 연주현씨가와 각별한 인연을 맺었다.[29] 김수항이 구림마을에서 연주현씨와 직접 인연을 맺게 된 것은 玄徵 때부터이다.[30] 현징은 일찍이 누정 하나를 창건하고서 김수항에게 이름을 지어달라고 부탁한다. 이에 대해 김수항은 중국 위진 때의 竹林七賢을 들어 '竹林亭'이라는 누정 이름을 지어줄 뿐만이 아니라 10수로 이루어진 누정 제영까지 지어준다. 이 누정 제영을 '죽림정 10영'이라고 하는데, 다음 시문은 10영 가운데 첫 번째 작품이다.

開窓面月出	창을 열고 월출산을 대하니
東嶺最相當	東嶺이 가장 서로 마땅하구나
坐覺氷輪上	앉아서 달이 떠 있음 깨달으니

---

28) 金壽恒, 『文谷集』卷26, 「安用堂記」, 余觀曹丈少不習公車業 樂弛置自放 雖不得 與於俊造之列 而若其氣義幹局 視今之爲百執事者 有過而無不及焉.

29) 김수항과 연주현씨가와의 인연은 구림의 어느 다른 사족보다도 각별하였다. 이러한 각별함은 김수항과 현징 死後까지도 이어졌는데, 김창협·창흡 등이 현씨가의 사람들에게 다수의 시문을 준 것을 보아서도 알 수 있다. 이러한 교유에 대해서는 박명희의 앞 논문(211~213쪽)을 참조할 것.

30) 김수항과 연주현씨와 관련성에 대한 자세한 내용은 박명희의 앞 논문(207~209쪽)을 참조할 것.

淸輝已映床[31]   맑게 빛나 상위에서 아른거리네

'죽림정 10영'의 제목을 나열해보면, '東嶺霽月', '北亭長松', '南苗農謳', '西湖漁歌', '後園賞春', '前川觀漲', '九井霜楓', '孤山雪梅', '聖洞朝烟', '鴉峰夕照' 등이다. 위 시 '동령제월'은 '동쪽 산마루에 떠오른 비갠 뒤의 밝은 달'이라는 의미로 여기서도 월출산이 나온다. 즉, '비온 뒤 월출산에 떠오른 밝은 달'이라는 의미로 승경과 자연의 모습을 합해 죽림정을 나타내고 있다. 다른 아홉의 시제들도 마찬가지로 주변 승경과 자연의 모습을 합해서 지은 것이라고 할 수 있다.

김수항은 처음 유배 왔을 당시 외부 사람들과 거의 접촉을 꺼려했었는데, 점차 시간이 지나면서 자연을 완상하고 주변 산수를 답사하는가 하면, 멀고 가까운 현지인들과 소통하는 모습을 보여주었다. 현지인과의 소통이 가능했던 것은 김수항이 자연인으로 돌아갔기 때문이며, 형식적이지 않고 진정한 뜻을 담고 있기에 더욱더 의미가 있다고 생각한다.

4. 영암 유배시의 활용방법과 전망

김수항은 영암으로 유배 온 3년 2개월 만인 50세 9월에 철원으로의 이배를 명받아 영암을 떠난다. 김수항에게 있어서 영암은 자신을 옭아맨 불행한 공간이기도 했지만, 중앙 정치에서 맛보기 힘든 시골 벽촌 사람들과의 접촉은 평생 잊지 못할 기억으로 남을 수도 있었다. 이러한 김수항의 영암 벽촌 사람들에 대한 기억은 『文谷集』卷5의 「憶朗州八絶寄鳩林諸君」 세 번째 작품의 '어느 곳이 가장 생각나는고 하니, 강호에 아름답게 핀 杜鵑花 같은 것이네. 멀리 노 두드리던 사람이, 오히려 다니며 읊조리던 객

---

31) 金壽恒, 『文谷集』卷4, 「玄上舍徵竹林亭十詠」 '東嶺霽月'.

기억해줌을 알리라.'와 같은 내용을 통해서 읽어낼 수 있다. 유배지이기 때문에 자신에게 불행을 가져다 준 곳이라고 생각할 수도 있는데, 남아있는 기억을 보면 오히려 그 반대의 생각을 가지고 있었음을 알 수 있다. 그만큼 김수항에게 있어서 영암은 특별했던 것이다. 때문에 영암을 떠난 12년 후인 己巳年 2월에 진도로의 유배를 명받았을 때도 구림 연주현씨가의 소유인 '죽림정'에 들러 다음과 같이 지난날을 회고했던 것이다.

> 기사년 2월 25일에 구림마을 玄參奉의 집 등불에 이르렀는데, 비로 인해 곧 머무르게 되었다. 현씨 집 외당의 호는 竹林亭이라고 하는데 내가 일찍이 記를 지었다. 월출산이 바라다 보여 대함에 의연하였고, 당 가운데에 영산홍 화분 한 개와 동백 화분 하나가 있는데 바야흐로 무성히 꽃이 피어 있었다. 영산홍은 이때에 꽃 필 시기가 아닌데도 따뜻한 자양분을 취하여 꽃이 아름답게 비추어 사랑할 만하였다. 우연히 내가 가는 것과 마주쳐 마치 서로 기약한 듯하니 또한 이상하였다. 주인은 술과 밥을 차려 위로하고 曹一遵과 朴泰初 및 마을의 많은 사람들이 모두 와서 모여 편안함을 만들어주었다. 십 년 뒤에도 또 다시 이곳에 와 옛 친구와 더불어 술잔 잡고 이야기 나누리니 진실로 서로 대하는 것이 마치 꿈을 꾸는 듯하였다.[32]

12년이라는 시간이 흐른 후 들르게 된 구림의 승경과 사람들의 호의는 김수항이 느끼기에도 과거 그대로였다. 영암을 떠난 이후 1680년의 庚申換局으로 인해 서인 정권이 들어서면서 김수항은 다시 조정에 들어가기는 했지만, 9년 후 己巳換局으로 인해 또다시 정계에서 밀려나는 신세가 되어 결국 絶島 진도로의 유배의 명까지 받았기 때문에 앞날을 전혀 예측할 수 없는 상황인데도 지금 구림 사람들을 만나는 순간만큼은 기쁘기 그지없었

---

32) 金壽恒, 『文谷集』卷6, 「己巳二月二十五日 到鳩林玄參奉家中火 阻雨仍留 玄家外堂號爲竹林亭 余曾作記者也 月出面目 對之依然 堂中有映山紅一盆冬柏一盆方盛開 映山紅開花非其時 而就暖滋養 花艶照耀可愛 偶値吾行 若相期者然 亦可異也 主人設酒食以慰之 曹一遵朴泰初及里中諸人 皆來會作穩 十年之後 復到此地 與舊時知友把酒譚敍 眞可謂相對如夢寐也……」

다. 그래서 10년 후에도 또다시 올 것을 기약은 했지만, 진도로 유배간 지 두 달 후인 기사년 4월에 賜死되는 불운을 맞이한다.

이렇듯이 김수항은 원래 호남과는 전혀 무관한 사람이었지만, 유배라는 특수한 형벌로 인하여 어쩔 수 없이 호남과 인연을 맺어 마지막 생까지 마감한 곳으로서의 의미를 지니고 있다. 그뿐만이 아니라 영암 유배지에서 지은 시문만 두고 보더라도 181제 282수의 적지 않은 작품을 남기고 있어서 그냥 지나치기에는 안타까운 측면이 있다. 따라서 이러한 시문을 활용할 수 있는 방법을 강구해보는 것도 앞으로 호남의 유배문화를 발전시킨다는 방향에서 볼 때 바람직하지 않는가 생각한다.

이러한 활용을 위해서는 첫째, 김수항의 영암 유배 관련 시문 및 문장, 편지글 등의 완전한 해독이 이루어져야 할 것이다. 한문으로 이루어진 내용의 해독 없이는 다음 단계의 활용 가능성을 생각할 수 없기 때문이다.

둘째, 김수항이 영암에서 남긴 시문 및 문장 등을 '김수항의 영암 기록물'로서 생각하여 이야기를 재구성해보는 방법도 활용적인 측면에서 한번 고려해볼만한 일이다. 다행히도 김수항은 영암 유배지에서 적지 않은 시문 등을 남겨 이야기를 재구성할 수 있는 여지를 다분히 제공해주고 있다. 김수항의 영암 기록이 연도와 날짜까지 정확히 알려주는 일기문의 성격은 아니지만, 어떻게 생활했는지를 순서를 지켜 많은 시문들은 알려주고 있기 때문이다.

호남, 특히 전라도는 역사적으로 많은 유·무명의 유배인들이 다녀간 곳이다. 그 유배인 중 대중적으로 알려진 인물은 손으로 꼽을 정도로 적은데, 거기에는 여러 요인이 있겠지만, 지역에 절대적으로 영향을 끼치지 않았으면 대체로 기억에서 금방 사라졌다고 본다. 김수항의 경우는 서인 당색을 띤 유명한 정치인으로서는 많은 이들이 기억은 하나 영암에 유배 와서 어떤 흔적을 남겼는지에 대한 연구는 그동안 소홀히 했었다. 따라서 앞으로 호남 유배문화사를 정리한다는 측면에서도 김수항의 영암 유배에 대한 관심을 가져야 할 것이다.

5. 맺음말

김수항은 3년 2개월 동안 영암에서 유배 생활을 하는 동안 181제 282수의 시문 및 몇 편의 문장, 편지글 등을 남겼다. 본 논고는 김수항이 영암에서 유배 생활을 할 당시 어떻게 생활했는지를 그가 남긴 시문을 통해 추적해보고, 그러한 시문의 활용방법과 앞으로의 전망을 중심으로 내용을 전개하였다.

김수항은 처음 영암에 도착한 이후 사는 곳을 서너 차례 옮겨 다녔는데, 그 살았던 곳을 추적해보면 郡城西門外 → 城內 → 郡西鳩林村 → 郡內(城內) 등이다. 또한 기록에 의하면, 48세 12월과 49세 10월 두 차례에 걸쳐 月出山 유람을 한 것으로 나타난다. 이러는 가운데 김수항은 지속적으로 시문을 남겨 자신의 所懷을 담았는데, 그 속에서 무슨 생각을 하며 어떻게 생활했는지를 시간적인 순서를 기준 삼아 유배 초·중기 - 월출산 유람기 - 유배 후기 등 세 부분으로 나누어 살폈다.

김수항의 영암 유배 초기 시문들을 보면, 우울한 모습이 자주 보인다. 이는 죄를 지어 온 몸이라는 생각도 있었겠지만, 처음 접하는 낯설은 공간에 대한 두려움 등 여러 가지가 복합적으로 작용했을 것이다. 그러면서 자신을 중국 초나라의 신하로서 유배를 가 결국 생을 마감한 굴원과 동일시하는 모습을 보여 스스로의 처지를 극대화하고 있다. 그렇지만, 굴원처럼 생을 비관적으로 보지는 않는다. 오히려 중반으로 갈수록 굴원과 동일시하는 모습을 견지하면서도 자신의 처지를 그대로 받아들이겠다는 의지를 드러낸다.

김수항이 유배 온 상황에서 월출산을 유람했다는 것은 그 자체만 두고 보더라도 행동반경이 상당히 확대되었다는 의미이기도 하다. 처음 유배 왔을 때는 낯설기 때문에 모든 것이 힘들었을 것인데, 점차 마음의 안정을 되찾아가면서 주변 승경에도 눈을 돌릴 여유로움을 가졌을 것이다. 특히, 도갑사 스님 등을 비롯한 월출산의 크고 작은 암자의 스님들과의 교유는 이념을 초월한 인간 대 인간의 만남이기 때문에 더욱더 값진 것으로 산수답사를 통한 外遊의 확대는 결국 인간적인 교유의 확대로까지 이어지기 때문에 의미있는 것으로 생각할 수 있다.

김수항은 처음 유배 왔을 당시 외부 사람들과 거의 접촉을 꺼려했었는데, 점차 시간이 지나면서 자연을 완상하고 주변 산수를 답사하는가 하면, 멀고 가까운 현지인들과 소통하는 모습을 보여주었다. 현지인과의 소통이 가능했던 것은 김수항이 자연인으로 돌아갔기 때문이며, 형식적이지 않고 진정한 뜻을 담고 있기에 더욱더 의미가 있다고 생각하였다.

김수항이 영암에서 남긴 시문 및 문장 등을 '김수항의 영암 기록물'로서 생각하여 이야기를 재구성해보는 방법도 활용적인 측면에서 한 번 고려해볼만한 일이다. 다행히도 김수항은 영암 유배지에서 적지 않은 시문 등을 남겨 이야기를 재구성할 수 있는 여지를 다분히 제공해주고 있다. 김수항의 영암 기록이 연도와 날짜까지 정확히 알려주는 일기문의 성격은 아니지만, 어떻게 생활했는지를 순서를 지켜 많은 시문들은 알려주고 있기 때문이다.

제2장

光州 남구 누정의 詩壇 형성과 시문의 전개

1. 머리말

　樓亭은 樓閣과 亭子를 합한 개념으로 전통 사회에서 주로 남성들의 공간으로서 활용되어 오다가 현재는 남녀노소 누구나 쉽게 드나들 수 있는 장소로 바뀌었다. 이러한 누정은 전국적인 분포를 보이고 있는데, 특히 조선 中宗 때 편찬된 『新增東國輿地勝覽』에 나타난 885棟 가운데 전라도는 경상도의 263동에 이어 두 번째로 많은 동수인 170동을 보이고 있어[1] 示唆하는 바가 자못 크다. 이 기록이 비록 오래전의 조사이기는 하지만, 적어도 당시 전라도는 곳곳에 문화 공간이 자리잡고 있었음을 알 수 있다. 이러한 문화적 전통은 중종 때 이후로도 지속화되었을 것으로 보이지만, 건립된 후 얼마 지나지 않아 사라진 누정도 상당히 있을 것을 예상하면 그 수를 정확히 파악하기란 매우 어려운 일이라고 하겠다.

---

1) 이강로 외 2인, 『문학의 산실 누정을 찾아서 I』, 시인사, 1987, 16쪽 참조.

이러한 누정은 마을 입구에 흔히 보이는 茅亭과는 몇 가지 부분에서 구별되는 점이 있는데, 가장 큰 차이점은 적어도 누정은 여러 문화적 기능을 담당했다는 점일 것이다. 누정은 우선, 경치가 수려한 곳에 대개 건립되는 관계로 유흥상경의 기능이 있었고, 많은 시인 墨客들의 詩興을 돋아주는 詩壇의 기능이 있었다. 또한 학문을 강학하고 수양하는 장소로도 활용되었을 뿐 아니라 씨족끼리의 회합의 장소뿐 아니라 계모임 등을 하는 곳으로도 이용되었으며, 射場의 기능도 담당하였다.2) 이처럼 누정은 여러 기능을 담당하며, 인근의 주요 문화 공간으로서의 역할을 수행해 왔는데, 특히 본 논고에서는 광주광역시 남구에 소재한 누정을 대상으로 시단 기능에 초점을 맞추어 시문의 전개 상황을 통해 각 누정이 지닌 특징을 정리해보고자 한다. 본격적인 논의에 앞서서 현재 남아있거나 사라진 남구 소재 누정을 개관해보고, 시문을 정리해보는 것이 우선 필요하리라고 생각한다.

2. 남구의 누정 개관

광주광역시 남구는 광주광역시의 다섯 개의 구 가운데 하나로 1995년 서구에서 분리된 이후 지금에 이르고 있으며, 행정 구역 개편으로 인해 예전의 전라남도 광산군이 일부 편입되어 都農의 성격을 두루 갖추고 있다. 이러한 도농의 성격은 남구 누정의 성격을 결정짓는 단서가 되기도 하는데, 지금까지 정리된 남구의 누정을 표로 보이면 다음과 같다.3)

---

2) 누정의 기능에 대한 설명은 이강로 외 2인, 앞 책, 21~24쪽 참조.
3) 광주광역시 남구 누정에 대한 정리는 광주광역시 남구문화원에서 2001년에 편 『광주 남구 향토자료 모음집Ⅱ 문화유적』에 근거하였다.

<광주광역시 남구의 누정 일람표>

연번	누정명	누정 주인	건립시기	누정 소재	주요 기능	누정시제(작자)	현재 유무	비고
1	稼軒亭	金判錫	한말	남구 주월동	奉親· 接賓	原韻(김판석)→총1수	×	
2	觀德亭		1963년	남구 사동	射亭으로 이용	없음	○	
3	觀湖亭 또는 桂南精舍	金鼎洙	1932년	남구 화장동	遊樂과 학문연구	원운(金鼎洙), 謹次(미상)→총 2수	○	
4	掛鼓亭	李先齊	미상	남구 원산동	북·장고 등을 걸었음	咏掛鼓亭(李完植), 又吟 3수(李完植)→총 4수	○	노거수를 일컬음
5	蘭溪亭	金永喆	1938년	남구 주월동	선친의 유지를 받들기 위함	원운(김태석), 謹次原韻(鄭淳煥), 근차원운(金秉俊)→ 총 3수	×	
6	南康亭	李始元· 李調元	미상	남구 원산동	학문연마, 자연유락	없음	×	
7	覽德亭	羅燾圭	1881년	남구 석정동	휴식 겸 강학	원운(나도규), 逍遙覽德亭有感口號(나도규)→총 2수	○	
8	大歡亭	林炳龍	한말	남구 사동	노인들의 유회소	없음	×	
9	德南亭	마을 사람들	1935년	남구 덕남동	洞亭	없음	○	
10	晩悟亭	尹夏儉	1902년	남구 노대동	휴식처	원운(尹夏儉), 근차원운(鄭海晚), 근차원운(尹秉), 만오정(金容厚), 謹次尹同知晩悟亭韻(崔洙華), 次晩悟亭韻(金相基), 敬次晩悟亭原韻(朴魯述)→총 7수	○	
11	撫松亭	徐台煥	1922년	남구 칠석동	서식처	원운(서태환), 근차원운(金興基),	○	

						근차원운(李相憲), 근차원운(朴洪柱), 근차원운(趙泰龍), 근차원운(吳駿善), 근차원운(李炳壽), 근차원운(崔永祚), 근차원운(安秉宅), 근차원운(金斗稷)외 다수→총 261수		
12	芙蓉亭	金文發	1422년	남구 칠석동	향약 시행처	원운(梁應鼎), 謹次芙蓉亭韻(高敬命), 伏步(김형), 敬次(李安訥), 又(김석규), 芙蓉亭韻(양응정), 경차(미상), 우(박재형)→총 8수	○	광주광역시 문화재자료 제13호. 광주지역 향약이 처음으로 시행됨.
13	鵬南亭	지응현	미상	남구 구동	휴식처	없음	×	
14	新書堂	송인하	미상	남구 석정동	강학 겸 휴식처	없음	×	
15	良苽洞亭	미상	미상이나 삼한시대 로 추정	남구 이장동	洞約· 鄕約의 시행	題良苽茅亭(고경명), 우음(고경명), 제양고모정(宋麟壽), 次柳谷茅亭韻(朴光玉), 우음(박광옥), 경차(高儀相), 謹次良苽亭韻(朴恬), 題諫院臺(崔亨漢), 題良苽洞亭(高廷鳳), 過良苽亭逢東崗崔春慶(文載熙), 경차(高在昌)→총 11수	○	광주광역시 문화재자료 제12호. 宋時烈의 제액이 있음.
16	養心堂	이시원	미상	남구 원산동	서식처	謹次養心堂韻(李潗)	×	
17	楊波亭	鄭洛敎	1914년	남구 사동	만년 휴식처	원운(정낙교), 근차원운(鄭鳳鉉), 근차원운(金允植),	○	

					근차원운(呂圭亨), 근차원운(鄭萬朝), 근차원운(李容稙), 근차원운(吳晉默), 근차원운(金演夏), 근차원운(南基允), 근차원운(吳暢善), 근차원운(鄭崙秀), 근차원운(鄭淳默), 근차원운(柳冀亮)→ 총 13수		
18	永思亭	崔亨漢	조선초	남구 양과동	어버이의 무덤을 바라보기 위함	원운(林薰), 근차원운(朴孝德)→ 총 2수	×
19	挹香亭	高永文	1930년	남구 압촌동	피서 겸 휴식처	원운(고영문), 題挹香亭(高光烈)→ 총 2수	○
20	淸心堂	李調元	조선초	남구 원산동	서식처	題淸心堂次韻(최형한), 차운(李完植), 過淸心堂遺墟懷古(고경명), 題淸心堂公所居長者洞(金宗直)→총 4수	×
21	杏隱亭	尹喜祥	1930년	남구 행암동	휴식처	원운(尹喜奎)→총 1수	○	원래의 이름은 '履臨亭'임
22	花樹亭	전주최씨	1927년	남구 서동	종친회의 장소 및 射場으로 활용	원운(崔權), 근차원운(崔重權), 우음(최중권), 우음(최중권), 근차원운(崔漢洪), 근차원운(崔鏞桓), 근차원운(崔圭喆), 근차원운(崔洛璿), 근차원운(崔秉用), 근차원운(崔炳日), 근차원운(崔炳南), 근차원운(崔相敦),	○

						근차원운(崔允植)→ 총 13수		
23	舞鶴亭 또는 不老堂	최창규· 김용복· 최진명 등 9인	1951년	남구 구소동	휴식처	없음	○	현재는 개인 소유의 민가로 바뀜

위 표에서 보인 대로 광주광역시 남구의 누정은 총 23동으로 조사되었으며, 원래의 상태에서 개보수의 과정을 거치기는 했지만, 현재까지 남아 있는 누정은 13동으로 절반을 겨우 넘긴 상황이다. 누정은 통상 뚜렷한 주인이 있는데, 관덕정이나 덕남정, 양과동정 등은 불특정한 다수의 사람이 주인이거나 현재까지도 자세치 않은 경우들이다. 건립 시기를 보면, 미상인 경우를 제외하고는 조선 초부터 한말까지 다양한데, 특히 미상이기는 하지만, 양과동정은 삼한시대까지 추정하고 있어서 주목을 요한다. 누정이 자리한 장소를 보면, 다양하게 흩어져 있는 모습을 보이고 있으며, 쓰임새 또한 射場으로부터 시작하여 강학, 휴식처, 鄕約 시행처 등 다양하여 하나로 규정지을 수 없다. 누정에서 지어진 시문을 살피면, 전혀 남아있지 않은 곳으로부터 최대 261수정도 남아있는 곳까지 역시 다양함을 알 수 있다. 누정 시문이 많이 남아있다는 것은 그만큼 시인 묵객들의 詩心을 불러 일으켰다는 증거가 되는데, 이는 고유한 기능 외에 詩壇의 기능까지 구비했음을 뜻한다. 시단이 만들어지기 위한 조건은 우선 複數의 문인들이 공간을 배경삼아 시문을 창출해 내야 한다. 즉, 한두 수정도로는 시단을 형성할 수 없다는 뜻이기도 하다. 본 논고는 이런 이유로 시단의 기본적인 구비 요건으로 시문 다섯 수 이상이 창출되어야 함을 기준으로 정하였다. 이런 기준에 의거해 보면, 만오정, 무송정, 부용정, 양과동정, 양파정, 화수정 등이 포함된다. 그런데 화수정은 전라최씨 문중 소유로서 원래의 누정의 취지와 멀어졌기 때문에 제외하기로 한다. 따라서 총 다섯 곳의 누정을

중심으로 시단이 어떻게 형성되었으며, 또한 시문의 주요 내용을 중심으로 그 특징을 드러내보겠다.

3. 누정의 詩壇 형성과 전개

1) 晩悟亭, 晩年 깨달음의 경지

만오정은 광주광역시 남구 노대동 입구에 있는 尹夏儉(1812~?)이 주인인 누정이다. 윤하검에 대한 기록은 현재 남아있는 것이 전혀 없다. 따라서 어떤 인물이었는지 자세히 정리할 수는 없지만, 「晩悟亭實記」를 쓴 윤하검의 아들 喜鎭에 따르면, 윤하검은 어려서부터 집은 가난했으나 항상 손님들을 접대하는 일을 즐겨 했다고 한다. 그러나 손님을 맞이할 적당한 장소가 없어서 할 수 없이 조그마한 外舍를 곁에 지어 접빈의 장소로 활용했는데, 항상 궁색해하다가 집 뒤 산의 가까운 곳에 별도의 茅亭을 지었고, 사뭇 전망이 좋고 그윽한 정서를 풀 정도였다고 한다. 그러나 사실 윤하검은 이에 만족하지 않고, 아들 희진에게 '임천의 고요한 곳에 한 누정을 지어 자손에게 물려주기를 바란다.'라는 뜻을 내비쳐 결국 희진은 부친의 뜻에 호응하는 차원에서 누정을 세울 뜻을 가지게 되었다. 따라서 곧이어 원래의 누정을 개보수하려고 했으나 경사가 심하여 오래 견디지 못할 것을 염려하다가 부득이 다른 곳으로 移建하게 되었으니 현재의 만오정은 이로써 형성된 것이다. 만오정이 이건하여 완성된 시기는 윤하검의 나이 구십이 된 해로 특히, 같은 해에 나라에서 嘉義의 직급에 해당하는 壽職의 벼슬이 내려지기까지 했다고 한다. 가의는 조선조 때 80이 넘은 고령 선비에게 내리는 從二品 정도의 벼슬로 윤하검이 어느 누구보다도 長壽했음을 알 수 있다. 만오정의 기문을 奇宇萬이 썼는데, 그 내용 가운데 윤하검과 관련된 내용을 적어보면 다음과 같다.

주인 尹公이 이미 구십의 나이가 되었고, 行義가 鄕中에 드러났다. 대개 그 누정의
이름이 정해진 날 공은 이미 깨달음의 경계 위의 사람이었으나 이제 구십에 이르러서
오히려 '만오'로써 공을 일컬었으니 이미 늦은 것이 아니겠는가. (그러나) 이는 하등
의 관계가 없다. 구십에 공을 만오라 일컬음이 어찌 공에게 손해이겠는가.4)

　윤하검이 나이 구십에 '만오'라는 누정의 이름을 얻게 되었음에 주로 초
점을 맞추었다. 기우만에 의하면, 윤하검은 이미 깨달음의 경계 위에 있는
사람이기 때문에 또 다시 깨달음의 경지에 오른다는 것이 때늦은 감이 없
지 않지만, 이 또한 윤하검에게는 하등에 손해날 일은 아니라고 하며, '만
오'라는 이름이 나이와 무관함을 강조하였다.
　만오정에는 윤하검이 시문을 지은 이래로 몇몇의 문인들이 次韻詩를 남
겼다. 그 가운데 윤하검의 「晚悟亭原韻」을 보이면 다음과 같다.

九十光陰流光東	구십년의 세월이 유수처럼 흘러가니
餘生荏苒夕暉同	남은 삶 이럭저럭 석양처럼 저물었네
三世蒙恩蹜素分	삼세가 입은 은혜 본분에 넘치고
一身置散挹淸風	한 몸은 한가로이 맑은바람 즐기네
富貴不求耕讀外	부귀는 밭 갈고 글 읽는 외엔 구하지 않고
是非徒付醉醒中	시비는 도리어 취중에 붙였도다
兒孫能識翁之意	아들 손자 자손들 나의 뜻 알리니
月榭三椽菊數叢	달빛 누각 세 서까래와 국화 몇 떨기를

　수련에서는 윤하검 자신의 나이가 어느덧 구십이 되었음을 적었는데,
세월의 덧없음을 나타내었다. 함련에서는 당시 구십에 나라에서 수직 벼슬
을 내림에 대한 감사의 마음을 담았으며, 그러면서도 그것과는 별개로 자

---

4) 奇宇萬, 『松沙先生文集續』 卷1, 「晚悟亭記」, 主人尹公行年九十 行義素著於鄕邦
　蓋其名亭之日 公已悟界上人 及今大耋 猶以晚悟稱公 不已晚乎 此無傷也 (中略)
　九十稱公於晚悟 何損於公.

신은 맑은 바람을 즐겼다고 하여 세상일에 그리 연연해하지 않는 모습을 견지하였다. 이러한 자신의 삶과 세상일이 무관하다는 입장은 다음의 경련에까지 이어진다. 즉, 세상의 부귀보다도 밭 갈고 글 읽으며 한가롭게 지내는 것이 자신의 적성에는 더 맞기 때문에 애써 쓸데없는 시비 소리가 있으면, 취중에 붙여 잊으려 했음도 적었다. 이러한 자신의 뜻을 아들 손자들이 알아서 누정을 지어주니 달빛이 훤히 보이는 곳인데다가 주변에는 국화 몇 송이가 있다라고 하여 주변 승경을 그려보였다.

이러한 만오정의 시문은 20세기 초엽까지 지속적으로 지어져 시단을 형성했음을 알 수 있는데, 특히 최수화와 박노술 등은 당대 호남을 대표할만한 문인들이라고 할 수 있다.

2) 撫松亭, 陶潛의 隱逸的 삶의 실천5)

무송정은 현재 광주광역시 남구 칠석동 2리에 소재한 누정으로 한말 참봉 벼슬을 지낸 서태환(1857~1940)이 1922년에 건립하였다. 서태환의 호는 撫松이요, 본관은 利川徐氏로 젊어서는 한때 微官이나마 관직 생활도 했으나 삶의 많은 부분을 處士的으로 살아 세상에 그리 알려진 인물은 아니다. 다만 그의 문집인 『撫松亭私稿』서문에 그의 행적에 대한 실마리를 찾을 수 있다.

> 지금 남쪽에 또한 한 무송처사가 있으니 침랑공 서태환이 그 사람이다. 때도 진나라이고, 소나무도 또한 진나라인데 사람만 진나라인이 아니겠는가. 젊어서 荊璞을 짊어졌으나 그것을 값을 받고 팔지 않았다. 중간에 세상의 변화를 만나 風泉을 통절히 여기고 달력을 쓰지 않았다. 소나무를 심고서 스스로 송화와 송실로써 갑자 춘추를 기록하였으니 밖에서 무엇을 구하겠는가.6)

---

5) 무송정에 대한 내용은 칠석동 누정과 관련된 필자의 글(『옻돌마을 사람들과 고싸움놀이』, 민속원, 2004, 328~339쪽)의 일부를 발췌·수정, 보완했음을 밝힌다.

이 글은 1931년에 硯峰居士 洪鍾韶가 지은 서문의 일부분이다. 이 글에 의하면, 서태환은 젊어서 능력이 있었음에도 불구하고 싼값에 자신을 팔지 않았고, 시절이 변하니 그것을 통탄해하며 일부러 날짜가 적혀진 달력을 사용하지도 않았다고 하였다. 다만 무송정 정원에 심어진 소나무에 피는 꽃과 열매로써 날이 가는 것을 알았다라고 하여 소나무와 늘 함께 했음을 강조하였다.

그러면 서태환은 왜, 누정의 이름을 '무송'이라고 했을까? 서태환은 그 이유를 自叙에서 이렇게 적었다.

> 돌이켜 생각해 보면, 옛날에 간직했던 의욕적인 마음이 지금은 모두 꿈으로 변하고 말았다. 그러나 아무리 굳센 음의 작용에 의해 일어난 엄동의 추위라 할지라도 이를 견디어 이겨내는 송죽 등의 차가운 마음은 꺾을 수 없다. 내 비록 이처럼 허약한 처지에 놓여 있지만 이러한 추위를 견딜 수 있는 세한의 뜻이 있기 때문에 소나무를 어루만지며 옛날 陶靖節의 높은 절의를 배우려 하였다. 그러나 나의 이러한 생각이 뜻대로 되지 않기 때문에 요컨대, 내 누정이라고 이름할 뿐이었다.[7]

서태환은 현재 자신의 처지는 세상 사람들로부터 버림을 받아 의욕적인 마음이 사라졌지만, 어떤 추위도 견디어내는 송죽과 같은 절의만은 간직하고 있다라고 하였다. 그리고 그것을 중국 東晉의 난세에 살았던 陶潛에게서 배우겠노라고 피력한다. 하지만 이것도 뜻대로 되지 않아 어쩔 수 없이 소나무를 어루만진다는 뜻을 지닌 '무송' 두 글자를 넣어 누정의 이름으로 삼았음을 전하였다. 중국 동진과 송대의 시인인 도잠은 자가 淵明으로 29

---

6) 徐台煥, 『撫松亭私稿』「撫松私稿序」, 今於南州 亦有一撫松處士 徐寢郎台煥 是也 時亦晉也 松亦晉也 人獨非晉乎 早負荊璞 不售其價 中遇世變 痛切風泉 不用時曆 植松而自以松花松實 記甲子春秋 外何求諸.

7) 徐台煥, 『撫松亭私稿』卷上,「撫松亭自叙」, 顧念夙心已成源迹 雖然勁陰殺節 不能凋寒木之心 則自顧萎弱 猶有此歲寒之意 撫松盤桓 欲學陶靖節 而未能 故要以名吾亭云爾.

세 때에 벼슬길에 올랐으나 사임하고, 41세에 누이의 죽음을 핑계삼아 彭澤縣의 현령을 그만둔 후 더 이상 관직에 나아가지 않았으며, 퇴관 성명서 성격으로 지은 작품이 「歸去來辭」였다. 「귀거래사」는 총 4장으로 이루어져 있는데, 4장에 '撫孤松而盤桓[외로운 소나무를 어루만지며 서성댄다]'이라는 어구가 있는데, 비록 전원에 있지만 소나무와 같은 절의를 지키겠노라는 도잠 자신의 의지를 담고 있는 名句로 알려져 있다. 이런 맥락을 따져보면, 서태환이 자신의 누정명을 '무송'으로 한 이유가 명백하다. 즉, 서태환은 도잠이 모든 관직 생활을 그만두고 전원에 살면서도 소나무와 같은 절의를 지켰던 것처럼 자신의 삶도 그것을 닮고자 하여 무송으로 편액했다고 하겠다.

무송정 관련 시문은 『무송정사고』 하권에 수록되어 있다. 이의 기록을 통해서 보면, 무송정에 제영한 시문이 260여 수가 넘었던 것으로 나타난다. 이 가운데 무송정 주인 서태환이 지은 원운을 보이면 다음과 같다.

陶翁遺蹟起余淸	陶翁이 남긴 자취 이 마음 맑게 하니
經始一亭今適成	한 누정 새로 지어 이제 막 이뤘도다
雪裏更看寒歲色	눈 속에서 문득 歲寒의 기색을 보고
風邊靜聽素琴聲	바람 끝에서 고요히 琴聲의 소리 들었네
偶參關柝非吾願	關柝의 낮은 벼슬 나의 소원 아닌지라
永矢盤桓畢此生	길이 盤桓하며 일생 마침을 잊지 않으리
從古行藏難副實	예부터 行藏간에 副實하기 어려우니
令人慙愧錫嘉名[8]	아름다이 붙여준 이름 부끄럽기만 하네

수련 첫 구에서는 '무송'이라는 누정 이름의 유래를 알려주기라도 하듯이 도잠을 등장시켰다. 즉, 평소 도잠이 자신의 마음을 정화시켜주어 그를 본받는 마음에서 누정을 새로 지었다는 것이다. 그리고 뒤이어 함련에서는

---

8) 徐台煥, 『撫松亭私稿』 下卷, 「撫松亭原韻」

그러한 누정에서 느끼는 자연의 정취를 나타냈는데, 겨울철 눈이 내릴 때
면 歲寒의 맛을 느꼈고, 바람이 불기라도 하면 거문고가 내는 소리를 들었
다라고 하였다. 이는 무송정 주변에 심어진 소나무에서 나는 소리를 형용
한 것으로 소나무는 사시사철 푸르기 때문에 겨울철 눈이 내려도 그 푸름
을 그대로 간직하고 있기에 세한의 대명사로 알려져 있다. 또한 솔바람이
불면, 마치 거문고가 울리는 듯 음률이 있는 소리를 낸다라고 하여 소나무
의 시각적이고 청각적인 이미지를 부각시켰다. 이 부분은 무송정 주변의
경치를 묘사한 것으로 전체 시문의 내용 가운데 문학적 형상화가 가장 잘
드러났다고 할 수 있다. 경련의 關柝은 문빗장과 딱따기라는 말인데, 여기
서는 성문을 지키는 하급 관리로서 하관 말직의 대명사처럼 쓰인다. 작자
서태환은 자신은 이런 관탁의 낮은 벼슬이 자신의 소원이 아니라고 하였
다. 그런 삶을 살기보다는 차라리 누정 주변에 심어진 소나무 주위를 맴맴
돌며 자연과 함께 일생을 보내겠노라는 의지를 보인다. 그리고 마지막으로
삶이란 겉으로 드러난 모습과 안에 감추어진 모습이 부합하기 어려울 수
있는데, 비록 자신이 도잠과 같은 隱逸의 자세를 꿈꾼다고 하지만 그것
이 반드시 실현되지 않을 수 있기에 '무송'이라는 이름이 부끄럽다라고
하였다.

그후 수많은 문인들이 서태환의 시문의 운을 빌어 무송정의 제영시를
남겼는데, 대개의 경우 누정 주인이 도잠을 본받아 처사의 삶을 살았던 점
을 부각시켰다. 이는 서태환이 처음 의도했던 대로 도잠의 은일적 삶을 지
속적으로 이어갔음을 뜻하는 것으로 그의 실천적인 면모를 엿볼 수 있다.

3) 芙蓉亭, 周敦頤의 愛蓮 정신의 지향[9]

부용정은 현재 광주광역시 남구 칠석동 2리 마을 입구에 있는 김문발
(1358~1418)의 別墅이다.[10] 정확한 건립 연대는 알 수 없으나 말년에 김문
발이 모든 관직을 사임하고 칠석동에 이거한 후 지었다고 추정된다.

김문발의 호는 芙蓉亭으로 옛날에는 광주에 소속되어 있었으나 현재는 담양군 대전면에 속한 平章洞에서 태어났다. 고려 말 都評議錄事 출신으로 우왕 12년인 1386년 전라도 원수를 따라 남원·보성 등지에서 왜구를 격퇴한 공으로 突山萬戶가 되는 등 그의 武功이 인정받고, 1418년 60세가 된 해에는 황해도관찰사를 제수받게 되나 사양하고 나아가지 않았다. 이러한 그의 生平을 다음 『조선왕조실록』과 1964년에 나온 『光州誌』에서는 다음과 같이 적었다.

① 전 황해도 都觀察使 김문발이 졸하였다. 김문발은 광주 사람으로서 都評議錄事 출신으로, 洪武 丙寅에 전라도 원수를 따라가 왜구를 남원·보성에서 쳐서 공로가 있었다. 이로 말미암아 이름이 알려져, 돌산 만호·순천 부사에 除拜되었다. 여러 번 勝捷을 보고하였기 때문에 드디어 擢用되기에 이르러서 경기·충청도·경상도·전라도의 수군 도절제사를 두루 역임하였다. 사람됨이 공손하고 청렴하고 간묵하였으며, 졸한 나이가 60세였다. 아들은 金昇平이었다.[11]

② 光山人文正公 台鉉七世孫 太宗朝에 隱逸로 行刑曹參判黃海監司하다 早年에 退休하야 修治園池하야 扁以芙蓉亭하고 與鄕人으로 行藍田之制白鹿之規하야 以勵風敎하니 光之鄕約이 自此始하다.[12]

먼저 ①의 『조선왕조실록』에 따르면, 김문발은 원래 전라도 인근에서 주로 활동하였고, 이러한 그의 활약상이 점차 중앙까지 알려지면서 뽑히어 등용되기에 이르러 여러 지역의 수군 도절제사를 역임하게 되었다라고 하

---

9) 부용정에 대한 내용은 칠석동 누정과 관련된 필자의 글(『옻돌마을 사람들과 고싸움놀이』, 민속원, 2004, 320~328쪽)의 일부를 발췌·수정, 보완했음을 밝힌다.
10) 光州鄕校(1964), 『光州誌』第1編 樓亭, 芙蓉亭, 在大村面漆石里하니 監司金文發의 別墅라.
11) 『朝鮮王朝實錄』卷35, 十八年戊戌四月.
12) 光州鄕校(1964), 『光州誌』第2編 才學. 원본의 띄어쓰기는 필자가 함.

였다. 또한 ②의 기록은 김문발에 대한 두 가지의 중요한 정보를 알려주고 있는데, 첫째 부용정이라는 누정을 지었다라는 점과 둘째, 藍田鄕約과 白鹿洞規約에 의거해 풍습을 장려하니 이로써 광주 향약의 유래가 되었다라는 사실이다. 부용정의 부용은 연꽃의 다른 이름인데, 중국 북송 유학자인 周敦頤의 愛蓮함에서 뜻을 취했다고 한다. 주돈이는 일찍이 「愛蓮說」이라는 수필식 글을 통해 국화·모란·연꽃을 서로 대비하여 연꽃을 꽃 중의 군자라고 일컬었는데, 김문발은 이러한 주돈이의 생각을 닮고 싶은 생각에서 누정의 이름도 거기에 걸맞게 지었다고 하겠다.

주돈이는 자가 茂叔이요, 호는 濂溪로 도가사상의 영향을 받아 새로운 유교 이론을 창시한 인물로 朱子는 일찍이 주돈이를 도학의 開祖라고 칭하였다. 뿐만 아니라 주돈이는 『太極圖說』·『通書』와 같은 저서와 「愛蓮說」이라는 수필식 글을 통해 고아한 인품을 드러내보였는데, 특히 「애련설」에서 국화·모란·연꽃을 서로 대비하여 연꽃을 꽃 중의 군자라고 일컬었음은 주지하는 바이다. 이는 유교적 사상이 자연스럽게 표출된 것으로, 또한 부용정의 기능을 현실화하여 향약을 실천하고 강학하는 장소로 사용했음을 알 수 있다.

향약은 조선시대에는 향촌자치와 하층민을 통제하기 위한 수단으로 주로 사용하는 한편, 유교적 예절과 풍속을 향촌 사회에 보급하여 도덕적 질서를 확립하고 미속양속을 진작시키며 각종 재난을 당하였을 때 상부상조하는 규약이라고 할 수 있다. 이런 향약이 역사적 의미를 지니며 조선시대 향촌사회의 실체로서 알려지게 된 것은 16세기 이후 '朱子增損呂氏鄕約'이 전국적으로 보급되면서부터이다. 따라서 김문발이 부용정을 세우고 거기에서 남전향약과 백록동규에 의하여 鄕籍 및 洞籍을 만들어 향민 교화에 힘쓴 시기를 15세기 초라고 한다면, 조선시대 향약의 기초를 닦았다는 점에서 높이 평가해 주어야 할 것이다. 부용정은 현재 지방문화재 제13호로 지정되어 있는데, 이러한 역사성을 담고 있어 그 가치를 인정받은 결과이다.

부용정이 처음 세워졌을 당시 남쪽에 연못을 파고 북쪽에 행단을 만들었다는 사실을 들어보면, 주변 승경이 현재와는 달랐을 것으로 생각된다. 따라서 다른 누정과 마찬가지로 많은 시인들이 드나들며 시문을 읊었을 것인데, 현재 梁應鼎과 高敬命·李安訥, 그리고 몇몇 인사의 작품만이 남아 있다. 그런데 양응정, 고경명, 이안눌의 시문은 서로 연결되어 있음을 알 수 있는데, 양응정이 원운을 내고, 그 다음에 고경명이 차운을 하였으며, 이안눌이 追次를 했기 때문이다. 세 작품을 모두 들면 다음과 같다.

① 朝來雨意欲緣絲 아침에 내린 비 푸른 빛 더하고
向晩晴光瀉綠池 석양 무렵 맑은 햇빛 푸른 못에 가득하네
佳會豈非天所借 아름다운 모임 어찌 하늘의 도움 아닐까
使君行色自應遲[13] 사군들의 행색 절로 응당 더디리라

② 官裏文書掣亂絲 관청의 문서 어지러운 실인양 끌다가
行春偶到習家池 봄 나들이에 우연히 習家池에 들렀네
非關泥醉停騶御 몰던 말 세움은 진탕 취하려는 게 아니라
問柳尋花故作遲[14] 버들 묻고 꽃 찾다가 더뎌진 것이라네

③ 一代詩豪兩色絲 일대의 높은 詩豪 두 色絲에 있고
平章舊里好園池 平章한 옛 마을에 園池가 좋아라
小才那得追高韻 용렬한 재주로 어찌 높은 운 따를손가
獨恨登亭我太遲[15] 내 너무 늦게 누정 오름을 한탄하노라

13) 梁應鼎, 『松川先生遺集』卷1, 「題漆石茅亭」
14) 梁應鼎, 『松川先生遺集』卷1, 「題漆石茅亭」 附次韻.
15) 李安訥, 『東岳先生集』卷9, 「金秀才軾伯瞻 乃我曾祖母曾姪孫 於我三從表兄也 世居光州漆石村 來言里中有池亭之勝 昔者梁松川應鼎 牧本州時 曾題一絶 高霽峯敬命和之 因書示余 請步其韻 拙不獲拒 敢蹈續貂之譏云」

① 작품 시제의 부연 설명에 따르면, '칠석모정은 광주에 있고, 선생은 이때에 牧使가 되었다.'[16]라고 하였다. 여기서의 선생은 물론 양응정을 가리킨다. 양응정은 조선중기의 문인으로 시문에 능하여 선조 때 8문장 중한 사람으로 뽑히기도 하였는데, 그의 나이 49세(1567년, 명종22) 때 광주목사를 지낸 적이 있다. 따라서 이 무렵에 지은 것임을 알 수 있다. 작품의 내용을 보면, 기구와 승구에서는 비오는 날 부용정의 경치를 사실적으로 묘사하였다. 이른 아침부터 내린 비는 하루 종일 내려 해질 무렵에 이르러서는 부용정 주변 연못에 물이 가득할 정도로까지 되어 모임의 흥취를 더욱더 돋우어주고 있다. 그리고 전구에서 모임을 하늘에 빗대어 만남의 의미를 운명적으로 처리한 후 헤어짐의 아쉬움을 담고 있는 결구와 자연스럽게 연결지었다.

② 작품은 고경명이 앞의 양응정의 시문에 차운한 것이다. 고경명은 바쁜 공무 일정에도 불구하고 어느 봄날 우연히도 연못가에 이르렀다. 승구의 '習家池'는 중국 晉나라 때 荊襄 지방의 호족인 習氏의 연못을 말하는 것으로 여기서는 바로 부용정에 딸린 연못을 가리킨다고 할 수 있다. 누정이 있고, 거기에 연꽃이 있는 연못도 있으니 아름다웠을 것은 자명하다. 때문에 혹시 오해나 사지 않을까 하는 노파심에 자신은 술을 마시기 위함이 아닌 버들과 꽃을 찾기 위해서 몰던 말을 세웠노라고 하며 시문을 끝맺었다.

③ 작품은 이안눌이 위의 두 시문을 이어서 운을 빌어 지었다. 시제를 풀어보면, '金軾은 곧 나의 증조모의 증질손으로 나에게는 삼종 외사촌형이다. 광주 칠석 마을에 世居하였는데, 마을에 池亭의 승경이 있다고 와서 말하였다. 옛날 송천 양응정이 광주목사였던 시절에 일찍이 한 절구를 쓰니 제봉 고경명이 화답을 했다고 하며, 그로 인하여 나에게 시문을 보여주며 그 운을 잇도록 청하였다. 나는 부족하지만 거절할 수가 없어서 감히

---

16) 梁應鼎, 『松川先生遺集』卷1, 「題漆石茅亭」, 亭在光州 先生時爲牧使.

담비 꼬리를 이어 기롱하기를……'이라고 하였다. 다시 말해서 이안눌은 삼종 외사촌형인 김식의 권유로 양응정과 고경명의 뒤를 이어 부용정 관련 시문을 지었던 것이다. 마지막의 '담비 꼬리를 이었다'는 것은 변변치 못한 실력으로 좋은 시문을 잇는다는 의미로 순전히 이안눌의 謙辭라고 할 수 있다. 시문은 앞의 두 작품을 언급하는 것으로부터 시작하였다. 기구의 '두 色絲'는 양응정과 고경명을 가리키는데, 이 둘의 시문 첫 구절의 마지막 문자로서 '綠'과 '絲'를 썼기 때문이다. 즉, 이안눌은 양응정과 고경명을 '詩豪'라고 일컬으며, 예찬해 마지않는다. 또한 승구에서는 부용정이 있는 곳을 '平章한 옛 마을'이라고 하였다. '평장'은 '평탄하고 밝게 다스려진다'는 뜻으로 부용정이 있는 칠석마을을 가리켜 말한 것이다. 마지막으로 전·결구에서는 시제에서 말한 '담비 꼬리를 잇는다'는 말과 연결되도록 이안눌 자신의 재주가 용렬하다라고 하여 겸손의 자세를 보이는가 하면, 부용정에 늦게 오름이 한스럽다고 하였다.

이상 김문발과 부용정이 어떤 과정을 거쳐 건립되었으며, 부용정이 지어졌을 당시 어떤 기능을 담당했는가를 살폈다. 아울러 현재 남아있는 시문 가운데 양응정의 원운을 이어 고경명과 이안눌 등이 차운한 작품의 내용을 살폈다. 이들 모두는 당대를 풍미할 정도로 알려진 문인들인데, 이들이 작품을 남겼음은 부용정이 적어도 조선조 중기 이후까지도 시단이 형성되어 문인들이 출입했음을 알 수 있다.

4) 良苽洞亭, 洞民의 공동체 정신의 발현

양과동정은 광주광역시 남구 이장동 황산마을에 소재해 있다. 대개 누정이라면 주인이 정해져 있는 것이 당연한데, 양과동정은 한 개인이 주인이라기보다는 마을 사람 모두가 주인이라고 할 수 있다. 그리고 지어진 시기도 삼한시대의 설, 신라 국초 등 몇 가지 설이 있는데, 현재로서는 어느 설이 맞다라고 할 수도 없는 입장이다. 기록된 문헌 자료가 있다면, 정확

한 연대 추정이 가능한데, 그것을 증명할만한 정확한 문헌 자료도 현재로
서는 찾을 수 없기 때문이다. 다만 누정의 용도는 洞民을 일치단결시키는
장소로써 公會堂으로 쓰였으며, 특히 향약의 업무를 처리했음을 했음을 알
수 있다. 또한 때로는 고장의 어른들이 모여 나라에 상소를 올릴 때 논의
의 장소로 쓰였는데, 다음의 崔亨漢의 「題諫院臺」 시문은 이를 알려주고
있다.

臺名諫院問何因　　　諫院臺 그 이름 어찌하여 생겼는고
藝閣霜臺代有人　　　藝閣과 霜臺를 이은 사람 있었네
先輩風流誰復繼　　　선배들의 풍류 누가 다시 이어갈꼬
檻前喬木舊時春　　　난간 앞 교목은 옛과 같은 봄이라네

　누정의 원래 이름이 있음에도 '간원대'라는 이름을 쓴 것은 순전히 용도
에 따른 것이다. 위 시는 최형한이 양과동정이 간원으로써의 기능에 초점
을 맞추어 지은 것으로 처음 간원대라는 이름이 유래하게 된 배경부터 적
었다. 나라에 건의할 일이 있을 때 모여 협의하는 곳이기에 이는 마치 중
앙 관서의 예각과 상대 등과 같은 역할을 담당했음을 부각시켰다. 그러면
서 최형한이 살고 있는 현재는 예전과 같이 선비들이 모여 간원하는 장소
가 되지 못하기에 안타까워하면서 그러면서도 주변 승경을 예전과 거의
비슷함을 드러내었다.
　양과동정은 이와 같이 주로 그 기능적인 측면에 비추어보면, 시단으로
서의 역할을 전혀 하지 못했을 것으로 보이지만, 사실은 그렇지 않다. 亭
內에 걸린 시문의 작자를 보면, 고경명, 송인수, 박광옥 등 조선조 중기 이
름있는 문인들이 포진해 있음을 알 수 있다. 이 중에서 고경명의 「題良苽
茅亭」 두 수 가운데 첫 번째 작품을 들어보면 다음과 같다.

隣社招邀慣　　　이웃끼리 서로 불러 친절함이 습관되니

良辰幾上亭	좋은 시절 몇 번이나 이 누정에 올랐던고
廚煙隔岸白	아궁이의 하얀 연기 언덕 위에 서려있고
酒幔颭橋靑	주막집의 푸른 나무 바람결에 흔들리네
林表投雙鳥	우거진 깊은 숲에 한 쌍의 새 날아들고
槐根臥數甁	늙은 괴목 뿌리 위에 두어 술병 놓여있네
村童齊拍手	마을 아동 서로 모여 모두 함께 박수 치니
堪畫醉時形17)	취한 때의 모습 그림으로 그릴만 하네

위 시의 마지막 부분에 '次石川韻'이라고 써진 것을 보면, 石川 林億齡
의 시문에 차운했음을 알 수 있다. 수련에서는 우선 화기애애한 洞民의 모
습을 그렸다. 그리고 함련부터 마지막 미련까지는 마을의 풍경과 함께 이
웃끼리 친하게 지내는 마을 사람들의 모습을 형상화하였다. 함련에서는 어
느 시골에서나 볼 수 있는 평화스러운 풍경을 담았다. 특히, 아궁이의 하
얀 연기는 일상 속 어느 곳에서나 볼 수 있는 흔한 풍경이지만, 그 가운데
에서 평화의 極點을 찍었고, 마찬가지로 경련에서도 흔히 볼 수 있는 풍광
을 객관적으로 觀照하였다. 다만, 마지막 부분인 결련에서는 경련까지의
모습과는 사뭇 다르게 동적인 느낌을 주고 있는데, 다수의 마을 사람이 모
인 곳으로서 시끌벅적한 분위기를 연상케 한다. 즉, 남녀노소가 한데 어울
린 곳에서 아이들은 박수를 치고, 어른들은 난만히 취해서 이를 한 폭의
그림에 담고 싶다는 의지로 끝을 맺었다. 정적인 분위기와 동적인 분위기
가 한데 어울린 작품이라고 할 수 있다.

양과동정은 흔히 동계, 향약과 관련된 곳으로만 인식되어 왔었다. 하지
만, 앞에서 말한 대로 원래의 기능은 그대로 가지고 있으면서 마찬가지로
문인들이 출입하면서 시문을 남겨 자연스럽게 시단이 형성되었을 것으로
보인다. 그 시문의 내용은 대체로 풍속을 기리거나 동민들의 일치된 모습
을 그리고 있어서 어느 한 개인을 찬양하는 여타의 누정과는 사뭇 다른 느

---

17) 高敬命, 『霽峯集』卷5, 「題良瓜茅亭」 첫 번째 작품.

낌을 준다. 이를 동민들의 공동체 정신을 발현시킨 것으로 보아도 무방하
리라고 생각한다.

5) 楊波亭, 幽居와 노년의 安樂 표출

양파정은 광주광역시 남구 사동 사직공원 입구에 있는 누정으로 정낙교
가 1914년에 지었다. 정낙교는 호가 楊波이며, 본관은 온양이다. 그는 한
말 광주 지역의 富豪일 뿐만 아니라 문학에도 깊은 취미가 있었다. 정낙교
는 양파정을 지은 이유를 기문을 통해 다음과 같이 적었다.

> 초목과 같은 이 사람의 나이가 문득 51세가 되어 곧 한숨을 내쉬며 탄식하여 이르기
> 를 "마치 지금처럼 순리에 따라 그럭저럭 산다면 나는 장차 세상에서 늙어서야 그칠
> 것이다."라고 하고서 드디어 옛날의 이른바 石稚亭의 황폐한 땅의 그 위에 누정을 지
> 으니 혼란스러운 세상의 일을 당하여 노년에 몸을 붙일 계책이었다.[18]

즉, 정낙교가 양파정을 지은 시기는 51세임을 알 수 있다. 정낙교는 당
시 자신의 나이가 51세가 되어서 자신의 지나온 과거를 회고해 보며, 지금
과 같이 그럭저럭하는 인생을 산다면 아무런 의미가 없는 인생이 될 것이
라고 하면서 석치정의 황폐한 땅을 근거지로 누정을 세웠는데, 이는 곧 후
회없는 노년을 보내기 위함이었다.

양파정에는 장낙교의 원운을 비롯하여 雲養 金允植, 茂亭 鄭萬朝 등 주
로 조선후기 이후 문인들의 시문이 전해오는데, 이 가운데 정낙교와 김윤
식의 시문을 들어보면 다음과 같다.

① 倚欄縱目澹忘歸　　난간에 기대어 바라보며 돌아감을 잊으니

───────────────

18) 鄭洛敎, 『楊波亭詩稿』, 「楊波亭記」, 草木之年 遽爲五十有一 則乃喟然歎曰 如是
　　乎 因循不已 則吾將老於世故而止矣 遂得古所謂石稚亭荒廢之地 作亭於其上 以
　　爲遺落世事 棲身終老之計.

美與錢塘認不違	아름다운 모습이 錢塘과 다르지 않네
瑞石東高明月在	瑞石의 동쪽 높은 곳에 밝은 달 있고
柳郊西濶淡烟飛	柳郊의 서쪽 넓은 곳에 맑은 연기 서려있네
晚爲釣叟惟吾志	늘그막에 낚시하는 늙은이 됨이 나의 뜻이니
更捨文明是孰依	이런 문명 버리고 그 어디에 의지할꼬
世事翻嫌來到耳	어지러운 세상 소식 들려올까 두려우니
雨中白板掩山扉	빗속의 白板으로 사립문을 가렸도다

②	有此名亭得所歸	이 유명한 정자 두어 이곳으로 돌아가니
	子眞豈欲世相違	그 진심 어찌 세상과 서로 어긋나겠나
	鏡湖春水觀魚樂	鏡湖처럼 맑은 봄물 노는 고기 바라보고
	柳墅秋烟放鶴飛	柳墅같은 가을 연기 학이 날아 노니네
	夢裡功名都是幻	꿈속에서 느낀 功名 모두 환상같고
	胸中邱壑可堪依	가슴 속에 새긴 邱壑 의지할 만하네
	幽居勝事無人識	유거하는 이 좋은 일 어느 누가 알아줄까
	惟許隣僧款竹扉[19]	이웃 스님에게만 대사립 두드림을 허여하네

①은 정낙교의 작품으로 양파정 시문의 원운이라고 할 수 있다. 수련과 함련에서는 누정을 완성한 후에 주변 승경을 조망하는 모습을 보였다. 양파정의 주변 풍치가 마치 錢塘江과 다르지 않다라고 하였다. 전당강은 중국 절강성에 있는 유명한 강 이름으로 비록 자신이 지은 누정이지만, 흡족해 하는 모습을 보이고 있다. 이처럼 수련에서 양파정의 가까운 풍경을 묘사했다면, 함련에서는 멀리 떨어진 서석산과 유교의 풍경을 마치 양파정을 두른 병풍인양 그렸다. 경련에서는 노년을 양파정에서 보내겠노라는 의지를 담았으며, 마지막 결련에서는 세상의 모든 잡된 인연과 끊고 싶다는 의지를 담았다. 당시 급박하게 돌아가는 현실에서 잠시나마 벗어나고 싶다는 심사의 표출이라고 하겠다.

---

19) 金允植, 『雲養續集』卷1, 「次揚波亭韻」

② 작품은 김윤식의 시문으로 小序에 '鶴傘和尙이 서석산 약사암으로부터 방문하여 양파정 시문을 보여주며 나에게 화답해 줄 것을 요구하였다. 이 누정의 주인은 광주의 시인인 정낙교로 또한 바른 선비였다.'[20]라는 내용이 나온다. 이로써 보면, 김윤식이 양파정 시문을 짓게 된 사연은 무등산 약사암의 스님인 학산화상의 요구에 의한 것으로 학산화상이 보여준 시문은 정낙교의 원운일 것이다. 즉, 김윤식은 사실 정낙교와 직접 만난 것 같지는 않고, 학산화상을 통해 정낙교의 인품을 알고 '雅士'라고 판단한 것이다. 시문의 전체 내용은 주로 정낙교가 양파정에서 노니는 모습을 상상한 것으로 되어있는데, 특히 마지막 미련의 스님은 학산화상을 지칭한 것으로 보인다.

이외에도 양파정 관련 시문으로는 정봉현, 여규형, 정만조 등이 있는데, 이로써 보면 당대 광주를 대표할만한 누정이었다고 할 수 있다.

4. 맺음말

본 논고는 광주광역시 남구에 소재한 누정을 대상으로 각 누정에서 지어진 시문의 전개 상황을 통해 각각의 특징을 정리해보고자 하였다. 조사 결과 남구에는 23동의 누정이 있었다. 이 가운데에는 이미 사라진 누정(가헌정, 난계정, 남강정, 대환정, 붕남정, 신서당, 양심당, 영사정, 청심당, 화수정)도 있고, 여러 차례의 개보수의 과정을 거치기는 했지만, 현재까지도 존재하는 누정(관덕정, 관호정, 괘고정, 남덕정, 덕남정, 만오정, 무송정, 부용정, 양과동정, 양파정, 읍향정, 행은정, 무학정)도 있었다. 이들 누정은 遊樂, 射場, 휴식 겸 강학, 향약 시행처 등등 그 기능을 보면 다양함을 알

---

20) 金允植, 『雲養續集』卷1, 「次揚波亭韻」의 小序, 鶴傘和尙自瑞石山藥師庵來訪 示揚波亭詩要余和之 主是亭者光州詩人鄭洛敎 亦雅士也.

수 있다. 그러면서 한편, 시단의 기능을 전적으로 담당한 누정은 없음도 확인된다. 그러나 비록 전적으로 시단의 기능을 담당한 것은 아니지만, 대개의 누정에서는 시문이 생산되어 부차적으로 시단의 기능을 담당하고 있었음을 알 수 있다. 특히, 시단이 형성되기 위해서는 적어도 複數의 문인들이 활약해야 하는 조건이 필요한데, 남구에서는 만오정, 무송정, 부용정, 양과동정, 양파정, 화수정 등 총 여섯 동의 누정이 그러했음을 확인하였다. 그 가운데 화수정은 전라최씨 문중 소유로서 원래의 누정의 취지와 멀어졌기 때문에 제외하였다. 따라서 나머지 총 다섯 동을 대상으로 각 누정의 특징을 살폈는데, 그 결과 각 누정에서 지어진 시문은 지닌 含意가 달랐음을 알았다. 그러면서도 양과동정을 제외하고는 대체로 주인의 의식을 대변해 주었다.

|참고문헌|

〈1차 자료〉

『景濂亭集』(卓光茂)

『高麗史』

『孤竹遺稿』(崔慶昌)

『國朝寶鑑』

『國朝詩刪』(許筠)

『圭南文集』(河百源)

『論語』

『農巖集』(金昌協)

『茶山詩文集』(丁若鏞)

『大明律』

『東文選』

『東岳先生集』(李安訥)

『東人詩話』(徐居正)

『牧隱文藁』(李穡)

『撫松亭私稿』(徐台煥)

『文谷年譜』(金昌協)

『文谷集』(金壽恒)

『白湖全集』(林悌)

『四佳集』(徐居正)

『三峯集』(鄭道傳)

『象村集』(申欽)

『西浦漫筆』(金萬重)

『松沙先生文集續』(奇宇萬)

『松川先生遺集』(梁應鼎)

『詩經』

『新增東國輿地勝覽』

『陽村集』(權近)

『楊波亭詩稿』(鄭洛敎)

『旅菴遺稿』(申景濬)

『燕石山房未定藁』(李定稷)

『淵泉集』(洪奭周)

『列仙傳』

『玉峯詩集』(白光勳)

『容齋先生集』(李荇)

『雲養續集』(金允植)

『栗谷先生全書』(李珥)

『把翠軒遺稿』(朴誾)

『耳溪集』(洪良浩)

『頤齋亂藁』(黃胤錫)

『頤齋續稿』(黃胤錫)

『林下筆記』(李裕元)

『精言妙選』(李珥)

『靖節先生集』(陶潛)

『霽峯集』(高敬命)

『朝鮮王朝實錄』

『存齋全書』(魏伯珪)

『朱子語類』(朱熹)

『靑溪集』(梁大樸)

『靑莊館全書』(李德懋)

『稗官雜記』(魚叔權)

『河西全集』(金麟厚)

『漢書』

『惺所覆瓿藁』(許筠)

『芝峰類說』(李睟光)

〈2차 자료〉

고동환, 「여암 신경준의 학문과 사상」, 『지방사와 지방문화』6권 2호, 역사문화학회, 2003.

高蓮姬, 「정약용의 花卉에 대한 관심과 花卉詩 고찰」, 『동방학』7집, 한서대 동양고전연구소, 2001.

광주광역시 남구문화원, 『광주 남구 향토자료 모음집Ⅱ 문화유적』, 2001.

光州鄕校, 『光州誌』, 1964.

구림지편찬위원회 지음, 『호남명촌 구림』, 리북, 2006.

구만옥, 「조선전기 朱子學的 自然觀의 형성과 전개-'理法天觀'의 自然學的 의미를 중심으로-」, 『한국사상사학』23집, 한국사상사학회, 2004.

구사회, 「石亭 李定稷의 詩意識과 文藝論的 特質」, 『한국언어문학』54집, 한국언어문학회, 2005.

권순열, 「孤竹 崔慶昌 硏究」, 『古詩歌硏究』9집, 한국고시가문학회, 2002.

_____, 「최경창과 홍랑 연구」, 『古詩歌硏究』16집, 한국고시가문학회, 2005.

權鎬鐘, 「中國古典詩歌에서 「平淡」의 意味 解釋」, 『中國文學』24권 1호, 韓國中國語文學會, 1995.

金吉洛, 「조선후기 양명학에 있어서의 근대정신」, 『동양학』24집, 단국대 동양학연구소, 1994.

金大鉉, 「靑蓮 李後白 漢詩에 나타난 두 가지 새로운 경향」, 『한국언어문학』53집, 한국언어문학회, 2004.

金容燮, 『朝鮮後期農業史硏究Ⅰ』, 지식산업사, 1995.

金仁杰, 「조선후기 향촌사회 권력구조 변동에 대한 시론」, 『한국사론』19집, 서울대 국사학과, 1988.

金在瑾, 「旅菴의 兵船改革論」, 『여암 신경준선생의 학문과 사상』, 옥천향토문화연구소, 1994.

金鍾西, 「16세기 湖南 詩의 美的 特徵」, 『한국한문학연구』39집, 한국한문학회, 2007.

_____, 「孤竹 崔慶昌 詩의 風格-淸寒·悍勁을 중심으로」, 『한국한시연구』12집, 한국한시학회, 2004.

金埈五, 『詩論』, 三知院, 1993.

金賢珠, 「譯註 旅菴詩」, 경성대 석사학위논문, 2003.

기태완, 「梅泉 黃玹과 石亭 李定稷의 문학논쟁」, 『한문학보』13집, 우리한문학회, 2005.

김명호, 「실학파의 문학론과 근대 리얼리즘」, 『한국한문학연구』19집, 한국한문학회, 1996.

김석회, 「조선후기 향촌사대부 시가와 취향의 문제」, 『조선후기 시가 연구』, 월인, 2003.

_____, 「존재 위백규의 생활시 연구」, 서울대 박사학위논문, 1992.

_____, 『존재 위백규의 문학연구』, 이회문화사, 1995.

김준옥, 「존재 위백규의 문학적 기반」, 『고시가연구』9집, 한국고시가문학회, 2002.

김태선, 「石亭 李定稷 詩文學의 硏究」, 고려대 석사학위논문, 1995.

金賢珠, 「譯註 旅菴詩」, 경성대학교 한국학과 석사학위논문, 2003.

閔丙秀, 『한국한문학개론』, 태학사, 1997.

_____, 『한국한시사』, 태학사, 1996.

박명희, 「圭南 河百源 시에 나타난 情懷의 변모 양상」, 『한국언어문학』57집, 한국언어문학회, 2006.

_____, 「김수항의 구림생활과 시문학」, 『구림연구』, 경인문화사, 2003.

_____, 「旅菴 申景濬의 古體詩에 나타난 眞情性」, 『고시가연구』16집, 한국고시가문학회, 2005.

_____, 「旅菴 申景濬의 詠物詩 연구」, 『한국언어문학』55집, 한국언어문학회, 2005.

_____, 「頤齋 黃胤錫의 天文 관찰과 시적 含有」, 『고시가연구』20집, 한국고시가문학회, 2007.

_____, 『18세기 문학비평론』, 경인문화사, 2002.

박성래, 『한국과학사상사』, 유스북, 2005.

朴星來, 「마테오 릿치와 한국의 서양과학 수용」, 『동아연구』3집, 서강대 동아연구소, 1983.

朴守川, 「許筠의 詩話批評 硏究-鶴山樵談과 惺叟詩話의 비교-」, 『한국한시연구』3집, 한국한시학회, 1995.

朴天圭,, 「三隱과 麗末 漢文學」, 『동양학』9집, 단국대 동양학연구소, 1979.

卞鍾鉉, 「孤竹 崔慶昌 漢詩의 唐風的 性格」, 『한문교육연구』4집, 한국한문교육학회, 1990.

신연우, 「朝鮮前期 官人 農村詩의 構圖」, 『한국문학사의 전개과정과 문학담당층』, 국학자료원, 2002.

申用浩, 『漢詩形式論』, 전통문화연구회, 2001.

실상사의 인터넷 홈페이지(http://www.silsangsa.or.kr)

沈成鎬, 「男性作 女性話者詩의 유래」, 『중국어문학』50집, 영남중국어문학회, 2007.

안대회, 「18세기 여성화자시 창작의 활성화와 그 문학사적 의의」, 『고전문학과 여성화자 그 글쓰기의 전략』, 월인, 2003.

_____, 「18세기 漢詩史 序說」, 『한국한시연구』6집, 한국한시학회, 1998.

_____, 「윤춘년의 성률론에 대하여」, 『동방학지』88집, 연세대 국학연구원, 1995.

_____, 「한국 蟲魚草木花卉詩의 전개와 특징」, 『한국문학연구』2집, 고려대 민족문화연구원 한국학연구소, 2001.

_____, 「한국 蟲魚草木花卉詩의 전개와 특징」, 『한국문학연구』2집, 고려대 민족문화연구원 한국학연구소, 2001.

_____, 『尹春年과 詩話文話』, 소명출판, 2001.

안상현, 『우리가 정말 알아야 할 우리별자리』, 현암사, 2000.

안장리, 「16세기 팔경시에 나타난 미의식의 양상-<俛仰亭三十詠>을 중심으로-」, 『열상고전연구』25집, 열상고전연구회, 2007.

야마다 케이지 지음·김석근 옮김, 『주자의 자연학』, 통나무, 1992.

梁太淳, 「靑溪 梁大樸의 생애와 한시」, 『한국한시작가연구』6집, 한국한시학회, 2001.

어강석, 「『兩都八道民隱詩』의 書誌와 조선후기 民隱의 양상」, 『장서각』23집, 한국학중앙연구원.

오병무, 「여암 신경준의 '소사문답'에 대한 존재론적 조명」, 『건지철학』4집, 한국건지철학회, 1996.

吳鍾逸, 「實學思想의 近代的 轉移-石亭 李定稷의 경우-」, 『한국학보』10권2호, 일지사, 1984.

위홍환, 「존재 위백규의 시문학 연구」, 조선대 박사학위논문, 2005.

柳在日, 「私淑齋의 「農謳十四章」에 대한 작품 연구」, 『한국한시의 탐구』, 이회, 2003.

윤은혜, 「위백규 시 연구」, 카톨릭대 석사학위논문, 1996.

尹在豊, 「旅菴先生의 生涯와 學問的 業績」, 『旅菴 申景濬 先生의 學問과 思想』, 옥천향토문화연구소, 1994.

이강로 외 2인, 『문학의 산실 누정을 찾아서 Ⅰ』, 시인사, 1987.

이강오, 「여암의 소사문답」, 『여암 신경준 선생의 학문과 사상』, 옥천향토문화연구소, 1994.

李坰丘, 「金元行의 實心 강조와 石室書院에서의 교육 활동」, 『진단학보』88집, 진단학회, 1999.

李炳赫, 「程朱學 傳來와 麗末 漢文學」, 『동방문학비교연구총서』1, 한국동방문학비교연구회, 1985.

李淑京, 「李齊賢勢力의 形成과 그 役割-恭愍王 前期(1351~1365) 改革政治의 推進과 관련하여-」, 『한국사연구』64집, 한국사연구회, 1989.

이연세, 「漢詩批評에 있어서의 詩品 硏究」, 『고전비평용어연구』, 태학사, 1998.

李月英, 「石亭 李定稷의 문필생활과 시 특성 고찰」, 『고시가연구』17집, 한국고시가문학회, 2006.

李鍾默, 「韓國漢詩와 哲學」, 『한국한시연구』1집, 한국한시학회, 1993.

李埈堂, 「旅菴 申景濬의 學問傾向과 詩世界」, 서울대학교 석사학위논문, 2011.

李泰鎭, 「高麗末·朝鮮初의 社會變化」, 『진단학보』55집, 진단학회, 1983.

_____, 「小氷期(1500~1750) 천변재이 연구와 ≪朝鮮王朝實錄≫-global history의 한 章-」, 『역사학보』149집, 역사학회, 1996.

이해준, 「珍島 流配人物志」, 『珍島郡의 文化遺蹟』, 목포대학교박물관, 1987.

이형대, 「18세기 전반의 농민현실과 「임계탄(壬癸歎)」」, 『민족문학사연구』22집, 민족문학사학회, 2003.

李炯性, 「頤齋 黃胤錫의 '數'에 기초한 實學思想 一攷」, 『한국사상과 문화』9집, 한국사상문화학회, 2000.

이혜순, 「15·16세기 한국 여성화자 시가의 의의」, 『한국문화』19집, 서울대 한국문화연구소, 1997.

_____, 「여성화자 시의 한시 전통」, 『한국한문학연구』특집호, 1996.

_____, 「河西 金麟厚의 여성관」, 『한국고전여성문학연구』4집, 한국고전여성문학회, 2002.

李熙德, 「고려초기의 자연관과 유교정치사상」, 『역사학보』94집, 1982.

_____, 「한국고대의 자연관과 유교정치사상」, 『동방학지』50집, 연세대 국학연구

원, 1986.

이희환, 「조선말기의 旌閭와 家門 숭상의 풍조」, 『조선시대사학보』7집, 조선시대
　　　사학회, 2001.

＿＿＿, 『朝鮮後期黨爭研究』, 國學資料院, 1995.

임종욱, 『동양문학비평용어사전-중국편』, 범우사, 1997.

장선영, 「조선시기 流刑과 絶島定配의 推移」, 『지방사와 지방문화』4권2호, 역사문
　　　화학회, 2001.

鄭　珉, 「16,17세기 당시풍에 있어서 낭만성의 문제」, 『한국시가연구』5집, 한국시
　　　가학회, 1999.

＿＿＿, 「寄內詩의 맥락에서 본 백광훈의 「龍江詞」」, 『한국고전여성문학연구』5집,
　　　한국고전여성문학회, 2002.

정대림, 『한국고전비평사 : 조선후기편』, 태학사, 2001.

鄭誠嬉, 「頤齋 黃胤錫의 天文·曆法」, 한국정신문화연구원 석사학위 논문, 1992.

＿＿＿, 『조선시대 우주관과 역법의 이해』, 지식산업사, 2005.

정옥자, 「麗末 朱子性理學의 導入에 대한 試考-李齊賢을 中心으로-」, 『진단학보』
　　　51집, 진단학회, 1981.

鄭容秀, 『姜希孟 한시의 문학적 성격』, 국학자료원, 1993.

정인보, 「旅菴全書總敍」, 『旅菴全書』

鄭鉒東, 「洪吉童을 둘러싼 몇 가지 問題」, 『국어국문학』20집, 1959.

鄭次根, 「조선왕조의 양명학에 관한 연구-특히 정치사상적 측면을 중심으로-」, 『논
　　　문집』22집, 건국대, 1986.

조동일, 「산수시의 경치, 흥취, 주제」, 『국어국문학』98호, 국어국문학회, 1987.

조민환, 「선비들의 예술세계에 관한 연구」, 『유교사상연구』22집, 한국유교학회,
　　　2005.

趙誠乙, 『朝鮮後期 史學史研究』, 한울 아카데미, 2004.

조세형, 「송강가사에 나타난 여성화자와 송강의 세계관」, 『고전문학과 여성화자
　　　그 글쓰기의 전략』, 월인, 2003.

조용진·배재영, 『동양화란 어떤 그림인가-동양 그림의 철저한 해부와 친절한 안
　　　내』, 열화당, 2002.

趙柔珍, 「旅菴 申景濬의 思惟樣式과 詩文學世界」, 경북대 교육대학원 석사학위논
　　　문, 1996.

趙鍾業, 「許筠詩論硏究」, 『藏菴池憲英先生華甲紀念論叢』, 1971.

진재교, 「실학파와 한시」, 『이조 후기 한시의 사회사』, 소명출판, 2001.

_____, 「이조 후기 유민에 관한 시적 형상」, 『이조 후기 한시의 사회사』, 소명출판, 2001.

_____, 「이조 후기 현실주의 시문학의 다양한 발전」, 『이조 후기 한시의 사회사』, 소명출판, 2001.

_____, 「이조후기 문예의 교섭과 공간의 재발견」, 『한문교육연구』21집, 한국한문교육학회, 2003.

陳在敎, 『耳溪 洪良浩 文學 硏究』, 성균관대 대동문화연구원, 1999.

車柱環, 『中國詩論』, 서울대학교출판부, 1989.

崔三龍, 「頤齋 黃胤錫의 문학연구」, 『頤齋 黃胤錫』, 민음사, 1994.

崔信浩, 「비평을 통해서 본 許筠문학의 기본좌표」, 『허균의 문학과 혁신사상』, 새문사.

_____, 「李德懋의 文學論에 있어서의 形似와 寫意 問題」, 『고전문학연구』5집, 한국고전문학회, 1990.

崔英成, 「'石亭 李定稷 遺藁' 解題」, 『石亭李定稷遺藁』 I, 김제문화원, 2001.

_____, 「'石亭 李定稷 遺藁'解題」, 『石亭李定稷遺藁』 I, 김제문화원, 2001,

표인주 외, 『옻돌마을 사람들과 고싸움놀이』, 민속원, 2004.

河聲來, 「頤齋 黃胤錫의 서양 과학사상 수용-湛軒 洪大容과의 관계를 중심으로-」, 『전통문화연구』1, 명지대 한국전통문화연구소, 1983.

하우봉, 「이재 황윤석의 사회사상」, 『이재 황윤석-영·정 시대의 호남실학-』, 민음사, 1994.

허남진, 「이재 황윤석의 서양과학 수용과 전통학문의 변용」, 『철학사상』16집, 서울대 철학사상연구소, 2003.

胡雲翼, 『중국문학사』, 문교부, 1974.

洪善杓, 『朝鮮時代繪畫史論』, 문예출판사, 1999.

홍학희, 「한국 道學詩 연구에 있어서의 몇 가지 문제」, 『한국고전연구』10집, 한국고전연구학회, 2004.

|찾아보기|

박명희朴明姬

전남 장성 출생으로 전남대 국어국문학과를 졸업하고, 같은 대학원에서 박사학위를 취득하였다.

단독저서에 『18세기 문학비평론』(경인문화사, 2002)과 『호남한시의 공간과 형상』(경인문화사, 2006) 등이 있고, 공동저서에 『구림연구』(경인문화사, 2003)과 『한국한문학의 미학적 접근』(보고사, 2012) 등이 있다. 논문은 「16세기 호남한시의 여성화자 유형과 의의」, 「眉巖 柳希春 시문의 典故 運用 양상과 의미」, 「旅菴 申景濬의 務實 정신과 시적 실천」, 「德巖 羅燾圭 시에 나타난 濂洛風의 전개 양상과 의의」 등 50여 편이 있다.

현재 전남대학교 호남학연구원 학술연구교수로 재직하고 있으며, 전남대·조선대에서 강의하고 있다.

호남한시의 전통과 정체성

초판 인쇄 : 2013년 11월 26일
초판 발행 : 2013년 12월 6일

저　자 : 박명희
펴낸이 : 한정희
펴낸곳 : 경인문화사
주　소 : 서울특별시 마포구 마포동 324-3
전　화 : 02-718-4831~2
팩　스 : 02-703-9711
이메일 : kyunginp@chol.com
홈페이지 : http://kyungin.mkstudy.com

값 35,000원
ISBN 978-89-499-0995-0　93810
ⓒ 2013, Kyung-in Publishing Co, Printed in Korea
* 파본 및 훼손된 책은 교환해 드립니다